GOURRAMA

外人部隊

フリードリヒ・グラウザー　種村季弘＝訳

Friedrich Glauser

国書刊行会

外人部隊＊目次

外人部隊

○主な登場人物

レース………糧秣補給所伍長

シャベール………大尉，第二騎馬中隊中隊長

マテルヌ………大尉，衛戍司令官，アラブ人

ラルティーグ………少尉

モーリオ………少尉

カッターネオ………副官，第三分隊指揮官

ナルシス………曹長，シェフ

ハッサ………軍曹，ドイツ系ボヘミア人

バグラン………軍曹，南仏人

シトニコフ………軍曹，バルト人

ファーニー………軍曹，アルザス人，ホモセクシャル

スミス………伍長，メクレンブルク人

コリブゥ………伍長，ロシア人，詩人

バスカコフ………伍長，番兵

セニャック………伍長，黒人

カインツ………ウィーン生まれの老兵

トッド………ウィーン生まれ

パチョウリ………女装癖の持ち主

ピエラール………ベルギー人

シラスキー………ドイツ人，ホモセクシャル

クラシンスキー………ベルリン生まれ

プルマン………モーリオ少尉の伝令

サモタージィー………ハンガリー人

ベルジュレ………少佐，軍医

第一部　日常

La solitude bleue et stérile a frémi……
青い不毛な孤独がそよぐ……
（マラルメ「詩の贈与」）

第1章　七月十四日

「あと二キロ」とカインツが言った。「ぼちぼち前哨基地の塔が見えてくる時分だ……ほら！　見ろよ！　稲妻が光った、あそこだ、あそこがおやじさんの部屋……」

カインツは鐙《あぶみ》につかまってぜいぜい喘《あえ》いだ。じいさんなのだ。

「驢馬に乗らないのかい?」ほとんど毛がない髭の汗をぬぐいながらトッドがたずねた。――「ああ！　まあな！」

カインツは汗をぬぐった頭をふり、防暑ヘルメットにハンカチを差し込んだ。まだ朝の九時というのに太陽ははやくも熱く燃えていた。外人部隊第三連隊第二騎馬中隊第三分隊は、補強のためにアルジェリアからやってきた二十人の臨時編成部隊をアチャナから迎えに出たのだ。一行は南モロッコの小さな前哨基地グーラマに戻るところだった。

平原は灰色だった。深い塹壕がいくつもそれをバラバラに切り分けていた。壕の縁《へり》がけわしく落ち込み、まるで熱と乾燥が大地を広い範囲にわたって引き裂いたようだった……が、冬場はその裂け目に小川が流れた――はるかかなたで陽光にきらめく赤い石の山々から流れてくる小川が。そして東の、その山々の背後にはアトラス山脈［アフリカ北西部］の雪の嶺《みね》が、白熱する銀もさながらキラキラ暗青色の空に聳え立った……

列の先頭を騎行しているのはコロン＝ベシャールで「新兵」引率の命令を受けた義眼のボヘミア人ハッサ軍曹だ。新兵たちは、サイダ、ル・クレイダー、ベル＝アベッスのモロッコ軍志願兵たち……ハッサ自身は二人の伍長、三人の部下とともにジェリヴィーユからやってきた。ハッサの傍には第三分隊指揮官のピエモンテ人、カッターネオ副官が馬で騎行していた。むくんだ顔にごま塩の口髭を蓄えている。肌は酒やけで青みがかり——おまけに文盲で自分の名前を署名するのがやっと。それでいて報告書を書いてくれる志願兵をいつもらくらくとみつけた。粗暴さが畏《おそ》れられていたからだ。思いもかけず権力を与えられた無学者によくあるように、カッターネオもむやみに教訓的な講釈をしたがった。うれしいことにハッサ軍曹は耳ざとい聴き手だった……

カッターネオ副官は第二騎馬中隊の現状をあれこれ話して聞かせた。第二騎馬中隊の指揮を執っているのは温厚で品のいいシャベール中隊長だ。しかしこの人はあまり軍規にこだわらない。下士官たちに接する彼の態度はまるでなってない——まるでなってないのだ！——、なにしろきまって兵隊の肩をもつからだ。次いで話はラルティーグ少尉をこき下ろす段になり、声が毒気をおびた。これがとびきりエレガントな旦那でね——「モォォッシュユウーでね！」——、本に目がなくて、それもその本を読みさえするんだからねえ！　この少尉さんときたらほんとにエレガント！　なにしろ白い制服が五着、それにカーキ色のやつを三着お持ちだ！　気晴らしに——だってやっこさんの軍隊勤務なんぞそうとでも言うしかないじゃないか——機関銃分隊の指揮を執ったりもするときもあるがね。誇大妄想にいかれた旦那！　それ以上あの男のことはまあ何も言うことはないな……ハッサは聞かされてうなずき、浮かべた笑みにありありと卑屈のニュアンスが見えた。

ここでもう一人の男が槍玉に上がった。伍長というのに中隊内である役をこなしている男だ。レースという名だ、とピエモンテ人の荷馬車の馭者は言った——ちなみにカッターネオは傭兵隊の小専制君主に成り上がるまでこの実直な職業を勤めていたのだ。レース伍長に関して言うなら、彼は二ケ月前にシトニコフ軍曹から管理部の仕事（賄い）を引き継いだ。この賄い——この管理部の仕事——のおかしなところは、本来が中隊の司令官であるシャベール中隊長の管轄下にはなく、ブゥ－デニブの主計監事務所の直属であることだ。副官はにがにがしげになおもレースという男への不満をぶちまけ続けた。上司のおれ――だって階級からして副官のほうが一介の伍長より上に決まってるじゃないか――、副官であるこのおれさまに対して、あのレースの野郎、お目覚《めざ》にシュナップスを一杯と言ったら断りやがったんだからな！……それでいて管理部には三百リットル入りの樽がすくなくとも五本は寝かされてるんだ！　樽で五本！……アクァヴィット［馬鈴薯焼酎］がな！……あの管理部のレース伍長のしゃっ面に唾を吐きかけてやれたら、さぞかし胸がすくだろうさ！　部下の分際というものをきちんとわきまえさせられただろうさ！　カッターネオもハッサも、ここで自尊心を発揚させた。カッターネオは馬のトレゾールに拍車をかけ――勢いあまってとうとう馬が走り出すはめになった。ハッサのおとなしい驢馬は頭をふりふり深く息を吸い、いやいや軽い跑足《だくあし》でついて行った……

　前哨基地の白壁はもう目のあたり、陽光のなか粉雪のようにキラキラきらめいた。

「うちの隊にもまっとうな人間がまあ何人かはいる」とカインツじいさんは驢馬に騎《の》った相手を見上げて言った。彼なりに新たな仲間を啓蒙する義務を感じていたからだ……彼らはおたがいに話がよく通じた。なにせ二人ともウィーン人だった。おたがいにそれがすぐわかった。「シャベール――これが中隊長で、よくおれたちに気をまわしてくれる。営倉や軍事裁判――なんてものは知らない。たとえばだれかが酔っぱらったとする。するとやむを得ず独房で寝させはする。それからおやじさんはまたやつを出してやる。それにラルティーグ少尉がいる。すばらしい人だ！　大きくて頑丈だ！　機関銃を三脚ごと手にのせ、腕をのばしてそいつを持ち上げるんだ。マラリヤ持ちなのはまあしようがない！　残念至極！　だけどはっぱが手元になくなったら、彼のところに行けばいい。二三服はプレゼントしてくれるぜ……そうとも！……」

　トッドはかまをかけられているとわかった。アルジェリア製シガレットのジョブはモロッコでは貴重品だ……で、ポケットを探るとぐしゃぐしゃになった煙草の箱がみつかり、それをカインツじいさんに差し出した。「やあ、いやあ……引っ込めてくれよ……まあ、いいから！　そんな意味で言ったんじゃないんだ！　煙草ならまだあるし、それに必要なら伍長がくれるし……」うろたえながら彼はおかしな標準ドイツ語にはまっていた。だがトッドが引っ込めようとしないので、シガレットは受け取った。

「ようし！　あんたがよけりゃ……でも、こっちもお返しをさせてもらうぜ。今晩おれと管理部に来いよ。今日は七月十四日［フランス革命記念日］だしな――そしたら伍長を紹介するよ、レースを。気に入ると思うぜ……なあ、おれは管理部で肉屋をやってるんだ……」

「水をやれ！」副官が叫んだ。一隊は小川の水がちょろちょろにじみ出ている溝にさしかかったところだった。夾竹桃の湾曲した茂みが溝の岸を縁どっていた。驢馬どもは散開し首を垂れた。一方騎り手のほうは鞍からずり落ちないように、ぐいと大きく反り身にならなければならない。それから驢馬どもがまた鼻面を上げると、口に引っかかったよだれが虹の七色になってキラキラきらめいた……

臨時編成部隊が一列縦隊で行軍（徒歩の兵隊が前、次に騎兵）して行くあいだにカッターネオがたずねた。

「引率してきたのはどういった連中なんだ？」

「大方はよくわかりません。」もう六年前から勤務しているので、ハッサのフランス語は達者なものだった。「コロン－ベシャールではじめて受け取ったんです。でもジェリヴィーユで志願してきた連中のことは、あまりいい報告はできません。大抵は病人です。あそこの隊長は、厄介払いができるのでよろこんでました……」

「そういうのがわが分隊には欲しい」と副官がことばをさえぎった。「そういうのが買いだよ！　だっておれは病人なんぞにお目にかかったことはないし、そいつらを仕込んでみたい――若いのを、小鳥どもを！」彼はかなり毒々しい薄笑いをニヤリと浮かべた。口髭の下の歯が黄色くむしばまれ、薄笑いのために生じたしわのために顔が愚鈍で残酷な表情に変わった――精神薄弱者にこれとよく似た表情が見られる……それからカッターネオは歯と歯のすき間から器用に唾を吐いて馬の鼻面に命中させた。トレゾールは足をつっぱって逆らおうとしたが、大勒銜《だいろくはみ》をぐいと引くと、馬はまたおののいて仕方なくおとなしくなった。

草木の一本も生えていない広場――本格的な演習場だ。右手に黄色く塗った粘土壁の低い家々――こちらに張り出している一棟はヴェランダに飾られている。

「あれがわが隊の酒保だ」と副官が説明した。「塗料に使った美しい色は、おれの発明だ……すぐ近くでみつかったある種の土でね。美しい！　そう思わんかね？」ハッサはうなずいた。

「それからあそこが」とカッターネオは、ぐるりを囲んだ生気のない外壁の蔭になってほとんど目につかない孤立した一軒家を指さして、「われらが尼僧院だよ！　ハハハハ！」カッターネオはガハガハと笑い、騒々しい音を立てて息を吸い込み、それからまた話しはじめると……ハッサがへつらうように相槌を打った。「さよう、信じられまいて！　美形の尼さん！　信心深い尼さんがいるのさ、あそこに！　二百五十人の兵隊に対して十人の尼さん――通過する移動部隊の連中は勘定に入れないとしてね。そう、せっせとお勤めをしなければならん、われらが尼さんは――手仕事ばかりじゃない！　嘘だと思うだろ、なあ、軍曹……名前は何といったかな？……ハッサ！　だな！　ハッサくん！……もちろんわれらが尼さんたちは兵隊専用だ――だけど観物だぜ、給料日には個室の前に兵隊がずらりと行列だ――――ハハハ、尼さんたちの――――個室の前にね。ちょうど戦時下に銃後の女どもがフォルナイオ――つまりパン屋の前に行列するのとそっくりだ……そう！――もちろんわれわれは」（この「われわれ」には高慢の気配があった）、「われわれ将校は、ここの村に自分の女を囲っている」（と粘土壁の何軒かのバラックを指して）、「軍曹も可愛らしい伝令を漁《あさ》るのがご趣味でなければそうするといい。おやじさんは永らくちっちゃなアラブの少年を囲ってる――洗濯をさせるためだ、ホホホ、という言い訳でね！……」カッターネオはむせて長々と咳込まなければならなかった。息苦しそうに彼は話を続けた。「あんただから言わせてもらうが、軍曹、あの女どもは！　とね。あの女どもは骨まで腐れ切ってるぜ！〈トゥービブ〉（医者を当地で〈トゥービブ〉と呼び慣わしているのは、まあ説明の必要はないだろうが）が診察をしにリッチから来ることは来る。しかしそれが何の役に立つかね？　女どもは自分の身体が売れるか売れないか、畜生め、それしか頭にありはしない。金になりさえすればだ！　それにB.M.C.をやってる、あのくそばばあ……」

「B.M.C.?」ハッサがいぶかしげにさえぎった。

「新兵と間違われかねないぜ、ハッサくん。ああ、シカトしたってわけか？　じゃあね……さあて、ま、B.M.C.というのは〈連隊付き慰安婦《ボルデル・ミリテール・ド・カンパーニュ》〉のこと。フランス行政府の管轄下にあって、行軍の際にはテントと荷物運搬用騾馬が供される……のがB.M.C.。これ以上短い呼び方はない。グーラマ尼僧院の尼僧院長たるくそばばあは、以前は例のレースの先任者の前に管理部を牛耳《ぎゅうじ》っていた軍曹の情婦でね。いやな臭いがするデブ女！……しかし愛は人を盲目にする――と言うよな？　軍曹はあのくそばばあを〈マタチュー・グェルビ〉と呼んでいたんだ！――〈ぼくのちいさなハート〉ってこと！　ぶったまげるよ、なあ？」

　カインツじいさんは大広場左手の端にある建物を指さした――無花果《いちじく》の樹が建物の壁の裏手に植わっている。建物は形の上では前哨基地そっくりだった――ただ寸法だけが小さく、三列の鉄条網で囲われてもいない。「ほら」と肉屋は言った。「あれが〈アラブ事務所〉……アラブ野郎がおれたちの苦情を持ち込むところさ……」灰色のフード付きマント姿の一隊が衛門のほうから羽ばたくようにやって来て散開し、それからまた丸くなって堅固な隊形を作った……一隊の前にすらりと背の高い男がひとり、ふらっと歩いている。無帽だが、青みがかった黒髪が鋼鉄製の鎖の兜のような印象をかもしだしていた。

「あれがマテルヌ大尉」とカインツが言った。「あれもアラブ野郎……アラブ人だ。父親はラバト地方でシャイフだったそうだ――それに、あのマテルヌは金持ちだ……なあ、いいか、うちのおやじさんはやつの言いなりにならなきゃならない。なにしろマテルヌは衛戍《えいじゅ》司令官なんでね――――。マテルヌの後ろの灰色の連中ね――あれがやつの武器倉で、こっちが外に出ているときに〈教育兵役〉で召集されてきた……ところがマテルヌはろくすっぽ給料を払わない。だもんだから彼らとのいざこざが絶えない。だけど彼のほうはどこ吹く風さ。だってあの建物にグム――モロッコ騎兵［外人部隊所属］――は一人もいないし、彼らは本来フェズのサルタンの命令に従ってさえいればいいんだからね。これもどう扱ったらいいのかわからん話だ。おれはグムとはうまくやっている――なにしろわがレース伍長は彼らに一目置かれてるからね。――あそこに見える家は屠殺場だ。毎朝あそこで八頭の羊が屠殺される……でも家畜と言ったってねえ！……骨と皮だけだ！　なあおい、体重十二キロ。肝臓にはうじ虫！　こんなにでかいやつだ！」カインツは人差し指を伸ばした。

入口の門の前で三列の鉄条網に開口部がひとつ明けてあった。しかし両脇には開口部にきっちり合わせて、同じく鉄条網を張ったフレームが立っている。入口にいちばん近い塀の角に大砲の砲身が一基、南の山々に向かって威嚇していた。そちらの空は明るかった。「大いなるサハラ！……」カインツじいさんは歯の抜けた口をもぐもぐさせてつぶやき、サハラという言葉を有名なユダヤ人の名前のように発音した。それからトッドを驢馬から降ろし、驢馬の頭絡を取って他の兵の後について厩舎のほうに歩いて行った。

新兵たちはおどおどと身を寄せ合いながら、四棟の低いバラックがぐるりを縁取っている庭の真ん中でひとかたまりになった。副官は庇《ひさし》の張り出した屋根の下の日蔭になっている場所を探し、そこに膝を立て脛に手を組んだ格好で腰を下ろした。ハッサがやや興奮気味に、見るからに不潔そうな感じの佝僂《せむし》の軍曹シュッツェンドルフになにかささやいた。シュッツェンドルフの制服はボタンが二つ取れ、頬には不精髭が生えていた。サイダから来た兵隊だった。

　突然、一棟のバラックの角からもうもうと埃を巻き上げてカーキ色の球がころがり出た。何かがその走りを押し止めたようだ。ちなみに動きを止めると、それはくしゃくしゃの制服を着た、小柄な、えらく小柄な肥満男だった。厚い木犀草グリーンの布地製の、庇《ひさし》のない縁なし警官帽を目深に頭にかぶっている。頬っぺたは人形のベッドの赤いクッションみたい……副官がおもむろに立ち上がった。「二列に！」という副官の号令は、号令というより日常会話で口にするうながしみたいな感じだった。「気を《ギャルド・ア》……」と言いかけて、副官は後の「つけ《ヴー》」は余儀なくのみ込んだ。肥満男が疲れたような身ごなしで動きを制したからだ。新兵たちはびっくりし、短い腕で丸い形の動きを描いてみせる男をじっと見つめた。新兵たちは身を寄せ合い、耳打ちし合う声がザワザワした。

「わたしが」とその見栄えのしない男は言った、「諸君の中隊長だ。旅は無事だったかね？　うん？」びっくりする目、いぶかしげな目が交差した。この男、ふざけているのだろうか？　こんな口のきき方は外人部隊では聞いたことがない。全員が押し黙った。すると、「返事を聞かせてくれ！　旅は無事だったか？　何か苦情を言いたくないか？　どうか遠慮なく話してくれ。それとも、皆のいる前で話すのが気が進まないという者がいたら、名乗りを上げて後でわたしの事務所に来てほしい。こちらは事務所できみたちの権利の助けになるためにお待ちしている。もう一度聞く、旅は無事だったか？」

　ためらう。全員一斉に答える。「はい、中隊長殿《ウィ・モン・カピテーヌ》。」

「それならよろしい。言っておくが、きみたちにとりあえずわたしのやり方に慣れてもらう……アルジェリアでは、どうやら怒鳴りちらされるだけで、それ以上の面倒は見てもらえなかったようだな。さて、ここでは、わたしの前哨基地では、そこらがちがう。わたしは責任を感じている、きみたち全員に。そうだ、きみたち全員に対してだ……」またしても短い腕で丸い輪を描く。「ここでは気楽にしてほしい。きみたちがフランスの国旗に義務を誓ってくれれば、偉大なる共和国の代表としてわれわれ上官は、きみたちに感謝の意を表するにやぶさかではない。さよう……さあ、今日はお休みだ——きみたちも、わが中隊も……」（「わが」ということばを中隊長は誇らしげな口調と身ぶりをこめて強調した）「……わが中隊も、きみたちも、今日はお休み——七月十四日は祝日だ。今夜はお祭りをしたい。今日という日がどんな日かは、今夜わたしが説明する。明日はチーフがきみたちの仕事の効率を点検するだろう――では退出してよろしい。」

彼は警官帽の木犀草グリーンの布地の下に隠れた額際にぽっちゃりした手をさっと上げたが――その帽子にも、服の袖にも、階級章の金の三本筋を光らせていなかった。そしてこのめったにないほど正確な敬礼（アルジェリアでは、ふつう将校の二本指は肩の高さに上がるのがせいぜいだった）が、風采のあがらないこの小柄な男の話を聞いた兵隊たちを感激させたようだった。パチパチと靴の踵を合わせる音が一斉に上り、コルクのヘルメットに手がのび、そこで掌を表に敬礼したままになっていた。

シャベール中隊長はしかし副官のほうを見向きもせずに、またすたすた歩み去った。

晩の祝典の指揮を請け負ったのはバグラン軍曹だった。赤毛の南フランス人で、やわらかい、そこらじゅうそばかすだらけの皮膚は半年も経つのにまだきつね色に日焼けしようとはしなかった。バグラン軍曹の所属は外人部隊ではなく植民地部隊で、前哨基地の生活の面倒を見たり電話の世話をしたりしていた。

バグラン軍曹は仲間のヒューナーヴァルト軍曹とデュノワイエ伍長（勤続十六年、そのうち十二年は「公共《トラヴォー・》労働《ピュブリック》」）の協力を得て機関銃分隊のバラックを片づけ、管理部のレース伍長に貸してもらった樽を十個並べてその上に舞台を設営した。座席はたんとはない。脚を針金で固定した古い野戦用ベッドが数台。最前列には本物の椅子を三脚置いた……

ふだんになくたっぷりした夕食が終わると上演がはじまった。四人のハーモニカ奏者が番組を開幕した。ラ・マルセイエーズを演奏し、真ん中が反り返った舞台の板の上で曲に合わせて足踏みをした。観客一同起立し、中隊長が声を上げて歌い、何人かがメロディーをうなり、その他大勢は教会にでも来たように手を組んで黙って退屈していた。やがて演奏者たちは退場し、全員あらためて着席した。が、野戦用ベッドは重みに耐えかねてバリッと真っ二つに砕け、一同これに応じて大笑い。ゆったりと椅子に背をもたせかけていた中隊長も、それと納得して笑い声を上げた。中隊長は最前列に席を取った。右側に伝令が侍《はべ》っている。ハンガリーの共産党員サモタージィーだ。ブロンドの髯の尖端が腰のベルトまで達している。左側にはハンス・レース伍長が近くの村のシャイフに教わったあぐらかきの姿勢ですわっている。一種のボディーガードとして大きな半円を描いて二十人ばかりの兵隊が中隊長を取り囲むなかに、一人だけ士官階級が混じっていたが、これがレース伍長だった。

平の兵卒に対する中隊長の偏愛はとみに知られていた。彼は相変わらず、自分の階級の金の三本筋がどこにも見えない洗いざらしのカーキ色制服を身につけていた。

ラルティーグ少尉の伝令のペシュケが居心地よくしつらえた少尉の部屋から、少尉が長々と脚をのばして寝そべっている安楽椅子をひきずってきた。純白の、きちんとアイロンをかけた制服が、それでなくてもでっぷりした少尉の身体をなおのこと肥満体に見せた。ブロンドの髪が額の黄色いまるみの上で風にふるえた。目のまわりと乾いた白っぽい唇のまわりに疲労が刻み込まれている。午前中は発熱し、そのためにキニーネを二グラム服用しなければならない。そのうえ村にはアラブ人の情婦がいて、インド大麻の煎じたのを用意している。そのせいで彼の極端に飛び出した眼球は部屋の四壁の木の板切れの上に灯したたくさんの蠟燭のほのめくなかでキラキラ光った。わずかに舞台前面だけにカーバイドのランプが二基とりつけられ、ふと静けさが生じると、カーバイドがヒューヒューうなる音がはっきり耳についた。やはり最前列の一角に、ガラスの壁に仕切られてでもいるように、島にでもいるように、モーリオ少尉とカッターネオ副官が陣取っていた。つるつるのベビー・フェイスになんとか侮蔑のしわを刻もうとしながらうまく行かない――褐色の肌がまだ若すぎ、張りきりすぎているからだ――モーリオ少尉と、黄色い照明を浴びて酔っぱらいのように緑色っぽく光る副官の酒焼けした顔は、座席不足というのに立入禁止地帯のように見える無人の空地に囲まれていた。ときどきラルティーグ少尉がご両人に大目玉から軽蔑のまなざしを投げかけ、うちにこもっていつまでも続く発散できない笑いがその身体をゆすぶった。

長い間《ま》があって、ようやくバグラン軍曹が舞台に登場。骨ばった腰のまわりに彩りもあざやかな腰巻を巻きつけ、裸の上半身のまわりの乳首の高さあたりに、どうやらブラジャーを表しているつもりのパットを詰めた帯を結わえつけている。ぎくしゃくと腰をふりふり舞台を横切り、それにつれてズックの靴に糊付けした木の踵が拍子をとってカタカタ鳴った。バグラン軍曹はキンキン声を出して、
モシモタマタマ　アタシノ
叔母サンヲ見カケタラ……

と歌い、歌いながらウィンクしてみせた。

「叔母サン」ということばがどっと歓声を沸かせた。シャベールはレースのほうに身体を曲げ、レースの肩をたたいて左目をつむってみせた。レースは甘えられたような気がした。おそらく彼には指揮権がないためだろう、レースは中隊長が友情を示すただ一人の下士官だった。

ラルティーグ少尉の顔は汗でぐっしょりだった。ついに

爆発した哄笑が汗をどっと吹き出させ、髪の毛が房のようになった。顔がふいに落ちくぼみ、老いてしわが目立つように見え、細くとがった鼻の骨が薄い皮膚の下にくっきり浮き出した。

が、騒ぎは突然やみ、ほとんど畏怖に満ちた静けさが、むっとした空気のたちこめるなかを薄皮を剝いた玉葱みたいにぷかぷか漂っている大勢の頭の上に君臨した。単純な茶色の衣装を着て、それが肩からまっすぐにずり落ちている、女装をした男が一人舞台に立っていた。茶がかった暖色の皮膚は、静かにすこし力なく遠くを見ている目にくらべるといくぶん明るさに乏しかった。

そいつは最初ぴくりともせずにつっ立って、腕をだらんと垂らしていた。黒っぽい頭髪を右側で分けている髪の分け目が真っ白な線となり、それが外見のなかで一箇所だけ目立つ白だった。と、そいつがドイツ語で歌いはじめた。これといった動きもなく、ただ長い頸の上でメロディーに合わせておだやかに頭をゆするだけだった。

あたいたちはドルの王女様
どこもかしこも黄金ずくめの女の子

重い沈黙のなかでその歌声の効果は覿面《てきめん》だった。並みいる聴衆の緊張した身体が部屋中を激しいあこがれで満たし、思わず声に出たため息がもろもろの過去で綴り合わせた色とりどりのぼろ切れをずたずたに裂いて、明るい夜に、異国の敵意ある夜に囲まれたバラックに投げ込んだ。

歌い終えると女装の姿は軽くつつましく会釈をし、会釈しながらお腹《なか》に手を重ねた。と、拍手と足踏みがふくれ上がり、騒ぎはますます高まり、それを口笛が切り裂いて喝采の叫び声を勢いづけた。何をしてもそのものが動じる様子はまるでなかった。そのものはいま一度お辞儀をしてから軽く腰をふるような足どりで退場した。が、拍手にもう一度呼び戻された。ためらいの間《ま》をうまく取りながらためて舞台に登場し、お辞儀をし、まあまあとなだめるように手をひろげた。騒ぎがどっと爆発した。

低くて無色の、いくぶんしゃがれた、あの同じ声が、うすい素材でこね上げねばならないとでもいうように、また同じ歌を歌いはじめた。そうして声は何の伴奏もなく、ひたすらそれ自身に固有の弱さに担われ、かすかに頭をゆする動きの伴奏にともなわれるだけで平土間の隅々にまで沁み通った。けれどもその褐色の目は、結節点に集まるように自分の顔に当たる全員の視線を迎えることをすげなく拒んだ。目は遠くに向けられ、おそらく何も見ておらず、あこがれも思い出も宿してはいなかった。

歌が終わるとシャベールはレースのほうに身をのり出した。妙にいやらしく右の瞼《まぶた》を眼の上で一度パチリとまばたかせてから言った。「へっ、レース、まさかこんな夜になるとはね、どう思う、なあおい？」

　レースはギクリとし、我ながら慕情のあまり長々とため息をつかされたのにおどろいた。それから彼は肩をすくめた。

「あれがパチョウリなんですからねえ、中隊長殿、もう長いこと夫婦生活をしてきたみたいですね。」

「夫婦生活ねえ、ハッハ。夫婦生活か。聞いたよな、ラルティーグ、レースくんがいまわたしに言ったことを。」中隊長は疲れ切った少尉のほうに身をのり出し、手をかざして自分の上出来の洒落を聞かせた。だがラルティーグのかさかさに乾いた唇は固く閉ざされたままだった。ほんのわずかな笑みにもゆがむことがなかった。ラルティーグは聾になったようだった。そこで中隊長はまた舞台に目を向けた。

　いましも舞台に異様な人物が登場したところだった。その男は手押し車にだれかを乗せて歩いているようだった。しかしよくよく見ると、手押し車の上の詰めものをしたズボンの二本足は男の上半身とつながっており、男は人形の上体をバンドで背中にくくりつけて、人形が生きている人間の脚で歩いているように見えているのがわかった。全体の見てくれは粗野にして残酷。人形の目鼻は荒っぽく彩色され、するどい木の歯を剝いて、死んでいる腕を脅かすようにぶらつかせた。男自身も顔を真っ白に塗りたくり、頬と額に走る陰影を黒い木炭で隈取りし、大きな血まみれの口が耳まで裂けていた。その恐ろしい二重身が何者なのか、はじめはだれにもわからなかった。しかしやがてようやくわけ知りの男がインフォーメーションをささやいた。「あれはヒューナーヴァルトだよ。」

　シャベール中隊長はひっきりなしに太腿を手でこすり、椅子の上でぴょんぴょん跳ねあがり、「ああ」とか「おお」とか「すげえ」とかが止めどなくなっていた。副官でさえ硬直状態から目ざめたらしく、満足げにブウとうなって口髭の毛をブルルンとふるわせた。

　　オイラヤットコサ車ヲ手ニ入レテ
　　女房ヲ乗セテオ散歩ダ

　と板の上の真っ白けな顔は歌い、でこぼこする舞台の上を手押し車を押していった。

　二三度くるくる踊ってからそれが消え、するとふたたび四人のハーモニカ奏者が登場。今度は「サンブルとムーズの行進曲」を演奏してから退場、次いでシャベール中隊長が舞台に上がった。舞台に上がると足を大きく踏んばり、レースとシトニコフ軍曹にこっちに上がって来いと目くばせをした。二人の部下のあいだにはさまると中隊長は見るからに小柄で見栄えがしなかった。ちょっと短い身動きをしてから彼はバスティーユ襲撃について、フランス国民がヨーロッパ中にひろめた自由について演説した。前大戦にあってもフランス国民の血は人類の解放のために流されたのであり、現にいまもフランス国民はあらゆる国家の亡命者に当該政府の迫害に対する避難所を提供しつつ高貴なる伝統を護持し続けている。たとえばロシア人にはボルシェヴィズム独裁に対する、ドイツ人には反動勢力に対する、避難所を提供している。フランスは、百年以上も前に打ち立てた三色旗《トリコロール》という国旗に万人が忠誠を誓ってくれるとわかれば満足なのだ。社会主義者であれ、共産主義者であれ、さては王党主義者であれ、また犯罪者であれ、社会的落後者であれ、フランスが問うのはひたすら勇気と忠誠である。そして以上の特性は外人部隊においてこそ常に高々と掲げられている。

「さて」とシャベール中隊長は言ってお供の両人に顔を向けた。「ではわたしの話を皆にわかってもらえるように、きみたちの自国語で話してくれ。」そう言うとくしゃくしゃになったズボンのポケットに手をつっ込み、目を細めて戦友たちの口から流れ出る異国語の声音に耳を傾けた。

ラルティーグ少尉は自室に連れ戻してもらおうと、眠たげな面持ちでペシュケの姿を探した。足が頼りない感じがした。だが伝令の姿は見つからず、そこでレースにこっちに来てくれと目くばせをした。

「レース」と彼は言った、「おやじさんはうまいことを言った。避難所だとさ！　笑わせるよ。国会議員のスローガンさ。あわれな兵たちにおやじさんは新しい祖国の話をしている。いいかげんにしろって！　まあね、そりゃ、おやじさんは兵隊のあつかいがうまい、だけどねえ……まあ結局、こっちには関係ないことだけどね。」彼は声に出してため息をついた。今夜はたぶんひとりで寝るしかない、と覚悟せざるを得なかったからだ。小さな情婦を裾長に引きずるマントの下に隠して、ニヤニヤ笑っている前哨基地の番兵の前を通るだけの気力が今日はなかった。おおっぴらに情婦を前哨基地内に連れ込むことはできなかった。おやじさんが糞味噌に文句を言うことだろう。礼儀作法は守らねばいかん、とか言ってね。レースは椅子の腕木に腰かけていた。少尉の重い手が肩にのせられた。「なあ、今夜またシュナップスを半リットル持ってきてくれよ。わかるよな？　酒なら酒保で買えるさ。でもあすこにはリキュールとでも言うしかない、高級なやつしかないものな。そこへ行くとあんたのシュナップスは文句なしに下品で毒々しくて、こっちのお行儀のいい気分をすっきりさせてくれるね。

〈ヌーヴェル・ルヴュ・フランセーズ（n.r.f.）〉の最近三冊

の号を手に入れたよ。これはご自由にお使いくださって結構。これまた最新刊の娯楽本二三冊もおまけにね。それはそうと傷ましい重大ニュースだ。プルーストが亡くなった。」少尉の声はほとんど無二の親友の訃報を聞いたように悲しみを帯びていた。「プルーストの写真を持っている。」ラルティーグは親指と薬指で輪をつくって、それで小さな円筒に空気を切り取った。「その写真のプルーストときたら、どこか暗くした部屋にすわって玉虫色に光る蠅叩きの蠅を銀色の糸に紡ぎ込んでいる、白い、まるまると肥えた蜘蛛にそっくりなんだ。」自分のことばの味わいに率直に魅了されたように、彼はかすかに舌をぴちゃっと鳴らした。

「プルーストが死んだ？」レースはおうむ返しに言い、その声も悲しみを帯びていた。過去の一コマが目の前をふっと横切った。湖畔のベンチ、樹々の葉とたわむれるやわらかい風。彼はスワンの物語を読んでいた。自分自身が嫉妬に苦しんでいたところなので、なんとなく気持ちを慰められたのだった。

あれは三年前のことだ。あれからこの小さな前哨基地に来て愛敬者の演技をしながらひたすら弾丸の飛んでこない安全な部署にしがみついている。それだけのことでしかなかったのでは？　いや、過去のことなんか考えないほうがいい！　ここの管理部では夜が長い。身体が深い睡眠をとるに足るだけの疲労を日中に貯め込むことができないからだ。だから夜々はしばしば、銀蠅の群れみたいに追っても追ってもなおも襲ってくる絶望に満たされる。そう、べル‐アベッスではまだ不安だったものだ。五年間の外人部隊勤務はあっという間に過ぎ、またまたヨーロッパの責任と闘争の場に舞い戻らなくてはならないのではないかと。しかしものの一年も経つとその不安は消え、もっぱら恋しさだけが残った。都会が恋しく、風に鉋《かんな》がけされる街角のアスファルトが恋しく、カフェと呼び鈴《りん》のカルテットが恋しく、おそらくはまた白人女も恋しかった。

ラルティーグは目を閉じていた。レースはラルティーグのもとを去った。舞台の前を通ると、そこの隅に、いましがた歌をうたっていた茶色の女装姿がしゃがみ込んでいた。化粧が溶けて頬に青っぽい影のできた顔がめっきり年老いたようだった。手を組んで膝を抱いている。

「どうした、パチョウリ、悲しいのか？」レースはたずねた。パチョウリの本名はエーリヒ・ラウマー。うれしがらせようとするときにはエリカ〔エーリヒの女性名〕と呼んだ。前はご婦人の物真似芸人でしてね、と彼は言っていた。それ以外のことでは彼の中隊内の悪評は明々白々だった。

「何を考えてるのよ、伍長？」パチョウリは傷ついたようなふりをし、額にしわを寄せて口を半月の形にした。

「エリカさん、ごめんなさい」とレースは身をかがめて胸に手を当てた。「でもワインを一杯ごちそうすれば、お嬢さん、きっと許して下さいますわよね。」

「おお」とパチョウリは言い、立ち上がって身をくねらせた。「でも、あたしのボーイフレンドも招待してくださるわね。フリッツ」とパチョウリは大声で言った、「旦那があたしたちに一杯おごって下さるってさ。いっしょにどう?」

樽のあいだからフリッツ・ペシュケが這い出してきた。肝臓病みみたいに顔が真っ赤で、額の真ん中に大きなコンマのように黒い捲き毛。

「殿方どうし、もうお知り合い?」パチョウリは甘えた声を出し、ボーイフレンドの肩に手をかけた。その身ごなしには金無垢のやさしさがこもっていた。

「ばかなまねはよせ」とペシュケは飛びあがり、相手の指に食いついて乱暴にぎゅっと噛んだ。

「あらだめよ、痛いじゃないの。」口調こそ非難がましいが、声はレースが思わず身をすくめたほど女っぽかった。レースはまたしても恋しさの思いに襲われた。なにか漠としたあるものへの恋しさ、泣かせてしまってから仲直りして、ライトに照らされたショーウィンドウの前で明るい街路を手に手を取って行く女性のやさしさへの恋しさ。車のクラクションとサイレンが歌い、路面電車の警笛の伴奏を聞かされながらショーウィンドウの衣装《ドレス》に恍惚とする。近くには幅の広い川の水音がざわめいている。

バラックから疲れた声が叫んだ。「とりあえずわたしを自室まで連れてってくれ。後はどうなとそっちの勝手にしろ。」

パチョウリもレースもそちらに目を向けた。ラルティーグ少尉がやっとの思いで起き上がり、背丈の高さがおあつらえ向きと見たその小男の肩にどさりと身体をあずけてドアのほうにのろのろ歩いて行った。ドアの下でくるりとこちらにふり返った。「後で来てくれるな、レース?」

が、ペシュケがずんずん先に歩き、少尉はついて行かざるを得なかった。ドアを閉める前に、ペシュケはもう一度残してきた友に妬ましげな一瞥を投げた。

レースは思わずニヤリとした。が、彼はどうやら上《うわ》の空だったらしい。バラックを出がけに、ドアの低い梁《はり》にいやというほどおでこをぶつけたからだった。

戸外は夜空が大きくひろがり、空が高かった。風が細かい砂をしきりに吹きつけてなまこ板の屋根を鑢《やすり》がけしてつるつるになめし、月が屋根にやわらかな光をひろげると屋根が鏡のように光を反射しそうだった。

賄い場の中庭は真四角で、前哨基地の右隅の真ん中にあった。三棟の平べったい小屋にはワインと小麦粉のほかにいろいろな食料品が貯蔵されていた。レースはワイン小屋に寄り添った二室の小部屋に住んでいた。中庭の一隅には塔が立っていた。前哨基地全体でいちばん高い建物で、平屋根の上に旗がひるがえっている。基地を独裁するガストン・シャベール中隊長がそこに住んでいる。しかし彼はバルザックの同名の人物のように悲劇的な運命には縁がなく、また残酷な妻もいはしなかった。

　中隊全体を統治しているのは本当は中隊長夫人だった。夫人はフランス本国に住んでいるというのに。塔の部屋の小さなテーブルの上に夫人の肖像写真が置いてある。二重顎で口元のせまい、まんまるの顔。おそろしく非難がましい、非妥協的な目つき。シャベール中隊長は戦争前はルーアンの現金輸送係だった。夫人は古いユグノーの家系の出だった。中隊長はそのことを伝令のサモタージィーに話した。ところが伝令はシャベール夫人の手紙を読んでフランス語の知識を豊富にしていたので、やがては連隊中がこの遠方の夫人の善意を知るところとなった。兵隊たちには、と夫人は手紙に書いていた、やさしく接してあげることよ。なんといっても兵隊たちは人間なのですし、神の被造物ですもの。神はいかなる暴虐行為に対しても、いかなる加虐行為に対しても、容赦なく申し開きをもとめます。重い罰が予想されるのは、あの落後者たち（彼らは故郷喪失者で、しばしばもう重い罪に押しひしがれています）のだれかを苦しめる者たちのほうです。苦痛は、重い罰は、呵責のない彼岸にも存在するのですよ。シャベール中隊長はめったに兵を監禁しなかったが、どうやらこれがその理由だったようだ。生来の人の好さのせいもあっただろう。だから、セメント・ブロックを寝台にした狭い独房の留置場はほとんどいつも空っぽだった。かりに独房が使われたとしても一晩かぎり、それ以上保《も》ったためしはない。監禁の理由は、大方は埒もない飲酒だった。翌朝になると中隊長は父親じみたお説教をして宿酔《ふつかよ》いの兵隊を釈放してやった。「次の時は、なあ、もっと早く寝なければいかんぞ。考えてもみろよ、セメントは固くて冷たい。おまえをマットレスで寝させてやれないのでわたしは心が痛むよ。」だが下士官が兵の反抗的な態度に苦情を訴えるとこんな返事が戻って来た。「拳骨があるだろう、それを使ったらいい。紐で縛るのがいやなら上着を脱がせたっていいじゃないか。」

　レースが自室に入るドアを開けると、犬のターキー〔トルコ人の意〕がお迎えに飛んで来た。犬のつめたい鼻面が顎にさわった。ターキーは声でリズムをとって吠えた。はじめは長く引っぱるようにキイキイ、次に深い、ごろごろうなる声音を二度。ターキーはダックスフントに似ていた。ただターキーのほうが身体つきが大きい。ターキーが賄い場にきたのは二ケ月前のことだった。ガリガリに痩せこけて体毛はバサバサだった。それからというものターキーは腹一杯食えるようになった。ただしふとって円筒のような格好になった。湾曲した脚がやっとのことで重い胴体を支えていた。しかし大抵はよたよた歩きがせいぜいだった。だから大方はぴょんぴょん跳ねて目標をまたぎ越し、またぎ越してから腹這いになって後戻りするのだった。

「なあ、伍長」とカインツじいさんが言い、壁の影から見知らぬ男を連れて出てきた。「おれの友だちだ。今日新兵を連れて着いたところだ。ベル‐アベッス以来のダチ公でよ。いかす野郎だ。ほら、伍長、まじりけなしのジョブだぜ。あんたのために一本取っといた。な、トッドがおれにくれたんだ。残ったジョブの最後の一本だ。しみったれた男じゃないぜ。やつにワインの一ケースもおごってやりなよ。」

「じゃあトッドっていうんだな。」質問ではなくて確認だった。レースは月光のサーチライトで新兵を観察した。黄色い顔は骨ばって長く、まばらな髭がパラッと顎に生え、それがなおのこと顔を長く細くしていた。レースは手を出してあいさつし、相手はその手に自分の手を重ねた。手は冷たく乾いていた。双方の手はかなり長いあいだ結んでいた。すくなくとも二人にはそう思えた。

「ここにいるといい」とレースは言った、「何人かの兵隊と知り合いになれるからな。それとも点呼に行かなきゃいけないのかな?」

トッドはうなずいた。口をききたくないようだった。二人は床に並んですわり、小屋の外壁にもたれかかった。

「おい、カインツ、ラルティーグ少尉にシュナップスをもう半リットル持ってってやれ。鍵は持ってるよね。」

彼らは二人きりになって沈黙した。レースは相手の沈黙に脱帽した。こんな沈黙はふつう外人部隊では異例だった。最初にいきなりどやどや畳みかけて、これまでの一生の話を済ませるのがお決まりだった。猫も杓子もその昔は伯爵だったり、百万長者だったりした。大犯罪者かと思うとギャングのボス、将校かと思うと革命家だった。トッドはしかし黙っていた。胸の上で手を組み、月光がその手首を照らし出した。それは奇妙な形をしていた。うすくて、関節球がばかでかい。

「トッドだなんて、どうしてそんなおかしな名前にしたんだ?」レースがたずねた。言いながら、ためらいがちに自分の肩にふれている相手の痩せた肩に手を置いた。

「わからない。はじめはフリッツ・トッドと名のってた、

〈d〉が二つのトッド（Todd）だ。ところがやりとりしてるうちに、それがなくなっちまった。ドイツ人たちが〈d〉を一つ落としちゃったんだ。よかった。実際自分でも死《トート》（Tod）にあこがれてたからこの名前にしたんだ。ばかげてると思うだろ、百も承知だ。でも、あちらのおれたちの国、特にウィーンがどんなありさまだったか、きっとあんたも知ってるよな。戦争があり、革命があった。それから何年も経っていなかった。何をやっていいのか、もうまるでわからなかった。闇商売をちょっとやった。でも、キャバレで金をばらまいたけど退屈だった。それから食うものがなくなって、みんな街頭でばたばた野たれ死にした。それもこっちにはどうでもよかった。ピストル自殺したやつもいた。おれはせいぜいが小切手の偽造をしたぐらいだ。で、ふん捕まえられそうになったものだからさっさとウィーン駅でフランスの保護下に入って、つまりは外人部隊《アンガジェ・プール・》志願《ラ・レジョン》というわけさ。」トッドはまた黙り込み、長い手をこすり合わせた。

　ワイン小屋から重い酢のにおいがにおってきた。そのにおいがレースにある記憶を目ざめさせた。昼食の時間にサラダを自分で作っている父の姿が浮かんできた。オリーヴ油二匙《ふたさじ》、それから木匙の底にナイフの先で辛子をつけ、木匙のくぼみに酢を満たして、木のフォークでかきまわす。茶色の液体が大皿にはね散って、温かい部屋のなかに酢のにおいがひろがる。

「おれを外人部隊に入れたのは父親だ。」レースは自分がそう言うのを耳にした。しながら真向かいの壁に目を凝らした。月光が壁の上にまっ白な布をひろげ、布の一部は床までかぶさっていた。「それもストラスブールの募集事務所まで連れて行かれた。なあ、スイスで暮らしてたんだよ。そこで何度かばかなまねを仕出かした。借金だの何だのと。で、スイス人たちはおれを労働施設にぶち込もうとした。放蕩三昧の廉《かど》にて、ってわけだ。おれはドイツの父のところに行った。父は最初スイスに送り返そうとした。それから思い直した。外人部隊、これぞ救いの神だとね。そしておれの旅券を手に入れて、旅のあいだじゅう父はずっとそれをポケットに入れて持ち歩いていた。そうだ、マインツでは採用になりそうになかった。歯痛のせいだ。ストラスブールで別れ際に父は泣いた、いい齢をした男が。そして五十フランをおれの手に押しつけた。そうだ。涙よりはましだった。伍長になるまでなんとかこぎ着けた。それ以上までは行かない。親父は、おれが将校になって帰国するものといまもって信じている。」

　信号ラッパが顫音《トリル》を長々とひっぱって前哨基地中に鳴りひびき、近づいてはまた遠ざかった。しわがれた声が「点呼」と呼ばわった。

「行かないとな。後でまた戻ってこいよ。どこの分隊だ？　機関銃分隊？　そいつはいい。ラルティーグ少尉はいいやつだ。」

レースはひとりになった。自分が事実をしゃべったのが不思議な気がした。ふつうなら皆がやっている例にならって、虚構の真実をひけらかすところだった。スイス軍の将校、人妻との色恋沙汰、夫による発覚、逃亡。立ち上がって自室からブリキ瓶を三本持ってくると、ワイン小屋に中身を詰めに行った。

八百リットル樽がまるまると重たく薄暗がりに並んでいた。酢のにおいがきつくて、思わず息が止まった。レースがワインを瓶に詰めているあいだ、月が小屋の屋根の割れ目から何本もの白い棒を差し込んで濡れた床を触診した。

後ろをふり向くと五人の男が中庭をこちらに向かって来るのが見え、レースは彼らを出迎えた。

第2章　夜の物語

先頭を行くのは例の相思相愛のお二人さんだった。ぴったり寄りかかりあって身体をゆすっている。パチョウリの顔は酷薄な月の光を浴びて見るからにはれぼったくつるりとしていた。なめらかでしわひとつない。裸の肩も、毛を剃ったふくらはぎを膝までむき出しにしてずり落ちた茶色の衣装も、そそるような刺激をかきたてた。ペシュケは少尉から借りた絹シャツを身に着け、白いカラーを折り返して襟元を開け、それに乗馬ズボンと黒の脚絆を穿いていた。

お二人さんの後にはスミス伍長とピエラールが続いた。こちらは毛色がガラリと変わり、いっしょに歩いているのが不思議な感じさえした。スミスはでっぷりふとったメクレンブルク人。肩が水平に張り、その上に丸坊主にした頭蓋骨が鎮座ましましている。頬っぺたが肉厚の濡れた口の左右に袋状にでろんと垂れ、その口の上に鼻孔が巨大な洞穴のようにぽっかり開いている。鼻は扁平で、横顔ではほとんど目につかないほどだ。

ピエラールはベルギー人だった。まんまるのスミスと並ぶと大兵《だいひょう》に見えた。するどい顔の上に銀色に光る剛《こわ》い頭髪がつっ立っている。背中に腕を組んで上体をぐっと後ろに反らせているので、ピエラールの歩き方は威風堂々としていた。

殿《しんがり》をあいつとめるのは、腕も脚もぶらつかせてやってくるトッド。

彼らはひとりひとり別々に出迎えを受け、レースの小屋の前に腰を下ろした。それは、中隊長の窓から死角になっている唯一の場所だった。レースはブリキのコップにワインを注いだ。コップがおごそかに干された。それから座に沈黙が来た。

と、ピエラールが水筒をつかんで、たっぷり長々と飲んだ。「今夜は悲しいんだ」とピエラールは言った。思いなしか声がしゃがれた。ピエラールは口髭の端をくるくるまるめ、それを考え深げに口のなかに入れて座の面々の顔を目でかすめ、最後にパチョウリとスミスのあいだにいるレースに目を据えた。それからピエラールは、フラマン語なまりの強いドイツ語で声低く話をはじめた。「大戦中の何年のことだったか、あれも七月十四日に、同じ水筒で国王陛下といっしょに飲んだ。」彼はまた黙り込んだ。ワインがきいてきたらしく、顔の皮膚に血の気がさし、カッと開いた瞼のあいだから目玉が飛び出した。上半身が前方にいくぶん沈み気味になった。しかしピエラールはまたもや唐突に飛び上がり、座をぐるりと見渡した。と、そのガリア人風の顔にさげすむような影が射した。筋道をきちんとつけて話しはじめたが、顔はレースのほうに向けていた。「そうだ、わたしはよくアルベール国王と話をした。国王の副官だったものだからね。大尉で、中隊の指揮を執っていた。」もう一度ピエラールは聴き手たちの顔を見まわした。無関心しか見てとれなかったので、それが彼の怒りをかきたてたようだ。

「本気にしてないみたいだな？　でもレース、あんたは本気にしてくれるな？　二人でよく話し合ったよな、ラシーヌやゲーテやヴォルテールのことを？　え、それに二人ともラテン語も知ってる、そうだな？

Odi et amo quare id faciam fortasse requiris

Nescio sed fierim sentio et excrutior.」

彼はまた黙り込み、レースに目くばせをした。と、壁の蔭になったトッドのいる暗がりから小声の翻訳が聞こえた。

「わたしは憎み愛する。なぜそんなことをするかと、きみは尋ねるだろう。わたしにはわからない。しかしわたしはそのようにすることを、心に感じて傷む。」

ざわめき声。だれだろう？　ピエラールは仰天した。レースは思わずニヤリとした。やがてピエラールは気をとり直し、ここにいる人間のなかにもう一人教養人がいるのがうれしいという表情をした。だったら理解される当てがあるわけだ。レースがまたなみなみとコップを満たし、一同トッドとコップをかち合わせ、明るい光を浴びて突然おそろしく老いてミイラじみた顔つきになったトッドの顔に自分たちの顔を近づけた。トッドはなかば瞼を閉ざしたままうなずいてから、また影のなかに沈んだ。ピエラールは二クォートのワインを続けざまに喉に流し込み、口元と顎についたしずくをぬぐうと、その手を髪の毛でぬぐって話を続けた。声高にひけらかすような調子の声だった。

「わたしの名は本当はレーヴェンジュールというんだ。レーヴェンジュール男爵。祖父はバルザックの親友だった。きみは知ってるね、レース、バルザックがどういう人間か？　フランスの大作家だ。」彼はレースの顔を見つめた。パチョウリがこれ見よがしのしぐさをした。それまではずっと友の膝に頭をのせて横になっていたのだ。彼は身を起こしてあざけるようにメエメエ鳴きをし、いっしょに笑おうと誘いかけるようにレースの脇腹をつつき、それから指をひろげてペシュケの髪にさし込んだ。「やめろよ」と彼はピエラールに言った。ピエラールのほうはレースの返事を待ちうけていたので、パチョウリが目にとまらなかったらしい。そこでパチョウリは構うのをやめ、身体をまるめて友のほうに押しつけるとまたもや沈黙に落ち込んだ。

「どうして外人部隊に入ったんだ？」レースは返事を免れるために質問をした。

「外人部隊に入ったのは二年前のことだ。どうして入ったかって？　話せば長い物語さ。話していいのかい？　きみたちを確実に信用していいとわかりさえすればな。きみはいいよ、レース、それにスミスもだ。でも他の連中は？」

はじめてペシュケが口を開いた。ベルリンなまりをわざと誇張して言った。「おれのことは心配いらねえ。」「あたしはお墓みたいに口が堅いわよ」とパチョウリが目をつむり、眠たそうな声をして保証した。

「わたしはきみと同じ時期にベル－アベッスに来たんだった」とピエラールは言った。「しかしきみは下士官学校に入ったのに、わたしは目立たないようにじっとしてなきゃならなかった。なぜって素姓がバレたら当局に引き渡されるにきまってるからだ。きみも知っての通り、窃盗罪なら外人部隊は引き渡さない。だけど殺人となるとね……」ピエラールはちょっと間《ま》を置き、レースにじっと目を据えた。こちらは客を迎える主《あるじ》として注意していることを示す義務を感じ、気をはりつめて戦友の口元を見た。パチョウリがくすぐったそうな声を上げてペシュケの手をもてあそんだ。スミスとトッドはなにやら小声のことばをぶつぶつぶやき、おたがいにワインを注ぎ合ってブリキのコップをかち合わせた。ピエラールは、メロドラマを演じているように大仰な身ぶりをし、興奮して話を続けた。

「わたしの一家の城館はオステンデの海辺にある。わたしたちは富裕で、貴族階級全体にわたるつき合いもあった。だから戦争前にはフォン・フュルテンベルク侯のお招きにあずかってよくドイツへ行くことがあった。妻とはそこで知り合ったんだ。戦争のあいだ妻はわたしたち一家の城館に暮らしていた。城館には妻も暮らしていたけど、イギリスの将校団もいっしょに宿営していた。妻自身がイギリス人で、卿《ロード》の娘だった。卿《ロード》……」ピエラールはほとんど目立たないくらいのためらいを見せて、「チェスターフィールド卿の」と吐き出した。彼はちょっと間を置いて水筒のワインを飲み、咳払いをした。それは、まるで曲がはじまる前のレコードの引っ掻き音みたいな感じだった。

「そう、妻はベルギー人よりイギリス人のほうが好きだった。終戦後わたしは故郷に帰った。イギリス将校団は引き揚げ、若い大尉がまだ一人だけ残っていた。その男は父に取り入り、妻も彼をたいへん高く買っているようだった。妻は彼を相手によくテニスやゴルフをした。ちなみにわが家には広大なゴルフ場があるものでね。」

「で、その大尉の名前は何というんだ？」と後ろのほうからしゃがれ声がとんだ。トッドの顔が光を受けてあらわれ、開いた口に欠けた歯の隙間が目だった。

「大尉の名は、大尉の名は何というんだと？」ピエラールはことばを延ばした。彼は、レースが答を知っているとでもいうように、レースに視線をからみつけた。「さてと、英語の名前で、忘れたな。」

「おかしいじゃないか、英語の名前だなんて。だってイギリス人将校だったんだろ」とパチョウリがさえずり、片手を使って煽ぐようにした。

「アルスコットという名前にしておこうか」とピエラールが言った。

「ふむ、アルスコットね、じゃなきゃドイルとか、スミスとか。スミスって名前じゃいけないのかな？　きっとそいつはおれなんだ、おれは大尉だったことなんかなかったけどね。」スミスはプッと吹き出し、くだんの機知が上出来と思ったものだからピシャリと膝を打ってトッドを小突き、レースに向かっては、どうだいっしょにゲラゲラ笑って、おれの発言のおもしろさをしかるべく評価してくれとばかりに誘いかける。

　が、このあからさまなあざけりも、ピエラールには蛙の面《つら》に水であるらしかった。とどのつまりは、他の連中がニヤつくのに同《どう》じなかったレースのほうにまたしても顔を向けた。

「この大尉はこうして数ケ月間わが家の城館にいた。やがて発って行った。故国イギリスにね。妻は彼がいなくなっても別にどうということはない様子で、彼のことは二度と話題にしなかった。ところがだ、一年ばかり経った頃だと思う、妻はちょっとした旅行を計画しはじめた。妻は一週間以上家を空けたことはない。彼女が言うには、イギリスの父の家に行ってくるのだと。そしてわたしは、そこからしょっちゅう手紙をもらってもいた。するとさる空軍将校が、名前はフォアツーガルテンというのだが」(ピエラールはその名前を、ほら、おれはこんなに記憶力がいいんだぞ、とでも言わんばかりに自慢げに口にした)、「そのフォアツーガルテンが妻をブリュッセルでよく見かけると言うんだ。〈ブリュッセルで？〉わたしはたずねる。〈そんなはずはないね。だってわたしはいつも、チェスターフィールド卿が領地をお持ちのミドルセックスから手紙をもらうのだから。〉〈うん〉とフォアツーガルテンが言う、〈それはそうなのだろう。しかしわたしは彼女にブリュッセルで会ったんだ。若いイギリス人にエスコートされているところを。ともかく彼女はいつもスプレンディッド［ホテル］にいる。〉そこでわたしは出かけて行った。チョッキのポケットに入れてらくに運べる小型のワルサー拳銃を持ってね。いたって実用的な代物だ、と申し上げておこう。シガレットケースを取り出そうとでもするように、二本指でポケットからつまみ出せる。こうしてある朝スプレンディッドに行った。部屋に入ると二人ともまだベッドで寝ていた。そこで二人をあっさり射殺した。拳銃はほとんど音を立てなかった。人目につかずにホテルを後にできた。それからリーユで志願兵募集に応募した。そう、リーユでね。あそこでは大酒を食らった。戦友みんなに椀飯振舞してやったものだ。」ピエラールはペンのインクが突然切れたように黙り込んだ。またしてもワインをブリキのコップにたっぷり注いだ。ピエラールは飲んだ。それからまだ物欲しげに口髭についたしずくをなめた。貴重な液体を一滴もなくさないように。

「ベルリン・オペラのバレエで『タンホイザー』を踊っていたとき、舞台がハネるといつもフォン・レーヴェンジュール男爵があたしの楽屋にきて、いっしょに寝ようって言ったわ。あれはそちらのご親戚だったの？」

ピエラールは、相手が自分をおもちゃにしているのではないかと疑うように目を上げた。だがパチョウリはまじめそのものといった顔つきだ。手の甲に顎をのせ、小指を気取って張りひろげ、唇を小さな暗い輪にすぼめている。

「そう、そういう不自然な傾向に耽溺している従兄弟《いとこ》が一人いる」とピエラールは言った。顔がゆがみ、上体がぴくんと緊張した。高慢な侮蔑の色が彼の身体から放射された。「外人部隊ではそういうことが日常茶飯事であるのは知っている。だれももう殊更な反応をしない。しかしわたしはむかつく。」

パチョウリははじめて居合わせる面々の顔に視線を走ら

せた。おそらく皆の態度決定を確かめようとしてだろう。見て取ったのは無関心。それが彼に勇気を与えて甲高い笑いを発したが、ひさしい訓練の賜物とみえて、それがさほど不自然には見えなかった。と、笑いが伝染して残る面々の口元もゆるみ、どっと大声が上がっていかにもおもしろそうな風情をかもしだす。

「へえ、きっと二重殺人のほうがお上品と思ってるんでしょうね？　えっ？　それともあたしたちがおそれ入ると思って作り話をデッチ上げたのかしら？」パチョウリは攻勢に転じた。が、ペシュケは覚めていた。彼は友の振舞いに自分の責任があると思った。

「黙れ」とペシュケがズバリと言った。パチョウリは口をゆがめ身体をまるめて、一瞬黙った。それからやわらかい歌うような声でまた話しはじめた。

「劇場にいた頃は、皆、あたしのことをいつも〈奥様〉って呼んでいた。お友だちは最高にすてきな道楽者ばかり。どんちゃん騒ぎをしたものだわ。イギリスの大詩人のオスカー・ワイルドっていう人が」――パチョウリはその名前をドイツ語風に発音した――、「お友だちだったわ。あの人はいつも黄色い蘭を持ってきてくださった。」

レースはゲラゲラ笑った。

「その人ならとっくに死んでるよ、パチョウリ。」

「だったらあれは息子だったのよ。」パチョウリは哀願するように、言葉をさえぎった相手のほうに手をさし延べた。「あたし、名前を取り違えたのかもしれない。でもイギリスの大詩人だったことは間違いないわ。だってあたしに本をプレゼントしてくれたんだもの。すばらしい挿絵がついてて、あたしにはちんぷんかんぷんの献詞があったわ。〈我がパエトンへ〉だって。」

「パイドン、パイドンだ」とレースが茶々を入れた。

「パエトンは車だ」とトッドが彼のいる隅のほうから言った。

「その通り」とピエラールが念を押し、胸の上で腕を組むと、復讐してやったと思った。

「そんなことはどうでもいいのよ」とパチョウリはぺらぺらしゃべり続けた。「何かにつけてその詩人の奥さんがあたしにすごくやきもちを焼くの。うそだと思うでしょう？」憐れむように肩をすくめる。「だってこういう人たちって、大概結婚してるのよ。子供もいるの。ただしご自分のお子さんかどうか、それは疑問ね。モルトケ伯爵は五ケ月あたしを囲っていたけど、お家には子どもが三人もいた。お子さんたちはさぞかしお腹を空かしたでしょうね。伯爵はあたしのために有り金をはたいてしまったのですもの。」

パチョウリは話を中断した。肩に手がかかって、ペシュケが語気荒く言ったのだった。「大口をたたくな。恥さらしはやめろ。おまえなんぞせいぜい安キャバレのアチャラカくずれじゃないか。それもまあワンサであっぷあっぷしてただけよ。このオカマ野郎が。」

が、パチョウリは身をもぎ離した。甲高い、わめき散らす老婆の声で最大級の悪罵を友に浴びせかけ、ジゴロだの、ヒモだのと言った。「あんたはここのトルコ人にあたしを高く売りつけて、あたしがお金を稼いでるというのに、自分だけの散財をして女どもに金をばらまいてるじゃないの。」話はキリがなかった。

ペシュケは落ち着いていた。ひらひらさせている手をパッと捕まえ、肱を逆手にとってぐいぐい曲げると、相手はめそめそ泣きながらしまいには黙った。

「じゃあ、おれがひとつおもしろい話をしてやろう」と彼はパチョウリの腕を放し、後手に寄りかかって両手で身を支えた。「戦後はまあ気違いじみていたもんだ。おれははじめはハーゼンクレーファーのところでラインラントにいて、それからミュンヘンのクーデターに加わった。なあ、まるで実用本位てなもんさ。あるときは赤軍、またあるときは白色義勇軍。飯を食わせてくれるところならどこでも構わねえ。ミュンヘンで契約将校のトランクを失敬してズラかった。トランクのなかにあった制服があつらえたようにおれにぴったりだった。ベルリンに着いたときには、もう見るからにイカしたね。それに金もあった。あるとき街頭で女の子を見つけた。後をつけると向こうも気がついて、こっちがついてくるままにさせている。腕をかして住まいまで連れて行く。パパに紹介する。フォン・シュヴァイディッツ伯爵。とてつもない金持ちで騎士領の持ち主だ。なあ、パパが言うには、娘が気に入ったらいつまでもいていい。女の子とすてきな夜を過ごした。専用の浴室があるんだ。それに衣装室！」

ペシュケは黙り込み、つばを吐いた。マッチをすると、彼の骨ばった顔と爪をかじり取った武骨な骨ばった手が照らし出された。彼はシガレットの最初の一服を深々と胸に吸い込み、それからみんなにシガレットを薦めた。

「コカインがあるといいんだがな」とペシュケはため息をついた。

「あ、コカイン、うんうん。あれでおれはしこたま稼いだものよ。」スミスが身をのり出した。スミスの手は何かをもぎ取ろうとするように指をひん曲げて虚空をつかんだ。彼は自分が話をする権利をだれかが奪うのではないかと、不安そうに座を見回した。「おれはおしゃれなフランス女だの、ミュージック・ホールの踊り子だのをたんと知ってたけど、彼女たちをおそれ入らせるだけの金がなかった。」スミスは、ペシュケがベルリンっ子なまりをわざと誇張するのと同じく、英語なまりをうんと誇張した。そんなふうに誇張するのも無理はなかった。それは、有象無象からおのれを区別し、個性の名のりを上げる手立てなのだ。ある国、ある都市のしゃべり方、話し方を、もっともみごとに体現している男が、賞金のように、免状のように、当の国、当の都市の名前をわがものにした。ひとつの目的が達成されたのだ。「ベルリンっ子」なり、「ウィーンっ子」なり、「イギリス人」なりであることは、決して徒《あだ》やおろそかな瑣事ではなかった。スミスは、自分が中隊のなかでもう「仕立屋」ではなく「イギリス人」と呼ばれていると聞かされると、誇りのあまりほとんどはちきれそうになった。造作もないことだった。彼は大英帝国で生きてきて、「そうなの、バナナはないわ、今日はバナナはおあいにくさま」(Oh yes, we have no bananas, no bananas today) と歌える唯一の人間なのだった。

「いつだってこうなんだ、女どもは。金がないからってバカにするんだ。けれどある晩、おれはドックで一人のシナ人と出遭った。おりしもみじめな気分で、仕事がなかった。文なしだった。運河の縁を往ったり来たりしてた。で、こちらがくるりと向きを変える度に、シナ人もくるりと向きを変えてこっちにやってくる。とうとうおれは、何か用でもあるかとたずねた。〈オー、イエス〉とシナ人は言った。どうだね、がっぽりお宝を稼ぐ気はないか？　あんたがよくきれいな女たちといっしょにいるところは見て知っている。あの女どもがとてもほしがるもの、あるのことよ。あたしについてくる気ないか？　おれはついて行った。ぶっそうな目に遭うはずはない。なにしろこっちは無一文なんだからな。それでも万が一ということもある。おれはそのチャイナマンに、つまりシナ人に、空っぽの財布を見せた。相手は笑っただけだ。それからおれたちはある小さなルームに入った。そこでシナ人は白い粉入りのちっぽけな紙袋を見せた。〈スノーね〉と言った。雪のことだ。そして説明するには、これはコカインだ。バイニンをやってみる気はないか。特にフランス女がこの粉にえらい敏感でな。〈オー、ヤー〉とおれは言った。ぜひともやらしてもらいたい。ところでそれをやってどのくらい稼げるんだ？　さてシナ人の言うには、あたし、グラムあたり半ポンドであんたに売る、それ、あんたらくに一ポンド要求できるあるよ。」スミスは憐れむように聴き手のほうに顔を向けて、一ポンドを「エイ・パウンド」と発音し、一ポンドは約二百フランだと説明した。大金だ。スミスの話はここで中断された。隅のほうで食べたものを消化していた犬のターキーが、身体をひょこひょこゆするような足取りで営庭を横切ってくる、明るい、ひょろ長い姿に向かってきゃんきゃん吠えかかったのだ。

「レース伍長」とはるかかなたからシトニコフ軍曹が言った。発音が極端に明瞭なのでかろうじて呼びかけの用をなした。「ちょっと来てくれないか。」

レースが立ち上がり、二人はたいそうていねいに頭を下げてあいさつを交わした。シトニコフの言うには、ワインを一杯もらえるかどうか訊きに来ただけなので、おじゃまするつもりは毛頭ない。とんがり頭をぐいと突き出し目をしかめて、シトニコフはだれが来ているか確かめようとした。ペシュケとパチョウリがいるのを確かめると、鼻にしわを寄せた。だがレースがあの二人はまもなく消えるからと念を押すと、おそるおそる近づいて来て、スミスとピエラールには気さくにあいさつをし、愛のお二人さんがさし出した手には気がつかないふりをし、トッドには自己紹介したうえで心をこめて相手の手を長々とにぎった。それからターキーの頭を撫で、だが犬のほうはなかなかおとなしくしようとせずに軍曹の身のまわりの香水のぷんぷん匂う空気をいぶかしげに嗅ぎまわった。

「どうも、スミス伍長、お話中をじゃまして申し訳ない。」ほっそりした手を振ったが、その手は自動的にいつもの場所に、ということは顎の下に戻り、そこで首のつっかえ棒になった。シトニコフ軍曹はひたすら気を遣った。

「そう、それからは万事がうまく行った。小柄なフランス女はおれがやってほしいことを何でもした。おれが〈スノー〉を持っているという話はむろんそこらじゅうにひろがった。猫も杓子もおれのブツをほしがった。どんな望みもすぐに叶った。無料入場券も、シャンパンの晩餐も、女たちとの夜々も。それもねえ、美人ばかりだった。」スミスの分厚い下唇につばがあふれ出て、それを彼はぴちゃぴちゃ音を立ててたえず口にのみ込んだ。シトニコフはうやうやしくうなずき、パチョウリはあくびをし、ペシュケはバカにするようにピシッと指を鳴らした。そんな内輪のなれなれしさをてんから無視したピエラールは、月に向かってまばたきをした。

「ときには自分でもヤクをやってみた。あるときかなりの量をきこしめしてから、とびきりノーブルなレストランに入った。」――スミスは突然お得意の英語なまりを忘れたようだったが、すぐに立ち直り――、「とびきり上品なホテルのね」(とホテルの最初のシラブルを強調して)。「すると近くのテーブルにレディーがいて、こちらをじーっと見ている。たぶんおれのキラキラ光る眼や、まともな食欲がないのに気がついたんだろう。立ち上がって、いっしょに来いと合図をした。彼女はグラム二ポンドでどうかと言ってきた。だけどおれは言ったよ。〈ノー、マイ・レディー、わたしの望みはあなたとの一夜です。〉彼女はこちらの言う意味がわかった。それがおれにはこたえられなかった。あわれな仕立屋のおれと、おエラい金持ちのレディーだ。しまいにはうんと言った。そうだ、それからは好きなときに彼女を抱けた。彼女は、レディーは、たった一グラムがほしくておれの前に這いつくばった。それでおれは彼女《そいっ》をいじめるんだ。〈何をやっても〉とおれは言う、〈ない袖はふれないよ。〉おれは目の前で彼女を裸で踊らせた。彼女は何でもした、たった一服のために。レディーがだ。」もの思わしげに、また自分の重要さに驚愕したように、スミスは坊主頭をころころ転がした。

「で、それから？」レースがたずね、固唾《かたず》をのむようなふりをした。不快な間《ま》をぶち壊すためにそうした。シトニコフとトッドの手前恥ずかしかった。だってこの二人は、つき合う相手次第でこちらを評価しかねないものな。「で、それから？」スミスがあいかわらず黙っているのでもう一度たずねた。

「それから逮捕されちまったのよ。手元にある金がちょうど保釈金に足りた。それで釈放されたけど、例のレディーは、おれが恐喝をするんじゃないかと不安になった。前にも一度おれが恐喝しようとしたことがあったらしい。こちらはもう正確におぼえていなかったがね。彼女はおれの親父にかばってもらった。親父は、訴訟を逃れるために国外に出ろと圧力をかけてきた。十ポンドくれた。でもたちまちパリで浪費してしまった。それから志願兵募集事務所に行ったんだ。そうだ。」

座は黙した。だが沈黙はわずかのあいだにすぎなかった。トッドがいきなり弱音器をつけたラッパのような声で沈黙を破った。

「レットウ゠フォアベックで陸軍中尉として勤務していたときのことだ。ヴィースバーデンでバカラで三万銀行券をスッた。じつはエステルハージーというのがおれの名前でね。」彼はドタバタ喜劇でもうろくした伯爵の物真似をやらされたドサ回りの役者のような話し方をした。そして足下の小さな一個の砂利にひたと目を据えながら続けざまにしゃべりまくった。

「さあ、もうやめろよ。似合わないよ。」屋根の蔭から声が響いた。カインツじいさんが出てきた。「そう人をからかうもんじゃない。それに、うちの伍長を侮辱することになる。」彼はレースに近づき、肩を撫でながら、あたかも自分が引き合わせた戦友に責任を感じているとでもいうように深くわびた。

レースは戸惑いながら握手をした。カインツじいさんは腰を下ろし、目の前に罎を突き出した。「シュナップス」と彼は言ってめいめいのコップに半分ほど注いだ。一同は飲んだ。

ピエラールは地面に左の肘をつき、胸の上で両手を組んでいた。そうして星空を見上げた。くしゃくしゃになった髪の毛が額の上に落ちてほの白く光った。彼は下唇をだらりと垂らして顎を角張らせ、まるで酔いどれの軍人皇帝みたいに強く、近づき難いように見えた。

スミスは反対にせかせかして一口一口ちびりちびりと飲み、栄養過多の三才児さながらだった。汗のしずくが鼻橋に光りほのめき、眉にぷるぷるふるえた。

ペシュケはガブ飲みした。最後の一口はかならずコップに残し、それから大きくはずみをつけてそれを地面にこぼした。おそらくひさしく忘れられ、その埋もれたままの部分が彼のなかでいまなお夢を見ている、名もない人びとへの供物なのだろう。

シトニコフ軍曹は親指と人差し指で把手ではなくコップそのものをつまんでいた。コップにリキュール・グラス並みに細い首があるみたいに優雅に。そしてそのコップを一気に飲みほしながら目をつむった。

トッドはどろんと元の無関心に舞い戻っていた。注いだときのままのコップが目の前にあった。彼は左の掌も右の掌もぺったり地面につけていた。片方の掌の人差し指におそまつな鉛の指輪が光っていた。

パチョウリは、飲みいいように後ろに身体をもたせかけていた。ふくらんだ唇でコップのブリキの縁に食らいつき、飲んでしまうと底まできれいに舌でなめとった。パチョウリはもう起き上がらずに、レースの膝に頭をのせたままにしていた。

膝の上の頭のこの重みがレースを刺激した。他人の身体の温かみが孤独のなかにいきなり跳び込んできた。彼は手をあげてパチョウリの短く刈った髪を愛撫した。独り占めといった趣きのこの接触が、ある忘れていた体験を深みから浮かびあがらせた。

十五歳のときにいた全寮制学校がまざまざと浮かんできた。あのとき暮らしていた部屋、年下の、ぽっちゃりした丸顔の、髪の毛のやわらかい友だち。ある夜の消灯後その友だちの部屋に忍び込み、ベッドにもぐり込んだ。と、突然ドアがぱっと開いた。校長だった。校長は彼を部屋に追い返した。次の日、彼は実験室から盗み出したクロロフォルムで自殺を図った。しかし気持ちが悪くなっただけで吐きもどしてしまった。あのときの吐き気が一挙に戻ってきた。うろたえながらも彼は思った。「ほらを吹いたり、自分をご大層に見せたりする代わりに、どうしてこういう本当にあった話をしないのだろう。」ここで目を開けた。そして見た。

ペシュケが身を起こした。そうして右膝を地面に貼りつけたまま、一瞬スタート点に立った短距離選手みたいに両の拳をついた。それから突進し、パチョウリの片方の耳をむずとつかんで宙にひねり上げた。パチョウリが金切り声を上げた。と、相手は耳を放し、革のベルトをさっとはずすと、ビシビシ鞭をくれながら、泣き叫ぶ相手を門まで追い立てていった。

塔の隅窓が開いた。営庭の真ん中まで進んできた他の者たちには毛深い胸が見えたが、中隊長の頭は屋根の蔭になって見えなかった。そしてその蔭のなかから哀願するような声が聞こえた。

「そこの下、静かにしてくれんか。こっちは眠りたいんだ。」

ビシビシ鞭を打つ音はやんだ。走って行く二人が追いつきもつれ合いながら一棟のバラックの暗いドアに消えて行くのが、レースの目に入った。

トッドが鼻唄を口ずさんだ。

　あれが愛なのよ、
　おろかな愛なの。

だがレースは目でよせと制し、トッドはわれとわが悪趣味に恥じ入るように手の甲をかじった。

「おお、ぷふい、ナイン、なんて下劣な！」シトニコフ軍曹がいきりたって、奇妙に凍りついたようなバルト人なまりで言った。声を上げてため息をつき、ともかくじゃまっけな分子が遠くに行ってしまったのだから、もうすこしいっしょにいようと提案した。

一同は同意し、ふたたび車座になった。カインツが強いコーヒーを煎《い》れてくれと頼まれた。カインツはまもなく大きなブリキのソースパンを抱えて戻って来て、ソースパンのなかでコーヒー豆をカービン銃の床尾で碾《ひ》いた。

「いやまったく、伍長、あなたがいま聞かせてくれた話は非常におもしろい。」――シトニコフ軍曹は身内ふうになれなれしい〈きみ《ドゥー》〉呼ばわりが大嫌いで、〈あなた《ジー》〉を使わないと承知できなかった。彼はなれなれしく話しかけられるとわざと聞こえないふりをした。そうして厚かましい古参兵たちに礼儀正しい態度で自分に接することを余儀なくさせた。兵隊たちは蔭にまわると彼らのいわゆる軍曹式ポーズを笑いものにした。しかし面と向かって話をする段となると、むしろそんな礼儀正しさに服従できるのをうれしがっているようだった。

「思ってみてもください、わたしもめったにお目にかかれない目に遭いました。ボルシェヴィキ軍がオデッサに侵入してきたとき、わたしはオデッサで弁護士をしていました。パジャマと部屋着を引っかけたなりで横丁を出た、というか、正確には角を曲がったところの床屋で髭を剃ってもらっていました。そして戻ってくると、住まいのある家並み全体がもうすっかり占拠されてました。打つべきどんな手がありましょう？　わたしは港に行きました。港にはフランスの占領軍がいて、いましも乗船を開始するところでした。そこに外人部隊入りの契約をしたロシア人の一団がいたのです。自分も仲間入りするわけには行かないだろうか、とわたしはその場にいた軍曹にたずねました。だめだ、入隊リストはもう締め切った、とのことです。すると一人の伍長が、シトニコフという名の指物師も入隊契約してたのにぎりぎりの時間になっても現れないのを思い出してくれました。飛びこみでこいつの代役を勤めるつもりはないかね。わたしはうんと言いました。一文なしの、パジャマと部屋着の着たきり雀で、どこに行きようがありましょうか？　こうしてわたしはシトニコフという名前になったのです。」

スミスが声を出してあくびし、ピエラールも調子を合わせた。この両人はおさらばをした。残りのものたちは無言で座を囲んだ。やがて雲のスポンジがいくつか出てきて、残っていた白くかすれた空の黒板から星々の最後のチョークの斑点も消してしまった。

第3章　ツェノ

「来るかい、伍長？　屠殺に行くんだ。」カインツじいさんが言った。砂のなかに尻尾でおもしろいアラベスク模様を描いていたので、ターキーにはカインツじいさんが何を言っているのかわからなかったようだ。シトニコフは手厚いもてなしに礼を述べ、トッドの沈黙を気にもかけずに、慇懃に話しかけながらバラックのドアまで案内していった。

家畜厩舎の門のところでレースは羊飼いのじいさんとばったり出遭った。ブレッド、つまりアルファ草と野生のティミアンしか生えない干からびた平原の牧場まで、羊たちを追い立てに毎朝やってくる羊飼いのじいさんだ。痩せこけた羊たちは鼻面を鼻水でぐしゃぐしゃにしながらせまい格子柵のなかをよろよろつまずき歩いた。レースが羊の頭数を数えると羊飼いのじいさんはうなずき、ときには自分もいっしょに数えようとさえした。「オウアハド、ズシュ、トレータ……」、しかしどうしても三までで打ち止めになった。夜中に生まれた二頭の子羊はまだ身体が濡れていたが、羊飼いのじいさんはそれを腕に抱いていた。見るからに善良な羊飼いのカリカチュアじみていた。カインツは五頭の羊を引きとめて、厩舎から屠殺小屋まで追いやった。屠殺小屋にはユダヤ人の屠殺夫が待ち受けていて、レースにうやうやしく頭を下げた。内臓を村の住民たちに売るので、羊は古い掟にしたがって殺さなくてはならなかった。村の住民たちは、キリスト教徒が屠殺した動物の肉だったらまず絶対に口にしないだろう。

屠殺夫は小柄でしかも年寄りだった。白い顔の頭上に黒い円錐帽がそそり立ち、わずかばかりの髭が白いウールのガウンにふれていた。ガウンから矩形のメスを取り出し、親指の爪で切れ味を試した。カインツが羊をあおむけに投げ倒し、その上に膝をついた。神官のような身ごなしで屠殺夫は片手を羊の鼻面にかぶせ、頭を地面に圧しつけると、よく考えながらメスをギシギシとあちこちに動かした。頸部がぱっくり開いた。血はほんのすこししか出なかった。切り口に白い輪が見えた。気泡がいくつも軽い音を立てて破裂した。カインツが羊の胸にぐいと膝を沈ませた。

レースはしかしユダヤ人の目に見入っていた。その目は血の飛び散った粘土塀を通してどこか目には見えない過去をながめていた。こわばった手ににぎったメスが、羊毛刈りのバリカンみたいにえらく古風に見えた。メスは人間の心臓の鼓動のテンポでピクピクほとんど目にもとまらぬ上下動をしてみせ、うっすらと血の膜に覆われていた。

屠殺夫はマントの裾でメスの血をぬぐい、ぬぐった後にはやわらかい赤みがかった模様が残った。ユダヤ人は、空の青をバックに波状に立ち上がってはまた落下する、粘土塀の上にそびえ立つ遠い山脈《やまなみ》にじっと目を凝らした。

そして残りの羊を屠る度《ほふ》に、うずたかい糞の山のまわりをブンブン銀蝿が飛びかい、ほとんど彼と同じように思い出にうるむ目のぶよぶよにふとった犬がちょろちょろ流れる血をけだるい舌でなめている悪臭にむせ返る営庭に、見知らぬ過去を力ずくで引きずり込む、もの言わぬ、思い出にうるむ服従の色をユダヤ人の目はおびた。

帰る途中でレースはマテルヌ大尉を見かけた。のしのしと大股に事務室の前を往きつ戻りつし、その度に柳の小枝を軽くヒューヒューうならせながら規則的に革脚絆に打ち当てている。その後ろにモロッコ兵の威嚇する拳《こぶし》がふり上げられる。が、そんな威嚇をしたところで大尉の歩行を止めるわけにはいかない。六歩前進、六歩後退。千篇一律の単調さにいらいらさせられる。後ろをモロッコ兵の群れが追う。

「モロッコ兵は三日前に召集されたばかりなんじゃなかっ

たっけ？」レースはカインツじいさんにたずねた。相手は、斬られた頭がひょこひょこうなずき、折れた脚をそのつもりもなくぶらぶらさせている屠殺した羊をのせた手押しの二輪車を押して、すぐ傍を走っている。

「だから連中はあんなにわめいている。今日でもう二日もああやってわめいている。昨日も午前中ぶっ通しでマテルヌと談判していた。」

今度は兵隊たちが大尉を取り巻いた。全員いっせいに三本指を虚空に上げ、沈黙居士の目の前でそれをぐるぐる振りまわした。「三デュロ」と金切り声を上げた。まるで悲劇のコーラスそっくりだ。

カインツじいさんは立ちどまり、おもしろそうに見物した。レースも余儀なく立ちどまった。二人とも集会からほんの数歩離れているだけだった。

マテルヌ大尉がまた二歩あるいた。そこで、囲んだ人垣がそれ以上先に行くのをはばんだ。柳の小枝が手のなかで垂直に立ち、かすかにぶるぶる震えた。首をすくめてまわりを囲んで喚き声を上げている群衆から、大尉は頭ひとつ擢《ぬきん》でていた。その目はむらがる頭どものかなたの、雪をいただく白い山々のほうをながめていた。それから柳の小枝で背後に横たわる平原を指し、小声ながらはっきり言った。「野原に戻れ《ヘムシ・ル・ブレッド》。」とたんにモロッコ兵のピンとのばした手指は折り畳まれ、拳固《げんこつ》はだぶだぶの袖のなかに消えた。群衆は煙にいぶされてしぶしぶ遠ざかる蚊のように、ぶつぶつぼやきながらしだいに姿を消した。マテルヌ大尉はしかし（士官学校に三年、世界大戦四年、レジヨン・ドヌール勲位の司令官、三つ星と二つ棕櫚の戦争十字勲章）こわばった姿勢で直立していた。その目は柔和で、表情は屠殺夫の表情そっくりだった。レースはそうと知っておどろいた。

前哨基地の入口左側に青い布切れに身をくるんだ少女がいた。顔見知りなのでレースはうなずきかけた。ツェノだ。ツェノは近くの村《クサール》に住んでいて、毎日前哨基地にやってきて何人かの下士官の汚れた下着を持って行き、近くのワジ［豪雨の時だけ水の流れる乾燥地帯の河谷］で洗濯をする。報酬はわずかでよかった。大麦ひとつかみ、飯盒一杯のスープ、半個分のパンなど。痩せこけて、汚れた白布を頭に巻き、房になった髪の束を頭の後ろに垂らしている。顔は淡褐色で、きちんと整った顔だち。入墨は入れてない。

ツェノの足取りはおだやかで男の子っぽく、むやみに腰をふったりはしない。彼女はレースに不器用に手をさし出し、昔ながらの慣習にのっとって唇を人差し指にみちびいた。レースに話しかけるときには声のオクターヴが高く、すこししゃがれ気味だった。砂糖とコーヒーがほしいと言い、洗濯物を要求した。カインツがバカにするようにつばを吐いた。カインツは女の敵の役を演じるのが好きなのだ。レースは昼食を済ませてから来ると約束した。はい、よろこんでお待ちします、とツェノは請け合った。何もすることはありませんから。伍長さん、そのうち一度村に遊びに来てくれませんか。お茶とクスクスを用意しておきます。レースはうなずいた。しかし半分方は聞いてなかった。デュポン曹長が前哨基地のなかから荘重な身ごなしで合図を送っていたからだ。

ナルシス・アルセーヌ・ド・ペルヴォアザンというのがおれの本名なのだが、とデュポンは言うのだった、家族とちょっとしたいざこざがあったのでこの名前は捨てたんだ。そのくせ、ゴマをすりに近づいてくる軍曹たちにはナルシスの名で呼ばせたがった。この花の名（水仙《ナルシス》）は彼のいかつい身体にはあまりそぐわなかったが、それでいて（その点では似ていないことはないのでは？）自分の美貌に並み外れて自信があった。髭が頬と顎のまわりにもじゃもじゃ縮れている。この髭を生やしているのはもっぱら、片側の髪の生えぎわからもう一方の生えぎわまでのたくっている入墨の蛇を隠すためだ、というのが当人の言い分だった。ナルシスは相手にする人間次第で、ケチにもなれば、気前よくもなった。だが金だけはいつもたんまり持っていた。彼は中隊の金庫を管理していた。

「おい」とデュポンはレースに呼びかけた、「十一時に大麦を積んだ十六台の車がくるそうだ。ブゥ‐デニブからだ。いっしょに来てくれ。ちょっと説明しておきたいことがある。」

ナルシスはイギリスのシガレットを差し出した。レースはそれが「スリー・キャッスル」とわかった。曹長はこの銘柄をフェズから千箱取り寄せ、それを法外な高値で売りつけていた。

二人は後先になって前哨基地のなかを歩いた。非番の兵隊たちが大勢、そこらに立ったり、バラックの壁際にすわったり、服をかがったり、でなければ銃を磨いたりしていた。機関銃分隊の前でシトニコフ軍曹が理論を教えていた。「ホッチキス機関銃は自動銃で、排出される火薬ガスで駆動する。構成要素となるのは銃身と三脚と……」

シトニコフは親しげにあいさつした。ナルシスはほとんど答礼しなかった。

「イカサマ野郎め」と彼は言って、下顎で上唇を咬んだ。すると髭が前のほうに水平にせり出した。

レースは相手に先を歩かせた。曹長は尻を妙に突き出し、それを振り子のように左右にひょこひょこ動かした。

レースの部屋は静かで、いくぶん涼しかった。小さな窓はよろい戸を下ろしてある。レースは小屋の前の小さな運河で冷やしておいたビールを二本持ってきた。

　グラスを干すと、ナルシスの顔をぐるぐる巻きにした髭がふわふわした泡の雪片で飾られた。それからシェフ（曹長）は話をはじめた。そうして話すのが、見るからにうれしそうだった。言葉の語末音節をいかにもおいしそうに舌の上でとろけさせた。

　商品が発送される場所がここから百キロ以上距離がある場合には、と彼は説明した、服務規定により（「服務規定はどこにあります?」——「ここだ。」——「なるほど!」）百キロごとに二パーセント値段を差し引いてよろしい。大麦を運んでくるスペイン人はいつでもこの余り分を買う、そう、それも現金で払う用意がある。大麦の値段はいまのところ百キログラム当たり六十フランとまあ安くない。いずれにせよ約三百フランの収入になる。こいつはバカにならない。そこで頼みたいのだが、どうだね、そちらが力を貸してくれれば謝礼をするというのは。謝礼の額は五十フランが適当だろうと思う。それで友好関係を果たして満足したいし、その代わり、万が一たまたま将校やおやじさんがくることだってあるから、商品の袋の積み降ろしも監督しよう。現場にいつも立ち会っていれば情報を提供できる。

　レースは承諾した。

「シェフ」と彼は言った（前哨基地でとりわけナルシスのご機嫌を取りたいときには、この呼びかけを使った。これは騎兵隊曹長、すなわちマレシャル・デ・ロジ－シェフに相当する称号だった）。「兄弟のようにわたしのことを気にかけて下さるのですね。何かお役に立てることがあれば、どうかそうおっしゃって下さい。」

　シェフはもじゃもじゃ髭のなかでニヤリと笑った。女の乳房みたいに盛り上がったパット入りの胸を手で叩きながらチーフの言うには、それは心得ているし、自分がどんな人間と仕事をしているかはよくわかっている。レースにははじめから好感を持っている。だからきみを管理部に入れるように中隊長にも工作したし、フード付き外套一着やその他もろもろがなくなったというのでガサが入った例の最初の査察のことをまだおぼえてるかな。あの埋め合わせをしたのはだれだったかね? おれだ、班長《シェフ》だ。そう、あれが人生で面倒に遭わないコツってものだ。適材適所ってことが必要だ。そうしてこそ仕事がたのしみになる。だから伍長とも対等のつき合いをするんだ。レース、きみがそこらの軍曹なんぞよりはるかに教養もあれば感覚も鋭敏だってことはよくわかっている、だからなんだ。まあ管理部でおとなしくじっとしてることだな。年を越したら、いやもっと早くなるな、きみを軍曹に昇格させるように中隊長に提言しておくよ。じゃあ、十一時きっかりにな、それまでひとまずバイバイ。

シェフは角ばってひょこひょこ身体を上下させながら立ち去っていった。

各分隊が配給を受け取りにきた。パン、ワイン、石鹸。それが終わるとレースは前哨基地のなかを散歩し、ブンブンうなる蝿の羽音だらけの、暗いバラックを何棟か見て歩いた。でこぼこの床石、その上に薄いマットレス。茶色の毛布が足下のほうにぞんざいに積み重ねてある。食べ物と人間の汗の臭いが四壁のあいだにしつこく居すわり、両側の開けたドアから入ってくる空気もこればかりは追い払えなかった。

昨夜の睡眠不足とワインの飲みすぎの後にのこる奇妙に醒めた頭のせいか、レースはいつになく目が冴えていた。過去の記憶を新たにしたせいもあるのかもしれない。行き交うたくさんの人たちの顔が澄みきり冴えているように思われた。ふつうなら物を見るときにしかそうは見えない。それに猫も杓子も同じ顔つきのように見えた。なにはさて疲労困憊、それに褐色に日焼けした皮膚の下にほのめく灰色の鈍重さ。ドイツ人であろうと、ロシア人であろうと、どの顔にもこの鈍重さが見て取れた。ただ一人、齢を取りすぎて正規軍勤務ができなくなったフランス人のギイじいさんだけが、営庭をこけつまろびつして来ながら赤ら顔に多彩な戦旗のような晴れやかな色を浮かべていた。ギイじいさんは歌い笑ってレースを抱きしめた。レースがいらいらして身をもぎ離すと、相手の顔から彩りの色が消えた。顔は白ちゃけてばらばらになり、あふれる涙が老齢と空気が刻んだしわを埋めた。にもかかわらず、そんな苦痛にもかかわらず、ギイじいさんの顔はまだしも命を、他の者にはなくなっている命を保っていた。それからあらぬかいきなり「フランス万歳《ヴィヴ・ラ・フランス》!」と叫ぶと、手をふりまわし鼻水をすすりながら、とあるドアの暗がりに消えていった。

機関銃分隊のバラックはほのかに金色に光る闇をはらんでいた。なまこ板にうがった孔が日光をふんだんに入りこませた。ベッド・フレームに一人の男がぽつねんとすわっていた。左手に小さな丸鏡を持ち、右手で一心不乱に短い顎鬚を左右に分けている。言うことをきかないわずかばかりの毛先がかならず見つかり、その度に櫛で頤《おとがい》の分け目に沿って掻き上げる。レースはしばらく男を見つめていた。櫛を梳いている男はようやく自分を見ているまなざしを感じてふり返り、まるまるとした頬がどぎまぎした悲しげな渋面にふくらんだ。男は近づいてきた。「ロシア語を話せるかい?」レースは頭《かぶり》をふった。「ああ、ドイツ人だな。」頭を下げ、貴族的なジェスチュアで胸に片手を当てる。

「失礼しました、コリブゥ伍長です。」

「レースです。」

「お近づきになれて大変うれしい。昨日到着したばかりです。そう、この中隊はとても居心地がいいですね、ですよね？」

レースを呼ぶ声がした。それに鞭でピシピシ打つ音が加わった。レースは目くばせをして走り去った。

営門のところに運送業者が来ていた。腹巻が赤く、シャツが青く光っている。手にしている短い鞭は、長い紐が螺旋を描き、尖端がビシビシ打つ波状の線になっているスタイルのものだ。

前哨基地の門前には背の高い二輪の荷車が何台も止まり、荷車にはそれぞれ驢馬が六頭ずつつながっている。荷車はガタガタ音を立てて狭い門を通りぬけ、管理部で積み荷を下ろすと（第三分隊が荷下ろしに動員されていた）中隊のほぼ全員が人垣を作っているところをまた外に出て行った。通過して行くこの私服のスペイン人は、まるで当たり狂言を演じる俳優のような役を果たした。自由な男という役だ。自由な男は生きたいように生き、その気になればポストを捨て、自分が買ったものを食べるのだから権威が命令ずくで調理してくれるものを食べるのではない。兵隊たちにほかにどんな自由のイメージを描けというのだろう？

レースは荷車隊の親方をシェフといっしょに昼食に招待していた。カインツじいさんが子羊を二頭屠殺し、それをオーブンで赤ピーマンとトマトと新馬鈴薯《ジャガ》といっしょに焼き上げた。ほかに酒保からアルジェリア・ワインの白のケビール、すなわち「大帝」が届いている。親方がアブサンを一壜、シェフのほうはアメール・ピコンを一壜持ち寄った。

大麦が買い取られ、親方が代金を支払った。五百フラン紙幣がナルシスの掌中に消えた。代わりにシェフは前哨基地の外で最後の荷車の積荷下ろしに立ち会うことをあらためて約束した。

そしてそれが必要だったことが判明した。というのも午前中いっぱい姿を見せなかったシャベール中隊長が、今日は昼寝《シエスタ》をあきらめて炎天下に帽子もかぶらずに前哨基地前まで散歩に出てきたのだ。シャベールは粉袋が分けられて次々に別の車に運ばれて行く荷車の周囲をいぶかしげに歩きまわった。積荷の全部が自分の前哨基地に積み下ろされないのが、なにやら気になるようだった。中隊長は運送業者の一人にそのことを問い糾そうとした。が、まさにその瞬間のことだ、シェフがシャベールの身体の上にまああとばかりにその大きな図体の影を投げ、事務的によどみなく、中隊長殿にお目にかけるはめになった事の次第を説明した。そこでシャベールは、安堵して白昼の無音のどよめきのなかの散歩を続けた。

　ところが荷車のまわりをせかせかかすめ歩いている人間がもう一人いた。鼻筋がせまくて顎のない、モーリオ少尉。だが彼のスペイン語の知識はわずかばかりのものでしかなかった。だからこれまた運送業者の説明がわからず、ズック靴のやわらかいニットの靴底を踏んで音もなく前哨基地内に戻り、ひとまずカインツじいさんに問い糾しはしたものの、じいさんが「わかりません《ジュ・ヌ・セ・パ》、少尉殿《モン・リュートナン》」をくり返すばかりなので、結局レースの部屋に足音を忍ばせて入り込んでレースを相手に話をした。

　少尉もまた、生徒に何ひとつ納得させることができなかった小学校教師が見せるようなあきらめ顔をして、いかにもいぶかしげに去って行った。

　レースがこの訪問のことを話すと、シェフは「やれやれ」と言った。管理部将校の言うことなんかにびくびくすることはない。あんなのは、肝心のところにまだまともに毛さえ生えていない、きっと男と女の区別もろくすっぽできないとっちゃん坊やだよ。そう言うとこういうときのお決まりでカンラとばかりに笑ってみせた。レースは調子を合わせ、こうしてようやくランデブーに出かけられることになった。

　ツェノは朝からずっと同じ場所を動かないでいたらしい。レースの影を見てとると、彼女の頭がぴくりと持ち上がった。ほほ笑んであいさつをした。が、そのほほ笑みは、親しげにしようとしているのに卑屈で仮面じみていた。レースは遅刻のわけを説明し、ツェノはどうでもよさそうにうなずいた。レースは彼女を前にしてうろたえた。どうすればいいのかわからなかった。相手の服の破けた布地がようやくある決心をさせた。少女に合図をすると先に立って歩いた。少女は横に来て彼の手を取った。しかし彼はふり切った。広場を歩いている人がたくさんいすぎた。

　村でたった一軒しかない店に入ると、若い無髭のユダヤ人の商人が二人の前に布地をひろげた。ツェノの粗い膚《はだ》がときどき布地からはみ出した糸にさわった。静かな店内でそれが鼠がすこし齧ってはやめる音のようにはっきり耳についた。

　ツェノがやっとのことで選んだのは、漂白していない、手織りの、おそろしくごつごつした布だった。でも持ちはいいし、と彼女は連れに説明した、そのうち小さな妹のためにも使えるだろうし。

　店を出ると出会い頭に、ペシュケが二人につき当たった。ペシュケはあいさつはせず、とがった黄色い歯を見せただけで、ペッとつばを吐いた。それから無関心の体《てい》で口笛を吹き、そのくせ目の端で少女が腕に抱えている布地をじろじろ吟味した。

〈おれに恋人ができて布地をプレゼントしたことは、晩までに前哨基地中に知れてしまうだろう。中隊長は、どこでそんな金を手に入れたのかとたずねるだろう。まあ、なるようになれだ〉とレースは考えた。

　もう一度管理部に戻り、コーヒーと小麦と砂糖を持ってくると、羊を群れ単位で売るユダヤ人と打ち合わせをしに村に行くからとカインツじいさんに言づてを頼んだ。

　ツェノが住んでいる村は、山の上の、四方を門で閉ざしてある街区だった。それはメルヘンの悪者のお城のように高々と天にそびえていた。前哨基地の裏手にあって、ゆうに徒歩十分はかかる。外人部隊兵は村への立入を厳禁されていた。

　道はまず、茂みを囲む灰色の埃とほとんど同じ色のアルファ草のなかを通った。かすかな風が山々からやって来、風にのせてしおれた花の香りを運んできた。道の脇に小川が流れ、これは管理部の営庭を流れているのと同じ川で、平原や、砂地のささやかな枯れた庭園を灌漑しているワジから引いてきた水だった。無花果《いちじく》の葉がかすかにかさこそ音を立て、オリーヴの樹々の柳葉刀《ランセット》のような葉は、にぶい鋼鉄製のようだった。

　オリーヴの樹々は流れの岸に近くなるほど密生し、草はいよいよみずみずしくなってきた。

　レースは身内にいやな空虚を覚えた。ツェノと歩き続けているうちに、空虚感はゆっくりとある種の不安にまでふくらんだ。彼はツェノの手をにぎり、ときおり彼女のほうを見てにっこり笑おうとした。だがツェノは彼を忘れてしまったようで、迫りくる壁をおだやかにながめ、そうしながら彼女の右腕はプレゼントの布地を腰にしっかり押し当てた。ふいに彼女は身をもぎ離すと、走って赤い粒々をつけた夾竹桃の茂みのかげに隠れた。空気はねっとりと蒸し暑かった。風が樹々の梢にしか当たらないからだ。

　空地のなかで少女は褐色の膚に一糸まとわず、樹々を通して見える地平線の青い布に向かって立っていた。脱ぎ捨てた襤褸《ボロ》が草のなかで汚れた山を成していた。レースはそっと身をかがめてとがった肩にキスした。少女の身体のにおいはすっぱく、膚は塩からい味がした。小さな乳房がだらんと垂れ、いかにも寄る辺なさそうで、ときおり筋肉がひくりと膚を緊張させた。レースは少女の腰に手を当てた。だがツェノはその手をふりほどいて、じっと立ちつくしたままだった。目は無表情だった。

　レースは頭がぼうっとして、ものを考えることもできなければ、欲望が起こるのでもないありさまだった。それからいくつかの映像がチラッと頭に浮かんだ。「皮膚‐性病科医院」と書いた白い看板、濃紫色の液体入りの壜、解剖学書の彩色図版。それからまた頭のなかがもやもやして、そこからしだいにある考えが浮かんでくると、もうそれを追い払えなくなった。〈かりにおまえじゃない人間がおまえの立場だったら〉と心のなかであざける者がいた、〈くよくよ考えずに手づかみで頂戴しちまうだろう。だが、おまえはどうだ？　どこででも、生涯のどの瞬間にも、手づかみで頂戴するすべは身につくまいな。〉レースは目を閉じ、一歩後ろに下がった。また目を開けると、ツェノは新しい布地を幅の広いリボンのように身体に巻きつけていた。頭にはとんがり帽がかぶさっている。ツェノはケラケラ甲高い声をあげて笑い、レースの手をつかむとどんどん引っぱっていった。

興奮して彼女は自分をつけまわした外人部隊兵たちのことを話しはじめた。あのデブの中隊長が、いつかの晩後をつけてきたの。だけどあの人はなにか言おうとして言えなかった。シェフもいつか暗いところであたしを捕まえたけど、引っ掻いて嚙んでやったらやっと放したわ。お父さんは、あたしが兵隊と歩くのが好きじゃないの。それにマテルヌ大尉はきびしい人よ。男と部屋に閉じこもった娘は牢屋にブチ込まれるの。でも伍長さん、あんたは他の人とはちがう。あたしにはわかるの。言いながら彼女はレースの手をさすり、子犬のようにその手をペロペロなめた。

村《クサール》に着いた。丈の高い、窓のない粘土壁が、もう落日になった太陽の光を浴びて黄土色にまばゆく照った。埃まみれで子供たちが遊んでいた。顔はかさぶたに被われ、何人もの目にべったり膿《うみ》がへばりついている。子どもたちはカーキ服にゲートルを巻いた見知らぬ人間を穴のあくほど見つめ、叫び声をあげて走り去った。村は巨大な蟻塚さながらそれだけひとつにつながり合った建造物で、その村の内部に一本の暗い通路が通じていた。何人もの暗い姿がかたわらをかすめていった。だが、ねばつく薄暗がりのなかのこととて正体がわからない。レースは立入禁止のことを考えた。略奪の襲撃を避けて歩く話を思い出し、所持金のことを考えた。だが不安は感じなかった。少女の肩にキスをしてしまったことのほうが恐ろしかった。

勾配のけわしい木の階段を上った先に部屋があった。部屋のなかは息がつまるような臭いがした。ツェノがよろい戸を開けた。と、一条の光の束が青い煙のなかをつらぬいた。隅の藁の山のところに小さな女の子が寝ていて、その頭の上の止まり木に鶏が何羽かとまっていた。いきなり明るくなったので鶏たちは目をさまし、バタバタ床に舞い下りるとコッコと鳴き声を上げて走りまわった。ツェノは丈の高いドアを押し開けた。広いテラスが見渡せた。煙は透明な球体になって虚空に漂い出ていったが、光の束のほうは微動だにしない斜めの梁《はり》となって窓から床に落ちた。

テラスの真ん中のアルファ草のマットの上におそろしく齢を取った男がしゃがんでいた。ほかのところをつるつるに剃り上げた頭のてっぺんに長い灰色の弁髪を生やしている。弁髪をつかんで弁髪にくっついている身体ごともっと豊かな世界に引き上げてくれと、アッラーの手を誘っているのだった。なにしろ男はひどく痩せ細って栄養不良だったのだから。レースの足音を耳にすると男は目を上げた。もの思いにふけりながらひょこひょこ動かしていた足指をピクリとさせた。レースはカール・マイ［ドイツの少年向きの冒険小説家。アラブ世界を題材にしたシリーズもある］の本で読んだのを思い出し、「ラ・イラー・アラー、ムハンメド・ラッスール・アッラー」と言った。言いながらふかぶかと頭を下げた。これが通じたらしい。老人は馬のように大きな歯をむき出しにしてニヤッと笑い、なにやら「ムレッヒ、ムレッヒ」とつぶやいて痩せこけた手を伸ばし、指先を相手の指に軽くふれ、それから人差し指を唇に持っていっておだやかな身ぶりで空の上を指した。ツェノが出てきて新しい服を見せた。それからキャッキャッと声をあげてはしゃいだ。老人は笑顔を頬の奥にひっこめた。彼はマットの上を手で指した。レースも礼儀正しく振舞おうとした。靴を脱ぎ、ゲートルを巻き戻し、それを全部きちんと屋根の縁《へり》に置いた。それから彼は老人の隣に腰を下ろした。

老人は粗織りのウールのマントから赤い指貫《ゆびぬき》大の陶製パイプを取り出し、細かい粉末にした灰緑色の野草を詰めた。部屋のほうに何事かを叫んだ。ツェノが、真っ赤な熾火《おきび》を盛ったでこぼこの金盥《かなだらい》を手にして戻ってきた。火には白い金属製の、粗野な装飾模様を彫り込んだティーポットがのせてある。老人はパイプの上に炭火をのせ、ふかぶかと一服胸に吸い込んでからそれを客に手渡した。客は相手の例に倣《なら》った。煙は舌を刺すような味で、煙草の火がもうもうと煙を上げるときに似たにおいがした。

レースは、大麻《キフ》なら前にベル－アベッスの大男のムラートの友だちのところで吸ったことがある。だが老人の大麻はそれよりはるかに強くてかぐわしいような気がした。こちらのには広大な平原のにおいがあり、また熱い日の重い光がこもっていた。

二服吸うとパイプは燃えつきた。「サッカール」とレースは言ってパイプを返した。この感謝のことばは、サッカリンを思わせる響きのためによくおぼえていたのである。

テラスは遠く白い前哨基地がキラキラ光っている広大な平原のすぐ脇にあった。すわっている二人の背後に村が階段状にせり上がっていた。そして平原は、ふるふる震える甘美な菫色に覆われた山の際までひろがっていた。ワジを縁どる樹々がおもむろに黒ずんできた。

老人は両手を膝の上にのせていた。ときどきティーカップを口元に運んだ。厚手の割れたティーカップだ。それを優美な身ごなしで口元に運んですすり、するとその響きが静けさのなかでおだやかな響きを立てた。

ティーは甘く、薄荷《ハッカ》の香りがした。

と、ツェノが細い柳の枝で編んだ平らたい籠細工のお盆を運んできた。ツェノはお盆の上に小麦粉を撒き、それに水をたらしてお盆をゆすりはじめた。「クスクスよ」と彼女は説明し、老人がうなずいた。小麦粉はまるまって留め針の頭ほどもない大ざっぱな粒々になった。ツェノはなかばほどまで水を入れた鉄の深鍋を炭火の上にのせた。それから粒状にまるまった小麦粉を、篩《ふるい》のように穴がいっぱい空いて底のほうがすぼまっている陶製の器《うつわ》に五回くり返してざぁーっと空けた。この陶製の漏斗《じょうご》を鉄の深鍋の頸の部分に据えつけると、湯気で小麦粉粒が蒸し上がるのだ。

蒸気のかすかなざわめきのなかに突然、すぐ近くのどこか知らない上空から長々と尾を引く甲高い叫びが聞こえてきた。叫び声はこなごなに砕け、同じく音域の高い、続けざまに次々と生まれることばの連なりと化した。そのうち声はほとんどだしぬけに一音程分沈み、すぐにまた前の音域に舞い戻った。

老人は無言で立ち上がり、粗織りのウールのマントを肩からはずして床に敷いた。するとふくらはぎのなかばあたりまで裾がとどいている、袖なしのシャツ姿になった。それから頭を下げ、上半身を起こし、ひざまずいて額を床につけ、腕と掌をひろげて地面の板石の上に伸ばした。これに加えてかすかに老人の声がかさこそ聞こえた。まるで炭化した紙に風が戯れるようだ。

だが目に見えない存在《もの》の高く弾《はず》む声が聞こえなくなると、老人はまたウールのマントをかぶって自分の元の席にすわり、声をあげてツェノに命じた。

ぷんと鼻にくる厚い脂の膜を敷いた木鉢の上にクスクスが空けられた。それからツェノはクスクスの上に鶏の骨と唐辛子の浮かんだ色つきのスープを注いだ。老人がそれを両手で混ぜ合わせ、空中に放り上げて熱をさました。その食べ物も、少女の膚と同じように慣れない異国風の味がした。老人は長い指先で丹念に小さな玉を捏《こ》ね、それを客の口に押し込んだ。空腹だったのでレースは食べた。食べ物の味に慣れてくるにつれて、隣にいて自分に寄りかかっている少女の肉体への欲望がぐいぐいこみあげてきた。彼女も小さな指で玉をつくっては男友だちの口に押し込んだ。

そのしわくちゃの小さな手の色は、においといい、塩っぱい味といい、膚の色を思い出させた。

次には押しつぶした固い棗椰子《なつめやし》の実が出て、またティーが出た。

老父が小さなパイプに火をつけた。レースが手を出すと、老人はゆっくり明瞭に「アムル・スブシ」とレースに言い聞かせた。「パイプを詰めて」という意味だ、とツェノが通訳した。そこでレースは辛抱強く「アムル・スブシ」を何度もくり返した。少女はレースの傍でやわらかい小さな獣のように丸くなり、連れの腿の上に頭をのせた。

夕暮れはたいそうおだやかで、見えない大きな手が山々の上に掲げる月の出に静かに待機していた。

少女の頭部を感じながら何気なくそのぱさついた髪を愛撫していると、レースはふと、昨夜頭をもたせかけていたパチョウリのことを思い出さないわけにいかなかった。が、やがてそれも忘れた。すべてが大きく、なごやかだった。

と、ツェノがゆっくり話しはじめた。よく知らない外国語の言葉を彼女は苦労してかき集めなければならなかった。だがレースはすみやかに理解し、足りない意味を根気よく補ってやった。

二年前、お父さんはワジのほとりにささやかな農園を持っていた。農園は馬鈴薯やトマトやピーマンをりっぱに実らせた。無花果《いちじく》の樹も何本かあったし、大麦のできる大きな土地もあった。でもお父さんはその土地を売ってしまった。税金を払わなければならなかったし、それにユダヤ人に借金もあったし。いまはもう、河からも小川からも、そこから分岐したセグィア［露天灌漑用溝］からも遠い、ちっぽけな帯みたいな場所以外に一家には土地がない。それが今度、農園の売り物が出たの。河に近くて、地味はとてもゆたかで、無花果の樹が生えていて、オリーヴの樹もあって、土地は砂っぽくなくて、いくぶん重くて、だからその土地は風で砂に埋まるおそれがない。そこにはもうトウモロコシも実っている。さて、地主はその土地に二百フラン要求している。伍長さんはお金持ちだから、お父さんにその金をあげるつもりはないかしら？　ツェノは話を中断して老人に何やら問いかけた。老人はうなずいただけだった。あたし、あんたの奥さんになりたい、とツェノはつけ加えて、自分の髪を愛撫している手を口元に持っていった。

レースは長く考えに手間取らなかった。持ち金は結局はすっからかんに飲んでしまうだろう。いっそ老人にくれてやるか。どちらでも構わなかった。それに、前哨基地で寝てるかどうかを監視する人間はだれもいやしない。夜はいくぶん孤独でなくなるだろう。傍に寝ているのがターキーか娘かは、とどのつまりまるで同じということはない。

〈ユダヤ人の屠殺夫が前哨基地の最寄《もよ》りの村に部屋を見つけてくれる。そこに彼女が住めば、こちらはそこで食事ができる。彼女が料理を作ってくれる。そして機会《おり》を見てこっちから中隊長に事情を打ち明ければきっと理解してもらえるだろう。中隊長には家から金をもらったと言えばいい。バグランが口裏を合わせてくれるだろう。〉

ツェノは身を起こし、期待をこめてレースを見つめた。そこで彼はポケットに手を突っ込み、百フラン紙幣二枚を取り出して老人に与えた。「ザカール」と老人は言い、うなずいてレースの肩をたたいた。取引きがそれ以上老人を興奮させた様子はない。あいかわらずのしぐさで小さなパイプに大麻《キフ》を詰めた。しかし今回は深くは吸い込まずに、パイプが吸えるようになる状態にしておいて、上体をいくぶん曲げるようにしながらそれをあっさりレースに手渡した。のみならず胸に手を当ててさえした。

ツェノはしかし父親の手から紙幣《おさつ》をもぎ取ると穴のあくほどながめ、唾でぬらした指で一枚一枚を丹念にこすり、月と自分の目のあいだにかざしてからようやく紙幣を老人に返した。

ここで寝たいか、とツェノは彼にたずねた。そんならいまテラスに毛布とマットを運んでくる、と言った。レースはうなずいた。彼は早く前哨基地に戻り、基地がどうなっているか見たかった。が、まだしばらくは老人の傍にすわっていた。頭の後ろで腕を組んで星をまじまじと見続けていると、やがて星が踊っているのが見えた。目に涙があふれ、首筋が痛んだ。

第4章　夜と眠り

月がなまこ板屋根の上に冷たい湿布をかぶせた。そしてほんの一瞬だが、夕風が熱を帯びたバラックに冷気を吹き込もうとした。しかしやがて無駄なお節介とさとり、また眠りこけた。夕風は海から赤い山々を越えてくる長旅でくたびれきっているのだった。そして今度は眠っている兵隊たちが重い空気の下でうめき声をあげた。

眠っている兵隊たちは、はじめのうちこそ目ざめを相手に絶望的な隠れん坊をしようとした。目を固く閉じて、そのうちまた熟睡するだろうと懸命に自分に言い聞かせた。やがて怒りに襲われた。拳《こぶし》でマットレスをがんがん叩いて自分から疲労を招き寄せようとした。何をどうしてもどうにもならず、いよいよ毛穴から汗が吹き出してくるばかりなので、いっそ臍《ほぞ》を固めてバラックを出て外で眠ることにした。そう決めるまで、いつもながらかなりの時間がかかった。面倒くささをなんとかしなければならないだけではない。露天で寝るのは行軍中だけ、前哨基地では屋根の下で寝るのが習慣、という抜きがたい思い、容易に打破しがたい伝統があったからだ。兵隊たちにとっては、空を遮断してくれる屋根と風から守ってくれる壁が前哨基地にはどうしても不可欠なのだった。それを徒《あだ》やおろそかに奪えるものではなかった。

機関銃分隊で寝場所の野外移動がはじまった。まっさきにマットレスを野外に引きずり出したのは、打破すべき伝統をまだ持たぬ新参兵のコリブゥ伍長だった。ドイツ人のシラスキーがこれに続いた。シラスキーの身体は平べったくて木製じみており、射的のあちこち動く人体のような感じだった。トッドが二人に続いた。この三人は同じ機関銃に配置されて、ふだんから以心伝心の仲だった。

三人は孤立したグループを成していた。あいだに隙間ができないようにマットレスをびっしり敷きつめている残りの兵隊の集団から、きっぱりと距離を置いていた。残りの兵隊たちは何よりも孤立を怖れた。朝を待って仮設便所に行くのにさえ、ひしめき合って群れをなした。

ほとんど話はしなかった。グループに冗談好きの男が一人いて必要なことばをしゃべり、食事、勤務、服装、賃金、消化、淫売婦に関して集団の考えを表現してくれればそれで充分だった。だが暑さとなると、グループの代弁者たるベルリンっ子のクラシンスキーですらくたびれきって、「なあおい……いやはや……この暑さときたら……」といったようにひたすら大声をあげるばかりだった。全員がシャツを着ただけ。そこから死体じみた黄色の足がにょっきり突き出している。

コリブゥ伍長は二人の戦友のあいだで寝ていた。ズボン下をはき、足は両足とも脂でギトついていた。この前の行軍の靴ずれがまだうずいていて、ベーコンの皮脂を足になすりつけていた。母親がドイツ人だったので、と彼は言った、ドイツ語のほうが好きなんです。だからロシア人とはあまりつき合いがありません。

「今日、詩をひとつ作りました」とコリブゥはささやいた、「ロシア語でね。でも、みなさんのためにドイツ語に翻訳しようとは思いません。だって退屈でしょう?」

他の二人は、そんなことはないとつぶやいた。

「では」とコリブゥは言った。身を起こして枕の下から黒い蠟引きノートをひっぱり出し、ややしばしパラパラ頁をめくり、ときどきある頁にひっかかり、ようやく捜していたお目当てを見つけて読みはじめた。

どれだけ久しい日々をぼくらは

乾いた草のほとりを歩き、
ぼくらと共に小さなボートに乗り組む
女のイメージを探しもとめたことか。
あの頃海は青く、海はその水泡《みなわ》の
皓《しろ》い歯を見せて笑った。
あの時からぼくらは独りになった。
もうあの女は、あの遠くの女は、
たまにしか会えない、白日夢のなかで
彼女は枯れ草の尖《さき》をあゆみ
疲れた手でぼくらにあいさつをする。

コリブゥは朗読を中断した。「これは正しい翻訳じゃない」と彼はあるロシア語を口ずさみ、その語の味わいを確かめようとするように長々とひっぱって発音し、吹き散らされる香りを捕まえようとするように空気を吸い込んで悲しげに頭《かぶり》をふった。「ちがうと思うんだな」と彼は小声で言った。「疲れた、ではね……これは〈疲れた〉というのとはちがうことばだ。同時に、悲しい、の意味も、一心不乱に耳を傾ける、の意味も、それでいて退屈な、の意味もあるしね。ドイツ語にはこういうことばはない。でも詩は美しいでしょう、どうですか？」彼はもう一度くり返した。「彼女は枯れ草の尖《さき》をあゆみ」

コリブゥは沈黙した。他の二人は星をながめ、同じく沈黙した。彼らはおたがいの顔を見るのを避けた。彼らのあいだに大きな戸惑いが生じた。彼らは、詩人に対しても、詩人が表現した事がらに対しても、気恥ずかしい思いがした。なぜか知らないが気恥ずかしい思いがした。正しくはあっても口に出してはいけないことを表現しているから、ことばで表現すれば結局は欺瞞になり嘘になるから、なのだった。要するに、おもしろく気晴らしになる大法螺にならずに、移ろい行く感情にいきなり永遠や持続を授ける体の深い嘘になってしまうからだった。

腹立たしげにトッドがぶつぶつぼやいたのも、どうやらそんな意味のことだった。

「きみは詩のなかで一人の女のことを何やら云々しているけど、それは特定の女性なのかい？　それとも、ただの、そう、その……その……夢なのかい？」

コリブゥは、顔の真ん中で二つの暗い輪を作っているまんまるの鼻の穴からかすかに吐息を洩らした。なにしろ彼の鼻はめくれあがって上を向いているのだ。それから彼は、頑是《がんぜ》ない子どもに、とうに知っていて忘れているだけの事実なのを気づかせる教師のような口調で話した。

「むろんこの女性は知っている。でなければ彼女の思い出に追われていて、それを詩の形にしないでいられないわけがないだろう？　そうだよな、わかってきたけど、ここにはこんな思い出に追われている人間がいっぱいいるね。みんなは何日も、いや何週間も、ずっとおとなしく過ごしている。ところが突然悲しい気持ちに襲われて、何をどうしたらいいのかわからなくなる。いらいらしてそこら中を走りまわり、やがてある晩ようやく憂《う》さを晴らしてさっぱりする。まるで汚らしい膿《うみ》がうんとたまって破裂する膿瘍みたいにね……」

シラスキーがもの思わしげにうなずいた。相手がずばり自分の言いたいことを言っているとでもいうように。

「なにも女である必要はないんだ」と彼は小声で言い、腹ばいになって両手を受け皿にして頭を支えた。

コリブゥは耳を貸そうとせず、自分のことに夢中になりきっていた。

「わたしが書いている女は、そう、もちろんよく知っていたし……愛してもいました。どんなに愛していたことか!」ことばに重みを持たせようと、彼はどもり気味に、いくぶん不器用な話し方をした。「ご存じのように、われわれはコンスタンチノープルまで押し戻された。みんな、金がなかった。わたしにはわずかばかり妻の装身具があったけれど、妻その人は行方不明だった。どうやら妻はドイツまで逃げられたらしい。まあいいや、ところでわれわれの仲間には一組の夫婦者もいた。亭主のほうは大男の乱暴者で、やさしくてほっそりとした細君をいじめていた。二人は無一文だった。わたしには、亭主がこちらの気を惹くように細君に言いふくめているのがわかった。彼女のほうもそうした、はじめのうちはね。しかしそのうち彼女は、わたしを好きになっていると気づいた。それからは控えめになった。ああ、わたしたちはよくボートに乗って海に出たものだ。亭主は屋根つきの船の後部にすわり、しかもわたしたちを水入らずにさせようとカーテンまで閉めた。そこでへべれけになるまで飲んだ。後で夜になって女房と二人だけになると、復讐に彼女をなぐって嫉妬の憂さを晴らした。そうしながらこちらが細君にやった金で生きていた。わたしと彼女のあいだには何もなかった。でもその代わり、わたしは彼女をこよなく愛した。」

コリブゥはしだいに滑稽な面持ちになった。顔を星空のほうに向け、目を大きくぱっちり開けて鼻孔をふくらませ、ときおり組み合わせた両手を左右にパッと離して崇拝者のポーズを取ろうとするのだが、これが彼の真ん中からきれいに分けた口髭や肉づきのいい頬にあんまりそぐわなかった。しゃべり方も高尚にしようとするあまりシラブルがのびて、不自然な歌うような口調になった。

トッドがあくびをした。

「でも、きみたちならわかってくれると思う」とコリブゥはことばを続けた、「わたしは彼女が忘れられない。わたしたちの魂はあまりにも深く結びつき合い、わたしたちはおのおのの情熱の成長をあまりにも永らく見守ってきたので、肉の経験をしのぐ結びつきになったように思える。」

コリブゥは沈黙した。合間に空中に曲げた指を食い込ませてから、ようやく次のような説明をほじくり出した。

「しかしときどき彼女の思い出に襲われるとどうにも救われなくなる。彼女が訪ねてきて近くにいるのが切実に悩ましく感じられて、もう泣き出したいくらいなんだ。そして苦しみを祓《はら》うために苦しみを喚び出そうとしてみる。詩はお祓いだ。それだけのものにすぎない。他の人たちは、もっぱら物語るしか能がない。彼らは自分の経験を美しく造形する必要がない。わたしは自分の経験を美しく造形しないではいられないし、そうしたほうがはるかに楽になる。」

「コリブゥの言う通りだ」とシラスキーが言い、面上にあざけるような薄笑いをこびりつかせたトッドのほうを攻撃的にふり返った。「第四分隊の伍長のアッカーマン、彼も同意見だ。彼のことはよく知っている。マインツで一緒に志願入隊したのでね。彼もコリブゥとそっくりの体験をした……」

コリブゥはたちまち興味を示した。シラスキー、どうかその話を聞かせてもらえないか、と言った。コリブゥの甘美な面持ちは、緊張してがつがつした面持ちに取って替わった。彼は蠟引きノートを開き、唇で鉛筆をぬらし、よく仕込まれた秘書のように書き取るべき口述筆記に待機した。

あのアッカーマンにもコリブゥが言ってるみたいなことがあった。よくその種の訪問を受けたんだ。みんな、あの伍長のことは知ってるよな？　ゲルマン人ならブロンドで碧眼、頑丈で勤務熱心というのが世間の相場だけれど、それを絵に描いたような男だ。昇進したがっている。志願入隊のときにもうそう誓願してた。まあ、ああいうやつのことだからやってのけるだろう。大戦には二週間しか参戦していない。家は金持ちで、スイスに親戚がいて、戦争中にも食べ物にまったく不自由しなかったんだそうだ。

「引きかえこっちは！」——と彼は、とぎれがちに、ひねくれた口調で話を続けながらトッドを脇に押しのけた。「こっちときたらへとへとだった。半分生ける屍だ。マケドニアでティフス、ヴェルダンで胸部銃創。マインツでこちらさまにひろってもらったのが不思議なくらいのもんだ。」

でまあ、アッカーマンは戦争から復員して戦後のどさくさ時代をうまく立ち回った。そのうち女郎屋の小娘と知り合って、そいつに惚れちまった。その娘《こ》と散歩をして、そのつどなんとか工面した金をつぎ込んでいた。はじめのうちは家からくすねた。持ち出すものがなくなると闇物資の横流しをやった。体温計だの、サルヴァルサンだの、その他もろもろだ。すると父親が友人から息子の商売のことを聞いた。シラスキーはさも憎さげにシュッと野次り声を出した。

「父親がね！　おれんとこもまったくご同様だ。いつだって、家名を汚すな、とかいう話だ。まるで二個か三個の文字がなにか途方もない宝物みたいなんだ。いつだったかおれは親父に言ってやった。〈あんたの言う家名ってなものは、なあ、葬式のときにかぶる古くさい山高帽子みたいに思えるよ。一点のシミもつけないように用心に用心を重ねてるけど、ボール箱にしまっておくうちに色あせて、結局は使いものにならなくなってポシャっちまうんだ。〉家名って何なんだ？　おれは流行は追わない。改宗はしない。外人部隊でまかり通っている名前で通すよ。」

さて、アッカーマンの父親もこれでもかとばかり息子に悪口を浴びせたものだから、とどのつまり若造は外人部隊入りし、例の娘と感動的なお別れをした。彼は娘と結婚しようと思った。いいじゃないか？　きっと良い女房になっただろうな。だけど問題はこうだ。三週間、四週間、とアッカーマンの勤務ぶりには非のうちどころがなかった。しかしある晩突然ため息がはじまり、その夜は夜通し眠らず、小さな子どもみたいに嗚咽《おえつ》するのが聞こえた。で、何度もおれが、このシラスキーが、戦友を慰めてやらねばならなかった。次の日も期待した救いは来なかった。やっと夕方近くなると、アッカーマンは手近につかまりそうな同僚をつかまえて、そいつを相手に例の娘の話をしはじめた。彼女がどんな容姿なのか、どんな香りがするのかを描写した。どんなふうに鈴蘭の香りがして、黄色い下着をつけていて、と、要するに、しまいには彼女が生身で目の前に来てでもいるように言葉でその娘を合成した。すると苦痛は消えて、アッカーマンはこれまで通りまた勤務についた。コリブゥがさっき言ってたのもきっとそういうことなのだろう。

コリブゥは懸命に書き取っていたので返事ができず、ひたすらうむうむとうなずくだけだった。

アッカーマン伍長はしかし自分が話題になっているとは知らなかった。彼は、ギイじいさん、トルコ人のファド、スイス人のベルチの四人いっしょに二十一ゲームをやっていた。後でモーリオ少尉の伝令の大男のプルマンも仲間に加わった。アッカーマンがトランプ・ゲーム熱に襲われたのは突然のことだった。ふだんは部下たちとは距離を置きたがっていた。大仰なフランス語の発音をして彼が言うところの、「ディスタンス［距離］」を置きたがっていた。ところが昨日例の危機の発作がやって来て、人づきあいの必要が感じられた。ゲームは退屈そうに進められた。古びたカードは汗でべとつき、配りにくいといったらなかった。ギイが親だった。彼とファドがいちばん金持ちだった。ファドは小柄で黄色くて、くんくん嗅ぎまわる犬に似ていた。ファドには確実な保証付きの金儲けの方法があった。彼はワインを飲まなかった。飲まないで集めた。集めておいて、給料をいつも派手に使う同僚に売った。ワインを売ってくれる相手には四フランやった。二週間毎日半リットルずつ供給してくれるという条件でだ。ふつうワイン提供者は六人いた。それで毎日三リットル以上になる。二リットル入りの水筒を金のあるやつに二フランずつで売り、それでバカにならない儲けが転がり込んだ。

おかしなことに、ファドはゲームでも連戦連勝だった。彼は慎重だった。十七を持っているときでもめったに出札を取らなかった。しかしプルマンは負けた。ギイじいさんも負けた。ギイは負けても平気だった。彼は気晴らしでやっているだけだった。しかしプルマンはだんだん熱くなった。借りができた。そうするとチャンスをつかんで一挙に挽回を図《はか》った。

トルコ人は落ち着きはらっていた。それが座に不快な刺激を及ぼした。ファドは犬歯をのぞかせ、鼻のまわりの嗅ぎじわを一段と深く刻ませながらたえずニヤついていた。

埃っぽい空気のなか、衣服掛けのフレームの上で蠟燭がほの暗い光で燃え、それが座を囲んだ人びとの巨大な頭を真向かいの壁に投げかけた。

「もう一枚」とファドが言った。ファドが出札を取るのははじめてだった。エースとキングを持っていた。これで七を手に入れた。カードを見せた。「二十一」と表情を変えずに言った。ギイじいさんが彼に一フランを投げた。

「賭けてもいい」とプルマンが言った、「やつはカードを袖から出している。でもこの灯りではどうもよくわからん。」彼はドイツ語をしゃべり、しまいにアッカーマンのほうに顔を向けた。こちらは肩をすくめた。みんなはプルマンがしゃべったことの意味を推し量ろうと彼の唇に目を注いだ。が、プルマンはまんまと知らぬ存ぜぬ顔をとりつくろったので思惑ははずれた。

やせた小男が一人よろけながら入ってきて、ゲームをしている男たちからずっと離れた隅に腰を下ろし、ポケットからハーモニカを取り出してうっとりと歌曲を奏ではじめた。楽器は古く、でたらめな音をキイキイ立てた。ときどき悪性の悪寒が起きて小男をぶるぶるおののかせた。するとふるえが歌曲にも伝染し、おかげで歌曲はいとも悲しげな音色になり、奏者を見ると楽器の故障を呪っている。しかしそれはそれ以上小男のじゃまにならなかった。何度も何度も、はじめからメロディーを奏《ひ》きはじめた。かならず、「それともわたしの人生は破滅なのか」と同じ箇所でまちがえ、おそろしく忍耐強くそのまちがいを匡《ただ》しながら正しい音を捜しては見つけ、またもやはじめからやり直し、同じところで同じまちがいを犯した。

プルマンがギイじいさんの手からカードをもぎ取った。父親の役を引き継ぐつもりだ。

熟れたトマトの顔をしたスイス人のベルチが、ハーモニカを奏いている男のメロディーに合わせて歌った。

わたしは金持ちなのか無一文なのかわからない、

それともわたしの人生は破滅なのか。

歌いやめようとは露だに思わず、毅然として歌を続けた。

五体満足で帰郷するかはわからない、

それとも異郷で命果てるか。

ベルチは、「命果てる」を長々と延ばした。ためについにはアッカーマンが向っ腹を立てて詰め寄るという始末。だが、そんなことをしてもベルチは一向に動じなかった。あいかわらず乱暴な応答をし、それを口にするカラス声がなおのこと耳ざわりの感を強めた。ふだんは伍長にぺこぺこしていながら、いざゲームとなると伍長も対等の扱い、どころか見下した。それがうまく行かなくなると節度を取り戻し、上官が部下とゲームをしているという分際をわきまえるのだった。

アッカーマンはすっかりしらけきり、ぐいと唇をかみしめた。カードを放り出して立ち上がった。ベルチは首をすくめ、やってくるはずのビンタを待った。だがアッカーマンは大股な足取りでハーモニカ奏者のほうに歩いて行き、その傍に腰を下ろした。ようやく平静を取り戻して、調子はどうだと相手にたずねた。

「あいかわらず熱が」と小男シュナイダーは言った。それからまた口をつぐんだ。だがまもなくもごもごつぶやき出し、医者が往診しに来たためしのない前哨基地を呪いはじめた。「こっちへ来い」とアッカーマンは言い、シュナイダーの腕を取って第三分隊のバラックに連れ戻し、横になるように命じて靴と脚絆を脱がせ、毛布にぐるぐる巻きにしてからなだめるように髪の毛をなでてやった。それから水を持ってきて自分のハンカチを濡らし、横になった相手の熱のある額の上に置いた。小男シュナイダーは目をキラキラさせて畝編《うねあ》みの毛布を見つめた。そこに異様なものがうじゃうじゃしているのを見つめているようだった。たえずなにやらぶつぶつ口ごもり、毛布の下の手は落ち着きがなくなった。彼はいくつもの音の線をなぞってみた。ようやくそれが見つかった。おずおずとハーモニカをまた口にくわえ、ゆっくり一心不乱に奏いた。アッカーマンには病人の聴覚が、未知の土地で上り下りしながら続く道のように音の線について行くのがはっきりわかった。アッカーマンは病人にそのままやらせておいた。

　席に戻ってくるとアッカーマンは、自分がとても幸福だと思った。冷たい怒りがすみやかに溶けた。衛生部隊に入ったほうがよかったな、と思い、若かった恋人のことを思い出した。彼女もあるとき病気になり、どうしても彼が看病しなければならないはめになった。そのとき彼女も、あなたって看護が上手なのね、と言ったものだ。そして良き看護夫だというその事実《こと》が、大きな誇りで心を満たしてくれたのだった。

　いまにして思えばゲームができたのが不思議だった。というのもこのゲームは、純粋な時間つぶし、罪のない時間つぶしと見るわけには行かなかったからだ。みんなを相手どった戦いだったのだ。たかがゲームとはいえ勝つという断固たる意図をもって戦っていて、勝てばみんなを傷つけることになる。みんなを傷つけるのはまちがっている、と彼は突然感じた。彼らはみんな不幸なのだ、微々たる所持金が彼らにとっては幸運を意味しており、自分はそれを彼らのポケットからかすめ取ろうとしている。そんなあふれんばかりの善意を突然心に覚えた。だが、そのあふれんばかりの思いをどうすればいいのか彼にはわからなかった。もう一度小男シュナイダーに会おうか、それとも四六時中良心の重荷を引きずって歩いているシラスキーを訪ねようか。しかしこのとき第四分隊のバラックから大声で口論しているのが聞こえたので、アッカーマンは仲裁に乗り出そうものとそちらへ走った。

　肥満体のプルマンはいまや興奮した雄牛そっくりだった。血走った目で床にひざまずいている。右手で身を支え、左手はまだズボンのポケットに突っ込んでいた。彼はフアドの顔に悪口雑言を吐きかけ、たえずあざけるようにぴょんぴょん跳ねてこちらの手を逃れるはしっこい相手をふん捕まえようと身構えた。ギイじいさんは金を安全地帯に移し、そこに足を組んですわり込み、パチパチ手を叩いてご両人を激励した。ベルチは争っている二人からずっと離れた隅にいた。目玉がぎょろりと飛び出し、無感動でうつろな目をしている。下唇がだらんと垂れていた。ドアの際に見物たちがひしめいている。

　と、プルマンが身を起こした。ナイフが片手からもう一方の手に移り、カチッと乾いた音を立てて白刃が閃いた。だが、フアドの手にもナイフがあるのがアッカーマンの目にとまった。トルコ人は依然としてこともなげな面持ちだった。黄色っぽい羊皮紙色の肌は血に染まっていない。ひょこひょこ小刻みに飛びはねながら大男を囲み込み、硬い眼で相手の動きを寸分逃がさず追って無防備な箇所を探った。はるか遠くのほうからアッカーマンは「よせ！」と叫んだ。彼は怒り狂った。バラックは彼の領地だ。ここの司令権は自分にある。ナイフごっこなんぞは彼の権威に対する冒瀆だ。だがバラックは長々と延びている。通路の全長を走り抜けなければならない。通路は長かった。夢の中にいるようだった。走れど走れど進まなかった。ようやく二人にたどり着いた。腕を前に突き出して二人のあいだに飛び込んだ。相手の肋骨の感触が肘に当たった。だがプルマンは盲目《めしい》のようだった。わずかに一歩引き下がっただけ。それから渾身の力をこめてナイフを下のほうに突き刺した。それがアッカーマンのひかがみに当たった。一瞬、袖が暗紅色に染まり、血が床にしたたり落ちた。プルマンがうめき声を出した。それから見物たちに、「あんたじゃないんだ、伍長、あんたじゃないんだ」と何度も小声で言い続けることばがわかった。

興奮は大きかった。見物たちがどっと殺到した。彼らはじっとしていられず、幸運にもよくぞこのおもしろい見世物の現場に居合わせたものとばかり、たがいちがいに片足ずつ足を上げて踊り、ニヤニヤ薄笑いを浮かべた。おせっかいやきのことばが空中を飛びかった。蜘蛛の巣を、と叫ぶやつもいれば、おれが傷口に小便をかけてやる、と申し出るのもいる。三本の、次には四本の、蠟燭がこの場面を照らし出した。

アッカーマンは上着を脱いだ。傷は深くなかった。傷ついたのは一筋の静脈だけだった。これが血を小さな噴水にして空中に噴き上げたのだ。アッカーマンはそれまでわずかしか満たされていなかった幸福感が、ほとんど耐え難くなるまでにみるみるふくれ上がるのを覚えた。幼年時の飛行夢のなかでしか味わったことのない軽さが全身に浸み通った。この幼年時の夢がいままたはっきり立ち返ってきて事件の全体を変容させ、異様に灼熱するメルヘンの光のなかに事件を浸したので、その美しさは見る者を圧倒せんばかりとなり、彼はにっこり笑って目をつむった。

目を開けたときにはもうプルマンが自分のシャツを裂いていた。シャツの袖をキリリと巻き、それが包帯代わりになった。血が止まった。アッカーマンは立ち上がった。彼の身ごなしは威厳に満ち、他の者たちはことばをうしなった。だれもがアッカーマンを美しいと思った。顔面は蒼白でするどく、ブロンドの髪が金製の冠のように頭上に載っていた。彼は格別に大声も出さずにしゃべった。事件のことは内聞にしてくれ、とみんなに頼んだ。上官の耳に入っては困る。同志愛にかけて頼む、と言った。そのことばをフランス語でもう一度くり返した。それから蠟燭の灯りを消してもらってマットレスに横になった。プルマンは追い払えなかった。夜通し怪我人の傍にいた。

レースは無事に前哨基地に着いた。営門の番兵がちょうどこちらに背を向けたところだった。自室のドアの前にパン職人のフランクがすわっていた。永遠の受難面をマスクのようにぶら下げたウィーン人だ。彼の悲嘆は隣にいるカインツじいさんにもねっとりしみ込んでいた。

「おれも寝られないんだ。背中がずきずきする。足の指が痛む。そのうちにまた寒くなってきた。暖炉の前にいるのにね。なあ、おれはもう長くは保《も》たないと思うよ。少佐が兵役免除にしてくれるか、さもなければこっちからそうなるように持ってくかにしないとな。生きてるのがもうつらいよ。やあ、伍長、どこから来たんだい？」

レースは、おれがどこへ行ったか訊いたやつはいなかったか、とだけ言った。いや、モーリオ少尉は食事に来なかった。将校たちはみんな、まだ高級士官食堂に集まっている。なにかお祝いをしている。料理番がエンドウ豆を二缶取りにきた。それとヒューナーヴァルトがワインを三本引き渡すように言いつけられた。少佐の勘定でね。はい、はい。これがニュースの全部だ。報告を聞き取るのは一苦労だった。それというのもカインツじいさんはぐらついている歯が一本あって、話をしながらたえず二本の指で歯の強度をコントロールしていなければならなかったからだ。

レースは昨夜前哨基地を留守にした訳《わけ》を打ち明けた。伍長がそういう気晴らしをするのはわかる、とカインツは言った。人間、多少の愛がなくてどうしてやって行けますか？　自分のことを言えば、女はもうたくさん。老妻には裏切られたし……けどその話は伍長もとっくにご存じですよね。

レースは騾馬の厩舎の奥にある、簡単に塀を乗り越えられる場所を一箇所知っていた。そこは鉄条網も破損していた。厩番の兵が眠っているか、それとも袖の下がきくか、それさえわかればよかった。

睡眠中の動物は異様だ。眠っている最中の人間よりずっと異様だ。騾馬は首を垂れてじっとたたずんでいる。まるで木製のようだ。首は動かず、耳はぴくりともしない。だが騾馬はどうやら夢を見ているらしい。というのも張りつめた皮膚の上をときおりかすかにピクリとふるえる波が走り、それにつれてふさふさした尻尾がいともやわらかくなびくのだ。驢馬はふと目をさますと後脚を左右にひろげてたまっているものを排泄し、ふかぶかとため息をつき、それからまた研磨した黒大理石もさながらに輝く石のように硬質の鼻孔を見せてピクリともしなくなる。

厩番の兵は眠っていた。塀をまたぐ道は無防備だった。だがレースは数分のあいだ塀の上に腰かけて、眠っている騾馬の列を観察した。どこかで鎖ががちゃつき、ガリガリあがく蹄が地面をどよめかせ、荒い息づかいが弱音の太鼓の間合いの短い連打のようにハッハッと聞こえる。レースは飛び下りた。

ツェノは精一杯頑張っていた。やわらかい寝床をこしらえあげようと、あらゆるものをテラスに引きずってきて積み重ねたのだった。調べてみると、次のようないくつもの層が判明した。まずおびただしい古い袋。なかば朽ちかけてはいるが軍当局のスタンプがはっきり押してある。それからアルファ草の層が来て次がボロ切れ、といってもワジのほとりで洗濯して日光消毒した清潔なボロ切れだ。それらの全部を四枚の羊の毛皮で包み込み、羊毛が夜目にもしるく輝いた。たっぷり横幅のあるその寝床がテラスの一隅に設定され、最後の締めくくりに高々と持ち上げた衝立が、世の人びとが待ち望んでいる朝の風から護ってくれた。

テラスは静かにひろがっていた。平原からテラスをへだてる欄干はなく、気がつかぬあいだに平原に移行した。目を引くものとては山々だけ。それが温和な境界となって、キラキラ輝く星空に目をみちびいた。

ツェノは頭の下に腕を組んであおのけに寝ていた。胸が盛り上がってはまた沈み、膚《はだ》は動物の毛の生えた皮膚のようになごやかな感触だった。

レースもまた夢見心地でうつろな空をながめた。レースはその空いっぱいに、千年の眠りからおもむろに起き上がらせた神々をちりばめた。

前哨基地内のかび臭い部屋も、帳簿の数字も、軍法会議も、小男のモーリオ少尉も、すっかり忘れた。いくら追い払おうとしてもこびりついて離れない、汚らしい過去の悪臭をプンプンさせて取り囲んでいる戦友たちも忘れた。が、「忘れた」と思うと、彼らはまた戻ってきて彼をあざ笑うのだ。そのことばが耳に聞こえ、カインツじいさんが歯の抜けた口でニヤリと笑うのが目に見える。たとえ彼らが居合わせたにしても、そんなものは服みたいにすっぽり脱ぎ捨てられる。それがせめてもの救いだとばかりに、レースは着ているものを脱ぎはじめる。制服の上下、靴、下着をぽんぽん放り投げる。最後は一糸まとわぬ裸の月光浴ができるようになり、すっかり解放される。かたわらに寝ている肉体もひんやり冷たい。それを感じることが、数瞬のあいだにもせよ思考を追い払ってくれた。

だがその後では悲しみがさらに大きくなり、孤独も、吐き気もつのるばかりだ。雲の切れはしは灰色の雑巾。異国の人間の膚のいやな味が口中に残る。また不安がつのる。未来への、明けそめる一日への、病気への（この女は病気に感染していはしないか？）、要するに、すべてのものへの不安がつのる。レースはまた黙々と服を着る。それを手伝おうとする少女を押し戻すと、少女は何か持ってきてあげましょうかとたずねる。熱いお茶？　それともコーヒー？　彼は首をふるだけ。それから暗い階段をよろよろと降りていく。

前哨基地までの道のりがこれほど長く感じられたことはない。塀を飛び越える。厩番の兵はあいかわらず眠りこけている。だが騾馬どもはみんな目を覚ましている。かすかにいななく。女たちがくすぐられて出すような小さな叫び声を上げ、くすくす笑っておかしな話をささやき合っているみたいだ。

前哨基地には就眠中の兵たちが散開して死人のように横たわり、口を大きく開けてぐうぐういびきをかいている。その合間に何人かがむにゃむにゃうなされる寝ぼけ声。バラックとバラックのあいだの谷間には濃密な悪臭がむんむんしている。汗と腐肉の臭い、それにあけっぱなしの仮設便所が蒸発させる悪臭。

部屋の一隅に馬鈴薯シュナップスの罎が置いてある。レースは機械的に動く。それをブリキ缶に注ぎ、薬みたいな液体をぐいと飲み干して口をゆがめ、まるでだれか耳を欹《そばだ》せている人がいて、そのだれかをなだめなければいけないとでもいうように大きな声で「あー」と言う。それからマットレスに丸太のようにばたんと倒れると、寒けがしはじめたので身体に毛布をギリギリ巻きつける力しかもう残ってない。そしてようやく、真っ暗で寒くて音のない、深い縦穴にずぼりと沈み込む。

やがて鋭利な光線が無防備の顔を刺してホイッスルの音が耳を痛めつける時刻《とき》が来るまでは。

するとと新しい一日がはじまるのだ。

第5章　進発

小さな前哨基地に日々は移り、日々の単調さを破るものはなにひとつなかった。朝が来て起床ラッパが鳴ると当番たちがコーヒーを取りに厨房に駆けつけ、背後に酒のにおいを旗のようになびかせながら戻ってきた。新しいラッパの音《ね》。水を飲ませに鞍なしで川まで騾馬を騎乗して行く合図だ。週番軍曹が徘徊する。病人の点呼だ。医者が三週間ごとにしか来ないので、これには中隊長も立ち会う。中隊長は親切だった。アスピリンとヨードチンキしか知らないので薬の処方はほとんどしない。キニーネも処方しない。だが休養許可には気前がよかった。非番二日、非番三日。それでも良くならなければ体温を計った。それでキニーネを与えてまた休養。それだけ手を尽くしてもだめならリッチの野戦病院に送られた。ときどき前哨基地を訪れるトラックが病人たちを運んだ。運搬できない状態だと、ベルジュレ少佐が電話で呼ばれた。すると午後になって馬上豊かに少佐がやってきた。おだやかな、黒い髭をたくわえた男で、診察し、なぐさめ、お茶を煎れさせ、看護兵のものぐさを駆逐し、将校たちとワインを一壜空け、晩方になるとまた馬に乗って去って行った。

九時に現員日報があった。中隊は整列して方陣を作った。中隊長はその四角い列をくまなく歩きまわり、こちらで頬をなでるかと思えば、あちらで腕をつねったりした。軍帽の庇に指揮棒を持って行く、と、退場だ。

機関銃分隊は射撃に行く。ラルティーグ少尉は平原のどこかしらに標的を立てさせた。機関銃を最初は目を開けて、お次は目隠しをしたまま分解し、組み立て、少尉が理論《セオリー》を何度もくり返した。「ホッチキス機関銃はガス排出によって作動するオートマティック銃である。」そう言って少尉がうなずき、兵たちは飼いならした鸚鵡《おうむ》のようにぺちゃくちゃ復唱した。しかしもう二年間も勤務したのだから、「ピストン・モーター《ピストン・モトゥール》」や「減圧バネ《ルソール・ド・デタント》」の何たるかはとうにわきまえていたのだ。

それから奥行きのある距離の標的めがけて一連の「保弾帯《バンド》」を発射し、少尉が双眼鏡で着弾箇所を監視した。命中した弾丸は土埃を上げるので、わざわざ双眼鏡を使わなくても肉眼で容易に見てとれた。はるか左手の丘の上では副官が同じ標的をめがけて射撃させた。離れたところにある銃のバリバリ鳴る音は、晴れ上がった熱い空の下でひどくみすぼらしい感じだった。

前哨基地は正午《ひる》時になるとまただんだん人がふえてくる。またしてもラッパの音。兵たちが馬鈴薯の皮をむきに厨房めがけてゆっくり走って行く。皮むきが片づくと、足を引きずりながらバラックに戻って日蔭をさがした。食事のラッパ。あんまり代わりばえがしない。羊の煮込み《ラグー》または缶詰肉、それにライスまたはインゲン豆または扁豆《ひらまめ》。ところがフェズに送られる週間メニュ報告は結構なごちそうずくめだった。どこまでも続く煮込みが、アイリッシュ・シチュー、ムートン・ソテー（羊のソテー）、ロティ・ド・ムートン（羊肉のロースト）、コトレット・ダグノー（子羊のカツレツ）と称された。ジャックラン大佐はこれを読むと満足した。外人部隊は食事が上等だ。それから三時半頃まで前哨基地中が昼寝をした。するともう夕方だった。兵たちはすこしばかり銃の手入れをした。歩哨が部署につき、騾馬に水と餌をやる合図のラッパが鳴り、人間は夕食をとり、ロシア人は歌い、トルコ人はうろつきまわって賭博で巻き上げるカモをあさり、叫び声が上り、中隊長は一回り巡回し、ラルティーグ少尉は情婦のところに遊びに行き、ファーニー軍曹は伝令を探した（彼の伝令はよく交代したが、例外なく若く、やわらかくてなめらかな肌の持ち主だった）。

ファーニー軍曹のこの伝令は、じつを言えば——少尉の情婦や、レースの金持ちぶりや、アッカーマン伍長の負傷以上に——前哨基地のおしゃべり新聞の目玉、というか、もっと正確に言えば人気読み物になっていた。それというのも、しなやかでどちらかといえば小柄な身体つきのファーニーは、中隊の運命と固く結びついた運命のために重要人物だったからだ。彼はやがて三年前になんなんとするその当時、中隊を襲った大破局から生き残った数少ない一人ではなかったのか？　ファーニー軍曹は、精神貴族たち（シトニコフがその一族だ、それにレースやラルティーグ少尉）にはまるで無意味で興味のない存在と見なされていたが、抜け目のない態度によって平《ひら》の兵隊たちにはすくなからぬ影響を及ぼした。ファーニー軍曹の抜け目のなさは深謀熟慮の末に出てきたのではなく、純粋に本能的なものだった。だからこそ彼の濫用したがる権力行使にそれがプラスした。

ファーニー軍曹は第四分隊の指揮権を持っており、しょっちゅうぜいぜい喘いでいるデブのミュンヘン人の、みんなの笑いものにされているヴィーラント軍曹をはじめとする部下全員に怖れられていた。ファーニーにびくつかないのはアッカーマン伍長だけだった。二人は憎み合っていた。ファーニーは部下たちをなにかと伍長にけしかけた。

ファーニーがしかけるテロの仕方は陰険かつ狡猾だった。なにより恐怖を注ぎこんでくるのは彼の目だ。虹彩が灰色で幅がせまく、小さな黄色い斑点がいっぱいある。そのぐるりに、赤い血脈を縦横に走らせている角膜がある。だがこの目がどうしてあれほど恐怖を引き起こすのか、だれもまっとうに答えられなかった。それはたぶんからっぽで、まるっきり無表情だったのだ。軍曹が内心憤怒にふるえていると感じられても、目はちっとも変化しなかった。そんなとき軍曹の顔はゆがみ、口は吠え面《づら》になり、頬がひきつった。だが憤怒がしゃがれ声の叫びにまで高まると、目が大きく開いたまま瞼はカチカチに硬くなり、その瞼はもう、なにより白濁したゼラチン質状態を思わせる眼球の上につむられることがなかった。

アッカーマンが負傷した日のほぼ三日後のこと、ファーニーのこの種の憤怒の発作が前哨基地にまたまた話題を提供した。機関銃分隊の柔和な若者パウザンカーはまだ髭を剃るには及ばないほどの若さだったが（頬の上のやわらかいブロンドのうぶ毛は太陽を背に負ったときにしか目立たなかった）、そのパウザンカーがファーニーの御意に召したのだった。ファーニーはパウザンカーを伝令に欲しがった。それまではパチョウリが伝令のポストにいた。パチョウリはやる気充分ではあっても誠実味がなかった。それにファーニー軍曹はひどいやきもち焼きだった。昼食時に下士官食堂で諍《いさか》いがはじまった。この食堂は小さい独立した建物で、塔の影になった給食室の囲いの塀にへばりついていた。二部屋に分かれていて、小さいほうがキッチン（というのも軍曹たちは行軍中しか部下の兵と食事を共にすることはなかったので）、大きいほうが食堂に使われていた。食堂は横長で、幅の狭い食卓が一卓だけポツンと置いてあった。周囲の壁には「パリジェンヌ生活」の画がべたべた張ってある。多少とも女の裸体を描いていて、いちばん大事な勘所が粗っぽいタッチの鉛筆で強調されていた。食堂はシュナップスの蒸溜所みたいな臭いがした。

テーブルの右端にカッターネオ老副官がいた。鼻にひん曲がった鼻眼鏡をのせてファンタシオ誌を読んでいる。隣にこの雑誌の所有者の顔色の悪いハッサがいる。へつらうようにいちばんきわどい箇所を教えてやり、声高にサブタイトルを読み上げる。そうしながらもそれを申し訳ながっているのだが、大声で読み上げるものだから効果は一向におとろえようとしなかった。副官のほうは印刷物が読めない自分の無学が運よく慇懃に隠されたわけだ。ハッサの隣にはシトニコフがいて、ロシア語の本を読んでいた。比較的若い軍曹のヴィーラント、ヒューナーヴァルトその他は、むしろテーブルの左端に陣取ったファーニーのほうについている。

食事が終わるとコックがブラックコーヒーを運んできた。シトニコフはすばやく自分のカップを飲みほし、席を立って別れを告げようとした。と、しゃがれ声のくせにつんざくように甲高い、ファーニーの埃をかぶったような声がシトニコフを引き止めた。

ファーニーは言った、「パウザンカーを伝令にほしい。あれはあなたの分隊にいますね、シトニコフ軍曹。」（軍曹たちは皆、シトニコフをあなた呼ばわりした。）「中隊長にそのことを伝えてくれますか、それともこっちでやりましょうか？」ファーニーはドイツ語で話した。彼はアルザス人［アルザス人は独仏両語をこなす］だった。ファーニーがドイツ語を使ったのは、じつはフランス語をうまくこなせないシトニコフ軍曹に礼を尽くそうとしたからだ。と、このとき副官が喉を痙攣させるような笑い声をあげた。それが、他のあらゆる音の息の根をとめた。副官は冗談がわかっていた。

シトニコフが返事をしたが、ファーニーはその返事の意味がわからなかった。ファーニーは前かがみになり、耳の後ろに手を当てた。シトニコフがことばをくり返した。彼はフランス語で、まるで話にならん、と言った。こちらはそんなプロジェクトには抵抗するだろう。ファーニーは笑った。ざらざらした赤革みたいな感じのファーニーの顔の皮膚が、色を帯びて紫色じみてきた。まなじりが大きく裂けたままだ。軍曹、あなたはどうして拒絶するのか？　ファーニーはフランス語で話した。——理由をくだくだ説明するのは、ファーニー、御免にしてもらえないか。——いやだ、こちらとしては説明を省いてほしくない、とファーニー。——沈黙。——シトニコフは椅子の背もたせに手をからませていた。彼はあいかわらず直立し、テーブルについている人びとを見下ろしていた。それから、だれか自分に味方をする者がいないかを確かめようとするように、おもむろに座に目をさまよわせた。しかしまなざしの赴くところどこでも、頭という頭が下を向いていた。副官だけがこちらに目を据えてニヤリと笑った。

ファーニーはがっちり親指で上に蓋をしてテーブルに拳をのせていた。待っていた。シトニコフがもう一度たずねた。拒絶することに決めた理由は言わぬが花ではないのか。ここで副官の薄笑いが消えた。このデブ男は怒った七面鳥みたいにむくむくふくれ上がったように見えた。シトニコフ、思い上がるのもいい加減にしろ。戦友なら、とガミついて、ちゃんと受け答えはするものだ。ファーニーは古参の軍曹だし、自分の希望を表明する権利だってあるはずだ。副官は興奮のあまりしゃっくりをした。

ファーニーは応援も眼中になかった。微動だにせず、うつろなまなざしをひたとシトニコフに向けた。こちらはまた自分のほうに椅子を引き寄せて腰を下ろした。これが見ている者をドキリとさせた。ハッサは身をずらし、反対側でヴィーラントが同じく脇に身をずらした。いまやシトニコフは弁舌さわやかに説明した。言い間違いをすまいと努めているのが目に見えた。物笑いの種になるような落ち度はなんとしても避けようとしていた。ファーニー軍曹が伝令をどう使うかは周知の事実ではないか。すれっからしもいいとこのパチョウリみたいなやつなら自分も反対はしない。だがパウザンカーのような汚れのない若者のことだと責任を感じないわけにはいかない。パウザンカーはわが分隊の一員であり、こちらとしても守ってやる責任を感じる。パウザンカーはまだ健康だ。やがては故国に帰還して、おそらくはまた生命と幸福への道を見出すことだろう（このことばを聞くとカッターネオはまた太鼓の連打音じみた笑い声を上げ、ハッサがひそかにその肩を持ち、ファーニーは石のように固くなったままだった）。だからこの人員交替には反対で、中隊長に進言するにしてもこの方向ではたらきかけるだろう。なにしろファーニーが「腐‐ふぁーい――してる」のは周知の事実ではないか。この最後のことばをシトニコフは長々と引き延ばした。その最後のことばは沈黙によっていわば終止符を打たれた。

叫び声、そして足を踏み鳴らす音がどっとあがった。全員が躍りあがり、テーブルの上にかがみ込み、シトニコフを説き伏せにかかり、シトニコフの目の前のテーブル板に拳をたたきつけ、あわや殴りかからんばかりの形勢になった。

何も言わずにすわっているのはカッターネオとファーニーだけ。副官はまたもやファンタジオ誌を手元に引き寄せて挿絵に没頭した。

はじめはファーニーの平静がもっぱら作り物のように思えた。姿勢がまるごと痙攣している感じになり、咀嚼筋が頬にくっきり浮かび上がった。目を大きく見開いているのがひどい苦痛だとでもいうように、額の皮膚がピクピク波打った。それから痙攣がゆるみ、ファーニーは躍りあがった。すると他の連中は黙り込んで腰を下ろした。変色したファーニーの顔はものすごかった。彼はごくりと息を呑んだ。それから爆発した。彼はシトニコフのすぐ目の前に立った。シトニコフが腰を下ろしているのに、頭の高さがほとんどすれすれだった。ファーニーは叫び声を出さなかった。声帯を病んでおり、ときには数秒間も口からだらりと垂れ下がることのある舌の上にも丸くて白い腫れ物が識別できたからだ。聞いているほうは、彼が何を言っているのかさっぱりわからなかった。雨霰《あめあられ》とばかり悪口雑言が降った。しかしそうしてしゃべっているあいだ、目は大きく開けたままだった。この開いたままの目のほうが、いくぶんぎごちない憤怒の発作よりシトニコフにこたえたようだった。というのも突然、両手に額を埋めてがくりと頭を垂れたからだ。ファーニーは勝利に満足したらしく、自席に戻った。料理番がファーニーに命じられてパウザンカーを迎えに立った。若者がくるまで、部屋にはまたしても静寂が支配した。

パウザンカーはドアの際に立ちつくして、閾をまたごうとしなかった。日光が身体に垂直に落ち、そのため日蔭にいる者には非常に明るく見えた。汚れのない目を縁どる長い睫毛《まつげ》が頬にまばらな影を投げかけた。

こっちへ来いという副官の勧《すす》めがひどく愚鈍そうに聞こ

えた。若者は閾際でつまずいた。するとシュナップスまみれの空気が一瞬彼を窒息させた、というか、破壊的効果を及ぼしたかと思われた。顔面の表情がまぬけ面になり、口元はしまりがなくなり、目が汚らしい光を帯びた。はじめそのまなざしはシトニコフに固着していた。シトニコフが上司だから当然だ。が、そのうち視線はさまよいはじめ、いくつもの頭を越えてすばやく走り、ついにファーニーがそれを受け止めた。

　ファーニーはテーブルに握り拳をのせて得意の姿勢をとっていた。まばらな口髭の下にいやらしい薄笑いを浮かべた。「おれのところの伝令になるつもりはないか？」と彼はドイツ語でたずねた。「なあ、金払いはいいぞ。月に三十フランは手に入る。これは中隊長の伝令より多い。おまえが従順なら、そのうえチップもたっぷり弾むしな。」

「よせ、パウザンカー。おれの言ったことを忘れちゃいないだろうな」とシトニコフが小声で言った。しかしその叱責の嵐は逆風になって返ってきた。

「黙れ」とファーニーが吼えた。

　パウザンカーは目のやり場をうしなった。パウザンカーはコチコチになった。ファーニーはシトニコフの叱責のあいだもパウザンカーから目を離さなかった。若者はぜいぜい喘いだ。顔に吐き気の表情が出た。「はい」と彼は小声で言った、「よろこんで。」

「じゃあな」とファーニーは言い、両手を重ねて両手の親指をぐいと反《そ》らせた。かなりのあいだ沈黙が座を占めた。全員がファーニーの手を見つめていた。ぐるぐる回る親指が注目を集めた。と、そのときシトニコフが呪縛を破った。

「では、ごゆるりと」と大声をあげて言った。

　それからシトニコフはラルティーグ少尉に苦情を訴えに行った。彼は中隊長に一件を聞いてもらう約束を取りつけた。

　だがまだ日が暮れないうちにブゥ－デニブから以下のような電話連絡が来た。中隊は三分隊ならびに機関銃分隊を引率してアチャナ経由アイン－クセールに向けて発進し、同地においてトラック隊を出迎えたうえミデルトまで護送すべし。一分隊のみはアチャナまで行軍し、石灰焼成のため同地に留まること。

　レースは午後いっぱい村にいた。七時に戻ると営庭のド真ん中にシャベール中隊長がいた。頭に来てカインツじいさんを罵倒しているところだった。カインツはあいかわらずの忍耐力をもって、「はい、中隊長殿《ウィ・モン・カピテーヌ》」という言葉を歯の抜けた口から吐き出していた。レースはまるきり不意を衝かれたわけではなかった。ピエラールが歩哨に立っていて、ニュースを教えてくれていた。

「どこへ行っていた、レース？」シャベールはカッとなって叫んだ。「もう三時間もきみを待っていた。どこも隈なく探させた。きみは前哨基地にいる義務がある。許可なしに外出して、どこやらで小娘を誘惑するなどもっての外だ。きみに小隊の指揮を取ってもらう。どうだ、やれるか？　それとも酔っ払ってるのか？　答えてみろ？」

「わたくしはただ散歩していただけであります、中隊長殿」とレースは自責の念を感じて小さくなって弁解した。「酒は飲んでいません。」

「よし、よし、酒を飲んでいないのは態度を見てわかる。二日分のパンはあるか？　ビスケットもあるか？　缶詰は？　何がある？　インゲン豆？　果物の砂糖煮？　わたしが、行軍中部下がうまいものを食べられるように特に気を使っているのは知ってるな。肉は？　二日分の新鮮な肉はあるか？　シェフ！」中隊長はいきなり吼えた。「シェフはまたどこへ行った？　シェフがメモを持っている」とふだんの口調に戻って言った、「こっちの署名はとっくにしてある。遅滞があるとすればわたしのせいじゃない。何を待っとるんだ、レース？　行軍は五時間以内に発進する。まだ時間はある。」

「でもまず証明書を頂かなければなりません」とレースは泣きべそをかいて弁解した。レースは突然ツェノへの憎しみにとらえられた。遅刻したのもツェノのせいだ。

ナルシスが大股の足取りで（特に意識的に腰に負担をかけた、いやに気取った感じ）中隊長のほうにやって来た。丸めた書類を手にしている。それをあいさつのように軍帽に持って行き、踵をゆるく合わせて直立不動のポーズを取る格好をした。「まだ時間はあります、中隊長殿、そのうちには準備万端とといます。」

このなだめことばがシャベール中隊長のいきりたった口髭を落ち着かせたようだった。所在なげに宙をさまよっていた厚ぼったい手も、おとなしくズボンのポケットにつっ込まれた。

「うまくやってくれ、なあ、きみを信頼している。それからこっちの、きみもだ……」と口髭でレースのほうを指した。それからまた新たな心配に取りつかれた。「ラルティーグ少尉はどこだ？　ラルティーグ少尉に用がある。彼には各分隊を査閲して騾馬の検査をしてもらいたい。それから大麦を忘れるな、百二十頭の騾馬二日分の大麦だ。またの調達はブゥ－デニブで行軍を停めたときにできる。」

そして姿を消した。

「フランクは徹夜することになるぞ」とナルシスが事務的な口調で言った。「それからカインツに言ってくれ、羊を五頭屠殺しろと。いますぐだ。子羊が二頭あったはずだな？　なあ？　あれを焼かせるんだ。一頭は中隊長用、一頭はラルティーグ用。カインツじいさんはかたじけない気持ちになるだろうし、ラルティーグはきみの特別の友だちだ。ホホー。ところが、だね。ここに、ところが、があるんだよ……おれたちも友だちだ。おれはきみのお役に立つ、きみはおれのお役に立つ。相身たがいだな？　そこでだ、こっちには小麦粉五十キロとワイン三十リットルが必要だ。ワインがないんだ。もちろん引換券なしのワイン。ただもう足りないんだ。どこかへ消えちまってね……」彼は物乞いをする犬のように両手を動かし、そのうえ爪先立ちでぴょんぴょん跳んだ。しかしこの子供っぽいユーモアはレースにどこかぎごちない感じを与えた。シェフの常套手段の一つだった。それはたぶん、こんなことを意味しているはずだ。「なんとかこっちの願いを叶えてもらいたい。その代わりそっちにもにんまりさせてやる。おれたちはいまのところ貸し借りなしだ。後々きみのお役に立つときが来たら、そのときはこっちがうんと恩に着るぜ。」

そこへちょうど料理番伍長のバスカコフが角を曲がって来た。シェフはしきりに目くばせをした。バスカコフは走って来て、すぐに直立不動の姿勢を取った。ふにゃふにゃした男だ。瞼がぼってりして、肉厚の下唇に一面に粒々ができ、それが胡椒粒をまぶしたビーフステーキそっくり。ナルシスはしかしいつまでもお上品にその部下をながめていた。彼の命令がわずかにかすかな吐息となって鼻から洩れ出た。「伍長がここで渡してくれる小麦粉をすぐに持って行け。そしてもう一度、今度は小さな車と兵隊を一人連れて残りを受け取りに来い。」それからバスカコフを怒らせようと、いかにも親しげにレースの肩に腕を回した。「さあ行ったり、おっさん、そうしてから早いとこキュッと一杯いこう。こっちのポケットにちょいとしたすぐれものがあるもんでね。」彼は二三歩ゆらゆらと歩き、回れ右をして戻って来、瞼のすき間から図体が異常成長してしまったバスカコフにまばたきをしてみせ、空の天辺《てっぺん》からこんなことばをしたたらせた。「おれの思うに、わが友レースにいまちょっと大事なことをしてもらわなけりゃならんのでね。部下と、それに車も持ってくれれば、まあいっしょくたに全部運び出せるだろう。」

バスカコフがまだ棒立ちになっているので、「さっさと行かんか。早いとこせんと、明日は早駆けの練習をさせてやるぞ。」

さすがにこれでバスカコフも走り出した。ぶよぶよした肉が窮屈な制服のなかでたぷたぷゆれた。

シェフは本格的なまじりけなしのウイスキー、ブラック・アンド・ホワイトが手元にあると言った。ブラック・

アンド・ホワイトという英語をフランス語で発音したのに、それでも唇をピチャリと鳴らした。彼は水筒の蓋になっている小さな金属キャップにウイスキーを満たし、どうぞとレースに差し出し、自分もキュッと飲みほして満足げな笑みを浮かべた。「あんたじゃなかったら」と彼は言った、「こんな高価なもの、一滴だって人様に飲ませてやるものか。でも、あんたはおれのダチだ、よな？　だからさ。」そう言ってまた水筒の蓋を閉めた。

バスカコフは駆けずり回ってようやく必要な人員をつかまえた。バスカコフ以外の人間は大八車に身体を当てて押しつけている。そこであわれな伍長は、背中に轅《ながえ》がぐいぐいぶつかった。トッドがいた。一行がワイン小屋に行って小さな樽にワインを満たしているあいだにピエラールがそっと来て、この水筒いっぱいに注いでくれとささやき声で言った。

レースはトッドを脇に連れ出した。知ってるだろうが、とレースは言った、おれは小さな娘っ子を村に置いている。さて、こいつがおれを待ってるんだ。そこでだ、トッド、塀を飛び越えて、おれは今夜は行けないと娘に伝えに行ってくれないか？

トッドは、ボロボロに破れたレインコートを法外な値段で引き取ってくれと言われたユダヤ人の古着屋みたいにゆらゆら頭をふった。二三度ズ、ズとz音を口から押し出し、とがめるような口調で言った。「どいつもこいつも、なにか臭い仕事があるとかならずおれのところに来やがる。で、一杯飲まされて、それでどうなる？　こっちはまだ新兵だ。古参兵はおれのことをまだわかってない。ま、結局どうでもいいや。明日は行軍発進だ。牢屋にぶち込まれることもなかろうて。」

レースはトッドの手に丸めた十フラン紙幣を押しつけた。トッドはそれに疑わしげな目を向けた。顔に悲しみのような色が浮かびそうに見えた。しかしやがて肩をすくめて塀を越えて消えた。「そっちじゃない」とレースは、他の者たちがもう姿を消していたので大声で言った。

パン工房ではフランクがパン窯を前にして汗みずくになっていた。

「ワインはないか、伍長？」レースが入って行くと、これがあいさつ代わりだった。レースは思わず笑った。前哨基地のお気に入りのおれのポストは、もっぱらこのワインケラーの鍵のおかげだ、そんな気がした。一週間前、ロシア人のアルティモフとハンガリー人のゼケレーが、二人とも給食室の伝令になりたがって殴り合いになった。結局、ゼケレーが勝った。しかしゼケレーはめったに姿を見せなかった。ありようは喉が渇いたときにだけ来て、ツェノの洗いのこしのレースの下着をさっさと洗濯し、終わるとしみじみとワインにありつくのだった。

　レースがワインを持って来ようとすると、みすぼらしい格好をした男がドアに向かってよろめき歩いて来た。小男シュナイダーだ。ガタガタふるえている。フランクがパン生地だらけのシュナイダーの手から生地をかき落としてやった。

「かわいそうなやつ」と彼は言った、「熱があるな。うん、うん、身体の具合が悪いとおもしろくないものな。さあ、こっちへ来て暖炉にあたれよ。いま伍長がワインを持って来てくれるから、それに砂糖を入れて熱くして飲むと汗が出せる。明日は行軍に出なけりゃならんのだろう？」

「シュッツェンドルフは士気を阻喪させると言って、おれのことを追い出しやがった。だけどおれは病気だし、病気だってことをだれも信じてくれないのだから、どうすることもできやしない。少佐はあと二週間経たなければ来てくれないし、衛生兵は体温計さえ持ってない。だから病気だと申告することもできないんだ。」

「パンはいつ焼き上がる？」

「もうすぐ、もうすぐです、伍長、でもこっちのワインを忘れないでくださいね。」

　レースは小男シュナイダーを自室に連れて行き、砂糖入りの熱いワインを運んで来ると、二枚の古マントと毛布でシュナイダーをくるんでやった。それからまたパン窯のところに取って返した。二頭の仔羊が焼き上がっていた。それをこまかく裂いて洗濯したばかりの何個もの袋に詰め込んだ。それから塔に上がる階段をのぼって行った。

　中隊長は古いひん曲がった鉄縁眼鏡をかけていたが、レースが入って行くと、短く刈り込んだ頭の上にそれをずりあげた。隅のほうでサモタージィーが小さな真四角のトランクを荷造りしていた。そうしているうちに中隊長は青い古シャツの破れ目を針でかがっているのだった。

「われわれは貧乏人だ、そうだろう、きみ」と言って中隊長はレースを迎えた、「だから小娘に新品の服をプレゼントするなんて芸当は、とてもじゃないができっこない。しかもうちの伝令は年中多忙なものだから、継ぎはぎをする暇もないのでね。まあ、あんまり高い給料は払ってないしな。故国に家族がいて、これも食わさなければならない。だからやっぱり古い服を着てるより仕様がないんだ。うちの伝令には月五フランしか上げられない。でもサモタージィーには見返りがあると思う。フランスに帰ったら彼を伍長に推挙しようと思っている。ところで何を持って来てくれたんだ？」

　彼は半頭の仔羊をしげしげとながめ、肉の筋をつまみ取って、うまそうにもぐもぐ嚙んだ。

「わたしを買収する気かな、えっ？　これで買収して、きみをここに残留させるのかい？　それともこれは贖罪の羊のつもりかね？　娘っ子をひとりきりにしておくと、もしかしてだれかに奪《と》られるかもしれない、それが心配なのかな？　今日の午後は娘の家にいたのか？　どうだった？　やわらかい肌だったかね、いい匂いがしたかね？」中隊長はなごやかな笑みを浮かべた。するとそれが泡になった唾を口の縁《へり》に追いやった。それからまた唇がゆるんで話を続けた。「しかしここに残るんなら、こっちが留守のあいだにあんまり馬鹿なまねはしないでくれ。わかってるな、モーリオ少尉はきみに好感を持っていない。わたしの留守中、前哨基地を取りしきるのは彼だ。彼はきみから片時も目を離さないつもりだと言っている。せいぜい目立たんように注意するんだな。」

　中隊長は鉄縁眼鏡をまた目の上におろし、頭を下げてかがり縫いを続けた。

　レースはカチッと踵を合わせて退出した。階段の上り口で二番目の包みを取り上げてから、彼はラルティーグ少尉の部屋のドアをノックした。

「何を持ってきてくれたのかね？」少尉はゆったりしたソファに横になって、折から読んでいた雑誌をパタンと閉じた。白地の表紙に赤の文字が印刷してあった。「仔羊まるごと一頭か？　ご親切まことに痛みいります。察するに、どうやらまちがいないようだ。お心づかいは当方の人格を高く評価して下さっている徴《しるし》ですか？　ま、おすわんなさい。ここに……アニュス酒――それにシガレット。どうぞ召し上がれ。で、留守隊に残るのかい？　これがいつか話した雑誌のバックナンバーでね。ご覧のように、いくつか追悼文が載っている。ジッドもすこしばかり辛子をきかしとかなきゃならん、と思ったんだね。ああ、この作家ときたら、まったくこっちの神経を逆なでしてくれるよ。その理由《わけ》はまあ一つだけ見つからんこともない。この人、わたしには賢すぎる。悪い意味で賢いんだな。ジッドは好きかい？」

　レースは黙ってシガレットを喫《す》った。彼が待っているのは、自分の情事へのとうに口にされていいはずの当てこすりだった。だがラルティーグ少尉は文学的問題にあまりにも夢中になりすぎていた。

「だってプルーストが死んだんだ！」彼は無骨な頭をぐらぐらふり、髪の毛がもじゃもじゃに立ってしまうほどかきむしった。「悲しくてね、昨夜は一晩中眠れなかった。この無秩序と闇のなかでだれがわたしたちに、わずかながらにもせよ光をもたらす助けになってくれるのだろう？　それに、ねえ、わたしはプルーストに会う機会をフイにしたことがあった。若い友人が一度彼の家に連れてってくれようとしたことがある。すてきな逸話《アネクドット》を二三ご披露できるかもしらんと思ってね。トゥールのわたしの上司の大佐の話をね。ずっと荒っぽくはあるけど、まあこれも一種のシャルリュス男爵でね。本当にじつに愉快な話なんだ。でも訪ねてもきっと幻滅したと思うよ。うん、うん、遠慮しといたほうがよかった、そのほうがよかったんだ。」大きな手がテーブルに伸びて別の雑誌を取った。「リルケというドイツの詩人を知ってるかい?」ライナー・マリーアと彼は自分の知らない名前をアルファベット文字に綴ってみせ、また頭をふった。「この男がフランス語の詩を書きはじめた。知ってるかい?」彼はむにゃむにゃ一行を読み上げた。「ドイツ人だってことがはっきりわかるな。デッサンがないんだ、そうだろ。詩は色の落書きじゃだめなんだ。言表不可能のことを言おうとする場合にも、銅版画のような効果がないといけない。これは形式がない。自分で読めばわかるよ。わたしは声に出して読みたくない。舌に逆らうからね。たしかに忍耐の跡はわかる。つらい困難な忍耐だ。どれだけの仕事を要したかは歴然としている。これに対してマラルメの詩、〈La solitude bleue et stérile a frémi …〉(青い不毛な孤独がそよぐ……)を取り上げてみてみなさい。そして逆に、もしご存じなら、お宅のそのリルケの詩を一つ言ってくれないか。その程度のドイツ語ならこちらにもわかるのでね。」

レースは考え込んだ。部屋の造作が気に食わなかった。小テーブルに置いてあるどっしりした石油ランプ、多彩なカーテン、けばけばしい柄のカーペットをかぶせてみすぼらしい寝椅子みたいに見える低い野戦用ベッド。背もたせ椅子にはしかし見るからに力なげでいくぶん朽ちたような風情の、どっしりと重い図体の男が一人横になってしゃべっていた。右手の拇指が顎のつっかえ棒になり、残りの四本指は口にかぶさっていた。

《Götter schreiten vielleichO, immer im gleichen Gewähren,
Wo unser Himmel beginnt …》

神々はおそらく歩みおられる、常に変らぬ足どりで、
われらが空のはじまるところに……

レースはためらいがちに言った。それらのことばをどこか遠い国々から運んで来なければならないとでもいうように。そう、その通りだった。それらのことばははるかかなたの都市にある部屋に閉じ込められていた。そしてこの部屋の真四角のテーブルにその詩を、その過去の響きを奏でる詩を、おさめた本がある。レースは身ぶるいした。彼は

立ち上がった。「ではまた、少尉殿《リュートナン》、まだやることがありますので。たぶん中隊長はわたしを探しておられると思います。見つからなければ、食糧管理所をこれを最後におっぽりだされることになるでしょう。」

「うん、うん」とラルティーグは言って天井に向かって拳固を突き上げた。「それがいい。気をつけるんだな、レース。ここではきみは嫉妬の的だ。弾丸《たま》が飛んでこない安全な部署にいて、それが結構金になるから、というわけではかならずしもない。それもある、そりゃそうだ。しかし憎まれてるのは、あんたもわかってるよな？　どうしてだ？　これはわたし自身にもきちんと答えられない問題だ。ことばだけじゃどうにもならない。たぶんみんなといっしょに酒を食らったり、猥談をしたり、みんなと同じに俗っぽいみてくれになればいいんだ。きみだって、どこかしらしっくりしないところがあるのは感じてるよな。きみにもわたしにも留保ってものがある。心のなかに保護区があって、いざとなればそこに引きこもれる。しかし他の連中にはそれがない。みんないっしょにやればいい、そう思っている――しかしいっしょにやっていながら、それを観察もしている、これは汚い、と思うんだ。」ここでようやくラルティーグは太腿に拳骨をおろし、指をひろげて膝を抱くようにした。「バカはするなよ」と彼は叫び、片手を上げてレースに合図をした。それから手の甲の裏をかざし、お芝居の舞台で「傍白」のしぐさをするのとそっくりのささやき方をした。「聞くところによると、きみは実地の民族心理学をやっとるそうだな。わたしもそいつをやろうとしている。また一つ、おたがいに共通項がふえたな。しかし気をつけろよ、ときにはそれが苦痛になることもあるぞ。」

ラルティーグはレースに手をさし出した。その手は無毛で小さかった。甲だけを見るとほとんど小さな男の子の手だった。が、指がしわだらけなので、同時に老人じみた感じもした。

レースは前哨基地の空に横たわる無言の夜に向けてドアを押し開けた。一陣の軽やかな風が来てドアがはためいた。風は黒い山々のかげにこっそり忍び寄る朝を告げた。

半時間も前からバスカコフ伍長が管理部の前庭で配給を待っていた。パン工房の前にはフランクがおり、かたわらにできたてほやほやのパンが山と積まれていた。パンの香りが火の消えかかった薪の熱の息吹と入りまじっている。とある石の上に蠟燭の長い黄色の焰がゆらゆらゆらめいていた。

バスカコフはすっかり腹を立てているようだった。目も唇もふくれ上がっている。それも度を越していた。後についてきた他の兵隊たちは反対に興奮してうれしそうだった。

できたてのパンの香りは、そんな人を活気づける効果をかもし出すようだ。長年慣れ親しんできた香り。それは朝食や新たな一日のはじまりと切っても切れない関係があった。最後にレースは、みんなにブリキのコップ一杯ずつワインをふるまった。ワインはニヤリとしながらうやうやしく歓迎され、代金は卑屈な冗談でまかなわれた。レースが座をはずした瞬間に起こった私語のざわめきはしかし憎悪と嫉妬にあふれていた。トルコ人のファドとスイス人のベルチが私語し合っているのをレースははっきり耳にした。「やつは出動しねえんだからな、ワインをふるまって当たり前さ。」ベルチが応じてこくんとうなずいた。

だがレースが近づいて行くと、ファドは最敬礼をしてブリキのコップをさし出し、もう一杯なみなみと注いでもらってからそのワインを自分の水筒に空けた。

いまや営庭はガランとして人影もなかった。と、そのとき、どこかの隅からトッドがこっそりやって来てふいにレースの肩を叩いた。ご用命のほどは伝えときました、と彼は報告した。ツェノはちょっと悲しそうだったけど、レースが来るまでは家を空けないでいるつもりだと言ってました。

「さあ、これでもうご招待いただけるんでしょうな。腹ペコだし、それにもう横になって眠る気もないし。」

彼らは小屋に入った。レースはアセチレン・ランプの灯りをともした。焔の向こうにブリキの反射光のサーチライトが取りつけられた。カーバイドの臭いが部屋中を満たした。ベッドのほうから眠たげな声がたずねた。「いま何時だ？　みんな、もう進発したのか？」小男シュナイダーが目をさましたのだった。彼は目をキラキラさせて灯りを見、両手を合わせて顔の前に持っていってうめいた。「頭がガンガンするんだ。」

「ワインをもう一口飲《や》るかい？」レースはたずねてベッドに近づき、寝ている男の汗びっしょりの額を撫でた。「みんなはまだいるよ。一時間もすれば進発する。いっしょに行けるかい、それともおやじさんに病気だって、おれから言っとこうか？」

「めっそうもない。」小男シュナイダーはひどくおどろいた。「だっておれは新兵だし、中隊長はおれの顔を知らないし、それにおれのことなんか知ったことじゃないだろうしな。副官だってこっちのことは文句たらたらに決まってるし……」レースは肩をすくめた。トッドが悲しげにうなずいた。それから小男シュナイダーは立ち上がって靴を履き、うめきながら細い脚にゲートルを巻き、小声であいさつをするとドアを押して外に出て行った。

トッドは隅の床にすわって目の前をじっと見据えた。

「きみはあの娘《こ》に何を望んでいるんだ」と彼はいきなりしゃべりだしたが、狼狽のあまり指はズボンの生地をむしっているのに、声のほうは腹立たしげだった。「こんな質問をして厚かましいのは百も承知だ。だってぼくはきみのことをよく知らないものね。だけどぼくらはおたがいにずいぶん近しくなったように思うけど、どうかな？」

　レースは黙ってうなずいた。どうして弁解をしないのか？　弁解すれば気持ちが晴れるし、さっぱりもするのに。

　トッドの筋肉が顔の黄色い膚《はだ》の下で動いた。それが、顎に生えたまばらな黒い毛をぶるぶるふるわせた。

「わかってくれよ。ぼくは告白してもらいたいんじゃない。けど、きみの気持ちがわからないんだ。」それはほとんど、〈きみはそもそもぼくのものだ、なのに女とつき合うなんて厚かましいじゃないか〉という嫉妬のせりふのように聞こえた。しかしトッドはそんな本音は出さずにいた。彼はしゃべり続け、声がしだいに憤りの色を帯びてきた。「ぼくはきみって人を誤解してたようだ。きみはちゃんとした人間だと思っていた。だって女とは絶対につき合わないって、みんなに自慢してたじゃないか。それがどうだ？　で、ぼくの手に十フラン押しつけた。まるでぼくが、飲み代をほしがっている使い走りみたいにね。こっちが何かを要求するまで待てないんですか？」

　静かだった。部屋のドアの前の運河の水がかすかにせせらぐ音がしているだけだった。レースは外に出た。肉の缶詰を持って戻ってくるとそれを開け、玉ねぎをスライスしてサラダを調理し、皿に盛りつけてトッドに渡した。ワインをカップに注ぎ、最後に空のベッドに腰を下ろした。

「つまりぼくが俗っぽくなったと言うんだね」とレースは確かめた。「それに礼儀知らずになったとも。それを長々と説明させたいのかい？　しかし本当は一度ちゃんとその話をしておいたほうがいいんだ。以前はまだ、きみも知っての通り共同寝室で寝ていたし、その後はバラックで寝た。そのときはうまく行っていた。痴呆状態になってたし、欲もなかった。そういう状態をじつはちゃんと感じてないから、ちっとも不愉快じゃなかった。一日中むやみに動き回ってられて、それでみんなとまともな話をしていた。まともな、ね！　わかるよな、ぼくの言ってることが。ありきたりの痴呆状態とはちがう。それでいて心の中はとても安らかだった。それにあの、しゃばの、入隊以前のごたごたの後で安らかにしていられるのが大満足だった。そうなると歩哨に立つのだっていやじゃなくなった。目は前に向けながら夢想に耽っていられた。そうなんだ。それがこの管理部に来てみて、いきなり孤独になった……時間があまってきた。わかるかい？　夜もだ。最初は変な気分だった。

ほとんど居心地がよかった。しかしそのうちある種の緊張がはびこってきて、その緊張から離れられなくなった。それがしだいに本格的な絶望になってきたんだ。そうなんだ、過去に犯した愚行の数々が夜毎思い出されて責めさいなまれる。それにまだある。そもそも独りっきりでいながらこんな緊張が生まれるのを、こんなふうに自分に説明したものだ。」レースは沈黙して考え込んだ。モノローグをするつもりは毛頭なかった。どこまでも明快でありたかった。相手がわからなければいくら話したってまるで意味はない。どうしても相手に理解してもらわなくてはならなかった。「そう、こんなふうにだ。夜がきても独りでなく、昼も独りでなければ、緊張が生じるはずはない。対話をするとか冗談をとばすとかすれば、それでだれかと接触し合うのと同じことになるんじゃないかとね。」レースは膝の上に肘をつき、掌をくぼめて、こぼすわけにはいかない大事なものが掌に注がれているように、それを左右に水平に動かした。「接触を、そう、ほとんど愛撫を交わし合うこと。わかるよね、ぼくらはこまやかな愛撫に渇《かつ》えてるんだ。一言でも親しげなことばが口にされるか、それを耳にするか、それだけでもう緊張を解除してくれる。そうだろ？」

トッドはとうに食事を終えていた。折り曲げた足を両腕で囲み、立て膝に顎をのせていた。そうしてかちかちにこわばってレースの褐色に光るサンダルの尖《さき》に目をやっていた。ここで頭をあげたが、と同時に瞼を閉じてうなずいた。顔の緊張がほぐれ、まだ熟しきっていないとはいえほほえみが兆《きざ》しているように見えた。

「そう、向こうの、外のバラックで生きて行くほうがずっと楽なんだ。だって考え込むこともないし、過去はとっくに現実感がうせて、残っているのはもっぱらその日暮らしだけ。そしてその日暮らしがもたらすものはと言えば、無一文になったらどこで煙草をたかればいいかとか、少尉の小女が何を言ったりしたりしたかとか、ファーニー軍曹がまた新しい伝令を手に入れて、この伝令と何をやらかしたかとか、そんなことばかり。昼食のときに分隊単位で肉団子が何個あるかとか、その残り物をどう見つからずに飯盒に失敬するかとか。ところが、ここは独りぼっちだ。棚卸しをしているあいだはシトニコフがここで寝てたから、はじめのうちはまだ我慢ができた。何といっても彼とおしゃべりができたからね。シトニコフはそれほど馬鹿じゃないし、自分が分隊に帰りたがっているわけもわかっていた。そう、ここの孤独のせいだ。いろんなイメージが湧いてきて、それを追い払えない。はじめは無邪気なものだ。森があって、そこで寝ているとかね。濡れた木の葉や茸のにおい。日光が枝々のあいだから射して、一匹の蟻が手をくすぐる。かぶと虫が草の上をよちよち這い歩いている。すると突然、あっちの生活がそこに来ている。一つのメロディー。ほかのことを考えようとしても、そいつが耳について離れない。わかるよね。どうして昨日きみは〈それが愛なの〉をハモってたんだ？　ナツメロでこれ以上うんざりしたいのかい？　あの歌はだれだって知ってるし、往年の映画の主題歌を思い出すのはわけないし。いつかナルシスに尼僧院に連れて行かれたことがある。あそこがどういうところか知ってるね？　給料日になると女どもの部屋のドアの前にならんで番がくるまで待つ。まるでなんとかパンを手に入れるみたいにね。愛を手に入れるんだ。あれが、みんなが愛と称しているものなんだ。」レースはしどろもどろに話をつなげているようだった。トッドはニヤリとしたが、目はあげなかった。彼は何度か唇を引きしめてニヤつきを抑えようとしたが、すぐにまたニヤリとした。

「ぼくが行った夜、あそこはほとんど人影もなくガランとしていた。でも女たちはあそこで暮らしていた！　顔という顔から脂粉がだらだら流れ落ちている。無感動と、胸糞の悪くなるような臭い。出されるお茶は最低なのに途方もないお茶代を払わされる。それにガミガミわめいて金ばかりふんだくるあの〈女将《パトロンヌ》〉だ。五人の娼婦のだれもがぼくの敵娼《あいかた》になりたがった。ぼくが管理部の人間だと、シェフが連中に言ったばっかりにね。なにしろシトニコフの前任者があそこに熱心に通いつめていたんだ。娼婦たちはぼくが自分に惚れて村に一部屋借りてくれて、娼家から請け出してくれると思ったんだね。ところがこっちは、じつのところ吐き気を催すしかなかった。ナルシスはそんなぼくをからかったものだ。それともぼくはパチョウリと寝て、やつのヒモと殴り合いをしたらいいのかね？　でもそうは行かない。それじゃあ、何もかもがけがらわしすぎる。そう、ぼくら二人とも決着《けり》をつけに外人部隊入りした。その通りだ。でも、だからといって汚物にまみれることはないじゃないか。モラルの話をしてるんじゃない。ぼくらがこの上モラルとどう折り合いをつけようがある？　端的にぼくらには能力がない。ぼくらにはどうやら最後の勇気がないらしい。勇気、これだってことばだ。ぼくらはただ単にいろいろできないことがあるだけなんだ。なぜか？　それは自分でもわからない。まあ見ろよ。あの娘《こ》はすくなくとも汚れてはいない。そしてぼくを彼女なりの流儀で好いている。ぼくとの仲はいつも上々ではないけどね。ぼくはあの娘に服をプレゼントしてやった。畑仕事ができるように父親に二百フランあげた。たぶんそれをありがたがって恩返しがしたいだけなんだろう。だけど彼女だってやっぱり一個の人間だ。そこらの汚れた獣《けだもの》じゃない。いや、それもちがう。淫売だって獣じゃない。でもこれだけは確かだと思う。彼女といれば病気にはならないし、病気になるのがどうしようもなく怖いんだ。それに彼女もぼくを頼りにしている。それにぼくがいつかここを出て行けば、農地はあの娘の父親のものになるし、そうなったら彼女はきっとだれか後の面倒を見てくれる隊長なり少尉なりを見つけるだろう。かりにぼくが面倒なことになったとしても、だれもぼくのことなんか知ったことじゃないものね。」

隅にいるトッドは黙っていた。ニヤつくのはやめた。彼はひとりでこくんこくんとうなずいた。それが自動人形じみていた。そうしながら目を閉じて顎に生えたわずかな毛をむしった。

「うん、うん」と彼は言って、「わかったよ。じゃあな……さよなら……」

前哨基地中でピイピイ合図のホイッスルが鳴りはじめると、それでトッドが管理部の門を出て行くのをレースは見送った。空は早くもしらじらと明けそめ、空気は酸っぱいボンボンの味がした。レースの耳に、鞍を置くという立って蹄で地面を打つ騾馬のどたばたあがく音が聞こえた。レースは衛門際まで行って、そこの石の上に腰を下ろした。各分隊が前哨基地の前の野外を行進し、五人一組で隊伍を組んだ。徒歩の兵たちが前後して次々に各分隊の前を歩き、荷物を山ほど積んだ騾馬が殿《しんがり》についた。「守護聖人《ティテュレール》」の兵たちが頭絡を持って騾馬を曳いていた。一列縦隊の先頭でシャベール大佐が興奮して跑足《だくあし》で馬を右往左往させていた。カッターネオが胴間声でうなるのが聞こえた。小男シュナイダーはツイてないのを嘆いた。騾馬の飼料の燕麦の袋を忘れたのだ。ラルティーグ中隊長が馬に乗って通りすぎた。彼は馬を止めて親しげに言った。「こっちの伝令は手放して副官にくれてやった。ペシュケくんはアチャナで石灰を焼くことになるだろう。こちらには、きみらの友人のトッドに来てもらうことにした。」彼は手をふって別れのあいさつをし、それから機関銃分隊の先頭に馬を進めた。そこでシトニコフ軍曹と握手して分隊を離れ、部下たちに笑顔でうなずきかけた。シャベール大佐が片腕を上げた。ひそひそつぶやいていた声がぴたりとやんだ。大佐は腕を前に落として馬に拍車をくれた。ラルティーグ中隊長が両手をズボンのポケットにつっ込んだまま前屈した姿勢でこれに倣い、馬の首の上にだらりと手綱を垂らした。ラルティーグの分隊の徒歩の兵たちは頭を垂れて後《しり》えにつきしたがい、次いで騾馬たちが耳と尻尾をぶらぶらさせながらやって来た。先頭の分隊は期待にあふれていた。先行の分隊の最後の騾馬が通りすぎると、ピエラール伍長は待ちきれないように左足を上げ、力いっぱいどすんと地面に踏み下ろした。

レースは立ち上がり、隊伍を組んで移動して行く中隊を満足気な微笑を浮かべて見送った。

殿《しんがり》をつとめる料理番御用の騾馬の高々と荷を積んだ靭皮《じんぴ》繊維製の鞍がしだいに小さくなり、一列縦隊を平原がゆっくりと慎重にのみ込んだ。

耳に立つほど大きく息を吸い込むとレースは腰のベルトに両手を差し込み、前哨基地をぐるっと囲む運河の岸に沿って村に通じるせまい道を歩いて行った。ツェノに会った。ツェノはレースの手を取って笑うと、いっしょに走った。

第6章　小男シュナイダー

カッターネオ副官はテントを出て口元に二本の指を当てた。口笛の響きが涼しい朝にするどく鳴りわたり、赤い山々にぶち当たり、近くの丘の上にある旧基地の塀にぶつかって跳ね返った。口笛が鳴りやまぬかのうちに副官は悪態をつきはじめた。方形の野営地の、自分の身体の大きさに合わせて張った小さな茶色のテントのなかで、着ているものをがさつかせたり、あくびをしたりする気配がした。眠たそうな声が「起床!」と叫んだ――あざけるように、またいら立ち気味に。しかしテントは思ったほど早くは片づかなかった。副官が地面から杭を二三本引き抜くとテントのカンバスがへなへな崩れた。ぶつくさ押し殺した声が聞こえたので副官は笑った。それからがさごそうごめく塊に何発か足蹴《あしげ》をくれると、コーヒーを飲みに厨房に行った。赤い軍帽《ケピ》がピカピカ光り、黄色いカーキ服から際立って見えた。

副官はギイじいさんに金属カップをさし出し、コーヒーを半分方注がせてカップを石の上に置き、ポケットから水筒を取り出してコーヒーにラムを注いだ。「メッツォ・エ・メッツォ［半々］」と彼はつぶやいた。テントを張った野営地が青白い朝の光を浴びて目の前にあった。彼はそれをながめやり、自分が五十人の人間の専制君主なのを感じた。自分の持っている権力が誇らしかった。

騾馬どもが力まかせに鎖をひっぱる。騾馬どもは長いワイヤーの綱につながれていた。ときどき鳴き声をあげた。いら立っていた。餌をやる時刻が間近だった。

丘の上の哨所の前で、裾の長いカプチン僧マントを着た何人もの灰色の人間が馬の手入れをしていた。

副官は太腿をぴしゃりと叩き、空中に腕を泳がせた。「まだか!」彼は胴間声でわめき、近づいてくる兵たちをあざけるようなまなざしで迎えた。兵たちはおっかなびっくり忍び足で彼の前を通って行った。

シュッツェンドルフ軍曹が最後列のなかの一人となってよたよたやって来た。ズボンも上着も編上げ靴も前をはだけたまま、鼻の上にできた黄色い斑点を爪でむしっている。副官が呼びかけた。「規定通りに服を着ることができんのか？」シュッツェンドルフは顔をゆがめただけで、ひとゆすりしてズボンをずり上げた。

シュッツェンドルフの後からデュノワイエ伍長が来た。勤続二十年、うち三年は成績良好、残りはチュニスの労働大隊で懲役をつとめ上げた。首の皮膚の上に青い入墨で「しょっちゅう飲みたい」の文句が書かれ、それが喉仏の動きにつれてひくひく上下した。額の上のは、「友情の殉教者」と読めた。こめかみから二匹の蛇がにょろにょろ這い出して頬の右端でとぐろを巻き、鼻翼の上で口を開いていた。副官の前で帽子の庇《ひさし》に手を当ててあいさつすると、庇の内側に「糞ったれ」の文字が見えた。副官はパトロンぶってデュノワイエにうなずき返した。

それから他の兵たちが通って行った。埃まみれの灰色の顔、顔、顔。目はうつろで、頬はげっそり痩せこけている。歯でピューと口笛を鳴らしたり、大きく輪を描いて茶色の唾を飛ばしたり、咳をする者もあれば、地面に向かってくたんと頭を垂れている者もある。列の最後にのろのろ足を引きずって来たのはステファン。副官のお気に入りで、ブロンドを坊主頭に刈り込んだ猿面の、リール出身の鈍重な北フランス人だ。ご機嫌でシャンソンをがなり立てた。

あれはパリの、小さなお家
夜の小さなお家で
ピガ－ア－アル広場の

副官がステファンに声をかけた。「いつもどん尻だな、ステファン！」

「いつもどん尻であります、副官殿、でもシュナップスの瓶をひったくるのはいつも真っ先。」

副官は笑い、ラムの瓶を相手にさし出した。ステファンは瞼の下から緑色の眼が飛び出すまでがつがつ飲みまくった。

「餌をやれ！」と、おらび声がした。野営地の真ん中に身体にガタが来ているヴェール軍曹が完全軍装で立っていた。拳銃さえベルトに吊るして着帯していた。「餌をやれ！」もう一度声を上げた。

蹄と蹄鉄をばたばたさせる鈍い音が聞こえた。テントのなかでコーヒー・カップが舞いあがった。副官の栗毛の馬のトレゾールが、山蔭からげんなり顔で這い出してくるまんまるの朝日に向かっていななないた。突然の静寂。副官はあいかわらず厨房の横手にある石灰暖炉の上に足を大きくひろげて立ち、ワジのせせらぎの音が聞こえる谷間を見下ろしていた。腐敗した材木と、すえたベーコンと、汗のにおいが鼻にきた。「こん畜生！」と彼は大声で呪った。目の前に手を当てると青春時代の映像が浮かんできた。パルマ近傍のとある街道、ポーの野の太陽を浴びて真っ白だ。遠くに樹々、小さな居酒屋のまわりに青々と緑なすトウモロコシ畑。川砂を積んだ彼の荷馬車がその前に止まる。ポケットにベーコンを一切れしまってあり、その脂っこいにおいが空腹感をかきたてる。「こん畜生！」あのときも、引き綱がちぎれたのでそう呪ったものだ。

「位置につけ！」彼は吼えた。冗談に拳銃まで発射した。バーンという谺《こだま》も荷馬車屋時代を思い出させた。

「ホー－オー－オー」と四方からうなり声が上がる。分隊は二列に並んだ。

「整列！」

と、全員が隣の男にうつろな目を向けて人形のように直立した。

「休め。」

ごそごそ足をあがかせ、ひそひそ声で何やらぶつぶつ。それから一本調子に名前を呼ぶ。しかし小男シュナイダーの名が呼ばれると副官は点呼を中断させた。

「まっすぐ立て、シュナイダー。まるで濡れ雑巾みたいじゃないか。」

「病気なんであります」とシュナイダーは言葉を押し出した。

「病気とは見えんな。」副官は顔を紅潮させ、黄色く枯れた口髭が逆立った。シュナイダーは沈み込み、前の男の背中の蔭に姿を隠した。

点呼が続いた。

「夫婦者はおとなしく立っていられないのか？」副官がまた叫んだ。どっとばかりの爆笑。上官の悪い冗談に相応の、強いられた笑い。パチョウリはしなびた乙女の顔をしてみせ、ペシュケはアパッシュの誘惑のポーズ。副官が猥談をしゃべり、すると先陣が出発しにかかった。

「二、四、六、十。ヴェール軍曹、デュノワイエ伍長、材木を……二、六、十、十二、あと残りの者……シュッツェンドルフ軍曹、クラウス伍長……石を持って来い。」

二本の線がちりぢりになりながらたくさんの部分に分かれた。すると副官が叫んだ。「止まれ！　五人は野営地に残って石灰暖炉の手入れをせよ。」

蹄の音がまたはじまった。副官の犬が、重い荷を積んだ小さな驢馬を連れて近くの道路を通る数人のアラビア人に向かってきゃんきゃん吠え立てた。太陽がワジの岸辺の夾竹桃の藪の重い緑を照らしていた。

小男シュナイダーは躍起になって興奮した騾馬に鞍を置こうとしていた。シュナイダーは騾馬にヤーコプという名前をつけていたが、これがえらく敏感なのだ。ペシュケは副官の馬に鞍を置き、フアドといちゃついているパチョウリにすばやく目をくれた。仲に割って入ろうと思ったが、このトルコ人に五フラン借金があるのを思い出した。

シュッツェンドルフ軍曹は、耳を垂れてじっと待機している眠たそうな騾馬のリザの鞍の上でバランスを取っていた。

「騎乗！」と、どなった。それからリザの向きを変え、霧がやわらかいヴェールをかけている山の尾根のほうに向かった。その後ろに整列した一行が続いた。殿《しんがり》にステファンがアラバを操縦していた。アラバは、三頭の騾馬を並べてつないだ軽量二輪車だ。

小男シュナイダーは鞍にちぢかまった。シュナイダーは朝方、ため込んでおいたキニーネをのんでおいた。それがいまや耳元を太鼓の早打ちの音でどかどか脅かしはじめた。「それ行け、それ行け」と彼はひとりごちた。眼中に多彩な映像が浮かんだ。灰色の道が絨緞を敷きつめた細い廊下になり、色あせた緑のアルファ草の茂みや茂みの影が色とりどりの柄模様を目に投げかけた。

〈副官がおれを寝かせといてくれたらな。〉そんな思いがびくびくものながら頭のなかで転がり出した。〈病気になるってのがどういうことか、副官はてんでご存じない。具合が悪くなればシュナップスをガブ飲みする。だれだってそれができりゃ御《おん》の字よ！　だけどこっちはしょっちゅう空っけつだ。せめて（外人部隊の）前払い金でも残ってりゃな。だけどそんなもの、とっくにパアだ。あそこのユダヤ人の店でシュナップスと引き換えに鞍の革帯を何本か売っ払っときゃよかった。そうすりゃあ副官はおれを軍法会議に引き渡しただろう。そのほうがよかったのかもしれない。でも隊長はきっと懲戒部隊に送り込むだろうな。そうなるとうまくないな。〉コロン－ベシャールの採石場の情景がまざまざと目に浮かんだ。そこではセネガルの黒人が実弾を装填した銃とゴムの棍棒を手にして、痩せこけた外人部隊兵を労働に駆り立てている。それから彼は略軍帽の折り返しに手を入れ、そこに昨夜全部は吸わずに残しておいた吸いさしを見つけて喫《の》みはじめた。が、二三服深く吸い込むとめまいがした。彼はちっぽけな吸いさしの火をもみ消し、いつもの場所にしまい込んだ。

またまたいろんな色がチラつきはじめた。軽いめまいが目の前の空気をふるわせた。にぶい鐘の音が耳元のすぐ近くにどよめき、それがけたたましくリンリン鳴り響く鈴音に中断された。するとまたしても頭のなかに次のようなことばが滴り落ちた。〈妙だな、キニーネが効いてきた。昨夜、おれは大戦の夢を見た。寒かったせいだろう。ロシアの夢を見ていた。それに、ふとったポーランド娘の夢……マルシュカを忘れないでね、ポーランドの女の子を。〉彼はその歌のメロディーを口ずさんだ。〈しかしアラブの尻軽娘どもときたら……不潔だし臭いし。ぷふぃ。〉吐き気に身ぶるいがした。〈みんな戦争のせいだ。まったく、どんな人生を過ごして来たというんだ？　五年間兵隊だった、ドイツで。それからはもう平和が来てほしかった。おれにだって多少の幸福をみつける権利はあったろうにさ。やつらはおれたちに平和と新しい生活を約束したんだものな。そうさ。そのためにもう一度戦えというわけだった。おれはそれを真に受けた。おれたちの不幸はもっぱらお偉方と金持ちどものせいだというわけだ。そこで駅を襲撃した。どうして駅なんぞを？　だって駅にあるのはオンボロ車両ばかりで、お偉方だの、金持ちなんぞいやしないじゃないか。本当のところは今度も、何のことはない、前は将校たちが下していたような命令を下す連中の言うなりになっただけだった。そしてまたぞろ嘘八百だった。やつらはおれを監獄にブチ込もうとした。そこでズラかった。外人部隊入りしたほうがましだと思ったんだ。いま思い知ったことが、あのときわかっていたらなあ！　今度はまだ三年も辛抱しなきゃならん。三年も！〉身体をゾーッと戦慄が走った。見えない手が髪の毛をつかんで頭を後ろに引っ張ったのだ。わかってる、と突然、彼は思った。〈死ぬんだ。とても簡単だ。鉄砲の銃身を口のなかに入れて足の親指で引き金を引く。それで一巻の終わりさ。〉彼はうれしそうにそっとほほえんだ。

さっと大きく弧を描いてシュッツェンドルフ軍曹は地面に降り立った。ゲートルがずれて靴の上にかぶさった。眠たそうな目で周囲をねめまわしてから「下馬」と叫んだ。

峡谷のなかを一筋の小川が走り、先のほうで下の地面にしみ込んでいった。右にも左にも、しなびた針葉樹が灌木状に生い茂った灰色の岩が切り立っている。ガゼラ羚羊《かもしか》の群れが音もなく足をはやめて平原のかなたに消えていった。小男シュナイダーは下馬するのがやっとだった。かがむと、草の束が緑の渦巻きになって旋回した。

アラバのところでステファンが坑道掘削用の棒と鶴嘴《つるはし》とを区分けしていた。シュッツェンドルフは小川のそばのキラキラ光る砂に身を横たえ、空に向かって目をしばたたかせた。小男シュナイダーがその肩に手を触れた。「わたしは病気なんです、軍曹。はたらけないんです。」シュッツェンドルフはゆったりと手足を伸ばしてあくびをし、それからよたついている男にひややかに目を向けるとドイツ語で吼えた。「気をつけ、起立！」小男シュナイダーは直立不動の姿勢を取った。膝を伸ばすとがくがく震えが来、はっきり痛みを感じた。右の太腿にハンマーが連打している。「よし。休め」とシュッツェンドルフは言った。彼はポケットからシガレットの小箱を取り出した。シュナイダーはさもしそうな目でそれを見た。「吸いさしでいいからくれよ、シュッツェンドルフ。煙草がもう一本もないんだ。」そんな卑屈なねだり方をした。「そら、二三本取っとけ。」軍曹はシュナイダーに小箱をさし出した。「なあ、おれはもともと悪い人間じゃないんでね。むかしは自分のワインを売って、シガレットを手に入れたこともあるさ。そりゃ、煙草はパンやワインより大事だものな。」――彼は意味ありげな顔をしようとしてみた。「じゃあ病気なんだな。なら上で歩哨をしているといい、まだあそこまで登れればだけどな。」

ドイツ語で話しかけられたので、小男シュナイダーはご機嫌だった。それにシュッツェンドルフはもう長年の顔見知りだった。ベル‐アベッスでは同じ分隊にいたことがある。彼は銃を肩にかけ替え、みっしり詰まった弾薬盒を両手でゆらゆら揺らしながら丘の上をさして登っていった。

上までくると、太陽熱で暖まった大きな石にすわった。銃を膝の上に置いてあたりを見回した。目の前の谷は広くて灰色だった。その上に優美な丘がそびえていた。右手の山々は影のなかだった。風が草々の尖《さき》を砂で研《と》いだ。蝿が空中にぶんぶん曲線を描いてうなり、遠い雪山の上で白い雲がぽかぽか日に当たっていた。

小男シュナイダーは眠り込んだ。ライン川沿いの故郷の都市の大聖堂から鐘の音が戦争を告げ、いよいよ強く鐘音で戦争を告げ、たくさんの男たちを駆り立てて、あげくは兵営に引きずっていった。彼も行進の列に入った。それから身体の上で軍服が燃え、おそろしくみじめな気持ちになった。どこかでママが泣いていた。と、軍曹が追いかけてきて彼に足蹴を食わせた。なにか見知らぬ力がすべての動きをセーヴしているように、一切がおそろしく緩慢に進行していた。

小男シュナイダーは飛び起きて突進した。〈おれをぶったのは誰だろう？〉彼は思ってあたりを見渡した。と、乗馬鞭を手にした副官がいて、相手の顔が目にとまるとゆっくり鞭をふりおろした。副官にまるで悪意はなく、むしろうれしがっているようだった。

「愛馬トレゾールならほとんど打撃は感じなかったろうに、おまえはたちまち転倒する。それでもおれの兵か！」彼はずるずる鼻をかんだ。「歩哨で眠るなんて。軍法会議物だ。」怒りにまかせて吼えまくった。「そうだ。軍法会議にかけてやる。あそこならお前を一人前の兵士にする手立てを見つけてくれるだろう。」

小男シュナイダーは悲しげに笑った。彼はソンム戦〔フランスのソンム川流域の第一次大戦中の激戦地〕でもらった鉄十字章を思い出した。何か反論しようとしたが口がカラカラに乾き、舌は口のなかに振り棒みたいにぶらんとぶら下がっていた。

「今度は歩いて家まで帰って」と副官の声が事務的になり、「自分の墓を建てるんだ。なあ、どういうことかわかるな？　自分用のテント設計図を描いて、一人用の、ひらべったいテントを作れ。ちょうどおまえ一人だけ下に寝られるようにな。毛布は要らない。いいな？　なかに横になれ、おれが許可を出すまで出てきてはならん。退出。」

小男シュナイダーはふとった男の前に立ち、悪い獣を観察するようにその男をじろじろながめた。

「でもわたくしは病気なんであります」と彼は涙ながらに言った。

「病気、病気！」カッターネオはわめいた。「おれはお役に立てんよ。医者の役をしろというのか？　だって軍医少佐殿はまず絶対にわが隊に来てくれんものな。」

相手の目に涙が見えると、カッターネオはこれほどの恐怖の念を起こさせたのがうれしくてたまらないようだった。と、突然ガラリと一変して、すこぶるやさしげに言った。

「熱があるんだな。それなら野営地に戻って横になってろ。キニーネを持っていってやる。」

小男シュナイダーは、ほほえみながらのろのろ山を下った。ただもう横になって眠りたいという思いしかなかった。ぐうぐう、ぐうぐう……一日中、できるものなら二度と目をさまさずに。

騾馬のヤーコプはむしゃむしゃ食べていた草の束をこびりついている土ごとむしり取った。小男シュナイダーが掌をさし出すとうさん臭そうに近づいてきたが、すぐに離れて行った。が、シュナイダーが鞍にまたがると首をふっていやいやをした。

平原に出るとヤーコプは速足で駆け、それからテンポをはやめて歩幅の長い跑足になった。小男シュナイダーは手綱を首の上にあずけ、鞍の頭《かしら》にしがみついた。ヤーコプが道を知っていた。騎り手はヘルメットを脱ぎ、手入れをしてくれる手みたいにやわらかい涼風をたのしんだ。小男シュナイダーはレースのことを思い出した。「品のいいやつだ」と声をあげてつぶやき、頭をがくがくさせてうなずいた。

すこし後で彼はテントのなかに寝て、茶色の布の極微の孔から射し込んでくる日光に目をやった。テントの外で飯盒がじゃらつく音が聞こえた。食事の時間だった。

「何かほしいものがあるか、シュナイダー？」クラウス伍長がテントの入口からたずね、シュナイダー(Schneider)の最後の〈r〉を口蓋のなかで転がした。

「ワインだけ、あとは何も要りません。」

クラウス伍長はにんまりとほくそ笑み、病人用に詰めさせた飯盒を毛布の下に隠した。後でゆっくり食べるのだ。クラウス伍長は慢性飢餓症を病んでいた。

それから副官が二三枚キニーネの葉を持ってきたので、シュナイダーはそれをワインでのみ下した。

「よくなるさ」と副官はやさしく言った。

午後いっぱい小男シュナイダーはじっとして、うとうとまどろんだ。いい気分に温かかった。思い出が次々にばらばらの断片になって目の前を過ぎていった。それもやさしく心なごませる思い出ばかりだった。彼はライン川で泳いでいた。水がなまぬるかった。ようやく十二歳になったばかりで、ブルーのストライプの海水パンツをはいていた。大きな緑の樹々が岸辺にならび、何艘ものモーターボートがブンブン通っていった。彼はあおむけに寝た。なかば閉じた眼の睫毛を日光が虹色に染めた。それから家にいて、ママが額を撫でていた。いや、ママじゃない、レース伍長だった。副官が横にいてゲラゲラ笑った。と、小男シュナイダーは目がさめた。シャツが汗でべったり背中に貼りつき、とても熱くなった毛布を払いのけようにもどうにもならぬほど腕の力が弱っていた。頭のなかがからっぽで、目がおのずとところとろ閉じてしまう。

と突然、手榴弾でできた漏斗状の穴のなかにいた。雪が降っていて、彼はぐしょぬれだった。にぶい集中砲火の音がはっきり聞こえた。それから列車が陸地を走り、赤髭の男がプロレタリアの解放を説教した。次には真っ暗な夜のなかの街を追われていた。背後に捕まえようとする見えない手がたえず迫っている。

また目がさめた。ちゃんと目がさめたのではない。むしろなかばまどろみのなかにいて、そこで夢の続きを追っていた。マインツの外人部隊募集事務所が見えた。壁に赤‐白‐青の縁で囲んだ厚紙が張ってある。それに、自由、平等、友愛という字が書いてある。ドイツ語がペラペラの副官がいて、そのことばを通訳してくれる。きっとすばらしいことばなのだろう。そのことばならシュナイダーは前から知っていた。しかしそれらのことばも、そのまた前の、ラインの衛りだの、万歳を叫ぶ声とご同様、真っ赤な嘘っ八だった。革命、あれだって大嘘じゃないのか？　もう何がなんだかわからなかった。いまは、あの頃銃を向けていた連中のところにご奉公している。身体を売ったのだ——五百フラン、プラス日給七十五サンチームだった。五年間。

あの勘定は五ずくめだったっけな？　彼は笑った。でも彼を買った連中は、彼をいたわる必要なんかなかった。毎日のように新兵が応募してきた。彼は道路を建設し、石灰を燃やす仕事にこき使われた。兵隊で入ったというのに。

　突然はっきり目がさめた。頭のなかであるメロディーが鳴っていた。革命時代によく耳にした、みんなで歌ったこともあるメロディーだ。だがその歌に合うドイツ語の歌詞を口にしようとは思わなかった。みんなに、特に副官にわかってもらいたかった。フランス語の歌詞のほうも思い出した。大声をあげて小男シュナイダーはその歌をうたった。歌は彼の心を表現しているように思えた。

　最後の戦い
　全員並んで、明日は……

と、さっそく副官がテントの入口に来てうなった。

「何だ、ボルシェヴィキの歌をうたってるのか？　おまえの手伝いをしてやろう。ボルシェヴィキは病気じゃない。おまえは今晩歩哨に行くんだ。」

　だが、石灰暖炉のかげで錆びついた声がそのメロディーを引き取った。

　我がインタナショナ－ア－ア－ル……

ステファンの声は〈イン〉のところでオクターヴが上がってキンキン声になった。それがすこしばかり副官の気にさわった。しかしただニヤリとしただけだった。ドイツのスパルタクス団員だけは油断がならん。やつらはもっぱら愛国主義に操られて暴動をたくらむのだからな。

　六時になると夕食だった。ギイじいさんが方形のテント野営地の真ん中に大きな鍋を二つ引きずってきた。ちょうど副官のテントの真ん前だ。大鍋のまわりに飯盒が同心円状の輪を描いてならび、これがまた硬直した黄色い人間の三重の輪に包囲された。全員が分配を見守った。デュノワイエ伍長がピチャリと音を立ててまず肉の煮込みを、次にチーズあえライスを皿に盛った。

　それから二時間が経過すると太陽はもう盲《めし》いた真鍮の円盤でしかなく、おもむろに山々の向こうに消えていった。ワジが銅色にきらめいた。と、緑色の空に二つの星が出た。寒風がさっと来て副官の犬を震え上がらせ、くんくん鳴かせた。丘上の歩哨哨所（これも金属めく緑色にきらめいていた）の塀のかげで、それが単調な太鼓の雨だれ打ちのような泣き声になった。

　アイ、アイ、アイ、風車は回る《ラ・ムーレ・ジルラ》……

石灰暖炉からきつい臭いがする煙と青白い炎がちらちら漏れた。火焚き場まで通じている下の長い通路にステファンが立って、燃えさかる火に生木《なまき》をくべていた。通路に分隊全員がすわり込んで水筒を回し飲みした。副官が二回分の携帯口糧のワインを分配してくれたのだった。湿った薪はさまざまな音色を口ずさみ、それらの音が合して奇妙な和音に聞こえた。

わたしが三本の百合、三本の百合、
をお墓に植えると、ファレラ、
そこへ立派な騎士がやって来て
百合を摘みとってしまったの。

ドイツ人たちはおずおずと低声《バス》で歌った。クラウス伍長の裏声がひときわ高くボーイソプラノみたいに際立った。するとロシア人のペトロフが高い、単調な音程の、やや鼻にかかったテノールで歌い、ペトロフの同国人たちが合奏に和した。悲しく、なにやら絶望的な歌だった。例のパチョウリとペシュケの夫婦がそっと身を寄せ合った。

歌は終わろうとする寸前だったが、完全軍装をした小男シュナイダーは、胸は暖炉の火に当たりながら背中はまだ夜の寒風にさらされてぽつんとすわり込んだ。緑色の頭巾付きマントが腓《ふくらはぎ》のまんなかまで垂れ落ちた。熱帯用ヘルメットがほとんど顔の半分を隠し、いまにも泣き出しそうにとがらせた口しか見えなかった。

「点呼！」ヴェールの声が闇を引き裂いた。

火を囲む歌声がやんだ。シュナイダーは立ち上がって右肩に銃を担い、おぼつかない足取りでテント設営地を進発しはじめた。ヘルメットをかぶらないわけにいかなかった。風が強く吹いていた。

副官は自分のテントにいた。背の低い折り畳みテーブルの上に厩舎用ランプが灯っていた。かたわらにまだ半分方しか飲んでいないラムの壜が置いてある。入口の前を通りかかりながらシュナイダーは壜の色のラベルが光るのを見た。ネグリトスという文字、文字の横に黒人の顔がニヤリと笑っている。

「寒い」と小男シュナイダーはささやきかけた。カッターネオはピクリとも身動きしなかった。シュナイダーはやや声をあげてまた同じ言葉をくり返した。

「シュナップスを飲みたいのか？　じゃあ来いよ。」副官はカップになみなみとシュナップスを注ぎ、シュナイダーのほうに押しやった……

カッターネオは腕まくりして、自分の身体の重みで横木が曲がっている野戦用ベッドに腰を下ろしていた。ボタンをはずした乗馬用ズボンが腓のまわりにひらひらはためいた。

「メルシー、副官殿《モン・ナジュタン》」と小男シュナイダーは言い、気をつけの姿勢をとった。

「上出来だ」と副官はもの覚えのいい犬をほめるようにほめ、片手をふってパトロンぶったしぐさをした。「シュナップスは極上の妙薬だ。」

小男シュナイダーはなおも歩き続けた。すると大きな幸福感が身体をがっしりとつかみ、よろこばしい数々の映像が頭のなかで踊った。

月が昇っていた。雲が山の祭壇の上に、ふっくらと丸っこい蠟製の神のようにきらめいた。

〈いまに伍長になれる〉と小男シュナイダーは考えた、〈フェズの下士官学校に入学したいと願い出さえすればいい。〉何だって簡単に通るという気がした。〈でなきゃあそこに、おれを兵役免除にしてくれる少佐がみつかるはずだ。〉兵役免除のことを考えると新しい生活のイメージがまざまざと眼前に浮かんだ。母国語を話す人びとのもとへの帰還、清潔で健康なブロンドの娘のもとへの帰還。たぶん仕事は簡単には見つからないだろう。だがまったくないということはなかろう。住まいの移動も可能だった。ドイツにはあいだにどうやら恩赦もあったようだ。

黒いハッチングをつけた野原のあいだに道路が白く光り、野原の何本かの草の束と見えたのは風になびく駝鳥の羽だった。テントはそこに無言で野営していた。ときとしてテントからふいに息を詰めたいびきが聞こえたが、それも眠っている男が自分の立てた音におどろかされたようににわかにバッタリやんだ。騾馬どもが鎖をガチャつかせた。副官はそこでようやくランプを消した。と、夜がその大きな黒い影をのみ込んだ。風がランプの石油の臭いに石灰暖炉のかぐわしい煙をまぜ合わせた。孤独がとても大きくなった。

小男シュナイダーは方形のテント野営地の隅に腰を下ろした。涼しげにせせらぐワジに向かって断崖がけわしく落ち込んだ場所だった。いまや空気はコトリとも音を立てなかった。歩哨哨所からくたびれた鼻声がまだハミングしていた。「アイ、アイ、アイ、風車は回る……」

と突然、大きな絶望が小男シュナイダーをゆるがした。絶望は頭のなかに侵入した。疲れて痛む身体にズキズキ悪寒が走り、筋肉をぐいぐいひっぱるので、あげくの果ては脚ががくがく震えた。わなわな震えながら右手が弾薬盒を開け、地面に弾薬をぶちまけた。それから両手が銃を取り上げ、遊底のロックをはずした。ロックのはずれる音が静寂のさなかでガチャンと耳を聾せんばかりの大きな音を立てた。右手をわなわな震わせながら弾薬盒にさし込んだ。銃が地面に落ちた。両手で右脚のゲートルをはがし、震えながら靴紐を解いて素足をむき出した。右腕をぐいと動かすと、銃口を頭巾付きマントの襞《ひだ》に隠しておいた銃が発射した。爆音は分厚い生地のなかで窒息した。小男シュナイダーは左足大腿部にはげしい衝撃を感じた。この衝撃のおかげで身体感覚が戻ってきた。もう五体が彼の意志から切り離されることはなかった。それから断崖を転がり落ちた。月がものすごい速さでぐるぐる回転した。月が消え、と、近くでワジがキラッと光った。小男シュナイダーの両手は血だらけだった。なまぬるいものが大腿部を流れ落ちた。冷たい犬の鼻面が頬に押しつけられている、そんな感じがまだしていた。それから夜が真っ赤になった。

真夜中頃、副官が見回りに出て、死んだ男を発見した。靴先で身体を引っくり返し、肩をすくめるとそのままに放置した。朝になると古い袋を探してきて、ひとりで死体をそれに押し込み、地面を掘って埋めた。日の出頃にすこし雨が降った。粘土質の土は濡れていた。副官は墓土を盛る作業を監督した。土くれがひとかたまり長靴の踵にこびりついたままになっていた。

「糞ッ」と彼は言い、思わず足を前に投げあげた。

第二部　熱

娼婦たちの情夫どもは
幸福で、はつらつとして満足している
ところがおれときたら、腕は疲れきって
妄想を抱けない。
（ボードレール「イカロスの嘆き」）

第7章　行軍

　トッドは最後の夜勤歩哨を勤めた。夜中の十二時から二時までだ。風はさわやかで、ときおりドッと吹き、それからまた鎮まって、月を覆う雲の帳《とばり》を千々《ちぢ》に引き裂いた。トッドはズボンのポケットから時計を引き出した。装飾のない金側の、美しい薄手の時計だ。鎖の代わりに靴紐がつけてあった。ピエラール伍長が貸してくれたものだった。時刻は一時だった。コックの起床時間は一時半、二時には昼の歩哨が立つ。

　十二時にはまだ温かかった。十二時を過ぎるとようやく風が立った。トッドは頭巾付きマントに袖を通した。

　テントの薄い布地ごしにたくさんの眠っている男たちの呼吸《いき》が聞こえてくる。ときおりそれは、たくさんの小さなボイラーがシュッシュッとうなる音を思わせた。と、シュッシュッという音がやんだ。どうやら大勢の呼吸《いき》が合うテンポが見つかったようだ。どんどん先へ行くには行くが睡眠中も規則にしたがわなければならないとでもいうように、どこかで制動がかけられている、そんなテンポだ。

騾馬たちだけは周囲のごたごたにわずらわされなかった。彼らにはキャンプの四角四面のねぐらがまるで合わないようだった。立ったり寝たり、たわむれに咬みあったりしては、大きな音を立ててフーッと息をついた。それがまるでくすくす忍び笑いをしているように聞こえた。ときどき短く甲高い笛のような鳴き声を出して後脚を蹴り上げた。厩番が棒切れで殴っても別に気にしなかった。それも遊びの一部なのだ。

一時半。あと三十分すれば、あつあつのコーヒーとシュナップス八分の一リットルにありつける。トッドはコックたちが寝ているテントのところに行き、突き出した二三本の素足をテントのなかに引っ込めた。

まもなく枯れ草と干したイブキジャコウ草を燃やす焚き火がはじまった。風がキャンプ中に香りのきつい布もさながらの煙をひろげた。煙はゆらゆら波立ち、そのうち静まり返ると、それからはずっとそのままだった。テントの内部《なか》があわただしくなった。死人の影そっくりの姿が何人も外に出てきた。天《あま》の川が岸を渡りおえたとでもいうように空がゆっくり白くなった。伝令たちが将校たちのテント杭を引き抜いた。ピエラール伍長が近づいてきて、時計を返してくれと言った。トッドは焚き火のところに行って朝食を食べた。ハッサ軍曹が起床《レヴェイユ》のホイッスルを吹き鳴らした。

シャベール中隊長の頭の上のテントが突然消えた。中隊長は背の低い野戦用ベッドにでっぷり肥えた身体を横たえて、笑い、咳き込み、サモタージィーが言った冗談が最高におもしろいじゃないかとのたまい、と突然、パイプが見つからないといって悪態をついた。マッチ棒五本をついやしてようやく煙草に火をつけた（突風がはげしく吹きまくったのである）。それから今度はごったがえすなかに向かってラルティーグ少尉の名前をがなった。だれも少尉を見かけたものはなかった。が、少尉はとある焚き火の明かりのなかに姿を見せた。散歩をしていたのだ。褐色の革脚絆がキラキラ光った。顔は軍帽の庇の影になってよく見えなかった。サモタージィーがコックを呼んだ。コックがようやくコーヒーを容れたアルミニウムの缶を運んできた。中隊長はコーヒーを飲むと黙り込み、ペッと唾を吐いた。唇に火傷《やけど》をしたのだ。彼はコーヒーの一部を地面に捨て、その後に水筒のシュナップスを注いだ。

中隊長はピシャリと手をたたいて、周囲にうず巻くカオスに「前へ、前へ！」と叫んだ。一ケ所だけまだ焚き火が燃えていた。炎が高々と立ち上がり、突風のなかでパチパチ爆《は》ぜ、キャンプ中が真昼のように明るみ、大きな影がいくつも平原の上に踊り、まるまって団子になるとまた姿を消した。が、ことばは一言もなく、叫び声も聞こえなかった。出発する一行の足音のさなかに聞こえるのは中隊長の手をたたく音だけだった。トッドは彼のリーザに鞍を置いた。

最後の焚き火が燃えつきた。いまやカオスは澄んだ。身ぶりで表すしかない押し殺したよろこびが一列縦隊のうちにわななき震えた。起き抜けの空っぽの胃に効いたシュナップスと、強いコーヒーとシガレットのおかげだった。

大尉はすでに馬にまたがっていた。片腕をあげた。その動作《しぐさ》はさながら聖なる身ぶりのように見えた。それから腕を前におろして馬に拍車をくれると、中隊長はまもなく銀色の空に向かうシルエットだけになった。

トッドの騾馬は四番手を歩いた。彼の騾馬の蹄の下では道路が灰色の絨緞で、はじめのうちは黒っぽく、それからだんだんに明るくなった。もともと本格的な道路ではなく、素朴な道だった。上っ面だけ草をむしり取ってあり、ところどころに深い溝ができている。雨期になると重いトラックに掘り返されてしまうのだ。騾馬の耳がぴょんぴょん動いた。前を行く騾馬の密毛の生えた尻尾はだらんと垂れて微動だにしなかった。前夜の睡眠不足のおかげで生じた緊張が気持ちよかった。この緊張はまだ経験したことがなく、期待に満ちていた。といって何かを期待する理由はちっともなかった。昼間は、行軍、騎行、行軍と、昨日とまったく変わりなかった。八時になると太陽がちくちく肌を刺しはじめ、と、喉が渇いてきた。正午頃、大休止の地点に着いた。そこで夕方まで、カンバスごしに太陽がじりじり苛《さいな》む褐色のテント・カンバスの下に横たわっていなければならなかった。太陽はいつまでも、目をくらませ、瞼をつき刺し、干し草になったまま生えているアルファ草そっくりに、身体中からからに干上がるまで水分を吸いつくしてしまう焼けつくような凹面鏡だった。

空は真っ赤だった。風はやんでいた。空気はまださわやかだった。もしかすると露が降りたのではなかろうか？そもそもここに露があるんだろうか？　何とも言えない。知覚するイメージはいつもどろんとしていた。現実性が失せていた。夢の風景のほうがずっと現実性があった。そこには水が流れ、牧草地が緑なした。戦友たちもオートマチックに作動する人形だった。騎乗時にこの人形どもがじゃまになると憤りを感じるだけだった。

中隊長が口笛を吹き、腕をあげ、その腕をずっとあげたままにした。列が停止した。「下馬、交代」と命令が下り、命令が受け渡された。トッドは下馬した。前方から彼の「分身」が走ってきた。ヴェラグインという名の鼬《いたち》のような顔をした小柄なロシア人で、フランス語を一言もしゃべれない。トッドは相手が左側から乗るあいだ右側の鐙《あぶみ》を支えた。鞍は二人の装具を積んでずっしりと重かった。鞍が保《も》つかどうか、腹帯の締め方がまだがっちりしているかどうか、心もとなかった。ときどき騾馬の腹で荷がずるっとすべることがあり、そうなると鞍をまた置き換えなければならなかった。すると遅れが生じる。列に追いつこうと焦るはめになり、どなりつけられ、それがますますいら立ちと疲労を増大させるのである。注意を怠らないに越したことはない。トッドは前方へと走り、自分の位置に立った。一列の三番目の位置だ。そしてシャベール中隊長のほうを見た。中隊長はインドの苦行僧みたいにまだ腕をあげたままだ。馬はその下でおとなしく立ち止まっていた。ようやく腕がおろされ、白っぽい長蛇の列がぴくりと動き、それから長蛇はうねうねと這っていった……

……時刻が過ぎる。頭をがくんと下げ、膝を曲げ、いささか歩幅が小刻みなのを別にすればワン・ステップをやっているみたいに、まるで足を引きずるように足裏をほとんど地面から持ちあげずに行軍をする。トッドは実際、たくさんの靴、たくさんの蹄が巻き上げるもうもうたる土埃に包まれて灰色の道路帯を進み行きつつ、ダンスを思い浮かべないわけにはいかない。緊張状態はなおも消えようとはしない。さまざまなイメージがやって来る。昔の思い出だ。しかし明確ではっきりしているわけではなく、まるで土埃と疲労に曇らされているようにぼやけている。一つだけある思い出ががっちりとこびりつき、どうしても念頭を離れようとせずありありと思い浮かんで来、ついには眼前にまざまざと見えてくる。一軒のバーが見える。それにたくさんのお化粧した顔、顔、顔。懐にはたんまり金がある。それなのに落ち着かない。いまにも警官が現れて逮捕されるのではないかと何度もドアのほうを見やる。じつは今朝、銀行で小切手がいともすらすら通ったのだ。だれも署名を疑おうとはしなかった。兄の署名だ。五百ドルが支払われるのは造作もなかった。彼の不安には、実際何の根拠もなかった。

と、おかっぱ髪の一人の女の子が登場。愛らしい、黒髪の娘《こ》で、絹のキュロットに白い靴下、レースのジャボ［男子用の胸飾り］にパンプスといういでたちだ。女の子はとても低い声で、まったく身体を動かさずに詩を暗誦する。

夢を見ている警官どもがランプのところをよたよた歩き

うらぶれた乞食どもはよそ者の気配を察してメエエと
　鳴き
多くの街路には強い市電がガタガタ走りやわらかな自
　動車が星々のほうへ飛んで行く。
トッドは突然自分が詩の文句を声を出してうそぶいてい
るのに気がつく。前を歩いている兵がくるりとふり向いた。
トッドは口をつぐんだ。まずは恥じ入った。相手がシラス
キーとわかったからだ。ふり向いたその顔は、まるで撫《ぶな》の
木を彫ったようだ。横顔でも鼻がするどい。
「何か言ったか？」シラスキーがたずねる。
「何も、何でもない。詩を一つ思いついただけさ。」それ
からまた黙り込もうとする。が、シラスキーは興味を示す。
慎重にあたりを見回してから列を離れる。近くに上官はい
ない。先頭のシトニコフ軍曹は居眠りしており、シャベー
ル中隊長の馬ははるか前方にいてはっきり見えない。サモ
タージィーが銜《くつわ》を取っている。中隊長はどうやら小用で列
を離れたらしい。
シラスキーが、それはどんな詩だったのだとたずねる。
コリブゥの詩の朗読が影響したらしい。シラスキーは詩に
興味を持っている。そこでトッドは話しはじめる。あの詩
を朗読するキャバレの女の子の話だ。偽造小切手を現金化
したその日のうちに、彼はあとで女の子を席に呼んだ。彼
女はひとりぽつねんとバーにすわり、人を寄せつけないよ
うな表情をしているので、だれも声をかける気がしなかっ
たのだ。それはそうと彼女の暗誦ぶりはみごとだった。別
の一篇もだ。トッドはどうしてその詩を憶えていたのか自
分でもわからない。その夜、彼は少女に、あれをもう一度
やってくれないかと頼んだ。とても奇妙だった。彼女はベ
ッドに裸で寝ている。おっぱいがとても小さくて、部屋の
天井に向けて詩を朗誦した。ロザリオのお祈りをしている
みたいだった。本当なんだ。うん、とシラスキーが笑う。
奇妙にはちがいない。でもそうだったんだ。トッドは下顎
をつき出して黙り込む。
シラスキーはじっと耳を傾ける表情になる。木彫りの顔
が生気を帯びる。膝を曲げ、すり足で前進してはいるが、
頭をほとんど優美な風情に肩にのせて戦友の言葉を聴き取
ろうとしている。
「そう」と相手が黙っているのでシラスキーのほうがしゃ
べる、「ベルリンではおれもよくキャバレに行った。チビ
の友だちと連れ立ってね。やつは、串さばイカス男だった
よ。ギターを弾くのがうまかった。それにシャンソンを歌
うんだ。〈春の夜に熟れ落ちて〉とね」と突然、シロホン
のソロのようにブツ切りにした、木彫りのような声で歌い
出す。「この歌知ってるよな？」

トッドはうなずく。おしゃべりには好都合だ。道を行く勢いはしだいに速くなり、先頭でははやくも大尉がまた手をあげる。下馬、交代だ。彼らは二人ともできるだけすみやかに位置に駆け戻る。肩に担った銃がぴょんぴょん跳ねる。

二人はいまや鞍を並べている。本来は禁止されているのだ。いまのうちはまだ道が広いが、じきに山々が迫ってくる。それまでは二人並んでおしゃべりをしていられる。ということは各々勝手におしゃべりができ、自分自身に話を聞かせることができるということだ。相手が聞いているかどうかは別問題なのである。

「おれは彼女にジン・フィーズを頼んだ」とトッドは話した。「最初のうち彼女は服にすこしボタンをかけてたけど、おれはこう言ってやった。〈どうしてそんなふうにボタンをかけられるのでしょうね、お嬢さん、あなたの服には一個もボタンがないんですよ。〉なあおい、彼女はとてもぴっちり身についた服を着て、あと寝るときはその服を頭から脱げばいいだけだった。小学生みたいに見えた。ちょっとあやうい感じでね。ブルマーを穿いているものだから、いたいけな幼児みたいだった。妙にぬけぬけとしていた。彼女の話では、十二歳で祖父に強姦されたのだそうだ。赤いソファーの上でね。うん。それにこっちがどう反応したか知りたいだろう。何にも言わなかった。ゲラゲラ笑った。すると彼女はとてもお行儀よくなった。女の子はふつうなら男に酒を飲む気にさせるものだ。彼女はちがう。おれに作ってくれたジン・フィーズでもう満足だった。おとなしくおれの横にすわって、フィールヴァルトシュテッター湖〔スイス建国の母体となったウーリ、シュヴィッツ、ウンターヴァルデン、ルツェルンの四州にちなむ湖名〕でボートを漕いだ話をした。スイスにコネがあって、だから戦争中はよかったという。スイスでならまた腹一杯食べられただろうからね。」

シラスキーが話をさえぎり、今度はトッドが聞く番なのだが、あげく、相手がこちらの話に馬耳東風だったとわかる。というのも相手はお構いなしに、こちらが立ち止まったところからどんどん先へ進んで行くからだ。

「なあ、あいつとは駅で知り合ったんだった。夕方になるとおれはいつも駅にいた。むろん平服でだ。フォン・ジポ刑事として制服を着ては行けないものな。いきなりある顔が、というかある身体の動きが、こちらの目に飛び込んできた。しばらくその後を追い、いくらかその男を観察した。訓練は積んでいる。ささやかな徴候がいろんなことを知らせてくれるものだ。なにやら柔和な歩き方とか、腰の振り方とか、一風変わったほほえみとか、へり下った目つきとか。おれは目がきく。男の子を二三日追いかけているうちに思いきって声をかけてみた。おれがモノにした何人ものなかでただ一人、はじめはちょっと不安な気持ちにさせられたやつだった。だけど思うんだ、もしも決着がつかなかったらおれは死んでいただろう。彼を一目見たときからおれは首ったけだった。まだギムナジウムの生徒だった。そのうち両親に気づかれた。スキャンダルになった。その子は自殺未遂をした。それほどおれを頼りにしてたんだ。」

トッドは横手からシラスキーを観察した。木製の仮面がどんどんこわれだした。熱帯ヘルメットの下からのぞいている耳たぶ（それは女性の耳たぶみたいにきれいな形をしていた）が赤らみ、頬骨の上にも二つの赤い斑点ができた。

山々が迫った。道が狭くなった。いきなり明るい黄色に映える岩場に入った。トッドはリーザの手綱を抑えた。しばらくは無言で進んだ。道の左側は小さな川に向かって断崖がけわしく切り立っていた。

トッドは前を行く男の背中を見た。せまい背中だ。ぴっちり身についたカーキ色の上着の下で肩の骨がひょこひょこ同じリズムで動いている。コルクのヘルメットが軽い鐘のように頭の上にのっかっている。この黄色い鐘の下でどれだけのことが起こったことか！　疲労でさえ止める役には立たない熱い意識の流れ。たえず同じ考え、同じ願望に責めさいなまれる。それについて語ったところでまず語り甲斐はない。ことばでは捕らえがたく、だから……だれにもわかってもらえない。トッドは、詩を暗誦する女の子の話をしたことに腹を立てていた。あわよくば相手の話を引き出そうという漠とした望みをこめた、やくたいもないおしゃべり。それだけのことだ。まだほかにも手はあった。コリブゥはこの種の詩の話を称して呪文とか何とかいっていた。それはすこしは気休めになるし、緊張をやわらげてくれると。

道はけわしかった。トッドは彼の騾馬の前足に目をやった。前足の右蹄が、すべらないかどうかえらく慎重にそっと石にさわり、それから一気にこれを支えにして、身体全体がついて行った。それらの運動にはしっかりと安定があった。〈だけどおれにはちっとも安定がない〉とトッドは考えた。だからといって気が滅入ることはなかった。もうその時々の決断を迫られず、騾馬の鞍のベルトを締め、騎行し、水汲みをし、行軍し、テントを組み立てて眠る、というように指示された通り日中を生きていられるのに満足していた。思い出が苦痛になれば夕方にはワインが出た。それは嗜好品ではなく、すっぱい生活必需品だった。それは疲労から苦痛を除き、空虚な現在に内実を与え、快楽がどういうものかもうわからなくなった肉体にある奇妙なこころよさを授けるのだった。

四度目に一行が止まったとき、太陽はもう空高く昇っていた。冲天に達していた。今度は中隊長が空に向かって両手をあげ、しばらく徒手体操をした。これはかなり長時間の停止を意味した。中隊長がやっと馬からおりたときには、全員が手首に騾馬の手綱を軽くからめてもう道端にすわり込んでいた。ピエラール伍長がすわり込んだ兵たちに沿って、スライスしたベーコンを配って歩いた。黙ってぴちゃぴちゃ食べる。騾馬どもは草をむしり取り、威張りくさった顔つきでもぐもぐ嚙む。それからまたしても静かに頭を垂れ、目をなかばつむった。

第四分隊のずっと後ろのほうにパウザンカーがファーニー軍曹の隣にいた。少年はすっかり人が変わっていた。頬は熱帯ヘルメットの影で灰色だったが、唇は赤く光り、口の端にこまかい泡が浮かんでいた。ファーニーは、孤独な繫留気球のように平原の上に動かずにいる雲にじっと目を貼りつけていた。ときどき伝令の手首をつかみ、押えつけ、また放す。このじつは何の理由もない手首つかみ（それともそれは、自分が権力を所有していることを痙攣的に納得せんとする作業ではないのか？）が、パウザンカーを恐怖で震えあがらせた。顎がかたんと垂れ下がり、そのために顔がなにやら痴呆じみた。

アッカーマン伍長が黒人のセニャック伍長と肩を並べて散歩しに来た。二人の制服は何度も洗いざらして白くなっていた。ゲートルはしわ一つなく、黄色いネクタイも規則の指示通りに三重に重ねてきっちり首のまわりに巻つけているので、まるでアイロンがけしてあるように見えた。

セニャックは外見は黒人じみたところが全然ないのに、黒人なるがゆえの苦労をしてきた。唇がうすく、頬骨が後退しているので、高貴な形をした鼻がはっきり目に立った。彼は申し分のないフランス語をしゃべり、ドイツ語も多少はしゃべった。そのためか、それに二ケ月間ブレーメン号で第三給仕をしていたせいもあってか、彼はアッカーマンにとくに目をかけられていた。

セニャック伍長が非難されていい唯一の点は、その行きすぎた几帳面さだった。彼はジェントルマン役を演じ、それをあまりにも巧妙に演じすぎた。あげくはそれがみんなの神経にさわり、嘲笑したり、口をとがらせたり、その他あたり前の若者の反応で表明されるあからさまなプロテストにみんなを追い込むはめになった。しかしセニャックの粘液質の鈍重さにそんなものはどこ吹く風だった。彼は部下に命令を下し、拒絶に遭うと自ら手を下して遂行した。めったに口をきかず、非番の時間には古い赤い辞書を相手に英語の勉強をした。彼が口にする英語の発音はどうかすると現実離れしていたので、やはり人種差別には無縁の仕立屋のスミスが辛抱強くそれを矯正してやった。

アッカーマンはお仲間と連れ立ってファーニー軍曹の前を通るとき、はじめは脇を見なかった。が、ファーニーのねちっこい視線がこのドイツ人を引き留める障害物になり――アッカーマンはいまや邪魔ものに目を向けないわけには行かなかった。顔が吐き気のあまりくしゃくしゃに引き攣《つ》った。パウザンカーの態度が本格的に嫌悪感を催させるに足りたからだ。

「見ろよ」とアッカーマンは言い、軽くセニャックを肘で突いた。黒人はうなずいた。そしてアッカーマンへの友情からして自分も顔に嫌悪のしわを浮かべた。すわり込んでいる二人組の前をまた通りすぎなくていいように二人は道路を左に折れて小さな谷間に下り、ずっと下のほうの小道にたどり着いた。

シラスキーはベーコンの最後のスライスを口に放り込み、ズボンからハンカチを取り出して（それがじつに清潔なのを見てトッドはおどろいた）口と手をぬぐった。まるで痩せこけた老猫がお化粧をしているさまにそっくりだ。それから道の法面《のりめん》にばったり倒れ込み、指を組んで枕代わりにすると空の一角にじっと目を据えた。

「いいか」と彼は言った、「おれたちがまだセブドゥにいた頃のことだ。突然あれがまた襲ってきた。いつだってそうなんだ。二三ケ月、さもなければ二三週間はまるで欲求を感じない。それから……突然たった一つの顔に会いたくてたまらなくなるんだ。もう何十回も見たことがあるけど、でも今度の一回ばかりは特別の表情をしてこちらを金縛りにする。と、悪魔が出る。何としてでも男の子をモノにしなければ。ほかでもない外人部隊なら話は簡単だ。うまくやれば、まずモノにできない相手はいない。ドイツ人であろうがロシア人であろうが、みんな心得があるのさ。戦争に行っていたからな。戦争に行かなくても、大都会から来たやつもいる。みんな心得がある、ほんとだよ。」シラスキーは自己正当化しなければならぬとでもいうように、しゃにむにしゃべった。「男の子が初心《うぶ》なら造作はない。そうでなければ、何かが欲しくて身を売りたがる。」〈男の子〉ということばをシラスキーが口にすると妙に分裂した感じに聞こえた。やさしくて、同時に辛辣。「煙草を喫《の》みたがるやつがいる。酒を飲みたがるやつがいる。こっちは酒も煙草もやらないから、たんまりプレゼントができる……というか買える」とやや間を置いてからつけ加えた。それから黙り込んだ。と、突然身を立て直し、ことばが次々に口をついて出た。「実情はもちろん先刻ご承知だね。シガレット一箱かワイン一リットルで持っているものを全部与えてしまう。それがいまいましいほどわずかと来ている。肉体だけなんだ、本当に。」シラスキーの目は、目の前のペースメーカーの誘導オートバイの猛烈に回転する車輪だけに目を凝らしている自転車競技レーサーのこわばった表情を帯びた。「これだけは欲しいと思うものがある。相手は断る力が出せないほど、どうしても欲しいと思っている。たしかにおれは美男じゃないさ。わかってるよ。」大尉がホイッスルを鳴らした。しかしシラスキーは話をやめなかった。二人とも騾馬のもとに駆け寄って相棒が乗る鐙《あぶみ》を支えてやり、それから前方に走ったが、走っているあいだにもシラスキーはゼイゼイ息を切らしながらしゃべった。「後で良心の呵責に苦しむんだ。どうしてかわかるかい？　だってだれにも危害を加えてなんかいないのにさ。たぶん教育のせいじゃないかな。いつも大きな罪を犯したという感じがするんだ。なんだか父親が後ろで見ていて、後で棍棒を持ってくるような気がしてならないんだ。と、おれは身をかがめて、なんとか打撃がモロに当たらんようにしないわけにはいかない。」

コリブゥ伍長があたりを見回し、シラスキーは口をつぐんだ。太陽が荒涼たる土地に照りつけた。左右の岩石は太陽光線を受けつけずに、道の上にかぎろい立つ大気のなかへ投げ戻した。砂利道をつまずき歩くおびただしい靴の単調に歩調をとる音、それに蹄鉄のパカパカいう金属音のほかに何の音も聞こえない。

しかしコリブゥが口を開いて、丁重に仲間入りしたい意向を表明した。「たいへんおもしろそうな問題を論議してるね」と彼は言った。シラスキーは拒絶的になり、顔が木製になった。コリブゥは侮辱された。「ああ、ごめんなさーい」と〈へーい〉を延ばして、「おじゃまするつもりはない」と言うと、歩幅を大きく取ってぴょんと跳んだ。

するとシラスキーはいきなりこちらに頭《こうべ》をめぐらせて、じいっとトッドの目を吸い込んだ。その目は電撃的効果を及ぼし、相手の身体をすみずみまでおののかせ、最後にはみぞおちに集中してしくしく痛む空虚になった。だが同時にこの電撃がある記憶を喚び起こした。彼は十六歳で、市電の後部デッキにいる。するとフランツ・ヨーゼフ髭の老紳士が乗り込んでくる。電車が発車するやいなや老人は彼のところまで押し進んでくる。同じように目にじいっと吸い込む。その目をひたと少年に向けて片時もそらさない。次の駅で降りられたのが幸いだった。

あの老紳士とシラスキーのあいだに血のつながりがあるのだろうか？　彼らは同じ「家族」の一員なのでは？　トッドは「家族」ということばをあざ笑うように引用符つきで思い浮かべる。しかし自分でも、このあざけりが弱々しいと感じる。うまくない弁明だ。おれの不安はどこからくるのか？　シラスキーはまた顔を背けたので、横顔が見えるだけだ。この木製の顔はどこかカスペルル［農民人形劇の道化人形］の頭《かしら》を思わせる。目が妙にふくらんで、まるで人工のガラスの目みたいだ。ただもうどうにかみぞおちの空虚感から逃れようと、トッドはたずねる。「そもそものはじめはどうだったんだ？」

「そもそものはじめ？」シラスキーはおうむ返しに言って、しばらく押し黙った。銃の革紐にがっちり掛けた二本の拇指が解け、これから障害物だらけの真っ暗な道を通らなければならないとでもいうように、両手が行く手をまさぐった。「そう、そもそものはじめね。はじまりがどうだったかはよくおぼえてる。まだ戦前のことで、おれは二十歳、ガールフレンドがいた。彼女とは偶然に知り合ったんだ。偶然休暇中だった。それで二人で旅行に出る。ある日の午後、おれはホテルのソファで横になっている。頭痛がした。彼女が湿布をしてくれた。と、いきなり若い男がドアから入ってきて、まずものすごい叫び声をあげてからピストルを引っぱり出し、おれをめがけてぶっ放す。弾丸《たま》は頭上二センチをかすめて壁をつらぬく。前の愛人だった。なあ、おれが女をすこし怖がってるのはわかるよな。でもそれが原因かというと全部というわけじゃない。小学校のときにもうボーイフレンドがいた。その子がとても好きだった……」シラスキーは突然黙り込んだ。声が湿り、落ち着きをなくした。トッドも沈黙し、こちらが見ているために相手が恥じ入らぬようにまっすぐ前に目を凝らした。ことばでは表現できない何事かが心のなかで明らかになった。バーにいた少年たち、あのまるみを帯びた腰をして女のような声で気取った話し方をしたり、金切り声でくすくす笑ったりする少年たちの姿が、まざまざと目に浮かんだ。彼らはいつも滑稽で、まるで異人種の人間みたいに見慣れぬ感じがして、同時に下品な当てこすりやひどい冗談の格好のテーマだった。ここ外人部隊でも同じことだった。その話になると肩をすくめるが、しかし事は名指しで言った。シャベール中隊長でさえ、思いつくと報告書にこう言うことがあった。「アラビア女のところへ行くくらいなら、ワジのかげの草むらに男友達と行ったほうがましだ。すくなくとも病気をうつされる危険はない！」なのにシラスキーのような人間がこの問題をかくも悲劇的に考えていようとは……トッドが〈悲劇的〉ということばを使おうとしたちょうどそのとき、シラスキーはあらためて声をしっかりさせて話の先を続けた。

「どう思う、この問題のためにいつかは少佐のところへ行って、少佐はおれを去勢するおつもりはないかと質問したほうがいいのだろうか？　去勢されちまえば安心だ。確かに、一時の快楽はあるさ。しかしそれから何日も夜眠られなくて、良心の呵責にさいなまれるんだ。それもたった一瞬の埋め合わせを、そうした長い夜々でする。だって一度男の子と寝ると、おれはもう二度とその子の顔が見られないんだ。相手はこっちを吐き気のする目つきで見るし、おれ自身が四六時中手を洗いたい思いだ。いや嘘じゃない、言ったことばに嘘はない。」それから力ずくで話題を変えようとするように、「さて、また平原に出た。もうすぐ交代するようになるだろう。休止時間はあと何回くらいあるかな?」「二回か三回ってとこかな?」とトッドは言った。と、はやくもシャベール中隊長が腕をあげ、二人はめいめいの騾馬のところに駆けつけなければならなかった。

　ホイッスルが鳴る……

　一行はなおもアルファ草とイブキジャコウ草のあいだを行軍し続けた。道は灰色で、太陽でさえ道を白くすることはできなかった。一行は、ときには腐りかけた水がオレアンダーの茂みの根を濯《すす》いでいる小川の河床を渉《わた》った。騾馬どもはチュウチュウ音を立てて水をすすり、手綱を引き戻されると頭をふっていやいやをした……

　モロッコ南部はほんとうに荒涼としていた。北部はまだしもだという。そちらには故国《くに》と同様、森や山があり、滝も、本格的な河さえもある。二年間南部に勤務してから休暇でカサブランカに行った帰休兵たちはそんなことを言い、また海やそこの街を歩いている白人女の話をした。聞くだにメルヘンじみた話だった。

　休暇の話題を持ち出したのは、中隊長付きのブロンドの伝令サモタージィーだった。彼は一行の列に沿って馬を進め、ときどき肩の上に長い髯をかけて軽くギャロップした。それにいたって鷹揚なふるまいをした。権威を代行する役割を果たし（中隊長はどこにいるのかさっぱり姿を見せなかった）、間近に迫った戦いをほのめかす謎めいた話をした。どうやらジッシュ、つまりアラビア語でいう盗賊団が、と彼は新兵たちに説明した、お目当てらしいな。中隊長殿がよくご存じだ。

「もったいぶって、なんてもったいぶって」とラルティーグ少尉が隣り合って馬を進めるシトニコフに向かって言った。「ねえ戦友《モン・ボン・ナミ》、なんてエラそぶって。おれたちが攻撃されたほうがおやじさんはうれしがるんだ。指揮官のネクタイ拝受の日がそこまできてる。もうレジョン・ドヌール将校にはなっていて、こっちに言わせれば、ポール・ブールジェ氏［フランスの小説家・批評家。一八五二―一九三五］やルネ・バザン氏［フランスの小説家。一八五三―一九三二］とごいっしょの社交界名士だね。なあおい、なんとか大臣がこっちの胸に唾を吐いて銀色のよだれの汚点《あと》をつけてくれたからといって、それがどんな名誉《オヌール》だっていうんだ。

おれはごめんだね、そう思う。それでなくても」と彼は軍帽《ケピ》を後頭部にずらして、「こっちはもううんざりしてるんだ。熱病に罹った。でも故国《くに》のパリでのんびり暮らせたらな。金ならある。なにやらイタリア人の言う、この〈巡回ガレー船《ガレラ・アンブランテ》〉でおれは何をしてるのか？　心理学の研究をしようと思って、それで外人部隊に志願したんだ。いろんな運命のにおいがするからな！……」少尉は息を深く吸い込んだ。「しかし自分自身に人に見てもらうだけの何かがなければ、他人の運命は退屈だ。おれは路傍で忘れられ立ちつくしている……だから傍観者の役割を演じざるをえない。こんなに退屈なことはないさ。」

シトニコフは無言だった。少尉の駄弁は、単調なアラビア歌曲のようにいまにも眠気を誘わんばかりだった。

眠たそうな一列縦隊に生気をもたらしたのは、またしてもサモタージィーだった。行列の一方の端から端へ馬を走らせ、知り合いがいると馬を止めて、間近に迫る戦いのニュースを語ると聞き手が近くに集まった。彼、サモタージィーは平静だった。ハンガリー義勇軍勤務だったこともある。カルパチア戦にはことごとく参加した。それからまたベラ・クーンの下で革命軍。これはそれまでの戦争より悪かった。シラスキーはニヤニヤ笑うだけ。いっしょになって武勇伝を吹聴する気にはならなかった。体重が九十キロあるので特別に力のある騾馬が必要な、巨漢ロシア人のサマロフが口を出し、ブロークンなフランス語で騎馬戦とコルチャックについて一席ぶち、ボルシェヴィキに悪態をつき、それからまたコミュニストのサモタージィーが前を通ると、ごめんなさいとばかりにニヤリと笑った。だがサモタージィーには政治論議をはじめる気は毛頭なかった。そんなものはあちらでやったがいい。こちらには別の大問題がある。中隊長がフェズに送った昇進リストに名前が上がっているかどうかを知ることのほうがはるかに重要だ。またノッポのウィーン人マレクにはいまなお重大事がある。マレクは木槌党員で、何人かの伯爵夫人をその宮殿から街頭に放り投げたと自称しており、彼の気がかりといえばこの党員たちが逮捕されたかどうかだった。目下の大事はシラスキーの向こうを張って彼の清潔さをしのぐこと、第二分隊の小男アレリーのところで毎週ワイン二リットルでフランス語のレッスンを受けること。というのもマレクにも、「一等兵」（と新兵は呼ばれた）の一本筋を伍長の二本筋に取り替えようという野心があるからだった。

行軍の毎日は同じことのくり返しだった。トッドは今日それがわかってシラスキーに説明してやろうとしたが、相手はあまり興味を示さなかった。朝の出発時にはおたがいに前を走り抜けていた。脈絡のない小さな部分と部分が入り乱れて、文字通り渦を巻いていた。この小部分である人間が全部、他人と関係なしにめいめい勝手に自分のためにはたらいていた。だれもが他人のなかに邪魔物を見た。ということは敵を見た。いら立ちが極度に昂《たか》ぶった。行軍の最初の数時間はこの気分がずっと続いた。だれもが自分ひとり黙々と騎乗し、自分ひとり行進した。ようやく疲労が介入し、太陽がだんだん強く照り、喉の渇きのために埃まみれの指が唇に押し当てられる頃になってはじめて、おもむろに自分ひとりではないことを思い出すのだ。依存しようとする欲求が生まれる。切手蒐集家が珍しい二重刷りを交換するように、慎重に猜疑心をこめながらぽつりぽつりとことばを交わす。真昼時が、つらい真昼が近づくとともに大休止が近づいて来、五番目、六番目の「休憩時間」になるとさらにことば数は多くなった。そうするとピエラール伍長はよくガリア風口髭の下にシガレットをくわえ、しょっちゅう文無しのサマロフが伍長にシケモクをねだった。と、ピエラールは鷹揚にうなずいて取り引きを申し出た。「シガレット三本でワイン四分の一リットル、昼飯か晩飯に払ってもいい。」サマロフはニコチン癖とアルコール癖とを戦わせる。軍配はニコチンにあがった。晩飯までにはまだかなり時間がある。ピエラール伍長は借りを返せと言うのをきっと忘れてしまうだろう。だがみんなは、わくわくしながら取り引きの結果を追う。取り引きが良いというのではむろんない。が、それはいつもわくわくさせてくれた。

そこで中隊長が現れ、まるまると肥えた雌馬の速駆けが鞍上であしらわれて、ぴょんと跳ねすくんだ。中隊長はサモタージィーを呼び、両者は馬を走らせてその場を去った。いまや一行全員の顔が生きいきとした。中隊長は野営地を探しているのだ。それが来るべき休憩時間の合図でもあるかのように、サモタージィーの如才なげな意気揚々たる顔がようやく現れると——その髯が、金の刺繍の三角旗もさながらさっと風になびいた。

遠くに一つの白い方形が浮かびあがった。はじめのうちは、縮寸したほのかに光る一枚の板にすぎなかった。次に塀がくっきり際立ち、影が立体主義《キュビズム》的な模様を形作った。糸が見えない網もさながらに国中に張りめぐらされた前哨基地の一つ——他の、数え切れない前哨基地と同じように——これらの集結点はそれだけに一段と明るくきらめいている。その前哨基地の背後には黄色い粘土の立方体が段々状に積み重なっていた。信じられないような緑の帯が平原のなかを横切っていた。ふつうは色遣いの悪い絵葉書にしか見られない緑色だった。ワジを縁取っている棗椰子《なつめやし》だ。この緑色がシアン色の空に毒々しくつき刺さった。

十分もすると野営地が設営された。騾馬どもだけは鞍をはずされて杭につながれた。テントを組み立てることはない、樹々の日影で充分間に合うから、とシャベールはあらかじめ告示していた。最寄りの村でシャベールは八頭の羊を買いあげていた。それに馬鈴薯もだ。ラルティーグは二三羽の鳩と雄鶏を見つけた。この浪費は中隊長のねたましげなブーイングを買ったが、しかしまもなく、この買い物はわれわれ二人、つまりシャベールとラルティーグ用のものだと少尉が説明すると、「いいよ《ボン》、・いいとも《ボン》」に変わってしまった……

「ねえ、きみ」シャベールは一行が野営地に戻ると全員にわかるほどの声を出して言った、「きみみたいな独身者だからこんな浪費もできるのさ。でも、わたしみたいに給料は全部女房に送らなくてはならない身となるとね……」彼は十字架にかけられた男のように太い腕をひろげ、それから洗いざらしの制服にその腕をばたんとおろした。

この日のいちばん大事な時間がやって来た。パンとワインが配られた。パンもワインも原地人歩兵連隊と北アフリカ原住民騎兵中隊のたむろしている前哨基地が調達してくれたものだった。だからパンは焼きたてで、ワインはここ何日か一日中鞍上で太陽の熱を浴びた小さな樽から出すしかないやつよりずっと酸味がすくなかった……

棗椰子の木蔭はむっとした。が、まあまあだった。テントのなかよりはましだった。かなり川幅のあるワジの水はなまぬるくやわらかだった。他の連中は木蔭でだらだらしていたが、シラスキーとマレクと二人のロシア人は、食事を終えるとすぐに洗濯をしに行った。

午後いっぱいトッドはひとりきりだった。シラスキーはどこかに姿をくらました。さしあたりトッドは長々と寝そべり、椰子の葉のあいだからじっと空に目をやった。何も考えず、時刻《とき》の流れるがままにした。ときおり汗みずくの指でシガレットを巻いたが（椰子の木蔭は蒸し風呂のように熱がこもっていた）、薄い紙はすぐに破れ、乾いた煙が舌の上と喉頸にカッカと燃えた。四時頃に起きると村に行った。

一軒の白カルキ塗りの粘土の立方体から強いにおいが押し寄せてきた。薄荷《ハッカ》とコーヒーのまじったにおいだ。二枚の袋を縫い合わせた布が入口の覆いだった。小さな部屋は涼しく、踏みかためた土間には水が打ってある。木炭がむき出しになった火床のところに、おそろしく齢を取った歯のない男がいた。銅のポットを火にかけて煮立てると、スプーンでコーヒーを入れた。四人のアラビア人があぐらをかいてすわれるだけの幅の、低い木のベンチが部屋の後壁に寄せてあった。二三体のブリキの外庭用テーブルが部屋を仕切り、その前に台脚がぐらぐらしている鉄の椅子が数脚。トッドがお茶を注文すると、おそろしく齢取った老人がお茶を運んできた。

壁際の四つの影は灰色のマントを着こみ、この炎熱にもかかわらずマントの頭巾で頭をすっぽり包んでいた。四人の男たちの一人がトッドのテーブルに来、唇に指を当ててあいさつをした。それから男はブロークンなフランス語で、今日やって来たのは何中隊かとたずねた。トッドは答えた。早撃ちをする銃も持ってきているかね?――うん。――そうか。おまえさんたちが迎えに行くトラック部隊の積荷は何かね?――たぶんワインと米と小麦粉と砂糖……トッドは指を折って数えた……きっと石鹸も一箱……相手は幅の広い歯をニイッとむき出しにし、テーブルの上に両手をぺたんとつけて置いた。きれいな明褐色の手で、清潔にしてある指先の爪をまんまるに剪《き》ってある。――トラック部隊には会計将校の車もついて来ているかね、と男はなおも訊きたがった。ついて来てないと思う、とトッドは言った。だが情報通では相手のほうが上手《うわて》らしかった。というのも、まことに用心深く壁際の三人のほうにニイッと笑いかけただけだったからだ。三人はしかしその目を無視した。いまや彼らは汚れたカードでゲームをはじめていた。そのやり取りを聞いていると、いら立った猫のうなり声そっくりだった。

トッドの向かい側の男がふっと頭巾を後ろにずらした。トッドは思わず後ずさりした。皮膚の色こそちがうが、それは彼のよく知っている顔だった。骨張って痩せこけ、わずかな黒い毛が顎にギザギサをつけ、鼻の下の皮膚を黒っぽく縁どっている。トッドは思い出そうとしてみた。思い出せなかった。もう久しいあいだ鏡をのぞいたことがなかったのである。

外の道路に出て遅ればせに自分の髭をつまんではじめて、苦笑を浮かべざるを得なかった。〈やつが似ているのは、このおれだったんだ〉と彼は思った。が、この奇妙な類似は悪い冗談としか思えなかった。

キャンプに帰りついたのは六時頃だったろうか。夕食がもう背の高いブリキの大鍋のなかで炊きあがり、ピエラールが各分隊にワインを配給していた。あんたがどこへ行ったかコリブゥ伍長が捜していたぞ、と自分の分隊に戻るとトッドは聞かされた。だがそれは大したことではなかった。夕食後、シラスキーといっしょに機関銃の掃除をせよという命令だったのである。

「ホッチキス機関銃はガス噴射で作動するオートマティック銃である。」何度も何度もたたき込まれたこの文句は、トッドの頭にこびりついて、頭から追い出せなくなっていた。この文句のきりもないくり返しがしまいに苦痛になってきたので、トッドはとりつく島もないシラスキーと会話をはじめるしかなかった。まだ明るかった。機関銃の鋼鉄の部分が褐色のテント布地に映《は》えて赤っぽく光った。

「奇襲攻撃が来ると思うかい？」トッドはいらいらしていた。

「ああ」とシラスキーはげんなりして言った、「だってもう何度もそんな話ばかり聞かされてるじゃないか。」

それから彼はまた黙り込み、銃身掃除用の糸をつかって作業を進めた。

「おれは混乱が大好きでね。何人くらいやられるかな。」トッドはまるで引き攣《つ》ったようにおもしろそうに話をした。黙りがちな相手の態度にいら立っていた。

シラスキーはとがった肩をすくめ、戦友の顔を脇からチラと見た。

「何かあったのか、シラスキー、どうかしたのか？」殴りつけてやりたいところだったが、トッドは声に思いやりの響きをこめた。いまにも激した気持ちが爆発しそうだった。

「ほっといてくれ。」いら立っているような声だった。「今朝あんたにどうしてあんなことを話してしまったのか、自分でもわからない。いまじゃあんたはおれのことを冗談の種にして、みんなと笑いものにしているに決まってる。それがやりきれないんだよ、まったく。笑いものにする、でも、おれがしょっちゅう良心の呵責と戦っていなきゃならないのはわからない、そうだよな。いつもただ黙ってのみ込んでいるだけなんだ。長いあいだそういうわけには行きっこない。いつかは告白しないわけには行かない。おれはあんたを信用した。しかしどうやら買いかぶりだったらしい。」またさっきと同じまなざしがトッドの上をチラとかすめた。それには窺い見るような表情があった。

「あんたは馬鹿だな、シラスキー」とトッドは悪意のなさをこれ見よがしに強調して言った。「おれはおしゃべり野郎じゃないぜ。そりゃ、あんたみたいにしょっちゅうみんなに背を向けていれば猜疑心もつのるさ。それはわかる。しかしそれでもおれは友だちだ。」

またしてもチラとシラスキーのまなざし。それから、「そうか、ほんとにそうかい？」沈黙が二人の上に落ちて闇とまじり合った。

それからいきなり、内部がうつろな巨大な半球のように夜が平原にかぶさってきた。椰子の樹々が葉を大きくひろげて静かにそよいだ。キャンプのなかは無人のようだった。火はすっかり燃えつきていた。椰子の樹のない広場の真ん中の、機関銃分隊の騾馬をつないだ場所のすぐそばに大きいテントが二基建っていて、まだ内部《なか》に灯りがほのめいていた。将校たちがまだ起きているのだ。トッドはその片方のテントの前を歩いていて、ラルティーグがせまい野戦用ベッドに横になって本を読んでいるのを目にとめた。ラルティーグ少尉は目をあげて、こっちへこいと手をふった。トッドは近づいた。「どうだ、どうしてる、トッド？」少尉はドイツ語をしゃべった。ベッドから身を起こして、人差し指を本のあいだにはさみ込んだ。

「機関銃の掃除は終わったか？」彼はたずねて機関銃の置いてある方角を指した。

「何挺かの機関銃［複数形で］であります、少尉殿《モン・リュートナン》」とトッドは訂正してニヤッと笑った。

「すまん、すまん」とラルティーグは言って声を出さずに笑った。「ラインラントに最後に行って以来だから、ドイツ語はずいぶん忘れた」とうなずいて、ほうとため息をついた。それからフランス語で話を続けた。機関銃はよく掃除しておかなければならん。たぶん明日は何かが起きるだろうからな。そう言ってからシガレットをさし出した。トッドはぎくしゃくと身をかがめた。マッチの火の燃え上がるなかで、口元といい、額の上といい、少尉の顔に深いしわがあるのがわかった。ラルティーグはまたドイツ語でしゃべった。「おやじさんは」と彼は左手の拇指でもう一つのテントのほうを肩越しに指して、「自分の無関心《アンディフェランス》でどんな危険を冒しているかご存じない。こっちはしかししょっちゅう彼に不平を鳴らしているわけにいかん。まず軍曹たちだ。」

　トッドは少尉が自分と話をしてくれているのが誇らしかった。内心ではその誇りに腹が立った。しかし腹を立てても何にもならない。晴れがましい感情は続いた。彼は故意になげやりな声音《こわね》でこんなふうに教えてやった。

「さあ、わたしたちの分隊では何も危険はありません。わたしどもは少尉殿たちとしっかり作戦会議をいたしました。何をどうすべきかはわかっております。でも他の分隊の連中となると……はい、わたしも大した混乱はなかろうと思います。」

　隣のテントから訳のわからない憤怒のことばが押し寄せてきた。それから野戦用ベッドがギシギシきしむのが二人の耳に聞こえた。大尉がこちらのおしゃべりに腹を立てているようだった。

「じゃあな、おやすみ、トッド」と少尉が言った。「なんとかして眠れるといいな。ものすごく暑いからな。」少尉はコロリと横になった。

　テントを出て二三歩行くとトッドは暗い影と衝突した。義眼のドイツ系ボヘミア人のハッサ軍曹で、これが手ひどく突き当たってきたのだ。さっさとあっちへ行け、将校テントのまわりをうろうろするな。

トッドは軍曹とならんで歩きながら横から相手の顔を見た。まだ呼集のホイッスルは鳴っておりません、と彼は答えた。だがハッサはいきりたった。ハッサは不快に甲高い、いくぶんしゃがれ気味の声でしゃべった。「自分の居場所に帰って」と彼は強いボヘミアなまりのドイツ語で言った、「寝てろというんだ。そこらをうろつくな。」

「少尉殿に報告しなければならぬことがあったのであります。」トッドは立ったままズボンのポケットに両手を突っ込んでいた。それから相手をいらつかせるような、ゆったりした足取りで歩いた。骨盤を左右にゆらゆら揺らし、肉のうすい脚をぶらつかせた。

「もっとさっさと歩かんか！」軍曹が吼え、遠くのほうでジャッカルがこれに応答した。が、トッドは黙っていた。〈ちょっとでもおれに手をふれてみやがれ！〉彼はそう思った。〈ちょいと殴り合うのも悪くなかろうさ。〉ポケットのなかで拳が重く、角ばった石みたいにズボンの生地につっぱった。

ハッサは唾をとばした。「おれに盾つく気か。」質問ではない。確認だった。「言ってみろ、高価《たか》くつくことになるぞ。」木蔭がざわめいた。大尉のテントからかすかにブーンとうなる音をともなう円錐形の白い光の束が、二人をさしてやって来た。ブンブンうなる音はしだいに高くなった。ハッサは突然、ダイナモ懐中電灯を手にしたシャベールだった。ハッサはシャベールに確実に聞こえるほどの声でフランス語を話しはじめた。報告してやる、トッド、おまえを軍法会議送りにしてやる。声が上ずった。彼はトッドの腕をつかんで引きずって行こうとした。

どうかしたのか、とシャベールがたずねた。声に腹立ちがこもった。兵たちを静かに休ませてやれないのか、と彼はハッサを叱りつけた。円錐形の光の束は二人の顔を照らし出してから平原にさまいよい出て行ったが、さほど遠くまでは行かなかった。光は草むらにのみ込まれた。と、光が消えた。大尉の手がくたびれてしまったのだ。

ハッサは〈気をつけ《ギャルド・ア・ヴー》〉の姿勢で立って敬礼をし、報告をはじめようとした。「ウウー」と樹々の下でうなる声がした。「そこにおれ！」シャベールが叫んだ。懐中電灯がまたブンブンうなりだし、そのブンブンいう音に鎮静効果があった。「何も聞きたくない」とシャベールはかぶせてまた言った。ハッサが口をきこうとしたからだ。「二人とももう寝ろ。いさかいはごめんだ。」

彼はくるりと背を向けて立ち去った。

「ハッサには夜警の指揮権がある。あまりうるさく構うな」と大尉は聞こえよがしになおもつぶやいた。

が、これで一件落着にはならなかった。二人のまわりに人垣ができていた。悪意のこもったひそひそ声の「ウウー」が、その人垣から立ちあがった。軍曹は途方に暮れた。わが身を囲む憎悪をひしと感じたが、感情の昂《たか》ぶりをそぶりで表しはしなかった。星空から弱々しい光が降って来て、一同の顔をうすいパウダーの膜で覆った。

なかでも最前列にいたセニャック伍長がとても奇妙に見えた。顔がひきつり、歯が白く光った。

「解散しろ、解散しなさい、中隊長がそうおっしゃったんだ。」声はいまにも泣き出しそうで、途方に暮れていた。

「ウウー」とまたうなり声がして人垣の輪が一段とせばまった。人垣はがっちり腕を組み合っていた。

トッドはまだズボンのポケットに手をつっ込んだまま人垣の真ん中に立ち、微動だにしなかった。

「うせろというんだ！」ハッサは金切り声をあげ、トッドの胸をどついた。

ふいにどつかれたのでトッドはよろめいて後ずさった。

「ウウー」とまたうなり声。

トッドの手がポケットからゆっくり出てきた。上着のボタンをおもむろにはずして服を脱いだ。それから非常に静かに、

「おまえも上着を脱げ、ぞんぶんにぶん殴れるようにな。」

「おれは上官だ。おまえ呼ばわりはさせない。」

ハッサ軍曹は後ずさりしようとした。が、人垣の輪の護りが固かった。突破はできなかった。トッドはゆっくりシャツの袖をまくった。それから腕を引く構えになり、軍曹にビンタを一発かませた。ハッサは「軍法会議ものだぞ」とおらび声をあげた。そしてもう一度人垣を突破しようとした。またしても徒労に終わった。このとき面々の大きく開けた口の前を逃げようとすると、顔に笑いを吹きかけられた。彼はわななく指で軍服のボタンをはずした。首の鉤ホックがなかなかいうことをきかないので、引きちぎるしかなかった。それからようやく上着を手にして、それをトッドの頭に投げつけた。トッドは立ったままで投げつけられた上着から逃れようとした。が、とっさに相手は彼の上にかぶさり、背後からつかまえて両肘で首と身体をがっちりはさみ、おもむろに圧力を加えてきた。トッドは自分の息が重くなるのが聞こえ、頭のなかが充血して、それがものをまったく考えられなくした。二三度もがいて逃れようとしてみた。だが圧力は高まる一方だ。何よりもトッドを苦しめたのは軍曹の臭いだった。古いすっぱい汗の、いやな臭いだ。風を当ててないベッドのよう。彼は吐き気に襲われた。野次馬がいっせいに焚きつける声がぼんやりと聞こえた。あいだにまじって軍曹のしゃがれ声のささやきが、

「思い知らせてやる、いやというほど思い知らせてやる。」

ふいにある声が聞こえた。声は彼の頭のなかだ、とわかった。なにしろ耳元でそっとなだめる声のようなのだ。煙草の喫《の》みすぎ、シュナップスの飲《や》りすぎでいくぶんしわがれてはいるが、気持ちのいい声だ。声はこう教えてくれた。「動きがとれないように押え込まれたら、股のあいだに一発かませるか、ブツをつかんでギュッとにぎるかしろ。つまりあそこが野郎の急所なんだ。」と、電光石火のうちに、それを言った人間の像までが浮かんできた。どこかの放牧地、開墾の手が入っていない土地だ。ギャング仲間のヴァガボンドが地面に寝ている。太陽がまぶしいので、庇つきの帽子を目深に顔にかぶって。あのアパッシュが十四歳の彼に教えてくれたのだった。貴重な助言だった。男は経験豊富だったのだ。「つまりだな」と男はまた言った。「ナイフがないときにはよ。」トッドはとっさに手を伸ばした。もう力を押し戻すことはなかった。手につかんだ。その手のあらんかぎりの力をこめてギュッと押しつかんだ。かすかなうめき、次いでギャッという叫び声。にわかに相手の圧力が解けた。

トッドも飛びすさって身を離した。ハッサが下半身を両手で押さえ込んでいるのを見た。と、彼は飛び込んで軍曹のみぞおちに頭突きをくれた。「フン。」かすかに言って軍曹はぐなりと沈んだ。トッドはその上に膝をつき、上向きになった顔を両の拳で殴りつけた。立ち上がるとトッドは指関節の痛みを覚えた。相手は石頭だった。

周囲を見回すと、まずセニャック伍長が目に入った。見ないふりをするわけには行かなかった。がっちり固まった人垣の最前列にいて、上腕部を肩と同じ高さに上げ、一方、下腕部は右の角で上に向けていた。拳をまるめ、身体全体が腰のところまではびくともしていない。脚だけを前に投げて奇妙なダンスを踊っていたが、セニャックはしかしずっと一つの場所を動かないでいた。顔は無表情で、目がでんぐり返っている。と、アッカーマンがその腕をつかんだ。セニャックは我に返ったようだった。身体中の緊張がほどけ、脚の動きも止まった。アッカーマンは人垣の輪を抜けたが、無表情でじっと眼前に目を据えているファーニー軍曹のすぐ前を通って行った。ファーニーは戦闘にすこしも興奮していなかった。ハッサも、くしゃくしゃにまるめた軍服を腕に抱えて人垣の開いたところをくぐり抜けた。

トッドは人垣の真ん中にぽつねんと立ち、長い腕をだらりと垂らした。疲れを感じ、と同時に大きなよろこびを覚えた。ふいに傍に来て自分の手をつかんだシラスキーを彼はおどろいて見た。「さあ、もう寝ようじゃないか。夜も晩《おそ》いしな」と彼は言った。人垣が解けた。ホイッスルがけたたましく鳴った。呼集だ。

いくつもの鞍が木蔭に散らばっていた。どれも、パタンと頁を開いた大きな二つ折版の本のようだった。

他の者たちからすこし離れたところにシラスキーが寝場所の用意をした。鞍を頭覆いに、上着を枕に、頭巾つきマントをマットレスにした。鞍のカバーを毛布代わりにした。

「これ一つを二人で使えばいい」とシラスキーは言って、「もう一つの鞍はきみの相棒に進呈するんだな。」

彼らは横になった。

「ありがとう」とトッドは言った、「きみがおれのことを誘惑してると思うやつもいかねないな。」

「悪い冗談はよせよ。」シラスキーはため息をついた。「きみはおれの好みじゃない」とつけ加えて笑おうとしたが、みじめな結果に終わった。

静けさが蒸し暑かった。トッドはまだ呼吸が鎮まらないでいた。彼は小声で自慢をしはじめた。

「あの野郎、あん畜生は、おれのことを忘れないだろう。明日、騎乗できるかな？　ちょっと難しいだろうな。あの軍曹どもときたら、何を考えてやがるんだ。おやじさんが軍曹どもの言うことを真に受けないのが、せめてものことだ。といって、おやじさんの厄介になりたくはない。ラルティーグに面倒を見てもらおう。もう味方してくれている。今夜とても親切にしてくれた。殴り合いなんか絶対にすまいと思ってるのに。でもなあ、あれでいいんだ。ワイン一リットルみたいなものだ。でなければゼロ。女の家で寝たときみたいにな。だって何かはくれてやりたいじゃないか。」

声がしだいに低くなり、彼は目を閉じた。

だが眠らなかった。シラスキーの息づかいがはげしかった。トッドはふいに痩せて堅い指が手をすっぽり包むのを感じたが、おどろきもしなかった。「うん、うん」と眠たそうに言ったが、そのことばにこれという理由《わけ》はなかった。と、シラスキーの声が耳元にこもるようにふくよかに響いた。「もっと髭を剃ったほうがいいぞ、お稚児さん。」〈お稚児さん〉ということばに彼はむっときた。身体に沿って撫でまわしている手をふりほどこうとした。すると大きな幸福感が生まれて、トッドは息を深く吸った。それから沈んでいった。

第8章　混乱

中隊長の留守中に前哨基地の指揮を取らねばならないモ

ーリオ少尉は、クリスマス・ツリーにぶら下げる人工の氷柱《つらら》そっくりの風采《ふうさい》だった。せまい肩幅とちょうど同じくらい鍔《つば》の縁《へり》の横幅がある、大きく反った熱帯ヘルメットが、下のほうで先のとがっている身体を上のほうに向かって丸っこくしており、そこへ軍服の金ボタンが蠟燭の光を反射する役をしているのだった。ズボンは裾がすぼまって踝《くるぶし》のすぐ上まで達し、細い関節をすっぽり包み込んでいた。ちっぽけな足がタルカムパウダーをたたいたテニス・シューズにおさまっている。手首にからめた吊り革にぶら下げている、まっすぐな竹の鞭だけが明るい黄色だった。ちなみにモーリオ少尉はさる陸軍准尉の息子だった。大戦開始時に十八歳で捕虜収容所の事務所で仕事をし、ドイツ人将校とかなりつきあい込んだ。鼻にかかる彼の命令の声音は、どうやら彼が明らかに高尚と思い込んでいる、このドイツ人将校たちの影響によるものらしい。

前哨基地に残留しているのはごく少数の人間だった。シェフ、被服係伍長のスミス、郵便と電話の係のバグラン軍曹、キッチンのバスカコフ伍長とコックのウィーン人ファイトル、それに糧秣補給所のレース、レースの部下のカインツじいさんとパン焼きのフランク。それにまだ二人の伝令がいた。モーリオ少尉の世話をしてるデブのプルマンという無口なブロンドのフランクフルト人は、指が生《なま》の骨そっくりに見える手をしていて、頬のいくつもの膿疱のあいだに白っぽい毛が生えている。それにトルコ人のメーメド。寡黙な斜視《やぶにらみ》の男で、シェフの洗濯係。

レースは正午頃ようやく村から戻った。朝の騒がしい出発の後の前哨基地の静けさはいつもと勝手がちがって敵意が感じられた。バラックが黙々と立ち並んでいた。営門際にシェフの伝令のメーメドがひとりぽつんと門番に立ち、目をあげずにシナ人髭の尖を機械的に引っ張っていた。

糧秣補給所の前庭をモーリオ少尉が往きつ戻りつしながら、竹の鞭でズボンのありもしない埃をパタパタはたいていた。

「どこに行っていたんだ?」モーリオ少尉は小声でたずねたが、目はあげず、そうしながらも片時もやむことのない歩みを続けた。

ユダヤ人のところに行っていました、とレースは応じたが、答はあやふやだった。下顎のふるえがでまかせを打ち明けてしまったらしい。少尉がチラと目をあげた。しかし黄色い眼の表情はなにやら苦々《にがにが》しげだった。

「どのユダヤ人だ?」少尉はつっ込んできた。羊を持ってくるやつか? レースはうなずいた。まあ、調べれば簡単にわかることだ、と少尉は言い、口の上のなめらかな皮膚にまっすぐな縦じわを寄せた。伍長、これからは外出の前にかならず、少尉であるわたしに届け出るのだ。わたしが留守のときはシェフに。わかったな？　声の調子は高くはなったが、ずっとかぼそい声のままだった。言葉が次から次へと並べられ、まるで鼻から長い糸がずるずる出てくるみたいだった。

　レースはうなずいた。

　それから先月分の会計の検査をしてもらおう、とモーリオは同じ高さの声で、声の調子をすこしも変えずに言った。ブゥ‐デニブがクレームをつけている。金を送って来ないと言ってな？　レースは頭《かぶり》をふった。するとあのとき大麦を運んできたスパニオーレどもから金をもらってないのだな？　レースはまた黙って頭をふった。そおー？（と〈おー〉をいやに延ばして）おかしいな。少尉は背中で後手を組み、鞭がそこに垂直に立って、あるかなきかの音を立てて熱帯ヘルメットをこつこつ叩いた。「まあ、いい！」目をあげる。レースはそれをやっとの思いで持ち堪えた——とにかくブゥ‐デニブは馬鈴薯が欲しいと言ってきている。〈アラブ事務所《ビュロー・アラブ》〉の副官に説明してやってくれ。そうすればやつが村で必要な措置を取ってくれるだろう。伍長、きみはそこで計量に立ち会って目方を告げればいい。ただしドイツ語を使え。アラブ人に何もかもわからせることはない。

　少尉は前方に向けて鞭をふり、ヘルメットの鍔にはもう触れずに立ち去った。

　午後いっぱいレースは汗だくで計算にかかりきりになった。眠り込まないようにシュナップスをまぜたコーヒーをガブ飲みした。しかし計算はなかなか合わなかった。

　それというのも糧秣補給所の簿記帳は複雑な問題だからなのだ。それは縦よりも横に長く、細い線の網をかぶせた何枚もの用紙でできている。左のいちばん外側の欄外に、中隊、下士官食堂、将校食堂、〈アラブ事務所〉副官、現地人騎兵連隊（グムス）、通過部隊、といった顧客名が記載されている。次の列には、ワイン、小麦粉、パン、コーヒー、紅茶、肉、シュナップス、石鹸、乾燥野菜、パスタ類、米、グリースというような、引き渡した商品の量がキロ単位、リットル単位、容積または個数で記入される。今度は横方向にキロをリットルに加算し、そこに個数を数え入れる。これで縦方向に合算される特定の金額の合計が右の欄外に出る。列の一行一行を見てすぐにわかるし、これで見つかった金額がまた横方向で合算される。こうして右側最下端の隅に、縦方向の列と横方向の列の金額の合計からなる総計が得られるのである。この総計がきちんと合わなくてはならない。しかしそれがなんとか合ったとしても、糧秣補給所の内実におかしなところはないという証明にはまだならないのである。
一年前からこちら糧秣補給所の管理は三人の手を経てきた。最初は、もう名前も忘れられて、わずかに尼僧院長の記憶のなかで〈ムタチュー・グエルビ（黄色い紳士）〉として生き永らえているフランス人軍曹、お次がシトニコフで、最後にレースの指にへばりついた、というわけだ。倉庫の在庫分の引き渡しは、毎回、モーリオ少尉が立ち会っていないところで次のように行われる。職を去る側が新任者を脇に呼んで耳打ちをするのだ。全体でワイン約二百リットル、砂糖五十キロ、その他若干のこまかいものが足りていない。新任者は一件を踏襲したほうが身のためだ。不足分はなんとか取り戻せるだろうし、それでなくてもここでは取り引きはいたってうまく行っている……百フラン紙幣の持ち主が変わるだけでね。

　これが糧秣補給所のシュナップス大量消費の原因の一つだった。不足分はまず減ったためしがなかった。反対に、不足の総量はどんどん増加した。班長《シェフ》はいろいろなものを欲しがり、こちらはそれをうまく断れない。ワインを飲みたがる友だちはいくらもいるし、こまごました仕事をしてもらえば礼をしなければならない。アクアヴィット［馬鈴薯のシュナップス］の樽の中身はもう百七十リットルしかなかった。その不安はしかし、大量のアルコールで眠り込ませるほかなかった。

　レースはひとりきりで部屋にいた。もう夕暮れが近かった。熱い、むしむしする、孤独な夕暮れだ。部屋の一隅に太い針金を張った台枠の大きいベッドがあり、その上に布地がビリビリに破れた平べったいマットレスがのせてある。破れ目からアルファ草がじっとこちらを見つめている。ヤバイことになったらこっちの味方になってくれる人間はまずいないな、と彼は考えた。シェフはどうか、これだって当てにできっこない。中隊長は、でもあの人も大したことはやってくれまい。モーリオ少尉は？　あんなのは、いることを忘れちまったほうがまだしもだ。

　レースはツェノの姿をまざまざと思い浮かべた。その姿になぐさめが結びついた。この前哨基地は本当は鉄条網が三列あって衛門に番兵がいる監獄だ。その監獄の外側に、信頼できて、何よりも土地の消息に通じ、さまざまなコネが逃亡を容易にしてくれそうな一人の人間がいることはよく頭に入れておくといい。レースはおどろいた。おれの考えは妙に不自然にひねくれてるじゃないか。「まともな信頼なんぞあるものか！」と彼はつぶやき、いつもながら考えを声に出すとふと気がつくことだが、三ケ国語で呪いの言葉を発していた。が、そっと声を低めて、また話し続けた。「信頼なんぞない。おれに対する信頼も、彼女に対する信頼もだ。おれだ、そして逃げる！　感嘆詞二つだ‼」

彼は大声で言った。なにか腓《ふくらはぎ》を圧しているものがある。犬のターキーが尻尾をふっていた。大きな声を出したので自分が呼ばれたと思ったのだ。ターキーは歯をむき出しにし、さあ元気を出せとばかりに笑っているみたいだった。

レースは計算書をまとめて手づかみにし、少尉の部屋のドアをノックした。応答はなく……閉ざされたドアのあいだから押し殺した息づかいが洩れてくるだけだ。ドアを開けるともたついている姿が目にとまった。その姿が部屋の奥の壁から大きく二跳《ふたと》び窓のほうへ跳んだ。奥の壁際には、引き渡しが済むまで糧秣補給所の金が保管してある鋼鉄製金庫が置いてある。

プルマンがえらくへどもどして窓際におり、いやにまめまめしげに革ベルトに磨きをかけていた。

――少尉はどこにおられる、とレースはたずねた。――狩りだ。

この短い返事の後でプルマンは思わず咳込んだ（顔が青っぽく赤らんだので、発作のような感じを受けた）。レースは計算書をモーリオ少尉のデスクに置くとドアのほうに向かった。ドアを閉めるいとまもなかった。プルマンが室《な》内《か》からバタンと閉めて錠をかけたのだ。ターキーがこの無礼に腹を立ててワンワン吠え、そのうち声を立てるのがうれしくてワンワン吠え続けたが、さほどいきり立ってはいなかった。もっぱら自分がたのしくてやっているようだった。

衛門にバスカコフ伍長が門番に立っていた。バスカコフはレースを通そうとしなかった。少尉の命令だという。

――でも少尉は狩りに出ているんだぜ！　バスカコフがあざけるように肩をすくめる。バスカコフの下唇はほとんど顎までだらりと垂れ、頬の皮膚がベーコンみたいにつやつや光っている。

二人の仲には敵意があった。バスカコフが一度糧秣補給所で規定の量をもらわなかったと言って、シェフのところに出向いて以来のことだ。幸い、この言い分はイカサマだった。レースは目撃者の証言でそれを証明することができた。だがバスカコフは金を浪費した。デブなのでよくおばさん呼ばわりされていたが、そのために尼僧院に毎晩通っては男らしさを文句なしに裏づけるのを義務のように感じていた。彼はそこで食糧で支払いをして歓迎される客だった。シェフがこのところ自分から目を離さぬようにしているのにいら立ち、その不愉快な監視をバスカコフはレースのせいにした。しかし衛門際の状況で困った点は、バスカコフの安定にひきかえてレースの動揺だった。外出するのにどんな口実を申告したらいいか思案せざるを得なかった。

バスカコフは明らかに相手の動揺をたのしんでいた。彼は番兵として命令の確固たる基盤の上に立っていた。相手にあるのはたかだか気前の良さで、つまりは賄賂で手に入れた権威にすぎない。レースは背《そびら》を返した。

事務所ではシェフが気持ちよさそうに籐椅子にすわり、ふとった脚をもう一つの椅子の上にのせてケバケバしい表紙の本を読んでいた。表紙には、処女と殉教者。シェフは本をテーブルの上の半分方空けたコワントローの瓶の横に置き、ガラスのような眼でレースをじっと見つめた。

「わたしにはどうすることもできない。」レースが用件を切り出すと彼は言った。「わたしにはできんよ。わたしはあの白い虱《しらみ》と喧嘩する気はない。」そして何度も「神の名において」を唱え、誓っていかにこの問題が自分にわずらわしいかを申し立て、レースがあわてふためくのはよくわかる、と言って、またまた本に没頭した。

レースはあらためて不安を感じた。だれもがおれに顔を背《そむ》けた。たしかに、何やらおかしな気配がある……もしかするとブゥ＝デニブは、もうおれを監視するようにとの命令を出しているのかもしれない。もう告訴状が軍法会議に提訴されたのかもしれない。それでいてレースにはまた、この根拠のなくもない怖れが刻々に増大する漠とした不安感を説明するのには足りないように思えた。彼はその場に立ちつくしたまま指をこねた。でもあのう、ユダヤ人のところに羊の件で行かなければならないので、と彼はどもりどもり口にした。少尉は狩りに出ております、それでシェフのところにまいりました。そもそも自分でも、どうしてこれほど前哨基地を出してもらいたいのかわからなかった。

ナルシスが突然ガラリと豹変した。そうか、少尉は前哨基地におられないのか、なぜそれを早く言わなかったのだ、レース。それなら、もちろんだ、それなら……シェフは立ち上がり、すぐに自分もいっしょに行こうと言った。わかってほしいが、レース、無条件に必要でないかぎり書類のようなものを出すわけには行かない。短い許可証を書くよりは、二百メートル走って口頭でケリをつけたほうがいい。こういう紙切れはいつかそのうち、だれかさんを粉砕する証明力みたいに青天の霹靂もさながら突然空から舞い降りてくるもんだ。そうだろう、レース、もちろんきみにバスカコフに見せる許可証をやるのはいいけど、しかし……問題はもっと簡単だ。シェフのわたしが同行して、足に根が生えちまったバスカコフの前を通って、いっしょに哨所の門を出てけばいいのさ。

シェフは先に立って明るい夜のなかを歩きながら肩越しに話し続けた。レースは彼に感服した。シェフのことばにも身ぶりにも、すくなからず自分の価値を確信している様子があった。とりわけどんな相手にも滑稽感を与えかねない歩き方にそういう風情があった。靴底のうすい革サンダルに差し込んだ足をひとまず爪先で地面に触れ、片方の足を踵までそろりとくり出す。と、踵はほんの一瞬だけ地面に着いてからまた軽々と苦もなく離れ、そのあいだにもう膝は足をまたしても前方に運んでいる、という塩梅なのだ。腰のふり方さえ見た目にうきうきしていた。決まり文句をものものしくひけらかし、いかにも打ち解けた気さくな感じにしようとするのだが（〈なあ、おれたち肝胆照らし合う仲じゃないか！〉）、レースにはそれがざっくばらんであると同時に意気消沈させられる感じだった。シェフの長広舌がなかなか終わろうとしないのでレースは頭痛がした。左眼の上が刺すように痛む。シェフがコチコチになったバスカコフを荒っぽくどなりつけたので頭痛はなお激しくなった。どなり声は人けのない哨所中に響きわたってひどく下卑た感じがした——それでもレースはシェフについて歩き続けた。それからようやくレースはひとりになった……

羊を買い集めて（大方は近隣の村《クサール》の現地人から）前哨基地に納入するユダヤ人は、黒い捲き毛の髪にゴマ塩髭の佝《せ》僂《む》《し》の小人だった。彼はレースを自家の平屋根の上に案内し、それから取り引きの話を切り出した。ユダヤ人のフランス語はなんとかわかった。彼は説明した。伍長さんはかしこい人だ。あたし（ユダヤ人）は一目でそれがわかった。前の糧秣補給所の軍曹たちとも、うちはずっといい関係で取り引きをやってきたね。うまく行かなかったのは最後の人だけ。あの人はまじめね。そう言って、ユダヤ人は屋根の縁に唾を飛ばした。取り引きは簡単ね。うちが羊を納入する、よろし《ボン》。羊、重さを量られます。さて、一頭の羊の重さが、かりに秤で十一キロ出たとしましょう。すると伍長さんは十三キロと記入するです。へェへェ。これで羊二百頭なら四百キロ増になります。わかりますか？ 伍長さんが用紙に署名すると、あたしが、このイェフディーめが、代金をブゥ－デニブに徴収しに行きます。四百キロの余剰分は四百フランになる——このお金を糧秣補給所の伍長さんと、イェフディーめとのあいだで山分けします。伍長さん、おわかりになりましたか？

はい、レースは了解した。ユダヤ人は棗椰子シュナップスを持ち出していた。やたらに刺激の強い代物で、ユダヤ人はそれをなぜか理由もなくアニュス酒と称していた。

——ですから金の半分とアニュス酒一瓶ね。ユダヤ人はしきりにうなずき、レースの手にキスしようとした。彼はいたって腰が低く、レースに持っていってもらう酒を瓶に注ぎに行った。戻り際に棗椰子もいっしょに持ってきた。小指ほども長さのあるタフィラレート産の大きな棗椰子だ。

淡黄色で透明、蜜のように甘い。この果物を小さなリネンの袋に詰め込み、別れぎわにレースに渡した。では、明朝かならずおいでになって下さい。羊は一所《ひとところ》に集めてあることよ。引き取りに行けばいいだけになっていることね。レースは、さらにユダヤ人の当歳の息子の具合を見てくれと頼み込まれた。

子どもは、揺り籠のほかに八〇［一八八〇］年代ヨーロッパの鏡台箪笥の置いてある暗い部屋に寝かされていた。レースはいかにも病気を診る心得があるようなふりをした。手に取って脈を診《み》、化膿した瞼を上に引っぱりあげた。かたわらに侍《はべ》っている、まるでガリツィアからまっすぐにやって来たという風情のぶざまにふとった母親は、ほとんど息も継がずに診断の結果をいまかいまかと待っていた。重病ではない、とレースは言った、子どもは湯を使わせるといい(子どもは実際、おそろしく不潔で悪臭がした)。後でまた来て、なにか眼を洗うものを持ってきてやる。レースは我とわが高潔心に満足した。頭痛はやわらいだ。前哨基地の夜闇に戻ると頭痛はすっかり消えていた。満足したという感情が後にのこった。

その感情をすぐには失いたくなかった。彼は衛門の番兵(今度はファイトルに代わっていた)に、後でもう一度外出させてくれと頼んだ。ワイン一リットルとシュナップス半瓶を用立てよう。ファイトルは長らく思案したあげく、結局はウンと言った。

少尉はあいかわらず帰営していなかった。管理部の門の前にカインツじいさんが膝を引き寄せた格好ですわってパイプを吸っていた。

「どっかに、伍長よ、夜また出かけるのかい？　それともここで眠るかい？」彼は一語一語嚙みしめるように言い、言いながらパイプの吸い口を嚙んだ。

レースはいなした。それがまだわからないんでね。ツェノはきっと待ってくれている。だが彼はツェノに会う気はしなかった。おれはたぶん彼女に不幸をもたらしただけなのだろう。左眼の上にまた刺すような痛みが来た。

カインツじいさんはしかし、彼がくよくよ思い煩う暇《いとま》を許さなかった。

「こっちへ来なよ、伍長、暇だったらここにすわんなよ。どうしたら退役になれるのかなあ？　おれにはさっぱりわからねえ。あんたは知ってるよな、それはわかってる。」

レースは腰をおろした。月はまだ出ていなかった。

「だからだな、どう思う、伍長、どうしたらいい？」カインツじいさんは思わず知らず声をひそめて話した。

レースはカインツじいさんのほうを向いた。歯で齢を確かめるために馬でやるように相手の上唇をこじ開け、上顎の歯がすっかり抜けているのを見て、おごそかに策を授けた。「退役するにはまだ無理だな。でも入れ歯をこしらえにフェズに行かせてくれと頼むことはできる。」

「そうか、よくわかった」とカインツじいさんは言って、レースの顔がよく見えるように身体を前に乗り出した。「そうだ、だからおれはいつも言ってたんだ、伍長は馬鹿じゃないって。まあすこし不器用かもしらんけど。」カインツじいさんはややしばし黙った。「入隊させてくれてよ、どんなにうれしかったか、それを考えるとなあ。兵役適格だぞ、そう呼ばれるまでもう待ちきれなかったものよ。あんただから言うけど、おれは飢えてたんだ！　それでフランス人の軍隊に入ると、とたんにうまい飯だ。ソーセージとパン。いまだにおれを入隊させてくれたのかどうかと不安になることがあるぜ。再検査があって、また元に戻されるんじゃないか。こいつ齢をくいすぎてもう使いものにならない、とわかってね。だからいっしょに来られなかった連中がかわいそうな気がするんだ。でもベル‐アベッスにきてまだ四ケ月しか経たないときのことだ、おれは〈糞ッ！〉って言った。それがおぼえた最初の言葉だったからね。なあ、やっぱり気分転換ってものがなきゃダメなんだ。文句はない。外人部隊には必要なものは何でもある、シガレットもワインも。女のほうはもうこちとら齢をとりすぎてらあ。病気になったときには、こっちが望むだけ病院で休養させてくれた。なあ、結構ずくめだ。娑婆《しゃば》でこっちの話になると、どの新聞も決まって〈外人部隊は恥辱だ。あそこの兵隊たちは飢え、渇き、殴られている〉って書くよな。」（カインツじいさんがやにわに標準ドイツ語を話すとパセティックな感じがした）、「でも、それはちがうんだ。あんただって指一本触れられたことはないだろ？　おれもだ。チップもくれるしな。で、こっちが歩けないときには、〈ほら、じいさん《モン・ヴィウ》、車に乗れよ〉だ。ほんとにちゃんとしている、オーストリー‐ハンガリー二重帝国の歩兵連隊よりずっとちゃんとしている。でも、おれはやっぱりもういやだ。ねえ、おれはまたたっぷり薬味をきかした牛肉が食いたいし、『クローネンツァイトゥンク』紙を読みたいんだ。いつもいつも羊肉ばっかり！　なあ、フランス語で〈入れ歯〉のことを何と言うんだい？……　義歯《アン・ダンティエ》、義歯《アン・ダンティエ》」とカインツじいさんはくり返した。

最後の文句のあいだに、だれかがワイン小屋の後ろでかすかなうめき声をあげた。レースは立ち上がった。小屋の角を曲がり、見るとパン焼きのフランクが地面に寝転がっていた。両脚をピンと硬直させ、重い靴の踵が地面にのめり込んでいる。レースはしゃがみ込んで、痙攣している男の手首をにぎった。

カインツじいさんも足を引きずってやってきた。鼻からフンと息を吐き、拇指で手鼻をかんだ。「どうした、伍長、死にそうなのか?」カインツじいさんはゴクリと息をのみ込み、それから上体をゆらゆらさせてその場に立ちつくした。「だけどなあ、死にはしないよな。さあ、やめなったら、フランク、だれも本気にしやしないぜ。さあ、バカはよしなって。」

「でも熱がある」とレースは言って手首を放した。腱を切られでもしたように、その腕はばたりと落ちた。

「どうしたんだ、フランク?」レースはたずねた。病人だ! よろこばしい期待感が湧きあがった。こいつは気晴らしになるぞ! 少尉はこいつにかかりきりになる。糧秣補給所のことなんぞ気にかけている暇はもうなくなるだろう。それで時間が自由になる。レースはフランクの肩の下に腕を差し込み、病人の身体を支えて建物の外壁のところまで運んで行った。出来事の報告をさせにカインツを少尉のところに行かせた。それからレースは万能薬のシュナップスを、それから厩舎ランプも取りに行き——それらのものを病人の傍に置いた。黄色い灯油ランプの光を浴びると、実際フランクはひどく蒼ざめているように見えた。

痛むのはどこだとたずねると、フランクはズボンのベルトの上に掌を当てた。ここが痛むんだ、とフランクは説明した、痙攣を起こして、それからめまいがして、バタンと引っくり返った。だけど腹全体もしくしく痛むんだ、それで下痢をして、我慢できずに嘔吐して。今朝は鼻血が出た。手がぶるぶる震えた——その震えが満足感でいっぱいにしてくれるように思えた。

カインツが戻って来た。少尉はじゃまされたくないと言っている、と腹立たしげに報告した。少尉は狩りで疲れていて、どうやら兎一羽しか撃てなかったので頭に来てるらしい。プルマンがドア番に立っている。

二人はしばらく営庭を歩いた。フランクの姿を捜すと、小さな運河の岸辺に横になって吐いていた。で、二人は彼を抱えあげてレースの小屋に運び込んだ。

そばかすだらけのノッポのコメディアンのバグラン軍曹が、すぐに行ってやろうと言った。ほんとうは、と彼の説明するには、もっと大事な用があるんだけどね。彼はフランスの新しいシャンソンの放送番組を残らず頭にたたき込んでいて、まずはそれをレースに口ずさまなければ気がすまないのだった。最初のご登場はすてきな歌で、

小さな屋根裏部屋で
とても高い階、とても高い階の
空の中の、
それにあのジーンとくるやつ。

リラの花……

しかし結局、バグラン軍曹は来てくれた。ちなみに彼は前哨基地で体温計を持っている唯一の人間で、カーキ色の上着の胸ポケットにいつも体温計を万年筆といっしょにピカピカ光る金属製の鞘に入れて持ち歩いていた。

バグランは体温計を腋の下に差し込んだ。「三十九度七分」と彼は十分後に言い、やせた顎のほうに口の端をへの字に曲げた。「それに吐瀉もしている。危険だな。非常に危険だ。」カインツじいさんが最後の言葉をくり返し、頸筋がたるんでしまったように何度もうなずいた。

「ティフスかもしれない。」レースがなかば夢見心地にそう言い、言いながらなごやかな満足感もあらわにほほえんだ。レースの顔がパッと輝いた。同じ輝く満足感がみんなの顔も明るませた。

レースはこの種の症候の利点を考え考えしながら枚挙した。前哨基地の検疫隔離！　ブゥ‐デニブからわざわざ在庫量を検査しにくる経理将校はまずあるまい。うなぎ登りのシュナップス消費！　あっという間にやってきたリットル不足！　ワイン支給量の倍増！　空樽にはとっくに水が詰めてある。ちがいに気がつく人間はまずあるまい。セグイアという小さな運河が糧秣補給所のド真ん中を流れている。その上までこんなことが起こったのだ。少尉は糧秣補給所を避けるだろう。少尉は病気をおそろしく怖がっていたのではないか？　ティフスとは！　もっけの幸いじゃないか！

軍曹が陶然として賛歌を引き継いだ。ティフスだ！　自分が罹る可能性だってなくはない、それもさほど重くはなく、フランスで回復期を送れる程度のやつだったらな。ちっちゃな可愛らしいティフス。そのことばが彼の口中にエヴォエ［バッカスの祭尼たちの歓喜の声］のようにひびき渡った。まず二ヶ月がとこは早目に離隊することになる！

と、カインツじいさんもガハハとばかりに笑いをはじけさせ、ぶるぶる唇を震わせながら口走った。「伍長、するともう要らないね……あの……あれ……入れ歯は。」

「ああ、ティフスに罹ればな」とフランクが深い声を出した。フランクは両手を重ねて毛布の上に置いた。「でも、まさか死にはしないだろうな？」

「とんでもない！」レースは言った。レースはシュナップスの瓶を手に取ってゴクゴク飲んで次に渡した。バグランが自分の分を飲んだ。カインツじいさんは乳呑児のように瓶の頸をぺろぺろしゃぶった。だれもがティフスを興がり、フランクでさえニヤリと笑った。

「これからリッチの少佐に電話しよう。」レースはそう決意した。他の者たちは夢中になりすぎて、やめさせようとした。こうして一同、思案投首の体《てい》で部屋を後にした。

電話は衛門の左側、番兵詰所の真正面にあった。バグランが汚れたハンドルを回して待った。もう一度ハンドルを回した……ようやく眠たげな声が、どうかしたのか、とたずねた。バグランが受話器をお次に渡した。レースが受け取り、きたならしい送話口に語りかけた。

ベルジュレ少佐に電話に出ていただきたい、と彼は要求した……軍曹が自分の時計を見て気がついたところでは、まだ十時そこそこだった。だったら少佐はまだ起きているだろう。しかしリッチの電話手は、電話をしているのが何者なのか、訊きたがった。伍長だと？　グーラマのやつら、気でも狂ったんじゃないか？　少佐は夜間の電話には出られない。レースはしつこく食い下がった。重大事件なのです、ティフスの惧れがあります。何としてでも少佐のお耳に入れなくてはなりません。相手はぶつくさ言いながら引き下がり、五分後に軍医のやさしい声が聞こえた。遠方というのに声がほとんど濁っていない。ハロー？　レースはどもった。さしあたり正確な報告ができなかったので、少佐は電話の相手の名前を二度も、同じように辛抱強く訊き返さなければならなかった。少佐は一介の伍長が電話をしているのにおどろき、明朝四時にはすぐに馬で出立するから、と約束した。それだとまあ、八時にはグーラマに着いているだろう。で、伍長は元気にやっとるかね？　とベルジュレはなおもたずねた、伍長は軽度の心臓障害があったんじゃないかな？　レースは礼を言った。行軍をしなくてよくなってからというもの、いたって具合がいいように思います。少佐はおやすみなさいを言って電話を切った。

レースは大いに満足した。少佐がまだ自分を憶えてくれていたのがありがたかった。もとはといえばレースが糧秣補給所に来たのも少佐のおかげだった。最初の診察のとき、レースは行軍中の中隊のテンポについて行けなかったので、自分は病気だと名のり出た。それで少佐が中隊長に、この男は事務室勤めにさせるようにと言ってくれたのだ。

「フランクが仮病を使っているとしたら、おれはとんだ恥さらしだな。」レースは気がついてそう言った。だが他の二人に元気づけられた。フランクは体温計をこすって体温をあげる余裕なんかなかったぜ、おれたちはちゃんと目を離してなかったもの。が、このなぐさめはあまり説得力がありそうにはなかった。とにかく後へ引けないことをやってしまったのだ。三人はどうやら悩みの種を背負い込んだらしい……

フランクは毛布をすっかりかいはぐり、ほとんど素っ裸になってマットレスに寝ていた。身体中を黄色い膚《はだ》に覆われ、その膚の下から肋骨と骨盤の骨がするどく突き出していた。病人は落ち着きがなかった。爪が遮二《しゃに》無二《むに》痒いところをかきむしった。すると赤いみみずばれが後にのこり、なかなか消えようとしなかった。

　レースはセグィアまで行き、水面に星座がゆらゆらゆらめいているなまぬるい水に粗《あら》い布地のシーツを浸した。それからバグランとカインツが病人の身体を持ち上げ、フランクは濡れたシーツにくるまれて、それからは静かになった。

　カインツじいさんがささやき声で言った。「本当はこんなことしちゃいけなかったんだ、伍長、いまは汗をかいているけど、きっと朝までには治る。そうしたらあんたはとんだ恥さらしだったことになる。」

　ことばが終わると沈黙が支配した。

　フランクの音のしない息が静けさを重苦しいものにした。何枚もの毛布の下になっているので、胸郭の起伏は見えなかった。夜が開け放してあるドアから押し入り、厩舎用ランプの灯りにじりじり迫って、明滅する灯りのまたたきが息もたえだえの人間がなんとか空気にありつこうとする戦いを思わせた。

　そのときバグランが、みんなでスパニオーレ〔十五、六世紀にイベリア半島から追放されたユダヤ人の子孫〕の店に行こうと言い出した。あそこなら何か飲めるし、そうしてから尼僧院を表敬訪問するって手もある。この提案が一同を元気づけた。レースはスミスにも声をかけようと言った。あの裁縫係伍長もきっといっしょに来たがると思う。

　裁縫係工房にはまだ灯りが点《とも》っていた。スミス伍長は大きなテーブルの上にあぐらをかいてすわり込み、軍曹の軍服のカラーを縫っていた。横に置いた灯油ランプがガラスの円筒から黒い煤を吐き出していた。スミスはテーブルから飛び上がり、パンパンにふくらんだラグビーボールみたいにぴょんぴょん跳ねまわった。衛門でまだ番兵に立っていたコックのファイトルは三人を通そうとしなかった。だが簡単に引きずられてしまった。ファイトルはうっかり、シェフはまだ帰営していないと白状し、それに騒ぎに誘われてやって来たプルマンの口から、少尉は熟睡していると聞かされた。その日の午後小川の水を飲んだものだから、病気になるのを怖れてキニーネを服用したのだ。そしてどこかへ消えてしまったバグランの代わりに、プルマンが一行に加わった。

　スパニオーレの居酒屋は白い漆喰塗りの部屋で、真ん中に掻き傷だらけの鉄のテーブルが据えられていた。カウンターの後ろの棚に並んだたくさんの酒瓶が、さむざむとした部屋にそのレッテルで唯一の彩りを添えていた。

　五人（カインツ、レース、プルマン、ファイトル、スミス）が店に入って行くと、スパニオーレは汚れたボロでみがいていたワイングラスごしに一行をながめやった。髭を剃りそこねたほっぺたが、掻き傷をつけたベーコン肉みたいだった。スパニオーレは首を垂れて近づいて来て、隅のほうを指さした。そこにシェフが鎮座ましまして、腕木のある唯一の椅子を占領していた。膝の上にこの店のウエイトレスとして働いている混血児《ムラート》の小娘がのっかっている。彼女はシェフの公然たる情婦としてまかり通っていた。

　最初ナルシスは、くつろいでいるところをじゃまされてご機嫌ななめと見え、大声で悪態を連発して五人を前哨基地に追い返そうとした。しかしニヤニヤうす笑いを浮かべた亭主がレースの注文したアニュス酒（マリー・ブリザード）を一瓶テーブルに運んでくると、怒《いか》りにゆがんだ口元もなめらかに上機嫌に転じた。シェフは自分のグラスを干して最後にのこった怒りを唇の端から舐《ね》ぶりとった。彼は制服の上着をはだけ、ズボンの一番上のボタンまではずして、そろそろとんがりだした太鼓腹に健康に不可欠のゆとりを叶えてやっていた。それから混血児の小娘をぐいと抱き寄せると、新たに注がせたグラスを飲ませてやった。

　三十分もしないうちに瓶は空になった。その酒はあまく、口のなかでカッカせず、シロップのようにすいすい飲めたからだ。シェフは二本目の瓶を運ばせ（「おれの勘定《おごり》でな」と彼は言った）、掌で押さえて異議をことごとく止めた。

　スミスがねちっこいストーリーテラーの才能を発揮した。よくわからないことばでスモーキングの話をした。自分はイギリス王室御用達の身だと称して、フランス政府に挑発を持ちかけた。フランス政府は、このおれさまをこんな外人部隊に引きとめておけると思ってるんですかね？　それから彼はレースに（だってレースは文章がうまいもんな）、〈テイラー〉スミスの性格描写《カラクタリスティーク》（終わりから三番目のシラブルにアクセントを置いて）をひとつ書いてはくれまいかと頼んだ。すばらしいテーマだし、おまけにおもしろいったらない！　だけどそれには心理学的研究が必要だ（スミスは二三度〈心理学的《プシコローギッシュ》〉なる語を口ごもり、しまいには英語で発音した）。しかしそこでカインツじいさんがスミスのことばをさえぎった。彼は別の側からレースに近づいて来て、なにやらぶつくさ悪態を吐いた。ウィーンにいる女房が、亭主のおれが異国の戦場で戦っているあいだに若いパン屋の徒弟とよろしくやっているというので呪っているのだった。戦争……お決まりの話さ、おれだってあそこで肉屋をやってさえいたらな。カインツは歌いだした。「捨てられて、捨てられて……」あとの文句がわからず、彼は嗚咽《おえつ》し、重ねた手の上に白髪まじりの頭をがっくり伏せた。と、しかしプルマンが、みんなにハンブルクの娼婦のすてきなシャンソンを歌ってくれとけしかけた。

　ぼくはハンブルクに行き……

　歌が気にくわないというので、プルマンはテーブル越しにシェフにびんたを食わされた。と、プルマンはとたんに歌をやめて拳を固めた。飛びかかろうとした。そのとき、まだこちらに向かって伸ばしている腕の上の二本の金線［階級をあらわす山形の袖章］が目にとまり、不可解な尊敬の念にゆさぶられた。プルマンはすごすご自分の穴にもぐり込み、シャンソンの続きは鼻声でふんふんハミングするだけにとどめた。

　レースはなんとかシェフの注意を喚び起こすのに成功した。フランクの症状の話をした。シェフは頭をぐらぐらさせると、混血児の小娘をつかまえてぐいと突き放し、おまけに一発ぴしゃりと食らわせた。これも、こうやって追い払うのをなんとか我慢できるようにするためだった。そして彼女に呼びかけた。「すぐにそっちに戻る、いまは話があるんでな。」それからレースに不機嫌な目を向けた。

　少佐じきじきに電話をするなんて、愚の骨頂もいいところだ！　これで少尉がまずカンカンになるだろうし、少佐もだ、だってフランクは仮病使いで有名じゃないか！

「どうしておれに相談してくれなかったんだ？」これは彼の話の常套句だった。

　レースは言い訳した。シェフがいなかったものですから。

「こういう重要な事件のときには、何とかしておれを捜すんだ。おれという経験豊富な男を、な。無駄に十二年勤務していると思うのか？　おれにくらべればおまえたちなんぞ、どいつもこいつもただの褞袍児《ねんねえ》じゃないか、とくにおまえだ！　ほら怖がってるじゃないか！」シェフが有無を言わさぬ勢いでしゃべるので、レースは誇張でなく疝痛の発作が近い気配があるような気がした。ナルシスはおそろしくふくれあがり、黙り込むとそれが発言よりさらに威圧的だった。しかしファイトルがいかにもおろかそうにニタつき、本来なら自分は門番に立っているはずなのに抜け目なく立ち回った、押しというものを外人部隊に入っておぼえたものでね、とひけらかすと、シェフの顔は口髭が水平位置にくるほどまでに縮んだ。ナルシスは無言のままシガレットに火をつけたが、箱はみんなに回さなかった。それからものも言わずに立ち上がり、ファイトルの腕をつかむとドアの外へ引きずって行った。

　レースは後について行こうとした。だが少々大儀そうに立ちあがって、椅子の縁《へり》が膝窩《ひかがみ》にコツンと当たるのを感じた瞬間に、いきなり刺すように痛いめざめが来た。まるで何年も何年も眠っていたある存在《もの》が突然身内で目をさましたようだった。

　まなざしの届くかぎりの周囲が明るく澄みわたった。悪い照明に見合っている程度以上に明るく澄みわたった。と同時にレースは、双眼鏡をさかさまに覗いたように事物が小さくなって遠のいて行くように思えた。テーブル際の三人も、ワイングラスを磨いているスパニオーレも、どぎつい色のネッカティーフを足関節に巻いている混血児の小娘も、なにやら人形じみた感じだった。壁際のアセチレンランプがごぼごぼ音を立て、テーブルの上にギラつく光を吐きかけた。

〈現在だ〉とレースは考えた、〈これが現在だ〉。人が永遠にそこで生きていたいと思う、美しい、痛みのある現在。いや、〈人〉が、ではない、わたしが、そこで生きていたいのだ。「わたしが」と彼は目の前にささやきかけた。その現在を求めなければならない、とでもいうように、彼は探るような足つきで歩を進めた。何もかもが非常に明瞭だった。焼けつくような胃も、重い疲労がいっぱいに詰まっている大腿筋も、肉体のどの部分もが感じられる、と思った。両手の皮膚を指先まで緊張させて頭のなかでドキドキしている血もだ！〈血が多すぎる！〉レースは考えた、〈だからこの手に汚い膜がかぶさっているように思うんだ。そいつが、まだ洗い流されていないいんだろうか？〉……途方もなく大きな濡れた手が顔にかぶさり、レースの身体を押し返した。彼はドアを開けて野外に出た……「夜風だ！」ホッとしてつぶやいた。

大きな広場が彼の前に静かにがらんとしてあった。星々がにぶい光を放った。山々は透明に黒々とほの明るみ、煤《すす》ガラス製めいた空よりはるかに透明度が高かった。前哨基地のバラックが、見知らぬ巨獣のように塀の奥にうずくまっている……

前哨基地の入口前に人だかりがしているのをレースは見た。と、バグラン軍曹が傍に来た。バグランがささやいた。「そっちは気がつかなかったけど、おれはきみたちから離れた。自分の事務所にさっと行って、金を取って来ようとしたんだ。戻ってくるときみはもう仲間といっしょに消えていた。ところが別のやつが衛門に立っていた！」バグランは脅かすように謎めいた話し方をした。「少尉だ！　少尉が巡回をして、前哨基地中がからっぽなのを発見した。それで少尉はおれに、みんなを連れてこいと命令した。ところが途中でファイトルを連れたシェフとばったり鉢合わせになった。二人はいま少尉のところにいる。おれの耳にしたかぎりだと、シェフは責任はすべてきみになすりつけている。さあ、急げ、さもないと今夜にも営倉の独房入りをくらうぞ。」

痛みのある現在、あの澄みわたったためざめは消えた。それとは別の、ぼやけた現在がせりあがってきた。無条件の現在、永遠に続くのではない現在が。この新たな現在にあっては自らの肉体に対する感覚も消え、そこにはもう計算書、独房、軍法会議しか存在しなかった。小人国《リリパット》めいた周囲の代わりにあるのは、もっぱら苦悩に苛まれる心の不安ばかりだ。レースはすぐさまもう一度取って返して、スパニオーレの店のカウンターに銀行紙幣を置いた。「二人の酒代だ」と彼は手短に言った。それから衛門際の人だかりに近づいて行った。

少尉は彼の顔に懐中電灯の白い光線をつきつけた。この恫喝の試みに効果がなかったので、すぐさま口を開いた。「きみに警告する、伍長、これが最後の警告だ。わたしのはっきりした許可なしに哨所を出ることは禁じてある。シェフの話によると、用件を片づけるために余儀なくきみに短時間の外出を許したそうだ。一度だけの外出だった。きみは二度も外出し、番兵を誘惑してついて来させた。ファイトルの件で争う気はない。彼は病気で、抗弁する力がない。しかしきみは！……いずれにせよきみの計算書をくわしく調べるつもりだ。だってきみのささやかな給料で、どうして一本二十五フランもするアニュス酒の酒代を払えるんだ？　わたしにさえ高価《たか》すぎるというのに……いや、弁解は無用、曹長から報告は受けている。今回だけはきみの過失はなかったことにしよう。特に、目下のところ代わりになる人間も都合できないことだしな。しかしどんな小さなごまかしもブゥ－デニブの主計監事務所に報告するし、そのうちにはきみを告訴することも辞さないつもりだ。そうなったらきみのシャベール中隊長だってもう当てにすることはできん。きみには、シェフ、良心的に義務を果たしてくれてあらためて感謝する次第だ。」か細い、鼻にかかった声が、突然ストップした蓄音機みたいにプツリと切れた。それから少尉の手が闇の帳《とばり》をさっと引き開け——背後でまた閉ざした。こちらに残された者たちの耳にドアにカチリと錠の落ちる音が聞こえた。

「アーメン」とシェフは言って、言葉たくみにレースに弁解しはじめた。「わかってくれるな、あんたに責任を押しつけざるを得なかったんだ。つまり、おれが連累したということになれば、おれがあんたを救うことはもうできない。そもそもお互いに無関係なように見えてないといけない。それだとおれは中立だと思われる。あのチビ野郎が中隊長におれのことを誉める、それが良いんだ。そうすりゃおやじさんも、おれがあんたの件で話すことを信じるさ。あのチビがブゥ－デニブの主計監事務所の犬どもをあんたにけしかけても、おやじさんはあっちにもいろいろ友人《コネ》があって、あんたを救い出せる。でもそれにはまず（よおくわかってくれよな！）シェフのおれが完全に無瑕《むきず》でなくちゃいけない……わかるね？　まさか、おれがあの出来損ないのチビなんぞを怖がってるなんて思ってやしないよな？　さてと、さあ、これからどうする？　そうだとも、尼僧院へ行くね。あんたはスパニオーレの店に二本分の酒代を払って来たんだろ？　よくぞやってくれた、どんぴしゃり、それこそあんたに期待してたことだ。いや、いいんだよ、いまは何も言うな。顔色がすごく悪くなってるな。でも、あの美しいご婦人方に囲まれてお茶を一杯、それからお二人でささやかな無言のダンス。ハ、それがまたあんたを男にしてくれるさ、な、おれが言う通りさ、ナルシスさまは経験豊富。」

　二人は腕を組み合って大きな広場を横切った。すこし距離を置いてバグラン軍曹が頭をふりふりついて行った。彼はカインツじいさんに目くばせをして、「こりゃ、まずい《サ・パ・ボン》」と前を行く二人組を指さした。「まずいね《パ・ボン》」とカインツじいさんがおうむ返しに言って、気遣わしげに口を曲げた。「困ったもんだね《ドマージュ》、あの伍長さん。」彼らはうなずき合い、それから、夜が廃坑の空気のようにねっとりと息詰まるように立ちこめる、狭い路地のなかへ曲がって行った。

第9章　尼僧院

前哨基地の保護下に蹲居《そんきょ》している何軒かの家々から離れて、高さ三メートルの塀に囲われた一軒の奇妙な建物が建っている。セネガル黒人兵やアルジェリア原住民歩兵、スパイ［北アフリカ原住民騎兵］やグム［北アフリカ補充土着民部隊］のような、多くの兵士たちがこの塀を乗り越えようとして失敗に終わった。戦友に肩車をしてもらった一人の兵がよじ登り這いあがろうと屋根にすがりついても、外側に斜めに落ち込んでいる屋根の面から手はすべり、指はギザギザの装飾をなしてキラキラ光るガラスの破片にずたずたにちぎられてしまう。

　昼間のうちはこの塀の奥に深い沈黙が支配している。夕方になるとしかし給料日などにときどき、吹き抜けの中庭の上の空気が夜通しあわい光に赤らみ、建物からはざわざわざわめきが押し寄せて来た。耳を凝らして聴くと、ざわめきはこまかくバラバラになって卑猥な叫び声やキンキン甲高い歌声になって行く。その声音も厚い塀をくぐり抜ける前に力をうしなうが、だが上天のほうに向かっては、ごちゃごちゃにもつれた騒音を無言の空に送る巨大なメガホンなのだ。

塀は一角がロマネスク式のアーチの形に穿《うが》たれている。扉によって形作られる壁龕《ニッチ》に入ると、塀の厚みのほどがわかる。人一人がらくに隠れられるほどの厚みだ。屋内への入口を塞いでいる扉は、四角い、二十センチほど厚みがある厚板から成り、この厚板をさらに鍛鉄製の三枚のベルトでがっちりまとめてある。扉はなめらかにつるんとして、鍵穴がどこにも見当たらない。内部にはしかし上、真ん中、下、と三つの閂《かんぬき》が取りつけられている。その上にまた南京錠で万全を期するという本格的な監獄用閂だ。

中庭には入口の左手に、天井の低い七個の独房がずらりと並んでいる。その扉々にも閂が取りつけられ、錠前取りつけ用の金輪がついている。

独房が立ちならぶ家並みの、舗装した幅広い中庭に隔てられている真向かいに、周囲をかこむ塀から背の低い屋根が一メートル分だけ頭を出している大きな部屋が二つ、ぽっかり口を開けている。二つの部屋には家具も何もなく、一方の部屋には陶器製の火鉢が二つ置いてあり、いずれも中に真っ赤に木炭が熾《お》きて、煮炊きする竈《かまど》の役をなしている。もう一つの部屋にはボロボロに破れたアルファ草のマットが敷かれている。一隅に壁とつながって、壁と同じ材料でこしらえた、ベッドのつもりの横長の粘土の塊が盛り上げてある。うすいマットレスを上に敷いて……

どっしり重い扉の前でシェフはいら立った。拳で厚板を叩いても音が立たない。しまいには意を決して声をひそめて呼ばわった。「ヘイ、ファトマ、アルーア・ムナ。」そしてやはり声をひそめて一斉に、「アルーア・ムナ！」と合唱した。――「出てこい！」シェフが声をあげた。「カム・オン」とスミスがカラス声。その叫び声も甲斐なく終わったので、今度は一人だけ鋲打ち靴を履いているカインツじいさんが送り出された。カインツは扉に背中を当ててもたれかかり、踵で厚板をけとばした。それで生じた音響は拳のノックほど高い音にならなかったのに、内側でなにやら動く気配があった。アラビア語で不安そうに女の声が何か言い、それにシェフが答えた。取り引きはかなりのあいだ続いた。シェフがみんなに説明した。ばばあが閂を開けたがらないのは、真夜中すぎの外人部隊の兵隊を断固立入禁止にしたマテルヌ大尉を怖がっているからだ。シェフはしかしようやく有無を言わさぬ口実を見つけたらしい。それかあらぬか内側で閂をギィッと外す音がした。ふとったやり手女が、こちらが殺到してくるのを真正面からはばもうとして（彼女は大勢の客には慣れていないようだった）押しのけられ、腕をふって打ちまくりながらクワックワッと声をあげてよたよた走り回った。彼女は、羽根が脱けて毛のなくなった箇所にざらざらした赤く腫れ上がった地肌が見えているだけの、老いぼれた白い雌鶏そっくりだった。それというのもやり手女はぼろぼろに着古した衣装を着ており、それがぶよぶよした身体とぶらぶらしている腕のあいだに翼のようにひろがっていたからだ。汚らしい灰色の髪の毛は頭のてっぺんで髷《まげ》にまとめられ、齢とったた病気の雄鶏の鶏冠《とさか》を思わせた……

カインツが殿《しんがり》をうけたまわり、後ろ足で蹴って扉を閉めた。一同は戸惑いながら一団の暗い塊となってその場に立っていた。年寄り女は二つの部屋の右の一室に逃げ場をもとめ、そちらの開け放ったドアから光が入ってきた。独房の列はしかし無言で真っ暗に並んでいる……シェフは戸惑いを永くは続かせなかった。彼はまず入口の門扉の閂をたしかめ、閂をおろしてカインツじいさんにうなずきかけ、「外部からの危険防止だ!」と説明した。それから黙っているレースの腕をまたもやつかみ、肩越しに煽り立てるような呪いの声をあげ、ついてくるように手招きしながら身体をゆするようにして前進した。プルマンが勇躍して挑発に応《こた》えた。プルマンは頭を下げて突っ込むように、どすどす足を踏みしめて前進した。手がまるで剣付き鉄砲を抱えているように見えた。その横のスミスは、いまにもボクシング戦にかかろうとするように胸前でしっかり拳をかためた。目を落ち着きなくあちこちにさまよわせ、舌を歯のあいだにはさみ込んだ。

カインツは行進の殿《しんがり》をうけたまわり、中庭に立ちこめるはげしい獣の臭気をいぶかしげにくんくん嗅いだ。

シェフは、障害物に向かうように部屋の開口部にぶつかっていった。当の入口はカーテンに仕切られてさえないのに、だ。反動で跳ね返ってきて、ただちにそれを肩幅にくらべてドアの幅がせますぎるせいにしようとした。帽子を脱いで、「ここは巨人向きの造作をしてないな」とでも言いたげに、低い梁《はり》におどけておでこをぶつけた。

部屋は二つの木炭火鉢の火照《ほてり》のおかげで明るかった。隅の粘土の塊の上にやり手女が仰のけに寝ていた。片方の脚を膝上までむき出しにしてぶらんと垂らしていた。その脚の関節が腫れ上がって、腓《ふくらはぎ》に盛り上がった静脈瘤がファンタスティックな入墨もさながらだった。が、シェフが入って行ったので寝ていた女はカッと逆上し、耳をつんざくような叫び声をギャンギャン立て、猛然と闖入者どもにつかみかかった。プルマンがシェフの前に立ちはだかり、やり手女の手首をつかんだ。女の金切り声が一段と高くなりかけたが、シェフが一枚の銀行紙幣で女の顔を扇いでやると相手は鳴りをひそめた。と、彼女はパンパン手を鳴らし、甲高い歓喜の声をあげてシェフの前に跪こうとした。ナルシスはそれを押しとどめ、「糧秣補給所の伍長《コルポラル・アドミニストラシオン》」と言ってレースを紹介した。そのことばが、やり手女の脳内においしそうなイメージを喚び起こしたようだ。それというのも彼女はうっとりして目玉をぐるんと剝き、訳のわからぬことをラリりながら、服のなかから「マルセイユの思い出《スーヴニール・ド・マルセイユ》」との印刷文字のある、港風景を描いた極彩色の絵葉書を取り出したからだ。絵葉書の宛て先はマダム・ファトマ、B・M・C・グーラマ。アドレスの横には、「ムタチュー・グェルビにキス、キス、キスね。」とあった。プルマンも絵葉書を覗いて、B・M・Cって何の意味だ、とたずねた。「連隊付き慰安婦 *Bordel militaire de campagne*」とシェフが、生徒たちを前にして一つの植物を同定する植物学教授の声を出して言った。そしてその植物独特の特徴も説明しなければならない、とでもいうようにことばを続けた。「ブゥ‐デニブの主計監事務所の監督下にあって、女たちの賄いのあり方が悪ければ、こちらの責任になる。二ケ月ごとにこのばあさんは計算書を提出しなければならない。連隊が列を組んで旅立つと女たちもいっしょに連れて行かれる。管理当局はこうした場合、女たちの一人一人に騾馬一頭ずつ、ほかにテントと荷物の運搬用に騾馬二頭を当てがわなくてはならない。軍医少佐は四週間に一度往診し、病人は容赦なく積送する義務がある。そんなことをしてもむろん何の役にも立たんがね……ところでレース、おっさんよ、どうかしたのか？」

　レースは門扉のところの場面からこちら、一言も口をきいていなかった。いまもこわばった顔つきで、シェフが汚すのを惧れるようにそっと指先でつまんだ絵葉書にながめ入っていた。「ほら、おっさん、こっちへこいよ！」シェフは父親めいた口調で言い、友を一隅に連れて行くと、ここにすわれ、と言いざま熱っぽくレースに話しかけた。まあくつろぐがいい、すぐに女どもが来るからな、先刻のバカな事件のことは忘れちまえよ。軍法会議が怖いなんて冗談じゃないよ。ほら、ほら、はや女どものおでましだ！

　その通りだった。やり手女が色どりあざやかな衣装の一団を従えてこちらにやって来て、錆びた鍵束をカスタネットのようにチャラチャラ鳴らした。シェフがややアクセントをこめて口にした「女ども」ということばを聞くと、レースのこわばりは雲散霧消した。生唾をごくりとのみ込むようなわななきが身体中を走り、目がじっとりうるんだ。彼はシェフの肩に手を当て、その手の上に額をのせて、子どものするような甲高いむせび声を上げて嗚咽《おえつ》した。シェフはこうした状況にも応対できるところを見せた。ただ同情するだけでは事態を悪化させかねない、それは先刻承知とばかり、教えさとす口調で過大な刺激の事実を認め、イギリスのシガレットを差し出したり、自分のウイスキー瓶から一口飲れと勧《や》めたりし、あからさまな言い回しで小男モーリオ少尉の体毛の生え具合に疑問を呈し、その疑問に自ら否定的な意味の答を出したりもした。レースは思わず笑いだした。笑いながらその笑いを咳込みに移していったが、シェフはすぐに意のあるところを察して、まだわななていている相手の肩甲骨をやわらかい手でポンとたたいた。おかげでレースの目が涙に濡れているのは他の連中に気づかれなかった。「むせたんだよ」とシェフがそのうえ大声を出して認めてくれた。一人だけは例外にしても、全員がいまやおでましの女たちにすっかり気を取られて、レースのことなど眼中になかった。だがカインツじいさんだけはひとりぽつねんと粘土ベッドの縁に腰をおろし、ごま塩頭をふって遺憾の意を表しつつも、なにやら意味不明の、しかしどうやら慰めのことばらしきものをむにゃむにゃつぶやき、祝福のポーズの挙手をしてみせた。

こんなことが一件落着と相成ると、シェフはシッと舌打ちしてざわめく騒ぎを鎮めた。彼はやり手女に目顔で合図をしてお茶を注文し、のっそり立ち上がると、お尻を突き出して踊るような足取りで居並ぶ女たちの前線を巡視した。短い縮れ毛の、男の子のようにほっそりした身体つきの小柄な黒人女がわけても気に入ったようだった。投げやりに手をふってその女に合図すると、向こうはすぐに命に応じた。二人は隣室に消え、するとそこでもう一つの木炭火鉢の火照《ほて》りが二人のとほうもなく大きな影を壁に投げた。それから壁は久しいあいだ白いままになった。

プルマンは選んだ敵娼《あいかた》をまずつかまえなければならなかった。女は壁から壁へ部屋中をぐるぐる逃げまわり、一瞬立ちどまると打って変わって迎え入れたりして相手をからかった。プルマンははあはあ息を切らし、額は汗びっしょりだ。とうとう獲物を手に入れた。ずんぐりした体格の女で、肥えた頬が顔のなかにふくれあがり、うつろな目が露のようにキラキラしていた。生来が清潔で陽気な料理女のような顔つきだった。

スミス伍長は紳士の役を演じ、大人の物腰を真似している男の子そっくりだった。往ったり来たりし、意味深長なコメントをのたまうときのようにしきりに人差し指を鼻に当てた。うなずくと子どもの手でつぶされる赤い風船のようにぐにゃりとふくれあがる二重顎の上で、口は生真面目なしわを寄せた。彼はおじぎをし、しどろもどろのフランス語を使いながら、辛抱強く隣にくっついて、うつろな顔をして白痴《ばか》みたいに目玉をぐりぐり剥いている痩せた女のほうに向き直った。娘は鼻のつけ根に聖ゲオルク十字の形にならべた六つの点を入墨していた。敵娼の目に宿る荒涼とした気配に内心怖れをなしていたので、スミスは残る注意力のすべてを挙げてこの六つの点に目を凝らした。

　バグラン軍曹は、女たちが来るとただちにドアに向かって突進した。手当たり次第に一団のなかの一人を腕に抱え、お茶は三十分したら持って来い、とやり手女に言いつけてから略奪品とともに消えた。

　まだ三人の女がそこらでお茶を挽いていはしたものの、一人としてカインツじいさんの気を惹こうとする女はいなかった。カインツはかたくなに女たちを無視しながらパイプを吸い、規則的に間を置いてペッと唾を吐いた。こうしてお望みの平穏無事を手に入れているのだった。紫煙の行方を目で追い、うなずいてはむにゃむにゃひとりごち、真向かいの壁際のわが伍長のほうに、温和な元気づける笑みを送った。

　やり手女がお茶を運んで来、内容《なかみ》がウイスキーと薄荷《ハッカ》の香りのする分厚いグラスをめいめいの前に置いた。（シェフの椀飯振舞だった。）それからやり手女はカインツの前に腰を下ろし、わが身に降りかかる無視をものともせずに、グーラマ滞在中二年間にわたって夜ごと自分を訪ねてきた最愛の人たる軍曹の話をブロークンなフランス語で語りはじめた。だけどもうあの人は退役して、マルセイユで働いてるのさ。それであの人がうんと稼いだら、あたしをあっちへ来させてさ、小さな家を手に入れて、若いアラブ女たちに商売させてさ、それであたしたちはお金を儲けて人様に羨ましがられる暮らしをしようってのさ。彼女のフランス語はカインツじいさんのしゃべるフランス語そっくりだった。そこで双方とも意思の疎通がまことにうまく行った。カインツは「うん《ボン》！　なるほど《トレ・ボン》！　そうだ《ウイ》！　そうだ《ウイ》！」といった短い合いの手を入れるだけだったが、やり手女が話を続けるにはそれで充分だった。そこで彼女の頼むには、〈シバニィー〉（じいさん）、ひとつあたしに手紙を〈こさえ〉てくれないか……

「いいとも、おばば」とカインツじいさんはウィーン訛で言った、「お安いご用だ。だけどあそこ《ラバ》の管理部の伍長《コルポラル・アドミニストラシオン》さんのほうが、ものを書く《エクリール》んなら達者なもんだぜ。」

「ああ、管理部の伍長さんね、それいい、いいね。」年寄り女は感激してうなずき、それがしなびた雌鶏の鶏冠《とさか》をぴくりとさせた。「だけどなあ」とカインツは続けて、「いまはいかんよ《ノン・トゥー・ド・スイット》。後で《アプレ》な。」彼は遠くのほうに目くばせした。やり手女はまたうなずいたが、話している相手の口元に目を釘づけにし、緊張した注目ぶりがその顔に動物的にかしこい表情を授けた。カインツが口をつぐむと、彼女は相手の膝の上に汚れた頭をのせた。「あんたって好い人だね。」カインツの瞼が激しくはためいた。彼は女の肩をたたいて撫でてやり、そうして愛撫されると、ファトマは飼いならされた鶏のようにコッコとひくい鳴き声をあげた。

シェフが姿を消してから、レースはひとりぽつねんとしていた。刺すような頭痛がまたやって来て、それはいまや額全体にひろがるばかりか後頭部にまで感じられた。ほかにもまだなにかに妨害されている感じがあり、この妨害の原因はすぐにはつきとめられなかった。ときおり彼はうるさい蠅を追い払わなければとばかりに頭をふったり、頰の上に手をやったりもした。だが妨害は消え去らなかった。真っ赤に燃えた木炭の火が分厚いグラスのガラス越しにお茶の表面に赤い線を投げかけ、その液体そのものが明るい金のように真っ赤に焼けているようだった。

目をあげると一隅からこちらをじっと見つめている二つの眼《まなこ》にぶつかり、ようやくわずらわしい思いをさせるものの正体がつかめた。その眼は、それ自身の生命はないが、有無を言わさぬ力があって、なにやら挑発的な要請をはらんでいた。〈客をまだキャッチしてない女の子の一人だな〉とレースは考えて、また目をそらそうとした。するとしかしその眼はゆっくり上にあがって来、だんだんこちらに近づいて来て目の前で止まり、またゆっくり下へ下へと沈み、しまいには床の上まで来て静止した。突然、その眼にうすい膜がかぶさった。部屋中に白い光が満ちあふれ（ファトマがカーバイドランプをつけたのだ）、レースの横にギラギラまばゆい光を浴びて一人の女がいた。

彼女の口は非常にうすく、痩せているために顔が木製めいた感じがした。紫色の衣装の襞《ひだ》も木製めいていた。だが生地の下から丸みがくっきり浮かび上がっている肩は、手足のしなやかさを思わせた。彼女はレースの空になったグラスに酒を注ごうと、いままた立ち上がった。足取りが積荷を載せた騾馬の歩みのように重かった。

戻って来て、前のめりに倒れるのを怖がっているようにそっと屈んでグラスを下に置き、また身を起こすと目を上に向けた。それからつと床に身をすべらせてレースを見つめた、無表情に。

このほとんど非生命的な顔は刺激的な感じだった。と、思いがけないほほえみが女の口を開いた。汚れたうす笑いがあらわれ、食いかじった黄色い歯並みがむき出しになった。目も趣《おもむき》を一変し、瞳孔が濡れた微光にほのかに明るんだ。女は片方の手をさし延べた。ごつごつした汚い手だ。皸《ひび》だらけの、指の肉まで食いかじった痕のある爪。その手がレースの腕にからみつき、もう片方の手が露骨にそれとわかる身ごなしで股のほうを指した。

女の面持ちが一変したのが解放の役を果たした。レースはほっとし、なだめられて、ふかく息を吸った。あの深々と思いに沈む秘密と呪われた愛と畏怖を要求していた木製の聖女像が一人の淫売婦に変容したのだった……部屋がまたしても明るくなり、チクチク刺すような頭痛のヘアバンドの圧迫はうすらいだ。

〈どうしていつもこう神経質になるんだ？〉彼はひとりごちた。〈お招きをあっさり受けたほうがいいんじゃないのか？〉だが、それでいて自分の考えがいかに欺瞞的かはわかっていた。もはや彼の側に自由な決断はなかった。ある強制が、いくら否認しようとしても女の微笑に応じるように駆り立てる強制が、女について行くことを命じていた。

女はチビチビ自分のグラスを空けながら、あざけるように彼に目を向けた。この男は待たせておけばいい。どうやら経験が彼女にそう言ったらしい。レースは部屋を見た。戦友たちを見た。耳がとらえたことばのはしばしを理解した。「こっち へ来い《カモン》」とスミスが言い、ことばにともなうジェスチュアがえらく露骨だったので、料理女のような顔つきの小女は言うなりに小犬のようによちよち彼の後について行った。中庭の夜がこの二人をものみ込んだ。

レースはシェフを探した。だが敵娼《あいかた》にわめいているプルマンしか目に入らなかった。「また毎日一発ずつだ、ハハハ。」ぐいとばかり腕を突き出し、娘をむずとつかみ、高々と持ち上げた。キャアキャア笑う声が、女の背中に白いリボンのようにはためいた。

カインツはレースの目をとらえようとしたが無駄とわかり、立ち上がって首をひねるとぶんぶん手をふった。が、ファトマが引き戻した。ふくらんだ彼女の身体がカインツに立ちはだかって通せんぼし、腕は行こうとする男の脚にからみついた。レースはようやくやり手女に気がつき、まあお静かに、と目顔で制した。「シェフはどこだ？」呼びかけると、カインツは隣室に通じるドアのほうを指さした。だがそちらに二三歩行くか行かぬかのうちに、レースの腰をぶよぶよした手がつかんだ。ファトマが後ろに来ていた。興奮し、逆上していた。シェフのじゃまをしちゃいけないよ、と彼女はどもりども言った。カインツはからみつかれている伍長殿を自由の身にしてやり、ファトマを元の居場所に突き戻すと（ファトマはクックッ笑いながら倒れ伏した）、レースのほうに向かって、人間の弱点をすべて知りつくしている老練な医者のようにゆっくり嚙みしめるようにしゃべった。

「いいか伍長、悲しみも不安も、みんな血からくるんだ。つまり血が濃すぎるんだよ。さあ、血を抜いてこい。嘘じゃない、そうすりゃ明日はすっかり人が変わっている。その女の言う通りなんだ。当たらずといえども遠からずさ。

こういう脂《あぶら》ののり切った女どもは、まったくとびきりに健康なんだ。おれに言わせりゃ金無垢の女医さんだね。あんたが外でモノにしたやせっぽちなんかよりずっと上物だ。」カインツは思慮深げに黙り込み、次のことばを呼び込むためにロからパイプをはずした。柄にもなく標準ドイツ語さえ遣い、しかも濡れた吸口でことばにアンダーラインまでつけた。「本当だぜ、伍長、血が濃すぎるからいけないんだ。おれは経験で知っている、四十年の経験があるんだ……」彼はいかなる異議も受けつけぬようにくるりと背を向け、何度も何度もうなずきながら元の場所に戻って行った。

レースは女に目くばせをして先に立った。

七つの独房の屋根の上までそびえている塀の上に、とほうもなく大きな白く輝くものが顔を出した。月だ。夜は冷たく硬く、父性の安らぎに満ちみちていた。遠くで獣たちだけが闇の非情を訴えていた。塀の縦穴の上のほうの空間はからっぽだった。

入口の扉前に、遠くの獣たちより低い声でくんくん鳴いているものがいた。レースは扉を開けた。と、ターキーが有頂天になってぴょんと跳びかかって来、また跳びおりると、後脚を伸ばしてチンチンしながら、ピアニストががむしゃらに楽器を弾くように、しきりに前脚で空気をあがいてみせた。それから礼儀作法はもうたくさんと見てとると、レースの後ろにいる女をうさん臭げにくんくん嗅いだ。女はキャッと声をあげた。ターキーはバカにしたようにくしゅんと鼻を鳴らし、腹這いになって延ばした前脚の上に鼻面をのせると、それにつれてお尻のほうがまるまってけわしいカーブを描いた。ターキーはなおもあくびをしてから、とある独房にあゆみ寄るご主人様の後にしたがった。その独房は間違いだった。娘は最後の独房までずっと彼を引っぱって行った。それは入口からいちばん遠い場所にあった。

まぎれもない、何ひとつない尼僧の独房だ。壁に一種のロザリオのようなものまで懸かっている。茶色の不透明な石でこしらえた短いロザリオだ。乾かした粘土製の寝床の心もち盛りあがった頭の側に燃えさしの蠟燭が点《とも》っていた。娘は隅のほうから新たな蠟燭を持って来て、焔でそのステアリン蠟燭を溶かし、消えそうな燃えさしの横にその蠟のしずくの垂れている蠟燭を貼りつけた。天窓から月光が射し込んでできた奥の壁の白い円筒のまわりに、その低い焔の灯《ともしび》がゆらめきたわむれた。

おお、なんと固いベッドなことか！　敷いてあるのは、たった一枚の薄いマットだけだった。

女は焔の脇に立っていた。下から光を浴びると、彼女の顔はまたしても木製めいていた。影の面に幾重にも覆われているので、それはあの、巡礼地で数百年に及んでお祈りに濯《あら》われてきた黒いマドンナ像の貌《かんばせ》を思わせた。

部屋のなかの静けさは、まるでがんがん耳鳴りせんばかりだった。女はあいかわらず微動だにしない。彼女は待ち、夢見ているかのようだった。むしりあとだらけの黒い毛織物のように部屋の上の部分を満たしている暗がりに、じっと目を据えていた。

ターキーが大きな声を出して息を吸った。女はギクリとし、ヴェールに包まれた腕をさっと動かして、あやうく蠟燭の火を消しそうになるところだった。すると月の円筒がいちだんと明るく輝度を増し、壁の上にできた月光の白い捺印が燃え立った。

娘は手をくぼめて焔のまわりを囲った。それからまた顔をあげると、うっすらとほほえみを浮かべていた。

「おいで《ヴィアン》」と女は言った。それは、彼女がしゃがれ声で発したはじめてのことばだった。

「おいで、坊や《ヴィアン・プチ・シェリ》」と彼女はまた言って露骨な身ぶりをしてみせた。

レースはゆっくり近づき、固いベッドの縁に腰かけた女の前で立ちどまった。素足でぺたりと床に貼りついている彼女の足の上に光が落ちていた。足指が褐色の甲虫のようにうごめいた。

女は金を要求した。伍長さん、お金くれるよろし。わたし、貧しいある。ファトマ、なんにもくれない。あたしひもじい。ああ、とてもひもじいのことよ。だってお給金たくさんないものね。わたし若くない。それにしょっちゅう病気ある。もう三回も軍医少佐さんに検診された。マテルヌ大尉はとても意地悪だった、あたしが何とかだからって……彼女の話は叫び声に変わった。アラビア語の呪いが硬いブロックのように浮かんでいる、寄る辺のない、やわらかい叫び声に。

レースはポケットの中をぶちまけた。小銭ばかりだ。と、五フラン札が出てきた。一デュロだ。女はそれをさっと手に取って、頭髪のなかに詰め込んだ。小銭のほうはしかし、くぼめて重ねた手のなかでチャラチャラ鳴らし、その玩具《おもちゃ》を耳に当てがい、今度はもっと声高にまたよろこばしげに、またしても叫び声をあげた。女は声をのみ、ほとんど窒息せんばかりだった。それから奇妙に謎めいた身ごなしで壁際に這い寄り、爪で掻きとって小さな穴を開け、その中に金を隠した。掻き落した土を唾で濡らし、こねて丹念に塗って穴をふさいだ。こちらに向き直ると、彼女のほほえみは老人めいており、目には満ちたりたよろこびが宿っていた。

ここで彼女は服を脱ごうとしかけて、しばしもの思いにふけった。しどろもどろに彼女は説明した。わたし、また検診された。伍長さん、わたし大丈夫ある、伍長さん、病気ならないよ！　わたし、悪い女ない、良い女。伍長さん、疲れた、横になるよろしい。とぼしいフランス語を大げさに誇張するあまり、それは幼児語になっていた。レースは不器用に女の手首をつかみ――それからこちらの手を、相手の人差し指をにぎるだけになるところまでずり落とさせた。それも手放すと、なにやら指のあいだに穂をすべらせたような気がした。それほど、その小さな皹《ひび》だらけの指は硬く冷たかった。

いいからもう横になりなさい、とレースはうながした。女は言うなりになり、壁のほうに背中を押しつけてレースのために場所を空けた。手足を伸ばすと蠟燭に当たった。ジュッと言ってそれが消えた。レースは目を閉じた。

ごちゃごちゃした夢を見た。そして時間が経過した。突然彼は大声をあげた。「もう目をさましたぞ」と言って壁から身体を放した。「怖がらなくてもいいの。」ざらざらした声が隣で言った。肩の際に温かい球体が転がっていた。手でつかんでみると、球体は頭だった。彼はおもむろに手につかんだ髪の毛を放した。それは馬の鬣《たてがみ》みたいにごわごわして乾いた感じがした。彼はまた目を閉じた。しかしもう眠れなかった。

ドアをどんどんたたく音がした。シェフが声を殺して叫んだ。「早く来い。マテルヌが巡回しようとしてる。グムの連中を連れてもう途中まで来ている。あんたに羊を売ったイェフディーが先手を打って知らせて来た。あんたがここにいることがわかって、おれたちに警告してきたんだ。」

レースが外に出ると、みんなは不安な顔をしてシェフを囲んでいた。カインツじいさんだけは平静を保っており、大きな声で、「どうだ、さっぱりしたか？」とレースを迎えた。だがナルシスは無駄口を聞きたくなかった。黙れ、と命じた。一団がナルシスに率いられて表門のほうへ走って行くとファトマがそこに待ち構えていて、最後の男の後ろで扉を閉ざした。ギィッと鳴る門の音が、悪意たっぷりに声を殺した哄笑もさながら、逃げて行く男たちの背中ににぶく響いた。

彼らは暗い横丁のなかを前哨基地をさして走り、ゆっくりと慎重に前哨基地のまわりを迂回し、騾馬厩舎際の、一つだけ鉄条網に開口部のある例の場所にたどり着いた。そこでシェフは、投げやりな声で最後の指示を与えた。おれはまっすぐ門まで行って、あそこから逃げ隠れせずに堂々と営内に入る。番兵が寝てるか起きてるか。「起きてるに決まってますよ」とレースは言って、ぜいぜい息を切らしながら笑った。シェフが不機嫌そうにこちらを見た。シェフは衆人環視のなかでおちょくられるのが嫌いだった。で、レースに雷を落とした。伍長はあんまり才走らないほうがよかろう。あんたにはおれが必要だ。管理部の何やかやがしかるべき有様になっていない。で、おれなら、このシェフなら、その件を何か申し開きできようというもの。つまらんことで子どもみたいに吠えるんなら、人様のアラを笑う資格はないはずだ。だが、すぐにまた気を鎮めた。――「悪く思うなよ。」シェフはにこやかな笑みを浮かべてことばを終えた。

いやしい野郎だな、とレースは思った。それでも和解の笑みにはさからえなかった。失礼しました、と詫びてシェフに手をさし出した。シェフはその手をにぎり、値踏みするようにレースの顔をじっと見つめた。目がするどくなったが、次の瞬間目に瞼を落とし、さし出された手をぐいとにぎりしめて、またもやにこやかな笑みを浮かべた。では、ここにいてくれ、シェフのおれには毎晩真夜中まで通れる認可証があるから、衛門から入って行ける。もうまもなく二時になる。して、何かいざこざがあって、おれは門限に遅れたというわけだ。みんなはここから塀を乗り越えて、静かに営庭を横切って行くがいい。十分後に糧秣補給所に集合だ。レース伍長が飲み物をおごってくれるだろう。肩越しに彼はなおも、みんなには何を言っているのかわからないほど小さな声でレースに向かって言った。

「尼僧院の勘定は全部おれが払っといた。あとでおれたちで半分こにしよう、なあおい。」

「へい、シェフ、おれも一丁のせてもらうよ」とバグランが二人の後ろから声をかけてきた。

「すまん、どうもすまなかった。あなたのことはまるで考えに入れてなかった。そりゃあなただって客だ。だれもあなたに文句はつけられない。」連れ立つ相手にしきりに話しかけながら、シェフはしまいにやっと消えて行った。

第10章　取り引き

レースは小運河のほとりで目をさました。頭の中は明快だった。目だけが痛んだ。昨夜ときおり身体のなかで震えた不安が、いまは下半身にまるく固まっていた。口がからからに乾いていたので、セグィアのなまぬるい水に口を浸してごくごく飲んだ。水は腐った草のにおいがしたが、気にしなかった。太陽はまだワイン貯蔵小屋の屋根の後ろに隠れていて、外壁も営庭の砂利も明るい薔薇色の色合いに見えた。目をあげるとレースは、カインツじいさんが隣に寝ているのがわかった。口を開けていびきをかいている。彼はカインツじいさんの目をさまそうとしたが、これにはずいぶん労力も時間もかかった。いびきはすぐに鳴りをひそめた。だが夜のあいだに瞼が癒合してしまったみたいで、こまかい筋肉がひくひくするのが見てとれた。やっとのことで開いても、いやいやそうしているだけで、パチパチしきりにまばたきし、ほの暗い朝の光さえ目に痛いようだった。ようやくはっきりカインツじいさんは目をさました。そしてとたんに過ぎにし夜の出来事を論議しはじめた。まあ、おれの齢《とし》の功と偏《かたよ》りのない経験がお役に立ってくれたってわけさ。

「だからよかったよ、伍長、あの年寄り女と話が弾んだしな。畜生、おれにぴったりの女だったのにな。年齢《とし》もちょうどお似合いだしな。彼女《あれ》ならこっちから他の客に鞍替えしそうな心配はまずなかったし。」それから彼は、そっちのアヴァンチュールを聞かせてくれないか、と言った。わが伍長が、あの家具もなにもない独房で女の横に寝て、ただお寝んねしてただけと聞いて、カインツは格別おどろきもしなかった。そうよ、と彼は言った、だれもが同じというわけじゃないものな。それに、そうだ！――病気の感染《うつる》ってこともある！　だからそのほうがよかったよ。リッチの軍医少佐は、そんな病気をもらった連中にはいたって大ざっぱだ。笑いとばして、治るか治らぬかに連隊に送り返してしまうんだものな。おれが知ってる事例では……しかしカインツはすぐに話を中断し、昨夜の出費の半分としてシェフがいくら支払ったかを知りたがった。（カインツは一件を盗み聞きしていたのだ。）レースはもう正確におぼえていなかった。そこで紙入れを取り出した。当地の商人の店で売られているような、赤い革編み細工の装飾をした紙入れだ。残金を確かめてがっかりした。二十フラン札が二三枚しかない。班長に三十フランはせしめられたのだろう。カインツじいさんはいきりたった。案の定だな。やっぱりレースはあの脂ぎった偽善者に一杯食わされたんだ。だがレースはいきりたつ相手をなぐさめた。ユダヤ人が今日羊を納めに来る、そうすりゃ二百フランがとこは固い。カインツ、あんた目方の量り方を知ってるかい？　カインツはゲラゲラ笑い、人差し指を右の目に当ててあかんべをした。レースよ、あんたの目は節穴かい、もしかしておれを新米と思ってるんじゃないだろうな、おい。おれはあのユダヤ人よりも狡猾だぜ。足の爪先で秤を踏みながら、秤の目盛りをはっきり言わせてやるのよ。だからいくらイェフディーが大目玉をしてたって損をこくわけだ……

　レースは服を脱ぎ、セグィアで水を浴びた。カインツじいさんは彼のほうを見て頭をふった。身体の汚れや汗なんぞ、いくら洗ったって無駄だと思っているのだ。三十分もすればまた元の木阿弥の泥んこになっちまう。

もうすこし寝てたいんだ、とカインツじいさんはあくびをしながら言い（レースは服を着て、厨房に行ってコーヒーを飲もうと提案したのだが）、なるべくまだ太陽に当たらないですむように、ワイン貯蔵小屋の壁際にぴったり貼りついて横になり、数分後にはまたぐうぐういびきをかいていた。

レースが前哨基地の門前までくるとプルマンがいた。プルマンはひどい二日酔いと見えた。レースは愛想よくあいさつしたが、プルマンはそれに応えて上の空で悪態をつくばかり。糧秣補給所のシュナップスが矢面に立った。あれは硝酸だ。胃が焼けただれちまう。しかし確信あってそんなことを言っているのではなく、プルマンの頭はまったく別の考えに忙殺されているようだった。というのもプルマンはそんなこととはまるで縁もゆかりもない、次のような質問をしてきたからだ。レース、餌を食わせないでいて騾馬がどれだけの時間走れると思うね。レースはわからないと言った。「だのにみんなは、あんたは物知りだと言っている。くそったれのド阿呆じゃないか、あんたは！」プルマンはどなりつけた。「でもいましゃべったことをあんたが他のだれかに話したとわかったら、ガツンと一発かまして、地面にめりこませてやるからな。」

レースは肩をすくめて先へ行こうとした。プルマンが金庫と脱走の夢を見ているからといって、それがおれに何の関係があろうか？「少尉はまだ寝てるかね？」答える代わりに彼はそうたずねた。プルマンは肯《うべな》うような科白をぶつぶつぶやいた。

スミス伍長は被服工房の掃き出しをしていた。ドアの前にミシンが、山と積んだ制服生地のなかに埋まっていた。この掃き出しは酔いのクライマックスにかならず訪れる総仕上げだった。昨夜も、よくあることだが、レースはスミスをとりなそうとした。しかし無駄だった。仕立屋はナイフを出して無言で脅した。へべれけで口もきけなかったからだ。シェフも、酔っ払いの言いなりにさせるしかないという考えだった。

掃き出しをするとなると、スミスは意識をピンと研《と》ぎ澄ましてやるのだった。どの生地も注意深く指先でつまみ、身体から離すようにして工房の外に持ち出す。それを地面に慎重に置き、まわりを踏みならす。それからまた慎重に指先につまんでしげしげと打ちながめる。そしてパタパタふってゴミを落とすと、外の壁をめがけて投げつけるのである。修繕のために渡されている制服生地を一切合財そんなふうに扱い、しまいには外壁に大きな山ができてしまう。殿《しんがり》を勤めるのはミシンだが、これは重い。スミスはまず助けをもとめるべきかどうかを思案する。集まった観衆が助太刀に値する人間かどうか、一人一人順ぐりにじっくりながめる。なぜならこの掃き出しは聖なる行為だからだ。スミスの顔の真剣さも動きの厳粛な単調さも、それを証明している。彼はミシンをむずとつかみ、パネルが顎に触れるまで持ち上げると、ちょこちょこ小刻みに歩いて（大股に歩くと、脛に当たってペダルが傷つくおそれがあった）ドアの外に運び出す。積み上げた山が目の前に高々とそびえ立ち、スミスはあたかも、歴代の王たちによって建立された教会の一つのモデルを未来永劫にわたって支えなければならぬ、一体の王の彫像を思わせた。ミシンを下におろし、足でポンと蹴倒す。みんながそれをぽかんと口を開けて見ており、シェフはもうとうにその場をズラかっている。掃除を済ませると、スミスはレースのほうにすたすたやって来る。何か意味深長な格言を押し出そうと、しきりに筋肉を動かして唇をこじ開けようとするのだが、その甲斐もなく——口はしっかり閉じられたままだ。と、仕立屋は拳《こぶし》を固めてバンバン胸を打つ。反響を大きくするために深呼吸をし、そして息を止める。目がさめたばかりの騎士修道会管区長みたいにこわばった歩き方で工房に入って行くあいだにも、拳でバンバン胸をたたき続ける。部屋の真ん中までくると立ち止まり——最強にして最後の一撃をバンと胸にぶっ放し——そこで地面にばったり倒れる。ということは、おそらくこういったほどの意味だろう。おれを倒せる人間は一人しかいない——すなわち、このおれさま自身だ。

この朝レースが被服工房の小屋に足を踏み込むと、スミスはまだ同じ地点にノビていた。顔つきはおだやかで、息づかいはほとんど音もしない。レースは眠っている男をゆり起こした。と、スミスはこの接触を待ってましたとばかりに一気に身を起こし、何度も額の見えない蜘蛛の巣をはらいのけるようにしてから、がらんとした工房中に目をさまよわせ、質問と同時に確認もするように、「おれ、掃き出しをしたかな？」と言った。

スミスの顔は、鞭をこわがる子どもの顔のように不安そうだった。大きな目に涙がにじんだ。スミスはこの弱さを大げさに隠そうとして、顔の前に腕を立ててワッとおめき声をあげた。それから二本指でカッと手鼻をかみ、少尉はもう起きているかい、とたずねた。レースが首を横にふるとホッと安堵した。スミスはまるまると肥えた頰をうれしそうにひょこひょこ弾ませ、耳も鼻もひくつかせると、それをやめてドアをころげ出て仁王立ちになり、制服の生地をひろい集めてしわを伸ばしたり、卓脚が地面にめり込ませてあるので掃き出しを免れた工房のなかの大テーブルの上にそれをきれいに重ねたりしはじめた。ミシンは無傷だった。作業を終えると二人とも汗びっしょりだった。蒸し暑い日で、白く輝く雲が乾いた風を営庭に吹き込んだ。

厨房の前でファイトルがコーヒーをふるまってくれた。伝令のメーメドがなまけ者で困ると、シェフが愚痴をこぼしている最中だった。メーメドは今夜歩哨に立たねばならぬからと言って、シェフのベッドまでコーヒーを運んでくるのを断ったのだそうだ。なのにおれはあの伝令に月二十フランも払っているんだからな。さなきだにシェフはいらついていた。顔の膚が灰色だった。意地の悪い目でこの二人の新参兵に応接し、二人があえて暗黙の了解の笑みを浮かべたのにも応じなかった。

バスカコフが鼻をくんくんさせながらうろつきまわっていた。シェフのほうに顔を向けて、彼は何度も好戦的な口調で問いただした。「シュナップスの臭いがプンプンする。まちがいなくシュナップスの臭いだ！」スミスの前に来てここでも糾問を持ち出すと、相手は応じて、おまえにそんなことがわかるわけはない。だっておまえのはらわたはどんな蠅だって半径三メートル以内のところに来たら、悪臭で殺されちまうほど腐り切ってるんだからな。バスカコフがこの中傷に応じてスミスの脛に足蹴をくれようとしたので、レースはその勇み立つ脚をつかんでこちらにぐいとひったくった。バスカコフは足場をうしなってスミスの上に倒れかかり、こちらはそれを肘を使って押し返した。とばっちりで熱いコーヒーがバスカコフの顔にかかった。炊飯係伍長は地べたにすわり込み、顔をゆがめてレースに目を向けた。「おぼえてろよ、伍長、みんなに言いふらしてやる。そのうち決着をつけようぜ。」彼は立ち上がり、びっこを引きひき去って行った。どこか隠れた隅でメーメドがくすくす笑った。

「フランクの具合はどうだ？」シェフがレースの前に来てたずねた。わかりません、とレースは答えた。病人をまだ見舞ってなかったからだ。シェフは仰天した。伍長、何かの間違いじゃないのか？　おれはこの耳でたしかに聞いた、まだ見舞いに行ってないだと？　昨日の夜、少佐に電話をしたんだろ？　一体どういうことなんだ？　伍長は上官をからかっておもしろがってるのか？〈昨日の心安さを帳消しにするのに、こっちは一苦労だぜ！〉とレースは思い、思わずニヤリとした。）このニヤリにシェフは愕然とし、持てるかぎりの悪口雑言を吐いた。シェフの足はさながらオルガンのペダルを踏んでいるようだった。運よくカインツじいさんが現れて、話の継続をはばんだ。が、カインツも朗報らしきものは聞かせてくれなかった。フランクは元気もいいところで、腹がへったとボヤいては起き上がろうとするんです。ものすごい鞭を食らってからカショ［牢土］にぶち込まれるぞ、と脅かして、ようやくこのカインツが納得させました。安静にしていて、泣き言があるんなら少佐に聞いてもらえとね。「わが美《うる》わしのティフスは」とカインツじいさんボヤいて、「ぬかよろこびだな。そうだ、伍長、雲行きがよくないね。あんたは笑いものだ。だから昨日も言ったじゃないか。」シェフはカインツの報告を翻訳してもらい、と、打って変わってにわかに態度が形式ばってきた。「わたしはきみの助けになれないよ、伍長、どうこの事件を切り抜けるかは自分で考えてもらいたい。それにお願いがある、どうかわたしの直属の部下たちを、といっても特にバスカコフ伍長のことだが、もうすこし思いやりをもって扱ってほしい。」

レースはシェフのことばの意味を察してうむうむとうなずいた。そしてシェフが話を終えるとにこやかな笑みを浮かべて、大きな声ではっきり、心底からシェフに賛意を表するように言った。「おめえはうす汚ねえ詐欺師野郎さ、この臆病者が。」ファイトルが厨房のドアのところでゲラゲラ笑ったので、シェフは疑い深げにあたりを見まわしてカインツの目をキッと見据えたが、こちらは今度はナイーヴにおどろいた表情で、「はい《ウイ》、さようで《ボン》、シェフ」と言うばかりなので、シェフはさっと回れ右をするとすたすた立ち去って行った。ひょこひょこ上下に身体をゆするシェフの身ごなしはふだんのようにうまくは行かず、いささかあやふやだった。だがバスカコフは、自分をかばってくれたことばを深呼吸をして吸い込んだ。目に見えて態度がデカくなり、勝利の徴《しるし》に突き立った耳を真っ赤にそめた。

シェフのことばはスミスに思いがけない効果を及ぼした。スミスはレースに一線を画し、いま一度踵を地面に食い込ませて、たっぷり血を吸った蛭が吸盤の跡をなぞるように踵の食い込み跡をなぞり直した。だがカインツじいさんがあからさまな侮蔑の色を示したので、さすがにこれはやめた。スミスの両頰は熟した二個の赤ピーマンになった。彼は口笛でティペラリーの最初の何節かを吹き、地面に食い込んだ踵を利用してお尻を元通りに押し戻そうとした。だが他の連中はそれに目もくれなかった。ファイトルはキッチンに、メーメドは一棟のバラックに消え、バスカコフは至極満悦の表情をあらわにした。カインツはコーヒーを飲み終わった。彼はレースが立ち上がるのを扶《たす》け、腕を組んでレースを引っぱって行った。しかしモーリオ少尉のするどい声が背後から二人に当たって二人をふっとふり返らせた。レースは腕を解いた。

少尉は立ちどまったままだった。呼びかける声がもう一度営庭中にキンキン響きわたった。絶叫するときにも鼻にかかった声音がつきまとって離れず、その同じキンキン声で少尉はことばを続けた。「何をもたついとる、伍長、こっちが呼んでいるのに？」バスカコフのあからさまなくすくす笑いに追われながらレースはタッタと走り出し、白い制服姿の三歩前で止まって敬礼した。

「金筋つき［下士官］が平《ひら》の部下と手と手を組んで歩くのがいつから許可された？」少尉は明らかに、この質問に正確な日付けを答える要求はしてはいなかった。すぐにこう続けたからだ。「そういうことはよせ。それにパン焼係が自分の部屋で、自分のベッドに寝ていないというのはどういうことかね？　自分の宿舎を持ってないのか？　わたしは、きみたちがこのところ傍若無人にやっておる勝手気ままに、日増しにおどろかざるをえない。さあ、答えてもらおう。いや、いい。」レースがしゃべろうとしたので少尉は言った。「昨晩、病人が出たとか称して、だれかわたしの安眠を妨害しようとした者がいた。それは承知している。頼むから、わたしが寝ているときは前哨基地内にどんなことが起きようと、わたしは寝ていたいのだ、いいかね――またということもあるので、おぼえていてほしい。だから頼んだよ……」

レースは話した。フランクがティフスの疑いのある症状を呈したこと、そこで独断でリッチの少佐殿に電話したこと。少佐殿は今日中にも病人の様子を見に行ってやろう、と承諾されました。ところが病人が結構回復してきて、自分はわずらわしい思いをかけて少佐殿に悪気に取られるのではないかと心配であります。レースは話をしているあいだ小指をズボンの縫い目に当て、ピンと伸ばした掌は前に向ける、規則通りの気をつけの姿勢で立っていた。時間が刻々に不安をふくらませた。ときおり小さな悪寒にぞっとゆすぶられ、昨夜来の刺すような痛みがまたしても頭に巣くった。自分が卑怯だと感じ、やがて来る不運の手中に落ちたという気がした。待ち構えているものは何だろう？　軍法会議か、それとも懲戒部隊か？　不穏な気配に耐えているのが刻々につらくなった。目下のところ思うには、少尉はここ数日中、中隊長の帰営前におれを送り出すのはまず確実だ。そう思い込んでいただけに、少尉の顔に目を上げてレースはすくなからずおどろいた。少尉の顔は好ましげな賛意を示し、口の辺にはささやかな笑みをたたえていた。手を背中に回していつものように竹の鞭を垂直に立て、コルクのヘルメットの縁をそれでとんとん陽気なリズムでたたいた。「よろしい」と少尉は褒め、ゆっくりした小刻みの足取りでレースのまわりに輪を描き、よくやったと何度もうなずきながら、言葉でも賞賛の意を表してくれた――その気にさえなれば、じつにたくましい兵士ではないか。しかし大概の場合はその気にならんのだ、なあ？　では……休め！

レースは右足を前方にずらせた。すると、レース、きみは少佐に無駄足を運ばせたのではないかと心配しているのだな？　心配の理由が本当にそれだけのことなら、安心するがよかろう。不肖モーリオ少尉が、みんなの満足が行く方向で問題の調整を図ろうではないか。いやそれどころか、少佐のこの訪問はすばらしい出来事だ。レース、きみはひとりぼっちで仲間もなしに前哨基地暮らしをして、毎度ワインを飲んだり気のきいた話ができる相手がいないのがおもしろいことだとでも思うのかね？　きみがすこしばかり頭を働かせてくれれば、お互い、われわれの関係だってずっと気持ちのいいかたちに持って行けたかもしれないのだ。話のできるのはラルティーグだけだ、と思ってもらっては困る。モーリオの声は、もう鼻にかかってもいなければ単調でもなかった。少年のような熱狂のために自然な声に聞こえ、説得しているのが一介の部下であるにもせよ、相手を説得しようと、あからさまに意識して声を上げたり下げたりしていた。それでも嫉妬と反撥のために声は震えた。少尉はこんな話をして後でなおさらおれを憎むことになるだろう、とレースは漠然と思った。だって部下の前でなりふりかまわぬ振舞いに及んだのだからな。さて、と少尉は続けた、ベルジュレが今日来るのなら、軍医殿に対する伍長の独断専行はこのモーリオが弁解しておいてやる。その必要はございません、とレースは応じかけたが、ここらが話を切り上げる潮時と見て退出の許可をもらい、片手を前に水平に伸ばす敬礼をすると、回れ右をして立ち去った。彼は肩甲骨のあいだに、不快なむずがゆさのように少尉の視線を感じた。

営庭の地べたに彼の小屋が投げている幅のせまい影のなかにレースはぐったりと腰を下ろし、膝を立てて顎をのせ、まばゆく輝く塀をじっと見つめた。ものを考えることができなかった。つまり空気が熱すぎ、光があまりにもどぎつく、昨夜の疲れが彼の目の上にチラチラ光る白布を投げかけているのだ。口はからからに乾き、舌はまるで枯葉のようだった。それなのに立ち上がるのにどえらい緊張を要するように思えた。アルコール性の飲み物のにおいのことを思い出すと胸がムカついた。足がずるずる前にすべり、彼は塀にもたれかかってすわり込むと瞼を閉じた。長いあいだそうしていた。と、なにか温かい濡れたものが頬をぺろぺろ撫でた。ターキーが前趾をぶらつかせてご機嫌をうかがいながら、ご主人様の頬をそっと舌でなめているのだった。

それは慰めになった。レースは犬に説明してやろうとした。とうてい理解しがたいことではあるにもせよ。

「なあ、おれは父親の手で外人部隊に送り込まれた。それに不満はない。なにしろおれは、重い罪を償わねばならぬと思ってるんだものな。おれは、自分に好意を持ってくれたいろんな人たちをひどく傷つけた。でも、おれにはちっとも悪気はなかった。なあ、だからいつも自分のことを言う段になると、〈わたしは〉じゃなくて――〈ひとは〉というしゃべり方をする。そうだろう、あの尼僧院の独房に行ったことだの、隣に女が寝たことだの、ああいうことでしこっていたおれの気持ちはすっかり解きほぐされた。それはそうだと認めるよ、ターキー。それにくらべれば、バカなまねをしてシェフにまんまと一杯食わされたなんてのは、大したことじゃない。」

レースが耳をつまんだので、ターキーはウーと低くうなり声を出すと頭をふってキャンと吠え、感激してご主人様の肩の上を前趾でトントンたたいた。が、やにわに犬は狂乱状態に陥った。一人のアラブ人が糧秣補給所の前庭に現れたのだ。半ズボンで脛をむき出しにし、ボロボロのマントを着たアラブ人は、びくつきながら竹の棒でターキーを追い払った。レースは二度も口笛を鳴らさなければならなかった。ものすごい勢いで憤怒が犬の身体を前方に引っぱった。だが服従が勝った。盲目的な服従が……

最初のうちレースは、少年が何を言っているのかさっぱりわからなかった。ターキーの吠える声がまだギャンギャン耳を聾していたからだ。しかしやがてようやく犬の下顎を押えることができた。するとターキーは落ち着き、無邪気に尻尾をふって喉をゴロゴロ鳴らし、もうお行儀よくしますという気持ちをわからせた。

「管理部伍長！」少年は胸に手を当ててキラッと歯を光らせた。少年はツェノの伝言を馬鹿丁寧にくり返した。ツェノは今晩クスクス料理を作ろうと思い、雄鶏を二羽つぶしました。伍長さん、来ないとダメあるね。伍長さん、もう長いこと彼女のところにきてません。ラルティーグ少尉の奥さんも来ます。――〈少尉夫人の伍長夫人宅訪問か、こりゃ本格的なお茶会だな。〉レースはそう思ってほほ笑み、参上しますと約束した。少年はマントのフードに砂糖一キロをぎゅう詰めにし、ターキーを杖で脅しながら（犬は太陽をまぶしそうに薄目で見た。こんなやつは気にしないのが一番だとさとったのだ）、口笛を吹きふき衛門を出て行った。

フランクが小屋から叫ぶ声がした。伍長、何か食わせてくれないか、と訊いている。腹がへった、もう起きたいんだ。気でも狂ったのか、とレースはどなりつけた。少佐がいまにも来そうなんだ、フランク、いまはとにかくベッドに寝て、あわれがましい声をちゃんと出して、痛みを訴えてくれなきゃ困るじゃないか。だがフランクは強情だった。起きたいんだ、この安全なポストを失うはめになるのが心配なんだ。フランクは声を上げて嗚咽した。涙がもじゃもじゃの不精髯の刈りそこなった跡を通り、やっとのことで汚れた枕に逃げ道を見つけた。いまのポストはだれにも代わらせないよ、とレースは慰めながら約束した。彼は病人の脈を取った。鼓動はくたびれ、脈拍は乱れていた。疲れ切ったマラソンランナーみたいだ。間近にゴールを見て、あとわずかの距離を走ろうとして力が尽き果て、足をずるずる引きずりながらまたすこし走るがゴールが見えなくなり、一度はじまったリズムをなんとか力をふりしぼって疲労困憊から守ろうとしている。フランクの肌は冷たかった。熱はもうなかった。目の角膜が黄色かった。レースは毛布をまくり、裸にした腹部右の寛骨のでっぱりをさすった。フランクはそこを触られると低くうめいた。

「少佐がこの箇所を押したらしっかり叫び声を上げるんだな。どうも肝臓に何か異常があるらしい。だとすると、こっちもまんざら恥をかかなくて済んだわけだ。」レースはベッドの上掛けをきちんと元に戻し、外へ出て濡れタオルを手にして戻ってくると、それでフランクの顔をぬぐった。

それが大方終わろうとする頃、早口ことばの高い声と、その声を伴奏する銅鑼《どら》の音のように響く深みのある声と、二つの声がこちらに近づいて来るのが聞こえた。ドアがさっと開き、レースは軍帽を頭から脱いで直立不動の姿勢をとった。

「さあ、さあ、伍長、まあ楽にしなさい。顔色が悪いようだ、わたしを怖がっているのかね？　わたしは何もしやしないよ。そう、心臓だ、この大食いの心臓だな。ちょっとした刺激を受けても頭の血を全部食らっちまう。ハ、ハ、ホーオー。」短く固く、銅鑼を打つ音が二発、三発目はやわらかい余韻——ベルジュレ少佐はそんな笑い方をした。

髯はときとして、無表情な顔を意味で飾り立てるマスクになる場合がある。胸の半ばほどまでふさふさと垂れて、鶏のように引っ込んだ顎を隠す役目をしている長い髯。サモタージィーの先に行くほどとがる髯や、シェフのカールしたもじゃもじゃ髯は、この部類に属する。しかしこれとは別に、さほど毛が密生していない鬣《たてがみ》状の髯がある。髯のすきま越しに顎のまるみがうっすらと白く見え、それがささやかながらユーモラスな飾りになる。持ち主のほうもそうなることを望んでいる。ベルジュレ少佐の髯がまさにそれだった。五ケ月前の楽しい一夜、髯を生やす代わりに負けたらシャンペン二本という約束で中隊長と賭けをしたあげくの髯だった。シャベールはベルジュレのやる気に懐疑的だった。「きみにはまず辛抱できまいね。一週間もしたらぞろまた髯を剃ってそこらをうろついてるさ。」とうに賭けの勝負はつき、シャベールはため息をついてシャンペン二本の賭金を支払った。だがベルジュレは顎のまわりを縁取るこの総飾り《フリンジ》をおもしろがった。それは、両手が空いているとき役に立った。くるくる指に巻けはしたし、尖のほうは鼻の穴をくすぐる筆用に使えたし、かじることもできるわけだし、要するにそれは、ときとして彼が襲われるあのいわれのない戸惑いに対処する防衛手段だった。

ベルジュレは今日は髯を休ませていた。騎行のためにごわごわになっていたからだ。

「それほど悪い容態ではないようだな。」少佐はもう病人の手首を二本指でつまんでいた、「あんたの誤診のことはモーリオ少尉が話してくれた。まあ、そんなことを悲劇的に取ることはないさ。ティフスといったって、あんたの心臓みたいなものさ！　昨日あんたの声がひどくうれしそうなのを聴いてわかった。つまりティフスじゃないんだ。すると別の何かかもしれないから、それを見てみよう。」

診察は無言のうちに続いた。ところがフランクがひどくバカげた振舞いをした。医者が下半身のどこかある箇所に触れると、低く力を込めてうめき声を出すのだ。ところがベルジュレが、右側の、ちょうど寛骨上部あたりの箇所を強く押すと、フランクはまるで赤ん坊の窒息しそうな泣き声みたいに長々と引っぱる甲高いおらび声を上げた。ターキーがそれを機《しお》に医者の乗馬靴を攻撃しにかかった。攻撃とはいっても、ベルジュレの手が頭をなでるとすぐにターキーがおとなしくなる、そんな簡単に防御できる程度の攻撃だ。ただしモーリオ少尉はまたしても不満だった。聞かせてもらおうか、犬はどこから来たのだ。レースは犬を飼う許可をもらっているのか。だがベルジュレは慇懃にこうたずねて、いら立ちを払いのけた。モーリオ少尉も犬を飼ってましたね。わたしの記憶が正しければ、たしか小さなフォックスでしたね。あの犬はどうしましたか？　少尉は答えた。あれは二三日前に食べ過ぎをしましたけど、今日は大分持ち直しています。夕方になったら狩りに連れて行こうと思っています。

「はい。」ベルジュレはややしばし無言でいてから聴診器を両の掌のあいだでもみしだき、それから古い角縁の鼻眼鏡を制服の上着の胸ポケットから取り出すと、ゆったりした動作で鼻橋にのせた。「この若い人は明らかに肝臓をやられている。これは明白だね。ただし、どうしてこんな病気になったのかという疑問が出てくるが。」少佐は一人一人の顔を、あたかもそれらの顔が書見台にひろげた医学的著作ででもあるかのように、じっくりと打ちながめた。

「どうしたらいいかはわかっている」と彼は黒い器具の上部の円鏡を丁寧に外して手に取り、それを脇ポケットにすべり込ませた。「そこの若い人をまずリッチに連れて行ってあそこでくわしく診察し、尿内に糖分なり、蛋白なり、ふつうなら尿内にない物質を検査する。それから彼の退役を申し出る。」少佐は拳をあげ、その演説を表情ゆたかに締めくくった。

「退役」ということばを聞くと、フランクの顔がゆがみはじめた。はじめはおぼろげながら泣きたい気持ちだった。が、やがて口が横にぐいと引かれ、目がまんまるに開いてキラキラ光を放ち、つっかえつっかえ、「おお、退役、ウイ、ウイ」と、望外の願いの実現が約束された子どもみたいに幸福にふるえる声で言った。

「兵たちは今時こんなものさ」と少佐は言い、短い指で額の汗をぬぐった、「満足していない。それでいて故国より外人部隊にいるほうがずっとましなのだ。故国《あそこ》に待っているのは何か？　飢餓と悲惨だ。ここなら着るものも食べるものもあてがわれて、わずかながらとはいえシガレットやワインを手に入れるだけの給料ももらえる。それが、この結構な生活を久しいあいだ留守にしていた故郷のあやふやな未来と取り替えようと言うのだ。なあ、そうじゃないか。」言いながら彼は特定の聞き手にではなく、虚空に向けてしゃべっていた。「いわゆるハイムヴェー［愁郷］というのは、じつに複雑な、定義しにくい感情だ。たしかに、わたしだってときにはリヨンの黒い空が恋しいことがある。あの色はここの空の紺碧の青とは明らかにくらべものにはならない。でもねえ、ハイムヴェーという心的状態だって間違いなく需要と供給の経済法則に支配されているね。〈退役〉という供給に見合うためには身体が苦痛に耐えないといけない。わたしに言わせてもらえば、苦痛を産出しなければならないんだ。謎めいた言い方をしているのはわかっている。でも、それは問題じゃない。」

　そしてベルジュレ少佐殿は、病人の肩をつかんでおだやかにゆする医者らしいジェスチュアをしてからその場を去って行った。

　モーリオ少尉は医者に前を歩かせ、いま一度ふり向いて必要以上の大声を出して呼びかけた。一時間以内に馬鈴薯が来る。伍長が計量に来るのを自分は待っている。伍長は昨日の取り決め通り、数量をドイツ語で申告すること、それも目方ごとに最低五キロは差し引くのを忘れないでほしい。少佐がびっくりしてふり返ったので、代わりに土をぶち込んでな、とつけ加えた。

「で、そちらが金をがっぽりポッポに入れているあいだに、こっちは手に唾かけてせっせと仕事をしとるがよろしい」とレースはうなった。彼は足をはやめて村に入って行った。衛門の番に立っているスミスの前を通った。だがスミスの顔はふたたびゆるぎない満足感に輝いていた。「おれの性格描写を書いてくれるんなら、昨夜の一件は書いてもらっちゃ困るな。友人のところに送りたいものでね」とレースの後ろに呼びかけた。

イェフディーはくどくど苦情を訴え、それからようやく明日来るのを承知した。もっとも決め手になったのは、明日はおそらく少尉がいないだろうという予想だった。レースは辞を低うして、というより悲しみの色をたたえながら、ついうっかりして子どものために何も持ってきてやれなかったのを謝罪した。おお、あの子の具合ならもう治りましたよ、とイェフディーは請け合った。ユダヤ人屠殺夫〔ユダヤ教では動物の撲殺が禁じられているので、ナイフなどで儀式的に刺殺する〕が、病気の目は濡れた粘土でさすって、その上に湿布をかぶせればいい、と教えてくれました。それが効いたんです。子どもの部屋は、しかしあいかわらず腐敗した尿のにおいがプンプンした。男の子は顔面蒼白でおとなしく、籠のなかの、ごわごわしたシーツをかぶせた藁積みの上に寝かされていた。蝿が子どもの額の上を這い回っていた。小さな手は弱々しくて、わずらわしい虫を追い払えないのだった。泣き出しそうなのを必死にこらえているように、額の皮膚だけはしわが寄っていた。

前哨基地の衛門にはスミス伍長が立って、小銃を水平に構え、がやがやキーキー騒然と声を上げながらこちらをさして走ってくるものどもを押し戻していた。小さな騾馬どもは左右に振り分けて荷を担い、興奮した老人たちのようにひんひん訴えるような叫び声を一斉にあげた。

レースは洪水のようにねばねば押し寄せる群れのなかをやっとのことですり抜けた。一頭の騾馬が猛然と蹴り、レースの膝の上のあたりにいやというほどぶち当たった。

営庭を横切っている最中に、モーリオが自室のドアから出てきた。と、小さなフォックスがレースの脚のあいだに走り込んで来たので、転んで前のめりにつまずいた。レースは犬を受けとめ、少尉は犬を叱咤しながら恩に着た。レースのなかに誇らしい後味が残った。笑わそうとしたほどだったが――さすがにそこまでは行かなかった。彼のなかの何かがぐっと来たよろこびを噛みしめる余裕《ゆとり》を授けた。だって自分が憎み怖れている人間に好意を見せてやったんだものな、相手を腕に抱きとめてやったんだものな!……

モーリオは不機嫌に低い声で指示を与えた。スミスに言った。あいつらを中に入れさせろ。いや、待て! レースは駆け戻った。まず糧秣補給所に受け入れ態勢が整っているかどうか見てきてくれ。秤や、助手のカインツじいさんがそろっているかどうか。レースは走った。汗みずくになって戻ってきた。準備態勢は万全であります。躍起になって彼はそう報告した。――では、衛門際で必要な指示を出して来い。

レースの呼びかけに応じて（こちらの言うことを通じさせるには大声で叫ばなければならなかった）、スミスは脇に退いて道を空けたが、くわっくわっ、めえめえ、キーキーとわめき立てる一群にギュウとばかりに塀際に押しつけられた。顔が真っ赤になり、唇がわなわな震えた。

食肉小屋の前に秤が据えられていた。小屋のなかには少尉が御自《おんみずか》ら、涼しいのに帽子もかぶらずに腰かけていた。褐色の頭髪が、長頭の、せまい頭蓋骨の上に波打っている。例の小犬は地面にうずくまって鼻面をテニスシューズにこすりつけた。タルカムパウダーの粉末を嗅いでいるのだ。

「開始！」

少尉はあくびをした。開始、だと！　言うは易《やす》しだ。秤を四方から取り囲んで、おびただしい声がギャアギャア塀際に反響した。カインツじいさんが、せめて秤のまわりは空けておこうと弱々しい足蹴りをくれた。これは功を奏さぬままに終わった。制服をしわくちゃにされたので憤然としたスミスが一群を背後から攻撃し、銃剣の先で数匹の羊のお尻をつっ突いた。と、二三度特別に高い叫び声があがり、そうしてはじめて騒ぎは鎮まったのである。いくつものグループができた。袋を背負ってきた男たちが、秤の前にぐるりと騾馬たちが踏み込むのを妨害する塁壁を築いた。男たちは三回ごまかされた。カインツじいさんが羊の体重測定には何としても欠かせないコツを調達しようとし、そこで袋を載せる秤のプレートの下にそっと足先をもぐらせてプレートを持ち上げた。それからレースが目盛りを読み上げた。「二十三キロ」と彼はドイツ語で叫んだ。モーリオが十八キロとメモした。秤のアームが告知したのは二十八キロだった。

一時間後には営庭の真ん中に馬鈴薯の四角い山ができた。こそげ落ちた泥がこまかい褐色の鱗片のように層をなして地面を覆った。しかし空気に湿気を奪われるにつれて土の色がうせて淡黄色になり、次いで白ちゃけてきた。そしてやがては営庭の砂利の上の土埃となって真昼の風に吹き散らされ、人間たちや動物どもの目のなかに追いやられた。

だから人間たちがいろいろな国のことばで悪態を吐き、泣き出しそうにしていらいら目をこすっているのに、痩せこけて灰色の皮膚をして足の甲に赤い傷のある小さな騾馬どもは、瞼をパチつかせながら、埃がおさまってまた澄んできた空気へ美しい曲線を描く長い睫毛をしばたたかせるだけだった。

少尉が整列の号令をかけた。四人のうちだれ一人アラビア語のできる者はいなかった。しかしスミスの銃剣と、カインツじいさんのしゃがれ声の罵声と、二匹の犬のギャンギャン吠えたける声（ターキーは目をさまし、吠える声の大きさの記録を達成しようと懸命だった）のおかげで、とぎれとぎれにもせよなんとか筋をつなぐことができた。一歩も譲るまいとする果てしのない議論……重量と数字にいやにくわしいので購買中は少尉に外へ出されていた二人のユダヤ人が、衛門の外からガミガミけしかけていた。二人はまだ中身のパンパンに詰め込んである袋の上にしゃがみこんでいた。後頭部に黒い円錐帽がのっている。スミスは二人をきっぱり前哨基地から追い出そうとした。支払中に彼らがつべこべ口を出すのは望ましくなかった。

モーリオが手にしている小袋に銀貨がちゃらちゃら鳴った。群がる男たちの目玉が小袋に向けられた。それらの目玉は金属的な輝きを帯び、O形に口を開けた緊張した顔のなかで飛び出して出目になった。最初の男が支払いを受けてギャアギャアまくしたてた。二番目の男は金を手にするとプイと消え、お次が三番目。少尉が列の終わりまで来ると全員が一斉に叫び声をあげ、猛禽の鉤爪のようにガリガリに痩せこけて筋張った手を――ぐるぐるふり回し、腕をつかんで、金をしっかりにぎりしめた隣の男の拳をこじあけ、と、共同で運搬してきた三人のあいだに殴り合いがはじまった。少尉は思わず後退ったが、六人の背の高い男たちにさんざんに攻め立てられ、まだ半分方中身が詰まった小袋に一本の手がにゅっとばかりに伸びてきた。スミスはこの人間の壁を突破するすべもなく、カインツじいさんは興奮のあまりよだれを垂らした。だが少尉はおもむろに小さなピストルをポケットから引き出し（レースは少尉のすぐ後ろにいて、ポケットに手をつっ込んで成り行きを無関心にながめていた）、二度空に向けて発射した。突然静寂が生まれ、ターキーは腹ばいになっておっかなびっくり後退りするやら、フォックスのほうはアラブ人のふくらはぎに食いついて、ただもうウーウーと低いうなり声を上げるばかり。

それからはもうぺたぺた歩き回るひそやかな裸足の足音と、騾馬の脇腹を棍棒でぴしゃぴしゃ打つのが聞こえるだけだった。一団の土埃が衛門の外へころげ出て行き、その後ろからスミス伍長がコンコン咳にむせながらもいたっていかめしく、先端にギラギラ光る銃剣をつけた銃を両の拳ににぎって威風堂々の行進をしていた。スミスのまるまるとしたベビーフェイスは、汗ばんで誇らしげに輝いていた。

モーリオがレースのほうに向き直った。なめらかな上唇がニッとめくれて、手入れが行き届いてはいるが、喫煙のためにわずかに黄色く変色した規則正しい歯並びを見せた。「わたしに万一のことがあれば」と少尉は持ち前の鼻にかかった低い声で言った、「あんたにはそのほうが都合よかっただろう。あんたは手を出さなかった、な、わたしは後ろにも目があるんでね。へへ。」小さな体軀によく似合う、華奢な笑い声だ。「事故ということになる。あんたをとがめだてする者はだれもいないだろう。な？」

レースは肩をすくめた。これまでの熱意は報われなかった。しかし少尉殿が想像しているほど事は単純ではない。危険が実際に大きかったら介入していただろう。それは自分でわかっていた。

「わたしは自分が取り入っている人間より、むしろ嫌ってる人間のほうを助けるんです」と彼は小声で言い、怖れげもなくこんなふうにしゃべれるのが、われながら不思議だった。

だが少尉は心理学的繊細さには興味がなかった。「重箱の隅をつつくようなペダントリーは、ラルティーグに持ち込んだがよかろう」と彼はそっけなく言った。「こっちが危険だというのに、あんたはポケットに手を突っ込んで立っていた。わたしは見たんだ。これで充分。あんたが何をしようとしていたかは興味ない。」

彼は顔を背《そむ》けた。レースは相手の言い分が正しいのを認めないわけにはいかなかった。おれは少尉の死を望んでいた。それは確かだ。否定できない。おれは手を出さなかった。それも事実だ。ここで問題なのは事実であって、思弁ではない。

少尉は返答を待っているようだった。すくなくとも少尉は炎天下に無帽のままでいた。目を落として杖でかきまわしている砂利をなにやらじろじろ調べ、ため息をつき、レースの顔にチラと目を据えた。少尉は折れるつもりだったが、しかし今度はそういう思いが彼を腹立たしくさせたらしい。彼は杖でズボンをたたき、うなずいて短く敬礼し、口笛を吹いてフォックスを呼んだ。いましも営庭をやってきたベルジュレ少佐もこの口笛に立ちどまらされた。両人は行き合い、モーリオは自室に入ると、熱帯ヘルメットを頭にのせてまた戻ってきた。それから二人はアラブ事務所の方角に歩いていった。どうやらマテルヌ大尉に昼食に招待されていたようだ。

カインツじいさんが雄鶏を二三羽調理し、それを器用に茶色の陶器皿に盛りつけて出してくれた。しかしレースは招かれたごちそうには手をつけずに、焼けつくように暑いバラックのあいだを放心状態で散歩に出た。人っ子ひとり姿を見せず、衛門の番兵でさえ炎熱にぐんにゃりと溶けていた。ややしばらくして少尉がひとりで戻ってきた。少尉は狩りに行きたくて小銃を取りに来たのだった。メーメドがお供をし、黄色い革鞄と水筒を持って行った。応じてフォックスがぴょんぴょん跳ねてワンと吠えた。ターキーも探険隊に加わろうと思い、帯状の土埃が後ろにくるくる渦を巻くほど腹で地面を掃いた。だが少尉がそれに足蹴をくれたので、ターキーは一本の円筒のようにころころ転がった。犬を助けいじめた男に罰を下そうと、レースは飛び出した。ぴょんぴょん二度跳躍した。と、少尉の袖の金の紐がキラッと光るのが目に立った。軍法会議だぞ、と彼は思った。テーブルを囲んでいかめしい人たちがすわっている天井の高いホール、次いでズタズタに破れた服を着て背中を曲げた男たちがハンマーで石をたたいている平原、暑さと渇き、がありありと目に浮かんだ。監視人がゴム棒でどこかの男の背中を血が出るまで打ち据えてい、遠くに制服姿の黒人たちが銃を身に着けてニヤニヤうす笑いを浮かべている。レースの足は萎えた。足がもつれ、モーリオのあざけるような大目玉に気圧されながらも、心配そうにこちらに駆けつけて来るターキーの頭を撫でてやった。そこで主人と犬は、糧秣補給所のワイン貯蔵小屋の幅のせまい日影に引き上げた。それからターキーはシャッと小便をし、舌をだらりと垂らしてハーッと息を吐きながら主人の横に寝そべると、双方とも眠り込んでしまった。

そして双方とも夢を見た。ターキーはウーウーうなってふくらはぎに食いついて足蹴を食らった復讐をし、ホッと安堵の息を洩らし、深く満足してごろごろ喉を鳴らした。しかしご主人様の不穏な気配に目をさまされた。犬はご主人様をじっと注視し、彼が声高にうめくのを耳にし、身のまわりを打ちまくったり縮み上がったり、凍えているか、それとも恐ろしい場所にじっと我慢していなければならないとでもいうように、不安にさいなまれてたえまなく震えたりしているのを目にした。そこでターキーは眠っている男の耳元で、困ったときに助けて上げようと申し出るようにワンワン吠え立て、鼻面を頰に押し当てた。だが何をしても無駄なので、前趾で不穏に波打っている胸の上をトントンたたいた。レースは目をさまし、取り乱してあたりを見回した。が、まわりにあるのは暑さばかり。梁が茶色で罅《ひび》が入っている屋根の庇のすぐ横にあるものは、空の真っ青なガラス板だけだった。ありがとう、と言って彼は犬の尖った頭に手をやり、夢の名残にまだ消えやらぬ不安をふり捨てようとした。

レースはとび起きた。悪夢から逃れようと、走って衛門の番兵の前を通りすぎた。番兵が何か呼びかけたが、何を言ったのかわからなかった。男がだれなのかもわからなかった。「熱があるんだな」と彼は声に出して自分をなだめた、「だからあんないやな夢を見たんだ。」夢を組み立て直そうとしてみたが、もうとっくに吹き散らされていた。なんでも釘と板が出てくる夢だった。板が川の上を押し流されている。流れている板に川岸にいる男の足が釘付けにされて……

彼は村《クサール》の入口にさしかかった。門の影が落ちたところにツェノがいた。どうやらこの場所で一日中待っていたようだ。「元気ですか、伍長さん！」彼女は声をあげた。ざらざらした小さな手が臆しているように見えた。——昨日も今日も一日中ここにいたのよ、と彼女は説明した。その声に非難の色はなく、無駄にしたすくなからぬ時間を惜しんでいるだけだった。レースは、いまはじめてちゃんと彼女を見たような気がした。彼女は現実の一人の人間であって、彼の観念のなかにあるだけの人ではなかった。いきなり目から鱗が落ちてすこしギョッとし、それが夢の名残の不安感をいっそう高めた。彼は強いて陽気そうなふりを装った。「シュア、シュア」と相手のあいさつにきちんと応答した(元気ですか？——うん、まあね)。レースは暗い通路を彼女の後について歩いた。通路には熱気と蝿のブンブンいう羽音が充満し、肺のなかにねばつく泡になってしみ込んでくる、濃密な、ほとんど液体のような空気がむんむんしていた。その後では、大きく開いた露台《テラス》の広さが山の空気のようだった。シャツのような短い服を着た痩せた少女が一人、露台のデッキに立って、うなじに両手をからませて空にじっと目を凝らしていた。

こちらがラルティーグ少尉の奥さん、とツェノが説明した。連隊が出て行ってしまってから退屈してるの……長めの顔がレースのほうを向き、熱意を込めて手をさし延べ、カラカラ高笑いして唇がめくれると、ちっぽけなドミノ牌みたいな歯を見せた。少女はデッキの床に腰を下ろし、脚をたがいちがいに組んで、悪びれずに形のいい足を見せた。

とても好い人よ、あたしのボーイフレンドの少尉は。でもあの人は行ってしまった。あたしはひとりぼっちで置いてきぼり。彼女はほとんど完璧なフランス語を話した。ツェノは女友だちに感嘆のまなざしを向けた。レースも自分を迎えたあけっぴろげの歓待がうれしかった。ツェノが身体をもたせかけてきたので、彼はそのやわらかい肩を片方の手に受けとめた——ところでターキーはこの異国の女たちとたちまち誼《よし》みを通じた。彼女たちは、ふつう原住民が犬に示す嫌悪感を自分に見せなかったからだ。

レースは、少尉にいじめられることだの、シェフが自分を利用することだの、ここ数日間の不愉快な出来事のことを話しはじめた。ツェノがお茶を運んで来た。父親は畑で、そう、伍長さんが買ってくれた畑で仕事をしているわ、と言った。レースは初めて会う娘に、何と呼んで話しかけたらいいのかわからなかった。二三度〈マドモアゼル〉と呼びかけた。すると娘たちは二人ともゲラゲラ大笑いした。あたし、自分の名前を忘れちゃったの、とラルティーグの女友だちは言った。少尉はアリスって呼んでるわ。あたし、この名前好き。だから伍長さんもそう呼べばいい。そう自己紹介してから彼女は手をふって笑い、ツェノがそれに相槌を打った。

　でも、とアリスは言った、いいことを教えてあげる。レースさん、気をつけなさい。ツェノは子どもを作ってはいけない。危ないわ。伍長さんがグーラマにいつまでいるかわからないし、伍長さんがそのうち出て行って、この娘《こ》に（とアリスはツェノの肩を撫でながら、思わず、というようにレースの手にも触って）子どもができたりしたらまずいわよ。ああ、あたしも一度そんなふうになりそうになったことがあった。でも近所にいる年寄りの女のところに行って、その女《ひと》に始末をしてもらったわ。アリスはさらに話を続けた。あたし、赤ちゃんが出てくるところを見た。子どもの頃粘土で作ったお人形さんみたいにちっちゃかったわ。

　アリスの話は、別に特別のことじゃないけど、といった風情だった。話し終えると少女は心の底から笑い、そこでレースも声を合わせて笑った。ツェノのことならもうちゃんと心配しているつもりだ、と彼は請け合い、できるだけのことはしたいけど、でも近日中にも情勢が変わるかもしれない（彼は笑って言い、と突然、軍法会議の恐怖がどこかへけし飛んでしまった。気分が変わったのだ。しかし、いや、決定的な変化ではなかった！）。そうなったらツェノはシャベールおやじにあずかってもらおうと思う。――だめ、絶対にだめ！　アリスは、それは承知できないと言い立てた。もしもだれかに助けてもらわなければならないとしたら、それはラルティーグ少尉だけ。あの人はちゃんとした人だけど、中隊長は助平じじいだわ、中隊長のことはよく知ってるの。ツェノも同じ意見だった。悲しみがその顔をしわくちゃにした。彼女はそうすれば男を守り、つかまえていられるとでもいうように、腕をまわしてレースの腿を抱きしめた。そのしぐさがレースには慰めになった。いたいけな少女をめぐる配慮が、自分自身の運命に対して感じていた不安を快くときほぐしてくれた。

　だがある奇妙なあいまいさが出来事全体にひろがっているかのようだった。つまり、この出来事を体験するのはこれがはじめてではなく、前に体験したことのくり返しでしかない、とでもいうようなのだ。ふつうなら口に出さないようなことをあけすけに笑って話す、この痩せこけた娘の姿を、それならどこで見たのだろう？　ツェノも昔から知っているように思えるし、昨夜の娼婦もさほど遠からぬ過去に会ったことがあるような気がするのだった。アリスのけたたましい笑い声に、レースはもの思いから目ざめた。アリスは赤いスリッパを履いていたが、片方のスリッパをターキーが奪い取ったのだ。ターキーはそれを勝ち誇ったように何度も後ろを窺い見ながら屋根の縁まで引きずって行き、空中に投げ上げて口で受け止め、ウーウーうなりながら革を嚙み、人が近づくとさっとすばしこく逃《のが》れて露台中をきりもなく追いかけ回させた。三人とも一斉に追っかけに加わったが、ターキーはすばしこく、追いかける側はゲラゲラ笑いころげるせいもあって、うまく捕まえられない。ツェノはどうしようもなくへたり込んだ。目に涙をいっぱい浮かべ、唇のあいだからあえぎあえぎ「ヒ」音を出して笑った。と、ターキーが尻尾をふりながらしかつめらしい顔でやって来て、スリッパをツェノの股のなかに置いた。それからくたびれてひれ伏し、よだれで濡れた口からだらんと舌を垂らしたが、座をたのしませた功績が誇らしくて、頭だけはキッとあげていた。

レースが腰を上げたとき、太陽はもう沈みかけていた。今夜来ると約束はできないけど、と言い、ツェノの悲しい顔を見るとつけ加えた。でもなんとかやってみるよ。娘はワジのところまでついて来、そこから引き返した。何度もふり返って目くばせをし……やがて村《クサール》の暗い門に消えていった。

その夜は孤独だった。レースは二度前哨基地を出て行こうとした——が、失敗に終わった。なにか目に見えないものに引きとめられた。二度目は例の騾馬厩舎の奥にある塀をよじ登った。塀の上に馬乗りになり、すんでに脚をあげて離れかけた。それからまた脚を引っ込め、やっとの思いで前哨基地内に這いおりた。三度目を試みるにはいたらなかった。レースは横になり、そしてあっというまにふかぶかと熟睡していた。

レースはツェノに会おうとはせずに、二日間前哨基地にじっとしていた。少尉の不機嫌のおかげだった。モーリオは二三度糧秣補給所にやって来て、ひどく乱雑にしているのに憎まれ口をきいた。ある晩ワインの樽の上栓が開いているのが目にとまると、彼の怒りは極点に達した。モーリオの肺は頑丈で、五分間悪態を吐き続けていても息切れしなかった。彼はレースに八日間の自室蟄居を命じた。もしも前哨基地を抜け出すような気を起こせば重営倉だ、と申しつけた。翌日ユダヤ人がようやく羊の群れをつれて現れたときには、幸いにもモーリオは狩りに出ていた。ユダヤ人は、小さな息子は死にましたと言い、しきりに弁解の言葉を述べ立てた。ユダヤ人はこの出来事をじつに淡々と語り、のみならずその後すぐに笑い声さえ立てて、今日の取り引きを思い出させようと肘で小突いてレースを脇に連れ出した。レースはうなずいた。取り引きはあまり気が進まなかった。カインツじいさんがこっそりニヤついているのも、さほどいい気持ちはしなかった。またしても労せずして金にありつくことをよろこぶ気分にどうしてもなれなかった。どうして管理部当局をごまかさなければならないのか？　ついでに、幾何学的な円錐曲線の帽子を頭にのせたこの黒髯のユダヤ人もごまかす？　あちらとこちら、双方の裏を掻いているのだ。してみると糧秣補給所伍長たるおれさまも、なかなかやってくれるじゃないか？　〈罰が、懲罰が、もうついそこまでやって来てるんだ！〉そう思った。

だがカインツじいさんは、良心の呵責などどこ吹く風だった。彼自身はこんな策略を弄したところで一文の得にもならないのだ。カインツじいさんは秤の荷台の下にごつい鋲打ちの靴の尖を遊ばせているあいだ、うすい唇をずっとへの字に曲げていた。取り引きやごまかしを娯しんでいるのだった。ユダヤ人は近眼で、金属の目盛の上にかぶさるように屈み込み、ゆるゆる仕事をしてくれるように頼んだ。レースが白紙の上に書き込む数字に鼻をこすりつけたりさえした。家畜商人は家畜たちの体重がわずかなのにえらくびっくりした。羊たちは紐で縛って脚を固定され、カインツがそれを秤の上に投げると、秤のアームが水平な位置のところに来るまで、レースが分銅をあちこちとずらした。十キロ、せいぜいが十一キロの重さにしかならない。おまけに最後にはさらに、ファラオの夢から出てきたかと思える、信じられないほど痩せこけた、おそろしく小さな五頭の雌牛が秤にかけられた。

レースの事務室の、シュナップスをなみなみと注いだコップを前にして買入れが決まった。レースはリストを清書し、羊一頭につき三キロずつ生体の重量を水増ししてやった（雌牛は五キロ）……百八十頭分の家畜だからかなりの額になる。決済した上で、レースの取分は二百五十フランになった。何よりもありがたいのは、リストに少尉の署名の必要はなく、レースのサインと糧秣補給所のスタンプがあれば充分なことだ。それからイェフディーはみぞおちに掌を当ててお辞儀をし、ひらひらとドアの外へ出て行った。イェフディーは持ってきた棗椰子シュナップスの瓶をテーブルに置き去りにして行った。レースはカインツじいさんと二人でそれを空けた。

小屋を後にしておだやかな夕暮れのなかへ出て行く頃には、二人ともすっかり出来上がっていた。千鳥足とはいえ、上体がふらつかない程度にはしっかり脚が支えている。この飲み物はレースにさらにある効果を及ぼした。不安を追い払ってくれたのだ。もっとも、組織という組織の隅々にまでしみ込んだ毒液のように、地下ではまだ不安が流れ続けているのは承知していた。さしあたり不安は凝結した。この凝結は、飽和状態の溶液から初めに結晶を析出し、最後には液体全体が均質にでなく、内部にこまかい針がいっぱい見えるブロックに凍結して行く、あのプロセスにくらべることができるだろう。こんなふうに凝結することで肉体は凍結した強度を得るが、それはガラス質でもろく、パリンと砕けやすいのだ……

レースは、塀の内側にある彼の小屋の後ろの丘に立って平原に目を据えた。そこに埃の立ちこめた大気のなか、こちらにぐいと迫るようにして村が峨々とそびえ立っている。白い衣装を着た二人の女の姿が、地上に長い影を投げていた。レースだとわかると合図をした。近くまで駆けてきてまた合図をした。ツェノとアリスだった。と、はるか彼方の、ほとんどもう山の斜面際に二つの黒い点が見えた。パッと閃光が光り、ややしばらくしてドンとにぶい爆音。モーリオ少尉が兎を撃ったのだろう。というのも一方の黒点がさっと走って行くのに、明らかにベルジュレとおぼしいもう一人のほうは微動だもせず立ちどまっているからだ。

レースは娘たちに呼びかけた。待っててくれ、すぐ行くから。レースは丘を駆け下りた。頬と顎を手で触ると、剃り残した髭跡がチクチクした。

鏡に顔を映して見るには、小屋のなかに厩舎用ランプを点さなくてはならなかった。かなり以前からこちらはじめて自分の顔を見るような気がした。目がどんよりと濁り、色つやのない、むくんで赤い顔――魚の目だ！　鼻は赤く変色し、頬には青っぽい静脈の網がかぶさっている。皮膚の一部が泡立つ石鹸に覆われると、鏡像はいくぶん耐え難いものになった。レースは鏡のなかを見ようともせずに髭を剃った。それから老人のようにぜいぜい喘ぎながらバラックのせまい谷間を一散に走り、「とまれ！」と叫ぶ声も聞こえぬままに、もうこちらに手を伸ばして彼をつかまえて連れて行こうとしている、二人の女を迎え出た。と、何者かがむずとばかり肩をつかんだ。レースはふり払おうとしたが、手は離れなかった。バスカコフが胸にはすかいに銃の負革をかけて後ろに立っていた。「もうおしまいだ」とバスカコフはぜいぜい喘ぎながら言った、「いっしょに来い。」レースは突然寒気がした。わなわな震えがきた。いまにも泣き出しそうだった。子どもの頃、父親に学校鞄のなかにニック・カーター本を見つけられたときにそっくりのような気がした。金切り声を上げている女たちのほうをふり向きもせず、彼はバスカコフについて行った。言いなりになり、首をうなだれて……
糧秣補給所に着くと地面に身を投げて待った。が、すぐさままた飛び起き、前哨基地内をあてどもなく走り抜けた。だれにも遭わなかった。シェフのナルシスは外出していた。被服係伍長スミスも外出中だった。プルマンだけが塀沿いにこっそり歩いていた。レースは二度プルマンに遭った。三度目にレースは、この伝令が少尉の部屋に姿を消していくのを見た。

あいかわらず少尉は帰営していなかった。と、やにわに一台の自動車が静寂を破ってガラガラ音を立てた——軽トラックだ。すると今度はシェフを先頭に、お次にスミス、ファイトルと、残留兵たちがいきなり姿を見せた。彼らは、車から降りてきた、そばかすだらけの小男のまわりに群がった——ピンと跳ねた蒼白い口髭が鼻孔の下から生えている。営庭の真ん中に直立し、小男は甲高い声をあげて話した。連隊はジッシュ［砂漠の盗賊］に襲われた、とさるグムがリッチに報告しに来ました。同時に看護兵を一人至急グーラマによこすようにとの命令であります。幸いにも、折からミデルト発のトラックが通りかかって自分をひろってくれました。はい、血みどろの戦闘だった、とグムは報告しておりました。死者は出なかったものの、負傷者が五六人。主計官が撃たれ、主計官の車は破損しましたが、何台かのトラックは無傷で、一部はさる中間の前哨基地で積荷を下ろして負傷者たちを乗せ、リッチまで最短距離の道で運んでおります。

聞き手たちの興奮は大きかった。うれしい興奮だ。それはさまざまの要素から構成されていた。その場に居合わせなかったという安堵、気晴らしになったという満足感、他人の不幸をよろこぶ《シャーデンフロイデ》感情（主計官将校は嫌われ者だった）等々だ。シェフはちょっとしたダンス・ステップをし、それに添えて行進曲の口笛を吹いた。レースはバスカコフのところに近づいて行った。「きみ」と彼は言ったが、この男をきみ呼ばわりするのは、あの糧秣補給所の口論以来はじめてだった。「おれたち仲直りしないか？ きみは申告しない、代わりにお望みのものが手に入る。」言いながら声が震えた。だが屈辱に恥は感じなかった。恥を感じたとて何にもならぬ、と自分で納得していたからだ。バスカコフは話相手の顔をじっとうかがい見た。ややしばらく何も言わずに乾いた唇をなめていた。「お望みのものは何でも、だな！」バスカコフはドイツ語もつかった。口のなかで舌が回る余裕があんまりない、とでもいうような、なにやら腫れぼったいドイツ語だった。「わたしの前に跪いて、伍長、赦しを乞うてもらえるかな？」この提案をしながらニコリともせずに下顎をだらりと垂らして、レースの顔を下のほうから見た。

〈わたしの前に跪け、そうしたらあんたを……そうしたらあんたを……いや、そういう科白《せりふ》じゃないな。じゃあ、何と言うんだっけか、悪魔が主を試練にかけるときの誘惑の科白は？〉レースは考えた。力をこめたので、最後のつぶやきがいくらか声になったほどだった。

「どうなんだ？」バスカコフは質問一点張りだった。レースは頭《かぶり》をふった。「それはだめだ、だめに決まってる」と彼はそっけなく言った。「じゃあ、勝手に報告書を書くがいい。」彼はがっしりした足取りで小屋に帰り、ベッドに横になって待った。まもなくシェフがこっそり入ってきた。レースにはシェフが来たのが聞こえなかった。ドアから入ってくる黄昏のあかるみを重い人間の形が遮光したので、はじめてナルシスに気がついたのだった。シェフは部屋に入らず、火急の用といった趣でささやいた。「バスカコフが報告書を作った。報告書は少尉に回付しないわけにはいかない。少尉はまだ狩りから戻ってない。悪いことは言わない。じたばたするな、部屋に閉じこもっていろ。少尉と議論してはいけない。おやじさんが帰ってきたら救出の手だてを試みてみる。しかし何よりも、しいっ《モテュ》、内緒だ！　わたしのことも内緒だ！　わかったか？　いいね？　それで万事オーケーだ。連中がきみを逮捕しに来るときには、たぶんわたしもいっしょに来られると思う。」影はドアから消え、レースはじっと動かずに横になっていた。

黄昏がしだいに黒くなった。朝方と同じく蒸し暑かった。レースの額に大粒の汗が走った。起き上がると毛布を一枚つかみ取り、ワイン貯蔵小屋のすぐそばの、そこから糧秣補給所の入口が目に入る広場の際の、野外の地面に身を横たえた。両手を頭の下で組んでガラスのような空を見あげた。ターキーがくんくん鼻を鳴らしてやって来て、腹ばいになった。静けさがあまりにも荘厳なのでレースは目を閉じた。それからまた目を開けると夜が大地を覆っていた。

突然、彼は身を起こした。小犬のフォックスがキャンキャン吠える声がだんだん近づいてくる……足音が砂利の上にギシギシきしった。「とうとうお迎えだな」とレースは思った。暑いのに足が冷たい。指爪がひどい寒気にさらされたように痛んだ。少尉の声が聞こえた。彼の名前を呼んでいた。そこで立ちあがり、冴えた声で自分を呼ぶ追手に向かって足取りも重く歩いて行った。

第11章　絶望

夜空があらゆる光をのみ込んでいる。小屋と小屋とのあいだはとても暗い。レースは白い制服でようやくモーリオと見分けがつく。しかし少尉につき添っている者が別に二人いる。一人のほうは、張り出した腰といい、腰をふる歩き方といい、農婦そっくりだ。つまりはシェフだ。が、もう一人のほうは？　レースは目を凝らした。体格はメーメドより横幅があり、スミスよりは幅がない。レースはまだ見当がつきそうにもない……が、あれは間違いなく、バスカコフだ。レースは自分の顔が赤くなるのを覚えた。恥を感じ、恥を隠してくれる暗闇を礼賛する。重いため息をつき、「ターキー！」と、助けを呼ぶ声さえ禁じられているとでもいうように、小声でおずおずと犬の名前を呼ぶ。犬はすぐそばにいて、鼻面をぶつけてくる。

「犬をおとなしくさせなさい。これからどこへ行くかわかってるだろうね。さあトランクの鍵をこちらに渡して……では、あなたに伍長を連れて行ってもらおう。」そのことばは嘲笑的に聞こえる。少尉はそれを目に見えない引用符のなかに囲い、もう一度くり返す、「あなたに伍長を独房まで連れて行ってもらおう、シェフ。」

シェフはうなずき、バスカコフに合図をする。両者はレースを真ん中にはさむ。レースはもう一度ふり向き、大きく声をあげて叫ぶ。

「鍵は持っていません。何もかもあけっぴろげです。本のなかやその他、もしもわからないことがありましたら声をかけて下さい、少尉殿。」レースは我ながら、自分の声がしっかりしているのにおどろく。優越性を誇示できたのがうれしい。「ししっ」とシェフが制して、「空威張りして何になる。」だがモーリオ少尉はもう小屋のなかに姿を消していたので、このことばは聞こえなかったようだ。小屋のなかで光がゆらゆらゆらめき、はじめは落ち着きがないが、やがて静かな灯火《ともしび》となって窓外に……

二人の番兵にはさまれてレースは黙々と歩いて行く。何も考えていない。が、ふと思いつく。太陽が一日中ブリキのなまこ板屋根の上に照っているのだから、独房の内部《なか》はさぞ熱いだろうな。いまはようやく不安が消え、静かな満足感に取って替えられている。それに、もうすぐひとりきりになれるのだというよろこびも。もう何の責任も負わなくていい。ひたすらだらだらしていさえすればいいのだ。レースはあの心の安らぎを思う——入隊契約をした後の、ベル-アベッスのあの頃のことだ。あのときも入隊前の何やかやのごたごたの後、ホッと一息つくようにあの深い平穏がやって来た。そしていままたレースはなまぬるい空気をガツガツ吸い込んだ。空気は軽かった。最前のようにもう重くもなければ、蒸し暑くもなかった。最前だと？　バスカコフに捕まったあの瞬間から、一つの大きな亀裂が彼をへだてているのだ。

　三人は、独房の低いドアの前に立ちどまる。シェフが錆びた閂をはずす――ギギーッという音。バスカコフがハーッと深い息をする。内緒笑いをしているのかもしれない。しかしコック番伍長は首をうなだれているので、レースにはよくわからない。独房のなかから黴《かび》臭いにおいがむっと来る。シェフが懐中ランプの焔を燃え立たせて内部《なか》を照らす。四角い部屋だ、奥行き三メートルに横幅二メートルほどか、とレースは値踏みする。一隅にコンクリートの台座。レースはちょうど腰のところまで届くこのブロックの前に立ってたずねる。「この上に寝ろってのかい？」シェフが慇懃にうなずく。でもむろん、マットレスも、それにクッションもいくつかはもらえるさ。未決囚なんだし、未決囚なら自分の寝具を使う権利がある。ただしポケットは空にしておかないとな。この間、バスカコフはえらく親身になり、本部に走って行って伍長に必要なものの手配をしてくれる。そう、マットレス、毛布二枚、クッション二個、シーツ……それにハンカチ。

　バスカコフは疑い深く、シェフが逮捕者と差しになりたがっていると見てとると、一瞬去就をためらう。が、やがて肩をすくめる。結局、おれに何の関係があるってんだ？　バスカコフは一度もふり返りさえせずにすーッとその場を去って行く。

「早く」とシェフが言う。レースはためらう。懐中に金が見つかってはいけない、それは言うまでもない。金の隠し場所を思いつかなかったのはドジだったな。じゃあシェフが預かってしまっておこうじゃないか。「早く」とシェフはまたせっつく、「金を！……さあ、よこせったら！……軍法会議に送られるんならその金が使えるぞ。わかってるよな、良い弁護人がどれだけものを言うか？　しかるべき口のきき方を心得ていさえすれば、こいつが造作なくあんたを救い出せる。」レースは紙入れを取り出す。シェフはそれを彼の手からひったくる。お札の枚数を勘定し、もごもごつぶやく。「二百フラン、それに五十フラン札と二十フラン札。うん、これくらいで足りるだろう。金はわたしが預かっておく。わたしを信用してくれてるだろな？」レースはためらいがちに「うん」と言う。しかしシェフは笑うだけ。「わかってるよな」とシェフはしきりに話を続ける、「二十フランはバラまこうじゃないか。効果覿面だぜ、ほらな、やつらをまた同じ穴の貉にしてやるんだ。残りはわたしが預かって、フェズに移送されるとき、またあんたのポケットにねじ込む。名誉にかけてね！」そう彼は言い、なんとか実直そうな顔をしようとしてみせる。

「うん、でも本当におれが軍法会議に送られると思うかい？」レースはおずおずとたずねる。と、シェフは笑う。そのまるまると肥えた胸でぴょんぴょん跳ねる、声を抑えた忍び笑いだ。「今晩前哨基地を抜け出そうとしたんで監禁される、この独房に監禁される、と思ってるのかい？坊や、あんたはナイーヴすぎるよ。何日も前からあんたは、だれかさんに見張られてるんだ。〈だれかさん〉——てのはモーリオさ。やつはあんたがどっさり金を持っているという話を耳にした。村のあの小娘に、あんたは二百フランくれてやった。尼僧院ではあっという間に金を使い、何冊もの本を取り寄せてい、バグランから時計を買った。なあ、少尉はその総計を合算した。わたしとも話し合った上でのことだ。わたしはあんたを弁護しようとした。金は父親から送金されたものだ、と言った……しかしあんたはそれを証明できないし、そう言っても少尉は信じやしない。送金依頼状はバグランの手を通って来るはずだ——しかしやつは何も知らない。彼はあんたを庇ってさえいて、あんたがいつか書留書状を受け取ったことがあると言うんだがね。ことほどさようだ。情勢ははなはだ不利だ。しかしあんたには、いずれにせよ武器がある……馬鈴薯だ！　いいか？これであんたは少尉の弱味をにぎってる。いまは静かに……だからさ！　信頼するんだ！　わたしは一度自分を救ってくれた人間は見放さない。」バスカコフが隅のほうに姿を見せる。大きな荷物を背負っている。「ほやほやの情報を教えてやる。もしもうまく行かないようだったら、忠告するが、やめるんだ！　わかるか？　強制労働やカイエンヌは、あんたには耐えられない。」

バスカコフがぜいぜい息を切らせながらマットレスをコンクリート台座の上におろし、いなかったあいだに聞きそびれたことばを嗅ぎ出せはしまいかとばかりに鼻をくんくんさせた。だがシェフは本心を見すかされることはない。懐中ランプを消す——するとバラックどもは悪意たっぷりに身を寄せ合いながらしゃがみ込む。

ナルシスは革ベルトの孔を二つ分《ぶん》きつく締めなおす。このジェスチュアのおかげで必要な休止ができ、距離を置いて事務的に——話を続ける。

「さて、伍長、きみを監禁しなくてはならない！　独房に入りなさい。たぶん少尉は、今夜もう一度きみを呼びつけることになるだろう。少尉に一部始終を報告する用意をしておくように。中隊長が帰営してきたときに正確な報告書を出せるように、少尉はもれなく消息を知っておきたいのでね。きみは行っていい、バスカコフ、きみの用事はもう済んだ。」バスカコフは夜にのみ込まれて行く。「さあ」とシェフは言ってレースの手に小函を押しつけると、「でもパクられるなよ。」シガレットだ。それもまちがいなくイギリス物のシガレットだ。丸くて固く、いくらか湿っていて、酒保で売っているアルジェリアのジョブとは似ても似つかない。レースは礼を言う暇《いとま》もない。ドアが閉まり、閂がギーッときしり、やわらかい歩調が遠ざかって行く。

と、レースは喉が渇いているのに気がつく。ドアのところに行ってドアを開けたい。自室にまだブラック・コーヒーがある。いや、それより営庭の井戸のほうが近い。彼はドアの分厚い木に頭をぶつけてノブを手探りする。板がざらざらして、人差し指の爪に木の破片が突き刺さる。ノブは見つからず、頼りになりそうな突起物も、穴の一つも、鍵穴さえも、見つからない!

「閉じ込められた」とレースは思う。闇は手でつかめそうだし、喉の渇きは耐え難くなる。レースはあちこち歩こうとするが、コンクリート台座に膝をいやというほどぶつけてつんのめる。横になったほうがよさそうだと思うが、やがて身を起こし、もう一度立ちあがってななめにズレているマットレスをきちんと直し、腰をおろして脚を引き寄せ、冷たい壁に頭をもたせかける。

独房に外から音は入って来ない。壁は厚く、ドアの裂けめからわずかに明るんだ闇がほんのり光っているだけだ。明るんだ闇。レースはこの表現が気に入る。と、外でギシギシきしる足音がする。止まるかな? 少尉のところへおれを連れに来たのか?……足音は通りすぎて行く。

大きく目を開けて闇を凝視していると涙が出やすくなる。レースは瞼をしばたたかせる。思わずあくびが出る。あくびは口の縁《へり》をほとんど耳まで裂く。腕を左右に伸ばす。関節がポキポキ鳴る――静けさをギョッとさせる音だ。あくびは痙攣に変わり、涙が頬をつたって流れる。自分を押しつぶす墓石みたいに、闇のなかで天井がゆっくり沈下してくるかのようだ。だがこちらの動きはすべて、何か強制下にでも置かれているように、見知らぬ何者かに冷酷に看取されている。その何者かにとって、すべてが結果がどう出るかがまだ不確実なある実験の随伴現象にすぎないので、まったく抑圧を受けることなく、そのすべてを知覚しているのだから。

足音が遠くからやって来る。足音は人気《ひとけ》のないバラック棟のあいだに反響《こだま》し、そのにぶい轟《とどろ》きで独房を満たす。ドアの下のあたりにかすかにカリカリ引っ掻く音。「ターキー」とレースは声をかける。が、このとき足音もピタリと止まり、ドアの隙間にできた帯状の明るみが消えて、ささやく声が言う。「伍長、もう寝たか、伍長？」

「いや、寝てない！」レースは自分の返事がとてつもなく大きな声のような気がする。しかしカインツじいさんは押し殺した声でなおもたずねる。「シガレットがまだあるかどうか訊きたかっただけだ。」ターキーがキャンキャン吠え、頭をぴしゃりと叩かれておとなしくなる。

何も要らない、とレースは腹立たしげに答える。

「そうか、そうか」とカインツじいさんが外で言う。「どうってことはないんだよ。おれの要らないやつがもう一箱ある。待ってろ、扉の下から押し込んでやる。」レースはかがみ込んでその小さな包みを受け取る。そのとき堅い指が彼の指をつかみ、しっかりからみつく。カインツじいさんは同情を示そうとする。「伍長、わたしにできることがあれば言って下さいよね。お望みがあれば何なりとやります！　本当はここから出してやりたいんだれど！」間。カインツは咳払いをする。「訊きたいことがあるんだ。今日の午後ユダヤ人から受け取った金はどこに持ってる？　安全か？　でなきゃ、どこに隠したか言ってくれ。持って来て預かっとく。よろこんで預かるよ。」

〈じいさんの顔を見られないのが残念だ！〉レースは思う。〈本気でそう思ってるのかな？〉「うん」と彼は声をあげて言う、「あの金は安全だ。」

「ならいいけどね。」声から判断するとカインツはまだ地面にしゃがみこんでいる。つかんでいる手を放さないでいる。――こら、未決囚と話をすることは禁止だ、と金切り声があがる（バスカコフがこっそり後をつけて来たのだ）。少尉に言いつけるぞ。レースの手が放される。しかし扉の裂けめはまだ明るんでいない。カインツじいさんがまだいるのだ。「ねばるんだぞ」と彼は力を込めて言い、口笛を吹きながら去って行く。

またしても静寂。

「もう寝よう」とレースは声に出して言い、横になって顎の下まで毛布を引き上げると目を閉じる。熱さが重くのしかかってくる。そこでまた毛布をかなぐり捨てる。だがしばらくすると寒さのあまり歯にガチガチ震えが来る。またしても毛布を床から引きずり上げるしかないが――それは埃まみれだ。毛布にくるまるが、まだ寒い。二枚目を探す。セメントの塊が足下にある。それを向こうにつき転がすことができない。「熱だ」と思う。頭のなかがズキズキ早鐘のように鳴り、額は茨冠をかぶせられて……

プルマンが起こしにきた。独房のドアは大きく開かれているが、外はまだ闇だ。レース、少尉のところまで来るように。

ノートだの、帳簿の大きなバラした紙だのが、雑然と散らかったテーブルの前にモーリオがいる……「二三質問がある……」少尉は目をあげずに言う。──購入した羊のメモはどこかね？　メモは抽斗に入れてある。レースは抽斗を開け、メモの端っこをつまんでモーリオのほうに押しやる。「ここです！」──「よろしい。それから通過部隊へのいろいろな食料引渡し項目が見当たらない。どこに記入してあるのかね？」レースはかなり寝ぼけているので、わざわざ阿呆の真似をするまでのこともない。どの通過部隊ですか？　憶えがありません。少尉は極度に醒めているように見えた。しかしレースはあくびをした。フランス製と思《おぼ》しい樅の木のテーブルの上にカービン銃が架けてある。弾倉には弾丸《たま》がいっぱい詰まっている。疲労にもかかわらずレースは壁から銃をひったくって、少尉を射殺したいという誘惑と戦わないわけにはいかない。興奮のあまり震えが来て歯がガチガチ鳴る。少尉はおどろいてレースを見る。「熱があるのか？」「わかりません」とレースは答える。それがむにゃむにゃぼやいているように聞こえる。この質問が先程の誘惑を粉砕する。「行ってよろしい！」

プルマンは寡黙だ。二三度咳払いし、レースを脇から試すようにじっと見つめ、明らかに何やらもの申したそうだ。だが口を開かずに、やがて独房のドアに閂をかける。

レースが落ち着きのないまどろみを続けているうちに、プルマンはある決意を固める。二週間ごとに十フラン給付され、それでワイン、性愛、シガレットの欲求をカヴァーしなければならない人びとにとって、こうした決意は簡単である。この種の人びとはしばしば腹を空かせてもいて、酒保ではアメリカ産のベーコンが四分の一ポンドで二フランにつくことを忘れてはならない。

プルマンはあと一時間夜警があった。彼は足音を殺して営庭を横切った。糧秣補給所の事務所にまだ静かな灯りが点っていた。プルマンはドアの前に銃を置き、そっとモーリオ少尉の部屋に足をふみ込んだ。そーっと歩く？　何のために？　草木も眠る丑満時だ。プルマンはおぼつかない足取りで壁際にあゆみ寄り、腕に手提げ金庫を抱えて外に出ると抜き足差し足で営庭を横切り、がたがた震えながらようやく騾馬の馬場にたどり着いた。手がわなわな震え、鞍を持ち上げるのにてこずった。だが彼の筋力は強く、一気に鞍を騾馬の背に投げ上げると、騾馬はその接触でようやく目をさました。スティールの金庫はさほど大きくはなく、鞍のポケットの一つにらくに押し込められた。こうして食糧少々、古いテント用布地を携えて、でっぷりふとったプルマンが騾馬に乗って立ち去った――少尉の灯りが光るのが遠くに見え、彼はなおも門を降ろしたレースの独房の前で立ちどまった。「やつもいっしょに連れて行こうか?」彼はつぶやいた。「やつはフランス語ができる……ああ、下らんことをしでかしやがって。意気地なしが!」彼は唾を吐いた。「一時間も経てば追手をまけるだろう。」

絶望はさまざまのマスクを着けるものだ。


前哨基地はふたたび眠りにつく。サンダルのかすかな足音がほとんど耳につかぬくらいに砂利をきしらせる。ほかにはまだそれほど力のない朝風が目をさまし、地面から砂塵を巻きあげているだけだ。朝風はなまこ板の屋根の上をおどおどとかすめて行くが、それを聞くものはいない。少尉はぐったりして自室を歩いている。朝の弱い薄明は充分明るく、便所に行くのに明かりは要らない。手提げ金庫のことはまるで念頭にない。少尉は明るい色のパジャマを着、オードコロンを何滴か額にすり込んでからベッドに入る。身のまわりに数字が渦巻き、部屋中いっぱいに埋めつくす。それを見ないで済むように目をつむる。もう一度、あのレースに対する憤怒が彼を跳びあがらせる。それからバタンと仰のけに倒れて眠り込む。

しかし長いこと眠ってはいない。と、外の窓の前で甲高い叫び声があがって少尉の目をさまさせる。しゃがれ声が彼の名をがなっている。最初のうちモーリオはこの声がだれのものかわからない。それから「中隊長だ」とつぶやき、ホッとして思う。〈中隊長ならちょっと待たしておけばいい。〉彼はおもむろにズボンを穿き、髪の毛を分け、ポマードを少々つけて髪の乱れを撫でつけ、真新しい乗馬用ネクタイを結ぶ。ネクタイが軍服の上着の襟から二センチだけ高くなるように丁寧な結び方をし、ピカピカのカフスボタンをシャツの袖口に留めると、外で声がうわずって高くなるたびにコクンコクンと何度も首をうなずかせる。だれかがドアをノックする。メーメドがドアのすき間からしのび込んで来る。そのシナ人風の顔はいかなる興奮の表情も見せず、口の縁《へり》を舌でなめなめ金庫が置いてあるはずの一隅を横目で窺うとニヤリと笑い、空になった場所を指でさす。少尉は最初、いまにも飛び上がらんばかりだ。異国人の伝令、しかも下士官の伝令風情ごときが!……が、それから彼は指のさしている方角を目で追い、やや顔面蒼白となり、不安がボタン孔にひっかかる指の不器用さにはっきりあらわれる。

メーメドがまあまあとばかりに手をあげる。「もう戻って来てます、金庫は」とメーメドがなだめる。モーリオは訳がわからない。そうかといって部下の説明も聞きたくない。彼はさっとばかりにドアを開け、閾をまたいで、そして……

最初に目にするのは顔だ。ボルドー・ワインみたいに真っ赤な顔、それにブロンドの口髭が光っている。相手の名前の最後のシラブルが少尉の頬をぴしゃりと平手打ちのように打つ。それからこのシラブルを発声した口が閉じ、ぶんぶんふり回していた腕をいきなり腕組みするのがモーリオに見え、ボタンが除《と》れた汚らしいカーキ色の制服が目に入り――ズボンはと見れば血でまだらに染まっている。だがその中隊長の後ろに顔一つ分だけ高く、ふとったプルマンが立って（そのコルクのヘルメットの下の髭の剃り残し跡にはいつものように黄色い膿疱が花咲いている）、おろおろとうろたえる体に、手提げ金庫をやわらかい乳呑児のように手に抱えている。

シャベールは腕組みに厳粛な趣を添えるのに必要な数瞬の静けさの後、おどろいている少尉に、悪口雑言、侮辱、当てつけのあざけり、質問、をどっとばかり浴びせかけた。中隊長と同様、服はずたずたに裂けて血に染まったままニヤニヤ笑いながら聞き入っている、集まってきた部下一同を前にしてそうやっているのだ。騾馬たちもまだ重い荷をつけたまま同席して、ふざけて上唇を前に突き出して歯をむき出しにしながら、同情と嘲笑をこもごもに交えて笑っている。

大洪水は終わった。お次はぺちゃぺちゃしゃべくる舌のそよぎだ。わたしの留守のあいだ、ずっと哨兵を立てていなかったのか？　当の夜警が少尉さんの部屋にまで侵入して、そこで手提げ金庫を失敬した。そんな話はするのもいやだ。連隊が帰り道は近道を来たのがせめてもの幸い。それでこの逃亡兵がまっしぐらにこちらの手中にはまり込んだというわけだ。こんなことがあろうとはねえ！　この男が持っていたのは小銃だけだ。食糧はほとんどなく、しかも弾薬筒の代わりにシガレットと来た。こんなことは前代未聞であるからして、ここはどうしても罰を受けぬわけにはいかん。なにしろ各兵は、周知のように常に弾薬筒嚢に百二十発の弾薬筒を詰めていなければならないのだ。これは規定だ。この規定に従わなかった廉《かど》により、中隊長たる本官は、ここにいるその若い男に営倉監禁二日間を命ずる。（話題がプルマンに及ぶと、中隊長の声はすっかり角《かど》がなくなって父性的で穏やかな感じになり、そこにはいささかは勝ち誇ったような響きが共振している。）だってこんな児戯に類する振舞いを真に受けるわけにはいかないじゃないか！　〈蟷螂の斧《アン・クウー・ド・カファール》ってやつさ〉と中隊長は言って肩をすくめる。もとより事件の全体の責任は本官シャベールにある。なにゆえに自分はこの、戦うことを何にもまして好む屈強の若者を、「なあ、坊や、そうだろう?」、この前哨基地に、しかも伝令として残していったのか? 伝令としてだぞ? シャベールは伝令という言葉を二度もくり返し、それに軽蔑の口調をこめる。このあわれな悪魔を軍法会議に送るのか? 否、絶対に否! だが……軍法会議だ! そう、もう一つおもしろい話があったな? 糧秣補給所の伍長の一件だ、なあ? 公金着服か? 詐欺か? 女性問題か? 中隊長の声はうわずってどんどん高くなる。アラブの淫売に服を買ってやるためにイカサマを? 自分はこの伍長こそ信頼しとったというのに! こういう事件ではいつも女が悪い。それでもここは断固たる処置を取らねばならん。あのあれ(と拇指で金庫を指して)みたいな悪たれはいずれ勘弁してやる余地がある。ああいうことをやるにはまだしも勇気が要る。だが詐欺は? まっぴらだ《フィ・ドンク》! 卑怯で下品だ。信頼を悪用するものだ! 中隊長の信頼を悪用しとる! シャベールは憤慨のあまり、またしても顔を真っ赤にして怒り狂う。本官はこのレース事件に関するモーリオ少尉の厳格な報告を求める。部下を理由もなく軍法会議に送ったと、何人《なんぴと》からも非難されることのないようにな。それにしてもあまりといえばあまりではないか。中隊長はのっしのっしと独房のドアのほうに近づき、ピシピシ威嚇するようにふとい乗馬鞭を振る。と、突然声を上げてシェフを呼ぶ。錆びた閂が思うように開かないので、ドアが閉まっていると思ったのだ。だがナルシスがやっとこさ馳せ参じる前に、閂は環をはずれてさっと横にずれ、ドアがガタピシ開く。と、中隊長は独房内でなおも荒れ狂い続ける。マットレスが、クッションが、毛布が、食器が、外に飛び出す。がなりどなり続けながら、だがもうそろそろ声が嗄れて来て何を言っているのかはっきり聞き取れない。と、ふたたびシャベールの姿が現われ、今度は中隊事務所でまたもやシェフに悪口雑言が雨霰《あめあられ》とばかりに降りかかる……やがて事務所のドアがパッと開き、キッチンへお出ましだ。そこでも暴風は吹きまくり続ける。ファイトルはひょこひょこ逃げまわり、またまた緑色っぽい顔面蒼白の相になる。バラックとバラックの谷間を縫って中隊長はのし歩く。その赤い顔は汗みずくだ。行きあう人びとはだれしも、外壁に身体を押しつけるか、開いたドアのなかに姿を消す。シャベールはもう何も見ていない。目が辛い涙の洪水を浴びないように瞼を落としている。彼は塔に上る階段を踏みしめて行く。それからしばらく怒り狂う声が開いた窓から鳴り響いているが、やがてしだいにやさしくなり、ほとんど泣きべそになり涙まじりになる。どうやらサモタージィーに苦悩を訴えかけているらしい。

　モーリオ少尉が営庭を蒼白な顔をして忍び歩いている。

ベルジュレを探しているのだ。二度、独特のやさしい声で通りすがりの人間を呼びとめ、医者を見かけなかったかとたずねる。ようやく見つける。ベルジュレは気分もゆったりとにこやかに高級将校食堂から出て来、モーリオを見かけるとおどろいて腕をあげる。するとモーリオは彼を自室に引っぱって行く。

「このままじゃ済ませません、絶対に済ませません！」モーリオの声は鼻にかかっていない。ほとんどヒステリックな憤激に襲われた少女の声のように、キンキンの金切り声だ。「部隊の兵全体の前でわたしを罵り叱りとばすなんて。あんな、自分の中隊をちゃんと指導する能力もない男が、ですよ！　この恥辱！　いやだ、いやだいやだ。わたしは我慢ならない！」ベルジュレは隅のほうで楽にしている。脚を組んだ膝の上に肘をのせ、手に短い木製のパイプをにぎっている。興奮している相手を紫煙ごしに科学的に観察しながらしきりにうなずく。モーリオは反対側の隅に立って、そこでなおもしゃべり続ける。そのありさまは、身体を不自然な姿勢に曲げてぎくしゃく手を振りながら滔々と選挙演説をぶちまくる演説家そっくりだ。——じつは、と彼は言う、あのレースはまったく無実で、悪いのはもっぱら中隊長なんです。それもこれも、ずぼらだの、いわゆる温情だの、不精だの、規律や秩序や位階制をコケにしてはアナーキストどもを育てる例の肩すくめだののような悪例を部下に与えているせいなのです。あのレースは、中隊長のこのお手本の影響で上司たちを人間と見なし、彼らの欠点も下らなさも見て、彼らの命令に抵抗すらしないどころか、自分に都合がいい場合には命令にしたがうことすらあって、命令が自分のじゃまになればあっさり無視してしまうのです……で、こんなお手本を彼に示したのはだれでしょう？　中隊長です。おお、不肖モーリオは知っておりますぞ。占領地域司令部から何度命令が来て、そのつどシャベールはそれをあっさり紙屑籠に放り込んでしまったか。この無規律の精神！　この悪質きわまる影響！　これが部隊全体を毒しているとしても、ちっとも不思議はありません。しかしいまやこのモーリオは何をなすべきかわかっています。自分はこの戦闘がいかなる経過をたどったかを探り出し、スパイの役を演じようと思う。なぜならこれこそは相手にして不足のない、絶好の問題だからです。しかる後に将軍の父に（その口調からするとモーリオは、すくなくとも自分を皇太子と見なしているようだ）報告するだろう。父はたいそうな影響力があって、パリの大司教枢機卿とは昵懇《じっこん》の仲だし、アクション・フランセーズのメンバーでもあります。モーリオ自身も最近のフランス訪問の際には父とともにベルギーに旅し、同地ではフランス王太子殿下たるオルレアン公に引き合わされました。「これは冗談ではありませんよ、ベルジュレ、ああいう議会主義者どもに鉄の粛清が下され、ふたたび血統正しい王家が統治する日は近いのです。その暁にはわたしのような人間が必要とされるでしょう。すなわち骨の髄までなおも規律と位階制に対する感覚を有している人間を。」

モーリオ少尉は口をつぐむ。モーリオの子どもじみた口は、緊張がほぐれてにっこりとほほえむ。まるで美しい夢を見ていたのが、ようやく大人になって権力を行使することを許された男の子みたいだ。くだんの男の子は、黒絹のキュロット、優雅な足には赤いソックスにパンプス、星形の勲章に飾られたどっしりと重い金襴の上着、といういでたちで国王陛下の前に誇り高く膝を折り、二つの属領を制圧した恩奨に元帥位の称号のほか大公領まで拝領するわが身を思い浮かべている。

ベルジュレは自分のいる隅で微動だにしなかった。いまや窓際に行き、コーニスの上でパイプの灰をコンとはたき落とす。「非常におもしろい」と彼は言い、少尉にうなずきかけてドアから出て行く。彼はいついかなるときにも何をすべきかを弁《わきま》えている人間だ。良心の葛藤には縁がない。

乗馬靴のやわらかい靴底でベルジュレはそおっと塔の階段を上り、ノックもせずにシャベールの部屋に入ると静かな声で言う。「モーリオがバカを仕出かすつもりです、おやじさん、あなたに代わってわたしが、公式に彼に謝罪しましょうか。」中隊長は疲れた目で相手を見つめる。「やつは父親に手紙を書くつもりかな?」ベルジュレはうなずく。彼は目の前にいる老いた男が痛ましいと思う。興奮はやわらぎ、いまやその老いた男の肌は奇妙なまだら染めになっている。医者はなおも言う。「下士官たちに戦闘のことを聞き出すつもりです。これはきっと、あなたにご都合が悪いでしょう。」

あきらめの肩すくめ。

「勝手にすればいい。こちらはどうされようが構わん。あなたには感謝します。いずれにせよあなたはリッチに戻れるがよろしい。負傷者はあちらに運ばせるようにしておきました。明日になればあちらに着くでしょう。さしあたってはまだミデルトに置かれて応急措置を施されています。しかしあそこの野戦病院は満員で、ほかに移さなければなりません。」

「よろしい」とベルジュレは言う、「わたしは今日のところはここにいます。今日の午後は普通検診をするとしましょう。部隊の健康状態がどうなっているか見たいのです。近日中に報告書を提出しなければならないのでね。で、明朝早々に出発します。レースの具合を診ておきましょうか？」と、中隊長は跳びあがってまたしても怒り狂い、部屋中地団太を踏んでまわる。シャツの裾がズボンからずり落ち、それが歩くたびにひらひらひるがえる。

「あのクズの話はやめて下さい。絶対に軍法会議に送ってやる。情容赦はご無用！」シャベールはぜいぜい喘ぐ。ベルジュレは肩をすくめ、短いあいさつを済ませてからまた出て行く。

　レースは中隊長の訪問のために手荒く目をさまされていた。昨夜の重苦しい眠りが鈍い頭を置き土産にしていて、シャベールの怒りに燃えた闖入でさえもそれをすっかりは解消できないでいる。彼はむき出しのコンクリートブロックの上に横になろうとしてみる。だがコンクリートブロックに混じった小さな砂利粒がごろごろして、横になるのも腰かけるのもままならなくしている。朝がゆっくり過ぎて行き、空腹を目ざめさせる。昼食のラッパが鳴り、レースは待つが、ドアの閂は閉まったままだ。ドアを叩く。デュノワイエ伍長が四人の部下をつれて見張りに立っているが、それも晩方までだ。レースはドアのすき間からデュノワイエを見る。〈ああ、アチャナの石灰焼成屋連中も戻って来たのだな〉と彼は思う。デュノワイエは呼びかけると真っ先にやって来る。気の毒だが、中隊長の厳命で、レースには飯を食わせるなと言うのでね。デュノワイエはドアを開け、たいそう好意的に話してくれる。――だけど、とレースは言う、デュノワイエよ、糧秣補給所から持ち出したワイン・ケースのことを思い出してくれよ。デュノワイエは笑う。もちろんあれは憶えてるとも、だけどもう時代が変わったんでね。パン一切れならよろこんで囚人のあんたに恵んでやるさ。でも、そのほかは一切駄目。デュノワイエはパンを取りに行く。パンは固くて埃だらけだ。デュノワイエは慰めの言葉を言う。どうやら自分の経験を思い出しているらしい。こんなことを言ったからだ。すべては過ぎ去るだろう、神よ。数えてみると、おれは何日牢屋暮らしをしなければならなかったことか。声に誇りがこもっている。軍法会議に引き出されたのが二度――それもチュニジアにいたときだ！　あのときのことは話もしたくないけど……デュノワイエには、とうの昔に終わってもう決定的に過去のものとなった経歴の、それもスタートに、自分以外の人間が立っているのを見るのが明らかにうれしくてたまらないのだ。

「判決が出て万事おしまい、と思ったら大間違いだな。うまく行けばあんたが食らうのは五年、そう仮定しようか。すると勤務年数の残りを、おれの計算だと、二年はもうお勤めしてるから、つまり三年はお勤めしなけりゃならん。これは思い知るだろうが、半端じゃないぜ。あんたは重労働三年で身体を台なしにされて、駐屯地勤務に慣れるのがやっとというていたらくになる。〈ふさぎの虫〉に憑かれやすくなり、二日、三日、外泊一日とかなんとか、借金生活にはまる。もう軍曹たちにしかるべき必要な敬意が払えなくなって、日々の半分は営倉で過ごすことになる。たぶん何度となく脱走をくり返す……三年間だ。あんたに言えることはね、カイエンヌで人生を終えるのでなきゃラッキーだと言えるってことだな。」

デュノワイエは、希望がまったくない運命を大げさに誇張して悦に入る。

レースはいまやまた独房のセメントの縁に腰をおろしている。前途にひろがるのは、長い午後、長い夜、果てしのない日々、月々……と、内心に反抗の念がこみあげる。そもそも未決囚としてこんな扱いを受けるいわれはないのだ。おれには三食賄付き、ワイン、毎日の散歩の権利がある。まだ既決囚と決まったわけじゃない。丁重に扱ってもらいたい！　だけど異議を申し立ててどうなる？　レースは完全に中隊長の手中にあるのだ。

遠慮なく独房に入り込んでくる騒音も、こうして独りになってからも余韻がまだ尾を引いているデュノワイエのことばも、何もかもが苦痛だ。小部屋の熱気はねっとりとねばつく……それでいてレースは寒気がする。昨夜からどのくらい時間が経ったのだろう？　十八時間——たったの十八時間！　いちばん単純な望みを叶えさせてもらえないのがつらい！　明るい露台に腰をおろし、傍にツェノがいるのを感じたい、とレースは思う！　刺すような太陽の下で銃を執る教練をしていたい……固いコンクリートブロックに腰かけているのに比べれば、そちらのほうがずっと楽だ。レースは独房のなかをあちこち探しまわる。土間には灰色の埃、粘土煉瓦のあいだに大小のすき間、とある片隅にかつて入っていた植物油の名残を物語る汚れた紙の貼りついたブリキ缶。その蓋の一部がもぎ取れて、縁《へり》のところがするどい。レースは何もすることがないので、まずこの縁を埃のなかに埋まっていた石で叩いて平らにしはじめ、それからコンクリートブロックの一面に当てがって研ぎはじめる。この単調な仕事をしているあいだ、レースは何も考えない。ブリキが石にカリカリ一本調子にこすれる音には気が休まる効果がある。これに、隅にある悪臭を放つブリキ缶のまわりを飛びまわる、おびただしい蠅のぶんぶんうなるざわめきが加わる。この蠅どものおかげでレースは仕事から目をそらされる。これはよくない。というのもブリキの縁はやがてするどくなり、拇指の皮膚が傷つけられるからだ。レースは血をすする。〈いやな味だ〉と思い、ペッと唾を吐く。

レースはなおも研ぎ続ける。しかしさほど深く没頭してはおらず、外を通る足音に耳を澄ましている。いま近づいてくる重い足取りのお目当てはこちらだ。閂が外されないうちにそれがわかる。ブリキ片はズボンのポケットに消え、彼はまぶしくて思わず目をつむる。

ドアのところに副官が立っている。レースはまず膝までとどく編上げ靴で、相手が副官とわかる。だがレースがまだ土間に目を落としているあいだに、黒い、円筒状の物体が副官のすぐ足下をさっとかすって手桶の奥にこっそり隠れ、壁に身を押しつけてそのままじっと横になっている。副官は何も気がついていない。いたって熱心に、いかにもこわそうに目玉をギョロつかせているだけだ。レースはチラと脇に目をやる。と、ターキーの忠実そうな茶色い目がじっとこちらを見上げる。

副官は猛り狂い、レースの目の前で拳骨をやたらにふり回す。朝方一杯のシュナップスを断られたのに対する腹いせだ。副官は声をかぎりに絶叫する。おのれの権威にようやく充分に納得が行くと軽蔑のしるしに唾をペッと吐き、扉をバタンと閉め、それからしばらくのあいだ閂が言うことをきかないのにてこずっている。

副官のいるあいだは、ターキーは耳を垂れたままにしている。しかし足音が遠ざかるとたちまち、左右の耳が片方ずつぴょんぴょん立ってくる。それからターキーは居場所から這い出してきちんとすわり直し、ご主人様をじっと見つめる。レースは身を屈める。黒い体皮はごわごわで、手入れされていない。両方の前趾のあいだの胸の上だけが心地よくやわらかい感じがする。ターキーは背中を下にして丸くなり、もの思わしげにまたすこぶる満足気に、前趾を足掻かせながら何度か厚い埃のなかを転げまわる。それからまた腹這いになり――クウクウうなりながら右後趾をチクチク刺す蚤を探し、そのあとはまたほっとして静かに横になる。

黄昏時が来る。独房のドアの前で号令をかけている。歩哨の交代だ。レースはすき間に目を押しつける。歩哨に号令をかけているのはだれだろう？――なんとバスカコフだ。これがいましもポカンと口を開けて独房に目を凝らしているではないか。〈あいつじゃ何も期待はできないな。〉レースはそう思い、また固いコンクリートの縁に腰をおろす。レースはポケットから研いだブリキ片を取り出し、手首のすぐ下のところで切れ味を試す。皮膚は造作なくスッと切れる。

幼稚なメスをながめているうちに、シガレットを吸いたいという思いが油然とこみ上げて来る。自分のストックは中隊長が持っていってしまった。土間に細い木切れが転がっている。それを口に入れてしゃぶる。木切れは多孔質で、チュウチュウ音を立てて空気が通る。それが紫煙であるかのように、レースはその空気をふかぶかと肺一杯に吸い込む。しかしごまかしはうまく行きそうにない。木切れを投げ捨てる。すると今度は猛然と酔っ払いたくてたまらなくなる。シュナップスを一リットル、それを生《き》のままごくごく呑み込み、それからすみやかに不安が凍結されるのを感じること。しかしまさにこの表象こそが彼の弱さをさらにつのらせる。〈おれは卑怯だ〉と彼は思う、〈卑怯でなければ、とっくに決着をつけていただろう。〉

しかしシュナップスへの願望も、ほとんど耐え難いまでの頂点に達するとたちまち薄らいで来る。しかし喉の渇きは消えてない。レースの目に井戸が浮かぶ。まず営庭にあるクランク付きの井戸。クランクは水が出るまで長いあいだ回さなければならない。それから別の井戸、月影さやかな夜ごとにピチャピチャ水音を立てる、あっちの村の井戸だ。そして白い砂利の上をせせらぎ流れる小川が目に浮かぶ。岸辺には榛《はん》の木が立ち、その葉が遠い喝采の音のように風にさやぐ。〈夏〉とレースは思う。だが眼前に浮かぶのは特定の夏ではない。ただ穂のゆれる穀物畑が見え、そこに罌粟の花や、矢車草や、紫の麦仙翁が咲いているのが見えるだけだ。

突然大きな明るさが来る。その明るさで目をさまされて彼はまたまた喉の渇きを感じる。手の皮膚が熱く乾いている。ドアのところに行き、拳を固めてもの言わぬ木をガンガン殴りつける。のろのろ歩く足音が近づいて来る。どうしたんだ、とバスカコフが腹立たしげな声でたずねる。水が欲しい、とレースは言う。喉がカラカラなんだ。だがバスカコフは笑う。「禁止だ、厳禁!」バスカコフはまた行ってしまい、レースはひとり取り残される。

時間が過ぎる。ドアのすき間から夜の明るい黄昏の光が射し込んで来るが、独房の闇、ねっとりした漆黒のかたまりは、それを受けつけない。

外で点呼のホイッスルが鳴る。それからもう一度、今度は消灯の合図だ。ターキーは眠っている。

と、ドアを引っ掻く音がする。ターキーも起き上がって低くうなるが、レースには足音が聞こえなかった。ターキーは眠っている。

どこにいるのか頭をひねり、そうしてそっとドアのほうに歩いて行く。

カインツじいさんがシガレットとマッチを持ってきてくれただけのことだ。カインツはシガレットとマッチをドアの下のすき間からすべり込ませ、もっと早く来られなくて申し訳ないと言う。だけど糧秣補給所はてんやわんやでね、ピエラールが役にありついたんだ、あのしょっちゅう〈教養〉ありげに振舞ってるベルギー人だよ。少尉はしばらく姿を見せないでいた。午後はずっと軍曹たちと自室で酒をガブ飲みして、連中から戦闘状況を聞き出していた。バスカコフはもう寝に行ったし、次の交代まではゆっくりできる——二時間ある。「よかったら、伍長、ドアを開けてあげるよ。それで隠しといた金を取りに行ける。そうしたら金はおれが預かっておけるから安全だ。」

　しかしレースにその気はない。金はとっくにシェフの手ににぎられている。それはカインツにさえ言いたくない。それを言ってしまえば、たぶん最後の権力行使の手だてをも手放してしまうことになる。彼はありがとうと言い、すこし水をもらいたい、と頼む。カインツは言う、じゃあドアの下のすき間に水筒の首を差し入れてやろう、ドアを開けるよりそのほうがいい。錆びた閂がやたらにやかましい音を立てるからな。カインツじいさんはつぶやくようにそう言い、いきなり音もなく消えた。が、ほんのわずかのあいだだ……水筒の首は、レースがちょうど先端を唇にくわえられるくらいの長さがある。大きな瓶口をふさいだコルクの際《きわ》で空気がシュッと抜ける。「ああ」とレースは声をあげて言う。——「だから金のことをよく考えて」とカインツがまた言うが独房は無言のままだ。

　機関銃分隊のバラックにはまだ灯りがついている。フランクがピエラールといっしょにしゃがみ込んで、二人でなにやら熱心に話し込んでいる。すこし脇にコリブゥ伍長がいる。小さな手鏡できれいに分けた口髭に見惚れている。傍でシトニコフがパウザンカーに熱心に語りかけている。「そんなことができるんですか？」カインツじいさんが丁重にたずねる。ピエラールは新たなお役目に昂ぶって、もったいぶって鷹揚にうなずく。シトニコフは気にとめない。「わかってるよな」と彼は言う、「あのときおれは、なんとかしてきみにあんな恥辱を受けさせまいとした。しかし今度はきみが、自分でもいまのお役目はやっていられない気がすると言ってる。ということは、きみはまだ清潔感をすっかり失《な》くしたわけじゃないということだ……われわれ機関銃分隊は全員きみを応援するよ。いまきみに何より大事なのは、できるだけ早目にリッチに行くことだと思うな。きみはファーニーの毒に染まった。予想した通りだ。でもこれからは衛生に気を使わないとね、そうだろう、ファーニーの周囲にある有毒な空気から逃げなければ……」パウザンカーは聞きながらちっとも訳がわからない。ポカンと口を開けている……この軍曹、よくしゃべることといったら！「そんな気はありません」と彼は反抗するように言う、「わたしはこれからもあの軍曹殿のところにおるつもりです。」シトニコフはため息をもらす。するとカインツじいさんが言う、「おれはレースのところに行って来た。」

沈黙。コリブゥ伍長は手鏡をポケットにしまい、ピエラールはうろたえて咳払いをする。「会いに行くか、彼のために何かしてやらなきゃなあ」と言いはしても、確たる思い入れがあるわけではない。

「救助活動をやるならまずきちんと組織立ててやることだ」とシトニコフが精力的に断言する。「漠然としたセンチメンタルな感情に駆られて、その場かぎりの出まかせをやらかしたって何の役にも立ちゃしない。」

「わたしは自作の詩をロシア語から翻訳してやるよ。なぐさめになるだろう」とコリブゥが低い気取った声で言う。

「明日になればワイン一瓶にありつけるさ」とピエラールは約束し、痩せこけた頬をマッサージする。「あのレースは、わたしのことはいつだってちゃんと遇してくれた。それに、わたしも独房入りして彼の後継ぎになるのはもうわかってるしな。」

　暗がりのなかから何人かの声が、そろそろ蠟燭を消してもらいたいとせがんでいる。シトニコフが蠟燭の灯《ひ》を吹き消す。カインツじいさんがフランクをドアの外に引っぱり出す。

「わかったか、やつが金をどこにしまったか？」フランクがたずねる。彼はまだすこし顔色が蒼いが、長い脚で足取りもしっかり歩いている。

　カインツは肩をすくめる。「言おうとしないんだ。」二人は黙って営庭を横切る。「だれかに渡したんじゃないか？」フランクが解答として言い出す。「バカ言うなって！」カインツが叱りつける。「だってあいつのそばには頼りにできる人間はだれもいなかったじゃないか……こっちはうまく取り入っていたから、おれになら預けたかもしらんな。でもなあ、シェフがきっとやつの持ち物をガサったはずだ。それでレースは機転がきくほうじゃないから、金はまだ自室に置いてあるな。だったら金を持ってるのはシェフだ。なあ、明日の朝、おれがもう一度営倉にシガレットを持って行ってやる。そうすりゃ、きっとしゃべるとも。」

　だがフランクは首をふるばかりだ。レースの部屋で寝ているあいだ、壁に何ケ所か割れ目があるのに彼は気がついていた。たぶん金はあそこにあるはずだ。フランクはそこでカインツじいさんと別れてパン焼き工房に行く。カインツが疑いそうな万一の場合にそなえて、パン焼き工房のドアを開けたり閉めたりして、ドアの前で気配をうかがう。それから抜き足差し足でレースが留守にしている小屋に踏み込む。ピエラールはおそらくそんなに早くは戻らないだろう。一時間後、フランクはがっかりしてまた部屋を出て来る……

次の朝、いつものように起床のホイッスルが鳴る。寝ぼけ眼《まなこ》でグループ代表たちがコーヒーを取りに行き、帰りがけにこれまたいつものようにコーヒーの香りの長いリボンをなびかせて戻ってくる。年寄りの羊飼いが羊たちを哨所のなかに追い立ててくる。羊が走るドドドッと渦を巻く足音に重なって、羊たちの冴えた「べエー」という鳴き声が高らかに聞こえる。そして今日もいつものように〈シバニー〉が、生まれたばかりの仔羊を腕にのせている。痩せたヴェール軍曹が前哨基地のなかをまっしぐらにやって来る。胴体にギプスをはめたようにコチコチにこわ張った姿勢だ。唇に錆びたホイッスルをくわえ、たえずそれをピーピー鳴らしている。下士官食堂から副官がゲラゲラ笑う声が聞こえる。「カッツォ・モーナ！」とうなる。ハッサ軍曹がなにか冗談を飛ばしたところなのだ。ふいに下士官食堂のなかが静かになる。食堂の屋根の上を通っている塔の階段がどよめく。シャベール中隊長がどやどやと階下に降りて来るところだ。階下でシェフが中隊長を迎える。二人は熱心に話しながら事務所に入る。もう一度ホイッスルが、おそろしく長い、意地の悪い顫音《トリル》をピーピー鳴らす。騾馬どもはさっきから、空腹のあまりモーモーキイキイ声を上げてわめいている。上司の伍長に引率されて、守護聖人たちが騾馬どもに飼料《かいば》をやりに行く。歩く足取りの拍子につれて守護聖人たちは黒革の飼料袋をぶらぶらさせている。全員見るからにくたびれ切っているようで、不機嫌そうに目をパチパチさせる……

コリブゥ伍長に引率された機関銃分隊の最初のグループが番兵詰所の前にさしかかると、独房のなかからかすれ声でわあわあわめくのが聞こえ、分厚いドアが内部《なか》からどんどんぶつかる打撃でガタピシ震えた。グループはパニックに陥った。「レースが首吊りをした」とだれかが言った。

——「鍵だ、鍵を！」バスカコフの名を呼んだ。落ち着いているのはコリブゥだけで、ドアのところに行って閂をはずした。しかしドアは開かず、何かが内側から押し返す。そのうち独房のわめく声がやんだ。ようやくドアは開いたが、それも半分だけ。二人の兵が救援の命を受けてなかに入った。ターキーが割れ目から飛び出してきた。鼻面が血まみれになり、怒り狂って手当たり次第に咬みつきまわり、囲みを破りはしたものの、おまけにも一発足蹴《あしげ》を食らった。いまや極度の恐怖におびえてキャンキャン吠えながらターキーは哨所の衛門の外に逃げ出し、衛門前の広場の上でぐるりぐるりとしきりに輪を描いた。それからへたり込んでハアハア息をはずませた。すると泡だらけの舌が口からだらんと垂れ下がった。それからまたまた広場のまわりを猛然と走り出し、またまた前哨基地のなかに曲がり込んで、もう内部《なか》に人のいない独房の前に来ると、営庭をはすかいに横切って病室の前で終わる血痕のにおいを嗅ぎながら跡をつけて行った。

犬は病室の閉まったドアの前でくんくん泣き、木のドアをガリガリ引っ掻き、二三度短く息継ぐ間もなくキャンキャン吠えた。それから気が鎮まると、鼻面の血をなめてきれいにしだした。血の味は悪くなかったらしい。一瞬犬は心の悩みを忘れ、ピチャピチャ舌を鳴らして満悦した。急いで駆けつけて来たベルジュレ少佐は、上着をはだけ髪は乱れて身だしなみどころではなかったが、ターキーについて来られる前に相手をやさしく脇に押しやってドアを閉めた。

第12章　在庫目録

〈病室〉は二つの部屋からなり、機関銃分隊のバラックにある。手前の部屋にベッドが置かれ、壁際に薬品類を置いた小さな棚が吊るしてある。ほかに家具類といえば、椅子が一脚にテーブルが一つ。つき当たりの部屋にはしかし、四台の本格的なベッドがまっすぐドアに向かい合うように据えてある。四台のベッドは大抵空いている。重病人はリッチの野戦病院に移送されるし、病状の軽い者はバラックのなかで休養を取る。

コリブゥはレースをとっつきの部屋の看護夫用のベッドに寝かせた。血まみれのシャツの袖は肩までまくり上げられ、肘関節には長い切り傷がぱっくり口を開け、傷の縁は汚らしいかさぶたに覆われていた。尖端《さき》のくねった口髭が鼻の穴から生えているように見える、ブロンドのそばかすだらけの小男の看護夫が、つきっきりで傷口を洗浄している。苦痛のあまりレースの眼はカッとみひらかれており、看護夫がそれを目にとめる。「しょうがないやつだな」と看護夫は言う、「何てことをやってくれたんだ！」こんな場合《とき》の決まり文句だ。だからレースはうなずくだけ。「何を使ってやったんだ？　めったやたらに切り刻んだみたいじゃないか！」――「ブリキの破片《かけら》さ」とレースは小声で言って頭を壁のほうに向ける。

するとこのときドアがさっと開けられ、それまでごくかすかに聞こえていただけの外のざわめきが、静かな部屋のなかに大声で叫んだように押し寄せ、だがドアが閉まるとたちまちざわめきはやむ。ベルジュレは伸びをし、声をあげてあくびをする。「ちょっと見せてもらおうか」と言って傷口の上にかがみ込む。「やれやれ、また何てバカな！

動脈に全然当たってないじゃないか。これじゃ失血死なんかできっこない！」ベルジュレは小声で笑い、レースは恥じる。けれども少佐はレースが何か答える暇《いとま》を与えずに、すばやく話を続ける。「うん、暗い独房の一夜ってのはたしかにうれしいものじゃない。バカなことを考えるってこともあるだろうな。そのバカがこの始末だった、それは認めてもらわにゃいかんね、伍長。出血はかなり多量だったのかね？」彼は看護夫にたずねる。「はい、土間は血だらけだったと、運び込んできた別の伍長が話してました。それに犬にも相当なめられたようですし。」ベルジュレは傷にヨードをなすり込み、それから傷口の縁を三個のピカピカ光る創傷クリップで縫合する。「なんなら軍法会議に持ち出してもいいんだぞ。」笑って言った。「つまり、悪く取れば自己毀傷罪と言って言えないこともないからな。でもわたしは悪く言うつもりはない。」ベルジュレはうなずいて窓の外をながめやる。レースは、少佐がじつはひどく若く見えるのに気がついておどろく。少佐の皮膚はえらくなめらかで、目尻にしわ一つない。

　興奮した声がドアの外のざわめきをまたしても黙り込ませる。レースは何を言っているのかわかる。「いいか、シェフ、やつの顔など見たくもないぞ。こんな不愉快な事件を起こしおって！　要するにあいつは、気が狂っとるだけなんだ。」ドアがさっと開く。シャベールはもう一度ふり向いてがなり立てる。「そこで何をポカンと口を開けておる？　何も仕事がないんなら仕事をこしらえてやろう！――そこに立って、ちゃんと見とれ！」最後の言葉をシェフに向けて言い、それからシャベールは天井から漆喰がポロポロこぼれ落ちるほど力まかせにダーンとドアを閉める。シェフはドアに身体をもたせかけ、レースに向かってまばたきをし、コホンと咳払いして喉をきれいにして発言しようとする。が、中隊長が機先を制する。猛然とレースにつかみかかるが、その怒りは見せかけだけみたいな感じだ。「そんなにこっちをじろじろ見ることはなかろう！　わたしはもうきみに関係はない！　こんな茶番をしでかしおって！　重体なのかね、え、ベルジュレ？　頭をふってるな。不精をして返事もできないのか？　じゃあ、彼は死なないと保証してくれるのだな？　こんなことがあるなんて、まったく想像もしなかった！　おい、何を使ってやったんだ？」と、またレースにつかみかかる。「答えたくないのか？　答えろ、すぐにだ、でないと抗命になるぞ。おい。」レースが黙っているのでシェフが前に出て、中隊長の鼻先にとがらしたブリキの破片をつきつける。「何だ？　こいつでか？　おいおい、坊やよ！　こんなバカを！　だって痛かっただろう？」レースは喉に嗚咽《おえつ》がこみあげて口が聞けないので頭《かぶり》をふる。目はいまにも涙があふれそうだ。中隊長は自他の感動に対して断固として戦う。「しかし調査は続ける、いいな、シェフ？　訴状がフェズに行くまでに目を通しておきたい。刑を勤めあげられるように健康な身体にしておかなければな。治療が長引かないようにリッチに送ったほうがいいかな？　その必要はない、と思うか？　ともかくだな、ベルジュレ、この事件の報告書を作ってくれるね？　いやか？　どうだ、返事ができないのか？　報告書はないほうがいいか。わたしもそう思う。でないと連中はまたぞろ、どこかのバカげた条項を盾にこの若いのに食いつくからな。つまり外人部隊では自殺は禁止されとる。泥棒と同様の扱いでね。きみは自分の身体を自分勝手に処理してはならんのだ。その身体は売ったのだからな、それがわからないのか？　では、ベルジュレ、きみはリッチに行くようにし給え。わが隊の負傷者たちはとうにあそこにいて、きみを必要としている。ここのこいつより彼らのほうがずっと大切だ。名誉ある戦闘で負傷したのだもの！　ここに伝染病が発生しているようなら、この伍長は次のトラック便できみのところに送る。こいつは健康を取り戻さないといかんからな。さあ、シェフ、行くぞ。」

　外は静かになっていた。聞こえるのは犬の吠える声だけだ。レースは飛び上がる。「あれはターキーだ。どうしてわたしの犬をいじめるんだ？」少佐はにわかに厳しくなり、レースをベッドの上に押さえ込む。「中隊長の言ったことを聞いたな。きみはまだ未決囚なんだ。それに犬はきみのものじゃない。そもそもきみの所有物などもう何もないのだ。デタンジュ、もう一本硬直痙攣の注射をしてやれ。やり方はわかってるね？　鎮痛注射もあるね？　よし。では、彼の面倒は頼んだよ。何かあったらわたしに電話をくれ。質問はないか？」デタンジュは直立不動の姿勢で首をふる。少佐は二本指を軍帽に当てる。「それからお茶なり水なり、飲み物を充分に与えるように。ワインはいけない。まだ熱が出ると思うよ。目が気になるな。それにこの男、心臓が良くないしな。なあ、レース、すぐによくなるさ。」少佐は片手をふって合図をする。

「さて、あっちへ移るとするか」とデタンジュが言う。「歩けるか？」レースはうなずく。だが足を床におろしてベッドから身体を離すと、とたんに膝がガクンと折れ、四方の壁がにわかに歪んでいるように思え、壁が天井をギュッと押し詰めてゴシックの迫持ちみたいにとがらせる。「まあまあ」とデタンジュが言い、病人の腕の下を抱えてやんわりと前に押してやる。

　レースがまだ身に着けている服も、シャツも、ズボンも、固まった血でごわごわだ。ベッドから隣室までを隔てるわずか六歩のあいだを歩くのに、それが動くじゃまになる。とうとう彼は横になり、デタンジュが抱えるようにしてベッドまでを行くほかはない。さもないと、レースはベッドの縁からずり落ちてしまいかねないのだ。

「きみに着替えの下着をもらえるか見て来たい。それにズボンもだ。脱ぐのはいけない。わかってるな、シーツは前哨基地では貴重品だ。毛布が汚れているのはご覧の通りだ。喉が渇いてるのか？　厨房ですこしお茶が沸かせるかどうか見て来よう。そのあいだ、ちゃんと静かに寝ててくれよ。」

デタンジュはおろしたてのリンネル服にブルーのゲートルといういでたち。軍帽もブルー系統のやわらかい色で、それがパリの春の空を思わせる。

レースのベッドは窓のそばにある。窓には目の細かい鉄格子の網がかぶせてある。外は小さな庭が静かに燃え立つようにギラギラひろがっている。まだ屋根屋根のかげに隠れている太陽が窓の真向かいにある外壁を、その隠れ処《が》からじりじり熱している。空の固い青が目に痛い。

だが独房のねっとりした闇にもう我慢しなくていいのは、もう閂をかけたドアの板のあいだのせまい裂け目から覗かなくていいのは、どんなにありがたいことか。レースは目の細かい鉄格子の網に指先を当てる。そこは乾いた通風が指先を冷やしてくれる。それから傷のきれいな創傷クリップが冷たいように見えるので、そっと指をふれてみる。ところがこちらは火照《ほて》っている。

デタンジュは野外に通じるドアを開けっぱなしにしておいたので、前を通りすぎて行く人びとがベッドから見える。人びとは立ち止まり、好奇心たっぷりに寝ている人間を覗き込み、うなずいてにこやかにあいさつさえする。レースは怪我のないほうの手をふってあいさつを返す。いまはペシュケが通る。ペシュケは頭をこちらに向けない。コルクのヘルメットが顔を隠しており、こめかみの上でアパッシュの捲き毛の尖端《さき》が小さな黒い三角形になっている。ペシュケに踵《きびす》を接してご婦人物真似師のパチョウリがやって来て、立ち止まって投げキスをし、ためらうような足取りながらも入口の階段を二段上がる。部屋のなかに入ってこようとする。と、すきま風がドアをバタンと閉ざしてしまう。だがパチョウリはまたもやベッドの横の窓に姿を現し、鉄格子に鼻を押しつける。その顔があんまり近くにあるので、大きく開いたその目のあくなき欲望におどろいて、レースは思わず後ずさりする。パチョウリは傷口が見たいのだ。傷口を見ると何かおそろしくセンセーショナルな事態が約束されているとでもいうように、好奇心のあまりいても立ってもいられない。人差し指を鉄格子の網の目から差し込んで、お願いだから傷をさわらせてくれ、と頼み込む。ときどき頭をがくがく動かし、まるで不愉快な不意打ちを怖れているように、右から左から疑ぐり深そうに覗き見る。それからいきなり、あいさつもなしに走り去る。

レースはまたひとりきりになる。前室に通じるドアは閉まっている。ゼラチンが濾過器から漏れ出るように、窓の鉄格子を通して熱風が漏れて来る。前哨基地は静かだ。全員が眠っているのだろうか？　蝿が飽まずたゆまず複雑な輪舞を続け、ほとんど片時の休みさえしない。長らく閉めきった戸棚にしまっていた汚れた下着を思わせる黴《かび》臭いにおいがベッドからむっと流れ出る。レースは目をつむる。事物のあまりにも新しい貌《かお》に触れて、疲れてしまったからだ。

このとき顔の上を強い息吹が通りすぎる。「ヘイ！」だれかの声がする。真新しいカーキ・シャツを着込んで、窓の外にベルギー人のピエラールが立っている。左手の二本指に包帯を巻いている。彼はほほえむ。「具合はどうだ？　きみに話さなけりゃならないことがある。前哨基地中でみんなは、きみが日に日に三十本もワインを椀飯振舞してたって言ってる。本当かどうか知らない。むろん話が大げさになってるんだろう。だけどなあ、一つだけ確実なことがある。実際におそろしく在庫が不足してるってことだ。四百リットル以上のワインが不足してる。ということは樽半分だ。それにきみは樽にそのつど栓をするのを忘れてたものだから、ワイン三樽が酸化しちまった。わかるな……熱気だ。シュナップスの樽もあらかた空《から》だけど、でもまだすくなくとも百リットルは中身がある。それにコーヒーがまるごと一袋、石鹸が一箱、なくなっている。いいか、おい、こうしようじゃないか。おれは一覧表を作成しなきゃならない。モーリオはおれを信頼している。そこで後々の活動の余地をこしらえられるように、不足分をすこし余計に書いておく。だってきみにはどのみち同じことだし、それで全部一遍に片がつく。ほら、たぶん持ち金は没収されたんだろ」とピエラールは鉄格子の下から二十フランを押し込む。「昨日、スパニオーレとアラブ事務所の副官のところでうまく徴収したんだ。どこかの部隊が通過したら、またすぐポッポに入るさ。」「気をつけろよ」とレースは警告し、金を汚れた枕の下に突っ込んで、「徴収した金は危ない。少尉が急に決算書がほしいと言って来たらどうする？」「ご心配ご無用！　少尉とはうまく行っている。でもシェフとは一線を画している。こっちにタカリに来たり、うまくやろうとしたりしてほしくない。今朝もまた引替券なしでコーヒーを持って行こうとしたので追い返したところさ。」もう一度レースは警告する。シェフとはねんごろにしとかないと。そのほうが身のためだ。やつは狡猾だし、うらみがましいし、中隊長に重んじられてるしな。ピエラールはフンと鼻で笑うだけ。権力意識のあまりえらそぶって身体がコチコチにこわばっている。少尉を後盾に、中隊長を好意的なパトロンにして、シェフと張り合ってみたいんだ、とピエラールは言う。「ワインがほしかったらそう言ってくれ。なあ、おれは一度友だちだった人間を袖にはしないぜ。」言ってピエラールは別れを告げる。

レースは、後に残されてもの思いにふける。もっと強く警告すればよかったのじゃないか？　はじめて管理部に入った時分のことを思い出す。あのときもみんなでやさしくしてくれたものだった。

今朝はなんてのろのろ時間が過ぎて行くのだろう？

デタンジュが戻ってくる。難儀だったよ。お茶が強いので、なかにレモン汁を混ぜておいたからな。それから昼食を運んでくる。薄いソースをかけた、えらく堅い（フォークがなかなか刺さらない）羊肉に扁豆《ひらまめ》。

レースは吐き気がこみあげる、とともに昨夜の一瞬の記憶がひろがる。流れる血がとまり、静脈がおのずと閉ざされる。死はやって来そうになく、失神さえやって来ない。一旦はじめたことは終わりまでやり通さなければならぬ、という義務感に駆られ、またもやゴリゴリ刃を入れるうちにとうとう動脈にぶつかる。傷に指を当てるとドキドキ鼓動を打っているのがはっきり感じられる。傷の表面から動脈を隔てているのは、わずかに薄い膜だけだ。しかしその薄い膜を掻き切るだけの力がない。そしてこの自分の弱さを認める非情な思いがやにわに襲って来て（反抗心は土間の埃のなかに例の缶の蓋を探させようとするが、手はその命に服するのを拒絶する！）、いまもなお大きなうめき声をあげさせるので、デタンジュが同情してたずねる。どうかしたのか、痛むのか？　デタンジュの目玉が詮索がましくギョロギョロする。

レースは相手の食い入るような大目玉を逃れて目をつむった。「食事は下げてくれ、こいつ、胸が悪くなるんだ。お茶をすこしだけ、ありがとう。」

レースは眠り込む。目がさめると前哨基地は、とうに静けさをふるい落としていた。病室を機関銃分隊と隔てている薄い壁を通して、向こう側の会話はごたごたした声の粥のようなものになって聞こえてくるだけだ。それが訳がわからないだけにこちらの神経を興奮させる。レースはてっきり向こうの話題は自分のことだとばかり思う。よく聞こえるように壁に耳を当てる。と、「銃」とか、「臆病」とか、「土着民補充部隊兵《グムス》」とか、「シラスキー」とか、「おやじさん」とか、いくつかのことばが形を取る……戦闘の話をしているだけなのだ。
デタンジュが夜食を運んで来る。お茶のケットルがからになっている。レースは自分がいつお茶を飲み干してしまったのかまるで覚えがない。「新しいお茶に替えてやるよ」とデタンジュは約束し、ついでに昼食の汚れた食器も片づけてくれる。「何も食べないのか？　食べなきゃだめだ。食べないと、失くした力を取り戻せないからな。」
「卵を二三個頂けないかな？」レースは相手の言葉をさえぎって言う。スープとゆがいた羊肉とねとねとした米の昼食を、またもらおうとしてみるが、それは無理だ。「村に行って何か見つけてくれよ。金ならある。」
デタンジュはとぼけた顔をする。「金？」彼は掌に唾を吐いて、その掌をズボンにこすりつける。象徴的な手洗いの真似だ。「それで、おれにどう関係があるのかね？　おれはきみを看護する責任がある。でも少佐は、きみが金を持っててはいかん、とは一言もおっしゃらなかったな。で、卵はいくつ要るんだ？」「手に入るだけ。そうすれば二三日は保《も》つだろう。」
「よしきた！」デタンジュはうなずく。おれはこれからマテルヌ中隊長の部屋に硼酸《ほうさん》水を持ってかなきゃならん。あちらが目が痛いとおっしゃるのでね。うまい口実だ！　アルコール・コンロも手元にある。レースよ、ほかに何か要るものはないか？——ない。——それはそうと、ベルジュレは今朝出立した。出立前にベルジュレが言っていた。レースは安静にしていなければならない、と。中隊長は良い人だが、まず興奮を治めてもらわないと困る。二三週間もすればこんなことはすっかり忘れられてしまい、軍法会議なんてもうだれも問題にしなくなるさ。
おお、病室の闇は何と心なぐさむことか。目に入るものとては黄昏の明るみの線しかない、あのねばつく漆黒の闇とは大違いだ。生活から閉め出されていない。ふたたび共同体に受け入れられている。それが安全と安らぎを与えてくれる。向こうでみんなが歌っている。
そう、悪い継母だった‐継母‐ハ‐ハ、継母‐ハ‐ハ、
継母‐ハ‐ハ。
トリコ‐トリコ‐トリコットのセーターを着ていたよ
あのあばずれは、
靴底がとれた長靴を履いて
それに踵もついてない……
レースは小声でハミングして歌に加わる。歌声はかろうじて何とか壁を抜け、それから広い部屋のなか、その大きな空虚のなかをひらひら舞いまわる。しかしその歌は人間が間近にいるという安心感を与えてくれる。こちらが呼びかけさえすればいい。と、すぐに戦友たちは隣から来てく

れるのだ。思いはおもむろに一昨夜来の記憶に沈む。

　だが向こう側でやにわにおらび声が上り、それが大きくふくらむ。シトニコフの声が「静かに」と呼ばわるが、どうにもならない。怒声が高くあがり、こもって威嚇的になる。と、暗い水のなかから泡が一つ——ポンとはじけるように、一声すさまじい叫び声があがる。次いで沈黙、興奮したざわめき。足音が窓の前を通り過ぎ、ドアがさっと開く。「おい、看護夫！」だれかの声が喘ぎあえぎ暗闇に気圧されながら叫ぶ。「看護夫はここにいません」とレースは声をあげて言う。足音は近くまで来、マッチの焰が燃え上がり、椅子がひっくり返る。「みんなが軍曹を殴り倒した」と影が言う。レースはマッチの最後の焰のなかでそれがコリブゥとわかる。

　またしても窓の前に足音。担架を運ぶ人たちの重い足取りだ。レースの隣のベッドに人ひとりの肉体がどさりと投げ出される。担架の運び手たちは、追われでもしているように急いでまた出て行く。コリブゥが死んだような男の手足を念を入れてととのえてやる。「だれなんですか？」レースはたずねる。静けさのなかで、彼は失神した男の息遣いを聴き取ろうとする。息遣いは聴き取れない。

「それがなあ、シトニコフなんだ。」話ができるのでコリブゥはホッと安堵している。「シトニコフは友だちだ。この件にこれ以上喙《くちばし》を入れるのはよせ、とおれは忠告した。良くない一件だ。彼は若い魂を救おうとした。とてもすばらしい企てだ。やるな、とは言わない。彼の人間性のこの上ない証左だからな。ただこの人間性は、外人部隊ではずばり役には立たない。おれはシトニコフによく言ったものだ。おれたちがここにいるのは、とおれは言ったんだ、登録のためであって、それ以外の何ものでもない。それ以外のことはすべて危険だ。だっていくら議論してもわかってもらえないからな。もっぱら暴力が、純粋な暴力が、拳骨が支配しているだけなんだ。」最後の拳骨《ファウスト》という語をコリブゥは、複母音をはっきり分節してしゃべる。彼はベッドのシトニコフの傍にすわり、レースを通り越して、四角い窓のほうに向かって話している。意識のない男を心配している様子はもうない。いまは事件を順序立てて語ることだけが重要だ。

　さて、ベルジュレはファーニー軍曹の伝令パウザンカーを他の兵と同じくかいなでに診察しただけで、パウザンカーは健康と見なされた。シトニコフがしかし強く迫って言うには、パウザンカーは病気に感染しているので、いま一度回診を申し出たほうがいい。治療をためらっていると病気が不治になるおそれがある。だがファーニーのどうしようもない影響に毒されて、パウザンカーはいま一度少佐に診てもらいに行くことを突然拒んだ。そうこうするうちにベルジュレは行ってしまった。そこでシトニコフはパウザンカーに、中隊長のところに行ってこの件を打ち明けて来い、と強く迫った。パウザンカーは承知した。ところがファーニーの分隊の何人かの古参兵が、シトニコフの説得の試みを密告《き》したのだろう。ファーニーは猛烈な脅しをかけて来たが、自分でシトニコフに手を下そうとはしなかった。ファーニーはそこでデュノワイエとギイじいさんとステファンに午後いっぱい自腹を切って飲ませ、それからパウザンカーを迎えに彼らを機関銃分隊に送った。三人は機関銃分隊のバラックに押し入り、デュノワイエがパウザンカーに、ファーニーが伝令に用事があるのですぐ戻って来るように、と要求した。「わたしはきみがここにいるように要求する」とシトニコフは入墨を入れた伍長には答えずに、非常に静かに言った。するとデュノワイエは仲間二人に、パウザンカーをつかまえて機関銃分隊が手を出せないうちにさっさとしょっぴいて行け、とのサインを出した。蠟燭は一本しかついておらず、デュノワイエがその一本を略奪の際にすぐに吹き消した。騒乱。わめき声。突然シトニコフが叫び声をあげた。コリブゥは、「おれはただ黙って拱手傍観していた。人間的な情熱の爆発にとても興味があるからだ」と説明を続ける。コリブゥは気取った話し方をする。自らの価値を確信しているからだ。「でもやっぱり、群衆《モッブ》シーンがどう展開するか見ているしかなかったんだ。たとえば将来映画を作ることになったとき、それがどんなに役に立ってくれることか。わかってもらえるかい？　純粋に文学的な関心もあったんだ。だからおれは蠟燭をまたつけた。シトニコフが床に転がっていて、唇が真っ青だった。そこでおれはみんなにわめくのはやめろと命じ、おれの同国人はすぐにこちらの命令を遂行するように配慮してくれた。おれたちはわが戦友をここに運び込んだ――さて、これからどうしたらいいと思うかね？」

「蠟燭をつけることだ」とレースは、なるべくそっけない口調で言う。

「そうだ、おっしゃる通りだ。ま－ったくだ。」

コリブゥは手探りで隣の部屋に行き、テーブルの上をまさぐって戻って来る。金属製のベッドを台にして蠟燭を貼りつけると、焰の指が部屋のさまざまの隅を指さし、そうしてから焰のゆらめきがようやく落ち着く。

「では、きみの体験をもっと話してもらいたいね、伍長、きみの精神の体験、これまでに閲《けみ》してきたいろいろな体験が、死のうと決心させたんだ。おれはきみの身になって考えるくらいの感情移入の能力はあると思う。きみの絶望を書くことはすばらしいモティーフだ、そう思わないか？

なぜってぜひとも知ってもらいたい、おれは抒情詩の才能があるだけじゃないんだ、そうなんだ、もう書いてるんだ……どう言えばいいのか？……その心理学的発展小説を、そうだ、コンスタンチノープルで外人部隊に応募するまでのおれの精神的展開をね。おれはシトニコフにそのうちの何章かを読んで聞かせた。すると、これは重要だと言ったんだ。重要だ、とね！」コリブゥは思い入れよろしくそのことばをくり返す。それから彼は失神した男のほうに向いて、同じように低い、自信たっぷりの声で相手に語りかける。

「さて、友よ、めざめよ、きみはもう充分眠った。きみはおれが授けた良き助言を聞き入れようとしなかった。ふたたび目を開けよ、危険は過ぎた。だがきみが試みた救助が失敗したので、悲しく思うだろう。目を開けろ、と言うんだ、友よ！」

シトニコフは微動だにしない。幸いにもデタンジュが戻ってくる。短い質問をし、失神した男の胸に耳を当てると、うなずいてみせる。「大丈夫だ……」、おもむろに小さな壜を取って来て壜頸をシトニコフの鼻の下にあてがう。アンモニアのするどい臭気が部屋のむし暑い空気を冷却する。シトニコフは目を開け、ふーっと息を吐き出し、目をぱちくりさせてあたりを見回す。「パウザンカーはどこだ？」というのが最初に出た質問だ。——「やつを堕落させた男のところさ！」コリブゥがパセティックな口調で答える。シトニコフはいきり立つ。力ずくでもやめさせてほしかった。どうしておれの分隊の連中は断固たる態度に出なかったのだ？　コリブゥが同情の笑みを湛《たた》えながら事情を説明する。彼らはレースにもわかるようにドイツ語でやり取りする。シトニコフは遅まきながらレースの手を取ってあいさつする。それからだらだらと、これからどうしたらいいかを協議する。シトニコフは、中隊長が事件の話を耳に入れるのを好まない。あの年配の人を不必要に興奮させてはいけない。だからシトニコフの一時的な不快感の話をするだけ、そして分隊をこの方向で指導するだけ、という結論が出される。

「あんたたち、安心してフランス語で話してよかったのに」と仲間はずれにされて気を悪くしたデタンジュが言う。「おれはお巡りじゃない。密告《さ》したりはしない。」コリブゥは慇懃に口をまるめ、拳の指関節で口髭をしごきながら看護夫をなんとか宥《なだ》めようとする。コリブゥには抗し難い。一人の人間救出にまつわる悲劇を打ち明けられ、次いでデタンジュは馬鹿丁寧に先の結論を教えられる。わかってもらいたい、外人部隊は一般に正規軍とはあんまり良い経験をして来なかった。だから信頼もなくなる。しかしデタンジュは見たところ良き戦友らしい。よもや外人部隊の内輪の問題に容喙《ようかい》したりはしないだろうね？　デタンジュはこの立て板に水の未曾有の弁舌に圧倒され、ひたすら頭をふるばかり。「〈頭でっかち〉ってやつよ、ああいうのは議会に行ったらいい」とデタンジュは二人が部屋を出て行った後で言う。それから彼は長いこと蠟燭の焰にながめ入り、焰にやさしく息を吹きかけるが、蠟燭はそれがおもしろくない。だから白い涙を流して泣く。「卵だ」とデタンジュは思い出して隣室に行く。まもなくお湯の沸く音がする。デタンジュが卵白の上に黄身をのせたグラスを持って戻ってくる。お茶のケットルもまたいっぱいにしてある。彼はレースににおいを嗅がせる。ラムだ！「それから、ほら、キニーネもある。何か用があったら呼んでくれ。」言うと隣室のドアを閉じ、服を脱ぎながら口笛で低くインタナショナルをハモり、と、口笛の響きがやんでベッドががたんと音を立てる。五分後にはもう閉めたドアごしに高らかないびきが聞こえている。

レースはいろいろ時間潰しのやり方を試みる。キニーネは使い切りたくないので、お茶の甘さに苦いバックをつけるのにちびちびなめるだけ。遊んでいる子供のようにのんびりした感じになる。それからベッドをちゃんとする。枕を叩いてきちんとさせ、毛布に寄ったしわを平らに伸ばし、ズボンを脱ごうとさえする。それは流れた血でごわごわにこわばっている。鉄格子の網越しに冷たい風がヒヤッと触れる。〈もうそろそろ夏も終わりだ。雨季になって雪も寒さも来るだろう。この冬、おれはどこにいるだろう？〉

蠟燭がゆらめく。レースは長々と蠟燭の焰を見つめる。それはまるで足を縛られて直立し、自由になろうとして絶望的に上体をじたばたもがかせている囚人のようだ。しかし解放は近い。蠟燭の寿命がつきる。焰が闇に溶けて沈む。もしかして長い不眠の夜がはじまるのかもしれない。もはや思考の流れを光がはばむことはあるまい。

「やめた！」レースはつぶやく。「さあ、ケチっていた錠剤を二つとも飲んじまおう。これでキニーネが毛穴から汗を追っ払ってくれるさ。そら、やったり！」もったいぶって言う。「口の小粒の玉、こいつは苦い、けど悪くない。すぐにお茶を一口すすればラムの味がする……フムフムフム……」それから横になったまま古い滑稽詩をむにゃむにゃつぶやく。「ホロホロ鳥が数を数える、一、二、三、四と。あのかしこい鳥は、いったい何を数えてるの、あの暗い榛《はん》の木の下で？　知恵熱にくすぐられて（ぼくらもそれでうっとりさせられて）ホロホロ真珠の数を数えてるのさ……」彼はぱっちり目を開けて闇のなかに踊る星影を追う。ようやく目の前で白い魔術師キニーネがドラムをたたきはじめ、病人はホッと安堵して目をつむる。そのドラムの連打が眠れ眠れの子守歌で……

第三部　解決

主よ、主よ、わたしたちはむごたらしく閉じ込められております。
（ジッド「パリュード」）

第13章　戦闘

黴《かび》臭いバラックから彼らはマットレスを野外に引きずり出していた。真夜中頃、山からしのぎやすい風が来て、べたつく身体の汗を乾かす。しかし山々と前哨基地のあいだには平原があって、そこに昼の熱気がこもっているので、風はほんのわずかの冷却しかもたらさない。風は熱気を連れて来て、営庭のなかに熱気を運び込む……

彼らは眠れない。一日中ゆっくり休んで、もうここ何週間来彼らの目を燃やしてきた疲労が消えているのに気づく。熱風が彼らをおしゃべりにする。仰のけに寝ころび、風に向かってことばをしゃべる――と、風がそれらのことばを引き取つて、風に舞いあがる埃とたわむれるように、それらのことばとたわむれる。だが埃はまた――雨に降られて落ちて来るか、無花果《いちじく》の葉にくっついて葉がしおれるのといっしょに地上に落ちるかして、土に戻る。決してなくなることはない。でもことばはどうか？――風はことばを唇から摘み取って（ことばは軽い。埃よりも軽く、熱い空気よりも軽い）、そうしてから吹き散らかしてしまうだろう。どこへ？　ことばは、それらのことばは、夜のなかへ語られるだけ……ワインと喉の渇きと煙草のために嗄れてしまった声が、それらのことばに形をあたえる。

シラスキーが語る。「戦闘の前の晩にトッドが言ってた。〈なあ！　明日は何かあるぜ！　カフェで四人のアラブ人に会った。やつらはおれから何か聞き出そうとした……ねえ、おれたちは食料品を積んだトラックの護送をする役回りなんだが、それだけじゃなくて、輸送部隊には主計将校の車がついてくるんだろう？〉――もちろんおれが知ってるわけはない。だけど朝になると、実際小型の自動車が来てた。〈気をつけろ〉とトッドがそれでまた言うんだ、〈どうも今日が臭いぞ！〉するといきなりラルティーグがおれたちの横に来て、ドイツ語でおれたちに話しかける。〈自分たちの分隊の面目をけがすなよ！　わたしをあんまりバタバタさせないでくれ！　わかーったな？〉それからくるりと回れ右をし、見ればラルティーグの背中はすっかり――まるで老人のように――まるくなり……うん、背中がえらく悲しげに見えるんだ。ラルティーグはどういうことになるかわかっている。おれはそう思った。」

シラスキーの隣に、腰にハンカチを結んだ、のっぽの痩せた男が寝ている。腹這いになり、両手をくぼめて顎を支えている。口髭の剃り残しが真鍮のようにキラキラ光り、頭の捲き毛はブロンドだ。

「おれたち第四分隊は」とその男がしゃがれ声で言う、「あんたたちみたいにいい境遇じゃなくてね。おれたちの指揮を執るのはファーニーだ。なあおい、言っとくけど、やつは完全に気が狂ってる。あんたがやつの目の前に立ったとする、でもやつはあんたの顔をまともに見ない――チラとかすめるだけだ。やつはあの有名な救助隊に参加していたものだから、部隊中で自分がいちばん偉いと思っている――ほら、あの一九一八年のタフィラレートの……二十二人の救助隊のうち、やつとやつの伝令と伍長一人しか生還しなかったときのことさ。今度はどういうザマを見せるかって！　賭けてもいい、アラブの騎馬隊が襲って来たら、やつはズボンを濡らすね。」男は笑い、それからなにやら小さな音がパチンと聞こえる――野戦用水筒の栓を開けたのである――、そして長い間合いを取ってごくりごくりと飲む。

月はまだ上っていない。だが星影が明るいので、バラックのなまこ板屋根の庇が地面に天鵞絨《ビロード》の影を投げている。笑い声があがると、静かな夏の夜、村の泉がごぼごぼ立てているような音に聞こえる。沈黙。それからプフィスターが笑う。「ハハハ！……ズボンを濡らすか！　そいつはおれの隣にいたペトロフなら、ほんと、ほんとにぴったりだな。アラブのやつらが撃ちはじめる――よな？――ものすごい一斉射撃だ……タタタタ……耳元すぐのところをパシッとかする、と、目の前にペトロフがしゃがんでて、立ち上がるとやつのズボンの尻がすっかりズブ濡れ。臭えのなんのって、なあ！ 〈あっちへ行け、こん畜生！〉おれは言ってやる。〈トイレに行って来な！〉で、やつはほんとに後じさりをしようとする。するとハッサがそれを見て、また前のほうに追いやる。ところがあの露助野郎と来たら、恐怖のあまり相手の言うことがわからない。ただもう手前の尻を指さすだけ。そこでハッサも笑い出さないわけにはいかなくて……」

プフィスターもハッサ軍曹が笑うのをまねて笑う。スイス人のプフィスターは小柄でまるまると肥えている。ときどきお国訛《なま》りをからかわれると、なんとか標準ドイツ語をしゃべってみせる。ときにはクラシンスキーのベルリンっ子訛りを真似できることさえある。

桜んぼみたいに丸い小さな口をして、鳥の曲がった嘴めいた鼻のおかげでしょっちゅう何かをついばんでいるみたいな第一分隊所属のクレマン伍長は、見た目には腹ぺこの給仕といった役柄だが、言うところによるとフォン・ミュンメルゼー伯爵一門の最後の末裔だとかで、プロイセン軍少尉役のドサ回りの役者みたいな口のきき方をする。「たんと笑うがよかろう！」と彼の言うには、「きみたちはたかが第二分隊付きだ。しかしおれたちは第一分隊付きだぞ！ いつも隊長といっしょ、隊長の後衛だ！ アラブの畜生どもがもう踵《きびす》を接してついて来るポストだ。一頭の馬に二人ずつ乗ったやつらが向こうから百メートルのところまで来て、回れ右をして、全速力で引き返す。と、突然おやじさんがおれに言う。〈なあ、おい、見たか、白い糞を落として行ったな？ ほら！ あそこだ《ラ・バ》……〉まちがいない、おれもそれは見た。おれたちのほうに向かって来たやつらは、どいつもこいつも馬の尻に二人目の男を乗せていて、こいつが馬が回れ右をする間際に地面に糞をひり出して行くんだ。それからだんだんに近づいて来る。やつらはこっそり忍び寄る術《て》を知っている。すぐそばに来るまで姿を見せない……フム」クレマンはもの思わしげに言う、「あれはじつにへんてこな白い糞だった……」

「馬の糞！ 白い馬糞！」プフィスターが恍惚として笑う――彼はじつにバカバカしい冗談にさえ笑いたがる。半年前に騾馬の蹄が額のド真ん中に当たり、そこに赤い瘢痕が残ったことがある。どうやら脳味噌にも打撃を受けたらしい。「うんうん、おやじさんはしゃれを飛ばす余裕がある。うちの隊のハッサは芋の煮えたのもご存じないと来てる。近眼なんだ。〈軍曹！〉おれは彼に言う。〈軍曹！ あそこに這っているものがいます！〉――〈おまえは自分の職分を守っとればよろしい！〉〈いいえ〉とおれは言う。〈あそこに二十四人這ってます。撃たせてください、軍曹、でないとピエラールにしてやられます。〉――〈おまえ、上官に向かってそんな横柄な口をきいていいのか？〉が、そう言ったか言い終わらぬかのうちに、ほとんど目の前二十メートルもないところに、灰色のマントの一団が立ち上がってガオッと吠える。そこでハッサは〈回　れ　右《ドミートゥール・ア・ドロアト》〉をして駆け戻って行く。そこでおれは、〈馬を飛ばすには暑すぎる〉と言って、〈着剣〉を命じる。みんなは次々におれの命令にしたがう……ペトロフが〈悪魔に食われろ《ヨプトヨウマティ》！〉と吼えて、若い仔牛みたいにぴょんぴょん飛ぶ。アラブ人どもは退却して行く……これで静かになると思いきや、自動車のクラクションがブーブー鳴るのが聞こえる。主計将校が気持ちよさそうに通り過ぎて行った。これは恥辱ではないのか？　暑いのにやつの糞みたいな金を守るために、おれたちはあれだけ緊張しなければならなかったんだぜ！　でもなあ、シラスキー、今度はきみが、トッドが負傷したときのことを話す番だ……」

　そっとささやくように、「あのトッドは……」――「死《トート》だ……」――「死ん《トート》だ……」そして沈黙。薄いマットレスの上の何人かの身体は微動だにしない。だれも笑う者もない。全員が息を止めているようだ。それからシラスキーのマットレスがかさかさ音を立てる。シラスキーは起き上がって両脚を引きつけ、膝に腕をからませて彼を囲む戦友の面々に視線をさまよわせる。パチョウリがいる。ペシュケもいる。二人はひとつマットレスの上でぴったり身を寄せ合い、その向こうには壁にもたれてカインツじいさんがしゃがんでいる。カインツの隣にはパン焼き係のフランクが腹這いになっている。そしてバラックのドアの閾の上には、左手に小さなノート、右手に尖をとがらせた鉛筆を持って、口髭をきれいに分けた詩人のコリブゥがいる。彼一人だけが完全に着衣している。黄色のカーキ制服、腰のまわりにグレーのフランネル・リボンをぴっちり巻いて、伊達《だて》な編上げ靴に規則通りに巻いたゲートル。熱帯用ヘルメットをピカピカに白塗りにし、顎紐は髭の後ろに隠れている。シラスキーのまなざしはさらにさまよい続ける。一瞬クラシンスキーの上にとまり、またふっと逸れてクレマンの鼻にぶら下がり、それからようやく下を向く。シラスキーはため息をつく。彼はあの行軍の日の晩のことを思い、トッドの死を思い、そして小声で次のように話しはじめる。

「知っての通り機関銃分隊は前衛だった……おれたちが出発したときはまだ暗かった。少尉が馬に乗って先頭を行った。いやな目つきをしていた。最初の休憩時間に荷駄の紐がちぎれ、ホッチキス機関銃が地面に落ちた。軍曹が一人で荷積みをし直さなければならなかった。しかしそれから明るくなり――二番目の休憩時間が来て――軍曹は少尉に報告しに行き、コリブゥが様子を見に行かされた……」

「三脚のボルトが一個なくなってたんだ……」ドアのほうから声がした。シラスキーはうなずいた。それからまた話を続けた。

「ラルティーグはボルトを探しにトッドとおれを後戻りさせた。おれたちはずっと背を屈めながら走った。背中が痛くなった。結局ボルトは見つかった。おれたちはまた走って戻った。分隊はずっと先のほうにいて――おれたち二人は隊から孤立した。舗装をしてない道路が両側の高い岩壁のあいだを通っていて、斜面からたえず石が転がり落ちてきた。〈気にいらないな〉とトッドが言った。おれは黙っていた。〈なあ〉とトッドはまた言った、〈上のやつらにはどうもこっちの様子が見えないらしい。おれたちは金を持ってないし――それでもアラブ人どもが興味がありそうなのは、せいぜいおれたちの武器くらいのものだ……〉やっと分隊に追いつき、おれは少尉にボルトは見つかりましたと報告した。〈ほかに何かあやしいことに気がつかなかったか?〉ラルティーグがたずねる。そこでトッドが斜面から転げ落ちてくる石のことを話すと、少尉は顔をしかめる。それから少尉は、カッス‐クルートまではまだしばらく時間がかかると言う。そこで分隊全体が足をとめ、おれたちは手持ちのベーコンを食った。ラルティーグはそれから鞍嚢からシガレットの箱を六個取り出し、おれたち全員に分けてくれた。ご立派なもんだ、なあ?……」

クラシンスキーの頭がマットレスから持ち上がり、捲き毛が贋金みたいにテカテカ光った。彼は咳払いし、短い吹き矢の筒口の唾をぬぐうように、とがらせた唇の唾をぬぐってからケケケと笑った。

「じつのところおれには、あんた方がどうしてあの少尉にぺこぺこするのか気が知れないね。そりゃあ、シガレットは分けてくれるさ。それであんた方みたいな薄ノロは、やつが自分たちに対する愛からしてそうしているのだと思っている……とんでもない! あのお偉方は自分の身のためを思っているだけさ。部下をちゃんと扱わないと、やつら、後ろから自分にドカンと一発くらわせるかも、そう思ってるんだ……わがファーニーはいつも最後尾にいる、ああいう人使いの荒いやつにはそのあたりの消息がわかってるのさ。こっちの銃口の前にきたら、今日はもうパウザンカーとおねんねできないだろうとね。話を続けろよ、シラスキー、でも将校どもの高貴な心なんぞと、イカサマをのたまうのはやめにしてもらおう……」

「ああ、ベルリンっ子か!」シラスキーの声は嘲笑的だった。「あんたはいつも将校たちがいない席だと大口をたたき、遠くからチラとでも将校の姿が見えると這いつくばる。だってあんたは、ヒツィヒが倉庫でネクタイをガメたとシェフに密告《サシ》に行ったじゃないか。いいか、おれはあんたとなんか喧嘩するつもりは毛頭ない、あんたは汚いにもほどがある野郎だものな……」

「じゃ、あんたは？……じゃあ、あんたはどうなんだ？……どうだ、バラしてやろうか……おばさんよ！　部隊中でまだおねんねしてないのはだれとだれだい？……しまいにはトッドともな、そうだろう、ちがうか？」

　バラックのドアのところにコリブゥ伍長が立っていた。いつもはやさしいその声が闇のなかを甲高く響いた。

「恥を知れ、クラシンスキー……負傷者には敬意を払うものだ、それはあんたに言っておく。あんたのようなタイプは、作家の観点からすれば非常に興味があるし、あんたはたぶん知らんだろうが、わが国の作家ドストエフスキーの人物とどこか似ていないこともないとは思うけどね。わたしが考えているのは、たとえば長編小説『白痴』のなかのフェルディシュチェンコ……傑出したタイプだ……」コリブゥはまた腰をおろすと手帳に何やら書き込んだ。

　クラシンスキーは笑おうとした。だが彼を四方から押し包む沈黙が息苦しいほどだったので、笑いは咳払いに変わり——口に埃を詰め込まれたような感じだった。シラスキーは腹立ちまぎれに猛然と拇指の甘皮をかじりながら、ひとつ間を置いて話を続けた。

「少尉はたえず谷底のほうを見下ろしていた。おれたちは丘の上にいた。谷間には何も見えなかった……空気はとても透明で、太陽はまださほど高く上っていない。ずっと後ろの、道が上り坂になり出すあたりに第一分隊が見えた。少尉は双眼鏡でこちらのまわりを囲む山々をくまなく覗いていた。と、突然トッドが大声で〈シラスキー！〉と叫んだ。目をあげると、トッドが肩で少尉の胸にどんとお突きを入れ、ラルティーグが横倒しになって地面に手をつくのが見えた。おれは飛んでいった。さっぱり訳が分からなかった。トッドの身に何が起こったのか、気でも狂ったのか、そうじゃなくて何か……と、うまい具合にトッドを抱きとめる汐時がきた。おれはきっとえらく馬鹿面をしているように見えただろうな……」

「ふだんはブリリアントに知性あふれる顔をしてるものな……」クラシンスキーが水をさしたが、チッと舌打ちをされて引っ込まされた。そして鸚鵡の嘴をした男、クレマンが大きな声ではっきり、だれも異論を唱える余地がないほどするどく言う。

「きたならしい口をきくな、クラシンスキー、さもないと痛い目を見ることになるぞ！」――「その通り！」プフィスターが賛成する。そしてパチョウリが今夜はじめて声を聞かせる。「おお神よ神よ神よ！　あんたたちっていつも喧嘩ばっかりね。流星を見てごらんなさいよ。今夜はとってもきれい！　なのにあんたたちの話すことはきたならしいことばっかり。風がこんなに愛らしくあたしの髪をなでてくれるのに……」「シイッ！」ペシュケが言う。「先を話してくれ、シラスキー！」

「ラルティーグは笑いはじめたけど――突然声が詰まり、立ち上がろうとすると、トッドが肩をつかんでやっとの思いで言う。〈伏せて、少尉殿《モン・リュートナン》！　伏せて《トゥー・クウシェ》！〉また叫び、そこで全員が身を伏せる。おれはトッドを地面の上にすべらせ、その横ににじり寄る。おれたちはやっとのことで機関銃を据え、少尉が標的を、距離を決める。万事が順調に運ぶ。〈随意に撃て《フー・ア・ヴォロンテ》！〉少尉が叫び、と、ホッチキス機関銃が始動する。一ダースのミシンが立てるような騒音だ。――トッドは静かに横たわっている。ラルティーグがそちらのほうににじり寄って行く。ラルティーグはポケットナイフを手にし、トッドの軍服のボタンに胸前でナイフを入れる。すると傷口が見えた。前のほうは乳首から手の幅ほど上のところ、こちらはほんの小さな穴だが、背中のほうでは漏斗だ……漏斗……」シラスキーはことばにつまった。しゃっくりをしたような感じだった。「じょ‐漏斗だ、直径二十五センチの。肉も骨もちぎり取られて、それが」（とまたしゃっくりが出て）「すこし離れたところの地面に落ちている布切れにへ‐へばり‐ついていた。〈どうしてこんなことをしちまったんだ、トッド？〉少尉がたずねる。わがせ‐せ‐戦友の顔は真っ白だった……と、少尉はおれに、おまえのシャツをよこせと呼びかけた。おれはよろこんだ。シャツはその前日に洗ったばかりで――それでシャツは、とて‐とて‐とてもきれいだったんだ。少尉は医者みたいに処置した。シャツを細かく裂いて穴に詰め込む。それからおれはラルティーグの鞍嚢を取りにやらされる（騾馬は凹地にいた）。ラルティーグは包帯を巻き――包帯二本、それにヨードチンキの壜まるごと一本を使った。〈モルヒネの持ち合わせもない〉と少尉は言い、ほとんど泣き出しそうだ。が、突然彼は何事か思いついてニヤッと笑った。鞍嚢のずっと下のほうに缶があり、中には茶色いジャムみたいなものが入っている。きついスパイスの臭いがする。ナイフの尖で缶からこのジャムをすこし掻き取り、そのかたまりを捏ねて丸薬にこしらえて――うん、丸薬といってもそんなに大きくなくて小指の爪くらい。〈これをのみ込んで！〉少尉はトッドに言う。こちらは言われた通りにのみ込む。〈これは何でありますか、少尉殿《モン・リュートナン》？〉おれは質問する。〈しっ！〉ラルティーグは言って唇に指を当てる……」

「間抜けなあんたのことだ、むろんご存じなかったな」とクラシンスキーが嚙みついた、「ラルティーグが阿片吸引者だとは。な、おれの言う通りだろう……」しゃがれた笑い声は長くは続かなかった。パシッという音がした。次いでコリブゥに奇妙な影絵芝居が見えた。目の前にあるバラックの屋根の上にのろのろ月が這っている。月が投げかける光のなかに平べったい射撃の標的像が立っている。そいつは鼻が前方にくるりと曲がり、その尖がほとんど顎にくっつかんばかりだ。片方の腕が第二の人物の首筋に延び、そちらはマリオネットのように手足をぶらぶらさせている。クレマン伍長がクラシンスキーの首根っこをつかまえているのだ。クレマンは敵をゆさぶってはいない。片手でつかまえているだけ。それから一気に相手をマットレスに投げ返す。

「あたしたち、いがみ合いよ。したくないわ」とパチョウリがさえずり声を出した。「だめ――だめだってば。みんな、またおすわりなさい。あたしがアチャナのお話をしてあげる。あんたたちが勇敢に戦っているあいだ。あたしたちはあそこで石灰を焼いていた……知ってるわね、だれかがそこで死んだの、小男シュナイダーよ。熱のせいね、きっと。かわいそうな人……ソンム戦で戦って、E. K.［鉄十字章］をもらって、くたばった――くたばった、って言うしかないじゃない？　古い袋に詰め込まれて土に埋められた。副官がお墓の傍に立って、土塊が副官の長靴の踵にこびりついた……〈糞っ！〉って言って、腹立たしげに片足を前に投げ上げた……それがシュナイダーの弔歌だったのよ。でも彼の話はしたくない。そうじゃなくて……」

　パチョウリは話を中断し、並みいる人びとのあいだをくねくね縫いながらシラスキーのマットレスまでたどり着いた。そこは、みんなに見えるド真ん中だった。

「二週間前にアチャナを一人の少女を連れた二人のアラブ人が通りかかったの。三人はその先のミデルトまで行って、そこの尼僧院にその娘《こ》を引き渡すつもりだった。副官はチャンスだった。二人の男は哨所の土着民補充兵《グム》部隊のところに送って一夜を明かさせたけど、その後も何日もそこに引き留めておこうとしたわ。副官はあたしたちにこう言った。〈おまえたちはもう長いこと女気なしでいる。また何かを当てがわれないとな。でないと、こっちに対して険悪になるだろうしな。しかしだな〉と彼は言った、〈面目というものがある、その人にふさわしい面目がな。つまりあの娘との初夜は当然おれのものだ。〉次の日、キャンプ中が騒然と色めき立った。ヴェールとシュッツェンドルフの二人の軍曹は引き下がろうとしなかった。争い合い、今度は自分たちの番だと主張した。自分たちだって、また女とおねんねしたいのだと言う。副官は憤然として、ここで命令する権利があるのはおれだ、と言い、仕事をしてろ、昼過ぎまでにはまだ用事を片づける時間がたっぷりあるじゃないか。わかってくれるな、おれはこんなこと別にちっともおもしろがってやしない……あんなアラブの淫売娘なんか……ほほう！　いやはや、老いぼれ雄馬のヴェールはすっかり安心し、シュッツェンドルフはボタンをかけて、二人とも引き下がった。キッチンに残っていたのはステファンだけで、こちらは横目でずっと副官のテントのほうを窺い見ていた。正午になると軍曹たちが戻ってきてすばやく昼食をとり、それから自分たちのテントに行って、一人は相手が済むまで外で待っている。昼休みには伍長たちにまで番が回ってきた。二人の軍曹はご立派なもので、自分たちのテントを使わせてくれた。テントの出入り口がワジのほうに開いているので、キャンプのほうから覗けないからだ。残りの兵たちは午後中やたらに色めき立っていた。副官の通告するには、四時で作業は終了、全員あれにありつくがよろしい。翌日、娘は立たなければならない……料金は一フラン、金のない者はここにきて、前借金を持って行くがよい。カッターネオの言うには、小銭の手持ちがないので五人まとめて五フラン札でまかなってやろう。

アッペイを知ってるね？　彼は前の前の移送で二ケ月前にはじめて部隊にやって来た。もう暗くなってから副官が突然、〈アッペイ！〉と呼ぶ。相手は何がはじまったのか訳がわからなくて、甲高い声で〈はい！〉と叫ぶ。知ってるね、アッペイはフランス人だ。アチャナでは一度も髭をあたらせず、身体を洗ったこともない。しょっちゅう病気気味なので、副官は彼をからかって手を替え品を替えいじめていた。というわけで、当のアッペイがテントから這い出してくる。フランネルの三角巾を首に巻き、腹のまわりにもう一枚の三角巾を巻いている。後はワイシャツを着ているだけ。〈さて、アッペイ〉と副官が言う、〈おまんこの経験はどうなんだ？　賭けてもいい、おまえはまだ一度も女の子と寝たことがないんだろ。〉副官の声を耳にして、むろん他の兵たちもぞろぞろテントから這い出してくる。何かおもしろそうなことが起きそうだと思ったものでね。蠟燭を手にしている者がすくなくない。風は凪いでいる。だからキャンプのなかは明るい。アッペイはすっかりおどおどしている。アッペイのテントから出てきた連中がここぞとばかりがなり立てる。〈そうだ、アッペイは童貞だ、まだやったことがねえのよ！〉淫売が副官のテントの隅のほうに立っている。カッターネオが呼ぶと、彼女は輪になった人垣の真ん中に来る。すると副官はポケットから金をひっぱり出してアッペイに言う。〈ようく聞けよ、ここに集まっているみんなの前で男であることを証明したら、おまえにこの五フランをやる。それにあとラムを一瓶奮発してやる。〉彼はことのいきさつを娘にアラビア語で説明し、彼女にもお札を見せて賞金の約束をする。人垣の輪を作っている連中は大よろこびで踊ったり笑ったりし、蠟燭の焔がゆらゆらゆらめく。おれだって、ありていに言って、えらくおもしろがってた。だってちょいとした気晴らしになるもの。アッペイは恥ずかしがって人垣を抜け出そうとする。抜けられない。副官が腕をつかんで娘の前に連れて行く。アッペイがわめくのを見ていると、いやまったくおもしろかった。見た目に老婆そっくり。拳で眼をぬぐいながら〈何たる恥《ケル・オント》！〉とのたまう。ところが娘が副官の計画をおじゃんにしてしまう。頭からいやいやをする。他の兵たちはやんやの喝采。副官は値をつり上げる。まるでせり市よね。〈六デュロ、七デュロ、八デュロだ！〉何をやっても無駄だ。副官はテントから犬用の鞭を持ち出して二人を脅す。言うことを聞かないかと、青痣黒痣《あおあざくろあざ》ができるまでびしびし打ちまくる。無駄だ……娘は健気に持ちこたえ、ただ首を横に振るばかり。そこでさすがに副官もあきらめざるをえなかった。ところが事件の白眉となるものが起こる。突然ステファンが、ステファンは知ってるよな、人垣の輪の真ん中に立ちはだかり、副官に面と向かって〈豚野郎！〉と叫ぶ。ステファンは怒髪天を衝く体となり、アッペイの手を取ると、彼のテントに連れて行ってワインを飲ませてやる。それから戻ってくると、自分にアッペイの代役を演じさせてくれと副官に申し出る。それでは副官はちっともおもしろくない。そこで憤然としてテントに舞い戻る。」

人垣に囲まれてパチョウリは勝ち誇ったように面々を見回し、かならず来るはずの笑いを待つ。笑ったのはたった一人、クラシンスキーだけ。ペシュケでさえおもしろがらなかった。立ち上がって、犬に口笛を吹くようにピッと口笛を吹くと出て行った。パチョウリはその場に残った……

パチョウリが見ていると、一同次々に自分のマットレスを手にしてバラックのドアから消えて行った——最初にクレマン、お次はプフィスター、残った者も後について行く。結局、後に残ったのはシラスキーだけだ。どうして彼が残ったのか、戦友たちのだれにもわからない……クラシンスキーに居場所を明け渡したくないからか？……パチョウリが彼のマットレスを占領しているからか？……どうやら理由らしきものはまずなかった。シラスキーはあいかわらず膝を顎に引きつけ、両の腕《かいな》を脛のまわりに絡みつけて、話をはじめた時と同じポーズのままだったが……いまは顎がずり落ち、額が膝の上に重くのしかかっていた。聞こえだしているささやき声がもはやシラスキーの耳には入らなかった。彼は遠いかなたにいた……おそらくは友の、友のトッドが横たわっているリッチの野戦病院に……と、ささやく声はだんだん大きくなって来た。

「ターキー!……こっちへ来い、ターキー!……いい子ちゃんだ、ほら、ほら……」舌をぴちゃっと鳴らす。「そら! 捕まえたぞ!……どうした、ついて来たくないのか? おれが仕込んでやるよ! 犬め! この野郎! もう哀れがましく泣いたってどうにもならんぞ! くんくん泣いたってな! おまえのご主人様を呼んでみなって! ……ご清潔なご主人様をよ!……パチョウリ、来いよ! こいつをしっかりつかまえてろ。おまえ、ベルトを持ってるか?……フランネルの三角巾も役に立つぜ……そう、で、ハンカチで口を結わえろ……もう呼吸ができまいて、ワン公よ? それでいい……ナイフはどこだったかな……ちょっと耳を短くしてやるか!……動くな! 動くなったら! ……今度は目だ……ああ、月が出る……本式の照明だな ……どうした、咬もうってのか?……舌をちょっと切り取るか……すてきな舌だな、ほら、見ろ、パチョウリ……おまえも気に入っただろ?……今度は頸にちょっくら切れ目をな……じゃまをするな、シラスキー、おまえに警告する!……今夜はたっぷり興奮させてくれたな! おまえの友だちは行っちまった……静かにしてたくないのか? ……」

シラスキーが飛び上がろうとしたときのことだ、拳骨が顎に当たった……彼はバタッと倒れた。気分が悪かったが、それでもささやいている声は聞こえ、声がしゃべっている言葉はわかった。

「しつけのいい犬だ、とてもしつけのいい犬だ……もうすこし切って……見てみろよ、パチョウリ、身体の内側が見える……人間と同じだ……来い、厩舎のところにこいつを埋めよう。早く、だれか来る……ああ、あれはきっとラルティーグだ……」

いまシラスキーには別の声が聞こえる。フランス語だ。自分の名前を耳にするまで、何を言っているのかわからない。するとその声が、今度はドイツ語で話した。

「シラスキー! こんなところで何をしている? 病気なのか? それとも負傷した友だちのことを悲しんで、さみしがってるのか?」

シラスキーは身動きができなかった。できることなら返事をしたかったが、舌が口のなかに根を生やしてしまった。と、右の耳のそばでパチンという音がした。音は頭のなかでパチンと反響した。踵と踵がパチンと打ち合わされ、それからまた別の声が言った。「少尉殿《モン・リュートナン》、コリブゥ伍長であります……」すると最初の声。

「ここで何かあったのか、伍長？　地面に血が？」

「わたしは見ておりました、少尉殿。クラシンスキーが犬を殺したのであります。」

「犬を？」

　シラスキーはやっとのことで話をすることができた。彼は起き上がった。「クラシンスキーは……」とつかえて、「ターキーを虐殺したのであります……」

「ターキー？……レースの犬だな？……むごい、むごたらしい。この話は病人には知らせないことにしよう。そう思わんか？　容態が良くないんだ、戦友レースは。そしてあんたは、シラスキー、あんたは興奮してはいかん。それは感傷《サンチマンタリテ》というものだ。だってそうだろう、犬だよ……」

　シラスキーはできれば何か言いたかった。反論したかった……が、ことばが見つからなかった。犬ならいじめてもいいのですか？　だれにも危害を加えない生き物を、ただもう劣情そのものからして、ぶっ……ぶっ殺していいのですか？　あいつは主人を愛してました……それをクラシンスキーの野郎が……ラルティーグ少尉の声は舌回りもやさしかった。「フランスにある作家がいる——世間の人のい-言うことには、世間の人のも-申すことには、偉大なアルチストだとか——ドイツ語ではどう言うのかね？　芸術家？　そう、芸術家《キュンストラー》ね……わたしにはこの人の本は読めない……吐き気がする……わたしには。ゾラという男だ。だけどゾラはあることばを作り出した、ある表現を。〈獣人《ラ・ベート・ユメーヌ》〉というのだ。それはつまり……」

　シラスキーは至極おだやかに相手のことばをさえぎった。

「人間の姿をした獣《けだもの》……」

「その通り《パルフェトマン》。まったくその通り。さて、うん、クラシンスキーは突然欲望《ヴォリュプテ》に出遭った——その——何と言うのか？——残虐の欲望だ。血だ！　血は、単純な魂にも複雑な魂にも美しい。血、欲望、死——デュ・サン、ド・ラ・ヴォリュプテ、ド・ラ・モール……本のタイトルにもある……シガレットを一本取れ、シラスキー、あんたもだ、伍長。そこに持っているのは何だ、コリブゥ？　手帳か？　見せてくれ！……ロシア語だな。残念。訳してくれるかね？」

　コリブゥは言った。「最初にこの詩につけた題は、〈ある犬の死について〉です。最初の句は、
　おまえはかくも忠実に仕え
　いまおまえの目は血に泣いて……

「ああ」とラルティーグは言って、シラスキーのマットレスにどっかと腰をおろした。「ついに外人部隊には詩人ま

でいたとは！……」

中隊の事務室は大きくはない。よそよそしく敵対的な夜に向かって開いている、一つしかない窓の下に白いテーブルがあり、それが書類の山に覆われていた。〈報告書……〉〈報告書……〉〈報告書……〉ガストン・シャベール中隊長は鼻の上に曲がった鉄枠の眼鏡をかけ、新しいタイプ用紙を手に取ってときどきホッとため息をつく。口は数字に次ぐ数字をつぶやき、額にしわを寄せる。その後ろのほうに尻を左右に振りながら、ナルシス・アルセーヌ・ド・ペルヴォアザン準尉、または本人がそう呼ばれるほうがお好きな称号なら〈シェフ〉が、往ったり来たりしている……

「わからん、なあ」と中隊長が言う、「わたしにはさっぱりわからん。ここにあるこのリストによると、あのレースは一文も横領しとらんみたいに見える。数字は合っている──まことにきちんと合っておる。モーリオは、どうしてクレームをつけなきゃならんのかね？」

「モーリオ！」シェフは言って、パットをつめた肩をひょいとすくめる。

「すると、きみもわたしと同意見なのだな、あの男が……」

「男ですと！」シェフは軽蔑をむき出しにしたようにさえぎって、また肩をすくめる。

「まあ、女ではないね。わたしの言いたいのは、だな、彼の振舞いが下品だということだ──午後中ずっと軍曹たちと大酒をかっ食らって……べろべろに酔っぱらって、わたしに向かってけしかけてきた。父親は将軍だ──しかし父親が将軍だからといって、その人間が洗濯女の息子より知性があると思うかね？ それにモーリオも王党派だ。反動だ！──共和国の軍隊でそれでやって行けるのか？ われわれのご先祖様は、あんな貴族階級の末裔どもがわれわれの生活をつらくさせるようにと、バスティーユを襲撃し、貴族どもを街灯にぶら下げたのかね？ どうなんだ？」

「反対報告書を！」ナルシスが簡単明瞭に言う。

「フェズにいるあの将軍にわたしが報告書を送ればいいと、ねえ、きみ、そう言うんだろ？ ところがあの将軍ご自身が──おたがいに知っての通りだよ、将軍ご自身が古い名門の出身で、あれは……」中隊長はことばを探して、「……教会に忠実な人だ。それともわたしの見当違いかね？」

「いいえ！」

「ほらな！ ほら見ろ！ それでどう報告書を作成すればいい？──言ってくれ。戦闘がどう進められたか、きみに話さなけりゃならん。飲み物はないか？ ない？ 売店は閉まってる……レースがいま糧秣補給所にいたら、あいつのところに行って、いっしょに飲むんだがな——そうすればアイデアが湧いて、報告書を作れるんだがなあ……あの男にはひらめきが……」（ほとんど気がつかぬほどの小休止があって）「……あった、あのレース坊やにはな。もともと彼はわたしには折り目正しい男だった……」

「わたしに対しても、です。」

「で、要するに、彼を経理部将校の手に引き渡すのは気が進まんな……だから、ねえ、きみ、聞いてくれ——ああ！飲み物があるじゃないか！」（シェフが壁の作りつけの戸棚の扉を開けて、アニュス酒の瓶を出現させたのだ。赤っぽいグラス二つにシェフはかぐわしい香りの甘美な液体をなみなみと満たす。）中隊長は飲み、口髭の毛にしみ込んだやつをしゃぶりながら、円筒形のガラス笠の後ろで黄色く、メルヘンのちっぽけな王冠みたいにギザギザに光っている石油ランプの灯りにじっと目を据える……

「本当は、きみ」とシャベールが小声で言う、「わたしを白痴《ばか》だと思ってるんだろ。そうじゃないのか、シェフ？」彼は口をつぐみ、反論を待つ。だが反論が来ないのでため息をつき、鼻の鉄縁眼鏡をはずしてケースにしまう。「白痴だと……そう……」そしてもう一度ため息をつく。「やつはもう、自分が何をしゃべっているのかわかってない。わたしはわかってる、わかっているとも。どうも将軍もそう考えているらしい。きっと二人ともそう考えてるんだろう……しかしねえ、きみ、この戦いはえらく腹にこたえるんだ。あれからわたしはしょっちゅう背中が痛んでね。小便をすると痛いんだ。責任だよ、シェフ、責任だ！　みんなしてわたしの責任をつっつき回りおって——下士官食堂でみんながわたしのことを何と言ってるのか。聞きたくないね。だけど聞いてくれ、シェフ。——いや、もう二度とあなたに、〈ねえ、きみ〉なんぞと言うつもりはない。きみ呼ばわりも、やめよう。どっちもあなたを刺激するような気がするからな。」

シャベールはこちらをふり返らない。固い椅子の上にちんまりとへたり込み、またしても相手の応答を待つが、返事はない。

「あなたはわたしを罰したがっている。あなたの被保護者のレースの処置が悪かったからだ……まあ、そうなのだろう……ただし、よく考えてもらわないとな。この戦いは……この戦いは……かりにこう思ってくれ、ここが平地だとする……」中隊長は一枚の紙を手に取ってテーブルの真ん中に置く。「二つのインク壺のあいだの、ここが山の鞍部だ……この赤いインクを入れてある壺の上に、ラルティーグは機関銃を据えた……うまい設営だ、わが忠実なるラルティーグは自分の職務をよくわきまえている。そこでわたしは自分の分隊を引き連れてこの鞍部へ登りはじめる、こうだ……」シャベールはペン軸を、紙からインク壜を二個はめ込んである木製のフレームのところまで持って行く……「ところがこちらが登り出す間もなく、四方からパチパチ撃ってくる音がしはじめ、アラブ人どもが馬に乗ってやって来る。わたしは〈下馬〉の命令を下し、他の分隊との連絡にはクラシンスキーを送って命令を伝える。第三分隊はここにいた」とシャベールはアニュス酒が注いである赤っぽい盃を紙の上に置いて、「と、もうすでにファーニーが〈下馬！　伏せ！〉とどなるのが聞こえる。例の伝令の件でいろいろもめ事はあるにしても、ファーニー軍曹はじつに有能な男だ。しかしこちらが命令をまたくり返すまで、どうして待たないのか？　彼が自分の分隊の指揮をして――いわば分隊の兵たちに責任があるのは――わかっている。しかしわたしのほうだって中隊全体に責任があるのだ！……まあよかろう、話は先がある。アラブ人どもがどっと襲ってくる。見れば、彼らは一頭の馬に二人ずつ乗って、こちらにすれすれまで近づいてくると荷物を投げ下ろし、それから早駆けで走りさって行く。するとまたもやファーニーが〈撃て！〉と命令しているではないか。またしても彼は待てなかった。わたしは戦術講習コースで学んだ……戦術講習コースでね……そう、あそこで勉強した。だってほかのどこで知識を仕入れたらいい？　わたしはつましい人間だ。昔は一介の銀行員にすぎなかった、だからわたしは学んだ……」

「戦術講習コースで……」シェフがさえぎって言う。シェフは閉めたドアの脇の壁にもたれかかり、顔は影のなかに隠れている。カーキ服が壁の明るく白い平面と対照をなして、黒っぽく見える。

シャベールはため息をつく。「中隊長をからかってはいかんよ、ねえきみ。いいことないぞ。」その声はやわらかく、そこには怒りの色もない……「わたしが学んだところによると、攻撃のための正確な処置を与えるには、かならず敵が完全に展開し切るまで待たなければならない。わたしは自分のいる分隊とともに右翼に、ファーニーは中央に、ハッサは左翼にいた……わたしの説明はわかるかね？」

床板がギシギシ鳴り、シェフが三歩でテーブル際まで歩いて行く。その一つのほうには象徴的な意味があるのだが、一向にお構いなく、赤っぽい二個の盃になみなみとアニュス酒を満たす。そして中隊長は「健康を！」と言って、第三分隊であるところの中身を一気に飲みほす。

「あのファーニーのやつに出し抜かれた」とシャベールは言ってグラスを元の場所に――紙の平地の縁に置く。「それに今度はハッサが来て」（アニュスの瓶）、「わたしが何か言おうとする前に、ファーニーがハッサの位置を指示するんだ。われわれはこうして半円を組み――第二セクションは遅刻して、ようやく遅ればせに戦場に現れる。一方、カッターネオは第四セクションを率いてアチャナの石灰焼成場にいる。わたしはどうすれば適切な措置が取れるか、まだ頭をひねっている――知っての通り、ねえきみ、こっちはナポレオンじゃないのだから時間がかかるよ――見ればファーニーは、めったやたらに空中をカービン銃で掃射しているじゃないか……ふり返ると、ハッサが退却してくるのが見える。それで身近にはもう連絡員が一人もいなくなって――馬も運び去られてしまった。残された手だては何か？　わたしは走り出す……しかしどうすればいいのだ、シェフ、わたしはいささか肥満体だし――四年間の塹壕、三年間のモロッコ暮らしで――もう若くもない……と、このとき、〈着剣！〉とどなる声が聞こえる。ああ、とわたしは思う、伍長が指揮をとってるんだな。あれはあのスイス人だ、何という名前だったかな、なにやら難しい名前の男だ、あれは――フィステール、そうそう、フィステールという名前だ――、憶えておいてくれ、ねえきみ、あの男に何かお礼しなければな……何がいいと思う、ワイン二本とシガレット一箱？　そうか？　了解！……ほかの兵たちはフィステールの後について行き、ハッサもようやく戻ってくる。あの卑怯者！　降格だ！　容赦ならん！　で、このセクションにもう用はないので、わたしは後退する――しかし第一セクションは、わたしが後にしてきた地点にはもういない。ファーニーが第一セクションの指揮を取って反撃に出ている。それでわたしはただそこにいて、どうしたらよいか途方に暮れるばかり。サーベルを抜こうにも抜けないのだ……で……なぜなら第一に、そんなものは、つまりサーベルは持っていないし、持っているのは伝令用のピストルだけだし、それに第二に……いや、しかし第二なんてものはないんだ。部隊の指揮官たるわたしは、反撃の機会を逃さないように部下たちの後についていかなければならない……想像してくれ、ねえきみ――失礼、シェフ！　見られたざまじゃなかった――と言うか、おそらく……滑稽だったろうと思う……」中隊長はゆっくりそう言い、その瞬間にそう見えていたであろう自分の姿を見ているような夢想の面持ちになる。シェフは咳払いをする。

「何か言いたいことはないか？……ええ、シェフ！……ない？　さて、わたしはむろんすぐに息切れがし、その場に棒立ちになったまま一切が終局を迎えるのを待った。結果は、重傷者一名。軽傷者十名。せめてのことに、死者を出さなかったのを神に感謝する……」

石油ランプがゆらめき、一陣の突風が窓を吹き過ぎ、ランプの芯の上のメルヘンの王冠がふっと消える。だがその黄色い灯りに代わって部屋は蒼白い光に満たされる。事務所の真向かいにあるバラックの屋根の上で、空が灰色がかっているのだ。

「ほら、ねえきみ……」中隊長がささやく。「この色だ！……これがわたしに何を思い出させるかわかるかい？……わからない？……ポプラだよ、ポプラの葉だよ……運河の岸辺にポプラの木がある。真昼の風がその葉をひるがえし、おだやかな太陽がそれを照らす……ああ！」シャベールはため息をつく。「明日はきみの最高に美しい書体でわたしの辞表を書いてくれるね。こうだ。

〈シャベール（ガストン）中隊長、第三外人部隊第二
騎兵中隊指揮官より、
陸軍大臣閣下殿……〉」

しわくちゃのカーキ服を着たまるまっちい男はペンをつかみ、事務机のそこらじゅう山積みにした書類のなかから自分の服と同じようにしわくちゃの紙を一枚ひっぱり出し、ときどきつっかえながら声に出して辞表の文面をペンで口述しながら、きれいなビューロクラットの書体を書く……

「無用であります、中隊長《モン・カピテーヌ》殿。」ナルシスはドアのところから言う。「第一に、辞表の作成ならあなたよりわたしのほうが上手ですし（そんなにきつく目を凝らしてはいけません）、第二に、そんなにあっさり出て行けないでしょう。自分で蒔いた種は自分で刈り取らねばならないのですから……」

彼はドアを開ける。外を背の高い真っ白な人が通りすぎる。その瞬間、中隊長はくるりとふり向き――ドアの開いたあおりで生じた風が、紙を机からふわふわもぎ取って部屋中を飛び回らせる――、シャベールはくるりとふり向き、真っ白い人を見ると飛び上がってドアの外に身をのり出す……沈黙のうちに一分間が経過。

「シェフ」とシャベールはしゃがれ声を出す。

「はい、中隊長殿？」

「ラルティーグはどこに行った？」

ナルシスはがっしりした肩をひょいと上げる。両手をズボンのポケットにつっこみ、くるくるとぐろを巻く口髭がボーッとかすんだ薄明りのなかで鋼鉄のように青い。彼はさげすむように上司の坊主頭の上に返答のことばをぽたぽた滴らせる。

「病室であります。レースの。」

シャベール中隊長はため息をつく。それから力を奮い起こす。その声はこれまでにないほどするどい。

「陸軍大臣宛の辞表は十一時に署名したい。わかった

ね？」
「かしこまりました、中隊長」とナルシスは言う。ナルシスの胸は女のように突き出ている。ガストン・シャベールは寝《やすみ》に行く……

第14章　反乱

シャベール中隊長のハンガリー人の伝令サモタージィーは、尖のとがったブロンドの髯のおかげでまだ齢若い魔法使いを思わせる。サモタージィーは厨房の閾《しきい》の上にしゃがみこんで膝のあいだにブリキのカップをはさみ、長めのパン切れをコーヒーに浸して、各セクションのために朝食を受け取りに来ている使いの者の話に耳を傾けていた。耳の穴からもじゃもじゃ毛が生えているというのに聴力は良好で、話されていることは何でもわかった。なにしろサモタージィーは、ハンガリー語、ドイツ語、フランス語、ルーマニア語が話せるからで――ユダヤ人農園主に護衛兵として雇われていたときは、トルコ語さえ少々小耳にはさんだものだった。

だから後で中隊長に剃刀を当てながら、かなりおもしろいけれども同時に不愉快でもある話を聞かせることができた。シトニコフ軍曹が機関銃分隊の殴り合いでブッ飛ばされたことや、クラシンスキーがターキーを惨殺した話をした。ラルティィーグ少尉が病室を見舞ったことも耳にはしたが――しかしこの最後のニュースはさほど大々的には報告しなかった。というのもシャベールが剃刀を当てられながら、ほかの話題にしたほうがよかろう、と言わんばかりに顔をゆがめたからで――最後の重大ニュースは、黒人のセニャック伍長が不服従の一件で報告書を提出したことだった。

「本当なんです、中隊長殿《モン・カピテーヌ》」とサモタージィーは独特の堅いフランス語で言った、「これはみんな悪い兆候です。そうです、あなたは部下に良くしすぎるんです」（「部下に！」と最下等の兵隊たる陸軍一等兵のサモタージィーが言うではないか！）、「ですからそのうち、思い上がってバカなまねをしでかしますよ――退屈しているばっかりにね。で、今度は例の犬殺しみたいに無邪気なものではないでしょう……」

疲労が――ほとんど不眠のままに過ごした夜の結果だ――中隊長の足取りを重くした。階段の昇り口までやって来るとシャベールはしばし途方に暮れて立ち尽くした。ラルティィーグの病室見舞いを裏切りと感じ、ターキーが死んだことは大して気にならず、シトニコフは殴られて当然だと思われた――どうしてあの男はファーニーの私事に介入するのだ？　ファーニーは戦いに勝った男だ――当然ではないか、人が自分自身に対して忠実であろうとするなら、それは認めてやらなければならない――シトニコフは〈インテリ〉だ……レースのように、ラルティーグのように。本を読む少尉と、国費から盗んだ金で女の子をモノにした糧秣補給所伍長レース、あの二人はウマが合った……

　ラルティーグのお見舞いはまあ悪くはなかった。しかしセニャックの報告書とのつながりでは（この二つの事件は互いに何の関係もないが、それでもいわば哨所内の空気のバロメーターとして扱うには値した）、このお見舞いの一件も意味がなくはなかった。ただあのセニャック伍長のところに行って、「拳骨ってものがあるんだろ、おい、面目のあるところを見せてやれ！」と言ってやるのではうまくない。いや、そんなことはできない。セニャックは黒人だし、反抗する兵と殴り合いになれば、分隊全員がたった一人の人間に襲いかかることになるだろう。その結果どうなるか？　予想のほどは難くない。なぜなら徐々に前哨基地をある目に見えない精神が、すなわち〈カファール〉の精神が支配していることが明らかになりつつあるからだ。

　カファール――この言葉は翻訳不能に近い。郷愁ではない――郷愁という薬味なしにカファールは考えられないにしても。それならメランコリーか？　メランコリーは黒胆汁を意味する――〈カファール〉は黒い甲虫――正確にはゴキブリだ。両者とも――メランコリーもカファールも――何か黒い色と関係がある。

　カファール！――カファールから派生して来るものはすくなくない。脱走、不服従、むちゃくちゃな大酒、刃傷沙汰、自殺。カファールに罹る人間が一人の場合ならだ……

　だがカファールは伝染性だ……たとえばティフスのように伝染する――しかしティフスならどのみち対抗ワクチンがある。では、カファールが部隊全体を襲ったらどうなるか？　そのときはどうなるか？

　革命だ！　暴動だ！

　シャベール中隊長は頭《かぶり》をふり（太陽はもう高く昇っていたが、なのに前哨基地は非常に静かだった）、こうして頭をふりふり進んで行った。バラックを覗き見ては、ここでもあそこでも「おはよう！」、「おはよう！」と声をかけた。応答はない。兵たちは憮然として黙々とマットレスにうずくまっていた。だれ一人としてあいさつを返さない。行き合う兵たちも遠くからカファールと見てとれた。目に輝きがなく、唇をしっかり閉じている。コルク製のヘルメットの縁に手を上げるのが、まるで百ポンドのダンベルを持ち上げるようだった……

シェフは上官が入ってくると立ち上がった。無帽なので、ひょいとパトロンぶった頭の下げ方をしただけだが――これはいつも通りのことだ。この頭の下げ方が中隊長の勘にさわった――とりわけ、自分がみじめな役を演じた昨夜の会話をいやでも思い出させたからだろう。きっとおれもカファールに罹っているんだろうな、と彼はぼんやり考えた――――――。前は他人《ひと》が自分のことをどう思おうがどうでもよかったのではなかったか？　いつだって腹を割って話をするのをよしとし、戦功章《メダイユ・ミリテール》を――将校でもめったに授かることのない勲章を、身につけているのではなかったか？　あれは伍長だったとき、マルヌの戦いで仆《たお》れた少尉の代わりに小隊の指揮を取ったのでもらったものだ……もうずいぶん昔の話だ。だけど結局おれの人生を決定したのは、手榴弾の落ちる音を聞いたこともないくせにいつだってこっちを子ども扱いするあのぶよぶよした役人野郎だった……

シャベールは椅子に腰かけて窓の外をながめた。バラックの屋根の上の空の、ポプラの葉を思わせる聖なる灰色は消え――空は青く、永遠《とこしなえ》に青く光り輝き、その青は、砂にピカピカにみがかれて陽光を照り返す鏡のようなトタンのなまこ屋根よりむごたらしく目を傷つけた……


鉄縁眼鏡を鼻にかけてシャベールはセニャック伍長の報告書を読みはじめた。それはイギリスの商業文の書体で――一見、やわらかい装飾模様のようだった――第二階級の兵士ギイおよび陸軍一等兵マレクの反抗的な態度に苦情を呈していた。「わたしは彼らにバラックに戻るように命令しました。わたしの作成したリストによれば、この仕事を果たさなければならない手筈になっていたからです。ところが彼らは、くり返し警告したにもかかわらずこの命にしたがわず、わたしの尊厳ゆえに口にするのをはばかるような無作法な渾名《あだな》をこちらに投げつけました。彼らの持ち物も規定通りに整頓されておらず、マットレスのそこらじゅうに散らかしてありました。」

シャベールは何やらぶつぶつ言い、口ごもった。

「えっ、何とおっしゃいました？」シェフがたずねた。

「人に渾名をぶつけていいものかね？」

「絵に描いたみたいにわかります」とナルシスが言った。

「絵に描いたように！　ふむ……絵に描いたようにね！

……十一時に部隊の金庫を検査して決算を見せてもらいたい、シェフ！」シャベールは目をあげた。すると鼻の上の鉄縁眼鏡がずるっとすべり、その目がシェフの髭もじゃの顔をまともにキッと見た。この男は笑っているのか、それともそう見えるだけなのか？　いや、笑ってなどいない！

相手は顔面蒼白になっていた。それがガストン・シャベールのプライドを満たした……

「一人はハンガリー人、もう一人はフランス人」と話を続けながら彼は片手で目を覆った——永遠に青い空が耐えがたいまでにまぶしかったのだ。「ギイは齢も取っているし、変わった男だから、もう手のつけようはない。あの黒人はどうしてギイをそっとしておいてやらないんだ？　いっそあの黒ン坊を縛っちまうトンマな男が本隊にいたらと思うよ！　この世に——残念ながら——黒い皮膚をして生まれてきたからには、控えめにして遠慮を利かせるのが当然じゃないか。そうだろう、シェフ？　それにハンガリー人のマレクだが、あいつはもうすこし知性があると思ってたのに……陸軍大臣に出す辞表はどこだ？……まだ書いてない？……午前中ずっと何をしてたんだ？　ええ、シェフ？　アニュス酒を食らってたのか？　ムラート［黒白混血児］の女といちゃついてたのか？」シャベールは声をあげ、張りあげ、うわずった。——〈おれはどうかしている〉とぼんやり思った。〈おれもカファールにやられちまったのだろうか？　だっていつもだったら、こんなに声を張りあげることはないものな？……だけど何もかもつじつまは合っている！〉

「何もかもつじつまは合っている！」声に出して言ったが、その声は平常に戻っていた。「まず戦いだ。それから前哨基地に帰って来て、ここなら安息にお目にかかれるかと思う。ところがどっこい！　すぐに警官役を演じて、伍長を一人監禁させるはめになり——それもシンパシーを感じていたたった一人の下士官……もう一人の下士官がきみだ、なあきみ。悪く思わんでくれ、シェフ。もう行かなければならん。カファールだ！」

　これにて話は終わった。大演説だ。ナルシスはうなずいた。彼はテーブルの脇に立って白い手をテーブル板にのせていた。「わたしのせいで一人の人間があやうくお陀仏になりかねなかった」と中隊長は話を続けた、「だってわたしがあれほど厳しくしなかったら、レースは自殺しようとは思わなかっただろう。モーリオの、あの将軍の倅の言うことに耳を傾けたばっかりに……」シャベールは黙り込み、ざまざまと思い描いた。五人の兄弟姉妹。父親はしょっちゅう酔いどれていた。母親はいつもおびえていて……で、彼は？　いまは中隊長で、貧乏の何たるかも知らずに金をケチると言って彼をバカにする二人の少尉の上官だった……

「セニャックか、哀れなやつだ！」小声で言った。「どうすればいいのだ！　わたしは頭痛がする。どうやら熱も出ているらしい……それがどういうことかわかるね、シェフ、ねえきみ？　セニャックは彼を好いている部下を二三人つけて、見張り番に送る。そうすれば彼は今晩から明日の晩にかけて分隊を留守にしていられる。そのあいだにわたしはこの件をゆっくり考えることができる。ラルティーグのこと？……少尉さんは放っておこう……少尉さんは二人とも放っておいて……」彼は立ち上がり、テーブルの縁にもたれかかり、ナルシスの制服の上着のボタンをつまんで拇指と人差し指のあいだでこねまわしはじめた。「わたしはいつだって温情を垂れて来たんじゃなかったかな？」彼は小声でたずねて目を伏せた。「人間性だと？　わたしの部隊で？　よく言うよ！　きみだって否定できまい。で、あげくにわたしは、どれだけの感謝を受けたかね？　軍曹たちはわたしを軽蔑している。少尉たちはわたしをいまのポストから追い払おうとしている——モーリオがいい例だ——、そしてラルティーグは？　ラルティーグは、雄鶏が鳴く前に三度わたしを裏切るね。」

そんな喩えをあえてしたことにほとんど恥じ入りながら、シャベールは最前より一段と首をうなだれた。彼は知らぬまに、糸からねじったボタンをすっかりもいでしまい、ボタンを床に落とすとまたテーブルの前にすわり直した。両手を開いて顔をその手に埋め、掌を頬にずり上げて眼窩まで持って行き、そこで止めた。こうして閉じた瞼を拳固《げんこつ》に押し当てたまま中隊長はずっとすわっていた。考えようとした——が、考えにならなかった。部屋中がブンブンうなる蝿のざわめきに満たされ、これが頭のなかに、はじめはオルガンの吹奏音みたいに低く、やがてだんだん声高に声高にと上りつめて、しまいには最後の審判の日のラッパのように高らかに響きわたった。目を開けるのが一苦労で——ようやく瞼を開くと、まず目に入ってきたのはぐるぐる猛烈に回転する色とりどりの輪だった。それからまたしても空の青とギラギラ日光を反射する屋根に目がくらんだ。彼はくるりと背を向けた。じつはもしかしたらデュポンという名にすぎないのかもしれぬナルシス・アルセーヌ・ド・ペルヴォアザンは、音も立てずにとうに事務所を立ち去っていたのだが……

その日は何事もなく過ぎた——ということは、表面《うわべ》は万事平穏のままであった。十二時にシェフが報告をした——ただしひとりだけ。将校たちは依然として姿を見せず、ピエモンテ人の荷馬車の元駅者カッターネオは、今朝ピエラール伍長の専門家的ぶった指揮の下に馬鈴薯シュナップスの樽を開けて試飲した酔いを醒ましがてら自室でぐっすり眠っていた。ナルシスは集まった兵たちに、中隊長は装具の修繕のためなお二日の休息日を承認された旨を伝えた。二時からワジで洗濯。六時に賞与が支給されるだろう。戦闘手当てだ。退出してよし。

　昼食後シェフは第四分隊のバラックに行き、セニャックと話をした。黒人伍長は奥の隅に（部屋にはほかにだれもいなかった）すわり、人差し指を耳につっこんで本の上にかがみ込んでいた。すっかり没頭しているので、ナルシスは相手の肩をゆすらなければならなかった。セニャックは立ち上がり、あわてふためく様子もなく踵を合わせ、えらくほっそりした腰の左右で腕をぶらんとさせた。彼は、頭をかるく前傾させて通達に聞き入った。今晩、番兵たちの指揮を取ること。それに今後は多少手加減をして部下たちを無用に刺激しないように、との要請にも、好意的な注意をこめて耳を傾けた。例の報告書を撤回しようという気はないか、とたずねられた。中隊長が切に望んでおられる――兵たちを刺激することになるから、とね。「承知しました」とセニャックは言い、きまじめな顔のまま、「中隊長がお望みならば……」――「何をそんなに熱心に勉強しているんだ？」ナルシスがたずねた。セニャックは黙って本のタイトルページを開いた。英文法……「スミス伍長がご親切にも授業をして下さり、発音を直して頂けるものですから。」

　シェフはこの黒人に驚嘆した。「すばらしい人種だ！」彼は声をあげて言った。――「何ですって？」セニャックは丁重にたずね、シェフに左耳を向けた。その耳は、小さくて美しい形をしていた。耳たぶの輪郭がはっきりして、縁《へり》がきれいな形だった。「いや、何でもない」とナルシスが言ってセニャック伍長の肩をたたくと、これがセニャックをいくぶんおどろかせ、ピクリと眉をあげさせた。それからシェフは行ってしまった。セニャックは部屋に一瞥を投じるでもなくすわり直し、耳に人差し指をつっこんで勉強を続けた。

　戦いの興奮をまだ身内に感じている多くの兵にとって、二日目を作業しないで過ごすのはよくなかった。しかしシトニコフが昼食時にお見舞いに行ってレースに説明するには、「中隊長はお人好しすぎた」のだった。ついいまし方も営庭のド真ん中で一団の聴き手たちに囲まれながら、中隊長はカッターネオ副官にこんなふうに説明したところだった。あなたの部下は傭兵にはちがいないが、しかしこの職業も面目あるものであって、自分の思うには、たとえば週に一度だけ、それも口先だけで仕事をしている司祭の職業と似たようなものなのだ。いや、外人部隊兵はその百倍以上の価値があると思う。シャベールはきっといまユグノー教徒の奥さんのことを思い出していると思うけど、とシトニコフは言って、顔をゆがめた。中隊長はそれからこうも言われた。戦いと勇敢さは傭兵という職業と切っても切れない関係がある。しかし過酷な辛苦を克服したご褒美も、ということは飲んだり、愛したり、寝たり、食ったり、戦いの後の休息を取ったり、カード・ゲームをしたり、その他保養に役立つもろもろもまた、傭兵という職業の不可決の一部なのだ。

「この心理学のなさ」とシトニコフは話した、「これはほとんど理解不可能です。あなたのようなインテリならたちまち造作なくおわかりでしょう。しかしながらわたしは、あなたにはそもそもこの領域における実体験が欠乏している、とつけ加えざるを得ません。わたしは正規軍に勤務したことがあります。のみならず後には、反革命軍の指揮を取ったこともあります。さよう、大佐として。で、あなたに申しあげられるのは、理想主義は有害だということです。部下にたった一日でも規律のない日を与えたなら、これであなたはいかなる権威をも放棄したことになります。中隊長たるもの、これをご存じないはずがありましょうか？　戦闘にあって中隊長は何も学ばれなかったのではありますまいか。二日も経たぬうちに、中隊長はご自分の寛大さを悔やむはめになると思います。」

それからシトニコフは暇《いとま》ごいをし、レースのベッドに、これは自分がひさしいあいだ読んできた非常に重要な本だと示唆しながら、『ラ・ガルソンヌ』〔ヴィクトル・マルグリットの小説。第一次大戦後の自立した奔放な女性を描いてスキャンダラスな成功を収めた。一九二二年発表〕を置いていった……

レースは考えた。大佐だって？　コルチャック軍かデニキン軍の大佐か、それともウラングル軍〔いずれもロシア革命当時の白色義勇軍団〕の大佐か？　部屋着を着て髭を剃りに街路を渡った、あのオデッサの弁護士とやらのことはどうなったんだろう？　だが疲れてはいたし、そんなつまらぬ噓のことでこれ以上頭を使うなどどうでもよかったこともあって、そこで眠り込んでしまった。

賞与は夕食後に配られた。グループのリーダーが自分の部下のためにふつうは大きな紙幣で金をもらい、配分は余儀なく自分の手ですることになっていた。釣り銭を工面しようがなかった。そこで三人、ときには四人が組んで相持ちの弁勘定となり、お互いに監視するはめにならざるを得なかった。二十フランを一人が飲みつぶすのはあっという間のことだ。して、だれがだれに貸しがあるのだろう？　損をしたくない男たちはどうしても一晩中いっしょに過ごすはめになった。諍《いさか》いがパパッと燃えあがる。売店のヒューナーヴァルト軍曹が小銭の両替ができないというので罵声を浴びた……何人かの兵がシェフの部屋に走った。ナルシスは文句たらたらの連中を、あいかわらず自室にこもって復讐を企んでいるモーリオの許に送り込んだ。少尉は連中をさっさと外へ放り出した。ピエラールにも小銭の持ち合わせがなかった。空気は険悪になった。

下士官食堂が騒がしくなった。カッターネオとファーニーとは共に十年以上の勤続年数を経ていた。この二人が他の者の勘定を全部持っていた。九時になるとハッサが早くも二度目の嘔吐をし、ファーニーの目がガラスのように無表情になり、副官はひっきりなしにゲラゲラ笑った。バグランはワインとシュナップスの酔いにおびき出されてシャンソンを歌い出し、片や嘔吐をしてすこしは楽になったハッサがろれつの回らぬ舌で、不服従はいかなる場合にも罰せられなければならぬ、と言いつのっていた。たとえばの話が、トッドの負傷だ。あれは、あのときの行軍におけるひどい手落ちの罰だ。そしてバグランは歌った。

その歌のおかしさに副官がショックを受けた。副官はよたよた立ち上がり、バグランを抱きしめるとともに床にくずれ落ち、どうやら自分の下にいるのが女だと思ったらしく、その証拠にバグランのほっぺたにチュウチュウ音を立てて雨霰とばかりにキスしはじめた。と、このキスの音がファーニーに思わぬ効果を及ぼした。

ファーニーはテーブルの端に手をかけて身を起こし、濃密な紫煙のなかに目を据えた。その目はごちゃごちゃにこんぐらかった映像に包囲されているかのようだった。金切り声を張りあげて彼は、その映像を歌の額縁にはめ込もうとした。

ああ、たったこれっぽっちの愛
ああ、これっぽっちの愛なのね……

このがなり声の歌の切れ端のなかに大きな絶望がパッと光り、座はいきなり静粛になった。全員が立ち上がり（副官さえも）、バグランが目をむいた。この突然の無言はとても恐ろしかった。ハッサは身震いをし、ポカンと口を開けて声なく笑い、その笑いがやがて嗚咽《おえつ》に変わった。彼は上体をがばとテーブルの上に伏せ、わなわな肩を震わせた。

そしてこれっぽっちの愛なのね……


ファーニーが歌い、ぎくしゃくした足取りでドアのほうに歩くと、こわばった脚でドアを押し開け、と、ドアは外から反動でバタンと閉まった。

空気がファーニーに途方もなく濃密に思えるらしかった。空気は鼻のなか、口のなかに、まるで熱い埃のように押し入って来て呼吸のじゃまをした。カッターネオのチュウチュウ吸いつくキスがまだ聞こえているように思え、ふと冷たい肌を愛撫したいという思いに襲われた。「そうだ、あの少年《こ》は冷たい肌をしている。あの少年をお迎えしに行こうよ。」彼はよろよろと第三分隊の建物に向かって歩いて行き、一蹴りしてそのドアを押し開けた。

マットレスの上に渡した板に蠟燭が燃えていた。家具のない裸のバラックがはなやいで見えた。四人組、五人組のグループが、手に手に汚らしいカードをにぎって床にすわっていた。シガレットの紫煙とシュナップスの臭いが、それらの頭の上にぶるぶる震えている。ときおりささやくような声が部屋をすっと吹き去る。「カードもう一枚……二十……カスだ、エース二枚……親の勝ち。」

「おれの……伝令は……どこに……行った?」返事はない。「答えられないのか? 豚犬どもめが!」何人かが目をあげ、蠟燭の炎が眼球や汗じっとりの額や頰にギラつく光を投げかけた。

ファーニーはぎくしゃく攻撃に取りかかった。むっとする空気が酩酊を強めているようだった。彼は足の爪先で一座のなかの一人を押し、それから酒瓶をつかんで瓶を飲みほした。憎しみをこめたことばが二語三語、豚の膀胱《ぼうこう》が破裂するように静寂のなかにパチンと爆《は》ぜた。「文句があるのか」とファーニーは叫んだ、「おまえら、文句があるのか? この下司野郎《げすやろう》ども! 目の前のお方をどなたさまと心得とるのか?」なにやら威嚇的な気分が身内にこみあげるのをファーニーは感じ、それをふつうならお偉方の前で報告するときに使うことばで祓《はら》おうとした。「第三外人部隊連隊第二騎兵中隊ファーニー軍曹であります。」だが彼のなかのある声がこれらのことばをかき消した。これらのことばは口のなかでしどろもどろに畢《おわ》り、一方、何か見たことのないものが身内から声を出してはっきりしゃべるので、彼はこの見たことのないことばを復唱するよりほかに術《すべ》がなかった。「余は皇帝であるぞ! 余はなんじらの皇帝であるぞ! 命令だ! 命令だ!」彼にはもう笑い声が耳に入らなかった。耳がつんぼになっていた。棒立ちになってぶつぶつぼやくばかりで、口からよだれがだらだら垂れた。「どこもかしこも敵だらけだ。敵がいっぱいだ。猫だ、獣だ、虎だ、猫だ。猫を毒殺せよ。おれが命令したらな。おれを毒殺するなよ。おれの伝令はどこだ、あの王は? あいつはケーニヒ［王の意］という名前なんじゃない、王なんだ!」突然彼は二度も自分のまわりをぐるぐる回り出し、めまいに襲われたようだった。「銃を取れ!」彼は吼えた。「銃を取れ《オー・ザルム》! 銃を取れ《オー・ザルム》!」そう叫びながら、ドアの外に突進して行った。

パウザンカーは、折しも機関銃分隊で他のドイツ人たちといっしょに美しい歌曲《リート》「ザーレ川の緑の岸辺で」を歌っている最中だった。彼らは最後の連《シュトローフェ》に達し、歌いながら一種の魔法をかけられている状態にあった。手と手をにぎり合ってこそいないとはいえ、心の連帯感を強く感じていた。それが彼らを甘美な憤怒に駆り立ててくれるので、どうやら快感を覚えているらしかった。

「銃を取れ！」外で叫ぶ者がいた。

全員がこの叫び声は知っていた。アルジェリアの小さな駐屯地で、とりわけベル‐アベッスで、朝方、太っちょのブーレ‐デュカロー大佐が兵営にころころ転がって来るときに。しかしここでは？　外の声は耳をつんざくような金切り声だった。アラブ人が前哨基地を襲撃して来たのか？　パウザンカーだけはその声に聞き覚えがあり、彼は不安に満たされた。いまや彼らはいっせいに銃を架けてある銃架に殺到した。機械的に弾倉に実包を込めると営庭に飛び出すと、そこですでにキイキイ金切り声をあげている一団に出くわした……

五時に歩哨に立ちに行ったセニャックにも叫び声は聞こえた。うなじに一撃を食らったように叫び声に出くわす。叫び声がどこからくるのかわからないので、一瞬身がすくんで立ちどまる。外に出した歩哨のだれかが声をあげて知らせているのではない。叫び声は前哨基地の真っ只中で炸裂している。あれは、まちがいなくファーニーの声だ。「ファーニーが酔っている」とセニャックは隣にいるファイトルに向かってそっと言う、「秩序をきちんと戻しに行く必要がある。」セニャックは上を下への大騒ぎになっているこの前哨基地のなかで、自分ひとりが規律を遵守している人間だと思う。服従の掟に違反した二人の兵をあえて罰しないでいる中隊長を、彼はしたたかに軽蔑しているのだ。

セニャックは銃を手にして部下たちを整列させた。黒人に向かって四の五の言える者はない、という言い方がある。そのことば通りにだ。全員が緊張して銃に弾丸を装塡し終えた。介入してよし！　この小さな前哨基地内でいまだかつてこれほど執銃教練がうまく行ったためしはない。「前へ、進め！」セニャック伍長は命令した。

歩いたのはたった二三歩。と、目の前にこんぐらかった人びとの群れが見えてきた。群れの真ん中にファーニー軍曹がいる。ファーニーは、奇妙な燭台に立てたように高々と伸ばした腕の上に立てた、何本もの蠟燭の光の照明を浴びている。ファーニーのぐしゃぐしゃに食いちぎった口髭は見るだにはっきり逆立ち、そこに泡の粒が細かい綿の束みたいに付着している。いましも彼はまわりを囲む兵たちに母国語のドイツ語で演説をぶっている最中だ。しかし理解できることばはほとんどなきに等しく、あとは訳のわからぬまま嚙みつぶされる。

中隊長のいる塔に灯火《あかり》が燃えあがる。シャベールは今日は早くベッドに入った。昨日の興奮でくたくたに疲れていた。ぐっすり眠っているので、サモタージィーはご主人様がお目覚めになるまで二三分を必要とする。「ファーニー軍曹が発狂しました」と彼は何度もつぶやく。「中隊長は降りて行く必要があります。」「わたしの頭は中身がからっぽの玉だ」と中隊長は深い悲しみをこめて言う。「コーヒーを作ってくれ、サモタージィー、それにシュナップスを一杯もらいたい。それできっと目がさめるよ。」サモタージィーは小さなアルコール・コンロの上に水をのせ、アルコール・コンロの青い炎はいけにえの仔羊もさながらの女ユグノー教徒の肖像写真の前で燃えあがる。中隊長は上体ごとベッドの上にぐったり崩折れ、だらんと下顎を垂らしてうとうとしながら軽いいびきまでかいている。鍋のなかでコトコト湯が沸く音がする……

「分隊、止まれ！」セニャック伍長が命令する。銃の床尾がトントントンと三つ音を立てて着地する。セニャックひとりだけは銃を肩にかけたままだ。セニャックはひとまずやんわりと人垣に穴を開け、それで叫んでいる男のところまでたどり着こうとする。それがうまく行かないので、銃を逆手に持って床尾の当たりを食わせる。当てられたほうは憤然とし、大声をあげて痛がる。ついにセニャックはファーニーのところまで進み出ると相手の肩に手を置いて、静かにしっかりした口調で言う。「いっしょにいらっしゃい、軍曹。あなたは興奮してます、軍曹。横におなりなさい、軍曹。」これを優越感もあらわな調子で、しかもコメディー・フランセーズのメンバーの名誉を高めるであろうような発音で口にした。

「ほら見ろ」とファーニーがわめく、「糞ったれの黒ン坊がおれに暴行しようとしてる。やつをぶち殺せ、やつをぶち殺せ！」ファーニーはセニャックの手から身をもぎ離して、何度も「銃を取れ《オー・ザルム》！」とあの運命的な叫び声をくり返した。

パウザンカーは歌手たちといっしょにドアを出て行った。日曜狩猟家みたいに、銃を腕に抱えて銃身を星の方角に向けている。彼はシトニコフにさんざん悪口を吹き込まれた軍曹の姿を見て、新しい見知らぬ人間を目にしたように思った。ファーニーは居ずまいも誇らしげで、眼から熱気がほとばしっている。身体の大きさが大したことないのに、群衆を擢《ぬき》ん出ているように見えた。パウザンカーは今晩しこたま飲んでいた。しかしファーニーがまたしてもつっかえつっかえ例の歌を（「ああ、これっぽっちの愛なのね」）歌いはじめたこのとき、アルコールの力だけが彼を駆り立てているのではない。そしてセニャックは軍曹の肩に腕を回す。黒人はファイトルに向かって言う。「簡単なことだ、こんな酔っ払いを静かにさせるなんて。見てろよ、あんたは手を出す必要はない。万事、わたしひとりがやったんだ。」

　と、そのときガヤガヤ入り乱れる声のなかにパンと一発爆《は》ぜる音。わめき声のなかでさほど耳に立たないが、しかし突然の沈黙を招く程度には明瞭だ。セニャックはすこしばかりよろめき、傍にいる男に取りすがる。するとその男の蠟燭が地べたに落ちる。それからセニャックは取りすがった手をゆるめて、よろよろ倒れかける。彼の傍の地面に落ちた蠟燭はひとまずすこし焰をゆらめかせ、次いで平静な焰となって燃え続ける。その光のなかでファイトルは、黒い顔がおもむろに灰色になって行くのを見る。驚愕の表情がその黒い顔に貼りついている。次いで、なかば閉ざした瞼のあいだで眼球がほのかに白く光る。

　塔の部屋にコーヒーの香りがひろがる。シャベールはすこしばかり身を躍らせるが――パンという銃撃音――またバタンとのけぞり返ってつぶやく。「何だ、あれは？」だがサモタージィーは仕事に熱中していて、熱い飲み物（表面にまだ細かく碾《ひ》いたコーヒー粒が浮んでいる）入りのカップを寝ている人の口元にせっせと運んでいる。熱さで中隊長は飛びあがる。ひっきりなしにふうふう息を吹きかけて冷ましながらカップを飲みほし、もう一度のけぞり返るが、サモタージィーが奮い立たせる。「撃ってます、中隊《モン・》長殿《カピテーヌ》。」「うん、うん」とシャベールは口ごもる。だがこの瞬間、射撃音がさらに四発パンパンと爆じけ、糧秣補給所の庭にどやどや足音が入り乱れて、窓ガラスごしに火の手がめらめら燃えあがった。シャベールがつぶやく。「どうってことはないさ、民衆の気晴らしだ。」

　パウザンカーは驚愕した子供の顔をして、わめき叫ぶ群衆の只中に立っていた。あいかわらずパウザンカーは、見まちがえて兎を撃ってしまった狩猟家よろしく銃を横抱きにしていた。まわりには笑い、それにわめく声。彼はゆっくり自分の軍曹のほうにすり寄って行き、その腕をつかむと、横たわっている黒人の身体に足蹴をくれた。「おまえは王になる」とファーニーがろれつの回らぬ舌で言った、「カメルーンの王になる。だってなあ、おまえも知っての通り、カメルーンはわが国の植民地なんだからな。みんなにもそう言ってやれ。でないとやつらは忘れてしまう。こうも言ってやれ。おれを苦しめたがっているいやな獣どもを追っ払ってほしいとな。ほら、そこの後ろに見えるだろう？　もう猫が、それに鼠が、待ち伏せしてやがる。今晩おまえはどこにいた？」いきなり彼はびっくりするほどあからさまにパウザンカーを叱りつけた。「他のやつらといっしょだったな。わかってるんだ。否定するな！　待ってろ、いまに決着をつけてやる。他のやつらと往き来してはならんと言っといたはずだ。おまえはおれのものだ。おまえには印璽が押してある。皇帝の印璽だ。それを忘れるな。」

ファーニーは周囲にいる兵たちに命令を下そうとした。と、別の人間が指揮を取っているとわかってむかついた。「静かにしろ!」と叫ぼうとした。しかし声がすっかり嗄れ、言っていることが聞いてもらえなかった。ベルリンっ子のクラシンスキーが我慢強いギイじいさんの肩の上にひらりと飛び乗った。目を危険にギラつかせているステファンが、そんなギイを後ろから支えた。ことほどさように足場を作ると、クラシンスキーは大演説をぶった。

人びとはいまや心楽しく集い合い、と彼は言うのだった(そして群衆をかき抱くように左右の腕をふり)、人びとにあまねく人気のある一人の戦友の沈着な態度が黒人の鉤爪から栄誉あるファーニー軍曹を救ったのであるからして、歩み行かれねばならぬ道の下地はすでに造作なく描かれている。いまやこの幸運の前髪をつかみ、われら全員が長年その下に嘆き苦しんできた専制をこれをかぎりに根絶することを、ここにいる全員の名において提案していると自分は確信するものである。われわれは自由になりたい! モロッコは広大で、原住民たちは外国人の支配にあきあきしている。国土のいくつかの部分はまだ征服されてさえいない。われわれはそういう土地に進軍しなければならぬ! そこには自由がある! その土地の人びとのところへ行ったら、機関銃を二三挺、それに実弾を提供する。そうすれば大歓迎まちがいなし。「そうは思わんかね?」

演説者に長々とひっぱったウラーの叫び声が応えた。ロシア人たちはしきりに駆けずり回って演説の文句を翻訳した。群衆からかなり離れてバラックの外壁にもたれた影の姿が何人かいて、その文句に対してなにやら声をあげた。アッカーマン伍長、コリブヴゥ、シトニコフ軍曹だ。この三人に、四つ足で歩いているように見える深く身をこごめた姿が加わり、手探りで塀に沿ってやって来て、ぜいぜい息を切らして立ちどまった。病室から這い出してきたレースだ。「あんたに何を話したっけ、レース? 今日の午後? 言った通りだろう? 中隊長は出て来ない。部屋には灯りがついている。中隊長が来たらガードしなければならん。わかったな、アッカーマン?」アッカーマンはただうなずいただけで、軍帽を脱ぎ、と、そのブロンドの髪が夜のなかにパーッと輝いた。下士官食堂のほうから、乱暴に騒ぐ声と、グラスのガチャンと割れる音が押し寄せてきた。

「われわれに必要なのは」とクラシンスキーの執拗な声が鳴り続けていた、「食料品だ。食料品があれば何とかやって行ける。しかしそれ以上に必要なのは、事態の組織全体を把握している指導者の助言だ。軍曹たちに任せてはおけない。われわれの同志でなければいけないのだ。ただ一人、こちらの味方になってくれそうなのは、この救済者たるファーニー軍曹だけだ。なぜなら彼の叫び声がわれわれの手に銃を取らせたではないか。彼のような人にこそ指揮を取ってほしい。他の軍曹たちは……彼らが騒いでいる声が聞こえるだろう？」クラシンスキーは片方の手を大きく延ばした。このとき突然静寂が生じ、カッターネオの吼える声とバグランの裏声が食堂からはっきり聞こえた。と、クラシンスキーの背後でひとつの声があがった。「何をぐだぐだ言ってるんだ、こいつは《クエスキル・バーヴ・ル・メック》？」ステファンが、演説が何を言わんとしているのか聞きたがった。

「ファーニー軍曹のお考えでは」とクラシンスキーは態勢を立て直し、いまし方あの発狂した男と対話を交わして来たばかり、といった風情だ、「最重要の課題は食料品を調達することだ。だから糧秣補給所を襲え！　みんな銃を持て。さあ行くぞ！」フランス人のギイが馬ででもあるかのように、クラシンスキーはギイじいさんの胸を踵でどかどか連打し、じいさんはのろのろ動き出した。後ろに一団が続き、みるみるうちに数を増した。遅れて村から戻ってきた者たちが、それに加わった……

管理部の庭の真ん中に、ポケットに手をつっ込んでピエラールが立っていた。鍵を渡せと言われると肩をすくめた。鍵は少尉のところに保管してある、とピエラールは言った。クラシンスキーは錠前をぶち破れと命じた。簡単な作業だった。弾丸《たま》を二三発撃つだけでよかった。

営庭には大きな藁の山があった。「灯りが要るぞ！」クラシンスキーが叫んで手にした蠟燭を藁の山に投げこんだ。拍手とウラーの叫び声。

シャベール中隊長が塔から降りて来たのはこの瞬間だった。いかにも同情を誘う様子だった。瞼は腫れあがり、手をわなわな震わせて吼えたける男たちの前に立ち、パッと燃えあがる藁の火をながめて目をしばたたかせた。群衆のなかに渦ができた。突然三人の人物が銃剣を装着して捧げ銃の姿勢でシャベールの前に出た。「伍長が二人、軍曹が一人であります」とアッカーマンが名乗りをあげた。中隊長の顔にかすかにほほえみが浮かんだ。「勇敢だな、なあ、勇敢だ。でもきみたちの力を借りるにも及ぶまい」とシャベールは重い舌で言った。

すこし離れたところでクラシンスキーがへつらうような態度で言った。おそれ入りますが、中隊長殿はまた塔にあがってはいただけませんか。さもないと、残念ながら、中隊長殿を監禁しないわけにはまいりません。

「黙れ……おまえ……おまえ……」シトニコフが叫び、このふだんは決して使われることのない軍曹の「おまえ」呼ばわりが、一瞬クランシンスキーをおじけづかせた。クランシンスキーは黙った。シトニコフはロシア語で話していた。そのかろやかに歌うようなスピーチが感銘を与えたようだった。群衆のなかに新しい渦ができた。人垣を押しのけて消えて行く者たちの渦だ。と、そのゆるんだ列を割って歩哨が顔を出した。歩哨は五人、ファイトルが指揮を取っていて、これまた中隊長の前に立ちはだかった。

そしてもう一人、丸腰で顔面蒼白なのがよろよろ這い出して来た。手探りでゆっくり、腕をあげてカッカしている人垣に沿って出て来て、ようやくシトニコフのところまでたどり着き、シトニコフ軍曹の肩に手をついて待っている。レースだ。「やあ、おまえも来たのか?」中隊長が会釈をして、「ちょうどいい。」シャベールは護衛兵たちの顔をながめやった。

「兵たちよ」と中隊長は話をはじめた。あいかわらず老いぼれ人馬にまたがって、クラシンスキーがそれをさえぎった。「あっちへ行け! 黙りやがれ!」熱気のあるざわめき声が彼のことばを支持し、銃の床尾がすとんと落ちて肘と腰のあいだにしっかりはさみ込まれた。銃身は例の小グループのほうに向けられていた。そちらはそちらで銃剣を装着したので、中隊長は刺だらけの輪に囲まれる格好になった。

「兵たちよ」と中隊長はまたはじめた。ざわめき声が高まったので、クラシンスキーが手を上げてなだめた。「じいさんに話させてやれ」と彼は命じた。「いかん!」ファーニーの声がまたあがった。「おれは皇帝だ。おれが話したい。」だがパウザンカーが彼の軍曹の口に手を当てた。「後で」とパウザンカーはささやいた。が、このささやき声さえもが、大きな静寂のなかではっきり耳に立った。

「兵たちよ」と中隊長はまたまたはじめた。「きみたちに不満があるのなら、こういう形でクレームをつけるのはよろしくない。わたしは、知っての通り、きみたちの一人一人と話をするようにしているし、苦情があればその意見を一人一人個別に聞いてきた。しかしもう解散しておしまいにしなさい。きみたちは興奮している。なぜかは知らない。どうやら惑わされているらしい。お願いだ、わたしにこれ以上無益な心配をかけさせないでくれ。だってこれ以上興奮するなんて、うんざりじゃないか。わたしはこんな児戯に類すること(中隊長はこれを〈幼稚なこと《アンファンティヤージュ》〉と呼んだ)を何とか収めるのに、できるだけのことをしたいと思う。しかしこれだけは言える、きみたちがこれ以上ぐずぐずしているとまずいことになるぞ。わたしの忍耐にも限度がある。戦闘ではよくやってくれた。だから大目に見てやろうと思う。しかし何事にも節度が必要だ。以上。では翻訳してくれ、きみ」と彼はシトニコフのほうに向いて、「わたしの演説をロシア語に。それからきみ」とレースのほうを向いて、「わたしの演説をドイツ語に。」またしても沈黙が踏み込んで来て、下士官食堂の騒ぐ声が聞こえた。あちらではどうやら歌の伴奏に金属の器具でグラスをたたいているらしく、歌はカッターネオが歌っていた。

きみのすてきな眼を閉じて
だって時は、みー、みー、みーじかいのだから
不思議の国の
ゆー、ゆー、夢の美《うま》し国の……

シャベール中隊長の顔がゆがんだ。耳が赤らんだ。身内に憤怒がこみあげてきたようだった。短距離走者のように胸の前で拳を丸めた。「おい！　プルマン！」クラシンスキーが上から呼びかけた、「ちょっとあいつらを黙らせろ。あの騒ぎじゃ、こっちは自分の声も聞こえやしない。」

プルマンはうなずいた。五人の兵が彼についた。一隊は階段の足下をこっそり回った。「それ、やったり、おあとの衆！　やれ！　中隊長を！」クラシンスキーがわめいた。

群衆がまさに動こうとするあいだに、シャベールはシトニコフとコリブゥの真ん中にはさまれてしずしずと階段を上って行った。アッカーマンが背後を掩護した。歩哨たちは下に残って着剣した銃を構えた。射撃音が二三発パンパンと爆《は》ぜたが、弾丸《たま》は星々に向けて無害に歌を歌っただけだった。

プルマンがお供をつれて食堂に入ると、そこを支配しているのは静寂だった。下士官たちの大部分がテーブルに頭をのせてつっ伏しており、バグランだけが隅の副官の傍に立って、嗄れ声を出しているカッターネオのぽっかり開けた口をしげしげとながめていた。

きみのすてきな眼を閉じて……

カッターネオは嗚咽し、頬に涙が流れ落ちた。「そう、そう、古い歌だ。古い歌の言う通り、何もちっとも変わりないよな」とバグランが太鼓判を押した。バグランは、ドアのところの銃を構えた兵たちが見えたので仰天した。それから副官のでんぐり返った目がふだんの状態に戻るまで、副官の小脇をかなり強く小突かなくてはならなかった。カッターネオはしばらくのあいだ、プルマンにまじまじと目を据えていた。それからそおっと用心深く動いて、ポケットからぐしゃぐしゃにつぶれた葉巻を取り出して火をつけ、同じく用心深い動きでズボンの尻ポケットに手をさし込んで、小さな連発ピストルを膝の上に置いた。「銃を前へ！」プルマンが吼えたが、興奮のあまりドイツ語を使った。副官はその顔を訳がわからぬままにじっと見つめた。続けざ

まに、ほとんど間をおかずに、重い布地を引き裂くような音を立ててパンパンパンとピストルの発射音がした。すさまじい怒声。副官はまだ膝の上にピストルを構えていたが、その銃口からかぼそい煙の糸が立ち上り、それが左手の指のあいだにはさんだ葉巻の煙と奇妙に混じり合った。弾丸に当たった者は一人もいない。弾丸のためにできた穴ぼこがドアの梁《はり》に不規則な柄模様を作り出した。テーブルにうつぶせた面々の頭は微動だにしなかった。重い身体をしゃっくりが内部《なか》からゆさぶったが、副官はどろんと目を据えて襲ってきた相手の出方を待った。プルマンが前に進んだ。銃身の部分を持って銃を前に突き出し、ステッキみたいにぶらぶらさせた。散歩をする人が花の首を刎ねるのにステッキを使うように、プルマンは銃を持ちあげると、それを横ざまに副官の頭にたたきつけた……

塔の部屋に中隊長は腰を下ろし、サモタージィーの看護を受けていた。シャベールの顔は青っぽく変色し、重い息をふっと吐いた。サモタージィーはご主人様の額に濡れタオルをのせた。他の者たちは無言でまわりを囲んでいた。コリブゥは隅にすわり、何事にも動ぜずに観察したことを手帳に書きとめていた。アッカーマンはうろたえて指爪を噛んでいた。シトニコフとレースはテーブルの前に腰かけていた。二人ともすっかり顔面蒼白だ。銃はドアの脇に立てかけてある。ドアをノックする音で全員が飛び上がった。下から押し寄せてくるにぶい叫びのなかから来て、それは硬い響きを立てた。シトニコフがゆっくりドアのところに行き、外にいる人に誰何《すいか》してから木の閂《かんぬき》をはずした。小声の応答があったが、他の者たちには何を言っているのかわからなかった。

シェフとラルティィーグ少尉が入って来た。

「ハロー！ ハロー！」シェフは極上の上機嫌のようだった。「状況を救うのはだれでしょう？ もちろん、ナルシス・アルセーヌ・ペルヴォアザンに決まっています！ 唯一まともな判断ができる人間はだれでしょう？ いつだって、ただいま申し上げた人間です！ 五分以内に補充《グ》土着民部隊《ム》がやって来て、静かにさせるでしょう。一二とね！ しかし」と何も聞いていないように見える中隊長の寝姿に絶望的な一瞥をチラとくれて、「マテルヌとの談判は手ごわくなります。中隊長にはお気の毒です。というのも、わたしが行ったとき、マテルヌは一人じゃありませんでした。モーリオ少尉がもう来てました。中隊長殿はまずいことになるな、と、それが目に見えるようです。」彼は口をつぐみ、空いている椅子を引き寄せて腰をおろした。全員沈黙。と、にわかに下が騒がしくなった。馬の蹄音だ。「ほら来た」とシェフが小声で言った。

シャベールはため息をつき、「なんという恥辱、なんという恥辱。」他の者たちはドアのほうに殺到した。レースだけは残り、つかまるものがなくなって椅子の背にしがみついた。サモタージィーは中隊長のベッドに腰かけ、タオルの濡布を裏返して、冷たい側をシャベールの額に当てた。

糧秣補給所の前庭では藁の焚火がすっかり燃え落ちていた。星々が、戦っている群衆にやわらかい光を浴びせかけた。補充土着民部隊の灰色のマントが風になびいた。すべてがいまは音もなく進行し、逃げる者は叫び声も上げずに銃を投げ捨て、バラックのドアが走る者たちをのみ込んだ。前哨基地の門から背の高い男が入ってきた。丸腰だ。その後ろからほっそりした身体つきの白い小人が一人シュッシュッという音を立ててぴょんぴょん跳ねながらやってくる。背の高い男はふり向きもしない。その黒い髪が淡い光を浴びてテラテラ光った。と、白い小人は姿を消し、背の高い男はひとりで歩き続けて塔の階段の足下にたどり着き、ゆっくり階段をあがった。成り行きを見ていた者たちがどやどや部屋に戻ってきた。マテルヌ大尉が入って来た。動きのにぶい目がその場に居合わせた面々の顔をじろりとねめまわした。その目はしまいにベッドにいる人に釘付けになった。沈黙。

「あなたがやったらいい、ラルティィーグ」とマテルヌはベッドから目を離さずにのろのろ言った。

全員が無言のまま部屋を出て行った。レースはシトニコフに肩を貸してもらった。下に着くと、二人とも別れ別れになろうとした。だがラルティィーグが二人を引き止めた。

「いっしょに来てくれないか。気が昂ぶって眠れそうにない。」

ラルティィーグの部屋には人数分だけの椅子はなかった。レースがベッドに寝ていいということになった。少尉はシュナップスを注ぎ、シガレットを勧めた。それからベッドの端に腰をおろして小声で話した。

「どういうことになったか、わかってるな、レース？　じつは、何もかもあんたのせいなんだ。そりゃまあ、これはおもしろい話さ、悲劇的というよりおもしろいよ。大演説をぶったな、あのクラシンスキーめが。ファーニーが死んだのを聞いたかい？　うん、いきなりひっくり返ったんだ。しかしなあレース、あんたの責任がたいそう重大なのがわかってるのかい？　犬の死んだことも、セニャック殺しも、暴動そのものも、あんたのせいなんだ。ニヤニヤするな、いや、いいとも、ニヤつけよ。おかげであんたの具合が峠を越したのが、こっちにわかる。どうわかるかって？　質問してみろよ。」レースは何もたずねなかった。ニヤついてもいなかった。だが少尉には、修辞的な質問の合いの手が必要だったのだ。他の者たちは注意深く耳を傾けていた。コリブゥのむさぼるような目が隅のほうでギラリと光った。

「あんたなんだよ、あんたが前哨基地に血を持って来たんだよ。血と破壊を。あんたは自殺しようとして自分の血を流した。わかるかい、あんたのやったことがどんな波紋を投げたか？」ラルティーグの得体の知れぬパトスが作用して、全員を興奮させた。シトニコフは立ち上がって部屋中を右往左往しはじめた。アッカーマンは、すてきなメルヘンを聞かせてもらう子どもの面持ちでキラキラ光る目をラルティーグの口元にひたと向けた。

「あんたはわかってないな、自分の幸運が！　あんたとちがって、あんたの負傷した戦友はことばの魔術を知っていた。どうして彼はトッドなんて名前を名のったのか？　死《トート》だなんて？」少尉はフランス語で話していた。その外国語［ドイツ語の死（トート）のこと］を長く引き延ばし、自国語訳をぶつぶつと口ごもった。「わかるな、死と血を相手どった戯れには、邪悪な魔法がひそんでいるんだよ。はじめはあんたの犬が生贄《いけにえ》にされた。するともう生贄はそれだけじゃ足りなかった。藁の焚火みたいに火の手があがった。おお、象徴だ。荒っぽい象徴……こまやかな象徴。どこもかしこも象徴だらけだ。もちろん、法律的な意味ではあんたは無実だ。しかしほかの意味でも無実かな？　わからん。かの人［キリスト］のようにあんたに言いたい。立ち去れ、そしてこれ以上罪を犯すな。あんたの傑作は今晩起きて来たことだ。おやじさんはあんたが起きて来たことを忘れないだろう。まだ中隊の指揮を取っているあいだは、おやじさんはあんたをよしなに計らうだろうな。というわけで、われらが友は危機を脱したと見てよさそうだ」と他の連中のほうをふり向いた。「わたしももう長居はしない。たぶんわたしは、シャベールのお供をしてフランスまで送って行くことになるだろう。それというのも、ここでこれから起こる反動の時代につき合う気は毛頭ないからな。たぶん友レースとはパリで会うだろう。レースが兵役免除になるのは確実だと思うのでな。そうなるように、おやじさんは出発前にあらゆる手立てを尽くすだろう。大きな声で話さないようにしよう。あわれや、この男、もう眠ってる。あんたとは、シトニコフ、わたしの故国《くに》のことばで言えば、もうすこしいっしょに玉葱の皮を剝かなくてはならん。つまりだな、どうして『ラ・ガルソンヌ』なんかを読むんだ？　あんたって人の気が知れないな！」ラルティーグ少尉がこれからのたまう文学的道徳訓話もまた、そのパトス同様、なんとも得体の知れない代物だった。

第15章　春

　歩道の上の鉄テーブルには白いテーブルクロスが掛けてあった。だが日よけのために張ったマルキーズ［雨よけに張るテント地の屋根］がそこに黄色い光を投げ、それが快適に明るく、心をなごめる役を果たしていた。ボーイには植民地勤務の経験があったので、仲間内の親しみをこめてレースに給仕をした。ボーイは、レースの着ている服が気にならないようだった。いわゆる〈クレマンソー服〉で、軍務から除隊された人間の制服としてフランス中に知られているものだった。上着はグレーの生地でこしらえた一種のリテフカ［折襟の制服］で、ズボンが円筒のように脚を囲っていた。レースは自分の靴に目をやった。それはグーラマで履いていたのと同じものだった。しかし靴先の革はもうきちんと靴底に張りついておらず、雨の日には足がぐっしょり濡れた。これが、ぼろぼろに破れた下穿きと、同じくぼろぼろになったシャツのほかに、三年間の勤務期間の代償としてもらったすべてだった。ただじれったいのは、足の具合がなかなか良くなる気配がないことだ。最後の行軍で靴ずれをこしらえてしまっていたのだ。

　マルキーズの総飾《ふさかざ》りからのぞける空がなんと青く澄んでいることか！　すぐ傍にセーヌの水が河床《ベッド》に延びていた。〈セーヌはいいな、最低ベッドはあるんだもの。〉が、いましがたボーイが運んで来たコーヒーが、こみあげる悲しみと将来への不安を追い払ってくれた。テーブルには狐色にこんがり焼けた温かいパンがのっていた。

　まだ午前も早い時間だった……川縁の緑地の草は文字通り朝露を結んでいた。レースは伸びをした。ボーイは早朝の客が合図したと思ってにこやかに近づいてきた。戦友、何かご用で？――「いや。」――何年ものブレッド［北アフリカの内陸部］暮らしの後で、いままた新しい生活に順応するのは容易なことじゃありません、とボーイは言った。で、最後はどちらにおいでだったんですか？　グーラマ？　知りませんね。自分は主にチュニスにいました。あそこだって快適じゃありませんでした。あの暑さ！　一体、外人部隊ってのはどうなんですか？　世間でよく聞くように、本当にそれほど悪いんですか？

　レースは考え込まざるを得なかった……悪い？　いや、悪くはない、ただおそろしく退屈なだけだ。そもそも定義するのが難しい。外人部隊はまさしく外人部隊だ。仲間内の理解でいえば、重苦しい空気、精神的な熱病風土。そういうものが、あそこの生活をあれほど重苦しくしている。ただもう金無垢の退屈さからして、バカをしでかそうとくり返し誘惑されるからだ。

はい、よくわかります、とボーイは言って、つるつるした頬を引っ掻いた。チュニスでもみんなしょっちゅう不平不満たらたらでした、食事のことで、厚かましい伍長たちのことで。

「ねえ、きみ」とレースは言った（至極当然にきみ呼ばわりになって）、「この秋、わが部隊が暴動を起こしたんだ。ちょうどそのときおれは病室にいた。なあ、手術台だ。血がどっさり出たよ。中隊だ、騎兵中隊《コンパニー・モンテー》だった。知ってるだろう、騎兵中隊ってどんなものか？」ボーイはうなずいた。「うん、で、その中隊がジッシュに襲われて、いくぶん興奮気味で哨所に戻ってきた。中隊長は（ともかくいいやつだった、この中隊長は）部下たちに何日かの休息日を与え、無聊《ぶりょう》が嵩《こう》じて一部の者たちが暴動を起こしはじめた。悪気はなかった。いや、黒人の伍長が暴動と思い込んだだけだったのかもしれない。やがて補充土着民部隊《グム》が哨所にやって来て片がついた……中隊長は解任された。新任がフランスからやって来て、部下たちに躾《しつけ》を教えた。軍法会議に二ケ月に十二本の訴状だ！　それも全部、服従拒否の廉《かど》でね。しかしそれからまた突然動き出した。新任中隊長はおれたちを働きづめにさせた。おれは兵役解除の申請が出されているので、うれしかった。だから新任はおれにはもうあまり手を出せなかった。おれはただ単純にいつも病気と申告して、軍医少佐には好かれていたので、いつも勤務を免除された。しかしそれでも最後には道路工事に出なければならなくて、あれは……待てよ……二ケ月前のことだ。そして突然、ある日曜日、なぜかよくわからないが、シェフに呼ばれる。おれはテントのなかにいて、なかば眠っていた。だから当然のことながら、〈糞ッ〉と答えただけだ。するとシェフが声をあげて笑った。シェフはこっちの応対ぶりがおかしかったんだ。おまえ、これがどういうことかわかってないな。新しい中隊長が来たのでシェフもちろん転出するはずだ……この中隊長がどんなことをしたかわかるか？　行軍開始の日に、自室から食堂まで手押し一輪車に乗せられて押して行ってもらった。片方の脚に厚い包帯をしてな。痛風で、馬に乗れないんだ。中隊長はどうすればいいか？　季節は冬で……寒いんだ、なあ！　おれたちは騾馬に水をやるのによく氷を割らなければならなかったものだ。そう、それでシェフが呼んだんだ。出て来いと。もう一度呼んだ。良い知らせだ、とね。おれはテントから這い出す。シェフが何を言ったと思う？」この瞬間の歓喜がそのままるごと、レースの声のなかで震えた。ボーイも身体をかがめて興味津々の体《てい》で聴き入った。「そう、シェフはこう言った。明日オランに行ってもらう。コロン－ベシャールまでトラックで行き、そこからは汽車を使う。それでもう戻って来なくていい〉とシェフは言うんだ。オランではうまく行った。鑑定をしたのはシビリアンで、軍医ではなく、おれの心臓を診察して思わしくないと判断した。それからまだ、大佐だか何だか知らんけど、でっぷりした人たちの委員会に出頭しなければならなかった。その人たちはおれをじっと見つめているだけ。それから申し渡された。兵役解除、第一級、年金給付なし。それでいまここにいる。」

コーヒーは冷めていたが、どうということはなかった。それでも外人部隊のそれよりはずっとましに思えた。コーヒー茶碗のせいもあるのか？　レースは胸に手を当てた。うむ、古ぼけた紙入れはまだちゃんとそこにある。糧秣補給所から救い出した二百フランはまだそこに入れてある。五十フランは時とともに遣い、二十フランはシェフの懐に入った。〈それくらいの恩はあるぜ〉とシェフはそのとき言ったた、〈だっておれがいなきゃ、おやじさんは確実にあんたをフェズに送っていたんだからな。〉そうではなかったんだ。中隊長は出立前の最後の数日間、じつに感動的だった。ゆっくり休んだほうがいい、新しい中隊長が来るときに隊にいないほうがきみのためにいいだろう、とレースをリッチの野戦病院に送ってくれた。それははっきりわかった。この新任をシャベール中隊長は憎悪していた。それは後になって中隊の引き渡しについておそろしく奇怪な出来事が語られた。新任は査察するのに、何もかもひとりでやらなければならなかった。シャベールは塔の部屋にこもったまま食事にさえ出てこず、サモタージィーが食事を運んでやらなくてはならなかった。

レースは立ち上がった。親切なボーイは勘定を払わせようとしなかった。「わたしたちは戦友なんですよ。コーヒー代はもうわたしの勘定につけときました」とボーイは言った。「なるべく朝のうちにここへおいでなさい。何とかして差しあげます。ジャンの名でおたずねください。」

街路に人波があふれはじめた。あかるい服を着た娘たちが通りすぎ、レースは彼女たちに目を凝らした。清潔な女たちにまたお目にかかるのは妙な感じだった。顔色がすこし蒼白いが、それでも笑っていた。ツェノとはまるでちがう笑い方だ。過ぎ去った時間は、何とすみやかに物事を偽りにしてしまったことか。ツェノ！　突然ツェノの笑い声が聞こえ、ふり向いた。それは、どうやらレースの靴がおかしいと思ったらしい女の子だった。〈笑うがいいさ！〉とレースは思い、ほほえみ返した。それが女の子に気に入ったらしく、相手は彼の前をすり抜けて行った。「落ちぶれたの？」女の子はツェノの声を思わせる嗄《か》れた声でたずねた。レースは重々しくうなずいた。「かわいそうに」と女の子は言って走り去った。

そう、ツェノ！　彼はツェノを売ってしまった、アニュス一瓶で。だれに？　ピエラールだ。ツェノには事情を説明した。「わたしはおまえのためにもう何もしてやれない。これからわたしはリッチの野戦病院に行く。戻ってきたら中隊で勤務しなければならない。しかしわたしの後任者もいいやつで、おまえの面倒を見てくれるだろう。」ツェノは悲しそうな顔をした、はじめのうちはだ。それからしかし、声をあげて笑った（先刻の女の子のように）。この笑いがピエラールには高価《たか》くつくことになった。ツェノはピエラールを手こずらせ、無理やり服や靴やストッキングを買わせたのだ。スパニオーレ商人も、この取り引きでがっぽり稼いだ。この男が服を（ヨーロッパの服だ！）フェズから取り寄せさせた。リッチから戻って来ると、レースはツェノが新しい衣装を着ているのを見た。踝《くるぶし》の先までとどく裾長のドレスにとんがりやフリルのついたブルーズ。ツェノは本当にとても滑稽に見えた。しかしピエラールとも長くは続かなかった。シェフが見張っていた。ある晩ピエラールは独房に連行された。それで一巻の終わりだった。

ピエラールはレースより気丈だった。下手な芝居など演じなかった。時代も変わった。新任中隊長は事務的に事を片づけた。二週間もしないうちにピエラールは四人の男につき添われてフェズの軍法会議に護送された——公共労働《トラヴォー・ピュブリック》五年の刑。

レースはふかぶかと空気を吸った。空気は埃だらけだったが、それでも芯は春のさわやかさがしみ込んでいて、舌ざわりが冷たかった。彼は両の拳をズボンのポケットにつっこみ、目の前にさっと寄せては返す足早な人びとの群れをやりすごそうとした。

ベンチに腰を下ろすと、鏡のようにまぶしく光るセーヌの水面《みなも》をながめて——そして目を閉じた。

暖かい（熱いのではない）太陽のなかにいる気持ちよさは、しだいに消えて行った。あのとき腰かけていたワイン樽からはじめて目にした、リッチの野戦病院がまず目に浮かんだ。一台のトラックが、包帯で腕がパンパンにふくれ上がったレースをリッチまで連れて来たのだった。片手しか使えないので、このガタピシゆれる樽にしがみついているのは容易なことではなかった。それから野戦病院のテラスで日を浴びながら長い長い朝食を摂り、じょじょに快方に向かっていた腕を日光にさらした。だがリッチでは別の出来事が起こった。その出来事のごく近いところまで来ると、レースの思いはきまってそれを避けた。いまも彼は、不安でたまらなそうに目を開けた。あいかわらず川の流れる鏡面が、ピカピカ目にまぶしい光を投じた。レースはまたしても瞼を落とした。と、何か別のものが見えた。小さな鏡が見えた。鏡を手にしているのはトッドで、それで気になる口元の不精髭を見つけているのだった。トッドはいきり立つようなささやき声を洩らした。「髭を剃らなきゃな。シラスキーが、髭を剃ったほうがいい、と言ったものでね！」あれは、トッドが死ぬ二日前のことだった。

レースは悪夢にうなされたときのようにため息をついた。そうだ、あの頃はいろいろいやなことがあったっけ。まずあいつらにいじめ殺されたターキーだ。次にトッドが死んだ。傷口の焼灼、つまり壊疽《えそ》だな、とベルジュレは言って肩をすくめた。トッドはひどく痛がり、レースは夜毎トッドにつきっきりだった。そんなに話すこともなかった。もっぱら、「横になり具合はいいかな？」——「うん、ありがとう。」——「何か欲しいものがある？」——「ない、ありがとう。」二人とも少々衰弱していた。一度だけトッドが言ったことがある。「ほらな、やっぱり名前のせいでツキが悪かったんだ。」——「何をバカな！」レースは答えたものだった、「だってきみはまたよくなって兵役解除になるさ、それも終身年金付きだ。金を持ってウィーンですばらしく楽しい生活を送れるんだぜ。」レースはあのとき自分自身にひどく憤ろしい思いがした。自分は決まり文句を使っているだけで、何世代もの人間たちがこういう瞬間に言い古してきた文句をしか悟性が口に出そうとしないのだ、という気がした。本当はちっとも慰めになっていない慰めのことばだ。ちなみにトッドは、断じてセンチメンタルにはならなかった。たった一度、目に涙を浮かべたことがある。レースが頬髭を剃ってやったときのことだ……「これでようやくシラスキーにいやがられなくてすむと思うよ」と彼はつぶやいた。

レースは飛び上がった。ポケットの布地の上にのせた手がじっとり汗ばみ、額にも細かい汗のしずくがギラついていた。いや、こんなのは過ぎたことだ、もう二度と思い出したくない。いま大切なのは、なんとか急場を切り抜けること。それを考えようと思っているので、死んだ友だちのことは考えたいと思わない。なのに目に見えないやわらかい手が自分をベンチに押し戻すような気がする。かろやかな手。トッドのあの手が何度自分の袖に置かれたことか。そのトッドも突然死んでしまった……「ここだった」と声に出してレースは言って、ごわごわした布地の上をなでた。〈おれたちはだってお互いの身の上をほとんど知らなかったものな〉と彼は考えた。〈本当にしみじみ話をしたのは一度だけだった。どうしておれは、トッドがあんなに好きだったのだろう？　ウィーンの出だったからか？　いや、ちがう！――ただお互いに気が合っただけだ。しかしシラスキーも彼が好きだった。でも他のやつにくらべれば、おれはトッドに近しかった。おれはシラスキーに一度も嫉妬したことはなかった……〉

「そうか、そうか、ここがねぐらか」とレースの頭の上でしわがれた声が言った。ベンチの前に肩幅のひろい警官が立って、みごとに上にはねた口髭の下で笑い、はげますようにうなずいた。「そうか。植民地帰りだな。肌の色と服でわかる。いや、すわったままでいい。じゃまをするつもりはない。勤務中でなかったら、二人で一杯飲《や》りに行くところなんだが。しかしその……わかってくれるな？」

　レースはよくわかった。警官はなんと、シェフも好きだったあの同じ所作《しぐさ》であいさつを返した。指を曲げて警帽の庇に手をやりながら上体をかるく傾ける所作だが、これがじつに心のこもった感じだった。

「ここの人たちは親切だな」と、考えを逸らしてくれたのがうれしくてレースはつぶやいた。彼は立ち上がって歩き続けた。大通りにはほとんど人影がなくなっていた。レースはショーウィンドウの前で立ちどまった。――〈まずスーツと、それに靴を買わないとな〉と彼は考えた。それからステファンを、ステファンの別れ際のことばを思い出した。「パリに着いたら」とステファンは言ってたっけ、「まっすぐに〈フランスの貴婦人《ダーム・ド・フランス》〉に行くんだ。貴婦人《ダーム》たちが新しいスーツも下着も、その他、あんたの要るものは何でもプレゼントしてくれる……」――午後になるまでにはまだ間《ま》があるなと、とある書店の前にきたときレースは思った。どんな新刊書が出ているのかしら？　純白の地に赤い文字のタイトルがパッと光ってまなざしを迎えた。――『ふたたび見出された時』。それは――そう、『失われた時を求めて』の続きだった。

　するとレースにバラックが見えた――空のワイン樽の上に仮設舞台が設営されている……五つの樽の上に六枚の板を差し渡して……

　　モシモタマタマアタシノ
　　叔母サンヲ見カケタラ……

大爆笑。安楽椅子に一人の人影が寄りかかり、その重い身体は純白の軍服に包まれている。その白服を着た男が言う。「それはそうと傷ましい重大ニュースだ。プルーストが亡くなった……」

　ラルティーグ！　ラルティーグ少尉だ！　ラルティーグはレースより先に旅立った――まるで唐突に。おかげで新任中隊長は激怒した。ラルティーグは別れ際に何と言ったか？「パリで会えるといいね、レース。ほら、わたしのアドレスだ……」

レースはすばやく紙入れをひっぱり出し、紙入れの仕切りから汚れた紙片を何枚か取り出して探した……あった、これだ。「ラルティーグ、オートゥイユ、ウィレム街10……」

オートゥイユ！　エレガントな街区だ。ブーローニュの森のあたり。だがひとまずスーツを、靴を買わなければ……二百フランではスーツ一着は買えないだろうが、ラルティーグが援助してくれるのではあるまいか？

〈本当に外人部隊はとてもすてきだったじゃないか〉と思った。数々の会話が思い浮かんだ。シトニコフとの、ピエラールとの、スミスとの、詩人のコリブゥとの会話――しかし何よりもラルティーグとの会話だ。決して将校ぶることのなかったラルティーグ、戦友ラルティーグ。そう、安んじて友だち！と言ってよかった。ラルティーグを訪ねるのなら、どんな服を着て行こうがちっとも構いはしない……

オートゥイユ！……レースは本屋に入ってプルーストを買った。それからパリの地図の前に立って、地下鉄の線を調べた。ウィレム街はすぐに見つかった……

埃の、リゾールの、熱したレールの臭い。レースはごうごう轟《とどろ》く車両の一隅に腰をおろして読んだ。「自分に再会したいという願望、いや飢渇が、心のなかにまた生まれて来て、一瞬心はわたしたちの願望を勘違いする。それには時間が必要なのだ。そして――時間に関する――わたしたちの欲求は、心変わりが見たいという欲求にくらべるなら、はるかに言語道断なものなのだ……」

言語道断な欲求……

地下鉄駅の階段。空気がだんだんうすく、軽くなっていく。オートゥイユの通りの何と静かなこと！……ウィレム街4―6―10……

鍵のかかった家の門扉を開けてくれた〈門番《コンシエルジユ》〉は、身だしなみのいい老婦人のように見えた。

「ムッシュー・ラルティーグ？」身だしなみのいい老婦人は鼻先にしわを寄せた。それから小声で、ラルティーグさんはお会いになるかどうかわかりません、と言った。「古い友人が会いたいと……」老婦人は軟化した。「四階です」とささやいた。

建物は新しかった。エレヴェーターが通じていて――というより止まってはいない程度にのろのろ動いた。

玄関扉を開けた小間使いも、レースの服をいかがわしげにじろじろ点検した。〈やっぱりまず……〉と彼の思うに、〈せめて靴だけでも新品を買うべきだったな！〉

家具がぎゅう詰めのサロン、フラシ天のカーテン、趣味の悪い、まことに趣味の悪い油絵。練り歯磨きの広告に出てくる女の頭部、風景、風景、風景、風景。ピアノの上にはマスネー〔フランスの作曲家。一八四二－一九一二〕の楽譜……

　やがて一人の紳士が部屋に入ってきた。何者だろう？　堅いカラー、草色のネクタイ、紫色の袖口。その袖口から紳士は絹のハンカチを取り出して――（レースはくんくん鼻をうごめかせた。何という香水だったっけ？　キプロス？　そうだ！　キプロスだ！）――、ハンカチをさっと振り、額をぬぐって二本指をさし出した。それから一気に、

「たいへん残念なのだが、友よ、一分の時間もないのです。隣の部屋に、重要な話し合いで人を待たせてあって……ほんのわずかのあいだしか時間が取れなくて……でも、たぶんまたということがね？　いや、待って……今晩、二ケ月の旅に出るけど、戻ってきたら、そちらに電話をかけてくれる気があれば、友よ……失礼だけど、どうやら懐具合がよろしくないと見える……まあこれで楽しく……僭越ながら……お互いさまだって……さしあたり、これを受け取ってくれるね……もちろん、推薦状が必要ならいつでもお役に立てるとも。」

　サロンの扉は開けたままだった。ものやわらかながら、しかし断固として、レースはこの扉口のほうに押しやられ、いつしか廊下に出ていた。「何よりも、友よ、傷の治療が先決だ、ねえ？　悪いことは言わない、病院に行ったほうがいい、パリには優秀な病院がたんとある……それにだ、わたしって人間がいることを忘れないで……いまは、勘弁してくれるね……プルーストを読んでるね、すばらしい！……あいかわらず雲の上か、友よ、地上に降りないとね……うんうん、いや、さよなら《アデュー》じゃないよ、また会おう《ヴィーダーゼーエン》、友よ、また会おう……」

　通路の扉が閉まった。レースはゆっくり階段を降りた。掌を開けた。紙幣だ。五十フラン……

　目の前に通りが開けた。通りの真ん中に大きな木が生えて緑の若葉を茂らせ、空いているベンチの屋根代わりになっていた。レースは腰をおろした。いまになってようやく気がついた。左手の人差し指がまだ本の頁のあいだにはさんだままだ。本をパラリと開けた。

「時が移り変わるのを見たいというわたしたちの欲求は、心変わりするのを見たいという欲求にくらべるなら、はるかに言語道断なものだ……」これが本当の文意だ。先刻《さっき》のは誤読だった。

　つまり、時は変わらず、心も変わらない。何が変わるのか？　環境だ。グーラマだ。地図の上でも容易に見つからない、なかに人間のいる――とりわけ一人の人間、一人の

友、一人の戦友のいる、小さな前哨基地……
レースは眠り込んだ。警官にじゃまされもしなかった。
目をさますともう午後も晩かった。

モルヒネ

割れたグラス

あっちから見ててわかったよ、あんた、ドイツ語を話すね。おれは長い年月《こと》フランスをほっつき歩いて――そう、旅券の上ではフランス人てことにさえなっている。なにしろ外地《むこう》で十二年勤務《おつとめ》をして、今じゃ年金をもらってるご身分さ。だけどねえ、生まれついての母国語はドイツ語さ。ウィーン生まれよ……煙草あるかい？……いや、すまん。あんた、脇からこっちを見ていたね――おれの赤い鼻、つぎはぎだらけのズボン、古い上っ張り、これがお気に召さないんだろ。どう思おうと運命は免れっこなしさ！　むかしはこれでもちょいといい目を見たことがあるんだ。なにせ世間でいう「良家」の出だからね。父は工場のオーナーでね、ひとかどの紳士だった――髭をきちんと手入れして、髪はこぎれいに分けてね。二百人の労働者が父にへいこらしてた。朝きっかり八時に父が事務所に入って行く。と、支配人がカチッと踵を鳴らして気をつけをして、「かしこまりました、社長！　社長のおっしゃる通りにいたします！」ずいぶんむかしの話さ――イギリスの民謡《うた》の歌詞にあるじゃないか、「ロング・ロング・アゴー」って。

よかったら、こっちのテーブルにこないか。おれが手巻煙草を巻いてるあいだ、海を見てりゃいい、ほら、もう夕暮れが近づいてきた。太陽がまるで真っ赤なビアマットみたいだ。あんまり色に光沢《つや》がないんで、空や湖水にちょっぴりすみれ色を滴《た》らそうにも、そうは行かないってていたらくさ。だけど丘のかなたこっちの背中のほうには、もう夜がこっそりしゃがみこんで家々の色とりどりの外壁を黒ずませて……マッチあるかい？　いや、すまん！……

身の上話を聞く気があるかい？　手に汗にぎる冒険談で退屈させるなんてことはしないよ――でもここにすわっているあいだに、子供の時分のある事件のことを思い出してね。突然、その意味がわかった。三十年間「啓示」を待たなきゃならなかったんだな。だってあれは十歳のときのことで、いまじゃ馬齢四十三歳を閲《けみ》してるんだもの。

あの頃……あの頃はギムナジウムに通っていた。ラテン語とギリシア語、数学と解析幾何学を勉強していた。香水の匂いをぷんぷんさせた女ピアノ教師が個人レッスンをしてくれた。――十二時きっかりに学校が退けるとコルシツキー公園を通って（あれからあそこの樹は、きっとずいぶん伸びただろうな?)十二時十五分きっかりに家に着く。手を洗って、十二時二十五分過ぎには座席をネジで高くしたり低くしたりする度にギイギイ音《ね》を上げる、円いピアノ椅子に腰をかけた。背後《うしろ》の赤いフラシ天張りの安楽椅子に祖母が腰かけていて、編物をしながら合間に骨張った人差し指で拍子を取った。父はやもめだったと思ってくれ。だから祖母が家の中を切り盛りしていた。祖母はフランス系スイス人の出で、いつも黒い、どっしりした絹の服を着て、金の縁取りをしたカメオをブローチのかわりに胸に下げていたものだ。

それで、いやというほどピアノのレッスンを……たっぷり一時間はやらなきゃならなかった。一時半きっかりに住まいの玄関扉の鍵穴にカチャリと父が鍵を回す音がする。社長殿は居間にご入来あそばされ、ロシア革のきついにおいのする書類入れ鞄を机にのせた。

「今日は、息子よ!」——「今日は、お父さん!」——「勉強はよくできたかね?」「はい、お父さん。」——「ラテン語の授業中の課題は?」——「可です。」——「何だと? 可だって? 良ですらないのか? それは困るな。わしはいつも学校で一番だった。ねえ母《かあ》さん?」——「そうですとも、アルフォンス!」——「今日は、母さん。」——「今日は、アルフォンス!」——「食事にしましょうか?」——「そうしましょう、アルフォンス!」

想像できるかい、あんた? 来る日も来る日も同じ質問、来る日も来る日も同じ答だ。いつかは、きっとことばに黴《かび》が生え出すなんてことになるんじゃないか、ねえ?……

三十年も前のことだから、あの五部屋の住まいがどんな様子だったか、ありのままに思い浮かべるのは難しい。例のピアノと赤い安楽椅子の置いてある客間があった。それから父の書斎、食堂、祖母の寝室——最後に、先のほうで中庭に通じている、うなぎの寝床みたいな格好の部屋。壁際にこっちのベッドの枕元が父のベッドの足下に接するように、一列縦隊にベッドが二台。部屋にはほかに洗面用テーブルが一脚、「寝具一式」は赤いチューリップの模様つきだった。一つきりない窓の下にチェストが一台。これに亡き母の服が納めてあった……

起床時間は六時きっかり——グリセリンの石鹸はすっかり気の抜けたにおいがしていた!——十五分後にはチェストに腰かけてラテン語とギリシア語の暗誦をした。中庭ではそのあいだ女中たちが歌っていた。

押し縁に大小の
絨緞を掛けて
心のなかでご主人様たちを

叩きに叩いて……

家《うち》の女中はマリーという名で、齢はやっと二十歳になるかならぬか。ボヘミア出の娘《こ》だった。そのせいでドイツ語をしゃべるのがおそろしく下手糞だった。だけどおれはそれでマリーを笑ったりはしなかった。でも賄い婦《まかな》のシュタインドル夫人はよく見てくれたからだ。嘘つきで人の陰口ばかり叩いているから好かなかった。彼女はマデイラ酒を焼き肉ソースに入れないで全部飲んでしまい、父がおれに――週に一度、土曜日の三時から四時にかけて――お説教を食らわせるときはドアの蔭で立ち聞きをして、こちらが一人のときにどこかで出くわすと、そうして耳にしたことをそのつど洗いざらいぶちまけるのだった。

学校から帰ると彼女が家の玄関扉を開けてくれる。ともう、とたんに噛みついてきかねなかった。「あらあら、このいかさま師さんが！ ラテン語に不可をもらってきて！ 隠し立てご無用よ！ シュタインドルさんは全部お見通しなんだから！」あるいは祖母がたまたまピアノの前におれを一人にした数分間を利用してこっそり部屋に忍び込んできて、こちらの耳元にささやくのだった。「まずまずね！ お坊ちゃま、奮発して麦芽キャンデーを頂けますとも、麦芽キャンデーを！」「お坊ちゃま」というときのアクセントがいまだに耳にこびりついてはなれない。

どう思う、三十年後になってようやくあの老婦人の悪意が読めたなんて――いや、じつをいうと当時もちゃんとわかってたんだ。シュタインドル夫人はしょっちゅう歯痛に悩み、分厚いウールの布に頭をくるんで走りまわっていた。それに未亡人だった。息子のアンドレースは靴屋の丁稚奉《でっち》公に出ていた。だからって夫人が社会主義者――例の階級闘争の信奉者だったなんて考えることはないさ。そうなるにはあまりにもコチコチのカトリック信者だった。週に二度懺悔に通っていた。早朝ミサは欠かしたためしがなかった……でも彼女の老いさらばえたズキズキ痛む頭のなかでは、彼女のアンドレース（彼もおれと同じ十三歳だった）が他人の靴底の張り替えをしているのに、そのあいだ、こっちが「お坊ちゃま」役を演じる、ということは本を読んだり、ノートに何か書き込んだり、ピアノを弾いたりするってことだけど、それが端的に思わしくなかったのだ。シュタインドル夫人はおれを憎んだ。おれは無防備で彼女の憎悪に引き渡された、とりわけ彼女がこちらの弱点を見つけたときには……おれの脳味噌には愚かしくもささやかな場面がいくつかこびりついてしまっている！

いつだったか、彼女の手元に半ポンドの角砂糖が足りなくなった。彼女はその一件で大声にわめきちらし、おれのせいにした——祖母がその場に立ち会っていた——しかしやがてマリーが、自分が食堂の砂糖壺に詰めたのだと説明してくれた。シュタインドル夫人もやっとそのことを思い出したが、彼女のはれぼったい小さな眼にはそれでも陰険に勝ち誇ったような色が消えなかった。彼女はおれの弱点を見て取ったのだ。というのもおれは、まるで犯《や》ったのは、盗人は、このおれさまだとばかりに顔を真っ赤にしていたのだ。頬っぺたも額も耳も真っ赤に燃え上がり——おれはまさしく洋上に浮上するときに見る太陽そっくりだった。

それからというもの、たまらなく厭な時期がはじまった。シュタインドル夫人はおれをあられもなく告発した——彼女は毎日何かをいいつけ、おれは毎日犯人のように顔を真っ赤にし、そして罰を受けた。夕食抜きでベッドに入るとか、そういった類《たぐい》の教育的譴責処分はほかにも結構ある。他の者たちが夕食の席についているあいだに——シュタインドル夫人は「ご主人様方」と一緒に食事をとるのを許されていた——ボヘミア娘のマリーがこっそりおれの部屋にやってきてベッドの縁にうずくまり、声をひそめてこんな歌を歌ってくれた。

「シュラネリンカ・ドーゼリ・ドーゼリ・ドーゼリ……」チェコの古い子守歌で、それがおれの孤独をなぐさめてくれた。それから二人して気持ちが悪くなるまで、あまいあまーい麦芽糖を腹一杯食べた……。

でも、いま話していることはどのみちどうでもいいことさ——ウィーン人のいわゆる、ついでの話にすぎない。これからはじまる肝腎の話の舞台背景を描写しておきたいというわけ。おれにはわかっていた。毎日罰を受けているけれど、それは自分でそうなればいいと思っていたのが叶えられたのだ、と。するとそのうち、毎度何もしないで罰を受けるのにうんざりしてきた。おれはグレはじめ、勉強をしなくなり、学校をサボり、欠席届を偽造し——要するに、思い通りにまんまと落第した……。

まんまと落第した。これがまさしくどんぴしゃりの言い方なのだ。父は絶望のどん底に落ちた——この恥さらしめ！　しかもこの破局の直後に第二の破局がやってきた。あるとき社長殿（家ではふだん父をそう呼んでいた）が書き物机の上に二クローネ金貨を置きざりにしておいたのを、おれがぽっぽに入れちゃったのだ。だって、なあおい、こっちは小遣いを鐚《びた》一文もらってないんだぜ。ところがシュタインドル夫人がそれを見ていた——夕方になると父が一件を知った。

しかし、この盗みは悲劇にまで発展した。おれとしては、それが悲劇にまで発展したのを確認するだけにとどめたい。

だって子供時代の盗みの話や、それが語り手に対してもたらした結果の話なら、文学の世界にはうようよしているものね。社長殿はまことにぬかりなく、すぐには刑罰を加えず――三日後になってようやくおれは鞭を食らった。のみならず当日から五日後にやってきた誕生日に、おれは選りすぐりのプレゼントを頂戴した。いうところの神経医のところに連れて行かれたのだ。神経医は冷たいパイプ煙草のにおいがする老紳士だった。「盗みをはたらくと、いつかは監獄にぶち込まれるってことを知らないのかい？」と医者はおれに言った。もしも彼が根ほり葉ほり質問してくれたら、シュタインドル夫人のことや、中庭に通じる窓が一つしかない寝室のこと、そこにある二台のベッドのことや、グリセリンの石鹸の気の抜けたにおいや、服を、それも死んだ母の服を納《しま》ってあるチェストのことを、おれは洗いざらい話すことができたと思う……だのに最初の質問をした後、神経医殿は一言もしゃべらず――で、こっちも一言もしゃべらなかった。「いやはや、社長さん、文句なしにいかれポンチですな！」父がまたおれを引き取りにくると医者はそう言った。「全快をお望みなら、百クローネはかかりますな。対診料に。」

なあ、あんた、どうしても頭から離れない考えが一つあるんだよ。その後しばらくして、むやみに本を読んだ時期があって――もちろん当時ウィーンで仕事をしていた男の本も読んだ。その男も神経医で――フロイトとかいったっけ、やつの名前、おぼえてるかい？　で、おれはひそかにこう考えたものだ。もしも社長殿がおれをこの男のところに連れて行っていたら、おれの人生はおそらくこんなふうにはならなかったろうって。しかしなるようになれだ。「もしも」や「だけど」で何かをやってのけた人間が開闢以来いたためしはないやな。父がこんなやぶ医者のところへおれを連れて行ったのがよかったかどうか、それはわからないけど――でも人生や人生の成り行きについて、おれたち何がわかるというんだろう？　もしもおれが、後に有名になる、かのフロイト博士のところに行っていたら、今時分おれは書記の席にすわっているか、どこかの生産企業のサラリーマンになってるかだろうな。堅実な暮らしをし、堅実な欲求を持ち、おそらく結婚もしていて……ところがいまもってあんたにシガレットを一本おねだりしなきゃならないご身分でね――や、おおきに！――ついでにマッチもな……

今日の午後、おれがたどり着いた認識というのはこうだ。当時やっとその理論を構築しはじめたばかりの、あの後に有名になった先生にしたってきっとおれを助けることはできなかったろう、ってね。だってシュタインドルがいたことに変わりはないんだもの。おれがこれだけ痛めつけられたのも結局はシュタインドルのせいなんだ。なぜってかい？　そこらがおれの話とつながってくるんで、結局はそこへ行き着くしかないんだよね。海辺の夕暮れはどうしてこうもなごやかなんだろう――考えてもみろよ、あっちの外海には、メキシコからやってくる（すくなくとも付近のあのあたりの湾からやってくる、とおれは思うがね）暖流の巨大な流れが通ってるんだ。だからここでは寒さを感じないでいられる……

　夏休みはいつも悲しかった。それはあんたも想像できるよね。おれたち、というのは祖母とおれは、シュタインドルの故郷《さと》のミュルツシュラークで休暇を過ごした。おれにはそこに古なじみの下男の友だちがいてね、こいつが太い榛《はしばみ》の枝でみごとな弓をこしらえるんだ――矢は細めの枝でこしらえて、それを天日で乾かすのさ。それから靴の鋲を尖端に打ちつける。そしておれが矢を天に向けてはっしとばかり射かけると三十秒間も滞空していた。九月が来るとおれは町に帰った。

　十月になるとシュタインドル夫人は祖母を説き伏せて、まんまと女中のマリーを解雇させてしまった。これでおれはひとりぼっちになった。というのもおれと友だちづきあいをしていたやつら――ダチ公と言ったほうがいい――は、こっちの落第のおかげで高学年に移っちまったからだ。

　十月の半ばのある日の午後、父の用達《ようたし》に出なければならないことになった。夕方六時半に家に帰るとシュタインドル夫人が玄関を開けてくれた。いつものように頭に大きなタオルをぐるぐる巻きにして、その襞《ひだ》のあいだからわずかに目と鼻と口がのぞいていた。彼女は虫歯だらけの歯並びを剝き出しにしてみせ――どうやらそれが微笑《ほほえみ》のつもりらしかったが――、人差し指でこちらを脅しながら、「ほんとうにどうしようもないことったら！」と言った――「どういう意味ですか、シュタインドルさん？」――「お坊っちゃまったら、ご存じのくせに！」彼女は舌打ちをした。こっちは何も知ってやしない、誓ってもいい。――「どうしてそんな蒼い顔をしてるんだい？」居間に入ると祖母が言った。「風邪を引いたのかい？」――「ううん、だけど玄関に入るそうそう、シュタインドルさんが脅かすんだ。彼女《あのひと》ったら何のつもりなのかな、お祖母《ばあ》さん？」

　居間《サロン》の向こうの台所でひそひそ長いささやき声が続いた。こちらは居間にひとり残されて、息を殺して聞き耳を立て……ビロード地の肘掛け椅子が黄昏時の薄明のなかで真っ黒だった。おれはそっと父の書斎に忍び込んだ。夜が窓から素早く、暗く、音もなく、闖入者のように忍び込んできた。下の街路ではガス灯が燃え、書き物の上の壁に掛かっている、引き伸ばした母の肖像写真の上に黄色い光がポツリと落ちた。それからドアが開いて……

祖母が黙ってランプの火屋《ほや》を外すと……パチッと音を立ててガス灯に火が点った。「こっちへおいで！」と老婦人は言い、瘦せこけた手でこちらの手をつかむと書き物机のほうに引っ張って行った。「さあ、白状しなさい！」おれは何も言えなかった。「まったく、悪たれったらない！」またしても無言。ドアのノブがとてもそうっと押し下げられ、裂け目が開き、と、ドア枠のなかにシュタインドル夫人が見えた……

「わたしの二クローネを盗んだんです、この悪たれが！台所の食器棚にわたしのへそくりが入ってます。出かける前に、この人、それを盗みに台所に忍び込んできました。わたしが部屋にいるのを知らなかったのね」（シュタインドル夫人は台所脇の小部屋に寝起きしていた）、「強盗大将、泥棒旦那！……わたしって女から――こんな貧しい女から盗むだなんて！」

祖母はじっとおれの顔を見つめた。血の気がこっちの頰にカッと上り、おれはその場に棒立ちになって額も頰も真っ赤にさせていた。

「本当のことをお言い！」書き物机際の老婦人が言った。

「お金なんか盗んじゃいません！」

「じゃあ、どうして顔を赤くしてるの？　どうして震えてるの？」

シュタインドル夫人はそっと後ろ手にドアを閉め、ドアのウィングに背をもたせかけた。彼女の目は鶏の目のように黄色く陰険にギラついた。そして大きな口のまわりにも皺のなかにも肌にも、嘲りがこってり塗り上げられて……いまこそ、と彼女は思っているにちがいない、息子の仇《かたき》を打ってやったぞ！

いまのおれを見たら、彼女はざまを見ろとばかりによろこぶだろうな。どっこい、そうは行かないぞ。おれはまだ生きている。だけど息子はカルパチア山脈に都落ちして――でも腕の立つ靴職人になった。親方は退職陸軍大佐たちの上履きや長靴の寸法を測らせにグラーツくんだりまで彼を出張させたものだ……

＊

なあおい、あんたよ、これまでおれはいろんな夜を経験してきた。戦場の夜、歩哨の夜、パトロールの夜、とね。それに外地では、フランス軍の外人部隊で……かくかくしかじかの夜々をね……でもいちばんひどい夜といえば子供時代の夜だ――そりゃ異論もあろうがね！――一晩中眠れないでいて、ベッドの脇に腰かけているのがボヘミア娘のマリーじゃなくて、たとえば不安だというような夜だ。たしかに金持ちの家の子はやわらかいベッドに寝ているし、空腹に苦しむこともない――だから貧乏人の子は金持ちの子をうらやましがる。しかしおそらく空腹より教育のほうがずっと性《たち》が悪い――教育も空腹も両方とも経験したおれだからこそそう言えるのだけれど――、金持ちの子供たちは教育を受ける、いろんなことが変わってしまったので教育を受けた、と言っていいかどうか……

*

　父が帰った気配が聞こえ――それまで外出していたのだった――、父はしばらく祖母の部屋にいた。それから父は寝室にきてナイトテーブルの灯りをつけると、こちらのベッドにやってきて黙っておれをみつめた。とても長い間《ま》。おれは寝たふりをしていた。でも父がベッドに入った後、おれはまだ永いこと眠れないで、ナイトテーブルの大理石板の上に置いた父の懐中時計のチクタクいう音がはっきり耳についていた。時計のチクタクいう音とおれの心臓の鼓動とが奇妙に切分音化したリズムをかもしだした。これとそっくりのリズムをおれは今日の午後耳にしたよ。ここのホテルの亭主がラウドスピーカーを鳴らしてアルジェリア音楽をがならせる……だからあれがそっくり……寒くないか？　まだ話を聞く気はあるかい？　ならもうすこし煙草をくれないか……一箱まるごとかい？　おおきに！……話のお駄賃かな、ねえ？

　翌朝になっても父は何も言わなかった――おれを起こしもせず、朝食の席でも口をきかず、それから後もいつも二三丁場いっしょに歩いて行くのだったが、そのときも口をきかなかった。すると父は、おれの言い分を聞きもしないで白黒を決めたのか？　よし！　おれは一大決心を固めた。

　おれは古本屋に行って教科書類（その日気がついてみると、おれは必要のないものをずいぶん持ってたんだな）を叩き売り、市電で鉄道の駅まで行ってプレスブルク［今日ではハンガリー領のブラチスラバ］行きの切符を買った。これはもうハンガリー国内にある都市だ。そこからずっと歩いて黒海沿岸へ、トルコ領内に入って、どこかのパシャ［トルコの高官］のお小姓に、家来に、奴隷に雇ってもらおうという魂胆だった……

　ところがドナウ河に通せんぼを食らった。物乞いをしたり、百姓の家で仕事をさせてもらったりしてドナウ沿岸をうろつくつもりだったんだ。しかしこの流れ、幅広い流れ、それが問題だった。「美しき、青きドナウ」なんてもんじゃないよ！　てんでそんなもんじゃなかった。海の誘惑……なあ、いまは年金にありついて同じルートをいつも歩いてるよ。冬場は地中海に沿ってスペインの国境まで、そこで小さな村々に永いこと滞在する。それからまあ五月頃になると向きを変えてビアリッツに行き、そこで海岸をぶらぶらぞめく……他の人たちもやってるような生活さ。なあそうだろ、あくせく働いている人間はいっぱいいるさ。これ以上おれがその数をふやさなきゃならないって理由《こと》はないだろ?……

プレスブルクで列車を下りると、おれは空腹で一文なしだった。それでドナウ河を探しに出かけた——というのも、ドナウのほうが食事《めし》より大事だったからだ。おれはくたくたに疲れて道端にすわりこみ——あれは何時頃だったろう? 三時かそこらだと思う——、持っていた学生鞄からノートを取り出した。それはラテン語の授業中の課題用のいちばんにくたらしいノートだった。評点は「良」、「優」と前学期より上がっていた。再履修、つまりクラスをやり直していたからだ……それからおれは空白の頁に鉛筆で哲学的考察をいくつか書いた。それは哲学っぽいものではあったけれども、——まず確かなところ、哲学がこれまで生み出してきた一切からすればおよそ哲学なんて代物じゃなかった。書き終えるとおれはノートをしまい、またもや歩き続けた。

歩いている道路の横を鉄道線路が走っていて、労働者の一隊が鍬《くわ》をチャリチャリ鳴らして砂利の除草作業をしていた。おれはそちらに近づき、手伝わしてもらえないかとたずねた。男たちは知らない外国語で話し合い——ハンガリー語だった——、それからなかの一人が手伝ってもいいと言ってくれた。だが貧乏人というのは気前がいいもので、はじめておれに飲み食いさせてくれたのは彼らだった。レーズン入りのあまい卵パン、それにあまったるいワイン。ワインは頭にきた。それでもおれは除草を手伝い、こっちが結構ずいぶんヘマをやらかしているというのに、褐色に日焼けした男たちのだれ一人としておれを笑いはしなかった。そのうちに上級の鉄道職員がやってきたので——彼は制服を着ていた——、おれはこの人に、これからもここで仕事をさせてもらえないかとたずねた。男はうなずいたが、それからブロークンなドイツ語で説明した。しかし——いったん自分といっしょにプレスブルクに戻ってもらおう、自分が鉄道当局にうまく話をつけてやる、そうすればおまえはきっと……——そこでおれは、自分からすすんでその男について行った。

プレスブルクに行くと（路上の人びとはめずらしそうにこちらをふり返った）、古城のような外見の建物の前にきた。男はおれを案内して門をくぐった。それから小さな事務所に招じ入れられると、樅の木製のテーブルの向こうに流暢なドイツ語を話す一人の男がいた。

「そうか！」と彼は言った、「ドイツ人の家出人だな！」そこではじめておれはこの制服男が何者かに気がついた。ハンガリー警察の警官だったのだ……

警部殿はたいそう好意的にふるまった。午後いっぱい彼の子供たちと中庭でボール遊びをしていてよかった。塀の高いところに穿《うが》たれた一個の窓から、歌や、ときには呪詛や叫び声が聞こえてきた。六時半になるとその歌っている連中に、監獄看守といっしょに夕飯を運んで行ってやっていいのだ！　うすいスープ、パン……

地下牢――ロマンティックなことばですいません――のなかは、お望みなら糞溜めのなかは、いやな臭いがした。それでもおれは不安も吐き気も感じなかった。看守はおれをまた連れ戻そうとした――何しろ社長の息子だもの、浮浪者といっしょに夕飯を食わせるわけにはいかんよ――でも、おれは残りたいと言った。結局看守に飯盒をあてがわれ、おれは俗に無頼漢と言われる人間たちといっしょに飯を食った。どう思われようが、そうだったんだ。おれに異存はなかったね。おれは自分が連中の仲間だと感じた。ここでは独りじゃない。喧騒があり、歌があり、何だかおれには意味のわからない呪いがあった。それよりおもしろいのは、連中がおれを仲間の一人と見ているらしいことだった。彼らは親しみやすかったが卑屈ではなかった。ジプシーの老女などは、おれの首に、あまり清潔とはいえない紐を通した鉛の十字架を掛けてくれさえしたものだ。

残念ながら栄華は長続きしなかった。看守がまた連れ戻しにきた。警部殿がおれを独房に入れるように命じたのだ。この命令も得たりや応だった。独房でおれは、光に目をさまされるまでぐっすり眠った。板張りベッドの前に父がいた。父はおれをホテルに連れて行った。城を出る扉際で警官が重ねていった。「ごりっぱな悪たれですな、社長殿。いいですか、彼は無頼漢どもの牢にいたがったのですよ。」

――「さようですとも！」父は息を殺して言った。ホテルに着くと父はおれを部屋に閉じ込め、自分は昼間の興奮の後のこととて、ワインを一杯飲《や》りに街に出て行った。

翌朝、列車のなかで父はおれの手記を読んだ――読み終わってこちらを見たまなざしがどんなものだったか、あれを解釈するのは難しい。あのときの父のまなざしはいまだにありありとおぼえている。髭を手入れした紳士はお気の毒、そういうセンスがわからない鈍感さが父にはあった。おれはその後もしばしば父を気の毒に思ったものだ。

それにしても父はあのとき、ひとつだけまちがいを犯した――そして今日の午後これまで以上に、おれはこのまちがいの手がかりをつかんだ。父は事件をすっかりなかったことにした。父はおれの手記を読んで、おれが盗みの件には無実なのを認めたはずだ――なぜって、おれはあっさり家出してしまったのだし、だったら嘘をつくわけがないではないか！　それが父にはわからなかったのだ。父は問題を腕白ざかりの無茶と見なし、「そがために仔牛を屠らざるを得ぬ、放蕩息子」云々とつぶやいた……それでおしまいだった。そしてシュタインドル夫人はそれからまだ二年間、気のすむまでおれをいじめていられた。

なあ兄弟、そんなことをだれが我慢できるかって。だから言ったのさ、シュタインドルさんがおれを滅茶苦茶にしたんだって……

何も言わないのかい？　おれの言うことがわかってくれないのかい？

そうだ。こんな大昔の話をするなんておかしいよな。まず思うのは――今日の午後のアルジェリア音楽がきっかけだったんだ、それでナイトテーブル板の上の時計とおれの心臓の鼓動の、いままで眠っていたリズムがめざめさせられて――と、シュタインドルさんが現れて、で、何もかも……あの子供時代が……やっぱり生まれ故郷がなつかしいのかな？　どうやら社会有用の分子になろうと思った瞬間あったのかもね？　ねえ、そうだよな？　おれはシュタインドルさんのせいにした。その話をぶちまけなければ気がすまなかった……だってシュタインドルさんがこのおれを滅茶苦茶にしちまったんだから？　いや、そうかな？――すこし変だよな、兄弟。滅茶苦茶にされたって言うけど――おれたちに精神的バックボーンがあるって決めつけてるみたいだけど――バックボーンてのはもっと強いものだよね。この話をしておれに見えてきたのはそんなことじゃない。はじめっからそう思ってたんだよ。そう、無頼漢たちのいるところがおれの故郷なんだって。おまえさんの居場所はあそこだって。プレスブルクで、あの地下牢で、あそこでそれを知ったんだ。だからってどうしようもないやね？　いま、思い出してみると、おれは父が気の毒だ、――話をしているあいだ、またまた何度も憎悪が燃え上がってきて――そういうときは「社長殿」って言ってやったよ……だけどなあ、あとあと教授に祀り上げられたフロイト先生は、おれの助けになれただろうか？　ご冗談を……これればかりはだれも根絶できないってことがある。二種類の人間がいて、一方は秩序がお好き、もう一つのほうは無秩序、カオスがお好き。で、おれにはカオスのほうがアト・ホームだったとしたら？　ただふしぎなのは、おれたち無秩序の人間には規律が必要だってことだ。だからおれは十二年間も軍隊勤務をして、しかも三年は戦場だ……勲章ならお好きなだけ……

さてと、そろそろ話はおしまいにして、砂の上に波を転がす海のざわめきに、草花のあわいに笛音を奏でる風の音に、耳傾けようよ。波のざわめき、風の笛音。そうなんだ、おれの話は歌だったんだ。波と風が自分たちの歌を話につむぎ込んでくれてたんだ……何なら無調性の子守歌。現代音楽なんて知ったことか、とか何とか、あんた思ってんだろ?

書く……

学生椅子は古い。それが置いてある部屋と同じくらい古い。学校と同じくらい古い。そして学校は、十六世紀にヨーハネス［ジャン］・カルヴァンが創設したものだった。コレージュ・ド・ジュネーヴには固有の伝統があり、この伝統はふだんは一年中眠っている。ところが年に一度、十二月になると目をさます。すると全校の生徒が中庭に集まって古い歌を合唱するのだった。「セ・ケ・レノ（Ce Ke leno）……」

学生椅子は古く、上級の、第一学級のは傷だらけだ。何世代もの生徒たちがそのやわらかい木肌でポケットナイフの切れ味を試し切りした。それらのごつごつした学生椅子には二十六人の向学心旺盛の強者《つわもの》どもが腰かけた――男子生徒二十三人と女子生徒三人だ。学生椅子の前に斜面の見台がせり上がり、その板面の上にまたギリシア語教師の頭がせり上がる。髪の毛は――人びとがまだ帽子をかぶっていたあの頃――シルクハットに光彩を添えたいがぐり頭の剛毛みたいにガリガリだ。額がたいそう白く――だから頬髭がもうそこからはじまっているように見える。なにしろ髭ばかりが目を惹くので、顔がほとんど目に留まらないくらい小さい。髭がとうとうと流れ、波とうねる。灰黒色に、夜のローヌ河のように……

「私の知はわずかなものであり、疑わしいものであろう。それは夢もさながらであるから……」項《うなじ》がにきびだらけのビュスカルレが訳している。顔色が悪い。勉強のし過ぎだ。彼は首席で、このタイトルを守りたいものだから……

（十二年後にぼくはシャルルロワでばったり彼に遭った。彼はこの炭坑町の牧師職にありつき、日曜日には教会のががらの椅子《ベンチ》を前に説教をした……あれほど完璧に訳したプラトンを彼は肩をすくめて、あっさり若気の至りと片づけた……）

「夢もさながらであるから……」とデュボア先生はくり返し、掌をまるめて髭をしごくと、ほとんど間《ま》を置かずにことばを続けた。「ムッシュー・グロセール、放課後きみを待っている。きみに伝えたいことがあるのでね。」

最上級クラスでは生徒たちは丁重な扱いを受ける。教師は生徒をファミリーネームだけの呼びつけにはせず――ぼくたちは一人一人「ムッシュー」または「君《くん》」づけだ。

「ムッシュー・グロセール」は最後列の椅子にうずくまっており、名前を呼ばれてギクリとすくみ上がる。彼にはやましい思いがある。プラトンの『饗宴』の訳について行くかわりに、机の下でドストエフスキーの『白痴』を読んでいたからだ。

「ウイ、ムッシュー！」ぼくは口ごもりながら席を立つ――分厚い、真っ赤な表紙の本が床に落ちたのは言うまでもない。ムッシュー・デュボアは髭のなかでニヤリとし、ぼくの精神状態にぴったり当てはまるプラトンの引用句を思いつかぬままに、ことばを選んで遺憾の意を表する。

三時十五分前だ。あと十五分。ぼくはいろんな違反をやらかしている。ジュネーヴ大学のカルパレード教授の心理学のセミナーを聞き逃したくないので、この前のギリシア語の時間をサボった。欠席届は忘れた。しかしデュボア先生はふつうはそんなに杓子定規ではない。

「ムッシュー・グロセール」はふかぶかとため息をつき、それがぜいぜい喘《あえ》ぐ音になって静寂に響く。教室中がどっと笑う。

授業は続けられる。ビュスカルレはよどみなく訳す。サン・ピエール教会の組鐘《グロッケンシュピール》の鳴るのが待ち遠しい。「楡の木の下に踊りに行こうよ……《アロン・ダンセ・スー・レ・ゾルモー》」やっと鳴った。

ぼくはクラスが誰もいなくなるまで椅子に居残っている。

それからゆっくり足を前に運んで、ようやく教壇の前に立つ。

　先生は咳払いをして革鞄から新聞を一紙取り出すと、小さな鼻に鼻眼鏡をちょこなんとのせ、新聞の頁をぱらぱらとめくって読む。そうして読んでいる間、口のまわりの髭がひくひく動くので、どうやら笑っているらしいと見当がつく……

　これで自分がどんな罪を犯したのかわかった。二ケ月前、友人のゲオルクが週三回刊のある新聞の文芸欄の編集を任された。この新聞は「ヘルヴェティア日報」というのだが、ヘルヴェティア［フランス革命当時スイスに創設された共和国］というのは名ばかりにすぎない。ドイツの資金で賄われていると聞いたが——確かなところはわからない。戦争中のこととて——一九一五年のことだ——、ゲオルクは無償で、つまり自分の意見を公表できる演壇が持てるということのほかには無報酬で、文芸欄の編集をしている。ゲオルクは二十歳、すでにギムナジウム卒業試験は終えてジュネーヴ大学で法学を専攻している。だから書きたいことを、それも自分の名前で書ける。対するにぼくは少々用心しなくてはならず、偽名にあまんじなければならない。多々協議を重ねた上、「ポアント・セッシュ」というやつが見つかった。ドイツ語だと「彫刻刀」の意味だ。銅版画家が銅版の上にじかに描くのに使う道具だ……

　先週「ヘルヴェティア日報」紙上に「ポアント・セッシュ」の署名入りの文章が登場した。ゲラ刷りを読むのは何とすばらしかったことか。数学の授業時間にやばい思いをして書いた文章がいきなり印刷されるのを目にするのは何という奇跡を意味したことか。何ということだ、文章というものは、印刷されると手書きとはまるで別物のように見えてくるじゃないか。印刷用黒インクが文章に精神を吹き込んだみたいじゃないか？……

　ただし——くだんの文章が扱っているのはコレージュのある教師の詩集である。もっとも、フランク先生はぼくたちのクラスの授業は持っていないし——そもそもぼくはこの先生と話をしたことさえ一度もない。ときどき顔を見かけたことがあるだけだ。小柄な、まるまっちい、えらく短足の人で、そのせいで中庭を歩いていると、ころころ転がっているみたいに見える。

　フランク先生はベルクソンに関する本を一冊書いており——哲学者なのである。先生がこの学殖ある本を書いただけであれば、こちらにしたって先生に不快の念を表明することなど金輪際思いつかなかったことだろう。ところが、よせばいいのに詩集を一冊ぶちかました。叙事詩である。『独行者の歌』というのだ。なかに次のようなフレーズがある。

女、そは温かい湯浴み
情人《まぶ》はそこで血管を切開する
そは味気のない花束
病的な匂いを排除する……

ぼくたち、つまり例の友人とぼくはこの本を読み、詩精神に対するかかる冒瀆は処罰されなければならぬと考えた。で、ぼくのほうが口が悪いので、ぼくが記事を書く役目を仰せつかった。

造作もないことだった。えんえん二百頁の『独行者の歌』はおのれ自身のことをしきりに語り、語りながら自己を理想化している。独行者は、あるときはすらりと背が伸びて火と燃える眼のまなざしも明るいアポローンであり、そうかと思うと、十二脚のアレキサンダー詩行［フランス詩の韻格］で道徳的認識を雨あられと降らせるギリシアの賢人である。現実には、当然のことながらあらためて確かめるまでもなく、このアポローンは、すらりと背が伸びているどころか、まるまっちいデブ公であり、明るいまなざしは眠たげで、目は火と燃えるどころか出目金だ。

以上の消息が、叙事詩『独行者の歌』からの引用もしこたま詰め込んで、「ポアント・セッシュ」と署名をしたコラムに細大漏らさず書いてあった。

「グロセール君」とギリシア語教師は言い、言いながら両手を重ね、その指関節で顎を支えているので——髭がもっくり持ち上がって奇妙なネクタイみたいだ。「はじめに言って置きたいが、きみのおかげでぼくはじつに晴れがましい気分だ。二年間ぼくはきみらに、フランス語の美しさをご披露しようとしてきたが——ぼくの試みはついに実を結んだ。むろん、きみの文体にはまだところどころ粗っぽいところもなくはない。しかしそれも追々なくなるだろう。請け合うよ。しかしグロセール君、目下の問題はフランス語の上手下手《じょうず》じゃない。目下の問題はもっと大事なこと、つまりきみの運命だ、ねえ。きみはギムナジウム卒業試験直前という身だ。概してきみは教師連中の受けが良くない。きみの不まじめなところ、ディレッタンティズムはどうも度し難い……何度も言っただろ、ねえきみ、パラドックスがきみの破滅になるだろう。パラドックスできみは挫折するだろう。なぜ、ってかい？　きみはパラドックスを有用な精神の訓練として考えるのではなくて、自分の生をパラドックスの上に構築しようとしているからだ。そうは行かないのだよ。そんなことは絶対にできっこないんだ。きみのコラムのことが今日の会議の話題になった。いずれにせよフランク氏はこのコラムのことをとっくに知っている。おどろいたかい？　彼は『新聞の百眼巨人《アルグス》』〔新聞記事の切り抜きを集めた定期刊行物〕の定期購読者だ。なぜって自分に関して書かれたことは一字一句集めている人だからね。もっとおどろくことはね、ポアント・セッシュがきみだってことは造作なくわかったよ、え？　わかったよ、わかったとも……」その先を言わせまいとこちらから口を開こうとすると、デュボア先生は目くばせをして、「きみは二三のクラスメイトにしか教えなかった――それも他言無用の条件付きでね。きみはまだ若い、なあ、とても若い……今日の会議できみをギムナジウム卒業試験に落第させることに決まった。そんなことは造作ないさ――ちょっとした悪意さえあればいいのだもの。その程度の悪意なら、うちの学校の同僚はだれでも持ち合わせている。ぼくは持ち合わせてない――あらためて言うまでもないとは思うけど。だけど他の学科が二点か三点だらけというのに、たかがギリシア語の六点が何になるかね？――ぼくの見るところ、抜け道はただ一つあるのみ。フランク先生と話し合うことだ。彼にあやまりなさい。きっと赦してくれると思うよ。それが済んだらうちへ来たまえ――アドレスは知ってるね。」

　アドレスはわかっていた。デュボア先生は生徒を自分の家に招待するただ一人の教師だった。ぼくはデュボア先生に二年間教えてもらった。第二学級とその前の年の第三学級だ。第三学級のときは先生はクラス担任だった。担任の頃の先生はクラスを国会をモデルに党派別に分けておもしろがっていた。ジュネーヴ貴族の末裔からなる「極右」、中流で多数派の中道、それに「極左」がいた。「極左」はロシア人のバラコフとこのぼく……

　中庭に通じる階段を降りて行くあいだ、そんなことを考えた。二月の午後は寒かった。北東から吹き寄せる季節風が葉のすっかり落ちた樹々の枝に当たってかたかたはためき、日はもう沈みかけていた。夕日は謝肉祭の白い仮面そっくりで、ひらひらなびく赤い色の布の雲がそれをくるんでいた……

　こちらの質問に用務員は答えて、フランク先生は四時まで授業がおありだと言った。教員室の前で待つがよかろう……言うと用務員は鐘を鳴らしに行ってしまった。その鐘というのがまた死刑執行を告げる鐘そっくりの、やせこけた、みじめたらしい音を立てるやつで……

　と、フランク先生が中庭に転げ出てきた。彼の黒いハーフコートはウエストをすぼめるように裁断され、繻子の襟にはこまかい雪片のように雲脂《ふけ》が積もっていた。そのうえ先生はごわごわに固い帽子を――ゴックス、つまり山高帽をかぶっていた……ちんちくりんの右腕には赤い革鞄を抱え、手には裏付きのグラーセキッドの手袋をはめて……「何かご用ですか？」フランク先生の声は甲高《かんだか》く、ほとんどきんきん声だった。それが癖で額にしわを寄せた。ピカピカのエナメル靴の上に鼠色の脚絆——イギリス人のいわゆる「スパッツ」を着けていた。

「先生にお詫びをしたいと思いまして……」とぼくはいった。「ぼくの名はグラウザーです。〈ポアント・セッシュ〉の偽名で出したあのコラムを書いたのはぼくです……」

それ以上は言えなかった。毛皮の裏打ちの手袋をはめた手が、防御し非難するように垂直に関節を伸ばして持ち上がった。そしてまんまるの、季節風に薔薇色に吹きさらされた顔のなかでおちょぼ口が開き、そこからことばが流れ出した。

それはあふれ押し寄せる怒濤だった。

わたしがきみに何をしたと言うんですか、と先生は言った。わたしの知るかぎり、きみがわたしに憎しみを抱くいわれはないはずです。だってわたしはきみを知らないし、きみがわたしを知っているとしても……そうじゃありませんか？　だったらこの攻撃は何なんです？　この申し分のない攻撃は？　申し分のない、どころじゃないですよ。許し難いじゃないか。学校を出るか出ないかの若造が生意気にも、厚かましくも、一人前の男の批評をするだなんて——何が！　何が批評ですか！……こんなもののどこが批評ですか！

これは明らかに卑劣な行為です！　卑劣な行為、そうですとも！　これは批評というものの許容された限界を越えています、限界をはみ出しています！　批評は客観的でなければなりません。「客観的でなくてはなりません！　そうですとも、ねえ！　そして断じて個人的であってはなりません！　きみは、わたしが肥満体なのを非難する。それに対してわたしに何ができますか！　わたしの父は肥っていい、わたしの母は肥っていた……わたし自身は、ねえきみ、脱脂療法をもう三回もやりました……断食し、ねえきみ、節制のかぎりを尽くしてるんです——そのわたしに、脂肪をふやすような真似ができましょうか？　腺機能障害なのです、ねえきみ……わたしの腺機能の善し悪しはわたしの責任でしょうか？　答えてください！　いや、何も言わないでください！　きみの言うことなど一切聞きたくない。一切、金輪際一切！　きみが復讐でこんな行動をしたのなら、まだわかります——だが復讐じゃなかった！　おたがいに知らない仲なんですからね。わたしは一度たりときみの邪魔になるようなことをしたことはない。それなのにきみは、背中からわたしを刺そうとするんですか？　暗殺者のように？　ねえきみ、きみがやったことは犯罪だ、それもいやらしい犯罪だ。わたしの父は肥ってい、わたしの母は肥っていた。わたし自身は、ねえきみ、脱脂療法をこれまでに三回やり抜いてきました。わたしは自分のホルモンに責任があるのでしょうか？……」

おしまいのほうの音綴《シラブル》は声高に発声したので、もうキイキイ声にしかならなかった。ごわごわに固い帽子は項《うなじ》のほうにずり落ち、額には玉なす汗が浮かんでいた。そしてぼくは頭を垂れていた。この人の言うことが正しい、とぼくは思った。このコラムを書いたのは卑劣な行為だった。何と言ったたって、彼は自分が肥満体なのをどうすることもできないのだし——それにたとえ彼の弁明の仕方が滑稽だとしても、それは彼のせいじゃない。彼の言うことは正しい、文句なしに正しい！　かりにぼくがガニ股で、誰かがこの足のことを馬鹿にしたとしよう——そうしたらぼくは何と言うだろう？　ぼくだって、それが卑劣だと思うだろう。

ぼくは頭を下げて言った。

「いさぎよく認めます。ぼくは卑劣でした。しかしもう一度お考えになってくださいませんか、先生、ぼくはすまないと思っていますし、コラムの撤回を公告する用意もあります……」

それ以上は言えなかった。「コラムの撤回？　撤回ですと？　わたしをもっと笑いものにするためにですか？　そうでしょう？　わたしはそんなに肥ってるわけじゃないって説明したいんでしょう？　ええ？　わたしがいまお話ししたことを吹聴したいんでしょう？　減量治療のことを云々したいんでしょう？　話のなかにわたしの両親を引き込みたいんでしょう？　そうなんでしょう？」

「そんなこと考えてもおりません……」

「そう？　考えてもいないかな？　きみ自身、そうは思ってませんね。こちらから求めることは何ひとつない。撤回も何も、要求することは何ひとつない。そのかわりこっちは、そっちがギムナジウム卒業試験に落第するように案配するさ。その気なら、この一件をきみの赤新聞にバラしたっていいんだぜ……わたしの仕業だって……だけどわたしはきみを破滅させてやる！　破滅させてやるとも！」

フランク先生は足を踏みしめるように歩いて行ってしまった。

太陽はとうに沈んで、ぼくが歩いている通りは冷たく灰色だった。ぼくは友人のゲオルクの家に行った。ゲオルクはなぐさめようとしてくれた。なぐさめが何になる？　あのデブの小男の言うことは正しかった。ぼくのやり口は卑劣だった。ならばとことん行くところまで行くしかない。

で、行くところまで行った。一遍にけりをつけた。つまりは、一切合財ご破算だ。ぼくはジュネーヴを出て、チューリヒの州ギムナジウム卒業試験受験者リストに登録した。のみならず試験に合格してしまった。それも二ケ月後、ジュネーヴの同級生たちより三ケ月も早くだ。しかしチューリヒでは卒業資格証明書を出してくれなかった。ジュネーヴのコレージュを自分の意志でおん出たことをぼくが証明できないかぎりは。

ぼくはわが元ギリシア語教師宛に手紙を書いた。彼は味方になってくれた。一件は連邦評議会で審理された。で、多数決で決議された。『独行者の歌』への批評は純粋に文学的な問題と評価さるべきであって、一人の生徒のその教師に対する攻撃と評価さるべきではない、と。

コレージュ・ド・ジュネーヴの校長はぼくの卒業証明書を書かざるを得なかった。こうしてぼくはチューリヒ大学に学籍簿登録することができた。ぼくは化学者になろうと思った……

だが化学を研究するかわりにダダイストになった。人は運命を免れることはできない。後日ぼくは何度も飢えなければならなかったが、これが懲罰だったのだ。「わたしの父は肥ってい、わたしの母は肥っていた。わたし自身は、ねえきみ、脱脂療法をこれまでに三回やり抜いてきましたよ……わたしは自分のホルモンに責任があるのでしょうか?」

そうだ。フランク先生はご自分のホルモンに何の責任もない。だから道理なのだ、「ポアント・セッシュ」のほうは飢えなければならないというのが……

精神病院日記

二〇年八月十四日　土曜日

きみに宛ててこれを書いている、小さなリゾン、ぼくは独りぼっち。きみのほかにだれも話し相手がいないのだもの。ぼくにとって手紙を書くことは何の意味もない。これはポーズだの、文学だのではない。ただ端的に手紙を書くということなのだ。今日はくたくたに疲れて頭は空っぽで雨が降ってる。ぼくがいまいるホールは煙草の煙と叫びでいっぱいだ。褐色のテーブルが二脚、あくびが出そうに退屈して、(それを) 囲んでいる何脚もの椅子の固い壁のほうに向かって手足を伸ばしている。そして玉突台《ビリヤード》は緑の布に覆われている。窓のある壁龕のところには (トランプの) ヤスをしている人たちがいて、金切り声を上げたり笑ったりしている。緑色の前掛けをした小人の傴僂《せむし》は (彼はぼくと同じ部屋で寝起きしており、あぶら足だ)、拳をまるめてテーブルの上に切り札を出すたびに耳ざわりなしゃがれた笑い声を立てた。シャエッピーという名のでっぷりした老人が脇にきて、何やら入れ知恵をつけている。老人の目を覆っている黒い眼帯から白い脱脂綿がはみ出している。息子にここにぶち込まれたんだよ、と彼は訴える。飲み過ぎるからというんでな。彼は善良な老パパみたいで、アルコール中毒者の粗暴さはまるでなく、林檎をくれたり、黄色い口髭の下でにこにこ笑ったりする。頭が身体と同じくまるまっちい。肉厚な手をしていて、ときおりこちらの頭をいかにも家父長風に叩いたりする。外ではひっきりなしに雨が降り続いており、昼は長かった。朝のうちホールは満員だった。髭を剃るので今日は作業が休みだからだ。午後はキャベツを植えた。それから晩飯まで通俗小説を読んだ。昨日はきみに長い手紙を書いた。それを旦那《ムッシュー》に持たせてやろうと思ったら、どうやら最終便に逃げられてしまったらしい。いまはもう、おチビさん、どうしたらきみのところにたどり着けるのかわからない。きみは遠くにいるの、それとも近くに? ぼくはセンチメンタルな気分で恋心はつのる。じゃあ、さようなら。

二〇年八月十五日　日曜日

長い雨の日だ、おチビさん、きみからの便りはない。きみが手紙を一通、それに後見人に回されていた原稿をぼく宛に送ってくれたと聞いただけ。今朝クラウス博士による二回目の診断、これはぼくの側のモノローグに終始する。それとぼくの事件に対する批判。触診の類《たぐい》は一切なし。退屈、おそろしく退屈だ。ホールは相変わらず人でいっぱいで耐え難い。小さな子たちに読み書きの勉強を教えなさい、と申しつけられる。

ビュッヘラー。シュピッツェンの外交販売員。赤らんだ、少々足りなそうな顔、筋肉質の頸部、幅のある、いつもおどろいている目。のっぽで、やせぎす、しわだらけのズボン。話をするときナイーヴなジェスチュアをする。アメリカで発病した。母親が病気だという偽りの口実でロルシャッハにより母親の家におびき出され、それから精神病院にぶち込まれると、彼はそこで木に登って歌をうたった。「ちょいと狂って」と彼の言うには、「入浴療法十五日。」

二〇年八月十六日　月曜日

今朝またしてもBII6。つまり部屋がふさがっているので、ドクターはぼくをドクターの私室に迎えてくれたのだ。自由連想。ひどく子供っぽい。「蛇」の連想だけはへんてこだ。小屋の上、鷲、煙突‐蛇。知ってるよね、おチビさん。あのモティーフだ。お次は父親コンプレックス調べの続き。もう前に何度もぼくがほのめかしてきたこと。愉快なのは、ぼくが意識的に、論理‐言語的もしくは音声的に自由連想していることだ。

まずいくつかの刺激語を一回かぎりの連想と時間制限つきで与え、次に時間制限なしでそれらの語をくり返す。次に一連の語と、出さないでおいたいくつかの質問に耳を傾ける（父親、悔恨、花嫁、たのしみ…以上が医者のワンセット。ときには精神医に対して自分が精神分析家の役を演じるといい）、それから出さないでおいた刺激語に対する観念を順に述べる。少々は冗談まじりに。たとえば神‐天国‐地獄のところでは、大音声にグノーシス派の呪文を朗唱してみせる。ストリンドベリー。この診察は医者よりこっちにとってのほうがおもしろい。医者はやたらにあくびをする。ぼくはいろいろと観察し、この人についてかなりのイメージを得る。もうすこしはっきりしてきたら、一度この件は立ち入って書くつもり。いずれにせよここの「食心鬼《プシコファージュ》」（アムシュタインのことば）たちは非常に人間的で、彼らが誇らしげに洗練と称しているナイーヴな狡猾さで人間的たらんとしている。
アムシュタインはさる教授の息子のコカイン中毒者、いささかうるさ方のほうだ。「なぜなら美は、パイドロスよ、それのみが……」

二〇年八月十七日　火曜日

おチビさん。やっと個室をもらった。ここなら独りきりだし、自分だけの仕事ができる。やれやれ。大ホールではすっかり神経質になってしまった。玉突き《ビリヤード》のカタカタいう音がやかましいし、人びとは黒革のソファの上でじつに鈍感に木製パイプで最悪の安煙草の煙をもうもうと上げる、といったていたらく。昨日は手紙を書くのを中断され、またまた診察に引っ張り出された。コール博士がぼくによこしたのは、受診を取り消したラシュルのカルテだ。それはアーキペンコの彫刻－絵画の複製だった。それからぼくは近代芸術に関する見解を根ほり葉ほり質問された。ぼくはアーキペンコのキュビスト風の彫刻を絶賛し、博士に新しい芸術の道において問題なのは何かを説明しようと、彼の頭にセザンヌ、ヴァン・ゴッホ等々を叩きつけ、さらに追い討ちをかけてエジプト芸術と黒人彫刻をぶつけ、芸術における「精神的なもの」を得々と弁じて、印象主義者たちなどどこ吹く風ともっぱらセザンヌ、ヴァン・ゴッホ等の「アート」を褒めちぎり、アルプやダダについて語った。そこで博士はぼくがこの種の特殊な芸術をそもそもどう考えているのか、おしまいには訳がわからなくなってしまった。最後に「先生はどう思われますか？」とぼくが締めくくり、顔色をじっと見守っていたらとてもおもしろかった。「そりゃあ、わたしは、むろん……」（どもる）

ぼく：「ともかくアーキ（ペンコ）はやはりデフレッガーなんぞよりはるかに親しい感じがしますね。」（これで一切がおじゃん）。

この件はこれにておしまい。お次は自由連想の順番だ。けど精神医がもうすこし洗練されていたらねえ。盗み（で、ぼくの連想するのは）：悔恨、やむを得ず、飢え。

父親：懲罰、憎悪、無益な。憎悪に対しては：父親、殴打、同情、涙、無益な、憎悪、文学。

あわれな先生。リゾン、ぼくは今日、きみと水入らずでおしゃべりができて幸福だ。きみ以外にはだれもいないんだ。アムシュタインはまあまあだね、でも彼は気分屋だ。彼の話はそのうちね。最後にちょっとした精神分析的冗談を一席。コール博士はぼくの蛇コンプレックスという陰謀をたくらんでいる。

「そいつを何とか解消して頂けませんでしょうか、先生？」

「ま、もうすこし話し合いましょうよ。」

「よく考えてみたんです。どうやらぼくの場合それは抑圧された同性愛的要素でして。」

彼（急いで別れを告げながら、どぎまぎと）：「ちょっと思い過ごしですね、グラウザーさん。」

ニヤリとしかめ面をしてやればよかったのだろう。でも丁寧に最敬礼をしてみせただけ。今朝ようやくきみからの手紙を受け取ったよ、一週間も前のやつだった。「……」の原稿とゲッシュ・ハンスの手紙も送ってくれたね。彼の原稿はうれしい。

部屋のぼくの隣ではレーマンさんが愛国歌謡を歌っている。

そうとも、ベルン高地を
世界中知らない人はない……

どうでもいいじゃないか、そんなこと！

きみが何をしていて、こちらの手紙はどこ宛に出せばいいのかを知りたい。手紙が一週間も遅れるなんて信じられない。ときおりぼくは憤怒の発作に襲われる。

モルゲンシュテルン博士夫人はこの病棟の担当女医だが、ぼくの昔の同級生だったグラリゼッガーという男の叔母だ。いかにも叔母さん顔の、頬っぺたには瘤、顔のほかの場所にも同じような瘤状突起物のある、鼻眼鏡をかけた老女だ。でもその顔がとてもにこやかになることがあり、ときには「優美な《アン・グラシユー》微笑《スーリール》」が瘤々を消してしまう瞬間さえある。

二〇年八月十九日　木曜日

ようやくきみはチューリヒに来た。もうすぐそばだね。昨日ぼくは原稿の小包一個ときみのアスコーナからの葉書を受け取った。シラー経由ではないのがうれしかった。今朝果物が来た。どうやらきみは昨日の夜着いたみたいだね。明日の朝来られるだろうか？　ぼくはもうだめだ、おチビさん、恋心がたえず大きくなってくる。悲しいことに、これがことばではなくて現実であることだ。昨日は自作の詩を書き写し、すぐに仕上げた。

火曜日の晩にはR博士がまだここにいた。ぼくは博士の部屋に呼び出され、そこで彼と顔を合わせた。

ぼくは後見人のことで怒り狂い、アスコーナでのきみの冒険の話をした。あわれ。きみが明日来てくれますように。

二〇年八月二十日　金曜日

きみは来てくれなかった、なあ、どうしてなんだ？　R夫人が来た。とても愛らしい。けど、きみに関する情報を伝えてくれるわけには行かなかった。たぶんきみは彼女と今日会うだろう。きみに手紙を書けないなんてぞっとするけど、手紙の許可を取るのはとても込み入っているし、それにぼくはすでに、手紙を書き過ぎるとの非難を耳にしないわけには行かなかった。夜はよく眠れない。昨夜は嵐だった。神経のいらつき。今朝になって微熱。威嚇射撃。という意味は、ぼくは診察待合室BⅡに行かなければならず、一時間退屈し不安になり、それからまた自分の病棟に戻って来たということ。

いよいよきみとまた二人きりになれるのがうれしい。ただしぼくの脳はうまく機能していない。極度に非生産的なのだ。ここでは食事が炭酸ナトリウムで味つけしてある。性衝動（いわゆる《オン・ディ》）を抑制するためだ。残念ながら、これは精神的不能も産む。ぼくの同室者はとても感じがいい。もう本を一冊出したことのあるライヴァルだ。書名は、オイゲン・ヴュス『明暗のあいだで』。気のきいた、まっとうでさえあるイデーがいくつか。芸術的なものにおける象徴の大の崇拝者だ。でありながら批評が乏しく、だが共感的に考える力がある。高等工業学校《ポリー》の学位試験にほとんど合格しかけた矢先に一人の教授に対する憤りから家出をし、「婚約者」と一緒にあちこち旅をして歩いたあげくに最後は田舎の寂しい一軒家に腰をすえた。そこで婚約者の彼女と飢えていたところを、母親の依頼で医者が迎えにきて、ここへ連れて来られたのだった。彼女のほうは妊娠している。

ときとしてぼくとそっくりの考え方。感情は、おまえはもうおしまいだと聞かされたときのぼくがそうだったのとそっくり。彼は、敗血症で軍の医師団に見放されたとき。ぼくは、ベルンの牢屋の三日間の拘禁の後。危機は、その後で完全な休息が訪れて、突然獲得した認識に成熟する可能性を与えるのなら悪くない。奇妙な気がするのは、看守たちに対しても医師たちに対しても、畏れるような権威コンプレックスをぼくがもうちっとも持っていないことだ。後見人からの手紙も、昨日のことだが、ぼくをちっとも熱っぽくさせなかった。ねえ、きみと話がしたくてたまらないんだ、一日中でも、と、そう思う。いつかのバーデンでのあのすばらしい朝のように。ぼくはほとんど悲歌的《エレジアック》な気持ちになっている。せめてこんなふうにしてきみと一緒にいられたらいいのにね。妙だな、手紙を書いているときみが傍に来ている。きみがいなければもう仕事をするなんて気にはなれない。きみが許してくれればノートも持ち込みたいね。セルノンの『回想』を読んで、いくつかの点を自分に説明してやりたいんだ。

　ぼくの部屋は監獄の独房とはまるで趣がちがう。部屋の前の格子はある種の美をさえ要求するが、おそらく欠陥にすぎないのである。それはこんな模様をしている。

　この模様が右左に四度、重なり合いながら反覆される。鉄製の蜘蛛の巣が四つ、マット[狂者]は、天国の平安をかき乱さぬようにと外界のおろかしい夢の数々をそこに捕らえるのである。ぼくはこれを大きなテーブルで書いている。まわりに何冊も本がある。左にベッド、右には叔母さんじみた、赤いフラシ天のソファ、すこしばかりピカピカに磨きすぎた戸棚、それに洗面台。この部屋は規定ではセカンド・クラス用だが、ぼくの教養ランクがN・N夫人にはお金のなさの代わりをしたらしく、おかげでぼくはこの至福に与かれた。ということは、ひとりでここにいるとほんとうにほっとするということだ。当療養所でいちばん耐え難いのは、何といっても孤独の足りないこと。実際狂乱の発作でも起こさないことには、独房だと孤独というこの不可欠なものを味わうことができないのだ。今日のぼくはとても饒舌だよね、おチビさん。これを読んできっときみは退屈しているだろう。でも毎日ぼくがどんなに強くきみのことを思っているかわかったら、きみをとってもよろこばせられるだろうと考えています。わが友ヴュスにぼくはきみときみの賢さのことを話した。ヴュスはよほどうらやましかったのだろう。というのも、それ以来彼はしょっちゅう女たちを教育しようとして失敗を重ねているからだ。きみのような女性がいると思うとぼくは幸福だ。わかってるね、そのうちぼくの事件の決着がついたら半年働いてお金を貯めようと思う。きみもだ。それから二人でパリに行こうよ。それがぼくの希望だ。何とかスイスに背を向けること。こんな国、糞を食らえだ。おチビさん、ぼくは毎日きみのところにいる。

二〇年八月二十一日　土曜日

人生の地獄に入るのは人類の高位貴族だけだ。その他の人間は入口まできて、わいわいさわいでいるだけだ。（ヘッベル）

二〇年八月二十五日　水曜日

この数日、おチビさん、ぼくはとても怠惰だった。理由はとりわけ、きみからの便りを受け取らなかったからだ。今日は一遍に三通もの手紙をもらい、ようやくほっとしている。昨日はRが来た。ずいぶんよそよそしい。ぼくはこれまでになく彼から遠いところにいる。前には自明と思っていた何か、ぼくがRにおいて愛してさえいた何かが、ぼくにはもうわからなくなってしまった。生に対する不安、もしくはそう名づけたければ漠とした予感や危険、に目をつぶることで彼が解明せんとしている晦冥《かいめい》なるもの、問題的なものに対する不安。自分が魔法の杖で、ぼくのことばをしゃべっているのだと主張するピカピカに磨いた杖に、最後まで抗弁していなければならぬとでも言うようだ。そもそもRは、話をするとはどういうことかわかっているのか。それは断固として（どうかこのおぞましいことばを誤解しないでほしい）、求めることだ。汚泥のただなかで求め、汚泥にもぐることができ、それでいて泥が肌の表面を流れ落ちて行って身体を汚さないでいられることだ。ぼくは偽善者は嫌いだ。だけど彼みたいじゃないことで、ときに、いやいつも、幸福だ。ヘッベル気取りはいかが？ ことばにも、そりゃまあ多少の真実はあるさ。で、どうしてぼくが誠実であってならぬことがあろう。ぼくは貴族の一人に数えられる資格があると思う。Rは救い難く賤民だ。気の毒に。どうかおチビさん、思い上がりだなどと思わないでほしい。でもぼくの誠実さは認めてくれていいと思うよ。ぼくはめったにない苦悩を味わった。でも地獄で救済にめぐり会える。それがなぐさめだ。地獄の仲間たちならここでたっぷり会える。話すことができさえすればね。

ミュラー・ゴットフリードは小柄な少年で、十八歳になったかならぬかだ。父親は酔っ払い、盗人《ぬすっと》、結婚詐欺師（これはどうってことはなくても）、しかし女房子供に暴力をふるう。かつて父親が盗みで三年の刑を食らったとき、このチビはさる教育施設に入れられた。虚弱体質というのに、朝七時から夜の七時まで野原で働かされた。逃亡を防ぐためというので、少年はズボン吊りをさせてもらえなかった。それでも二週間後に母親のもとへ逃げ帰る。四日間は森から森へ。すると警察は彼をまた施設に連れ戻すと言う。そこで以前のある教師が自分の家に引き取って中学校に通わせる。彼は月収百八十五フランのポストを見つける。すると父親が手紙をよこして、家に八十フラン送れ、さもなければ殺してやると脅す。息子は怖くなり、最初の月給を手にすると自分の借金をすっかり支払った上でキアッソに向けて逃亡する。キアッソで国境を越えるのに成功する。懐中ほとんど一文なしで列車でチューリヒに戻る。乗客が全員下車し終わるのを待って血管を切開する。が、ヘマをやらかす。うまく行かない。それでも下車し、待合室で失神する。それからお尻に針を刺されて目が覚める。州立病院だ。医者が言っているのが聞こえる。「仮病人はB行きだ。」夜中の十二時にここに連れてこられる。躁病者の監視ホールに入る。一週間後、われわれの病棟へ。

まずは一席の逸話。さてチビはまもなく彼を引き取っていた教師のもとへ出発する。特におもしろいのは父親に対する抗議だ。父親は自分と同じに、息子にも盗みをさせたいと思っている。息子のほうはまともになりたい。藁色ブロンドの、水で頭に撫でつけた髪の毛をしていて、神経質な、しかし無表情な顔には奇妙に卑しい笑いを浮かべている。彼は良き市民になるだろう。残念。

当病棟に新顔の医者がきた。シュテーリ博士。バーゼル出身。のっぽで、痩身。

二〇年八月三十日　月曜日

しばらくきみに手紙を書かなかったね。ぼくはとても落ち込んでいた。ついこのあいだのぼくの診断調書でジュネーヴで下された診断を読んだ。早発性痴呆症《デメンティア・プラエコックス》ならびに体質的精神病質。合併症：モルヒネ依存症。この診断書を消化するには二三日余裕が必要だ。この問題では特にH・シュテーリが助けになってくれた。われわれはヘルダーリンのことを話し合った。ヘルダーリンの場合どんな精神病が認められたのですか、とぼくは質問した。きみのと同じさ。それはすべての詩人の場合に起こるものと立証できるよ、ゲーテを除けばね、と彼はイローニッシュにつけ加えた。これですこしはなぐさめられた。それからやってきたのは、精神医学に対する反抗と正当な異議申し立てだった。きみに会えさえしたらなあ。ここのアトモスフェア。ぼくはときどき、気が狂うんじゃないかと不安になる。たえずおろかな疑問が鎌首をもたげる。やっぱりみんなの言うことが正しいんじゃないか？　助けてくれ、ねえ、ぼくは弱い、きみは大きい。ときにはぼくのことを考えてくれてるかい？　それはそうと狂気ってのは実現なんじゃないのかな？　ヘルダーリンの場合はまちがいなくそうだ。『盲目の歌い手』草稿（狂気の時代の前）と『ヒュロン』（同じ『盲目の歌い手』を狂気のさなかで新たに、われわれ向きに改変したもの。第一稿はこれに対して、蒼白で、理想主義的‐ギリシア的）を読みくらべて見給え。ぼくはヘルダーリンとショーペンハウアーを読んでいる。なぐさめになる、とても。ヴェルフェルはぼくのまなざしのなかではしだいに沈んで行く。ここのところ一日中鬱状態で、鬱になると感覚が鈍くなり、精神的に活発なのは、ときとすると何時間もないのでは？　狂気なのではないかと不安だ。おお、だれもいない廊下と鉄格子の静寂。歌う樹々を前にしての無言。寒さ、太陽がためらっている朝、それに見えない牢獄のなかの叫び。マットの砂時計から音もなく砂が流れると、その無音のしたたりがぼくの頭のなかに落ちて行く。だれが光り輝く杯が冷やした飲み物をくれる安らかな暗がりに見知らぬ女《ひと》の道を見つけようか。ぼくたちは眠りの象牙の塔に忘却を見いだすことはない。時刻《とき》の遠吠えはぼくたちの過去に呼びかけ、とうの昔に起こってしまった行為、あれは夢のなかでのことだったのか？

牧草地も家々も声を上げて泣きすすり泣く。というのも夕焼け雲の上で（色も綾にリボンはきしきしきしめきつつ舞い）狂気が踊っているからだ。

こんなふうに、ねえ、ぼくはまたしても幸福だ。まだ無意識から抒情を吐露することができる以上は、狂気に脅やかされることはない。いま目がさめたところだ。こうなるのもあっという間だ。さようなら。ぼくはまた元気にきみにあこがれられるようになった。

七月十四日

フランスがなぜ特に七月十四日を国家最高の祝日と宣言しているかは、そもそもがいささか謎めいている。というのも一七八九年のこの日に起こった出来事というのは……だが批評はさしおいて、端的に事実を思い起こそうではないか。バスティーユの要塞司令官ド・ローネー氏は、流血といえばいかなる流血にもおぞけ立つ繊細な感受性の紳士であり、とりわけ時代精神に即応して民衆のファン（ではあっても惜しいかな、ぬかりなく民衆と賤民との区別は明確につけていた）であって、包囲軍の代表者二人を昼食に招待して七人の囚人しか監禁されていない件《くだん》の要塞を案内していた。七人の囚人とは、四人の贋札作り、二人の狂人、それにいくつかの愚行のために両親の依頼で閉じ込められたサド侯爵の若き心酔者が一人、であった。しかしいかに慇懃と博愛のかぎりを尽くそうが、食事のさなかにド・ローネー氏が殴打され、のみならず肉料理の切り分けにいささか心得のある（「肉料理の心得がある《コム・イル・サヴェ・トラヴァイエ・レ・ヴィアンド》」とフランス語でいったほうが分かりやすい）少年料理人が小さなナイフであわれなド・ローネー氏の首をちょん切るという事態をさし止めるわけにはいかなかった。首切りは後にはもっと合理的に行われた。囚人たちは解放された。贋札作りたちはさっさとズラかって、その後の消息は杳として不明。サド氏の信奉者はやんやの喝采を浴びたうえ一場の演説をぶち上げて熱狂を惹き起こした。二人の狂人も当初こそちやほやされて我が意を得たが、自分たちに割りふられた物語には退屈した。そこで彼らはシャラントンに送られた。それが賢明な策だったようだ。この大事件、すなわちバスティーユ襲撃は、今日もなおラ・マルセイエーズで大いに祝賀される。結構な話ではあるまいか？

　われわれは第二大隊。セブドゥー（トレムサン近くの小さな村）にいるわれわれ第二大隊にはめったに交替勤務はなく、祝賀会をやるにはうってつけだった。朝食にはコーヒーに焼酎がついた。昼食はローストポークに馬鈴薯に赤ワインと白ワイン。そして夕食は昼食と同じ。何のことはない、料理番のやつらが逃げ出したのだ。――われわれは満足だった。そして夜になると芝居を上演することに決めた。われわれのこのプランは大隊長のボロートラ（「ボロートラ司令官《ル・コマンダン・ボロートラ》」）のお褒めにあずかったものだ。

ボロートラ司令官は、例のテニスのチャンピオンとはただの同姓異人だった。肥満体だった。非常に肥満していた。好んで身につけたがる白の制服を着ても、すらりとなるというわけには行かなかった。彼の肝煎でわたしは村の老神父からオルガンを借り出した。これはまっとうな楽器だったが、どのストックを引いてもかならずラ・マルセイエーズが喨々と鳴り渡るのだった。

　われわれは一棟の納屋を祝賀会用に作りつけ、八個のワイン樽の上に板を並べた。それが舞台だった。リンネルを縫い合わせた幕だってあった。最前列の上席は背凭れ椅子、貴賓席はばかでかい安楽椅子で司令官専用。背凭れ椅子のうしろのほうにベンチを何脚か並べて、これは下士官専用。あとは立ち見席だけ……

　ボロートラが将校団をしたがえてホールに入ってくると、わたしはラ・マルセイエーズを弾きはじめた。司令官が軍帽を脱ぐと並みいる全員がこれに倣い、全員が歌を斉唱した。それからボロートラは安楽椅子に身を沈め、両足を左右に開いて（どうやら足を組むのがつらいらしい）、細身の杖を水平に太腿の上に置いた。ふうと大儀そうに息をついた。

　幕が上がった。四人のハモニカ奏者が舞台に立ってロシア民謡を奏した。ホールのなかは静かになった。二つのアセチレン・ランプが四人の姿にギラギラ輝く光を投げた。機関銃中隊のペクー大尉はブロンドで絹のような顎髭をしごいた。四人が自分の中隊所属なので、部下がご自慢なのだ。四人は退場した。彼らの足取りは重かった。

大隊副官のバグラン軍曹は骨ばった腰に色どりゆたかな布を巻きつけ、裸の上体のまわりにリボンをいくつも巻きつけていた。舞台の板の上で足をぎくしゃく交差させると、ズックの靴に貼りつけた木の踵がステップを踏むにつれてカタカタ鳴った。声を張り上げて彼は歌った。

モシモタマタマ　アタシノ
叔母サンヲ見カケタラ……

とやって、目をパチパチしばたたかせた。ボロートラは咳き込みの発作に襲われてすんでに窒息せんばかり。ペクー大尉がその背中を畏れながらとばかりとんとん叩いた。下士官のベンチにはヒイヒイいう声が上がり、奥の立ち見席では大概の見物が押し黙ったまま。部屋にはもうもうと煙草の煙がこもった。

女装した男が舞台に上がった。褐色の衣裳が垂直にずり落ちていた。顔面の皮膚が真っ蒼だ。静かに、ほとんど力なく、まなざしは遠くに向けられていた。その姿ははじめは微動だにせず、腕をだらりと垂らしていた。真ん中で分けている髪の分け目が真っ白な線をつくった。それからこれという目立った動きもなしにドイツ語で歌いはじめた。メロディーの拍子につれて、長い首の上で頭だけがかすかにゆれた。

あたいたちはドルの王女様
どこもかしこも黄金ずくめの女の子……

歌の効果は覿面《てきめん》だった。部屋は聴衆の沈黙に満たされた……ときおり声に出てしまうため息が、さながら色とりどりの過去を継ぎ合わせたボロ切れのようだった。

女装男は歌い終えると軽くつつましげに会釈をした。拍手と足ぶみがどっとふくれあがり、騒音がいよいよ募りまさると、それに口笛と熱狂した叫びが入り混じった。女装男は喝采に無感動に頭を下げ、軽快な、ゆらゆらゆれる足取りで退場した。

リンダーに相違なかった。ペクー大尉の副官、フランクフルト出身の若い従卒だ。彼は常々、むかし女の声帯模写芸人をしていたと吹聴していた。どうやらそれは本当だったらしい。リンダーが及ぼした効果は強烈だった……そりゃそうだろう、白い女の化身だもの……と、おかしなものが舞台に登場してきた。まるで老女が手押し車を押してくるように見えた。しかしよくよく目を凝らして見ると男は背中に人形の上体をくくりつけ、それが先のほうで彼の生身の両脚につながっているように見えて、じつは詰めものをしたズボンが手押し車の上で男の上体に結びつけられているのだ。二重人は見るからに粗野で無惨、人形の顔はぞんざいに色を塗られ、一方、男のほうも長い赤い鼻をつけた仮面をかぶっていた。人形は尖った木の歯をむき出しにし、やわらかい、骨なしの、ねじれた腕をぐなぐなさせていかにも怖そうに脅かした。仮面は、どぎついまでに赤い口からこんな歌を歌った。

オイラヤットコサ車ヲ手ニ入レテ、
女房ヲ乗セテオ散歩ダ……

歌の伴奏をして、オルガンがブカブカ鳴った。

二重人が消え、ボロートラが立ちあがった。ペクーの助けを借りて彼は舞台によじ登った。舞台の上からシトニコフ軍曹とレース伍長に上がってこいと合図をした。二人の部下のあいだに立って彼は一場の演説をぶちはじめた。今日は専制君主に対する民衆の蜂起を記念する日をフランス中でお祝いしている。百年以上前に勇敢な国民は一人の男もさながら立ちあがり、自由、平等、博愛の原則を宣言した。ボロートラの動きはだんだん速くなった。しかしそれも当然だった。ボロートラの動きはだんだん速くなった。しかしそれも当然だった。将校団はあくびをし、下士官たちは新しい煙草に火をつけ、彼らの背後のその他大勢は無言で目玉をギョロつかせた。フランスはいまもその高貴なる伝統にしたがって、反動に対してはドイツ人を、ボルシェヴィキに対してはロシア人をと、いかなる政治的方向に属するにもせよ、すべての国民の亡命者に対して避難所《アジール》を設けている。社会主義者であるとコミュニストであると王党派であるとを問わず、犯罪者であると不運な人間であるとを問わず、フランスはもっぱらその勇気と忠誠を問うのみである。勇気と忠誠というこの特性こそが外人部隊においては大切にされるのだ。終わるとボロートラは、シトニコフを促して彼の演説をロシア語に訳させた。レースのほうはドイツ語に訳さなくてはならなかった。命令は果たされた。それかららもう一度ラ・マルセイエーズが演奏され、歌われ、そしてようやく解散とは相成った。

しかし祝賀のはじめにハモニカでロシア民謡を奏した四人のロシア人たちは、どうやら司令官の演説を誤解したようだった。同夜、彼らは脱走したからだ。次の朝、村人たちの主張したところによれば、真夜中を過ぎてからまもなくラ・マルセイエーズの何小節かが聞こえたという。あり得る話だった。彼らはハモニカを持って逃げたのだから。彼らがラ・マルセイエーズを演奏してどこが悪かろう？彼らは二度と連れ戻されることはなかった。船に石炭を積む仕事にありついたのか、それとも祖国と和解したのか。彼らは農民の息子たちで、ヴラングルと戦ってきた。ひょっとするとボロートラの演説を聞いてはじめて革命の意味がわかったのか……さあ、どうだろう？

わたしは確信している。「肉料理のコツを心得た」少年料理人に首を斬られたド・ローネー氏はとうに殉教の悲しみを乗り越えていたし、また氏なら自分たちの死の日に「自由」ということばを彼らなりに解釈した四人のハモニカ奏者の気持ちが笑ってわかったろう、と。

コロン－ベシャール―オラン

わたしたちはコロン－ベシャールで背嚢を隅に下ろした。それから汽車は喘ぎあえぎ、はじめは野原を横切り、お次は岩石のあいだを走った。車輛はわが家みたいに作りつけてあった。つまり幅の広い廊下の両側に木のベンチが並んでいるということ。バイゼルはヴュルテンベルク人で片方の足が萎えていた。ジャッキーはスイス人だったが、彼の顔面神経は激しい舞踏を演じていた。わたしは伍長で別動隊の隊長だった。それはこちらの胸にそっと内緒に納《しま》ってあった。わたしたちは三人ともキズモノだった。外人部隊はもうわたしたちを必要としなくなり、だからわたしたちをオランに派遣したのだ。改革！　それでこそヨーロッパだった！　自由！……

あり金の続くかぎり、わたしたちは駅という駅ごとにビュッフェでワインを買った。黒人が一人、いっしょに飲んだ。外の風景は単調だった。鹹湖《かんこ》、岩石、野原。アラビア人が一人、カード・ゲームを持ちかけてきた。わたしたちはまずバイゼルを前哨戦に送った。彼は頭のてっぺんから爪先まで、いや顔のなかまで刺青《いれずみ》を彫っていた。バイゼルはアラビア人と三枚のカードしか使わないふしぎなゲームをやった。やがてアラビア人は姿を消し、バイゼルが次の駅で下車すると五リットルのロゼの大瓶を抱えて戻ってきた。

夜がきた。高地は美しい、とわが同国人ジャッキーは鼻唄を歌うように言い募り、わたしが口を塞いでやるまで止まらなかった……翌朝、わたしたちはオランに着いた。

ジャッキーとバイゼルは袋をいくつも抱えていた。その袋のなかは何だ、とわたしはたずねた。「ごたごた抜かすんじゃねえ！」と刺青男は言い、並みはずれてとんがった肱の先でこちらの脇腹をぐいと突いた。なら、よかろう！わたしはごたごた抜かすのを止めた。夜になるとわが同国人はわたしの手に双眼鏡を押しつけた。「売ってきてくれ！」と彼は言った。わたしは黒人部落へ言った。ユダヤ人がそのツァイス（の双眼鏡）を引き取ると言った。

それを持ち帰ると金は山分けだった。めいめいが二十フランずつありついた……

それから二日後に事件はこげつき、わたしたちキズモノ三人組――バイゼル、ジャッキー、それにわたし――は、サント・テレーズ要塞の中庭に出頭というはめになった。背嚢も懐中も徹底的に調べ上げられた。何事もなし。

後にわが同国人が顔面神経を激しく舞踏させながらこう説明してくれた。わたしたちの旅の道連れになった例の黒人がいささかワインを飲みすぎたのだ。そこでバイゼル、ジャッキーの二人組がやっこさんの背嚢の中身をぶちまけた。シャツが三枚、フランネルの三角巾一枚、ズボン下二足、ソックス五足ハイソックス一足。黒人は盗難届けを出し――そこで徹底的な捜査を！……わたしは例のツァイスを売っ払っている！　せめてものことに助かったのは、黒人もまた例の双眼鏡はどうやらどこかの副官か中尉からくすねたらしいことだ！……

しかしあなたは思われるだろう。二十四時間の汽車旅行から得たものが、泥棒の思い出でしかないとは情けないと。わたしはこう思いたい、外の風景があまり感心しなかったせいだと、――あとはオラン周辺の地域がようやく緑に萌えはじめたときに夜の影が一帯を覆ってしまったのだと……で、結論はと言えば、人間は旅には用事を持たなければならないということ。でも何といったって腹立たしいのは、わたしが例の二人組が黒人の背嚢をぶちまけた現場を見られなかったことだ。結論――人生、これで勉強がおしまいということはない！……

簡易宿泊施設

パリのリュクサンブール公園のベンチは春の夜に濡れていた。だからベンチにいる人もわずかしかいなかった。ぼくの隣にいたのは、老いた鸚鵡《おうむ》の目みたいに意地悪そうな目をした、小柄な、おそろしく齢をとった男だけだった。ぼくは飢えていた。煙草は切れ、今夜の寝場所もおぼつかなかった。

老人は半切りのシガレットに火をつけ、いま一度脇から意地悪そうにこちらをチラと見て「で？」とたずねた。こちらは肩をすくめた。「じゃ」と彼は言った、「急がないとさもないと間に合わないぞ。だと、もう地獄の犬が入れてくれないんでね。」――「地獄の犬って、どんな犬？」ぼくはたずねた。老人はこちらの無知に頭《かぶり》をふった。「あんた、今夜どこで泊まる気なんだ？　え？　橋の下かい？もっとましな場所があるぜ。あんた、まだ金はあるかい？」ぼくはうなずき、最後の二フラン玉を見せた。「朝の五時にはおっぽり出されるからな。そんときそれで飲もう。」老人はそっけなく言った。「朝はいつもうんと冷えるからな。」そう言うと彼は後の半分のシガレットをこちらにもさし出し、合図の手をふった。ぼくたちは連れ立って歩いた。

ぼくたちはセーヌ河を対岸に渡り、それからどこまでも続く通りを一本の運河に沿って歩き、しまいに家々が全部赤煉瓦建の小体《こてい》な横丁に折れ込んだ。老人は家々の一軒の前で立ち止まった。門のところで顔色の悪い若い男がぼくたちに応対した。男はその若さが永遠で、若さに埃がつもったみたいな感じだった。彼はぼくたちを長い白い髭をはやした男がカウンターの向こうにすわっている窓口に案内した。その男はちょっと救世軍の創設者に顔が似ていた。そいつが大きな登録簿にぼくたちの名前を記入した。それから例の門番がもう一人の老人じみた若者にぼくたちを引き渡した。こちらの若者には顔の肌の色というものが全然なかった。顔色は灰色でさえなかった。彼はぼくたちを一室に案内した。そこでごわごわしたシャツ一枚、タオル一枚、それに石鹼一個をくれた。ぼくたちは服を脱ぎ、タオルを腰に巻きつけ、着ているものを紐で束にしたうえで渡さなければならず、引き替えに預り札《ふだ》をもらった。それを護符のように紐で首のまわりに結びつけるのだ、と老人は言って、やって見せた。近くの部屋から叫び声と白い蒸気が上がっていた。ぼくたちもその蒸気工場に入って行くと、大勢の男たちが小さな木の洗い桶のなかに立って外界の汚れを身体から洗い流していた。制服を着た天使たちが石鹸を塗りたくったブラシを持って走り回った。例の顔色の悪い門番が身体を洗い終えた者に乾いたタオルを渡した。

やっとあのごわごわしたシャツを着ていいことになった。それからパンを山盛りにした洗濯籠から一個ずつパンをもらった。さらに案内されて先まで行くと開放式のテラスに出た。そこにはもう他の人たちがいて、それが皆シャツ一枚しか着ていなかった。春の夜はなまぬるく、庭の矩形の上の空はやわらか味のあるブルーの色合いだった。ぼくは、ここまで連れてきてくれた老人にしがみついていた。老人は見るからに変わっていた。むき出しになったふくらはぎは一面びっしりと静脈瘤に覆われ、老いた髭ぼうぼうの顔はおだやかに赤らんでいた。

「煙草の類《たぐい》だけはくれないけどね」と老人は言った、「それ以外はここはじつに結構なところさ。うろついたり物乞いしたり、そんなことにうんざりしてくると、よく病院に駆け込むことがある。あそこに行けばいいベッドがあるからね。ただし自由はない。ほかに寝るのにいい場所といえば、ほら、地下鉄の入口だ。今日だって行くところだった。最高の場所はピガールのメトロさ。でも、どうも具合がよくないんだ。心臓がね、なあ。おれはもう永くないよ。ただ病院では死にたくない。どうもあそこはぞっとしねえ。ベッドはましだし、食いものもたっぷりあるんだけどな。こんなパン一切れじゃなくて。」話をしているうちに息が切れてきた。すこし身体を楽にして疲れないようにするほうがいい、とぼくは言ってやった。

「たっぷり身体を休めるなんて、できっこねえよ」と彼は言った。「どうしてもっと前にお陀仏していなかったのか、われながら気が知れねえ。なあ、むかしは会社もうまく行っていたし、いい女房もいた。でも女房は死んじまったし、子供は持たなかった。で、飲みはじめて、会社を売っ払った。もちろん、そのつもりなら養老院入りの権利を買うこともできたろう。でもなあ、おれは都市《まち》や街頭が好きだし、いつも走ってる人びとやセーヌ河岸のちょっとした消毒の匂いも好きだ。それに特別この都市の朝が好きだ。花や野菜を積んだ荷車が道路を通り、けたたましい騒音がまだ目をさましていない時刻。それからおれはどこかの公園のベンチに腰を下ろして新聞を読むんだ。言うことはないね。」

その小さなテラスからあのブース将軍みたいに至福の面持ちをした聖ペテロ、あの長い顎髯を生やした老人が、向こうに見えた。老人はあいかわらず登録簿の上に身を屈めて、目の前の白い紙に世間離れのした記号をせっせと書き込んでいた。夕べの安らぎのうちにおよそ一時間が過ぎただろうか。と、警官が二人やってきた。警官たちの制服が色彩のまるでない環境のなかでけばけばしく目立った。見ると隣にいる老人が小さくちぢこまっている。しょっぴかれるのではと怖がっているらしい。警官たちはしかし家の奥に入り、まもなくひょろ長い男を一人つれて戻ってきた。その男は悪びれずに二人の捕《と》り手たちのあいだを歩いた。その堂々たる闊歩は自信満々とあざ笑うような不敵さに満ちていた。

時刻は八時頃だったろうか。あたりはまだ明るく、空はライラック色に染まっていた。そこでぼくらは寝室に追い込まれた。制服の天使が一人部屋に残り、階段の踊り場にベッドを据えると、そのベッドが緑の灯りに照らされた。天使が最初に声を上げてはっきりロザリオの祈りを唱え、部屋のなかにいる者どもがあちこちで応じてもぐもぐ合唱した。ベッドは固く、シーツはごわごわだった。ぼくをここに連れてきてくれた老人（本名はガストンという）は隣のベッドだった。老人はホールの灯りが消えるとすぐに寝た。前にも言ったように、踊り場の上には緑の灯りがついていた。まもなくぼくも眠り込んでいた。

そのうちに目をさました。横でむにゃむにゃつぶやいたり呻いたりする声が聞こえたからだ。階上《うえ》の緑の灯りの下にいる天使は石のように眠りこけていた。そう、大声を上げたのはガストンだった。ぼくは最初ガストンが寝言を言っているのだと思った。でも何だかすこし様子がちがった。まもなく彼はごわごわした上掛けを爪でかきむしったからだ。こんなかきむしり方をぼくは知っていた。ぼくは起き上がり、ガストンのベッドの際に腰かけた。監視人を起こそうか、とたずねた。老ガストンは首《かぶり》をふった。彼は「静かに死ぬ」というようなことをむにゃむにゃ口にした。だからぼくはそのままベッドの縁にすわっていた。ガストンはもうちっとも意地の悪い老いた鸚鵡のようには見えず、顔にはもう不安の色がなかった。息だけはやや苦しげになっていた。「すぐに終わるよ」と彼はつぶやいた、「だからあの二フランは取っといて、それでおれのあわれな魂を祝福してコーヒーを一杯飲んでくれよ。それから約束してくれ、ノートルダム寺院に行って、あそこでおれの供養に蠟燭を一本捧げてくれるってな。金ならまだあるよ。ほら、おれの預り札《ふだ》だ。」そう言って彼はぼくらの服と引き替えにもらった札を首から外した。「服の包みをもらいな。」それからうわ言を口にした。エリス（彼の妻だった人らしい）云々と言い、花盛りの桜桃の樹がどうのとつぶやき、また意識が戻って、まるっきりひとりで死ななくてもいい、それがうれしい、と言った。監視人を起こそう、とぼくは言った。医者を連れて来てくれるかもしれないじゃないか。老ガストンは首をふった。ぼくにわかったのは、こんなことばだけだった。「これで上等！」彼はぼくの手をつかみ、しっかり握りしめると、やがてその握りがだんだん弛緩し、歯のない口がしっかり嚙み合わさり、目は、あの風変わりな鸚鵡の目は、半ば開いたままになった。彼は手足を伸ばしてため息をついた。ぼくは瞼を閉ざしてやった。

人びとはガストンの服の包みをやはりぼくに渡してくれようとはしなかった。それでもぼくはノートルダムで彼のために蠟燭を上げた。だって老ガストンはいい死に方をしたじゃないか。そうだとも、だれもがこんな静かな死に方を願って叶えられるわけではない。

秩序攪乱者

それは古い物語
だけどいつまでも新しい……

最近わたしはベルン州の会計報告から、治安のために、ということとは秩序を攪乱する分子どもを一時的に無害化するために、国家が必要とする費用の一覧表を作成してみた。これらの費用には、警察やさまざまの裁判の支出、精神病治療ー、懲罰ー、強制教育ー、救貧ーの諸施設の維持経費が含まれる。総計約千三百万フランを超える額だ。ベルンがスイス最大の州であるだけでなく、もっとも責任重大な州であることを認めないわけには行かないとしても、一つの州だけで千三百万フランとは額が多すぎる。ベルン州には数知れない養護施設がある。ここは右の事実の理由を究明する場所ではない。またスイス全土の治安維持のために要する費用を算出することも他の人たちにお任せする。

はっきりさせておきたいことが一つある。他の国家的支出に比して巨額の費用が、支配的諸原則に順応する能力のないある種の個人を隔離し、そのことによって他の穏和な市民たちの社会活動遂行の妨害にならなくするために使われている、ということだ。これらの個人は支配的な法の諸原則によって、処罰さるべきではなく、教育されるべきであって、それゆえに人びとは彼らを監置して労働を強制する。規則正しい労働をしつけることを通じて彼らをふたたび、いうところの「社会有用の人材」たらしめることが期待されているのである。

力点が労働にある、ということを鑑《かんが》みるなら、すでにこの点に矛盾が大きく口を開いているのである。

これら社会において歓迎されざる人びとのなかには以下のような労働を忌諱《きき》する分子がいる。すなわち浮浪者、大酒飲み、売春婦、常習犯罪者などだ。彼らは巷《ちまた》をさまよい歩き、ときには盗み、しばしば物乞いをし、冬場には凍え、飢え、夏場は好んで草のなかに寝て、「働かざるものは食うべからず」なる規則など屁とも思っていない。教育さるべきはこの連中なのであるが、それにしてもこの連中の教育、この連中の福祉のために、何という出費であることか！　彼らは監禁される。一年、二年、ときにはそれ以上のこともある。彼らは規則正しい労働をしつけられ、仮寝の宿にありつき、毎週清潔な下着をあてがわれ、諸委員会が彼らの福祉を監督する。彼らは病気になるとまずは怠け癖ではないかとの診断を受けるが、病気が危険と目されると病院に送られて介護される。しかし精神もまたもはやまともに機能せず、その悪しき機能作用に学名をつけられることさえもが明らかになると治療‐介護施設に運び込まれて、そこで面倒を見てくれる人たちが国家が彼らのために定めた金をあまり食いすぎないように監視するのである。というのもこれらの人びとが自害することもあり得て、そうした逃避試行が私たちのヒューマニティには耐え難いからだ。これらの人びとは充分に教育されて労働するすべを学んだら出所を許されるが、その場合は彼らが実際にも仕事を探すことが期待される。

ところが……

世には失業者がいる。そしてこの失業者たちは家族を養うために働きたがっている。ということはしかし、世の中に庸用機会が充分にないことの徴候《しるし》である。そしてこれらの失業者たちにとってありがたいことに、世間は施設を出所した浮浪者よりは彼ら失業者のほうを優先するのである。国家は浮浪者たちを労働のために教育したが、ではこの労働忌諱者たちは一体どうすればいいのだろう。仕事が見つからなければ（彼らはまず絶対に、強いて仕事を見つけようなどとはしないだろう）、またもや浮浪して監禁されるだろう。彼らは事実、悪知恵を働かせてそんなふうにするのである。というのも、そうしたほうが確実な生活にありつけるからだ。多くの労働者が自由のなかで送っている生活より、このほうがおそらくはるかに確実な生活だろう。いや、「反社会的」生活のほうが特権的であるかのようにさえ思える。社会がなぜこうした人間たちを躍起になって保存しようとするのか、それには何か理由があるにちがいない。たぶんこの理由は探し出せるだろう。

だが養護されて新たな人間に教育されるのは浮浪者たちだけではない。一定の職業を持ち、社会有用の成員であり、投票権を行使して政治的に活動し、どうかすると歌謡愛好会会長や会社社長や教区長であるかもしれないといった人たちが犯罪者呼ばわりされることがある。ときには彼らはある党派内で重きをなしていさえする。そこへ何事かが起こる。たとえば妻が夫に不実なので、でなければ妻が夫をあまりにも苦しめたので、ピストルが発射されたあげく弾丸が妻に命中したとかだ。そうでなければ俸給が不足がちなところへもってきて、公《おおやけ》の金が手の届くところにあったとか。こんなのも考えられる。ご当人が世の常の政治的信念と対立する政治的信念をあまりにも真に受けすぎ、彼のせいで暴動が発生したとかだ。要するに、何事かが起こったのだ。

一人の殺人者の場合を考えてみよう。この殺人者が犯行を白状し、悔いを覚えて自分から刑罰を願い出たとしても、ご当人にはどうにもならない。わたしたちが生きているのは決定論の時代である。私たちはまず犯行の原因を知らなければならず、その上でようやく当の犯行の懲罰を肯《がえ》んじるのである。

それに何のために数百万フランもの予算をかけるのか？何のために予審判事、犯罪学者、警察、医師がいるのか？何のために科学が、それも専門化された精密科学があるのか？　わたしたちはスピロヘータの策略を見抜くことができて、どうして魂の策略を見抜いてならぬはずがあろう？どうしてある特定の瞬間にあんな反社会的行為ができるほど抑制を弛めてしまったのかを、魂に明確にきっぱり白状させてならぬはずがあろう？

その男はいうまでもなくまず予審判事に調べられる。子供時代が細大漏らさず調査され、学校の成績簿が解剖され（正常な生活の場合なら予審判事は自分自身の学校の成績簿について、こんなもの何の証拠にもならんというのに）、学校の教師たちが情報を提供させられ、彼自身（殺人者）は三代前までさかのぼる先祖について、伯父の、叔母の、大伯父の、大叔母の健康状態について問い質《ただ》される。彼は自分の性生活を告白しなければならない。いつ性にめざめたか、欲求があったか、またどんな欲求があったか、女と寝るのはどのくらいの頻度でまた時間はどのくらいか、そのときの感じはどうか。何もかも漏れなく思い出せない場合は、どうやら精神異常の虞《おそれ》があるのではないかという嫌疑が成り立ち——こちらのほうも良心的に調査されるにちがいない。観念連合がものをいい、無数のことどもを反射させる。ハムレットのせりふにもかかわらず、何といっても天と地のあいだに出現する無数のことどもを。哲学者と神学者たちの何世代もがさんざん頭を痛めてきたというのに、わが科学時代がまことに正確に精通している掛け値のない真実と指定された事実に対して、つまりは自由な意志決定に対して、一つの精神鑑定が申し渡される。

たしかに、これらの疑問一切に対してどうしても必要な解答であるこれら一切の調査は、まことに賞賛に値する一つの傾向から発達してきた。もともと以上のことどもはできるかぎり公正な判決を下そうとし、正義と人間性の勝利を扶《たす》けようとする欲求から生まれてきたのである。

ちなみに正義の象徴像を描こうとすると、昔は、というよりは今日にあってもなお、人びとの思い描く法廷前の正義の女神とは、どこかの仮装舞踏会のためにギリシア風に装った、まるまると肥えて、かなりの豊胸の、けちな小商人夫人として表象される。おそらくドミノの仮面をも、きちんと、しかも様式に忠実に表象している。例の目隠しのベルトのほかに彼女が身に帯しているものはといえば、片手に携えた剣《つるぎ》であるが、それでいて小商人夫人というすり替えられた偽の職業にふさわしく、もう一方の手の指のあいだには天秤という絞首台を握っている。そしてその天秤の小指針はまっすぐに天(おお、何とも虚ろな天であることよ!)を指しているはずだ。正義の女神が天秤にかけて計っているのは何か? 彼女は行為と刑罰を平衡させようとしているのだ。ということはほかでもない、一秒間のうちに(概して一秒の破損箇所に)生じた行為が、数平方メートルの空間にかくかくの年数あるいは月数のあいだ拘禁されることと釣り合うこともあり得るということだ。

以上のような話がスイスに何の関係があるのか? 当然のことながら、あなたはそう反論なさるだろう。全文明世界の司法が以上の事実と結びついており、それをゆるがすことは正義全体の基盤をゆるがすことである。さよう。たしかに、スイスこそは金城鉄壁の体《てい》の概念、すなわち封建支配の概念を往時まさしく臆面もなくゆるがしたではないか。そう反論することもできよう。時代は変わった。それは認めるとしよう。それに今日の司法の複雑さという点に関しては異論の余地はない。そうだとしても、今日の司法は自己責任からの逃避にほかならぬというおもしろくない感じが一般に持たれていはしないか。要するに言い逃れであり、妥協だ。それ自体としてそれはかならずしも悪いことではない。わたしたちの社会生活全体は結局のところ妥協の産物、言い逃れの結果だからだ。

精神分析を動員するまでもなく、率直に申し上げてよろしければ、わたしたちは皆、多少とも犯罪者なのだ。わたしたちの見る夢のなかでは、妄想のなかでは。あまんじて認めよう。はめを外さないようになんとか、簡単に言ってそれにブレーキをかけることがどうしたらできるのか、それがさっぱりわからないのである。社会主義者たちの主張している環境理論がある程度まで妥当するのか、あるいは、どうやらこちらのほうが当たっているように思われるのだが、肉体と心のあいだの諸関係になんらかの不均衡が存在していて、目下のところそれを除去することができないのか。その決着はしばらく措くとしよう。しかし一つだけ強調しておきたいことがある。というのは現代という即物的時代、過度に組織化された合理的時代にあっては、社会の安全装置は容易に敏捷には働かず、高価《たか》くついて経済的ではないということだ。現に行われている司法は正義とも真理とも関係はなく、ときにはかなり卑劣なスパイ行為としか関係がない。以上の主張の証拠が見たければ、どこか任意の陪審裁判の審理を追跡しさえすればいい。

裁判は合理的に動いてはいない。それだけならまだしもと言えよう！　合理的ではないのみならず矛盾だらけなのだ。情熱犯罪や困窮による犯罪の場合に懲罰の教育効果を云々したところで意味はない。一人の男がカッとなって女房をピストルで撃ったとしても、万が一にも、この男は二度と同じ行為はしないだろう。というのもそれはあらゆる点から見て二度と起こりそうにもない一回的な状況で起こった事件だからだ。ではなぜこのような人間を教育するのに何年間も彼に国費を注ぎ込むのか。というのも今日では名義的にはもはや懲罰はなく、あるのは教育でしかないからだ。それは、カッとなってぶち殺したのだとしても、これこれしかじかの年数の刑期に相当するのを別に妨げはしない。にしても、そうすればそれで死体を生き返らせることができるのか？　かの大工の息子［キリスト］の処置は簡単だった、「行け、二度と罪を犯すな。」

すべての犯罪が情熱犯罪でもなければ困窮による犯罪でもない、あなたはそう反論なさるだろう。世にはいわゆる反社会分子なるものが存在する。小文の冒頭に申したようなタイプの人間、つまり泥棒常習犯、強盗殺人犯、風俗犯罪者など。この種のタイプをきちんと認識すべく、人びとはずっと彼らを観察し彼らについて論じてきた。社会秩序の代表者たちのこの種の人間たちに対する考え方は、信じられないほど混乱し不安定だ。こうした人間たちに関する書類はちょっとした山をなし、彼ら自身は施設のなかで水を得た魚のように嬉々としてはしゃぎまわっている。彼らは精神異常者なのか、そうではないのか？　人びとはそれに頭を痛める。彼らの人格を変えることは期待できないが、生活は保護されている。彼らにはある種の隠れた効用があるらしい。それはしかし社会に容易に許容されてあっさり片がつくといったものではない。外人部隊のような機関にあってさえこの種の人間は、いまもって刑罰による威嚇の名の下に監禁されるのである。

わたしたちはまだ「有可無郷《エレウォン》」にいるわけではない。有可無郷《エレウォン》は英国人のブルワー（ハリウッドで『ポンペイ最後の日』が映画化された、あのブルワーとは別人）が発見したユートピア国だ。この有可無郷《エレウォン》では犯罪者はサナトリウムで、つまり病院で処遇される。人びとは彼らの世話をやき、面倒を見、健康を回復するまでさんざんあまやかす。肉体を病んでいる病人たちはしかし重懲役刑を宣告される。たとえば肺結核患者なら終身刑である。有可無郷《エレウォン》のこの法は逆説的な法だ、とお考えだろうか？　わたしたちの国ではこれとはちがうだろうか？　両者の相異は考えられるよりわずかなのだ。

国家がなぜ、ある種の、国家の見地からすれば有害な分子を保存することにこのような関心を抱くのか、と問うのは、これでもう二度目になる。動物のあいだでは、群居している場合なら孤立者は排除され（象の場合がそうだ）、病気に罹ったものは（コウノトリの場合には飛び立ちの前に、マーモットの場合には冬眠前に）殺されてしまう。わたしたちの場合は、相互責任があると確信するまでに社会的に発展している。それを実践的に行うのはできない相談なので、わたしたちは役所にこの責任を引き受けてくれと委託し、役所に責任を転嫁している。責任が多勢に分割されれば、それだけ責任分担は容易かつ快適になるという実証済みの原理にしたがえば、わたしたちは、個人の一人一人にとってそれが羽毛の如く軽くなるまで責任を分割してしまったのだ。検事は裁判官と責任を分かち、予審判事は精神科医に、裁判官は陪審員に責任を転嫁する。そして結局、救いようもない反社会的事件が出来《しゅったい》する場合にはさらに行政官庁の手がわずらわされる。しかしそうして手というう手を尽くしたからといって、いずれにせよある種の選り好みを惹き起こすことになる生存競争から、わたしたちがなぜこの種の人間を遠ざけ、隔離し、保存するのかという理由はまだ明らかにされてはいない。

革命の最初の行為が監獄を開くことなのにお気づきにな

ったことがあるだろうか？　つまりは囚人たちの釈放だと？　ここに理由がありはすまいか？　わたしはほとんどそう思いたい。

わたしはさしたる政治的信念を持っていない。永遠の平和を信じることもできない。現政権とは別の政党が実権を握れば生活がより公正になるかと言えば、これは絵空事もはなはだしいと思う。陳腐な言い種《ぐさ》ではあるが、存在の全体は、それが対立物の組み合わせであるからこそ存立する。光はそれだけで存在するのではなく、わたしたちが光を認識するのはその反対物である闇を通じてこそなのである。単独の慈悲としての神というものは考えられない、神は悪魔の悪業にその補完物を有するにちがいないとは、つとに神智学者ヤーコプ・ベーメ翁の説くところだ。されば神も悪魔も根底においては一者である、と。おそらくいかなる体《てい》の秩序もこれと同断であろう。秩序は渾沌なしには知覚され得ない。これで実際もう一歩で次のように言えなくもないのである。「反社会分子」は、その名がすでに語っているように無秩序の代表者であり、それゆえに必要不可欠であって根絶し難く、それがなくては秩序が存在しないのだから、彼らを根絶することは不可能だと。誠実たらんとするならば、わたしたちは自分のなかにも例外なく犯罪者が巣くっているのを認めないわけには行かないことも、先に確認した通りである。身内にひそむ見えざる敵を相手に戦うことが難しいのは、これ以上力説するまでもあるまい。これに対して、この敵から一つの像を作り上げ、それがもはやわたしたちの内部にではなく外部に見られるとしたら、ことはどれほど簡単だろう。そうすれば一人の犯罪者が「相応の刑罰を受けた」ときに正義の士たちの唇から洩れる満足の吐息が、どれほど容易に説明できることだろう。じつを言えば彼ら自身に内在している何ものかが罰されたのであり、彼らが解放されたということは、彼ら自身のある部分、彼らがもっとも知ろうとしたがらない部分が、罰されながらそれに苦しまなくて済む、という事実なのだ。

ことほどさように正義とは戦い、とりあえずは誠実な戦いであり、対決であるべきはずのものなのだ。それはしかしわたしたちの文明の随伴現象となり、時間表通りに走りさえする鉄道と化してしまったのだ。ある種のヒューマニティでそれを粉飾すること（それが人間性を無視しているのはどんな未決囚でも証明してくれるだろう）は欺瞞であるだけではなく、もっと悪いことに、不経済なのだ。わたしの見るところ、個々の国家が戦争の危険に対して手を打つことはまずないし、いくら軍備会議を重ねても結局国家の許可さえあれば人間はいつでも嬉々として人殺しをやってのけることは隠すに隠せない事実なのだ。しかし個々の国家が、たとえばスイスだが、法律家の仕事の費用をすこしばかり削減することなら実現不可能ではないように思われる。しかし今日流行しているのはその反対の事態のようだ。法律書はいよいよ複雑になりまさり、判事団の規模はいよいよ拡大され、国家の存立のためには秩序の代表者とまさに同程度に無秩序の代表者が必要だという事実がいよいよ希薄化されつつあるのだ。しかし以上の事態に対するぜひとも必要な戦いを、芝居がかりなしにむしろ即物的に、なんとか単純かつフェアにやってのけられないものであろうか？　右の目的遂行のために視察委員団を有可無郷《エレウォン》に派遣したり、樹木の下で法を語った聖ルイの国の学校に通ったりするのがぜひとも必要ということはもちろんない。外交辞令のいうところの、これを「考慮に入れる」ことは大きにあり得るにしても。

園芸場

いかにして、またどうして、ぼくがラントリンゲンのエードゥアルト・シュモッカーの園芸場兼薔薇栽培場にやってきたかということは、本題とは関係ありません。ある晩五時半にぼくが黒のスーツ（それが一張羅でした）を着てシュモッカーさんのところに名乗りを上げた、という事実でどうかご満足なすって下さい。ものすごいどしゃ降りの日でした。七月で、本格的なしつこい梅雨の最中《さなか》でした。で、そのシュモッカー・エードゥアルトがどうしたと思いますか？　その場でぼくを木苺摘みにやらせたのです。それも終業時間のきっかり三十分前のことでした。絵に描いたみたいに想像できるでしょう、せっかくプレゼントでもらった黒のスーツがあとでどんなていたらくになってしまったか。

　エードゥアルト・シュモッカーは女房持ちでした。女房というのはキンキン声の、傷口のうまく塞がっていない兎《みつ》脣《くち》の女でした。それはもちろん彼女のせいではありませんが、でもほんのちょっとの努力で彼女のとげとげしさは抑えられたのにと思います。亭主も彼女のそばにいるのがかならずしも居心地よくないようでした。エードゥアルト・シュモッカーは大男で骨ばっており、騎馬用の革脚絆を穿《は》いていましたが、それでいて彼が厩舎に飼っている動物といえば牡牛が一頭だけ、そしてこれが世にもあわれな獣《やっ》なのでした。衣文掛けみたいにガリガリに瘠せこけていて、ミルクばかりではなく、糞もひり出してみせなければならないのです。そのうえ荷車につながれて、この自分の糞を畑まで運んで行かなければなりませんでした。この牛にぼくはよく同情したものです。仕事仲間のメンバー構成は、ふだんはオランダ人の園丁のヴァイスマン、シュライバーという名の熟練した園芸師、それに三人の見習たちでした。見習たちを使うと収益が上がる仕組みになっていました。働く義務があり、見習期間は授業料を支払った上で月に五フランの小遣いをもらいます。これが園芸場の園芸場たる所以《ゆえん》です。だから園丁はだれしも、園芸場の前にくると十字を切ります。つまりは見習たちのインストラクターを勤めなくてはならないからで、そのためもあり、なおそのほかに起こり得る事態のために十字を切るのです。

ことほどさようにぼくの黒のスーツは台なしになってしまい、かわりにぼくは約一キロの木苺を摘みました。六時になって、ぼくは丘の上にあるその家に戻りました。シュモッカーの女房は、これからはもっと働いてもらわなくちゃと、頭ごなしにぼくを罵りまくりました。あいだにシュモッカー亭主のほうも割って入り、うちじゃのらくら怠けることは相成らん、パンを稼ぐのはつらいのが当たり前、こっちがお前を要らなくなったらどういうことになるか、よーく肝に銘じておくんだな、と長説教を垂れ流しました。もちろんそれは承知のうえでしたから、ぼくは口もきけませんでした。ふだんは女房とうまく行ってない亭主どもが、女房と気脈を通じて突然輝くばかりのほほえみを顔に浮かべる。しかも他の人が何人も居合わせるところでそれをやるのですからなんとも妙なものです。それこそ心理学的珍品ですね。

ところうするうちに六時十五分過ぎになり、すると齢の見当がよくわからない一人の小男があたふた駆け込んできました。齢の見当がつかないのは、髪の毛に、それがまだあるところで色がなく、髭のない顔面にはおびただしい皺が走っているからです。この男がおまえに部屋を世話してくれる、とシュモッカーが言いました。そこでぼくは小男についていきました。途々男は、自分はマヅダナーン教徒だと教えてくれました。その宗派《セクト》のことは小耳に挟んだことがあります。それは万病のもとになる虫という観念と結びついており、その虫は火酒《シュナップス》療法で身体から駆逐するほかはないというものでした。ところがいまこの小男の教えてくれるには、自分も園丁だが、野菜は肥料を使うと毒になるので、肥料を使わないで育てなければならないと言うのです。病気はすべて肥料を使った野菜からくる、のだそうです。そうかもしれませんが、ぼくには何ひとつ反論を思いつけませんでした。ぼくに割り当てられた部屋は中庭に向いていましたが、その中庭というのは美しさの極みでした。なかには接骨木《にわとこ》の灌木がところどころ茂っていて、ぼくはこの灌木が大好きなのです。小男にはとても感じのいい小さな女房もいて、これが親方の兎唇の女房の解毒剤として目がさめるような効果がありました。

ぼくが部屋代を先払いしたので小男はびっくりしました。家賃は親方が払い、後で月給から差し引かれるのだというのです。そんな話は知りたくありませんでした。いかに高度に組織化された現代社会とはいえ、多少の自由は保証されなくてはなりません。さもなければさっさとお墓にぶち込まれるか、永世監禁されたほうがましというものです。それがさっそくそういう事態になったのでした。

ベルギーの炭坑でいくらか経験を積んでいたのが不幸中の幸でした。ここでそれを役立てることができました。ぼくの懐中にはまだ百フラン位あって、これだけあればまず一ケ月は保《も》たせられるでしょう。手もとに金がなくて家賃を滞納し、いつもじりじり月給を当てにするのだけは願い下げでした。そうなるともう片時も気が休まるということがないのです。で、こんなふうに予算を編成すると万事がうまく行くように思えました。園芸場でぼくは未熟練労働者として日に十時間労働で時給六十ラッペンもらう。これは日給六フラン、週にして三十六フラン、月にざっと百五十フランになります。うまくやればこれで何とかなります。たとえば昼食はミルク一リットルを飲み、それに半ポンドのパンを食べる。チーズを奮発したっていい。それで全部でわずか六十ラッペンしかかかりません。朝は部屋を借りているその家で朝食を摂ります。これもトーストだけで我慢してコーヒーつきの朝食を要求しなければ、やはり六十ラッペンしかかかりません。夕食はアルコール抜きで食べれば一フランかそれ以下で済ませられますから、一日二フランかそこらでやれることになります。煙草代が三フラン、それにまだ部屋代、洗濯代、靴の費用がいくらか。

でも、あなたはこんな話にきっと興味がないでしょう。それにこっちもどちらかといえば園芸場の話をしたいのです。さて、そんなわけでそこには同僚たちがいました。まず園丁頭のヴァイスマン。この人は昔は自前の店を持っていたのに破産して（彼は、フランス人が言うように、自分のグラスに唾をせず）、シュモッカーのところへもぐり込めたのでほくほくでした。この男、疾病保険の勧誘員をやっていて、保険勧誘がうまく行くと機嫌がいい。つまり新たな加入ごとに利鞘が舞い込んで毎月五十ラッペンの儲けになるのです。ときどきビールを一杯飲《や》りに誘うと、親方が加わったときにかぎって荒れるのですが、やがてこれは形の上《プロ・フォルマ》だけのことだとわかりました。こうした要求が通らないと彼はだれかをいじめました。最初の頃はぼくもいじめられましたが、やがてシュライバーが事情を説明してくれました。われわれは片方の手がもう一方の手を洗う保健衛生の時代に生きていますが、ぼくはいつもそのことを忘れて、個人的な魅力で何とかなるさと思うのです。すると皆はそれを口笛を鳴らして非難します。その点では彼らのほうが正しいのです。

　このシュライバーとは以前から知り合いでした。前にいたある場所でいっしょだったことがあるのです。ということは、ぼくらがいっしょにいた場所でぼくは危険のない部署にいたので、他の者たちは皆こちらを見知っていたという因縁があって、シュライバーのほうはぼくのことを知っていたのです。こっちはそんなに多くの人は知らなかったのです。このシュライバーという男は非常に繊細な感情の持ち主で——いずれにせよ感じのいい男で——、黒い捲き毛にとても官能的な唇をした好青年でした。彼は大変な飲んべえでしたが、それも月に一度しか飲《や》れません。それ以上は金が続かなかったのです。シュライバーはぼくより時給二十ラッペンしか多く取っていませんでした。——ぼくがいちばん仲良くしていた相手は例のオランダ人のヴァイスマンでした。節制家で禁煙主義者だというのに、です。ですが彼は呪いたがり屋で、シュモッカーにハメられたと言っては、「畜生め《ホットフェルダンミ》」をたっぷり連発して呪うのでした。シュモッカーは芽接ぎや接ぎ木の心得のある人間（シュモッカーは見習修業の経験こそありませんでしたが、剪定刀と芽接ぎナイフを見分けることくらいはできました——剪《メ》定刀というのは立ち木を剪定するのに使う刃尖《はさき》の反った小刀《ス》のことで、見たところは小さな三日月刀に似ています）を雇うとなると黄金の山を約束するのでした。シュモッカー（こういう手合いを業界用語ではヘボ園丁と称するのですが）はフェルムイレンに高額の月給を約束しましたが、正確な金額をはっきりさせなかったのは言うまでもありません。シュモッカーはフェルムイレンの下で修業しいろいろ腕を磨き、フェルムイレンは乗ってきました。フェルムイレンはいま時給八十五ラッペンもらっており、いつも茶のマンチェスター・ズボンにブルーの上っ張りを着て毎日髭を剃っていました。というのも代父ゆずりの、剃刀が各週日毎に一つ一つ変わって、しかも各週日の名が剃刀のグリップに銀文字で刻み込まれている折畳式剃刀セット一式を持っていたからです。――こんな話は小説のなかでしかお目にかかれなくて、たまたまここでそういうめぐり合わせになったのですが、こればかりはどうすることもできません。

シュモッカーはぼくがそこらにいるのを見ると走り使いにこき使おうとしましたが、このフェルムイレンはぼくに芽接ぎの技術を教えてくれました。六月のその頃は日が長くて、ぼくらは森から野生の薔薇の木を取ってきます。と、彼は芽接ぎのやり方を教えてくれました。そういうときはシュモッカーの若枝を盗んでから開始するのでした。ちゃんとしたナイフの研《と》ぎ方を覚え込むのがどんなに難しいことか、どのくらい年季の要るものか、あなたには信じられますまい。美容師なら剃刀を研ぐにも野外でやるわけではありません。日蔭の店内にいて油でナイフを濡らせます。ところが園丁となると苗木畑のど真ん中で研ぐしか手がなくて、しかも芽接ぎナイフは片側しか研いではならないのです。というのはもう一つの側は平たいままにしておかなければならず、そうでないと芽を正確に切ることができなくて、木のほうを削りすぎるか、それとも芽がこちらへ落ちてしまうかしてしまいます。どのみち近くに水はありません。研ぎを入れるたびに泉まで走ればいいではないかとお考えなら、それは大まちがいです。要するに、このナイフを一人前に研ぐことができるぐらいなら、大丈夫、きっと国際連盟に名乗りを上げられますとも。つまりいくら長い演説をしても口が渇くことはないということ。

見習たちは生意気でした。彼らについて言うことはそれだけ。ただこういうことだけは言えるでしょう。飼い犬を見れば犬の飼い主がわかるように、見習たちを見れば当の店の仕事ぶりがわかるということです。なぜそうなのかは自明の理《ことわり》で、くどくど説明するまでもありません。

さて、夏中は皆でせっせと除草にはげみました。七時から十二時まで、また一時から六時まで。仕事の単調さのあまり、一同、呪いの声を上げました。するとシュモッカーが何度かやってきて、こちらが怠けていると言ってかならずぶつくさ文句を並べ立てます。そして率先して草をこそぎ取るスクレーパーを手に取ってこちらをけしかけようとするのですが、やんぬるかな、彼はそれほど仕事が手早くないのです。彼がばか丁寧にこそぎ取るのに、こっちは簡単にちょろまかして、こそぎ取った半メートル分の草をまだこそぎ取っていない一メートル分の上に放り投げて、さっさと彼を出し抜きます。そのうちに彼はぜいぜい喘《あえ》ぎ汗だくになって投げ出すのでした。あるときしかし彼がこっちのごまかしに気がついたことがあります。そこでぼくらは愕然として肩をすくめました。フェルムイレンは厚かましく出て（シュライバーはぼくと同じで、そのへんがうまくやれません）、もがもが言うオランダ語で申しました。自分としては「仕事は出来高払いでしなければならぬ」と思っている、と。と、そこでシュモッカー・エードゥアルトは顔をしかめ、「園芸場と薔薇栽培場」は間引きされてしまいました。

日曜日は退屈でした。シュライバーはうまいことやって、庭園をシュモッカーの店で世話させてもらっている領主の家の女中を見つけてきました。マリーは彼にいつもこっそり金を握らせていましたし、領主一家のワインは、彼にいわせれば、そう悪くはなかったそうです。一度そいつを一壜持ってきたことがあって、ぼくもご相伴にあずかりました。ボルドーの白でしたが、ぼくの口には少々甘すぎました。シュライバーはその娘をたらし込む（それは、彼のつもりでは結婚を約束してその機会に、または何かしら口実を設けて、彼女が貯め込んでいる財布の紐をはずさせるという意味なのでした）だの、当の別荘に泥棒《しのび》に入る算段をしているだの、といったようなことを云々していました。ぼくはしかし道徳のお説教をしてやりました。昔いた場所に帰りたいのか、とぼくは詰問し、金の卵を産む牝鶏の物語をしてやりました。その牝鶏はやがて屠殺されるのですが、腹のなかには女房が思ったような金塊などまるでなかったのです。ふつうはこれで効き目がありました。シュライバーは飲みに行き、午前三時頃に四段飛ばしに階段を駆け上がって戻ってきました。ところで、人間は何らかの仕方でその反社会的コンプレックスを発散させないわけには行きません。へべれけになるまで飲むほうが泥棒《しのび》をやらかすよりはまだましというものです。とまれシュライバーのワインの飲みっぷりはいたってよろしく、酒癖が悪くなることもありませんでした。翌日は十二時まで二日酔いで寝ていて、それでも仕事に出て行きました。もっとも彼に言わせれば、診察時間がないのだそうです。休ませてやればよかったのです。あなたがどう思われようが、当節ではディオニュソスは悪しざまに言われます。ですからディオニュソスがディオニュソスなりの復讐を遂げたところでちっともおかしくありません。というのも禁酒同盟の会員ばかりか、ビール醸造業者やワイン商人までもがディオニュソスの悪口を言うのですからね。

園芸場のシーズンは九月から春に入るまで続きます。夏は低調なとき、冬は寒さが厳しすぎて、それはそれで苗木の移植はできません。苗木の移植に最適なのが春か秋かは、専門家のあいだでさえまだ定説はありません。苗木畑の所有主たちは秋の買手にも春の買手にも太鼓判を押し、一方をだしにしてもう一方を褒め上げる点で一致しています。それで秋の買手も春の買手も両方とも満足し、両方とも自分はインテリだと思い込む。これが大事な点なのは申すまでもありません。芽接ぎの時期が近づくと、皆は順ぐりに有給休暇を取りました。それは、こんなふうにしてやるのです。プラムであれ、林檎であれ、梨であれ、立ち木の木の類が接ぎ木用台木苗の上に移されます。そうしてから売り物になるまでに三年、ときには四年かかります。接ぎ木する箇所は地面からすぐ上のところです。木の幹に沿って幹が適当な密度になるように、小さな枝を何本もずっと接いで行きます。そして売る前に、その小さな枝々を剪定刀で打ち落として幹のお化粧をしてやります。これも熟練を要します。ナイフの反った尖端が木の残りの最後の部分を取り込むようにナイフを使います。でも切り傷が大きくなってはいけません。食い込みの深い枝を切り取るときは幹を左手で押えているので、ナイフが滑って指に切れ込むことが間々あります。切れ込みはふつう骨まで達して――事故を起こします。親方は保険に入っているので安泰ですが、医者たちはそうは行きません。ちゃんとした医者なら休暇のないプロレタリアの過酷な生活を理解しており、親方のほうはどうせ保険が払って自分の懐が痛むわけではありませんから、どのみち同じことです。

ぼくが最初に休暇をとり、シュライバーがこれに続きましたが、オランダ人だけは休暇をとる気になりませんでした。むろんわざと指を切るやつはおりません。そこにはいわゆる無意識が一役演じています。身体に休息が必要だと思えば無意識が自分の意志を貫き通します。なまじ意識が後押ししたところで何の役にも立ちません。見習たちにもそのあたりの消息はわかっていませんでした。ただ一人、母親の家を住まいにして母親に給料を渡さなければならない近在の農家の倅《せがれ》だけは、宗旨を替えてぼくらのひそみに倣うことにしました。しかしそうしたところでまあ何にもなりはしません。なにしろ家にいてものらくらするわけには行かず、母親に農作業に駆り出されるからでした。

立ち木仕立ての木の値段はどのくらいするものでしょうか？　四フラン、よく育ったもので五フラン。売り物に出せるようになるまでに、すくなくとも五年はかかります。木を育てる土地は地価が安くなければならず、そんなに高い給料は払えないので労働力もさほど上質である必要はありません。だから園丁仲間で園芸場が「おんぼろ小屋」呼ばわりされるのもふしぎはありません。シュモッカーも楽じゃありませんでした。容易に察しがつきますが、売れ行きのことを考えなくてはなりません。千客万来というわけには行かないのです。だから行商をしなくてはなりません。ぼくはわりあい低能面《づら》ではないので、一度行商に出されたことがあります。六十フラン分の注文を持って帰ったというのに、それはひどいことになりました。ある朝徒歩で出発し、何度も見込み客の家に飛び込み、飲んで勢いをつけようと食事はなるべく切りつめるのでした。飛び込んで行く勇気が出るまで家々の前を何度も通り過ぎました。なんとか入り込めました。ということは良心の呵責を麻痺させた上で、という意味です。薔薇や立ち木仕立てを褒めそやしたり、果樹の盆栽を買ってもらおうとしたりしなくてはなりません。褒めながらぼくは当の立ち木にリンゴワタムシがついているのを知っていました。この虫野郎は駆逐不可能なのです。ぼくらは夏のあいだよく何本もの木の幹に炭素水をごしごしなすりつけたものです。小さな乾いた血の滴りがなかにこびりついた汚れた綿の束に似ているその巣は、しかし簡単にははがれず毎日新しく生えてきます。しかもそれがあたり一帯に伝染しかねません。とある近くの工業地帯の村で、新しく庭を作った職工長がぼくに大がかりな注文をくれたことがあります。いまでもぼくは、シュモッカーがあの注文の納品を忘れていてくれればいいと思います。シュモッカーはそのとき専門の行商人（この行商はたしか、ココア、コーヒー、火災保険、オーヴァーコートも商っていたと思います）のほうから注文がわんさとあったので、ぼくのデビューはその洪水で沈んでしまったのでした。シュモッカーは三番手の古物のフォードのトラックを買い、運転を習って、自家の製品を近在や遠く離れた村々に下ろさせていました。シュモッカーはそういう構えになっていました。ちなみに例の行商人は売値の三十パーセントを取っていました。この行商人が一度苗木畑にぼくらを訪ねてきたことがあります。ちょうどそのときぼくらはいまいましい直根のある梨の立ち木を掘り起こしており、底冷えのする十月の朝というのに汗だくになったところでした。行商人は腕時計をはめてピンクの絹シャツを着、グレーのチェック柄のスポーツ・スーツにはチョッキを着けていなかったので、太鼓腹にほんのちょっぴり刻み目を入れている革のベルトが、ズボンはブルーの絹のズボン吊りで吊っているのですから、モードのために申し訳に締めているだけなのがみえみえでした。行商人のことですから大目に見てやらねばなりません。行商人はどんな人間とも調子を合わせます。男はぼくらとも調子を合わせました。ということはシュモッカーを呪い、ビールを四本取り寄せてくれました。ぼくらはそのビールを立ち飲みし、いい機嫌になりました。行商人は冗談を言い、老園丁頭でさえすっかり打ち解けました。ぼくらがそうしてのらくらしていた時間は高価《たか》くつきました。それは、盗んでいながら現行犯逮捕されない確信を百パーセント見込んでいる泥棒そっくりの感じでした。労働者たちが出来高払いに猛反対するのは当然の話です。だからこそ鎌とハンマーの政府の下にあってさえ、またしても出来高払いが導入されることになるのです。

それにしてもぼくらがシュモッカーに対してこんな憎悪を抱くのは妙な話です。本当はシュモッカーにしたってあわれな犬なのです。シュモッカーが彼のフォードとリンゴワタムシで世間をお騒がせしたのは事実です。だからといって威張ったりはしませんでした。見習たちは食事に不平を並べます。しかし彼自身もそれ以上ましな食べ物を口にしているわけではありません。彼は無欲で、特に夏場は、月末に給料が支払えるかどうかもおぼつきません――一銭も入ってこなかったらどうしよう？　彼には担保になるものがほとんどありません。家は持ち家ですが、抵当に入っています。女房の持参金は大した額じゃありませんでした。彼女と汽車のなかで偶然に知り合い、二週間後には結婚していました。さる金持ちの農家の娘に肱鉄を食わされて村中の笑いものになっていた最中だったからです。でもおそらく金よりは娘のほうに惚れていたのでしょう。女房には子供ができかけていました。

喉もと過ぎれば何とやらで、事が終わればその人びとを赦してもやれます。しかし状況の渦中にあるときには憎悪が支配しています。この種の憎悪が特に小企業に生まれやすいのは理解できます。親方との日常の関係が個人的な性質のものだからです。接触が濃密すぎて、大企業におけるように企業のトップと労働者とのあいだに挿入される中間段階というものがここには欠けています。小企業、それも特に園芸業の労働者たちは、親方にどのくらい収入《みいり》があるかを正確に算出でき、収入ばかりが目につくのです。親方に企業の支出についても説明してほしいと要求することはできません。下働きの労働者はもっぱらそのささやかな賃金に目をくらまされていて、場合によっては親方より働きがいい自分のほうがどうして稼ぎがすくないのか訳がわかりません。そのうえ親方が外交的ではなく、部下たちとつき合ってうまく調子を合わせる能力がないと親方は見放されてしまいます。仕事は慣性の法則にしたがって先へ先へと発展しますが、労働者たちは入ってきたりまた辞めていったり――こういう店はすぐに知れ渡ります。業界紙に毎月のように、求む労働力という当の親方の新聞広告が現れ、消息に通じた人間ならたちまちこれは何かおかしいと感づいてその店を避けるようになります。親方は労働市場に背を向けられるという目に遭い、当の店は「おんぼろ小屋」の名で知られるようになります。それが売れ行きにも害を及ぼします。なぜって最高に効果のある広告はかならずや口コミにかぎるという事実は、ここでも該当するからです。これほど多くの人たちが自家庭園を所有している今日では、たくさんの小さな納入品が大口の注文と同じぐらい大切です。今時ではしかし小庭園所有主にだって、造園業で生業《なりわい》を立てている知人が一人ぐらいはいるものです。当の知人がいくら取るに足りない三下にもせよ、ね。こういう人がシュモッカーという名前を名指しにして「あいつが?」と言い、加えてむかつくように口をゆがめて頭を振る、と、これはもう文句なしにもっと名望のある大企業にコロニー全体の注文を引き渡すのに足りる話ということになるのです。

シュモッカーはこの点すくなからずポカをやらかしました。彼は粗暴さをべたついたなれなれしさで埋め合わそうとしました。そんなとき彼は(見習たちがその場に居合わせても)自分の結婚の話を一同の座興に供し——それでいて見習たちが彼の女房に対して小馬鹿にした態度に出ると、意外という顔をするのでした。

ほとんど十二月いっぱいまでぼくらは発送の仕事にかかり切りでした。と、シュモッカーはまたまた十月に大きなポカをやらかしました。二十八歳からそこらの若造でしたが、さる大手の苗木畑の副園丁頭を引き抜いたのです。二十八歳からそこらの若造でしたが、この男はシュモッカーよりずっと狡猾でした。契約は二年間にしてもらい、家族といっしょに(女房と小さな女の子が二人)ラントリンゲンに引っ越してき、引っ越しの面倒はシュモッカーが彼のフォード・トラックで見てやりました。ところが、うまく行きませんでした。賃金こそ同じでも、若造の部下になった老ヴァイスマンが受け身の抵抗をはじめました。ヴァイスマンは苗木畑(その敷地は一ケ所にまとまっておらず、場所によっては十五分も離ればなれになっているところがありました)の内情を熟知していたので、発送が滞りがちになりました。若い園丁頭のヴュスはぼくらとウマが合い、ぼくらはできるかぎり彼を応援しました。親方ともしばらくはうまく行っていました。ところが親方の女房が園丁頭の女房と仲良くなりすぎたあげく、あんたの家は倹約が足りないと家計にまで口を出し、こうして両家の女どうしが大喧嘩になりました。以後、亭主どうしの仲もしっくり行かなくなりました。若い園丁頭のヴュスは都合よくも座骨神経痛を患ったと称して一ケ月ベッドに寝たきりになり、シュモッカーはカンカンになりました。さて新顔は、たっぷり休養したと見て取ると仕事に戻りましたが、それからは毎日のように彼と親方のあいだに衝突が起こりました。結局親方は、兎唇の女房にせきたてられもしてでしょうが園丁頭を解雇し、違約金を払い、引っ越し料も立て替えなければならぬというはめに立ち至りました。ヴァイスマンがまたもや園丁頭に返り咲きました。彼は確固たる地歩を築き、待遇改善と収益の配分を要求しました。シュモッカーは譲歩せざるを得ませんでした。でもそれはようやく新年に入ってからのことです。

　しかし冬中にまだいろんなことが起こりました。まず労働時間が八時間に短縮され、それから時給が時間当たり五ラッペン削減されたのでした。どうしろと言うのでしょう？　冬場は新しい職場をみつけようにもみつかりません。ぼくらは言うなりになっていました。いまやヴァイスマンの疾病保険に加入していたのが上出来というものでした。天候が悪いと、ぼくらは病気と申告してベッドに寝ていました。結局まもなくカタルをもらってしまったものです。しかしシュモッカーにはまだそのことを知らせまいと、一同誓い合いました。

「深耕をする**rigolen**」段になりました。このことばはフランス語の「**rigoler**」と響きがよく似ていますが、「**rigoler**」のほうは「何かをするのを楽しみにしている」とでも言えば最適の訳になるかもしれません。しかし「深耕する**rigolen**」のほうは、楽しむどころではありません。それは複雑な鋤き返しであり、しかも、ふつう深さ五十センチ幅六十センチの濠を掘るようにして鋤き返すのです。この濠に当の濠の前に掘りあげた濠の掘り土を埋めるのです。これを土地全体に続行するのです。ふつうは秋口に片づけてある土地、または立ち木用に定められている以前の牧草地がこうした扱いを受けます。

　仕事は単調です。

　とこうするうちに、ぼくはわがマヅダナーン信者の家を引き払って、シュライバーの住んでいる一家のところに引っ越しました。部屋代はばかみたいに安く、その家で夜食を摂《と》ることもできて、それがまた格安ときています。これで冬のあいだをなんとか切り抜けました。春になったら新しい職場がみつかるだろう、とぼくらは考えていました。しかしシュライバーは焦っていました。マリーとの関係もうまく行かなくなっていたようです。

　さて、ある晩シュライバーがぼくの部屋にかなり興奮した面持ちでやってきました。起きていっしょにきてくれ、話がある、ここではまずい、下宿のお内儀が耳ざといからな、と言うのです。まだ七時半だというのにぼくはもうベッドにもぐり込んでいました。部屋が暖房してなくて寒かったのです。

　街頭に出るとシュライバーは腕を組みかけてきました。

そんなふうにするのはふだんなら酔ったときだけでしたが、今日は素面《しらふ》らしく、ただしえらく度を失っているようでした。シュライバーは話しはじめました。母親に給料をいつもポケットから持って行かれる例の農家の若造が盗《しの》びをやろうとシュライバーに持ちかけたのでした。ちなみにこの若造は以前ラントリンゲンの別の園丁のところで働いていたことがあり、この園丁が村のはずれの一軒家に住んでいて、毎晩、ラントリンゲンの母親の家に夜食を食べに行くのを知っていました。ですからその家は、一時間半のあいだは不用心でした。二人は地下室の窓から押し入りました。シュライバーが見張りに立ち、そのあいだにもう一人のほうが二階に上がり、そこの鍵のかかっていない抽出《ひきだし》から金を盗み出してから二人でずらかりました。若造はシュライバーの手に十五フランを押しつけ、見つけた金はたった三十フランしかなかったと言いました。奇妙なことにシュライバーはとてもびくつき、すっかり度を失っていました。だって昔の彼だったら……しかし昔彼が何をやっていようが、この一件とはまるで関係ありません。要するにシュライバーは、ぼくが尋問を受けたら、一晩中自分といっしょにいたと請け合ってくれと頼むのでした。二人とも、どうしたら一番よかろうかと相談し合いました。大気中にフェーンみたいに興奮性の暖かさでもあるのか、それとも闇のなかに降雪が潜んでいるのか、星のない、圧さえつけるように黒い空の、一月の冷夜でした。ぼくらが歩いている道路はぬかるみ、ぼくらの足音はキュキュッと濡れた音を立て、それがまるでおどろいて跳び上がる小動物の立てる音のようでした。シュライバーがふいに吼えはじめました。彼の嗚咽《おえつ》する声音《こわね》はぼくらの足音が立てる音そっくりでした。ぼくは彼の気持ちを鎮めようとし、ぼくにはどうにもしようがなかったので、引きずるようにして村の居酒屋まで連れ帰って焼酒《グロッグ》をもって来させました。なにしろシュライバーはがたがた震えていました。恐怖のせいなのか、身体が濡れたためなのか？　おそらく両者が共鳴していたのでしょう。それから彼を家に連れ帰ってベッドに押し込み、まだしばらくは傍にいてやりました。ぼくはシュライバーという男の苦しみを苦しみたかった。彼は僚友《ダチ》でした。ぼくらは一種の所有物共産制の共同生活をしていました。煙草にせよ、ネクタイにせよ、靴下にせよ。それは相互扶助でした。しかし決め手になったのは、いつか彼がぼくの持ち物にリルケの小詩集を見つけて持って行ったときのことでした。ある朝、除草作業中に突然彼が口ずさみはじめました（ぼくらは並んで草を掻き取ってい、それは、冴えた音が次々に鳴りわたって希薄な明るい大気にあふれる秋の朝でした）、

主よ、時です、夏は偉大でした
あなたの影を日時計の上に投げて下さい……

ぼくはびっくりして彼を見つめました。すると彼は気後れしたような笑みを浮かべて、自分も美しい詩が好きなものだから、と言うのでした。この日以来、ぼくは特に彼が好きになりました。あなたがどう思われようとぼくはやはり文士気質の人間で、他の人が美しい詩が好きだと無性にうれしいんです。それと並んで盗《しの》みに入ろうが、飲酒に耽ろうが、それは当人が社会と折り合いをつけるべき私的な要件です。ぼくの思うに、人間的にはこちらではないことのほうがずっと重要です。しかしこれはまさに見解が分かれるところでしょう。

それはそうと盗《しの》みの一件はうやむやに終わり、シュライバーが興奮したのも無用に終わりました。張本人の例の農家の倅が怖くなって盗んだ金（彼がかっさらった金は百フランでした）を返送したのです。嫌疑はやはりその男にかかっていたので、そうしてよかったのです。金を返済すると以後それ以上問題が追求されなかったのは、ひとえに金を盗まれた園丁に訴えを取り下げさせて事件を握り潰してくれた村長のおかげでした。若造はありがたいと思わなければなりません。

三月になるとぼくらは皆、熱に浮かされたように活動を展開しました。という意味はフェルムイレンもシュライバーもぼくも、一斉に手紙を、売り込みの手紙を書いたということです。シュライバーは昔年季奉公をしていた親方の店のあるオルテンへ行けましたし、フェルムイレンはオランダに帰りました。ぼくはバーゼルに週四十八時間で時給一、二五ラッペンの下働きのポストにありつきました。

仕事があるのが確実と決まると、ぼくらは三月末に、順々に一日置きにではありますが、三人とも辞職を願い出ました。時間給でやっていたのに、シュモッカーはいつも月末でないと給料を支払ってくれなかったのです。ですから支払日になってから行ったのです。まずぼくからでした。辞意を表明するとシュモッカーは口をへの字に曲げただけでしたが、隣にすわって膝の上で子供をゆすっていた女房のほうはちょっと噛みついてきました。彼女を刺激したくはなかったので、お辞儀をして出てきました。外で待っていました。二番目のシュライバーのときはすこし声高になりました。しかし最大の衝突が起こったのはフェルムイレンが入って行ったときのことです。ガラスがピリピリ震えました。それからぼくらは三人で退出し、やれやれとばかり胸を撫で下ろしたものです。

ちなみにフェルムイレンは、この晩禁酒の誓いを破りました。

音楽

「もしも音楽が愛の糧であるのなら……」とシェイクスピアは『お気に召すまま』の公爵に言わせている〔正しくは『十二夜』〕……もしも！……もしも音楽が本当に愛の糧であるのなら、スイスは天国《パラダイス》だろう。どんな村にも音楽グループがすくなくとも二つはあり、ふつうは二つや三つどころではない。そして二つしかないときには、一方がブルジョア的であり、もう一つがプロレタリア的だ。しかしブルジョア的であれプロレタリア的であれ、音楽は一つに結んでくれる……そして一つに結ぶといえば、コンクールに勝るものがあろうか？　コンクールは必要だ。それは生存競争の一部であり、勝者には月桂冠が編まれる。月桂冠は額縁に入れられ、テーゲルチィからコッピゲンに至るまでの小さな居酒屋の、ふつうならトランプのカードでしかお目にかかれない聖大公将軍の隣に吊り下げられる。こうして善良な将軍はときどき入れ替わり、小さな居酒屋はその壁飾りを変える……

わたし自身がいわば観客として参加した、ある音楽祭のことをお話したい。観客としてというのは、ホルンもトロンボーンも吹き鳴らさなかったし、バストランペットが長い楽曲の後で首を地面のほうにむけてさめざめと涙を流すとたじろいでしまうほうだからだ。その音楽祭は州主催の、スイス連邦評議会は口出しをしない、ただの州主催の音楽祭だったので、州評議会員でさえ出席する気はなく……委員会最高の政府関係のお偉方といえば、ご当人は監督官《インスペクター》と呼ばれたがっている市の捜査官巡査だった。ブリュッガーという名で、人の善さそうな赤ら顔に悲しげな口髭を生やしていた。巡査の令夫人には叔母が一人いて、その養子が詩人だった。そういうものが存在するのだ。わたしはこんな主張を掲げたいくらいだ。ボーデン湖とレマン湖のあいだには、新聞の学芸欄のボスの学校秀才が夢想だにしない、おびただしい数の詩人が存在するのだと……これらの詩人たちのことはしかし地方小新聞しか知らないし、彼らは韻律だの脚韻だのをそうそうきちんとはこなさない……春だの、冬や秋だのを歌っていれば、それで天下泰平なのだ。わたしはこうした地方小新聞詩人たちが大好きで、この手の詩人たちをたくさん知っている。良い人ばかりだった。職業的にいろいろな問題の浅瀬をじゃぶじゃぶ渉り歩く例の連中より、はるかに善良ではるかにつつましい人たち。もっとも、これは目下の話題とはあまり関係がない。だが、にもかかわらず重要なことだ。

ブリュッガー巡査令夫人の叔母の養子の詩人は、ことほどさように詩人だった。であるからして、祝祭劇を書かなければならなかった。彼は、この詩人は、ヨーハン・ケールリという名だった。ふつうはただケールリとだけ。小柄で、痩せっぽちで、かの世界的に有名なチャーリー・チャップリンそっくりだった。つまり、上唇に小さな口髭、大きな足、膝の出たズボン、といった具合。どうやら彼はこのそっくりさん加減を意識しているようだった。というのもおそらくモデルの足の寸法に自分の足を合わせようとしてか、夏でもばかでかいドタ靴を履いていたからだが……要するに、このヨーハン・ケールリが祝祭劇を詩作したのである。ケールリは今日風のオリジナリティーの欲求に憑かれていたので、戦争と平和の数世紀を通じて郷土のしきたりに忠実であり続けてきたありきたりのドラマは書かずに、一連の詩句を書き、その詩句をいくつかの連《シュトローフ》にまとめて、連ごとにタイトルをつけた。「愚者」、「死神」、「産業」、「舞踏」、「世界」といったふうに。「産業」という詩だけはかろうじてまだおぼえている。

この至高の権力、力のなかの最強の力、
それは解きかつ結びつけ、決して飽くことを知らぬ、
国々に富を花咲かせて、
どよめき轟きつ現存するよ、産業は……

これより上物もございますが、ただしこちらはお高価《たかく》つきます、といったような意味のフランスの諺がある。委員会は財政委員の提言により祝祭劇の詩人に三百フランの報酬しか約束しなかった。三百フランにしてはその詩は傑作だった。それにその詩は合唱《コーラス》で歌われることになったので、歌詞は二の次だった。それでも観衆にはその詩をパントマイムで親しめるようにすることにした。

しかしパントマイムとなると、どうしても振りつけ技術の心得のある人間が必要だ。州主催音楽祭が挙行されることになったヴァイプリコーンは大きめの小邑、移動民が第二の保管所を設営したので、ある意義を帯びた小邑だった。ヴァイプリコーンには神経医も兼ねている結婚相談人が一人いたが、最新の成果としてはエリーザベト・ファルンハーゲン嬢が舞踏学校を開校したということがある。ファルンハーゲン嬢は肥満婦人たちに失われた痩身を取り戻させる訓練をさせ、商工会議所と労働者体操協会に講習コースを設け……政治的には中立で、だからだれにも好意を持たれた。さて、そのファルンハーゲン嬢のところにある日詩

人のヨーハン・ケールリが来て、祝祭劇を持ち込んだ。これを舞踊化することはできないだろうか、とたずねて原稿を渡した。エリーザベトは頭一つ分だけヨーハンより背が高かった。背格好はとてもすらりとして、癖のないブロンドの髪の毛が額にはらりと落ちかかる、よくトレーニングを積んだ肉体の持ち主だった。エリーザベトはその詩を読んだ。へたくそだと思ったが口には出さなかった。どうして人の心を無用に傷つけることがあろう？　彼女の祖父はかつて大外交官だった。そして外交官の特性とは、祖先伝来の遺伝素質を改造するという性癖にあるようだった……

「これにまた音楽がつくんですか？」とファルンハーゲン嬢はたずねた。

「当然です！　あのギュグリが音楽をつくります。」

ギュグリですと？　ギュグリといえば、ところによってはレハールより名が通っていることがすくなくない。ギュグリはその永い生涯に五十もの祝祭劇に音楽を書いた。白い漁師髭をたくわえて、項《うなじ》で髷《まげ》を結っている長い白髪の、老齢の、もの静かな紳士だ……

*

ギュグリはピアノの前にすわって「産業」のメロディーを弾いた。老人特有のしゃがれ声で、しかしリズムたっぷりに歌詞を歌った。部屋の隅にファルンハーゲン嬢がいて、間を置いてときどき「タム……タタタム……タム！」と言った。彼女はブルーのトレーニング・スーツを着て、両の腕《かいな》はむき出しだった。部屋の中央には十人の若者たちが一列に立っていた。若者たちはびっしょり汗をかき、うろたえ気味ではあったが、ファルンハーゲン嬢が「さあ、一……二……タム……タタタム……」と言うのにつれて従順に前進し後退した。

「そしてどよめき轟きつ現存するよ、産業は……」とギュグリ氏は歌い、両手弾きでとどろくハ長調和音の締めを終えた。

「こうです、ウンガーさん」傍に立って食い入るように楽譜を見つめている小さな娘にギュグリは言った、「わかったかね？　わたしはそうしょっちゅうはヴァイプリンゲンに来られない。あなたはご自分でちゃんと歌えるようにしなければね。あなたがアパッショナータを歌いたいのはわかってます。けど何といっても……」肩をすくめて……「ギュグリの曲はベートーヴェンと同じく、そんじょそこらに転がっている代物ではない……」

ウンガー嬢はおずおずとうなずいた。青みがかった黒髪にへんてこなエスキモー顔をした娘だった。彼女はエリーザベト・ファルンハーゲンの女弟子だった……街の騒音や雀のおしゃべりや、アスファルトの上で蒸発する水の匂いの押し入ってくる開いた窓際に立って、ヨーハン・ケールリは自分の詩がかくも多くの人びとを動かしているのにおどろいた。まずはゲルツェンシュタイン労働者体操協会（ゲルツェンシュタインはヴァイプリコーンの郊外）、音楽家ギュグリ、ウンガー嬢、その上まだエリーザベト・ファルンハーゲンもいたのだが、彼女のことは考えたくなかった。なので紙巻煙草に火をつけた。部屋のなかは暑かった。外は六月、音楽祭は三週間のうちにやってくるはずだ……

＊

委員会は不満だった。委員会の顔ぶれは、すでに名を挙げたブリュッガー巡査のほかには、保険代理人、ビール行商人、中学校教師、それに「ランドボーテン」紙副編集長という面々だった。保険代理人は、祝祭劇の参加者全員にリハーサルと本番上演の期間中保険をかけることから委員会活動を開始した。そのかわり保険会社からマージンを引き出した。中肉中背の男で、顔の皮膚がいつも赤らんでいる。ところで、そんな成行きになってもむきになって反対するものはまずいなかった。というのもビール行商人もまた、ビールの納入先であり同時に彼が出資している祭りの屋台飲み屋からと、彼が雇われているビール工場からとの、双方からマージンを引き出していたからだ。中学校教師は、彼が通信を請け負っている報道記事のために諸経費の請求をしてよかった。「ランドボーテン」紙副編集長は各方面との新しい諸関係を期待した……だから委員会の不満を条件づけたのは、以上とは別の理由だった。すなわち以下の如し。

祝祭劇を実現する演じ手たちが不遜になってきたのだ。こんな話をお聞きになったことがおありだろうか？　催物部門を取り仕切る例の保険屋が一度リハーサルに立ち合おうとした。これは当然の権利だった。保険屋には万事が円滑に運んでいるかどうか見届けておく義務があった。それがおっぽり出された。まことに丁重ながら、まことにきっぱりと！　しかも相手はファルンハーゲン嬢だった。そこで保険屋は抵抗を試みた（三百フラン稼げるというのでほくほくしているこのちっぽけな女舞踏教師が、そもそも何様だというのか！）。しかし奇妙なことに舞踏嬢はリハーサルの現場に居合わせた人間全員の支持を受けた。では居合わせた全員とはだれのことか？　商工会議所の女事務員、小学校の女教員、機械エンジニア（彼はメルクリウス役を踊る。とはつまり次のようなせりふを言う商業神である、「商業の杖持てる神メルクリウス、汝は国中いたるところの国民を一つに結びつける」）、「産業」に出てくる、ただの労働者の十人の体操選手……そう、これらの人びとは全員固く結束しているらしく、自分たちが大きな一座を形成して、外部の諸潮流に対して断固として共同戦線を張る覚悟を固めた、と感じているようだった。彼らは自分たちの時間を提供して報酬を要求しなかった。これには歯が立たなかった。保険屋は頭《かぶり》をふってすごすごと仲間たちのところへ報告しに行った。どうやら祝祭劇の演じ手のあいだには由々しい事態が生じているらしいと……

委員会のメンバーはちっとも悪い人たちではなかった。いくらか化石になりかけているだけだった。彼らの共同体感情は、錫杖を持ったトランプのキングを五十人見せることができ、パートナーに勝負できるくらいのものがあれば、それで事足れりなのだった。彼らは州の津々浦々から百もの団体が目指してやってくる音楽祭に自分たちの時間を提供したが、その代償に何かを欲しがった。無料《ロハ》なのは死だけだ、と彼らの曰く、そして死は生命を浪費する……

余暇時間を自分から無償で提供して、一人のブロンドのすらりとした令嬢の指揮の下に祝祭劇を組織しようという人びとがいたのである。顔の皮膚の赤い保険代理人は彼の権威を守ろうと、衣裳の貸付金を削減した。そんなことをしても何にもならなかった。この小グループはそんなことでは負かされなかった。リハーサルのない日曜日や晩方になると女舞踏教師の部屋に娘たちが集まってきて、衣裳を縫った……半端物なら安く手に入る。メルクリウス神にあてがわれたのは黄色い絹地の裾の短い衣裳、そしてその蛇の錫杖は金箔塗りだった。サンダルは白革製、踵には二枚の翼が縫いつけてあった。メルクリウスは市の前の野外の祭小屋に設営された仮設舞台の上をふわふわ浮遊した。

何ともおかしな小グループ！　小学校の女教員は小柄でものやわらかく、ある情景では彼女がニンフを踊り（「山の水よ、湖の水よ――きみらは万年雪から流れてきてざわめく……」）、機械エンジニアが無髭の、なかばアポローン、なかば牧羊神《ファウヌス》の河の神だった。彼は後になってからその小柄な女教員と結婚した……でもこれは話の本筋とは関係ない。話の本筋は、さまざまの人間が結束したということ、固く結束して一体になったということだ。エスキモー顔をしたウンガー嬢は一晩中ゲルツェンシュタイン体操協会と練習をしたし――例の武骨な若者たちは従順に唯々諾々と言うことをきいた……もめごとがあり、何やかや噂が流れ、保険代理人がこれを聞きつけた。彼は皆がまたこちらのほうを向いてくれるようにと望んだ。衷心から望んだ。そうなれば自分が調整役に立てる……この問題を委員会の席上で扱おうと内心ひそかに思った……が、だれも来なかった。波風は治まったのだ。詩人のヨーハン・ケールリだけは人が変わった。彼はもうボロ靴を履かなくなり、かわりにカラーの柔らかいシャツを身に着け、もうネクタイがセルロイド製の羽根仕立てに巻きつくことはなかった。

一座の共同体！　偉大なことばだ！　それについてはいろんなことが書かれた。しかし要は簡単なことだ……自発的になされ、しかもやっていておもしろい仕事だということ。これ以上言うことがあろうか？　土砂に埋まった泉から子供時代が起き上がってくる。労働はふたたび遊びとなり、賃金を期待する者はひとりとしていない。人びとは踊り、仮装し、ニンフや神や様式化された労働者となり、一切は子供の遊戯そのままに真剣そのもの……祭小屋の周囲にはのっぽのプラタナスの樹が何本か立っていて、重苦しい盛夏になるとほんの二三日にもせよその葉が影をつくる。そして夜々は、星々が殻をむいた榛《はしばみ》の実みたいにギラギラ輝き、おかげで月が照らなくても皓々《こうこう》と明るい……道らしい道も通らずに村の共有地を連れ立って歩くのはすばらしい気分だ。遠くには黒い森のある丘、皆は単純な歌をうたいながら腕を組んで一列に並んで行く。普段着になってもまだ仮装が解けない。明日からはまた灰色の労働が、また外には太陽が輝き、月末はまだ遠いだけに二重の意味で陰鬱な日々もやってくる……どうか祭りと合唱と遊戯をお叱りにならぬように。日々の軛《くびき》は頑なで、わたしたちを孤独にさせる。銀幕の映像が叶えてくれる夢でさえ孤独をひとしお募らせて、口のなかに苦い味をのこして行く……委員会は最初の大リハーサルの際にいちゃもんをつけた。委員会の面々は、テントの屋根が大伽藍のように天井を高くしているがらんとした空間にいた。地面に何本も杭が打ち込まれ、その上に板を釘で固定した。これでベンチとテーブルの出来上がりだった。板はお粗末なものだった。しかし委員会がいちゃもんをつけたのは板がお粗末だからではなく、舞台の上である場面が演じられたからだ。それは、音楽もなければ合唱隊の伴奏もない、黙劇《だんまり》の場面だった。死神が舞台を横切った。死神は黒い修道服に黒い頭巾を身に着け、足取りも厳しくあゆみ、その死神の前を愚者が踊り跳ねながら目配せをした。この場面はすてきだった。ファルンハーゲン嬢が考え出したのだ。彼女のつもりでは幕間の穴埋めになると思ったのである。この場面はその昔《かみ》の死の舞踏を思わせた。委員会はどうしてよりによってこの場面が癇にさわったのだろう？　詩人のケールリが割って入って、ファルンハーゲン嬢が正しいと言うと、ブリュッガー巡査は顔を真っ赤にした。ビール行商人が言い張るには、これはデカダンであり、民衆が望んでいるのはこの土地に根づいた芸術であって……この突発事の調停を買って出たのは、この手の事件にかけては海千山千の作曲家ギュグリ

（またしても彼は、彼のような人間はまさにベートーヴェンと同じようにめったにいないことを証明した）で、ギュグリは双方の言い分をよしとして大岡裁きを下した。つまり死神だけが舞台を横切る、愚者は出ない……

書割りの裏で詩人のケールリは箱に腰かけて泣いた。涙が頬にあふれた。ファルンハーゲン嬢がケールリのところにやって来た。彼女はまだ黒い修道服を着ていたが、頭巾だけは後ろに折り返していた。「どうかなさったんですの？……」と彼女は訊いた。ケールリはどもりがちに言った。自分はしょせん村役場の書記風情にすぎず、もうすぐ三十歳に手が届くこと、あの祝祭劇の上演は自分が見たもののうちでも最高に美しいものであって、それを「ブルジョアども」が（さよう、彼はどこぞのロマンティックな詩人でもあるように「ブルジョアども」と言った！）、「ブルジョアども」が何もかもぶち懐しにしおって……そう言ってとめどもなく泣いた。「おやおや、泣き虫さん。」エリーザベトはやさしく言って、茶色で濃い、短く刈り込んだ詩人の髪を撫でた。「ちっちゃな子供みたいに泣きじゃくってるのはどなた？」ヨーハン・ケールリは彼の髪を撫でている手を取ってキスをした。「村役場の書記だ！」と彼は言い、涙のない嗚咽《おえつ》をおまけにもう一つ。「村役場の書記をどうしてくれるつもりだ？」——「いまに見てろよ！」それから死神が箱の詩人の隣に腰をかけた。テントの裂け目からささやかな夕風がこっそり忍び込み、埃と新しい材木と、それにうっすらとながらも花盛りのライ麦畑の匂いがしてきた。

委員会の面々は「スイスの庭」亭に行って会議を開いた。深夜になってやっとおさまりがついた。家路に向かいながら「ランドボーテン」紙の副編集長が、空気の「味がとてもうまい」と太鼓判を押した。が、これはやり過ごされた。ビール行商人が新手の冗談を仕込んでいて、それを披露しようと思いついたからだ。大通りのアーク灯がギラギラして、そのために空も見えなくなっていた。

祝祭劇上演の日がやってきた。入場料は十、五、三、二フラン。テントはぎゅう詰めの満員だった。その日一日中、五十の楽団が次々に同じ曲を吹奏した。予約席のテーブルに審査員一同が陣取り、全員が悪酔いしたみたいに暗い目つきをしていた。それでいて素面《しらふ》だった。しかし審査員たちの頭は一日中耳のなかに押し入ってくるたった一曲の行進曲のリズムで満杯になり、ほかのことは何も考えられなかった。審査員たちは目の前にビールのグラスを置いて……ホールが暗くなると、何はさて居眠りをした。しかしそれから一人また一人と目をさました。老ギュグリの音楽がそれほど、彼らの言い方で言えば、みごとに「純潔種」

だったからだ。舞台では娘たちの身体のまわりに目も彩《あや》な布切れがはためいていた。何もかもが目も彩で、新奇で、異国風……合唱隊が歌った。合唱隊は舞台の真下にいて、その下のいちばん下の基壇《ボディウム》が楽団の席だった。弦楽器、木管楽器が多い。金管楽器はすくない。ごくわずかだ。これが審査員の老紳士たちの好みに合う。口々に「なめらか」とか「きれい」とかとつぶやき、メルクリウス神がぴょんと大きく一跳びすると、パチパチ拍手しはじめて、「へぇ?」とか「フム」とか「見た?」とかと目くばせを交わし合った。そして例の産業の十人男が舞台の上でたたらを踏み(「さあ、一……二……タタタム、タタム……」)、合唱隊がそれに合わせて何やら意味不明の、「ジロエス、ザビーネ、フェルトして、ひざまずいて」と聞こえる歌詞を歌うと、審査員たちはもうすっかりご満悦だった。

焼きソーセージ事件が起こったのはそれからのことだ。合唱隊はそれだけでまとまっており、楽団もそれだけでまとまっている……それぞれ閉ざされた集団だった。ところが舞台で踊った連中は、女教員、女速記記者兼タイピスト、労働者、学生、エンジニアからなる混成部隊で――どこにも身を寄せる先がありそうになかった。彼らはお金がなかった。ファルンハーゲン嬢は思った。委員会は自分たちにちょっとした夜食の用意をしてくれてもいいだろう、と。一方委員会の思うには、いまこそ反抗分子どもを痛い目にあわせる絶好のチャンス到来だ……レモネード……レモネードは承認した、それも二人につき一本分のレモネード……なんともケチ臭く、すっきりしないではないか! 詩人のケールリが委員会のテーブルにいた。彼は立ち上がり、遠い親戚のブリュッガー巡査に声をあらげて何か言った――観衆がそれに気がつき、ビール行商人が顔を真っ赤にした。裾の長いフロックコートを着た老紳士の審査員長が席を立ち、こちらに向かってぎくしゃくした足取りでやってきて、例の一座全員を招待した。審査員の老紳士たちはよろこんだ。焼きソーセージと赤ワインが出た。審査員長は革命的になり、委員会の悪口を言った。ワインを注文した先の酒屋がよくない、ワインが酸っぱい……しかしそれでもワインは飲まれ、委員会の面々は立ち去り、歌手たちは家に帰り、楽団は姿を消し、たった一人ヴァイオリン弾きだけが残った。ヴァイオリン弾きはピアノの横に立ち、エスキモー顔をしたウンガー嬢が演奏しはじめ、ヴァイオリンが合奏に加わり、舞台の上は舞踏になった。審査員長が『ドナウ川のさざ波』を注文し、ウンガー嬢がそれを暗譜でこなすと、エリーザベト・ファルンハーゲンが審査員長と組んでワルツを踊った。審査員長はいとも慎重にやったが、ときどき前日に五十回も聞かされた行進曲の切れはしが耳元によみがえって、調子をはずした……

焼きソーセージ事件はまだ終わってはいない。反対に、それが音楽祭の締めくくりになった。祝祭劇は三回上演され、観衆がどっとばかり殺到した。四回目の上演をやってもらおう、と委員会は決定した。この四回目の上演に対してファルンハーゲン嬢は五十フランの特別賞与を要求した。大した金額ではない、と言う人がいるだろう。だが委員会はこれを却下した。演《や》ればいいのだ！と委員会は、警察官として検察官も代行する捜査官巡査の口から通告してきた。これはしかしエリーザベト・ファルンハーゲンのほうに分《ぶ》があった。彼女が請け負ったのは三回分の上演だけだった。彼女は一座の面々に苦衷を訴えた。いちばん頭にきたのは労働者体操協会だった。それは十人全員が大兵《だいひょう》の屈強の若者だった。ボクシングの達者なのが数人、ほかにレスラーも何人かいた。話をするのは不得手だった。だが、組織とはいかなるものかはわきまえていた。いささかの軽蔑を交えながら彼らは、学生、女事務員、機械エンジニア、といった階級闘争に無知な連中に説明した、ストライキという手がありますよ……エリーザベトが五十フランもらえないとあれば全員舞台に登場しないまでです、と。すべからく全員に夜食を、しかも本格的に！　めいめいに焼きソーセージを二本ずつ支給。そうでなければ何もしてやらない。商業の神様が上演三十分前に保険代理人のもとに派遣された。そして言うには、これこれこういうわけでファルンハーゲン嬢が五十フランいただけると書類の上で明示してくれなければ、だれも舞台に出ません……詩人のケールリが一緒について行った。ケールリはプロレタリアの利害を代表し、焼きソーセージを要求した。おかげで彼は悪しざまに取られた。ケールリは変節漢ということになった。その場に来合わせたブリュッガー巡査は自説をゆずらなかった。村長にきっと言いつけてやるぞ、あんたのところの書記が一体どんな若造かってな、どこの馬の骨とも知れぬご婦人とねんごろになりくさって、そりゃそんなもんがやつにはお似合いかもしれんが……詩人のケールリはそんながアンシニュアシオンなどと外来語を口にしても行き詰まった事件は好転しない。ケールリは帆を下ろした。彼には想像もできなかった、村の書記としてもらう三百フランがなかったらどうして妻をめとれるか……

上演がはじまった。そして幕間に、例の幕間に、当たり前なら死神がひとりだけ舞台に出て行くところをまず愚者が登場、人差し指を曲げて目配せをした。それからニンフやサチュロスに囲まれて死神が登場した。ニンフやサチュロス一同、死神を讃えて死神に花をまき散らした。産業の十人男は赤い悪党面をして、しゃちほこばった体操選手の脚でぴょんぴょん山羊踊りをしながら両手でパチパチ拍手をした。観衆はやんやの喝采、アンコールを叫んだ……一座は二度も舞台にひっぱり出された。指揮台の老ギュグリがタクトをふり上げた。楽団がトゥーシュ［軽く《タッチ》］を一つやり、また一つ……

委員会だけは雷同しなかった。それは奇妙だった。が、男は四十歳が厄年である。男はこの年齢で名誉を傷つけられる。そして委員会は名誉を傷つけられたのである。

委員会は上演が終わるまで待った。そして焼きソーセージの支給を停止した。労働者体操協会は頭に来た。彼らは、十人男は、腹ぺこだった。彼らはこれまでその夕べを、余暇時間を、無償で提供してきた。明日の朝は七時に工場に行かなければならない。彼らは腹ぺこで、賃金は大した額じゃなかった。熟練工は四人だけだった。しかし前にも言ったように、話をするのは得手ではなかった。商業神のメルクリウスはもういなくなっていた。頭痛を起こしたあの小柄な女教員を家までエスコートして行った……そこで詩人のケールリがもっぱら苦境に立たされた。エリーザベトが引き止めようとしたが無駄だった。詩を書く村役場の書記は駆け引きにはまるで無知だったが、なんとか怖気《おじけ》だけは克服できた。彼は一度激してしまうととめどがなかった。ケールリは委員会のメンバーを非難した。あんたがたは報酬をカットした！　驚きだ！　裏切りだ！　頭に来た！　こんな約束じゃなかった！「焼きソーセージをよこせ」とヨーハン・ケールリは言った、「さもないと『ネーベルシュパルター［霧を引き裂く人、の意］』紙にあんたがたの記事が出ることになるぞ！」

焼きソーセージが運ばれた。そこで音楽になった。舞台の上では踊り。二時間のうちに祭りは終わった。ヨーハンはエリーザベトとタンゴを踊った。すると委員会の五人男が舞台の上に上がって詩人を連れ去った。それは逮捕に似ていた。ケールリはまっさおになった。エリーザベトは彼を行くがままにさせた。悲しそうな顔をして、だがひょいと肩をすくめた。彼女はまだお金をもらってなかった……祝祭劇の詩人はがっくり肩を落として委員会の五人男について行った。途々、彼はおずおずとたずねた。「わたしを村長に引き渡す気か？」こわばった沈黙。体操協会は満腹して例のお粗末なテーブルにすわり、一人として席を立とうとしなかった。祭りは終わり、一座はてんでばらばらに散った……

外ではプラタナスの樹の葉がざわめいていた。町は近く、屋根屋根の上は乳白色の光を帯びた。暖かい日だったのにヨーハン・ケールリは凍《こご》えていた。いっそ泣きたかった。

しかし彼は毅然とした態度を崩さなかった。はじめに委員会のメンバー一人一人が演説をした。まじめに、重々しく、叱責するように。で、演説は終わった。六人とも待っているだけで、だれも出発しようとしなかった。「ランドボーテン」副編集長が非難がましく言った。「きみはわれわれを新聞種にする気だ。われわれはこの祭りのために大変な犠牲を払ってきたのに！ われわれは何度も夕食を抜いた。重要な会議があったためだ。われわれは祭りの成功のために空腹に耐えた……」惜しいかな、副編集長はその丸々とした太鼓腹で一本取られた。ケールリは人差し指で相手の太鼓腹を指して言った。「ご覧の通りにね……」だれも笑わなかった。大気は静かだった。遠くのほうで犬が吠えた。委員会ご一同は行進を開始し、ケールリだけがあとに残った。大祝祭テントの灯りが消えた。ケールリが来たときにはすっかり人気《ひとけ》がなかった。彼を待っている者はだれ一人いなかった。彼は自作の詩を思い出そうとした。だがそれは、彼が死神といっしょに箱に腰かけたあの晩方と同じく、雲を霞と消えてしまった。あれはすてきな死神だった。そして彼のほうは、かつては祝祭劇を書いたこともあるけちな村役場の書記にすぎなかった……

「もしも音楽が愛の糧であるのなら、もっと演《や》ってくれ、たっぷり演ってくれ」とシェイクスピアは彼の公爵に言わせている。たっぷりだと？ たっぷりなんてことがあるもんか……

ヴァイプリコーンの音楽祭から残ったものは、テーゲルチィからコッピゲンに至るまでの、小さな居酒屋の空《あき》部屋の壁飾りの役をつとめる、ガラスと額縁のなかの花冠だけ……

パリの舞踏場

セーヌ川から立ち上る霧がそのド・ベルシーの孤独な家をほぼ完全に包み込んでいる。川の対岸では遠い停車場の光がチラチラまたたき、橋の上を童話劇の舞台そっくりに、ほとんど音もなく列車の幻像《ファントム》が通りすぎて行く。けばけばしく光を浴びたその家の二階では植民地博覧会のおまけの、クレオール人舞踏会が招集されている。オーケストラは初期の黒人バンドの癲癇《てんかん》症状からはかなり立ち直っていて、ホールの上に熱帯の雷雲を降下させはするものの、身ぶりは文明化された風神雷神のそれだった。とりわけボレアース〔北風〕のような頬っぺたをしたトランペット奏者が、「ビギン」や「ロムバ」といった新しいダンスのステップをものにしたがるご婦人方とお行儀よく踊っている。古めかしい講演者のいささか退屈な語り口で、彼はそのダンスの淵源を十八世紀の古いコントルダンスにさかのぼって説明する。ご主人さま方の窓辺でこのコントルダンスという当時の娯楽に注目した黒人奴隷たちがある一定のステップを拾い集めて、それを彼ら自身の原始林の記憶と混ぜ合わせた。こうした混淆からこのダンスが成立したのだという。ダンスの由来をさかのぼる作業は語源学《エティモロギー》に似ている。たとえまちがっていても説明は決まっておもしろい。舞踏会の客はチョコレート色をした下士官たちで、これが彼らにくらべれば色白の子守娘たちと踊っている。どの顔もきびしく、ダンスのペアはほとんどその場を動かず、腰から拍子の確かな波が両脚をすべり降りる。ダンスは非常に「品が良い」。文明化されていると言いたいほどだ。しかし反面、このダンスはモンマルトルのナイトクラブではその品の良さをすっかり失ってしまう。さよう、さる故人が歌っていたように、「だっておれたち野蛮人のほうがよっぽどましな人間じゃないか」なのだ。

　カンカンは思いがけない出来事だ。タバリンでは毎夜十二時きっかりに娘たちの一団がカンカンを踊る。カンカンは七十年くらいの伝統しかたどれないものの好例である。思えばかつてこのダンスは下品きわまりないと悪評が高かったものだ！　カンカンはクラシックになった。このことはあまり言われていない。というのも、クラシックにしても結局何らかのあり方で時代に依存しており、伝統は七十年であろうが二百年であろうが（バレエの場合がそうだ）

大して問題ではないのだ。トゥ・ダンスであれ、カプリオールであれ、アラベスクであれ、あるいはまた逆立ちや宙返りや空中での大股開きをやらかすアクロバット芸であれ、問題は解答の仕方だ。カンカン・ガールズにおけるような、この種の集団作業において最重要のものとされる名人芸こそがここでは何よりも舞踏的に評価されるのであり、不快の念をかきたてるレースの下着はさながらラインダンスの波の泡のように中性的なものとなり、波の泡のように気分をさわやかにしてくれる。第二帝政様式のままに保たれている色あざやかなコスチュームは、まさにその逆説《パラドクス》性を通じてダンス全体に、無類の正確さにもかかわらず奇妙に時代後れめく雰囲気を授け、それがこちらをなんとなくセンチメンタルな気分にさせてくれるのである。カンカンのほかに、娘たちは「アマチュア・ダンサー」たちがスローフォックスやタンゴの休息をとっている間に、ゆったりしたウィンナ・ワルツの練習にみがきをかける。踊っているあいだ娘たちは息も絶えだえになり、胸は喘ぎあえぎ大きく盛り上がる。ふだんは死ぬほど退屈しているにちがいないのに、ダンスの後ではギラギラ光を浴びた街路へと地下鉄駅の階段にうずくまってうたた寝している乞食の目の前をふいに湧き出した幽霊みたいに走りすぎ、朝の街路の静けさに目をさまされてやんわりとホールに導かれてそこであわよくば温かいコーヒーにありつくのだが、そんな人間を楽しませるにはどんな力が必要なのだろう。これは依然として謎である。

モルヒネ——ある告白

ぼくはモルヒネに寄り道した。戦争中は、中立国においてさえ日常的現実に知らん顔をする欲求がいたって強かった。ぼくはアルコールを大量に飲んでも全然酔っぱらわないので、ほかの手段をさがして手はじめにエーテルをやってみる。しかしこのヤクは不愉快だ。臭いを追い払うのが容易ではなく、しつこい味わいになって一日中口に残るのだ。エーテルは肺も痛めつける。あるとき風邪を引いているあいだに夜中にしたたかな肺出血を発症し、真夜中に医者を訪ねなければならなくなった。医者はぼくにモルヒネの注射をし、濃縮食塩水を飲ませた。ぼくはいまでもこの注射の効果を正確におぼえている。突然頭がはっきり冴えた。奇妙な、いわく言い難い幸福感が「ぼくを手に入れた」（としか表現しようがない）。当時ぼくは物質的に最悪の境遇にあったのに、突然一切が打って変わって、窮乏がその現実性を失った。窮乏はもはや存在せず、ぼくは掌中に幸運をにぎっていた。それは、下手な比喩を使うなら、あたかも頭から爪先までまるごと微笑《ほほえみ》とでもいうようだった。それからぼくは、朝がくるまでさめたまま横になっていた。

一週間後ぼくは入院しなければならなくなった。ぼくはまだ血痰を吐いていた。病院の薬剤収納庫は鍵がかけてなかった。ぼくはそこでちょいちょいモルヒネを失敬し、注射器を持っていないので嚥み込んだ。そのあとではいつも夜がとてもきれいだった。眠気はうせ、思考は集中の極に徹し、ぼくは詩を書いた。退院時にはもう、ぼくは当の薬物になじんでいたが、それでもやめるのが難しいというほどではなかった。かなり長いことぼくはもう手を出さないでいた。それからぼくはジュネーヴに行き、そこでまたまた窮乏がはじまった。一文無し、もしくは文無し同様で、三度の食事にも事欠いた。人は定職がないと気晴らしが欲しくなる。またまたぼくはエーテルをやり出し、またまたぼくも大家夫妻もたちまち例の臭いに辟易した。ぼくがエーテルを仕入れる薬局主はせむしの小男だったが、モルヒネがほしいと言うと処方箋なしで売ってくれた。麻酔薬に関する法律は当時は今日ほどきびしくなかった。最初はブツを嚥み込んでいたが、やがて注射器を買った。こうして不幸がはじまった。はじめはとてもすてきだった。仕事はめっぽうはかどり、ときには日に十五頁書き、かたわらドイツ語とフランス語の［家庭教師の］授業もやった。食事は二の次だった。稼いだものは右から左へ薬局主のものになった。この男はサディストだったのにちがいない。というのも突然、これ以上ぼくにモルヒネを渡すのを拒絶したからだ。おそらく怖さも手伝ってそうしたのだろう。ぼくは自分で処方を書くほかにどうしようがあろう？　父親が薬剤師の昔の学校友達が、この種の処方箋は書式をどう作ればいいかを教えてくれた。Mo. mur. (*Morphium muriaticum*, これは hydrochloricum と同じ意味である)、それに蒸留水、申告は注射のため……これで文句なしだった。さる薬局主が疑惑を抱き、ぼくが名前を悪用している医者に電話をかけるまでは、それで文句なしだった。探偵（この男は赤い口髭をたくわえ、身体に不快な臭いをぷんぷんさせていた）の訪問、起訴した薬局主との対決、所轄警察署警部の下での調書作成——署名をしなければならなかった。それから善意の警告をたっぷり食らわされたあとで帰宅を許された。

　しかしひとりで禁断症状を耐えぬくのは不可能だった。二日後、ぼくはまたもや警部の前に引き出され（おまけにぼくは金欲しさに自転車泥棒までやってしまった）、今度は監禁された。最初の夜はブタ箱ですごした。約四メートルに六メートルの小部屋で、板張り寝台としても使えというつもりの板、一隅に時計仕掛けのように正確に五分毎にザーザー水音がする便所。ぼくが午後の二時頃引き渡されたときには部屋にはだれもいなくて、消毒薬のいやな臭いがした。晩方になると部屋は満員になり、二十人ぐらいの人間が押し合いへし合いした。酔っぱらい、コソ泥、運転手、何かの条例違反を犯した馭者、といった連中だ。

　夜は不快だった。七月で、とても暑かった。それなのに禁断症状の常として、ぼくはガチガチに凍《こご》えていた。真夜中頃これ以上我慢しきれなくなって、ドアを拳でがんがん叩いた。やっと「班長《ブリガディール》」がきて、何事が起きたのか、とたずねた。「ああ、モヒ中か」と言っただけだった。彼は大きなラムのグラスを与え、ぼくを別の部屋に、独房に連れていって、毛布をくれた。この独房には同房者が一人だけいて、その男もぼくと同様体調が悪かった。一晩中吐いていた。飲み過ぎたのだ。それだけではなくひどい二日酔いに苦しんでいて、二度と自由の空気を吸えないと思いこんでいた。ぼくはなぐさめてやった。好都合なことに、それが自分の惨めさをいくぶんか忘れさせてくれた。

　翌朝ぼくらは、ブロンドの長い髭を生やした警部の前に連れて行かれた。ぼくはサン・タントワーヌの国立刑務所に送られて独房をもらった。ぼくの容態は最悪だった。嘔吐、不安、身体中を這い回る痛み、といった禁断症状のあらゆる症候が出ていた。モルヒネはまったくこの通りなのだ。何ケ月もの間、ぼくは頭痛その他の病気を麻酔薬を使って抑えてきた。でも抑えたものは消えたのではなく、身体の隅々にひそんで、薬が切れる時をじっと窺っている。と、抑えられていたものが一挙に出現して肉体を襲う……見かけはいかにも運命が情けをかけてくれそうで、どうかそうあってほしいもの……ただ許されるのは、引き延ばして一思いに片づけてしまうこと。

ぼくは何度も何度も失神した。失神と失神との合間にコレージュの鐘の音、休み時間のざわめきが聞こえてきた。悲しかった。四年前にはぼくもこの学校に通っていて、よくこの鉄格子に囲われた窓を見上げたものだ。そのぼくがいまはそんな窓の向こう側にいるのだった。その頃ぼくはまだ文学かぶれだったのでヴェルレーヌの詩が頭に浮かんだ。これも監獄で書かれたものだった。

　屋根の上の空は
　青く、ひそやか、
　屋根の上の樹木は
　　葉をゆする。

ぼくがひっきりなしに呼び鈴を押すので看守はしまいにアホらしくなった。看守はぼくを別の房に押し込めた。そこには同房者がいた。ドイツ人スパイが一人、それに泥棒兼脱獄者が一人。二人とも俠気《おとこぎ》があり、ぼくは煙草をもらった。スパイは金持ちでワインをおごってくれた。それから医者がやって来て、十五分後にはぼくは病院にいた。

禁断症状の症候は、前にも言ったようにおそろしく不快だ。鼻水がぽたぽた垂れる、心臓も止まらんばかりに続けざまに十回もくしゃみが出てとまらない、といったていたらく。大体からして心臓はおよそ卑劣きわまる振舞いをする。それから、顎も外れんばかりの大あくびが出る。シーツはばかでかいイラクサの葉みたいにちくちくし、胃は何も受けつけず、胆汁というものがあることに突然気がつく。いろいろなことに気がつき、結局のところ自分の身体にかなり精通することになる。とりわけ夜は七転八倒の苦しみだ。地面を転げ回る。要するに、麻薬と結びつけて人工楽園を云々するのなら、禁断症状の場合はとみに人工地獄について語ってしかるべきだ。

二日後、ぼくはベル・エールの精神病院に移送された。鑑定は「名誉の汚点」と見なされたので、ジュネーヴの高官筋の手づるを通じてまんまと精神異常者との診断を下されることに成功したのである。ぼくは「早発性痴呆症《デメンティア・プラエコックス》」

（今日いうところの精神分裂病《スキツォフレニー》）との烙印を頂戴した。

ぼくはミュンジンゲンに行き、一年間そこにいてからアスコーナに「脱出」した。二ケ月間は持ちこたえられた。で、それからまた振り出しに戻った。実のところモルヒネ中毒者の生活ほどおもしろくないものはない。彼の生活は、件の薬物を摂《と》っている期間と、社会がヤクをまたやめさせようと強制する期間とに限られるのである。この嗜癖を弁解すべく作り上げる口実すべてが、文学的にも詩的にもまことにうまくできている。具体的にはそれで生活を破滅させてしまうのだから破廉恥きわまる代物だ。わがヨーロッパ社会はモルヒネ中毒者があらかじめ「アブノーマル」と見なされるような仕組みにでき上がっている。おそらくこの薬物が人をあまりにも個人主義的にしてしまうからだろう。アルコールは人づきあいを促し、ある種の残忍さを促す。阿片は劣等感を生じさせる。いや、おそらくそれ以上なのだ。そう、あまりにも強い劣等感にさいなまれている人だけがモルヒネをやるのだ。東洋では状況がちがうのだろう。

モルヒネ（阿片もだ。モルヒネは阿片の活性の強い成分なのだから）はブレーキを外す。だがそれだけではない。身体がこの毒を中和しようとし、解毒剤を産出しようとする。この解毒剤が神経にすこぶる不快に作用するのだ。そこでこの解毒剤を中和するために一回の服用量を上げて、効きめを、「多幸性《オイフォーリッシュ》」の効きめを喚び戻そうとする。こうして循環が、「悪循環《シルクルス・ヴィツィオスス》」が生じ、独力ではどうしてもその輪を逃れるわけには行かなくなる。だから禁断療法がたえず更新される必要が生じてくる。「しかし」と頭脳明晰な人たちは言うだろう、「あらかじめそうなることがわかっていて（こちらとしてはひとまず刑法上の結論は度外視して、げんにそちらがまざまざと述べ立てている禁断療法の苦痛だけを考慮に入れたいと思うのですが）、どうしてまたいつも振り出しに戻ってしまうのですかね？」それは、ぼくにはお答えしかねる。強い性的な結びつきと似ているのに相違ない。こうした結びつきに対して、理性的根拠は一切お手上げなのだ。

モルヒネはコカインにくらべると比較的害がない。モルヒネと同時にコカインもやっていた時のことを振り返って思うとぞっとする。いろんなことを学んだのも確かだ。幻聴がする狂人のことをぼくはもうちっとも不思議に思わない。ぼく自身、目に見えないものが話をするのを聞いたことがあるからだ。ベルギーでのことだった。ぼくはさるカフェの階上《うえ》の家具付きの部屋に住んでいた。カフェでは自動ピアノがおそろしく古い流行歌をいつも真夜中の十二時頃まで、何遍も何遍も容赦なくくり返していた。ぼくにモルヒネの処方を書いてくれる医者は郊外に住んでいて、彼自身もモルヒネ中毒者だった。ぼくは異様な連中と出合うのだ。あの日の夜はいつもより服用量が多かったわけではなかった。が、おそらくぼくの体内には毒が蓄積されていたのだろう。要するに、ぼくはベッドに寝ていた。するとぼくの部屋のドアの前で連中が話している声がはっきり聞こえた。「そろそろやつを連れて行こう。これ以上は無理だよ。彼は有り金を麻薬に使ってるんだ。もうやめさせなきゃいけない。」ぼくの部屋の窓の下の中庭ではこんなことを言っている別の連中の声が聞こえた。「やつの窓の下に樽を置いておこう。窓から飛び降りようとしたらそれで捕まえるんだ。」ぼくの言うことを真に受けるか受けないか、それはそちらの自由だ。ぼくとしては、話している連中が現実に存在するのかどうか確認するつもりはなかった。ぼくは晴れ着を着、ヴェロナール六グラムを嚥み込み、剃刀の刃で血管を切開した。ということは、ぼくはどうやら動脈に当てそこねて静脈に命中させただけだったらしい。というのも次の日目がさめると、ベッドは血だらけだったが命に別条はなかったからだ。折からその日は謝肉祭の火曜日だった。もちろんぼくは病院に担ぎ込まれた。禁断療法は前よりはるかに不快だった。加えてヴェロナール中毒があったからだ。それからぼくはこの病院に看護夫として居残り、その後まもなくまたまたやりはじめた。今度はもっと悪い結末をたどった。つまり自分の部屋に火をつけ(また例の声がぼくを苦しめた。今度は、そして今度はじめてわかった。連中は現実には存在しないのだ。だが、にもかかわらずぼくは、連中が現実に話をしているかのように行動しないわけには行かなかった)、躁病者用独房に監禁され、それから修道僧たちの管理するさるベルギーの精神病院に入れられた。ここにきてからはモルヒネもコカインもやらなかった。

ベルギーからの帰路はおかしかった。三人の修道僧がぼくにつき添った。この施設は外国返還移送では何度もしくじっていた。このところの何度かでは患者がどこかの駅であっさり蒸発しており、とりもなおさずそれは修道僧たちにとって面目失墜だった。今度こそは首尾を遂げたかった。だからおそろしくものものしい「護衛団」が付いたのである。万全を期するために、ぼくは錠前付きの、右腕の肘関節を身体に固定する吊り紐のあるベルトを腰のまわりに着帯しなければならなかった。この革紐にさらにまた錠前が付いていた。ぼくはミュンジンゲンに帰還したが、そこには二ケ月しかいなかった。それからベルン州評議会はぼくに、不品行の廉《かど》により一年間刑務所にて扶養さるべしとの決定を下した。そこでぼくはヴィッツヴィルに行った。この一年間にぼくがダメージを受けたとは申せない。ぼくは、大変な熱意で割に合わない仕事をしている、いたって価値ある人物であるヴィッツヴィル刑務所長ケラーハルスの知遇を得た。おそらくこの人は賞賛に値する例外だ。だが彼とつきあっていると、自分が社会に対して持っているある種の反抗の姿勢の改変を余儀なくされる。この所長の薦めに応えてぼくは園芸をやってみることにした。

ぼくはリースタールの苗木畑に行った。モルヒネはもうやらなかった。ヤクを手に入れるのはえらく面倒だったのだ。規制がずっときびしくなっていた。しかしぼくはまるっきりヤクなしではやって行けなかった。そこで阿片をやってみた。

阿片は独特の芳香と味に苦みのある褐色の物質だ。ふつうはアルコール溶媒、つまりチンキ剤の形式で処方される。このチンキ剤は偽の処方箋でも比較的手に入りやすい。というのもそれはモルヒネにくらべると割合に頻繁に――腹痛や下痢を抑えるのに処方されるからだ。薬剤師がこの種の処方箋を疑うことはあまりない。すくなくとも数年前まではそうだった。それでも結局はやはり破局がきた。リースタールの薬局主は、チンキ剤入りの瓶を手の届くところに陳列していた。造作もないことではないか？　薬局に入ってアスピリンが欲しいと言い、錠剤をすぐに飲みたいから水を一杯と頼む――薬剤師が店先を留守にする、と、その間に例の瓶からぐいと一口ラッパ飲みすればいいのである。しばらくはうまく行った。それから薬剤師に気づかれた。彼は、ぼくがいつも夕方仕事が終わってから来るのを知っていたので、店の奥に探偵を張り込ませておいた。こうしてぼくはしょっぴかれた。すんでにまたヴィッツヴィル刑務所行きになるところだった。ところがたまたまこの町の町長がたいへん立派な人物だった。彼は薬局主を説得して告訴を取り下げさせ、ぼくにガメられた阿片の総額は値切って二十フランにへらされ、こうしてぼくはそれ以上公式に追及されるまでのこともなく――翌日にはもう釈放されていた。

そのあいだにしかしぼくはちょっとしたことを学んだ。ぼくは禁断療法を最後までやり抜くために、われとわが意志でミュンジンゲンに行った。禁断療法はとても寛大なものだった。ぼくの担当医は服用量をゆっくり減らしてゆき、苦しみを最小限の量にとどめた。そうしてから彼はぼくに、精神分析療法を受けてはどうかと持ちかけた。ぼくは受諾した。

それからまもなくぼくはその施設を出た。監禁の期間は二ケ月もなかった。ぼくはさる苗木畑に仕事を見つけ、毎日一時間ずつ例の医者のところに通った。精神分析は当時は高い評価を得てはおらず、いろいろ反論異論を浴びていた。これらの反論の大方は、分析を一度も受けたことがなく書物からだけの知識を得ている人たちによってなされていたので、見当はずれだった。この治療法の難しさ、とりわけある種の精神的心理学的トレーニングを経験してきた階層の人間たちに対象が限定されるという必然性は、今後とも容易にそれをポピュラーなものにさせないだろう。この学説の棟梁がユダヤ人だということも、頑迷偏狭な人びとの手中にかならずや俗耳に通りやすい論争の論拠を授けることになろう。

分析中には嘘を吐くことを忘れる。分析の主な利点はこれだ。ぼくが言うのは、それがなければ社会生活がたちまちやっていけなくなる日常生活上の嘘のことではなくて、もうすこし危険な嘘、つまり自己欺瞞のことだ。治療開始に際して、はじめに、たった一つだけあなたに告知されることがある。思いついたことは洗いざらいしゃべること。むろんあなたは、そんなことならお安い御用だと思う。ところが炎天下の七十キロの道を一滴の水も飲まずに行進するより難しいのだ。というのも無意識のうちにかならず最重要のことは保留するからだ。あなたはすべてをしゃべることはできない。敏感すぎて、しゃべりことばのサーチライトを浴びせられるのに堪えられない。どんな魂のなかにもとっておきの領域というものがあるのだ。

分析の話をするのは難しい。たっぷり時間をかけてそこで集め解明されるものは、分析家がくり返しなんとか定式化しようとしてはいるとはいえ、人間的なことばでは表現しにくい。一例を挙げよう。分析がはじまってすぐにふとこんな命題が脳裡に浮かび、ぼくは笑ってそのばからしさを強調しながら当の命題を口に出した。すなわち、「ぼくは母だ。」分析のすべてがこの命題をめぐって回転した。ぼくの母は、ぼくが四歳のときに死んだ。ぼくはそれから父と二人きりで暮らし、いなくなった母の役割を演じた。やがて父が再婚すると、論理や悟性の支配が及ばずに映像資料のみが跳梁する地下層にほとんど解決不能の葛藤が生じた。すなわち、成人の嫉妬よりはるかに強烈で苦しい、子供の嫉妬という葛藤が。父の超エネルギッシュな態度を通じて、ぼくは受け身の、女性的な役割に押しやられた(すでにこの例に容易に見られるように、打撃を正確に叙述することは難しい。というのはいうまでもなくぼくの体質とは異質の体質の人間であれば、おのずと反応も異なっただろうからだ。彼は公然たる闘争に打って出たかもしれない)。ぼくはくり返し破局《カタストロフ》を通じて父の遠のいた関心を獲得しようと、抜け道を取って自己主張しようとした。この破局嗜好が後年にまで残った。ぼくには顕著に犯罪者的素質はなかったので、苦悩する、女性的部分をぼくが受け持つ新たな葛藤をくり返し産む麻薬服用こそはもってこいの手だてだった。のちには社会が、すくなくともぼくの内面生活では父の役にとって替わった。ぼくは語のもっとも正確な意味での「苦悩探究(中毒)者《ライトズウヒャ》」だった。そもそもぼくは監獄や精神病院に入らなければ満足しないのだ。

阿片や阿片と同類のヤクには、以上とは別種の効果もあった。性欲を抑える効果だ。ぼくがモルヒネをやるようになったのは、うまく行かない結果に終わった性愛体験の後のことだった。ぼくは「無意識」裡にそこからの結論を出し、小児的段階に戻って自己救済した。つまり、自分の身体知覚を相手に快楽獲得を果たす段階である。そうなってもまだ次のような点は誇りがましく思える。「きみ」がいなくてもやっていけるし、もっぱら「ぼく」に集中できる。あげくは復讐されるのだ。なぜならたった一人で生きて行くことは不可能だし、こちらのために何くれとなく面倒を見てくれる女性をひどい目にあわせることになるからで、しまいには自分がならず者のように思えて……あれやこれやのごたごたが耐え難いものになり、あげくの果ては出口を見出すために破局をもとめる。こうしてとどのつまりは監禁されると最後の結論にさえ到達し、これを自殺によって試みる。ふつうはしかし何らかのより深部の層が生き永らえることのほうに強力に調整されて来て、自殺を招来するためにあらゆることを意識的に試みたというのに、自殺は失敗に終わるのだ。

いやはや、話が長々と脇道にそれてごめんなさい。ぼくとしては、精神分析が自己の内的生活についてどんな説明をしてくれるかの、一つの具体例をお見せしようとしたまでなのである。この種の例は何もないところからひょいと取り出すことはできなくて、自分の体験を活用するほかないのは当り前だ。人によってはそれを恥知らずだとか、自分の人格の過大評価だとか思うかもしれない。ぼくとしてはそういう嫌疑は受けつけたくない。それよりは自分の体験を頼りに一つの悪評高い方法を叙述することが、もっぱら眼目であることを強調したい。

精神分析は万能の治療法ではない。ぼくの最初の治療は一年間続いた。それは他の治療法にくらべてずっと難しかった。阿片中毒は時がたつにつれて精神的に当事者を拘束するだけでなく、器質的変化をも惹き起すからだ。肉体、つまりは細胞が、それがないとうまく生きられない、といったようにヤクに慣れっこになってしまう。阿片の飢渇はふつうの飢餓よりはるかに苦しい。体調にほんのちょっとした狂いがあっても、ごく小さな痛みがあっても、こちらがその鎮静効果を熟知しているこの薬物が誘惑してくるのだ。するとひたすら耐えに耐えるしかなかった苦しみも、時とともに生じてくる鈍重さも、時間の浪費（なぜならブツを手に入れるのは簡単ではないからだ）も、金の支出も、結局は生きていることの全体がそれをめぐって回転しているところの固定観念《フィクス・イデー》も、屈辱も、劣等感も、良心の重荷も、すっかり忘れられてしまうのだ。あるいはこの良心の重荷こそがもっとも手ごわい誘惑なのではあるまいか？

　要するにぼくは分析のあと数ケ月は持ちこたえた。それから、あるよくない体験をしてからまた手を伸ばした。新たな禁断療法――今度は向こうもつっけんどんだ。皆目効果なし。ぼくは施設を脱走し、脱走するやいなや薬局に駆け込んだ。あなたには、新しい都市にくると何よりも先に薬局を捜す、そんな人間が想像できるだろうか？　景観？　美術館？　建築？　そんなものはどうでもいい。重要なのは薬局なのだ。

　ぼくにふたたび必要な歯止めをかけるには、新たに六ケ月間に及ぶ分析を施さなければならなかった。しかしぼくは一つの疑問で終わるしかなかった。ぼくが自分で設けた一つの疑問、ぼくが何としてでも信じたい一つの希望で終わるしかなかった。それはこうだ。〈今度こそうまく行くかしら？〉

贖罪の山羊

……アロンはこの生きている雄山羊の頭に両手を置いて、イスラエルの人々のすべての罪責と背きと罪とを告白し、これらすべてを雄山羊の頭に移し、人に引かせて荒れ野の奥へ追いやる。……

……雄山羊は彼らのすべての罪責を背負って、無人里の地に行く……

（「レビ記」十六章、21・22）

水に浮かべた金の塊が空気中にあるより軽いことを発見したために歓声を上げてすっ裸でシュラクサイの町中を踊り回ったのは、アルキメデスだったと思う。このとき例のアルキメデスの原理を発見したので、「ユウレカ（我レ発見セリ）」と叫んだという。学校ではこの原理にいやというほどいじめられたものだけど……

　でも、何と言っても物理学の法則だ。法則と事を構えるわけにはいかない。「だってわたしのせいじゃないんです……わたしにはどうすることもできやしません……悪いのはあの……」一人の人間が大まじめにそんなふうに言うのを聞くと、ぼくはその度に例の法則のことを思い浮かべる。後に続くのは「悪いのはあの」をずらずら並べ立てること。鼻風邪をひく。と、これはもう絶対に招かれた先の友人のせいに決まっている。だってあいつはこっちが背中を向けているほうの窓を開けっぱなしにしといたじゃないか。「あの思いやりのなさときたら！」夫婦仲が決裂する。ついに離婚という結末になる。と、悪いのはいつも決まって相手のほうだ。離婚問題のスペシャリストの弁護士たちは経験上その一件では多々弁じてよさそうなものだ。なのに弁護士たちが何もほざかないのは、要するにそれでたんまり稼がせてもらっているから……このところたまたま二件の離婚訴訟の書類を手にすることがあった。そのうちの一件では亭主のほうが離婚を請求した。女房が飲酒に耽って家事をないがしろにし、がみがみぶうぶう嚙みついて亭主を絶望に追いやったからだという。この告発に対して反対側の弁護士は応酬する。女房が飲酒に耽るようになったのは、亭主が日曜日は十一時までベッドに寝ている習慣の持ち主だからだという。女房はそれにいらいらし、それで飲酒に耽りはじめたのだった。二番目の一件では女房のほうが離婚訴訟を起こした。亭主が若い娘の尻を追い回して家族のことを構わなくなり、金も家に入れないと言うので……亭主はこれにどう答えるか？　妻《あれ》は小説の読みすぎで愛情が冷めている、と答えただけ。だれしも自分は贖罪の山羊になりたがらない。いつも悪いのは相手のほう。

気持ちはわかる。人間的には気持ちはとてもよくわかる。だれしもが相手に罪をもとめる、これは、アルキメデスの原理と同じく法則だ。罪を自分の側にもとめたらその人の確実性、というか確実性と思っているものがそっくり、たちまちふっとんでしまう。彼は重さをなくし、もはや大地にしっかり根づいてないという気がしてくるだろう……

ある苗木畑でぼくはかつて次のような経験をしたことがある。以来、ぼくはこれを一つの範例と思いなしてきた。それはこうだ。そこには命令らしい命令をほとんど下すことのない農園主のほかに古参の園丁がいて、二十年間というものつましくまっとうに、というかいわば誠心誠意にやってきた。樹木は生長して売られ、新しいのが植えられて、薔薇の売れ行きは良好だった。ところが農園主は収益が良くないと思い、そこで新しい園丁と契約した。新しい園丁はたいへん有名な苗木畑からきた人で、この手の問題に新機軸をもたらしたということだった。その新しい園丁がきて、組織の頭《かしら》になった。彼は何もかも裏を返した。彼の日々の決まり文句というのはこうだった。「これはやり方がまったく間違ってる……前のやつが？　だってやつは無能もいいとこじゃないか……これはこうしなきゃ駄目なんだよ……」一年が経過した。樹木の育ち方はすこしばかり悪くなった。「だからっておれのせいじゃない」と新しい園丁は言った、「土地をこうも永くほったらかしにした後なのだから、前のやつがこれだけぞんざいなやっつけ仕事をした後なのだから、いくら何でも一日やそこらで良くなりっこないさ……」二年目が経過した。樹木は衰えてきた。売れ行きは悪化し、リンゴワタムシが大量発生した。新しい園丁は解雇され、前の園丁がまた戻ってきた。新しい園丁は去るに及んで言った。「おれのせいじゃない、前のやつが……」前の園丁はまた仕事に取りかかるに及んで言った。「新しいやつのしくじりようときたら、何ともひでえもんだ。やつのせいさ。万事が元通りになるまで、まあそろりそろりとやってくか……」ぼくら労働者にはどのみち同じだった。ぼくらは給金をもらっていた。二人ともぼくらには丁重だった。どちらの言うことが正しいのか、本当のところはぼくらにわからなかった……

では政治では？　ラス・カズは回想録のなかでナポレオンのおもしろい発言を引いている。ロベスピエールが話題になった。応じてナポレオンは考えに沈みながら言った。「ロベスピエール？　彼《あれ》は贖罪の山羊だった！」ロベスピエール、恐怖政治の男、彼が統治しているあいだ、テルミドール前のたった二ケ月だけで数千人が斬首された。そのロベスピエールが贖罪の山羊とは？　なるほど、ごもっとも。人びとがほしがるのはシンボルだ。人間がどうこうなどは問題外。一人の人間のうちに憎悪のありったけを投入できる化身を託しているのだ。裏の顔は忘れてしまう。ロベスピエールの場合なら、人びとにお膳立てされた残酷な鬼の面のかげに指物職人デュプレイの娘が「お友《ボ》だち《ナミ》」と呼んだ人間が隠されていることは忘れてしまうのである。小心な、ちょっと見栄坊の、テロルに責任があるといってもおそらくたかだか泥水をかき回すのが好きな手下どもの言いなりにさせたというだけでしかない男……

大戦をまだおぼえておいでだろうか？　あらゆる国家が自己弁護のために出版した、あの種々さまざまの本をまだ記憶にとどめておいでだろうか——その数たるや大変なもので、虹の七色を全部使っても分類の標識には足りないほどだ。最後に残ったのは一国——この国が贖罪の山羊になった……

「わたしがドイツの発展におどろいていると言ったら本気になさいますか？」最近一人のユダヤ人医師がぼくに言った。この人は故郷で一切を失い、ここスイスで収入《みいり》の悪い助手の口にありついた亡命者だが……専門領域ではかなりの有名人だった。「それ（ドイツの発展）はまったく当然の発展で、だれもそれを止めることなどできはしません。一つの国民全体に破局のすべての責任を何年ものあいだ押しつけて、彼らがそれを弁明する機会がないとなると、当の国民は悪者たちを自国のなかに探さなくてはなりません……わたしどもは予定された贖罪の山羊です。これまでもずっとそうでした。わたしにはよくわかってます。わたしの言うことを一つだけ信じて下さい。どの国にもけだものはいます。強制収容所で行われていることは……賭けをしてもいい、スイスにだって情勢さえ許せば思想の異なる人間を苦しめては――（きれいごとで言って）転向させるのがうれしくて仕様がないというサディストがうようよしています。ねえ、そうでしょう……」

そうでしょう、と言われても困る。しかしぼくは彼の言うことが正しいと思わないわけには行かない。ぼくはその種の人間にいやというほどお目にかかっている、刑務所でも、工場でも……ごくふつうの一人の人間に他人を支配する権力を与えて見給え、たとえ根は善人でも、悪意に燃えて――そうなると……外では気が好くて品行方正で慇懃で通っている男を彼の家庭環境で観察して見給え。家庭ではやりたい放題にふるまい、女房子供に亭主関白の専制政治を敷き、しかも犬に服従をしつけるのが大好きときている。いつだったか若い樹を轢き倒してしまった馬力運送屋を見たことがある。そいつが馬に容赦なく鞭をくれたので、しまいに馬が轅《ながえ》を壊してしまったのだ。それは馬のせいだった。イスラエルのすべての罪業を一身に引き受けなければならなかったのはかならずしも黒い山羊だけではなかった。今日ではよりどりだ。スイス連邦政府、資本家、マルクス主義者、――これは日曜日用、いわば精神の贖罪の山羊用。週日は女房に、子供たちに、使用人に損害賠償をさせ――たまたまそれが「間に合わぬ」ときには、馬が、でなければ犬がひどい目にあわされる。

一時期、ブルジョアを罵倒するという風潮が流行《はや》った。この「ブルジョア」という概念が何を意味するのか、その当時すでにぼくには想像しにくかった。ブルジョアというならぼくの父だってそうだ。長い髭を生やし、こちらの神経にさわる、一部の隙もなく組み立てた見解の持ち主。なるほど、だけどブルジョアってそういう人間なのかしら？だってブルジョアは、頑迷の、独善の同義語じゃなかったか。ぼくの父は全然そんなんじゃなかった。父はぼくが苦しむように苦しみ、悲しむこともあれば、ときには楽しげだった……悪い資本家ども……そんなものがあるのか？――ぼくは金持ちを何人か知っている。そのあるものはお伽話みたいなパッカードを持ち、モントルーに別荘があって——だが亭主のほうは慢性胃カタルの病気持ちで、奥方は退屈し、息子はうすら馬鹿ときている。だからこちらにしてみれば、今日の恐慌は彼らの、つまりはブルジョアどものせいなのだ。彼らはそれがわかってるのか？　いや、わかってない。彼らにしてみれば禍《わざわい》はことごとくマルクス主義者のせいだ。恐慌ばかりではない、そう、胃カタルだって（それは無責任分子の煽動が生んだ心労から来ている）、息子の精神薄弱だってやつらのせいだ。いや、ほんとに！　本能的嫌悪は説明しようと思わぬがいい。

ならばマルクス主義者はどうか？　官公庁労働組合連合の支部長は、ブロンドのちょび髭をたくわえて瞳は青磁色の小男である。彼にとって組合に加入していない同僚はことごとく犯罪者だ。組合員費は年間六十フラン。引き替えにもらうものは新聞だけ。ほかには何もない。六十フランは、とりわけ今日日《きょうび》のこととて、お安くない。何なら他の方面にも使えるのである。しかしその六十フランを払わないものは裏切り者だ。支部長の月額報酬は賄い付きで二百八十フラン。それでも彼は中間搾取されていると感じている。「資本家どもめ！」と彼は言う。「軍需産業の野郎どもも！」彼は銀行に一万フランの預金がある。つい最近（支部のために）タイプライターを買い、リベートを十パーセント受け取った。年間決算書にはタイプライター購入の総額が記入されており、例の十パーセントは彼のポッポ入りした。断っておきたいが、ぼくはこの男を非難しているのではない。道徳的に善だろうが悪だろうが、この男は実際的に考え行動しており、つまりは我が身かわいやなのである。しかしいささか嚥み込み難いのは、彼は、自分が呪っている資本家どもと瓜ふたつの行動をしているのに気がついていないということだ。ちなみにこの男、十一軒もの借家の持ち主の村の棟梁のポン友ときている……資本主義は彼にとって幻影《ファントム》、いやいっそシンボルと言ったほうがいい……何かあることに対してはかならずこの男は腹を立てることができる。しかしそれ以外の場合には何かしら欠落しているものがある。

二三ケ月前、スイスのさる都市である演説会が催され、すごい数の聴衆が殺到した。二人の男が割れんばかりの拍手を浴びながら話をした。ぼくは件《くだん》の演説を聞いたわけではない。評判《エコー》がこちらの耳まで押し寄せてきたというだけだ。評判はこんな調子だった。「あれにはまいったよ、連邦議員どもをぎゅうという目に遭わせたね。大した男たちさ！」で、ぼくはおずおずと聞かせてもらった。一体、その演説家はどんな世界顚覆的な言説をのたまうたのかね。そこで流れが涸れた。恐慌は連邦議員どものせいだ。連邦議員がやり方を変えればたちまち恐慌は解消され、国民の懐にはもっと金が入ってくるに相違なくて、そうすれば失業もなくなる。――ではどうやればそうなるのかね、とぼくは無邪気にも好奇心むき出しにたずねた。あの人の言い方は正確無比で、まったくその通りでした。もっとも自分（話し手）は無教養なのであの人の言った通り話の受け売りはできないけど、あの人の言う通りですとも。うまく行かないのは連邦議員のせいで――と、この調子で続く。

ぼくが話しているのは別に目新しいことじゃないのは先刻承知だ。悪口を吐けばその人は正しい、とは昔から相場が決まっている。またどこかのお役所の肩を持つようなことを言うとなれば、当の人間は猟官の嫌疑をかけられるか、そうでなければ露骨ではあるがサロン向きではないレッテルを貼りつけられる。しかし控えめに私見を述べさせてもらってもいいだろう。手入れのいい馬がしょっちゅう鞭を食らっている馬よりも働きがあるということも、飢えさせるより丁寧な扱いをしたほうが良い労働者ができるということも、子供たちは叱るだけでは教育できず、叱るだけではいじけ、怖《お》じ気づき、不平不満だらけの子になってしまうということも、ぼくに言わせれば周知の事実であり、心理学的事実なのだ。ぼくは訊きたいが、どうしていつも、たとえば連邦議員にいちゃもんをつけなきゃ気がすまないのだろう？　彼らだって結局は人間なんだし、おそらく持てるかぎりの力を尽くしているのだ。たぶん天才政治家なんかじゃないだろう。天才が相手だったら手の打ちようがないじゃないか？　天才はわずらわしい。ぼくらに必要なのは能吏であり、わが道を行き、なさねばならぬと思うことをなし遂げる、もの静かな人たちだ。

たしかに、贖罪の山羊はいなければならぬ。人間が贖罪の山羊を必要とするのは一つの法則のように思える。悪口を吐けばさっぱりする、だからさあご存分に！　今日諸党派はさほどはげしく対立点をあらわにして戦いあうことはできなくて、それぞれに自分の立場を取ってそれに固執しなければならない、のだそうだ。そうではない立場の取り方はないものか、自分たちの都合のいいように何かを引きあいに出して一向に構わない、といったような？

寛容は今日では評判がよくない。それは承知だ。寛容を云々すると、自堕落、卑怯、無責任、のそしりを招きかねない……本当にそうなのかどうか、ぼくは疑問に思う。具体例がないとうまく説明しにくい。そこでこの種の具体例を一つ挙げる。外人部隊に部隊の憎まれ者随一の将校がいた。なぜ憎まれ者なのか、だれにもわからない。彼が命令を下すと、それに関わり合いになった人間はわなわな身を震わせて拳を固めた。当の将校はそれに気がつかないふりをした。ある行進の際に一度ぼくと話をしたことがある。そこでぼくはたずねた。どうしてこうなったんでしょう、だってあなたはだれ一人いじめたわけじゃないのに。将校はちょっと悲しげな顔をした。「いつもこうだったんだよ」と彼は言った、「ごく小さいときからだ。皆がおれを憎むんだ。ときには憎しみを圧服することができなくはなかった。おれにはどうしようもないし、他の人たちもどうしようもない……根っからこういうふうらしいんだ。おれには他人《ひと》を苛立たせる何かがあるみたいだな。これはもうどうしようもないことなんだよ。」その後のある戦闘で将校は射殺された。どうやらぼくらの仲間内のだれかに。ぼくは日曜日の説教をしているなんて思われたくない。さなきだにお説教とつき合うのは慎重にしたい、思い上がる虞《おそ》れがすくなくなくて……しかしこの将校の寛容は、本当に卑怯と見まがいかねなかったものなのか？　自分が標的になっている憎悪の根拠が理解できて文句を言わない、というのは、それほど勇気を必要としないものなのか？　そうではない態度、自分の見解に頑《かたく》なに固執し、思い通りではないからといって弾劾し批判する態度のほうが、はるかに安価で単純なのではあるまいか？

人びとをあるがままに受け入れること、彼らを自分の好みに合わせようとしないこと、これは至難の業だろう。しかすべての人間がお互いに似てしまったらどうなるか、という問題を、いつかはよく考えてみなければならない――すべての人間が自分と同じだと考えるとぼくはぞっとする。さぞかし退屈で我慢ならないだろう。またこの上なくすばらしい満足がフイになってしまうだろう。つまり他人に贖罪の山羊を見るという満足が。

人間について言えることは、国家についても言えはしないか？　フランスの無秩序について、イギリス人のケチくさい根性について、ぼくらは判断を下し、非難し、驚愕する……ぼくらこそ唯一本物の国民だ！　こちらに言わせればだ。しかしそういうぼくらの状態にだって満足しているわけじゃない。どの国にもそれぞれの政治的伝統があり、この伝統は革命にさえ持ちこたえるほど強力だ。フランス革命のインタナショナリズムに齢《よわい》数百年におよぶ王政はすみやかに服従した。ルイ十四世その人がかつて夢見たよりはるかに先鋭に、攻撃的に服従した。そしてロシアは？　世界革命はどうなるのか？　モスクワではロシア人たちが突然故郷を発見した……

ときおりぼくは、白昼夢のなかで、射撃大会《シュッツェンフェスト》ではなく贖罪の祭《フェアゼーヌンクフェスト》を夢見ることがある。黒い贖罪の山羊が一頭、山羊の頭の上に両手を載せてありとあらゆる悪業を山羊に積載している司祭長（きっと連邦議員だ）。山羊が追いやられると、民衆は歓呼の声を上げる。満足、満足、大満足だ。いつまで続くだろう？　一日か？　だがこうした贖罪の祭には三つの付属物がすべて欠けている。司祭長、そこへと山羊を追い出すべき荒野《あれの》。では、当の贖罪の山羊は？ぼくが思うに、やつにご褒美を上げるために、だれかがかならずや一頭捕まえてくるだろうが……

道路

それはぼくの部屋の窓から約五十メートルほど離れたあたりにまっすぐに延びている。どうか信じて頂きたいが、それは道路としては第一級の道路に属するのだ。そうでなければわざわざこいつの話なんぞするわけがない。ここから分岐している、深い穴だらけの箇所にただ砂利を敷いただけの、乗り物という乗り物がバネというバネをきしませながら怒り狂って走っている第二級、第三級の道路――そんなけちな道路の話ならしたいとも思わない。そういう道路にはカーブがあり上り坂があって――豊かなライ麦畑のなかを真っ白なアラベスクを描いていたりして、たしかにとてもすばらしくはあるけれども、しかしどうも頭から真に受けるわけには行かないのである。あまりにも国民経済学の本のなかの思考の筋道を思わせて――行き着く先がどこなのか、さっぱりわからないのだ……

第一級道路はこれとは大違い！　まず第一に、それはアスファルト舗装がしてある。あまたの岩石にこすられてつるつるになめされた象の背中みたいだ。この道路はやわらかく、自転車が上にのると自然にスピードが出る。自転車の乗り手は上体をハンドルの上に深く沈めながらペダルを踏みさえすればいい。ただし娘さんだと、男性の前を通るときには背筋をまっすぐに伸ばし、スカートのめくれるのをときどききちんと直さないといけない……そして第二に、この手の道路は基礎の作りがいいから、だれもそれが湿原に埋没する心配をしなくいい。というのも右も左もはるかに湿原《モール》がひろがっており――このあたりではそれを「沼《モース》」と言っている。大風がその辛抱強い手で頭上を撫でると葦がお辞儀をする。葦の花は黒い肉穂花序《にくすいかじょ》で、燃えつきたロケット弾みたいに見える。ずっと向こうのほうに暗い森が丘の上にひろがっている、分厚い天鵞絨《ビロード》の毛布もさながらに……

そして道路はきちんと監視されている。たとえ脱走したくてたまらなくなっても脱走はできない。ひょろひょろしたまっすぐの電信柱の列は模範的な兵士たちだ。彼らは気をつけの姿勢しか知らない。何事も彼らの目を逸らさせることはない――その白い碍子《がいし》が鉄兜の控えめな装飾のようにきらめく。

そこへいくと、道路のもう一方の部分の監視役のはずの樹木たちはそれほど厳酷ではない。彼らはいつも放心状態だ。風が静まるとかならずすこしばかりうとうとし、それから騒々しい小鳥たちが何羽かきて、彼ら樹木たちの目をさまさせてしまう。でなければ東からささやかな風がきて樹木たちの木の葉に撚《よ》りをかける。これは嫌いではないが――しかしそよ風は好きじゃない。神経質にさせられる。まるで人間みたいだ。暑さのさなかのこんな冷たい空気にはとびきり我慢強い人間でさえむずむずしてくる。だれだって風邪は引きたくない……

電信柱は電線を支えることしかしていない。だから見張りをしていられるのだ。それなら樹木たちはどうだろう！とどのつまり彼らにしたって死んでいるわけではない。彼らは花をつけ蜜蜂を誘い込まなくてはならず――後で種子がちゃんと配分されるように案配しなくてはならない……その上なおかつ、道路の見張りなんかしていられるだろうか？　注文が多すぎる……

だから交通事故が発生するのも大抵は樹木の下だ。その通り、と思ったことはありませんか？

ということは、道路はこちらが決めつけたがっているほどには死んでないんじゃないかとぼくは思うのだ。道路には道路の気分がある。道路は近代的な思想の持ち主だ。思うにそれは、どうやらさまざまの自動車銘柄《マーク》を識別する術《すべ》を心得ているらしいのだ。つまり道路はやかましい破裂音、騒音が嫌いなのだ。たとえば排気管を開けっぱなしにして小規模な一斉射撃をやらかすオートバイだ。道路はよく、ふいに軽くゆらしてこいつを溝にはまり込ませる。と、ドライヴァーが悪態をつく。悪態をつく余裕があればの話だが。道路はそんなふうにして教育効果を上げようと思っている。しかし人間のほうは教育されたがらない。何だって教育されなきゃいけないんだ？　道路なんかに教育されたら、そのうち教育学者やモラリストは飯の食い上げになり、あげくはたぶん万事休すだ。その他の点では道路も、それにまつわる幻想《イリュージョン》をずいぶん失ったようだ。

　道路は、やわらかい走り方の、ほとんどモーター音のしない自動車をとりわけ好む。そういう車なら大歓迎だ。道路は車に危険を警告する——むろん、道路なりのやり方で。車のなかにいる人間たちはそれに気がつかない。あまりにも鈍感すぎる。懸命に恐慌《パニック》の原因をつきとめようとしている最中でもなければ、彼らはせいぜい「いい走り心地だな」なんて言ってるだけで……

　というのも、恐慌の被害甚大の最たるものが自動車ドライヴァーであるのは周知の事実だからだ。だが道路は古風な運送用車両は嫌いだ。万古不滅の戦前の商品たる、がたがたやかましいフォードにはじまって（シトロエンがフォードについて語ったすてきな話というのをご存じだろうか？……でもお引き止めしたくない……またいつかにしましょう！）、二頭立てか、一頭しかつないでない荷車の類《たぐい》にいたるまで。この荷車というやつ！　こいつらときたらフォードのボロ車より頭にくる、がたぴし身震いする騒音を立てる。おしゃべりをしはじめたらもう止まらない。それが、だれかさんのラジオ演説そっくりにクソおもしろくなくて——だが、個人的感情はよしにしよう。

　この荷車、二輪合唱で轍《わだち》の二重声をべちゃくちゃやる。それにまた「そう、そうだ」という単調な、鈍い、馬の蹄音の合いの手が入る。すると道路はやわらかくなる。ほとんど溶けてしまい、その皮膚は粥状になり、馬たちがくたくたにくたびれる……馬たちはまもなく脇の小道に曲がり込む。そっちのほうがずっと走りやすい。

　ときおり道路に辛子色の車が現れることがある。車が止まる。まばゆいばかりに派手に装い立てた革脚絆姿の制服の男が一人降り立つ。手を上げる。最高スピードの車でさえ驚いてストップする。車の検閲だ。

　辛子色の車が居合わせているあいだに、ちょうど一台の古いフォードと一斉射撃式にエンジンを噴かすオートバイが乱暴な鉢合わせをしたのは、あくまでも偶然のなせる業だった。怪我人は一人も出なかった。派手に装い立てた革脚絆の男がさっそく事故現場（いうまでもなくそれは樹木が監視している場所でのこと）に駆けつけたが、しかし彼には専門知識が乏しかった。そこで警察車から派手に装い立てた第二の革脚絆が降り立った。革脚絆の上にはしかし太鼓腹が出っ張っていた。威厳と意義という点では、そんなものを抱えた人物には微弱な概念しか付与しえないところの太鼓腹だ。デブ男はポケットからチョークを取り出して事故を「再構成」した。彼は道路の灰色の象の皮膚の上に白い線を引いていくつかの道を描き込んだ。その道と道をつなぎ合わせると事故が起こることになるはずだった。彼は難渋した。腹が邪魔をした。腹が彼を左に突きのけ、右に突きのけ、胸を突き上げた。身を屈めようとしてもいうことをきかなかった。そこでとうとう権力の標徴たるチョークを連れの男に手渡した。かくてすべては、二時間という驚くべき短時間のうちに片づいたのであるが……

しかし道路は……いつだったかぼくは劇場で、いまは亡きパーレンベルクが舞台でしゃべっているあいだに、痩せてもう初老の域にさしかかった紳士と隣り合わせたことがある。初老紳士はぴくりとも顔面を動かさなかったが、その全身が出口の見つからない体内の笑いのためにわなわな震えていた。かの重要人物が空しく腹を飼いならそうとしているあいだにぼくが道路に感じたのは、あれと同じ笑いの気配だった。道路は笑った、とぼくは確信している……だれが何と言おうと……

ちなみに道路は人が好いときだってなくはない。特に夜になって月が照り、自動車がヘッドライトで象の皮膚をくすぐらなくなるとだ。そんなとき、だれか孤独な酔っぱらいが道路の一方の端から片側の端へ歌うカーヴを切って歩く、なんてことが起こりかねない。道路がそうさせるのだ。そしてしまいにもう歌も歌えないほどくたくたに男が疲れ果てると、道路はついと身を沈め、男は道路の縁を越えてふかぶかとした草のなかにすべり出る。そこで朝まで大きな菩提樹の帽子の下で眠りこけるのだ……

同　僚

霧が濃かった。ラントリンゲン療養所の看護士パウル・シュリュープは家の前で妻に別れを告げた。妻は入院しなければならないのだった。化膿性耳炎、と医者は言った。彼女はいつも病気がちで疲れていた。それからシュリュープは自転車に乗って出立した。道路は砂利を敷いたばかりだった。道路沿いに並んだ一世帯用住宅の家並みは輪郭がぼやけていた。自転車はぴょんぴょん跳ねたりぐらついたりした。と、プシュッといやな音がした。後部車輪にシュリュープは錆び釘を一本見つけた。一日の始めの縁起は良くなかった。しかしまともに腹を立てる気にはならなかった。そうするには心配事が多すぎた。シュリュープの住んでいる家は自分の家だった。ということは自前で建てた家ということだ。結婚した当時のことである。彼にはいくらか貯金があり、妻にもあった。後は銀行から借り、いまも銀行に利子を支払わなければならなかった。その利子の支払いが三ケ月滞っていた。どうして支払ったらいいのかわからなかった。病気の治療費、新しいラジオ……二百フランの月給では到底追いつかない！　シュリュープはなおも自転車を押して歩き続けた。ようやく凹凸のない道路の一部が見えてきた。療養所はもう遠くなかった。すくなくとも遅刻だけはしないだろう。腕時計は六時十五分過ぎを指していた。

道路際には黄葉の、紅葉の、茶色の葉の灌木がびっしり植わっていた。そのあいだから黒い格子窓の桟がちらちら光った。もうそこが「婦人病棟A」の部屋だった。シュリュープはそこの部屋付き看護婦のハンニ・ツヴィーガルトのことを考え、彼女の姿をありありと思い浮かべた。陽気な茶色の瞳、まっすぐな鼻はとがって長く、頤《おとがい》も前方にとび出している。美人というのではなかったが、ダンスは上手だった。シュリュープはこの前の刈入れ祭に何度も彼女と踊った。妻はもちろん療養所のお祭りに来たことはない。妻はいつも疲れやすかった。

やっと所内の車道に乗り入れる。時計台の時計は霧のために見えなかった。反対側の車道から同僚たちがやって来た。不機嫌なあいさつが交わされた。シュリュープは背後にどっと笑う声を聞いた。彼の自転車の「パンクしたタイヤ」が悪意の悦び《シャーデンフロイデ》をかきたてたようで――そちらのほうでいやな高笑いがふくれ上がった。暗がりからようやく「男子病棟E」が立ち現れた。シュリュープは自転車を石段の上に運びあげて停めた。マスターキイは今度もうまくかみ合わず、やっとこさドアが開いた――このとき時計台が二度打つ音が聞こえた。うらみがましい音色だった。その音はいつも不公平をグチるような感じに聞こえた。一階でシュリュープは看護士長のヘンギスター（馬面で、短い剛毛の口髭を生やした、ひょろ長い、筋肉質の男）と鉢合わせになり、「おはよう！」と言って――また駆け抜けた。やっと部屋に着いた。それはもともとは彼の部屋ではなく、この療養棟の主任、つまりヌスバウマー「病棟長」の部屋だった。しかしいまはシュリュープが病棟長代行を仰せつかっているので、シュリュープはここを自分の部屋とみなしていた。

シュリュープはコートを脱ぎ、袖の長い青っぽいプルオーヴァーを着たまましばらく鏡の前に立って慢然と髪にブラシをかけ、それから白いエプロンをつけると、エプロンの紐（背面の）にマスターキイと三角鍵、それに一つ輪にまとめた他の鍵を吊るした。それから療養病棟内の巡回をはじめた。シュリュープは奇妙な歩き方をした。ガニ股なので歩くと膝がやや曲がり気味になったが、歩幅を大きく取るのでそれが上体を上下にがくがくとゆすり、まるで一足歩くたびに知らない人にお辞儀をしているみたいだった。

一階はがらんとして人けがなかった。改築した建物だった。食堂は薄暗く、窓々（その窓という窓を一連なりの花々が療養所を縁取っていた）の前に生えた背の高い樅の木が、さなきだに乏しくなりかけた霧の光をなおも透かし通していた。シュリュープはテーブルを拭《ぬぐ》った。指先が灰色になった。――「畜生め」と彼はボヤいた。

監視室は二階にあり、とても長くて奥行きが深かった。ランプがまだ乳白ガラス製の半球のなかで燃えていた。それはおかしな照明効果を上げた。というのはここにも樅の木と窓ガラスを通して霧の朝が浸《し》み込んでいたからだ。――夜勤のエールニィはもうタイムレコーダーを裏返していた。壁際の小テーブルの、夜のあいだ彼が頭をもたせかけるところに脂じみた大きな汚点《しみ》ができていた。そこは一年のうちにもう五度も塗り直されていた。エールニィは深く息をした。喘息なのだ。エールニィの太鼓腹には髪の毛で編んだ時計鎖が蛆虫の死骸みたいに置かれていた。エールニィはぶつくさボヤき、時計をちらと眺めた。十分も超過勤務をしていなければならなかったわけだ。それで腹を立てていた。エールニィの十八番のことばは「正確に」だった。十月の初日からは夜の八時から朝の六時までではなく、朝は六時半まで勤務しなくてはならないというのも彼には正確とは思えなかった。またシュリュープがこの改正の肩を持っているというので、彼はシュリュープをも赦さなかった。それでもエールニィの勤務は楽なほうだった。あいだに脂肪がついていた。「E病棟」の夜間は静かだった。「U病棟」とはくらべものにならなかった。あちらでは一晩中どたばた騒ぎで、持続浴が夜通しあった。

「何か変わりは？」シュリュープがたずねた。——「自分で見ろよ！」エールニィはいつものように侮辱されたようにキイキイ声を上げた。彼は報告ノートをぱたんと開け、テーブルの上に押しやった。細長い、いやに左に傾いた字体で書いた報告が読めた。コーリが発作を起こしてベッドで「廃墟《ルイニールト》になった」し、ユッツェラー博士が独房で大声を出し、指示により注射を打たれた。——「そりゃそうと《寝小便をした《ウリニールト》》と書くんだ。そんなの、初歩中の初歩の知識じゃないか！」とシュリュープは言った。エールニィは真っ赤になり、しどろもどろにインクのしくじりだの手暗がりだのを云々して書き直した。シュリュープは、夜勤勤務のエールニィが自分に激怒しているのを感じた。

　エールニィが行ってしまうと、シュリュープは例の小テーブルにもたれかかってホールを見渡した。老人も若いのも、ベッドの前で身体を妙に不自然に曲げて服を着込んでいた。裏手の浴室の窓は開け放してあるのに、ホールには汗と睡眠剤のパラルデヒドのきつい臭気が立ちこめ、うめきたくなるような腐敗性の悪臭がした。

　奥の、右隅の一角で、どうやら取っ組みあいがはじまったらしい。シュリュープはそちらへ近づいたが、すこしためらった。グルールナーとわかったからだ。そばかすだらけのむき出しの右下腕とブロンドに光る頭髪とでそれと知れた。グルールナー・ヴァルター、皆には「鯨」と呼ばれ、元チーズ職人で、看護士見習期間の経歴さえあった——それも六ケ月。その若々しく好ましげな顔には隠れた残忍性がたっぷり宿っていた。「やい！　おい、まだか？　てめえのキン玉をにぎりつぶしたろうか？」とグルールナーはチビのヴィクスラーに向かって叫んだ。ヴィクスラーは、額が後退して顎のない、小猿そっくりのクレティン病患者だ。グルールナーがシャツの袖を引き裂き、猿が引っ掻き嚙みつき吼えたけりはじめた。そのときシュリュープが仲に入った。「そんなに荒れるなって！」と彼は言い、おとなしくさせようとした。——「自分でやってみろ、命令するのは簡単だ！」鯨がわめき返した。シュリュープの気持ちがあやふやだと、グルールナーは脅しが荒々しくなった。「厚かましいまねがしたいんなら、報告書につけてやるぞ、いいのか？」——と、鯨はせせら笑った。彼は両手をズボンのポケットに突っ込んだ。「よせ！」シュリュープは振り向いた。今日は彼が主任の日だった。がみがみどなりあっている場合ではなかった。それにまだ「最上階」の三階にも行かなければならなかった。シュリュープは二三歩進んだ。と、思いついたことがあった。「今日は最上階に上がらないのか？」そう彼はたずね、つとめて落ち着きはらった態度を装おうとした。「ヴーマールとお役目交替したんだ。」――「申告はしたか？」――「いや、ヴーマールが今夜は早目にお役目御免になりたがったんだ。で、おれがやつのかわりに八時まで。」――「病棟長が出て行くと」とシュリュープは言った、「何でもやりたい放題だと思ってるんだな。だけどいまに思い知るぞ！」本当を言えばシュリュープは不愉快もいいところだった。というのも鯨は結局ヴーマールの言うことしか聞きたがらないからだ。ヴーマールはいい男だった。シュリュープは自分の声がしゃがれているような気がし、いっそ立ち去ってしまいたかった。彼は背中を丸めて乾いた咳をした。

談話室では、色黒でモンゴリアン系の顔をした小男のフラーが朝食の支度をしていた――「ユッツェラーはもう起きたのか？」――「いや。」フラーの返事は嚙みつくような調子だった。――「どうして？」――「注射を食らった。まだ寝ている。」――シュリュープはちらと考えた。どうして皆はこうもおれに憎さげにするんだろう。病棟長のヌスバウマーに向かってだとこんなふうにはしない、あっちのほうがおれより若いってのに。原因はどこにあるのか？たぶん彼がしょっちゅう引きずっている私的な心配事のせいで、それが彼の身動きを取れなくしているのでは？シュリュープはドア枠のなかに突っ立ったまま、汚点《しみ》だらけのテーブルクロスにつや消しのねずみ色のスプーンを並べているフラーのほうをぼんやり眺めた。部屋は真四角で、暖かいオレンジ色に塗装してあった。ベンチのあいだのフレームにはアスパラガスの枝が吊るされていた。シュリュープは患者たちがうらやましかった。彼らは何の気苦労もいらない。彼らは監禁されている……でもローンの利子は払わなくていい！

シュリュープはドア枠のところから離れるあいだに決心をした。疾病保険の代理業を志願してみよう。金になるだろうな。自分がそれをやりはじめたとして、療養所ではどんなジャンルとして扱われることになるだろう？……

ユッツェラー博士は自分の床上ベッドで眠っていた。隅のバケツは中身が空けてなくてプンと臭った。シュリュープは眠っている患者の上に身を屈め、肩に手をかけてゆさぶった。「博士、さあさあ、博士ったら、起きなさい！」うーむと一声うめく、うるさくかまわれたくない子供みたいにいやいやをして手を払いのける。シュリュープはバケツの中身を空けに行った。そのためにはもう一度監視ホールを横切って、鯨の糞いまいましい高笑いを浴びなければならなかったのだが。それから独房に戻って窓を開け、霧の外気を二口三口吸い込んだ（煙草が吸いたかったが、朝食前は喫煙禁止だった）。フラーと廊下で行き会うとシュリュープはボヤいた。「バケツの始末までやらされるんだからな！」シュリュープの「マスターキイ」が鍵穴のなかでキイキイ軋り、彼は背後でドアを閉じた。フラーの返事は予想がついた。聞きたいとも思わなかった。

「最上階」にはもうだれもいなかった。患者たちは一階で食事中だった。シュリュープはヴーマールを捜した。「どうして鯨と勤務時間を交替したんだい？」と彼は厭味にたずねた。ヴーマールの瞳は明るく、途方に暮れたような目つきをした。うなじの後ろに、ひろがった禿の縁飾りのように一握りの赤毛の束が生えていた。ヴーマールは小男で、もう十五年も看護士を勤め、患者たちに好かれていた。しかし新しいやり方はうまくこなせなかった。作業療法！　規律！　ヴーマールは皆から、看護士長からも、療養病棟の責任者のヴェラグヴィン博士女史からも、ヌスバウマーからも、ひどい目にあわされていた。皆が彼の仕事というとかならずケチをつけた。ヴーマールは精一杯がんばった……「今晩は家に帰らなくちゃならないんで。」ヴーマールは小声で言い、一段と途方に暮れたような目つきになった。と、シュリュープが抑えに入った。「おれのためだ。そう言いたかったんだろ。もういいんだ。だけど何だって鯨なんかと交替したんだ？……ああ、ま、どっちみち同じことだよな。」彼は口をつぐんだ。ヴーマールは大きな赤いハンカチでくしゅんと鼻をかんだ。廊下の灯りがくすんだ色に光っていた。「奥さんの具合、どうですか？」ヴーマールが声をひそめてたずねた。――「また入院しなきゃならなくって。きみ、二百フラン都合できないかな？」ヴーマールの目がすっかり途方に暮れた。「そんな、できっこありませんよ！」彼は鼻をかんだハンカチをポケットにしまった。――「そろそろ朝食の時間だな。」シュリュープは言って、電灯のスイッチをひねった。

看護士たちの常駐する部屋は、そこでは炊事はせず（食事は、中庭の真ん中にあって上階がリネン室になっている療養所の大厨房から運ばれてきた）食器洗いをするだけなのに厨房と呼ばれていた。部屋は小さいが天井が高かった。スペースはものすごく大きな樅の木製のテーブルでほとんどいっぱいになっていた。上手《かみて》の端に肥った副看護士長がでんと腰を据えていた。副看護士長の頭は、日向に置きすぎてしわくちゃになった子供の赤い風船みたいだった。「副長」はご機嫌で、夜の文化専門の雑誌にかじりついていた。なんといっても人間お娯しみがなくては！　看護士長のヘンギスターは自室で食事をした。彼は病棟の最高責任者に次ぐ権利の持ち主だった。

　シュリュープは空腹ではなかった。トーストの匂いがむかついた。彼は大きなカップでブラック・コーヒーを飲んだ。鯨のグルールナーはむき出しの下腕を目の前の皿のまわりにのせ、脂っこい馬鈴薯《じゃがいも》を口に放り込んでいた。彼はGW（彼のいわゆる重度精神病《グレーサーヴァーン》）を病んでいる人たちについてコメントし、モンゴリアン性頭部をした小男のフラーにちらと目くばせをすると、相手は真っ白な歯並びのいい歯をむき出しにしてニヤリと笑った。部屋のなかはむっとして息が詰まりそうだった。シュリュープは廊下に逃げ出して「パリジエンヌ」を喫った。ほんとうは、出来合いの紙巻煙草を喫うといつも後ろ暗い気がするのだった。毎日（紙に巻いていない）煙草を買って紙を巻くほうが好きだった。しかしやがて反抗心に見舞われた。妻が病気だからといって、それだけのことで何もかもあきらめなくてはならないのか？　人生の一切を？　そんな考えに襲われると、その度に何かしら愚行に走った。一ケ月前にラジオを分割払いで買ったのもそれだった。

　看護士長室のドアが開いた。「何か申告事項はないか、シュリュープ？　これから報告に行く。」シュリュープは頭《かぶり》を振った。ヘンギスターの剛毛の口髭が消えた。患者たちの食堂からかちゃかちゃスプーンのふれ合う音が聞こえてきた。テーブルはちゃんと拭いてあるだろうか？　階下のこの食堂ではテーブルクロスを使っていなかったのである。シュリュープは見に行った。果たせるかな、テーブルはまだ埃だらけだった。食事中の患者のグレーのコートの肘の部分には黒い汚点《しみ》がついていた。一階の当番はだれだ？　シュリュープはしかしこれ以上だれかにがみがみ嚙みつくには疲れすぎていた。彼は療養病棟室に逃がれ、テーブルにしゃがみ込んで新しい紙巻煙草に火をつけ、ヌスバウマーが彼に書き残しておいてくれた今日の分の課題を読みにかかった。

　ユッツェラー博士の体温を計ること、と書かれていた。エールニィはやってくれただろうか？　シュリュープは報告書のメモを思い出そうとしてみた。お次は、最上階のフロアの便所が詰まったとの届け出が出ている（報告書に持ち出されているとは！）。シュリュープは壁時計に目を上げた。八時五分前だ。ヘンギスターはたぶんまだ部屋にいるはずだ。シュリュープは卓上電話の受話器を取り上げた（看護士長室までは歩いて二十歩もないくらいだが、シュリュープは疲れすぎていた）。電話器は規則正しく十秒毎にぶうぶうブザーを鳴らしていたが、だれも出なかった。

シュリュープは受話器を受話器受けに置き、両手で頭を抱えた。と突然、書き残されていたメモでも読んだことを思い出した。そのほかに、厨房の汚れた洗濯物をリネン室に運んで行かなくてはならないこと。気持ちがうきうきしてきた。あそこへ行けばきっとハンニ・ツヴィーガルトに会える。ハンニは今日も洗濯物を取りにくるにちがいなかった。シュリュープはあの娘の顔が見たくてたまらなくなった。

シュリュープはもう三十年も療養病棟にいる老人患者のマティースをいっしょに連れて行った。細かいことにいちいち拘泥する、オールド・ミスそっくりの身ごなしの佝僂《せむし》の小男だ。マティースが洗濯物籠の一方の把手をつかみ、シュリュープがもう片方を持った。そうして彼らは人けのない中庭を横切った。シュリュープは洗濯女たちの使う洗濯板が妙にうつろな響きを立てている洗濯室で洗濯物を手渡し、それから階上のリネン室に上がっていった。

そこにはもう「C」病棟、「K」病棟、「U」病棟の病棟員たちが待っていた。シュリュープの顔見知りなのはしかし、「C」病棟の病棟員でツヴィーガルト・ハンニとの共同作業で仔牛を生《な》そうとしている肩幅の広い娘のヴォットリだけだった。ハンニはこの娘の腕をつねって笑ったが(今朝の霧のなかでのそれと同じ笑いだった)、ヴォットリの大きな手が娘のおっぱいをねらう攻撃に移ると、今度はヴォットリのほうが平手打ちを一発食らった。ハンニは身を守るすべを心得ていたのだ。だが彼女はすぐにまたシュリュープのほうに笑いかけ、舌の先が唇と唇のあいだでちろちろ戯れた。髪は白い頭巾に覆われていたが、一捲きの房《ふさ》が絹糸のように細やかに褐色に額の上にうず巻いていた。ヴォットリはまだハンニの笑いとまなざしの行方を眺めていた。シュリュープは籠を持ち上げ、外の扉の前で彼のいななくような笑い声が上がった。シュリュープはハンニと水入らずになった。リネン室係のヴォットリは高い棚の下に姿を消した。「どんな、具合は?」ハンニは訊きながらシュリュープのほうにやって来た。ハンニは固い握手をした。ハンニの指は短く赤かった。シュリュープは妻の痩せて力なくなった指を思い起こさないではいられなかった。「奥さんの具合がまた良くないの?」ハンニは質問を続けた。シュリュープはうなずいた。今日また入院するはめになってね。——じゃあ、あなた一人きりになったのね?——そうだよ。——ハンニはあたりを見回し、シュリュープは口がからからに乾くような感じがし、やがてこほんと咳払いをしてから背中を丸めて言った。一度うちへ遊びにこないか? ハンニはうなずいた。赤くもならずに真顔でうなずいた。「いつ?」——次の火曜日なら一日中明いているけど。じゃあその日に、とハンニは言って、シュリュープのプルオーヴァーの袖の上を赤い人差し指で撫でた。それから笑い声を上げ、自分の洗濯物籠を持ち上げて立ち去った。シュリュープはできれば手伝いたかった。しかしそうも行かなかった。そこでテーブル際に立ったまま黄色い土間を見つめていたが、ようやくわれに返ると、これでおしまい、とリネン室係のヴォットリが言った。シュリュープはそこで、どこか後ろのほうでぶつぶつ独り言をつぶやいたりうなったりしていたマティースを呼びよせた。

ミス・ヴェラグヴィン博士は外国女性で、そのために永遠の助手職の宣告を下されていた。それでもこの療養所が気に入っていた。権力はあったし、収入は年に二着服を新調し、夏休みはイタリア旅行、冬は数回のコンサートに行くのに充分だった。これ以上言うことはなかった。彼女は小柄で痩せていて、ヒールをこれ見よがしに誇張した靴で歩き回るので、彼女が歩くとアスファルトの上を走る馬のくたびれた跑足《だくあし》のようにカッカという響きがした。シュリュープが彼の下着類の籠を二階の廊下に下ろすと、ちょうど彼女が「D」病棟から出てきたところだった。

ミス・ヴェラグヴィン博士はシュリュープめがけて発射した。「ユッツェラー博士が起きてないのが報告されてなかったわよ！　今日は、シュリュープ！　どうしてあなたが監視してなかったの？　療養病棟主任代行の看護士には責任があるのよ。ユッツェラー博士はもう起きたの？」シュリュープは頭《かぶり》を振った。――「起きて―な―ない―って？」ミス・ヴェラグヴィンは小さな拳を白衣のポケットにぐいとばかり突っ込んだ。「すぐに何とかして頂戴、いいわね、シュリュープ？」「かしこまりました、博士！」とシュリュープは言った。最前からのよろこびはどこへやら、であった。彼はまた咳をした。看守長のヘンギスターがいい子になりたがった（それでなくてもヘンギスターには、決して白い前掛けを着けないという自尊心があり、そのために彼は病院関係者に見えなかった）。「わたしは看護士たちにいつも何度も……」ヘンギスターの標準ドイツ語はたどたどしかった。だがミス・ヴェラグヴィンはもうちょこちょこ歩いて姿を消していた。足音はユッツェラー博士の個室に入り、彼女のまくしたてる声が聞こえた。「さて、博士、今日のご機嫌はいかが？　あいかわらずの黙《だん》まり屋さん？　うん、うん。だいぶ良くなってきてるわね。さあ、もう起きなきゃ！　でしょう？」シュリュープのほうに向かって、「また暴《あ》れ気味になったのね、昨夜、そうよね？　うん、うん、ちょうどそういう症状だったわけ。それでは、博士、アデュー。しっかりお仕事なさってね！」部屋を出てから、「体温は測ったの？　まあーあーだぁーあ？　だって、シュリュープ！」――「はっ、どういうことでしょう？」ヘンギスターがまた割って入った、「わたしはいつもきびしく……」だがミス・ヴェラグヴィンはもう監視ホールに行っていた。そちらで何やらめそめそ声が上がり、これは小チンパンジーのヴィクスラーがベッドにしゃがみ込んでニヤついているのだった。「起きてなかったの？　こっちもなの？　どうなってるの、この無秩序ときたら？」今度はヴィクスラーが割って入った。「そこのあいつが」とヴィクスラーが嚙みつき、「あたしを殴ろうとしたんで！」とシュリュープを指さした。――いっそ殴ってればよかったのに。あれこれ感情の湧き上がるのを抑え難かった。神経を逆なでされる思いだった。ここのお勤めは、よくそんな思いをさせられた。患者の態度に感染させられるのだ。それにしても……「現場にだれか居合わせたの？」ミス・ヴェラグヴィンはたずねた。鼻翼がぴりぴりふるえた。権力を見せつける絶好の機会を嗅ぎつけたのだ。「鯨が声を聞きつけました！」小チンパンジーはがなった。――「鯨？」――「グルールナーのことです、博士」とヘンギスターが解説をつけた。――「ああ、うん、あの有能な看護士ね。感じのいい人だわ。彼を連れてらっしゃい、シュリュープ！　この件を調べなきゃ。」グルールナーが来た。大股の安定した歩調、充血した下腕を腹の上で重ね合わせている。「グルールナーね、今日は。そんな格好で、あなた寒くないの？　どうでした、シュリュープはチビを殴ったの？」――グルールナーの視線はまっしぐらにシュリュープの横を素通りした。「おお、博士」と、いつもはフランクで自由なのが最敬礼、「シュリュープはきっとかさぶたをちょっとつまんだので。」――「かさぶたをつまんだ！」ミス・ヴェラグヴィンは非難がましく言った。「頭を小突いたんじゃない、え？」――「さようで、博士。」――「でも、シュリュープ、そんなことをしちゃいけないわ！　あなたがいらいらしてるのはわかるわ、奥さんが病気なのは知ってます。だけどここは療養所よ！」沈黙。蒸気がシューシュー単調な音を立ててラジエーターのなかを流れていった。シュリュープは口をきこうとした。と、咳が止まらなくなった。ミス・ヴェラグヴィンはどんどん行ってしまい、彼はそれを追って談話室に入った。「今日は、皆さん。そぉーお……もうお仕事してるのね？　すてきだわ！　大丈夫？　そう？　何か特に変わったことは、ヘンギスター？　なし？　じゃあね、みなさん、アデューウーウ……」ミス・ヴェラグヴィンは姿を消した。

シュリュープは呆然とした。ここの勤務のフラーが隅のほうでニヤついた。監視ホールで今の場面を耳にとめていたのだ。シュリュープは鎮静してぼんやりした。今度も正面切って激怒するにはいたらなかった。それから彼はユッツェラー博士のことを思い出した。あの男は一週間程前に窓ガラスをめちゃめちゃに壊した。新しいガラスのパテがまだピカピカ光っているあそこだ。鯨のグルールルナーの勤務中、患者のユッツェラー博士に発作が起こったので、グルールルナーは患者を背後から羽交《はが》いじめにして、二人とも床上に倒れた。グルールルナーはユッツェラー博士の背中を拳固でがんがん叩き、「いまに見てやがれ！　待ってろよ！」シュリューブはそのとき駆けつけて患者を抑えるのを助け、そこでグルールルナーは押しのけられた。シュリュープはグルールルナーの性質をよく知っていたので——そう、しばしば自制心を失うのである——、何も言わずにユッツェラー博士を個室に連れ込んだだけだった。ユッツェラーはおとなしくついてきた。持続浴にも文句を言わずにシュリュープの言いなりに従った。シュリュープは患者につき添って浴槽の縁《へり》に腰かけた。シュリュープはユッツェラー博士が嫌いではなかった。この男《ひと》は裟婆《しゃば》では予審判事だったというではないか。裟婆では……

シュリュープが個室に入ると、ユッツェラー博士は痩せこけた白い両手を赤い格子縞の羽根布団の上で長々と伸ばしていた。目はドアの上の一点に注がれていた。目のこわばりがいくぶん和らいでいるようだった。シュリュープは個室のドアを閉めてベッドに腰をかけた。ユッツェラー博士は両脚を壁のほうにずらして場所を空けた。これまでにはなかったことだ。個室の窓の前では霧が霽《は》れてきていた。このときふいに太陽が射し込み、日光を個室の赤いリノリウムの上にひろげてキラキラ光らせた。シュリュープはユッツェラー博士の重ね合わせた手の上に自分の手を重ねた。と、患者がいきなり言った。「あなたのお名前は何というのですか？」——「シュリュープと申します、博士。」——「そう、シュリュープね。ひとつ聞きたいのだが、シュリュープ、わたしの妻はどうしとるかね？」——「お元気です、博士。奥様は一度博士に面会に来られました、ところが……」——「……ところが」とユッツェラー博士の口の端におずおずした微笑《ほほえみ》が浮かんだ——ユッツェラー博士は言った、「博士は一言も話をしないで、お次はガラスをぶち壊しました。博士はひどく荒れていました。」「この前のときは、そうだな、シュリュープ。そうでなかったとは言えない。しかしあなたはいつも親切にしてくれた。あのとき窓のところでも、浴室でも。わたしは何もかも見ていた。でもどうすることもできなかった……」——「わかっております、博士。」いつもこうなのだ、とシュリュープは考えた、患者たちは何も見も聞きもしてないと思われてるけど、でも彼らは何もかもに気がついているのだ。

「博士は煙草をお吸いになりたいですか？」そう言って、構うものかと思った。個室内での喫煙は禁止されていた。でもユッツェラー博士はいま話をした、それもおれと話をした！　これはすばらしいことだ。だれもかもが何とかしてユッツェラー博士に話をさせようとした。だけどそれをやれたのはおれだ。これは報告しなくては、点数が上がるぞ！……報奨が期待できるというよろこびのほかに、それとは別の、一人の人間の助けになったというよろこびがあった。シュリューープがポケットからくしゃくしゃにつぶれたパリジエンヌの箱を引っぱりだすと、ユッツェラー博士は一本取って、言った。「シュリューープ、それはこう言わなくてはいけないな、《ユッツェラーさん、煙草を吸いますか？》とね。だってあなたは召使いではないし、わたしは王侯貴族ではないのだからね。おわかりかな？」――「はい、博士。」――太陽が暖かかった。マッチの焔は日光のなかで透明だった。シュリューープは紙を一枚折り畳み、二人はそれを灰皿代わりに使った。個室のなかはとてもなごやかだった。それからユッツェラー博士は服を着、談話室に行ってパイプ煙草を吸った。シュリューープはもうしばらく彼のそばにいた。「ははあ」とユッツェラー博士は言い、「なるほど、これが作業療法か！」と笑った。

それからお午《ひる》がきて、小さな厨房で食事をした。シュリューープは一言も口をきかなかった。彼は出されたソーセージを食べ（何十年来、この施設では土曜日といえばかならずソーセージが出た）、周囲では賃金引き下げをめぐる論議が戦わされていた。労働組合に入らずに、牧師や医者といっしょに国家公務員連盟なんかに加入するなんて、阿呆もいいとこじゃないかというのだった。それじゃ手も足も出せないのは当たり前だ。所帯持ちの二人の考えでは、まず食事代の支給からはじめるべきなのに、それがそうは行っていない。家では女房が子供たちのために料理をし、この療養所では食費に千フラン納入しなければならない……食後の昼休みにシュリューープはヴーマールと「副長」を相手にトランプのツーガーをやった。一点が半ラッペン。五十ラッペン負けた。一時十五分前だった。シュリューープは「最上階」へ上がって行った。看守室のドアは鍵がかかっていなかった。内部《なか》のベッドにグルールナーがいて、すやすや眠っていた。グルールナーは監視ホール勤務のはずが、ここで眠っているとは！　シュリューープは階段を駆け降り、看守長のヘンギスターを連れてきた。シュリューープは虐待《シャーデ》の悦び《ンフロイデ》を制しきれなかった。彼はドアを開けたままそこに突っ立っていた。鯨のグルールナーがこちらを見た。「おぼえてろよ！」グルールナーは看守長の身体ごしに言った。

それからシュリューープは看守長に、ユッツェラー博士がまたしゃべりはじめた一件を報告した。ヘンギスターは自分の目で確かめたがった。彼らは一緒に二階の談話室まで行った。ユッツェラー博士は立ち上がってヘンギスターに手をさしのべた。二人は二言三言ことばを交わした。ヘンギスターは友好的かつ得意満面だった。ユッツェラー博士が、すこし散歩をしてもよろしいか、できればシュリュープといっしょに、とたずねると、ヘンギスターはそれを持ち前のへたくそな子供っぽい字でメモした。ヘンギスターは以前はさる砂利採取場の下働きだった。だが彼は老院長に取り入るすべを心得ていた。だから看守長にもなれたのだった。

午後が過ぎて行った。夕方の回診時に看守長のヘンギスターはシュリュープの同席している場でミス・ヴェラグィンに向かって言った。「ユッツェラー博士に口をきかせることができました。患者は看護士シュリュープと散歩したがります。」――「万歳だわ、ヘンギスターさん！」とミス・ヴェラグィンは言った、「お伽話みたい。どうしてそうなったの？」――「おお」とヘンギスター、「ユッツェラーの具合が好転したと、シュリュープがわたしに言いにきたのです。そこでわたしが行って、患者と話をしようとしてみました。それがうまく行ったのです。患者は完全に解放されております。」――「それきっと、寛解している、のことね！」――「さようで、博士。」彼らは三人でガランとした監視ホールにおり、小柄なミス博士の目の前には睡眠薬記録簿の頁が開けたままにしてある。ユッツェラーはこの場にいないから間違いを訂正してくれない。抗議をしたって無駄なのは、シュリュープは先刻承知だった。「それから」とヘンギスター、「看護士のグルールナーが勤務中に寝ている現場を押さえました。」――「グルールナーが？　残念ね！　ふだんはいい感じなのに。記録帖にメモして下さいね、ヘンギスターさん！　それから、シュリュープ、あなたはそれに気がつかなかったの？」――「彼が報告しにきたのです」と情深くもヘンギスターが言った。――「まあ、シュリュープ、今朝のささやかな復讐かしら？　ねえ？　そう、看護士どうしのあいだの同僚のよしみってものがあるわよね！　でももちろん、勤務は勤務よね？」シュリュープはしゃべろうとした。するとまた咳き込みに襲われた。彼は背中を曲げて棒立ちになっていた。言うことがあるとして、何を言おうというのだ？　「今晩、体温を計りなさい、シュリュープ。」ミス・ヴェラグィンが言った、「そしてアスピリンと去痰《きょたん》剤をお飲みなさい。いいこと？」シュリュープはミス博士が自分に、患者に話しかけるような口のきき方をするのが閉口だった。

夕方、ヴーマールがシュリュープを待っていた。二人いっしょに自転車で出た。シュリュープはだれもいない住まいにまっすぐ帰りたくなかった。彼らは駅構内の食堂で半リットルの赤ワインを飲むことにした。項《うなじ》に花輪のような赤毛の名残のある小男のヴーマールがボヤき、シュリュープがボヤキの相槌を打った。シュリュープは今日のことを話した。ヘンギスターにあしざまに扱われた話をした。ヴーマールは講習でしぼられるといってボヤいた。おれはもう若いほうじゃないし、それにあのごまんとあるシナ語の名前……ヴーマールは「精神分裂病《スキッォフレニー》」ということばを口にしようとさんざっぱらもがいたが舌がもつれ、最後には笑いだした。このときドアが開いて、鯨のグルールナーが入って来た。グルールナーは何事もなかったかのように二人と差し向かいの席に座り、コニャックを注文した。それに「副長」までもがきた。そこでシーバー［トランプゲームの一種］をやることに決めた。「副長」がヴーマールと組んだ。シュリュープと鯨がいいカードを引き、赤ワインの代金を払う必要がなくなって仲直りをした。彼らは両手を重ね合って別れの握手をした。鯨は十時にはとっくに帰宅しているはずが、もう十一時半だった。「副長」はおどかすような高笑いをしてみせたが、別に他意はなかった。「副長」のしわくちゃになりかけたゴム風船を思わせる赤い頭にますます皺が増えた。

非番の日の火曜日にシュリュープは寝過ごした。それからにぶい頭をして、目をさまして待った。午後になるとツヴィーガルト・ハンニがやってきた。彼女は家の中を片づけ、夕食の料理を作った。それから二人はいっしょに座って話をした。シュリュープは何もかもうまく行かないといってしきりにボヤいた。銀行利子は払ってないし……「お金が要るんなら」とハンニは言った、「よろこんで都合して上げるわよ！」シュリュープははじめのうちこそ逆らった。それから受け入れた。「で、奥さんの具合はどうなの？」ハンニは知りたがった。よくない。病院の医師の見立てじゃたぶん脳腫瘍で、頭蓋骨穿孔手術をしなきゃならなくて、それが危険でね……「そうしたら家を売るの？」ハンニがたずねた。妻が死んだら、という意味であった。――「たぶんね。」ラジオをつけた。女の声が歌っていた、「世界ノドコカニ小サナ幸福ガチョッピリアルノ……」ハンニは朝までいた。

彼女はもう一度土曜の夜にやって来て、日曜日いっぱいいた。それはすばらしい日になった。午後になるとシュリュープは娘と一緒に散歩に出た。森は色づいていきいきしていた。だが月曜日にはもうだれがふれ回ったのか、療養所全体に知れ渡っていた。シュリュープは食事時のテーブルで当てこすられ、へつらうように笑ってそれに答えた。

彼は自分の笑いに腹が立った。シュリュープはハンニが好きだった。ただ答が見つからなかった。鯨のグルールナーはシュリュープに好意的だった。あんたはまちがってない、と言った。独り暮らしで、女房がいつも病気ときてるんだから……シュリュープ以外の人間にはしかし鯨はそうは言わなかった。妻のある身が何も知らないねんねを誘惑するなんて、下劣もいいとこだ、これでハンニはもうキズ物になっちまったじゃないか……

事件は院長の耳に届いた。院長としては看護婦たちが嫁に行くのに、別に異存はなかった――去るものは追わずであり、新顔がまたやってくる。しかしそれはそれとして、院長は看護婦たちを多少とも自分の私有物と見ていた。ツヴィーガルト・ハンニと顔を合わせるとご機嫌で、よくハンニの頬っぺたを撫でては、家にきて家政婦をやってくれんかね、とたずねたものだった。ハンニははねつけた。たぶんこの拒絶が院長の感情を傷つけたのだろう。いま事件のことを聞いて院長はハンニ・ツヴィーガルトを解雇した。娘は毅然としていたが、それでも院長の気持ちはゆるがなかった。ある夜、ハンニはシュリュープを待って二人いっしょに出かけ、で、シュリュープは約束した。迎えにくるよ、もし……「奥さんの具合はどうなの？」とハンニはたずねた。シュリュープは肩をすくめた。「じゃ、手紙を書くわ」と娘は言った。シュリュープは自問した。この娘のどこが自分を惹きつけるのだろう。本当に、自分が欲しいと思っていたものは何でもハンニからもらった、お金もだし、それに……それなのに。彼の考えはちょっとこんぐらがった。

奇妙なことに院長は、シュリュープ看護士を呼びつけなかった。待っているつもりらしかった。だが永らく待つ必要はなかった。

何もかもが一度にやってきた。銀行は、小さな銀行だったが、預金の解約を通告してきた。シュリュープは持ち家を競売にかけた。ついでに一気に片をつけようと家財道具も。病院からの報告は日を追って悪くなってきた。シュリュープは夢のなかでのように病棟内を走り回り、自動機械《オートマット》のように勤務を遂行した。あるとき喘息持ちの夜勤看護士エールニィが病気になり、シュリュープは自分から申し出て夜勤代行を勤めた。監視ホールの小さなテーブルの前に腰をかけると、まばゆいばかりの灯りが目の前いっぱいにひろげた書類や計算書を照らした。なかにツヴィーガルト・ハンニからきた手紙があった。彼女は書いていた。バーゼルに賄婦の就職先を見つけて、そこそこうまく行ってます。あなたに都合して上げたお金は、急いで返してもらうことはありません。シュリュープは目を上げた。ホールは物音ひとつせず、天井には遮光した青いランプが取りつけられていた。その灯りがたくさんのベッドの上に落ちていた。シュリュープの視線はその一角にのびた。ユッツェラー博士が寝ているあたりだ。ユッツェラー博士は経過良好で、まもなく退院するはずだった。ユッツェラー博士は眠っている様子はなく、ベッドの上に起き上がっていた。シュリュープはノートを調べてみた。そうか、ユッツェラー博士はまだ睡眠薬をもらってなかったんだっけ。睡眠薬とコップの水を一杯、そちらに持って行こうとして立ち上がりかけた矢先のことだった、折りしもユッツェラー博士が毛布をはねのけてこちらにやってくるのが目に留まった。その丈の短いパジャマは太腿の中ほどまでしか届かず、ブロンドのうぶ毛が生えた二本の脛《すね》がにょっきりとむきだしだった。

「睡眠薬をもらいにきました。」ユッツェラー博士は声を低めて言った、「それにきみにちょっと話すことがあってね、シュリュープ。昼のあいだずっと都合がつかなくて。」

シュリュープは立ち上がってコップの水を汲みに行った。ユッツェラー博士は小さな白い丸薬を嚥み下してから小さなテーブルの席に腰をかけ（痩せているので席の半分程しか場所を取らなかった）、脚を後ろに引いて膝の上にパジャマの裾をひろげた。静寂のなかで雨の音がはっきり耳につき、雨は外で窓ガラスに潺湲《せんかん》と水滴の縞模様を流した。

「シュリュープ」とユッツェラー博士は言った、「きみはうまく行ってない。わたしが、さあ——ふつう夢と呼ばれているような状態からさめると、きみがすぐそばに座っていて、パリジエンヌを恵んでくれた。わたしたちは二人してその煙草を吸った。あれはうっとりするような気分だった。わたしはきみの力になりたい、シュリュープ。力になれると思う。わたしはかつて政府高官の座にあった。医師団の所見では、わたしは復職してはならぬとのことだ。田舎で仕事をするがいいという。医師たちはこうも言った。しばらくわたしの様子を見てくれて、例の《発作《シューブ》》が再発したときどうすればいいかを心得た人間が身近に付いていてくれればいいのだが、と。妻に安らいでもらうためにもね。わたしはきみが付き添いにほしい、シュリュープ。わたしはきみを信頼しているし、きみならわたしを虐待することはないだろう。わたしたちはどうやらいくぶん似た者どうしで……報酬は多くは差し上げられない。わたしたちはデンマークに領地の農園のある妻の伯父のところに行く。きみには園芸の手伝いをしてもらう。だってその方面にはいささかの心得があるんだろう？　そうすれば奥さんといっしょに小さいながらも一軒家に住めるし……」——「わたしの妻は病気です……」シュリュープは言って、話を打ち切った。――「知っている。しかし思わぬ解決もあるかもしれない。ここのことはいろいろ耳にすることが多い。問題は多少わからぬでもない。なぜって一時期にもせよ伊達に予審判事ではなかったからね。そりゃあそのときはいろいろ経験したさ。要注意だな、シュリュープ、きみはまだ情事の始末をきちんとつけてない！　明日なり明後日なり、何らかの覚悟を決めないと！　つまらんことはここの連中の足下にすっかり放り出してしまうんだ。そうでなきゃ男じゃない！　おわかりかな？　それにあの娘のことも考えてやらなけりゃ。彼女はいまどこに？」――「バーゼルです。はい、博士。それに彼女はわたしにお金もくれて。」――シュリュープはつい口が滑った。――「いい娘《こ》らしいじゃないか。なあ、シュリュープ、女ってものは……きみはわたしの妻も知ってるね。――さあ、これがアドレスだ。わたしは今週末に退院する。妻に電話をしてくれ。いつ来てくれるのか。妻《あれ》が来次第だ。そろそろ睡眠薬が効いてきた。眠くなってきたよ。お休み、シュリュープ！」監視ホールはふたたび静寂につつまれた。青いランプが慰めるようにチラチラまたたいた。シュリュープは窓を開けた。十一月の雨が樅の木にしとしとと降りかかった。

次の日、シュリュープは非番になった。病棟勤務のヌスバウマーとヘンギスターは夜勤報告を一読して戸惑ったらしかった。それからシュリュープは「最上階」に行ってすこし横になった。午後電話連絡があり、妻が危篤と知らされた。管理室からの帰る際《きわ》、「C」病棟付きのヴォットリと鯨のグルールナーに行きあった。二人とも悪意むき出しにニヤリと笑いかけてきた。シュリュープは自転車で病院に駆けつける支度をした。そこへヘンギスターが迎えに来た。「院長室へ！」とだけヘンギスターは言った。

老院長は言った（部屋の隅にはヴォットリと鯨のグルールナーがいた）。「グルールナー看護士が、シュリュープ、彼はきみと同じ部屋で寝ているね、彼が確認したところでは、きみは何度も患者の下着を着込んだのだそうだ。のみならず病棟長のヴォットリの訴えるには、彼が《E》病棟、ということはきみの病棟から引き取った一人の患者の靴が一足消えた。靴は見つかっている。当該の患者はあらためて靴を手にして、いまはそれを履いている。ほら、そこにある。」院長は床の上を指した。シュリュープの靴そっくり（その点は認めざるを得なかった）の靴が一足そこにあった。「否定しても無駄だ。グルールナーが、きみがその靴を履いているところを見たと証言している。わたしはきみを路頭に迷わせたくはない。きみには最近不幸があったけれども、わたしとしては懲罰措置を取らないわけには行かない。きみは《U》病棟行きだ。」それは重症患者病棟だった。シュリュープはその場に棒立ちになっていた。ヘンギスターが院長室へ来いと呼びにきたとき腰に巻いていた前掛けを、まだ外さずにいた。またしてもあの、古なじみの不安が襲ってきそうだった。彼ははやくも咳き込みはじめ、はやくも背中が丸まった。とこのとき突然、おれは自由だ、と思った。で、ユッツェラー博士は昨日の夜、おれに向かって何と言ってたっけ？　それでなきゃ男じゃない、って？

　看護士シュリュープはおもむろに前掛けの紐を外し、その括り輪を頭の上まで引き上げると白い布地を折りたたんで院長の事務机の上に置いた。ほとんど口をきけなくなっていた。それから、声こそ低めながら、目を瞠るほどきっぱりと言った。「ここの人たちは皆、わたしを憎んでいます。なぜだかわたしにはわかりません。わたしは出て行ったほうがよさそうです。あなたは、先生、まずかったですね。」（シュリュープは、三人称単数で話をするものではないというユッツェラー博士の指示を忘れていなかった）「ただいくつかの発言だけを根拠にわたしを——」シュリュープはことばに詰まった、「わたしに裁きを下されたのは。わたしは出て行ったほうがいいと思います。自己弁護は得手じゃない。」「監督委員会に苦情を申し立ててもいいんだよ」と老院長は言った。一件にはうんざりしていた。そろそろ晩酌のビールを一杯やる潮時で、懐中から時計を引っぱりだした。「よろしい」と老院長は言った、「辞職願を受け取ろう。わたしのほうは、お望みなら出て行くのは構わん。」

　シュリュープは妻を埋葬した。それからバーゼルにハンニ・ツヴィーガルトを迎えに行った。二人はいっしょにデンマークに向かった。

「単純な人間ほどえらく込み入った運命にめぐりあいがちなのよね！」事の経緯《いきさつ》を耳にして、ミス・ヴェラグヴィンは言った。その声音にすこしばかり嫉妬が混じっていた。

忘れられた殉教者

フランスで国民的祝日として公的に祝賀される七月十四日と、わたしがここで述べる七月二十七日とのあいだには、五年の歳月が横たわっている。かつて共和国第二年のテルミドール九日であった七月二十七日、今年はこの日が祝賀されるであろうとわたしは思っていた。わたしがそう思ったのは、この公的な国民的祝日に、バスティーユの記念碑の足下、ジャン・ジャックとヴォルテール、ディドロとルージェ・ド・リール〔フランス国家「ラ・マルセイエーズ」をつくった工兵士官〕、ゾラやアナトール・フランスを押しのけたバルビュス、それにドジェイテー（ドジェイテーって誰だ？　十対一で賭けてもいい、ドジェイテーが何者かあなたはご存じあるまい――ドジェイテーはインタナショナルの作曲家である）の等身大を上回る銅像の隣、血まみれのマラーの横に、テルミドール九日の殉教者の肖像が掲げられたからだ、すなわちマクシミリアン・ド・ロベスピエールの肖像が……

一七九四年！　テルミドール七日、ロベスピエール失墜の二日前、監獄はどこも満杯になっていた。ストラスブールに三千人、トゥールーズに千五百人、パリには七千人――これらの囚人全員が死刑を宣告されていた――理由は「風俗を堕落させた」ためである。テルミドール七日にはさらに、前掛けのポケットにペンナイフが見つかった、あの小さなお針子も首を刎ねられる。彼女は父親殺しの赤い服を着せられてギロチンまで連れて行かれる。「祖国の父」を殺害しようとしたからだ。ギロチンの下の板の上で手足を大きくひろげて彼女はおずおずと上を仰ぎ見ながら、「こんな格好でいいのかしら、死刑執行人さん？」とたずねる。このことばを聞いて群衆のあいだにわななきが走った、とさる日録作家は語っている……

「テロルなしに美徳にいかなる力もない！」とロベスピエールは書き、さらにこうつけ加える、「美徳、それなしにはテロルは恐怖だ。」さよう、ときおり一握りの男たちが人間に君臨して、美徳を導入しようとすることがある。血まみれのギロチンも、「乾いた」ギロチン（後に流刑がそう呼ばれた）も、どんな手段も彼らにとって正しいが、しかし人間には美徳があるのでなくてはならない。それもその掟が一人の人間の頭脳から生まれてきた、他に類例のない祝福の仕方で……

人間は美徳の本性《さが》に生まれついてはいない。いかに声を大にして自分は美徳を愛すると主張したところで、人間は快適さのほうを優先させる。というのも美徳は緊張を強いるからだ。それは緊張を強いるだけでなく、くるくる変わりやすい。何が美徳的であり、何が美徳的でないかは、よくわからない――とりわけ美徳の定義を見出したのがたった一つの頭脳である場合には……

フランス中に美徳をひろめるのに一つの頭脳と二人の助手だけとは！……無神論者の三位一体。すなわちロベスピエール（テルミドール九日の後、ターリアは彼を評して不平たらたら言った。「この小男ロベスピエールは、神を引きずり降ろしてその座に取って代わろうとした」）、その精神の息子サン＝ジュスト、額に髪が軽く渦巻いて夢見るような眼をした、だが剃刀のように鋭利な精神の持ち主たる若い男、彼の理念もするどく固く、素朴に言おうなら、彼はその精神の父を愛し、この父の邪魔立てをしようとするすべての人間を憎悪したのである。そして三番目の人物というのは、畏敬の念を起こさせるやさしい顔だちをして両脚の萎えた、オーヴェルニュ出身の弁護士。ミュゼ・カルナヴァレには彼が乗って街中を走りまわった、左右の肘掛けにハンドルを一個ずつ取りつけた小さな車椅子を見ることができる。国民公会や地方公共団体《コミューン》の階段を上るときにはだれかに助太刀をしてもらった。

美徳の専制支配を布いたのはこの三位一体《さんにんぐみ》だった。美徳はダントンの死を促した（ダントンは今年七月十四日にさえバスティーユの記念碑の足下で忘れ去られた。ダントンについてはさるドイツの詩人が一篇のドラマ［ゲオルク・ビュヒナー『ダントンの死』］を書いた。ロベスピエールについては、残念ながら、詩人たちは口を緘して語っていない。ただし例外としてアンリ・ベローが小冊子『わが友ロベスピエール』を書いている。おもしろくて人間的な内容の小冊子だ。ギロチンとテロルにもかかわらず、ロベスピエールもまたしょせんは一人の人間であって怪物ではないのだから。

自己自身に対するイロニーを片鱗だに持ち合わせなかった人間。おそろしく生真面目《きまじめ》にふるまい、他人《ひと》が自分を笑いものにするのを断じて赦さなかった人間。満身ルサンチマンずくめの人間、と今日なら言われるところだろう――アラス出身の小男の代議員の一七八九年のえんえんと長い演説をからかった男たちは、その首を差し延べて贖罪をしなければならなかった。やり手たらんとした小女のローランから、夫について断頭台に上らなければならなかったルシール・デムーランにいたるまで、女という女を憎悪した男。ただ一つふしぎなのは、老嬢や未熟な少女がおずおずと崇拝するのだけは気に入っていたことだ。彼は金銭を憎んだ。酒は一滴も飲まなかった。ただ優雅な装いは好んだ。プレリアール二十日に「至高存在」の祝祭の議長を務めたときに着た紺碧のフロックコート、サン‐キュロットのだらしなさに対する意識的なプロテストとして身につけた、あの紺碧のフロックコートこそは彼の唯一の贅沢だった……

七月二十七日、すなわちテルミドール九日!……この日は祝われてほしい、この日を忘れてはならない。この日こそはフランス革命の大転換の日なのだ。じつに不器用ながらもこの日を演出した連中は、道徳的立場からすればロベスピエールよりはるかに唾棄すべき輩《やから》だった。国民公会会議はその悲喜劇のなかで青天の霹靂に遭遇したようなありさまだった。サルドゥーはそのかなりお粗末な革命劇に力《りき》をつけようと、会議の議事録を端的に書き替えかねなかったほどだ。それに歴史のイロニーで、ロベスピエールを失墜させたのはまさに一人の女だったのである。わが身はギロチンを待つばかりの牢獄から腰ぬけタリアンに誹謗の手紙を出して決起を促したのはタリアンの女友だちテレサ・カバルスだった。裏ではこの時代唯一の現実政治家《リアル・ポリティカー》のフーシェが糸を引いていた。テレサ・カバルスはしかしながらこの事件から奇妙な名前を授かる、「テルミドールのわれらが愛《いと》しき女性」……

左翼政権でさえもがテルミドール九日という日付けには口を噤しがちなのは当然である。アラス出身の小男の弁護士ロベスピエールには歴史書の頁のあいだで埃まみれの眠りを眠らせ、二度と目をさましてもらいたくないというのが道理だ。ジョレスでさえその長大なフランス革命史のなかで、この美徳の偉大なる擁護者についてはきまってもどかしげに語っている。それというのも左翼政党の立場からするならロベスピエールは、個人所有と至高存在という、それを擁護するのを聞きたがられない二つのものを擁護したからだ。おそらくこれはそんなに困ったことではない。しかし彼が美徳を擁護したことは……美徳を擁護するのは、悪いにきまったこと……

ことほどさようにテルミドール九日から残されたのは、ほんのわずかのことでしかない。あたかも弔鐘の響きにも似たコロー議長の鐘の音、ロベスピエールが署名を決意したのが遅きに失した、民衆への呼びかけを記した一枚の紙。そこには彼のおそろしく小さな署名冒頭の二つの文字、Ro……の下に大きな褐色の汚点《しみ》が見てとれるのだが、それというのもメダという名の憲兵が、ロベスピエールがその名を書き終える前に彼の顎を木端微塵に撃ってしまったからなのだ……それにテルミドール十日のあの叫び声も残るだろう。死刑執行人が断頭台の上の墜ちた独裁者から傷の包帯を剝がしたときに上がった叫び声、さる敵対者側の目撃者が死にゆく虎のそれになぞらえた叫び声……

虎？　いや、ちがう。独裁者は虎ではない。独裁者たちもわたしたちと同じく人間だ。惜しむらくは彼らは、世界史は抽象的理念によって、眠らぬ夜々に孵《かえ》される理念の数によって作られると考える、大きな思い違いを犯しているのだ。彼らは運命を忘れている。そのかわりに運命の罰を受ける……

隣人

町中《まちなか》の隣人とは何か？　それは、そろそろこちらが寝《やす》もうかという真夜中に吠えはじめる犬を飼っている、二階にいるある家族だ。そうでなければ日曜日の朝、こちらが眠たくてたまらないのに七時からトレーニングを開始する四階の女ダンス教師だ。乳歯が生えるので夜通し泣き叫ぶ赤ん坊だ。しかし犬や赤ん坊や女ダンス教師を一員とする隣人の家族たちは、ヴェールの蔭にかくれてろくすっぽ正体を現さない。階段の踊り場で鉢合わせになると帽子をちょっと持ち上げる――被っているのが帽子じゃなくてベレーなら頭を下げる。それがお定《きま》りの型《シェーマ》だ……

けれども田舎では……ドアとドアを接して住んでいるわけではないから、隣人どうしを隔てる空間はいくらもある。何本もの道路、堆肥の山のある牧草地、のような空間。この空間はにぎやかでなくもない。鶏がいる。家鴨《あひる》がいる。猫がいる。道路には自動車がのんびり走っている――ここで言っている道路はバイパスだからだ。雨がちの冬が道路をぬかるませる。つぶつぶに孔があいてカラメル焼きそっくりになった泥雪が堆積し、車が後尾を左右に振りながら慎重にそれをかすめて走って行く。それは、踵の高すぎるハイヒールを履いた、いささか肥満気味のご婦人を思わせる。十一時きっかりにパン屋が通る。彼の焼くパンそっくりに苦味のありそうな感じの肥っちょだ。十二時きっかりには肉屋が通る。こちらは生まれ故郷の唯一の思い出として残したのがフラマン語の「こん畜生」だけというベルギー人。午後四時には小学生たちがやってくる。男の子も女の子も、犬に吠えさせておもしろがるので——犬たちは遠くから名乗りを上げるし、子供たちが通り過ぎてしまうと別の犬たちが信号を受け取る。子供たちは犬のきゃんきゃん吠える垣根のあいだを通って行く。

村は小さいので、隣人たちのことは何もかも筒抜けだ。村といってもちゃんとした村ではない。むしろ峡谷と言ったほうがいい。戸数約二十軒。小村落は地図にも載っていない。それでも農夫のブランシャールは市町村会議員であり、かつては胸に三色のリボンを結んで州の首都入りして、地方サイズの野辺送りをしたものだ。農夫ブランシャールは、当地の人たちのいわゆる「旦那《パトロン》」だ。したがって彼の細君は「奥方《パトロンヌ》」。それに家には三十歳のと三十三歳のと二人の息子もまだいる。息子たちは結婚したがっていても許可されない。ボース地方ではまだ家父長制なのだ。父親は(精液の)蛋白質を失って女房の尻に敷かれ気味になっても、絶対の中心だ。穀物の価格が前政府のときの二倍以上に上がっても、ブランシャール一家は現政府に満足していない。が、旦那《パトロン》と奥方《パトロンヌ》と二人の息子たちは政治の話題になると赤い見解を示し、これでようやく一家が色盲でないことが明らかになる。

この村落のナンバーワンの犬は黒くてもじゃもじゃの毛が生えている。犬のつけている長い紐の端は小さな滑車につながっており、これが家と鶏小屋のあいだに張りわたした鉄線に沿ってキイキイ音を立てて動き回る。家にはドニ父《と》つぁんが、片方が木の足のおかみさんと住んでいる。木の固さで心臓がやられやしないかと思う——要するに、ドニ父つぁんはとても不運だった。父つぁんは四十年間ブランシャールの豆畑の草取りをし、とり入れの手伝いをし、冬場は脱穀機の仕事をしてきた、それからリュウマチに襲われ、両手が麻痺して、いくぶん外側に反り返った。皮膚はなめらかで極端につるつるしており、手首には平行線の皺がひろがっていた。ドニ父つぁんは二本の杖を使って走ることができた——その杖の木がまた手とそっくりにつるつるで赤らんでいるときた。

ドニ。本当の名はディオニスといった。しかし彼には教父めいたところも感じられなければ、酩酊の話になると当方の頭のなかを幽霊みたいに徘徊する、あのアジア出自のギリシア神［ディオニュソスのこと］めいたところも感じられなかった。ただしドニ父つぁんは彼の元旦那の奥方《パトロンヌ》の家で毎日一杯か二杯の林檎酒だけは飲《や》っていた。こいつをせしめたのは、くだんの老女のとどまることを知らない長広舌に熱心に耳を傾けたからだった。耳を傾けた？ たぶん一言も耳に入っちゃいなかった。でもうなずいた――それでたくさんだった。

それからドニ父つぁんは、犬どもが吠え、梟が近くのポプラ林で鳴き声を上げたある夜、死んだ。ほかの夜々にも犬どもは吠え、梟は鳴き声を上げたけれども――この夜ばかりは特別にはっきり聞こえたのだ。ほかの家では人びとが皆、窓をはっきり耳に立つほどこつこつ叩いたが、それというのもきっとあれは風のせいだったのだろう――父つぁんは一日中気が立ったように暖炉に入り込んでは出ていったが、夜に入ると鎮まった――、あれは父つぁんが残して行った、寝静まった風と静寂のせいだったのだろう……

翌日一人の老女が曲がった雨傘を持ってわが家に来て、お葬式に招いてくれた。そしてまたその翌日、農夫ブランシャールが腰高の一頭立て二輪馬車の馬の手綱を引いてやって来た。奥方《パトロンヌ》は二枚のシーツを奮発して家内に敷きつめ――例の三十三歳の息子は、ドニ父つぁんが穀物の束を積んだのがほかでもないこの馬車だったのを思い出した。二枚のシーツは大きかった――ドニ父つぁんの小さな庭を半分方覆うくらい大きかった……

ブランシャールの後にはグェルベール氏夫妻――彼らはわが家のななめ前に住んでいる――がやって来た。ただの氏夫妻であって、旦那《パトロン》と奥方《パトロンヌ》ではない。グェルベール氏は、自分の名前がアルザス地方によくあるただのジェルベールとは訳がちがうことを人びとに肝に銘じてもらえるように、たいそう目立つ書体で自分の名を署名した。なにしろグェルベール夫人はパリっ子だからだ。グェルベール夫人はずんぐりした身体つきで太っちょの、下町なまりの巻き舌で、首の前のほうに兎の足跡そっくりの形をした五つの痣があった。グェルベール氏は収税吏だった――もっとも、出身地はアルザスでもフランスの収税吏で、ゆめゆめガリラヤの収税吏と混同されてはならない。グェルベール氏は七十一歳で、心おだやかな人となりだ。ぼくが病気になったとき彼は毎日訪ねてくれた。ぼくのベッドの脇に腰かけて、たっぷり一時間、微に入り細をうがって自分の朝方の咳の発作を描写してくれた。思うに、彼の訪問の裏にはちょっぴりエゴイズムが隠されていたのではなかったか。

一時間だけでも細君といっしょの席を逃げ出したかったのだ。というのも細君のほうは亭主の病気の発作にうんざりしていて、亭主が発作の話をするのにたまたま立ち会うはめになると猛然と反発するからなのだ。細君の関心はもっぱら若い雄鶏にあり、鳥が蹴爪を濡らさないようにちっぽけな中庭を舗装させたほどだ。「こうしたほうが早く卵を産めるわ」と打ち明けてくれた。彼女は自国フランスの歴史に通じていた。それでわれわれはルイ十五世について長い議論を交わし、ぼくはルイ十五世を擁護したいと思うのに、彼女のほうはある種のロマン派の小説家たちがこの王について構想してきた破廉恥なイメージをなかなか捨てたがらない。

グェルベール氏は金利生活者《ランティエ》だ――ぼくはいつも思うのだが、収税吏が賃貸家主になるような国はそう悪い国ではない。国家はその助手たちの面倒を見てやっているのであり、吹きっさらしの鉄道駅や氷のように冷たい貨物列車での年期を勤め上げると、彼らにゆっくり休養をとらせてやるのだ――で、ぼくはわが隣人の物語によろこんで耳をかす(もう十回も聞いた)。大胸膜炎の話。ピガールの地下鉄駅での失神の発作にはじまって、瀉血、入院と続く話だ。話はプロヴァンスでの細君のいない独りぼっちの滞在で終わった。南国でのこの孤独は、われわれが悲観的な時期に必要とするもの、つまりハッピーエンドをグェルベール氏の物語に授けてくれる……

庭一つ隔てただけのわが家の隣には一人の男寡《おとこやもめ》がひっそりと暮らしている。大柄で、赤らんだ顔、褐色のマフラー(鼻隠し《カッシューネ》)を夏場も冬場も首のまわりに巻きつけて、エーミール・サイアスが暮らしている。彼は道路で仕事をする――とはつまり、道路を往ったり来たりして散歩するのである。彼の木のサンダルの裏はさぞかし無数の砂利を地中に押し込んだことだろう。エーミール・サイアスは話好きで――おそらくそのためだろう、嫉妬深い運命は彼に手ひどい身体障害を贈った。週に平均三度、顎の骨が脱臼して口が開かなくなるのだ。すると木のサンダルを履いて、五キロ離れたところに住んでいるお医者さん詣でをするはめになる。医者は彼の閉じた口をまたこじ開けてやる。と、エーミール・サイアスはそれから二日間はまた心ゆくまでおしゃべりができる――ただし次の顎骨脱臼が起こるまでだ。しかしおしゃべりができなくても、気晴らしがないわけではない。彼は自家のダイニング・キッチンの真上に林檎を貯蔵している。でも鼠どもが! 鼠どもときたら夜通し林檎でフットボールをやる、クロケットをやる、ポロをやらかす――それに林檎の実のほうもかじってしまう。エミール・サイアスはそれがおもしろくて仕様がない。「こいつらだってこいつらなりのお娯しみがなくちゃね」というのが彼の考えだ。そして林檎が全部かじられてしまうと、それを圧搾機にかける――春になってからのことだ。それ以前には暇がない。顎骨が脱臼しづめだ！

　それからわが友ポーランの番になる……しかしポーランはとてつもなく重要な人物だ。この人物の人となりを三行で言えといっても無理な話だ。だから彼は、キップリングが「これはまた別の物語で……」と言って片づけてしまう範疇に属するのだ。

　彼の次の番となると、この村落、この峡谷はまるでおもしろくなくなる。いや、より正確にいえば、われわれに無関係になる。それはもう隣人ではない。その城を買ったのはさるパリの有名な外科医で、彼は三週間に一度だけ純白の車（ロールス・ロイスときたものだ！　どうぞお通りを！）をバイパスの穴ぼこの上を走らせてやってくる。この車はもう踵の高いハイヒールを履いた、肥満婦人を思わせたりなんぞしない。むしろ舞台の上で爪先立つバレエ・ダンサーを連想させる――道路に穴があると純白の車は前後開脚《スプリッツ》をする。ところで前後開脚とはいかなるものか、ご存じかな？　身体が床に触れるまで両脚をおっぴろげること。まあ、上等な定義とは言えないけれど……

村祭

　郵便配達夫、学校教師、女郵便局長というような国家公務員たちは公務時間を厳守する。しかし彼らは少数派だ。村長さんでさえ、本来は公人だというのに農民と同様、古い時間に固執している。で、古い時間のほうは一時間遅れだ。そう、夏時間！　夏時間などというのは都会の人間のでっち上げた代物だ、と農民たちは言う。彼らの言う通りなのである。六ケ月ものあいだずっと一時間早く家畜に餌をやり、乳をしぼれというのか？　そうしてから、また冬が来たよ、と雌牛の乳房に納得させろと？　そんなのは現代のでっち上げだとも！　先にも言った通り村長さんも、公人であってそれも工場経営者というのに、そんな風潮には同じない。村長は製材所の所有主で、製材作業は蒸気駆動でやる。なにしろ村の小川は家鴨《あひる》の餌の水野菜はどっさり生産するのにエネルギー源になる水の落差がまるっきりないからだ。

時間の問題にふれたのは、村祭の夜、それが郵便配達夫（新時間信奉者）と肉屋（古い時間の代表者）のあいだに持ち出された論争の、根拠でもあれば原因でもあるからだ。

長方形のテントが設営された。縦十メートルに横二十メートル、床は板張り、床板は村長が提供し、板をけずる鉋《かんな》と筋力は指物師が提供した。

シャボン玉は雑貨屋のおかみが寄付した。メナージュ夫人、翻訳すれば「家政」夫人というほどの意味になろうか。わたしたち、つまりうちのかみさんとわたしが彼女につけた渾名《あだな》は、ずばり「南京虫」だ。ことほどさように彼女はこの種の昆虫そっくりに平べったくて茶色い。意地悪な言い方かもしれないけど、相手を傷つけてはいないのだ。こちらが南京虫だの何だのと言ったところで、何のことやらさっぱりわからないのだから……

ダンスパーティーは夜九時開催と決められていた。九時きっかりに小さな壇上にオーケストラが並んだ。痩せっぽちのサキソフォン、デブのハープ、打楽器はまあまあ。つまり中肉中背。オーケストラは義務に忠実かつ懸命に、ほとんど無人に近い観客席を前に一時間演奏した。かみさんはわたしのグレーのポロシャツを着、サンダルを履いていた。わたしたち二人のほかには、郵便配達夫が細君同伴で現れた。それにテントの幕沿いに背もたせのないベンチが何台か並び、奥の隅っこにブランシャール氏がしゃがんでいた。古手の学校教師だ。ブランシャール氏は連れなしにしゃがみこみ、両手をきちんと重ねて、わたしたちが踊るのを眺めていた。郵便配達夫が細君と踊り、それからうちのかみさんと踊り、わたしはマダム・グェレと踊った……先にもいったように、こうして一時間が経過し、わたしたちはホールを独り占めにして悦に入った。

十時になった。村の他の連中向けの九時だった。と、実際ぞろぞろ列をなしてやって来た。小づくりの老女たちが来た。彼女たちは、背もたれのないベンチに腰かけて身じろぎもせずに夜が白むまで一晩中、そこにすわりっきりだった。子供たちが来た。男の子も女の子も。なかにはよちよち歩きの子もいた。六歳になるともう踊りはじめるのだ。

肉屋のヴァンロッソム親方がやって来る。フランスの平和条約が忘れていったフラマン人だ。生業《なりわい》は繁盛し、この肩幅のひろい男がベルギーから持ち続けているものが一つだけある。それは、かならず次に唾吐きがつづく長い咳払いみたいに聞こえる、豪勢なフラマン語の悪態だ。ダンスパーティー入場早々、ヴァンロッソム親方は「こん畜生《ショットフェル》め《ドム》！」とそいつをぶっ放して、お祭りが親方なしではじまったのに不満の意を表明する。赤いブラウスを着てイタリア人みたいに見える夫人と、イートン校服を着せた十二歳になる息子を引き連れている。こちらは美少年だが生意気盛りの腕白小僧。もう大人みたいにタンゴを踊れる。いずれにせよ父親よりはうまく踊れる。

ホールが満員になる。退役寸前にようやく名誉軍団章をせしめた（大戦を終わりまでずっと勤め上げたのにボタン穴の赤いリボンを十二年待たなくてはならなかった）学校教師ブランシャール氏の隣には、身長二メートルの巨人でいて奇妙なことに「プチ（小人）」と呼ばれている村長がすわっている。村長は六本のビール瓶をぶら下げてきて、それをオーケストラの目の前にずらりと並べた。一同やんやの喝采。

背中におっかなびっくりわずかな切れ込みを入れた、薔薇色の舞踏服が目につく。薔薇色、薔薇色、また薔薇色、それからやわらかいブルーが二人。白はほとんどない。かみさんはわたしのポロシャツを着てきたのを悔やんでおり、なによりもウールの靴下を履いてきたのが腹立たしくてならない。しかし彼女はそもそもが英国女と思われており、ダンスに誘いにくる人は多い。

わたしは郵便配達夫をさがす。郵便配達夫は大の親友だからだ。彼はしょっ中途方もない嘘ばかりついている。たとえば自分は純血種のパリっ子だと言い張る。で、純血種のパリっ子というのはフランス中に九十九人しかいないのだそうだ。純血種！　とはつまり曾祖父母の代までずっとパリっ子ばっかりという意味だ。彼の曾祖父たちは、父方も母方も革命裁判所に陪審員として列席したという。彼らは二人とも、彼自身と同じように、グェレという名前だったとか。わたしには追跡調査をする余裕はない。しかしそれがやれたら、さぞや大詐欺の現場をとっつかまえていたことだろう——口から出まかせ、とは言い条、その他の点では折り紙つきの真人間……そのグェレの姿が見えなかった。姿をくらましていた。肉屋の親方ヴァンロッソム氏が登場して、あの咳払いの悪態をついてからだ。わたしはグェレをさがしに行く……

野外の夜はさわやかで秋めいて、もう肌寒かった。テントはイムレ村のひろびろとした野外、崩れ落ちた城壁地域の真ん中に設営されていた。最寄りの居酒屋まで十五分はかかる。人びとは踊りにきたので、飲みにきたのではない。ときおりだれか踊っていた人間が消え、ものの三十分もするとまた現れる。しかしどことといって見かけに何も変わりはない。子供たちが大人に混じって踊っている。その小さな影法師たちが、ギラギラ照らし出されたテントの幕の上に見える。サキソフォン奏者が楽器を脇において、メガフォンでホール中に聞こえるように歌を歌う。歌のルフランは今年フランス中に流行したものだ。

「万事順調ニ行ッテオリマス《トゥー・ヴァ・トレ・ビアン》、侯爵夫人様《アダム・ラ・マルキーズ》……」歌のなかで女主人に電話でそう報告するのは近習のお小姓で、女主人は、厩が火事になったのでお気に入りの雌馬が死に、侯爵閣下がピストル自殺を遂げたので燭台から灯りが落ちて、お城がめらめら燃え上がった、と聞かされる……しかしそのほかは「万事順調ニ行ッテオリマス、侯爵夫人様……」それはまあ、そうにはちがいない。それはその時代の歌であって……

　さて、わたしがわが友グェレをさがしているあいだ、音楽はこの歌を演《や》っている。と、そこへやって来たのがグェレだ。当年とって十一歳の娘の手を取り、そのあとを十三歳の息子がついてくる。

「子供たちを家に忘れてきちまってね、やれやれ！」彼はこちらに向かっていう。小脇にワインを一瓶抱えている。「どう、一杯飲《や》るかい？」おっかぶせてたずね、入口扉の役を勤めている布を横なぐりに払う。

　ところが入口扉の前には肉屋の親方ヴァンロッソム氏と、その横手にはイートン校服少年がいる。肉屋の親方氏は微動だにしない。その幅のひろい背中が巌のごとく立ちはだかっている。「失礼《パルドン》！」と、わが友郵便配達夫くんがいう。それからちょっと声を高めて、「失礼！」で、もう一度、「失礼！」びくともしない……「エエイ、コン《アー・ノーム・ド》……」——「畜生メガ《ショットフェルドム》！」

　二人は向き合っている。例の咳払いに続いて、さながらヴァンロッソム氏の店の電動挽肉機から流れ出る挽肉のように、氏の口からは罵詈雑言がえんえんと、際限も切れめもなく流れ出てくる。郵便配達夫氏は一時間ホールを独り占めにした。いまはもうさっさと消えるがいい。いまは真人間の職人衆と栄えあるお百姓衆が、われらが祝祭を祝賀するときだ。国家お雇いの去勢馬なんぞの出る幕じゃねえやい。

　得たりや応とばかりの応酬がパパッと爆発する。パリっ子とっておきのべらんめえ。小さな郵便局のなかでモールス式電信機がカタカタ鳴ってるみたいだ。ただもうすこしやかましい。オーケストラは鳴りをひそめている。いまこそ原則と原則の対決の時だ！　自由業対宮仕え！　ホール中が敵味方に別れる。見れば、わが友グェレは身の回りが突如敵だらけではないか。グェレは忠実なる国家の公僕として国債を売ってきた。ところがいまやそのスイス・フランが暴落しているではないか！……憤慨だ！……憤慨！オーケストラはまるごと一時間この国家公務員のためだけに演奏してくれた！　新しい時間が一時間だけ古い時間を出し抜いたのだ！　こちらも同罪だと思い、わたしはかみさんに目くばせをする……ところがどっこい、雲行きがちがうぞ。ヴァンロッソム氏は、わたしたちに含むところは何もありはしない、とはっきりわからせてくれる。可能なかぎり明快にわからせてくれる。つまり、かみさんをダンスに誘う。オーケストラが演奏をしはじめて……

わたしはしかしこの秋の夜寒に、わが友グェレと並んで道端にすわり込み、彼といっしょに同じグラスで飲んでいる。グェレは黙り込んでいる。遠くからオーケストラの音が聞こえる。と、はじめは声低く、やがて声高く、かなり調子はずれに、だがいまやなりふりかまわぬ大音声で、グェレ氏は、国家公務員にして郵便配達夫たるグェレは、歌う。

「万事順調ニ行ッテオリマス、侯爵夫人様……」

その通り。万事順調に行っております、だ。十月三日から四日にかけての夜には、まるごと一時間の長さの真夜中がある。そしてそこでは古い時間が新しい時間から遅れを取り戻す……

自動車事故

オルレアンのトラック運転手ジャン・シャルパンティエに「至急便家畜運送会社」の支配人から八月二十八日に電話があり、明朝四時アノー・Oで牡牛三頭、仔牛四頭、牝牛五頭を積み込み、朝六時にはくだんの家畜を必要とするシャルトルのさる肉屋に運んでほしい、と言われたとき、ジャン・シャルパンティエは「こいつはまずいことになるな……」とつぶやいた。それは謎めいた予感ではなく事務的な確認で、シャルパンティエはいくつかの理由を挙げてその点を確認しないわけには行かなかったのである。

アノー・O――略字のOはオルレアンの意味、フランス国有鉄道がこの駅でパリ―オルレアン線と交差するからだ――は、駅舎と一軒の旅館と十四本の線路から成り立っている。そこで荷を積み換えるのは何かと手間がかかる。それに旅館のワインはうまくない。それが第一番の理由だった。それにアノー―シャルトル間の距離はほぼ四十キロ以上だ。二時間で四十キロというのはトラックなら大したことじゃない。だが当のトラックにトレーラーがつくとなると、十四本の線路のある駅で列車が何本か遅延して家畜の積み換えが面倒なことになるとわかると、そこで容易に考えられるのは四十キロの距離にせいぜい一時間しか――いやそれ以下の時間しか残されていないかもしれないという話だろう。道路はボース県の高原から湿地帯を通って行く。谷間ではポプラ並木が広大な泥湿地状の家畜牧草地を見守っており――八月末には朝霧が立つことがめずらしくない。「こいつはまずいことになりそうだな……」もうもう鳴く乗客たちをやっとこさ積み込んで、トレーラーの鉤ホックをいま一度点検し終えると、ジャン・シャルパンティエはまたそう言った。彼は素面《しらふ》だった。朝何も食べてこなかったからだ。ラム入りのコーヒー二杯、白ワインをグラスに三杯、それにマーゲンビターを一杯引っかけただけ……

道路は良好だった。象の皮膚を思わせる黒いアスファルト舗装。走行開始に際して乗客どもは車輛が揺れるのに不平を鳴らした。ノルマンディー出身の牝牛のエリーゼが同乗者たちを落ち着かせたので、おかげでトラックそのもののなかはまもなく静まった。しかし一頭の、角縁眼鏡をかけているような顔つきの（二つの茶色の輪が目を隈取り――それ以外の頭部は真っ白だった）若い経験のない牛が四頭の仔牛の面倒を仰せつかっている後方のトレーラーのなかは、老教師が二ダースものガキどもにコーラン の章《スーラ》をぎゃあぎゃあわめかせているアラビアの小学校みたいに、長々と尾を引くうなり声がわが物顔に跳梁した。小さな仔牛たちとその監督役の牛は、五頭ともブルターニュ出身だった。ブルターニュはまだまだ保守的で、自動車はたまにしか走らない……

トラック運転手ジャン・シャルパンティエには背後のうなり声はさほど気にならなかった。モーターの轟音がやかましくて、それはほとんど耳に入らなかった。やがてこちらも疲れてきた。背後には後続車が二台あるし、それに彼には女房の一件の心配事があった。彼女《あれ》はしょっちゅうひとりで留守番をしている、オルレアンでだ――人間、ひとりぼっちってのはどうもまずいことが多い。彼は、トラック運転手ジャン・シャルパンティエは、居眠り運転もさながらにハンドルを操作した。なにしろ勝手知った道路だった。いずれにせよこちらのほうが女房よりは勝手知っていた。十三キロくらいまでくると、かなりきつい坂道にさしかかった。坂の先はカーヴしている。カーヴのちょうど中頃からその村が開けてきた。目の前には二軒の家が見張り役をしていた。左のは居酒屋、右のはふつうの家だ。シャルパンティエは時計に目をやった。五時半だ――コーヒーを一杯飲みゃすっきりするんだがな……シャルトルの肉屋はやきもきしてるかもしらん。シャルパンティエはブレーキを踏んだ——そのとき四台のトラックが一列になってカーヴを曲がってくるのが見えた……こちらを指してまっしぐらに……

道路の右手で村の入口を見張っている家には八十六歳の老婆が暮らしていた。老婆は高齢にも似ずまだ矍鑠《かくしゃく》としていて、夏休みで遊びにきている孫たちの朝食を作ってやるために朝はいつも真っ先に起床した。嫁にきたのは十六年のことで、もうとうに昔のこと——亭主は四年前に死んだが、二人ともずっと仲よく過ごしてきた。金婚式のお祝いだってやれただろうが——ちょうど戦争中に当たっていたので取り止めにしたのだった。息子たちはフランス中に散らばっていた——息子の一人はナント、もう一人はリール、三番目のはノルマンディーの農場で寝起きしていた。トラックのなかにいる牝牛のエリーゼは、あの道路のカーヴ際の小さな村に住む老婆サイアスの息子の、農夫サイアスの厩舎の出だったのである……八十六歳の老婆は五時きっかりに起床して——その年の晩夏はいまだに暑い日が何日もあったので——ナントからきた二人の孫たちを朝まだきに叩き起こして苺狩りに出してやろうと思っていた。昼近くなると「アウータ虫」のやつが悪さをするようになる。これは極微の、目に見えないくらい小さい虫で、皮膚の下にもぐり込んで、そこで死ぬまでカリカリひっかいているのだ……

サイアス祖母《ばあ》さんは矍鑠としていた。だがとんと耳が遠かった。しかしサイアス祖母さんはそのことを承知しようとしなかった。もっとも、彼女が話をしている人の唇からことばを読み取るすべを心得ているらしいことは認めなくてはなるまい……

五時半にサイアス祖母さんはコーヒーを沸かし終えるとコーヒー缶をテーブルに載せ、その横にミルクの壺を置いた。と、そのときノックをする音が聞こえたような気がした。「もうルネが起きたんだわ、きっと」と彼女はひとりごちた、「あたしを驚かそうと思ってさ。そいでドアをノックしてるんだわ……あたしはあのノックの音がとてもはっきり聞こえる——それなのに皆は、聾《つんぼ》だなんて言うんだからね！」……

「お入り！」彼女は大きな声で言い、ドアのほうを見やった。だがドアは閉まったままだった。と、すきま風の気配をすっと覚え、埃の臭いがして、ふり向くと部屋の壁に大きな穴が開いており、ジャン・シャルパンティエがぼこぼこに凹んだラジエーターの上にまたがっていた……

「すいません、おばあさん」とジャン・シャルパンティエは言った。「玄関から入って来なくてごめんなさい。あいにく、おいらの車は気がふれちまったもので……」

八十六歳にもなって——息子の一人は戦死し、自分も爆弾が雨霰と降ってくるのを身をもって何度も体験してみると——驚くことにも慣れっこになってしまう。彼女は金聾《かなつんぼ》みたいに耳が聞こえない。それを認めたくないものだから——どんな人間にだって一つくらいは小さな見栄があるものだ——男が一人金属製の馬にまたがって壁を通り抜けて来たって、それが自明の理《ことわり》でもあるかのようなふりをするのである。——むろんその頃には孫たちが部屋に飛び込んでくる。家中がぐらぐら揺れ、メリメリいう轟音が二キロも離れた谷の対岸でさえ聞こえていたのである。好意的なのはサイアス祖母さんだけだった。なにしろ彼女は「お入り！」と言ったのである。

言うまでもなく、小さな村の興奮は大きかった。自動車はフロントの防御ガラスまで壁のなかにめり込んでいる。トラックの運転手はパックリ開いたフロントを抜けて飛び出した。壁の穴は運転手が飛び出すのを邪魔しないくらいの大きさがたっぷりあって、こうして彼はできたてほやほやのコーヒーを用意したテーブルの二歩手前に、ラジエーターに打ちまたがって着地したのである。奇蹟的に助かったくだんの男の名誉を祝して、カウンターからカルヴァドスの壜が運ばれてくる。ジャン・シャルパンティエは元気を取り戻し、眠気はすっかりふっとんでしまい、空腹感さえ覚えた……で、彼が気分よく朝食をしているあいだに村中の人間が例の道路に集まってきたのである……

農地保安官と呼んでおくのが無難だろう——だってまさかこの小男を地方警察官と称するわけにはいかないからだ。くだんの小男のいでたちを制服らしいものにしているのは一個の古い円筒帽——円筒帽を別にすればふつうの市民と同じような服装である……村長さんが何か告示をするときには太鼓を叩いて近隣の村落にふれまわるし、多くはないが一ケ月おきくらいに役所の書類を配って歩く。その報酬に日当四フランを自治体からもらう——スイスの金額に換算して八十ラッペン。

今日、彼は生まれてはじめて交通巡査の役を演じる。道路がやたらに混雑しているからだ。それは第一級の幹線道路だが、今日は車のお目覚めが早かった。もうすこし夏を楽しもうというパリジャンたちがいるのだ。彼らは急《せ》き立てられている。はやく海辺に行きたい……

そこへこうして交通障害が道を塞いでいるときた！……農地保安官は汗だくだ。いいぞ、居酒屋があんな近くにあるじゃないか……あそこなら涼しい。五台もの車が外でクラクションを鳴らし、吼えたけり、ぶーぶーやっていようが、それが何だってんだ、知ったことか？……農地保安官はもうすぐ七十歳になる。この齢になるともう急ぐということが理解の外になってしまう……

ありがたや、当局のおでましだ。正午近くに警官隊が現れる、それも五人も！　これで秩序は元に戻る。牝牛のエリーゼとその道連れ一行は角縁眼鏡の若い牛ともども、もう久しくサイアス祖母さんの厩舎で面倒を見てもらっている。「やっぱりあたしの言う通りだったじゃないかね？――」祖母さんは孫たちに問いかける。「おまえたちの父さんは厩舎を取り壊そうと言ったんだよ――厩舎は、ほら、りっぱにお役に立ったじゃないかえ？」けれども牝牛のエリーゼはもう祖母さんの顔をおぼえてはいない……運転手のジャン・シャルパンティェは八歳の男の子のルネにモーターの説明をしてやり、一方、十歳の女の子の孫のほうは仔牛と話をしている……

牧歌的な趣をかき乱すのは警官隊ばかりとはかぎらない。午後二時、日差しの暑さが最悪になった時刻、赤い色がいやにどぎつい、いやらしい、三輪の昆虫が一頭ぶんぶんうなり声を上げてやってくる。なかにいるのはワイシャツ姿の男一人、男のネクタイは蜻蛉の羽根のようにひらひらひらめき、彼の腹部を二つの部分に分けて、色付きのゼンメル［丸パンの一種］みたいに見える褐色の革帯がつや出しをかけたようにピカピカに光っている。男は灰色の縁なし帽を目深にかぶっているので耳がにょっきり突き出し、縁なし帽の下の端が項《うなじ》にできた脂肪《あぶら》瘤に貼りついている。

ジャン・シャルパンティエの美《うる》わしの時は終わった。「至急便家畜運送会社」の支配人が到着したのだ。支配人は悪態もつかなければ、どなりもしない。だが魔法を使う。突然、手押し車五台、十人の労働者がやってきた。ラジエーターのぐるりの壁がぶち抜かれ、いまや前輪がすっかりあらわになる――それはいささかも破損の跡がない……そして早くもトラクターが無差別一斉射撃――ダ、ダン……

午後四時、壁には大きな穴がぽっかり開いているばかりで、そこから古い胡桃の木のテーブルが見える。テーブルの上には裸電球がぶら下がってゆらゆらしている……農地保安官はお別れにアペリティーフを一杯飲《や》る。サイアス祖母さんはトラック運転手のシャルパンティエが去ったのを嘆く。「とっても礼儀正しい人だったよ」とサイアス祖母さん、「ラジエーターから下馬するときは帽子まで脱いでさ……」

サイアス家の家族史はまた一つ物語を増やしたわけだ。ノルマンディーの農夫、ナントの息子、パリの嫁いだ娘、それにフランス全土に散らばったこれらすべての家族の子供たちは、一台の自動車が運転手ごと部屋のなかに入ってきたとき「お入り！」と声をかけた祖母さんを一家の語り種《ぐさ》にすることだろう。

ルネ坊やが五十歳になってこの物語を自分の孫たちに話してやる。と、孫たちはきっと笑うことだろう――そうするとルネ祖父《じい》さんは宣言する、「わしはその場におったのだぞ……」

こういうのを伝統という。そして伝統は美しいものなのである。

十一月十一日

消防隊員はヘルメットをピカピカに磨き上げるが、しかしてっぺんの鶏冠《とさか》の鱗のところは手つかずにしておく。今日は消そうにも火事がない。それに、火事があれば空が火を消す面倒を見てくれるだろう。

雨が降っているので……

ただの十一月の雨というだけではない。灰色の空が水になって地上になだれ落ちてくるのだ。どうかするとだれかがばかでかい「タブ」を、汚水でいっぱいの個人用浴槽を、ざーっとぶちまけていると思われかねない――そのあいだを南風がピューピュー吹き抜けて水のカーテンをきれぎれに引き裂いて行く……

消防隊員は村の若い衆だ。真鍮のヘルメットの下で頬は剃刀の剃り跡が赤く、鼻は林檎酒のためにわずかながら青い。消防隊員は制服を着ている。だから行列の先頭に立って行進する。アエオルス［ギリシア神話の風の支配者］のように頬っぺたをふくらます技《わざ》を心得た男——ホルン吹きの隊員がそのまた先頭を切って。だが風がホルンの叫び声をきれぎれに引き裂いてしまう。

お揃いの制服を着た隊員たちの後に続くのは前線兵士たちだ。「大戦」を共に戦った兵士たち。平服を着ている。灰色地のマント、黒地のマントを着用し、襟はビロード地だ。雨傘は手に持ち、傘地は開いていない——風の勢いがあまりにもすさまじいからだ。傘をすぼめて把手を道路のぬかるみに引きずらせ、石突きのほうを握っている。

階級章もなければ名誉の勲章もない……ボタン穴に、細い色つきリボンをつけている人がちらほらいる。リボンが二つの人も何人か——このリボンでかろうじてご当人たちが鉄十字章か武勲章をもらったと察しがつく。先頭でホルンが行進曲を吹奏している。だが古強者《ふるつわもの》たちは歩調を合わせることは気にしない。てんでばらばらに行列について歩く。彼らの鋲打ちをした靴は、長年の習慣と化した歩行、鋤の後から畑地を歩いて行く農夫の歩行を強いている。一人だけ歩調を取って歩く人がいる。真っ白な顎髭が絹のたてがみのようにやわらかい老人だ。老人は赤—白—青の旗を掲げている。その多彩な生地には金文字で刺繡がしてある。

「大戦の戦士たち」

停戦協定が締結されたのはもう十八年前のことだ……十一月十一日に。しかし百三十七年前の十一月十日、一人のコルシカ生まれの砲兵隊将校がクーデターにほぼ失敗したことを思い出す人はたぶんまずあるまい。当時ブリュメール十九日云々が取り沙汰されたのはまちがいない……赤—白—青の旗——それらの色は古い。コルシカ人の砲兵隊将校もこの旗をかざして彼の軍勢を行進させた。後にはこの旗に鷲を君臨させたが——しかし色に変りはなかった……

老戦士たちは武器は持たずに雨傘を携えて旗の後について行く——歩調さえてんでばらばらに。その後ろを、ブラシみたいな鼻下髭を生やした村長がついて行く。村長の帽子はカチカチにこわ張り、レインコートはまるで彼の署名そっくりにエレガントだ。村長と並んでやって来るのは小学校教師。帽子を脱いでいる。どうやらあいさつに一々脱帽するのがわずらわしいとみえる。

次に来るのは子供たちだ。男の子も女の子も、ぐっしょり水をふくんだ雨合羽にくるまれている。先頭が最年少組、それから順に年長組が続く。どの子も手に手に十一月の花、アスターと菊の花束を持っている。

村会議員のお歴々……喪服の女たち、ウールのショールに身を包んだ女たち。道路のアスファルトは黒く光り、行列はいやましにおごそかになりまさる。家ごとに新たな参加者が加わるからだ。だが村の最後の家は居酒屋なので、無限に続く波が送られてくる……

戦死者の記念碑は村の外の小高い丘の上に立っている。丘は「キリンの頭」と呼ばれ、麓にはパリからオルレアンに通じる幹線道路が走っている。記念碑は一本の方形の柱で、柱の上に壺が載せられ、その壺の上に石のフリジア帽――ジャコバン帽、つまりサン‐キュロットの帽子がちょこなんとかぶせられている。方形の柱の四面には祖国のために戦死した兵士たちの名前が書かれている。ブランシャール五名、レヤ三名、ヴァシュロー二名、プティ四名、マルタン一名、セヤ三名。わずかな家族しか住んでいない村のことである。だが、どの家族もそれぞれ戦争犠牲者を出している……

ぼくが知っているのは、レヤ・エルンストがどんな死に方をしたかだけだ……

レヤ・エルンストは厨房長で、五人の助手といっしょにスイスの軍隊なら「シュパッツ」、フランスの軍隊では「アッフ」と呼ばれている肉料理を煮込んでいる最中だった。鍋のなかに手榴弾が落ちた。五人の助手はびっくりして逃げ出した。レヤ・エルンストのその後は林檎の樹に三滴の血しぶきが見つかっただけ……ほかには何もない。レヤ・エルンストのかみさんは、村の指物師のヴァシュロー一族の男と再婚した。ご亭主はいささか林檎酒を飲みすぎの気味があり、それにラムもいけないほうではないにしても、彼女は決して不運ではない。小学校教師は子供たちを記念碑の前に集合させた。前線の兵士たちは思い思いに、たまたま足を止めた場所に突っ立っている。役割に忠実なのは例の旗手だけだ。風がその白絹の顎髭とたわむれ、また純白の頭髪とたわむれる。

「一―二……」と小学校教師が言い、子供たちが歌を歌いはじめる。教師は腕を振る――「もっと大きな声で！」と、その歌にがなり立てるが無駄である。風が歌を吹き散らしてしまう。「フランス」とか「永遠に」とかいうことばはわかる……歌の作者はどうやら永遠について語っているらしい。子供たちがこうしたことばをおぼえたり信じたりもするのはきっと有益なことなのだろう……

村長さんがこわばった帽子を脱ぐ。

「ご列席の皆さん、どうか一分間の黙禱をお願いします！」全員脱帽。旗は垂直に立つ――赤―白―青の布がぐっしょり雨に濡れて……沈黙。

しかしこの沈黙は完全ではない。幹線道路には、黙禱の礼など、祝賀など、死者たちへの無言の追慕など、どこ吹く風とばかりの車、車、車。――わんわんクラクションを鳴らしている……

それから数分が流れ、村長さんはまたこわばった帽子をかぶり直し、学校教師は子供たちに記念碑のまわりをひとめぐりさせる。すると子供たちの小さな、寒さに赤らんだ手が、昨日十一月の花を摘んで編んだ花束をお供えする……

だれかが演説をするのだろうか？……いや。ここはパリではない。大臣や外交官が召集される場ではない。ここは、故郷を護るために数人の息子たちを犠牲に捧げた、ちっぽけな村だ。こんなちっぽけな村のために頭を悩ます県知事も代議士もあるはずがない。仲間内だけだ――雨が降り、意地の悪い風が雨の幕を引き裂き、ポプラと林檎の樹の最後の黄葉が渦巻き……祝賀式は終わる。

たぶん孤独なホルンがもう一曲行進曲を奏でるだろう。が、風が、猛烈な十一月の風が、それを吹き散らす。子供たちがお手本を見せる。駆け出して逃げる。消防隊が駆け出す。元兵士たちが駆け出す――当然のことながら、シャンパーニュの雨に濡れた墓地にこれ以上長居するなんぞはごめんだからだ……女たちが駆け出し、こわばったコートが風になびいて……

だが村の中央部にあるデリカテッセンのお店の前で行列はもう一度集合する。そして無帽の小学校教師に率いられて、男の子たちも女の子たちもお店に入って行く。今日はどの子にも自治体がクッキー一個かビスケット一個、それともボンボン一袋をおごってくれるので……

たぶん子供たちの脳裡に、平和は甘美なものだとの印象を焼きつけるために……

鶏の運動場

いわゆる養鶏場で家禽類を大量《アン・グロ》に、いわばひっきりなしに生産するようになってからというもの、鳥類は金銭に似てきた。というのも昔は金銭がどっしりと重いドゥカーテン金貨や銀シリングで、人は泥棒を避《さ》けてそれを毛の靴下に入れてマットレスの下や戸棚の奥深くに隠したもので――当時は夜も眠らずに金勘定ばかりしている吝嗇漢《けちんぼう》さえいたものだが、それも根は無邪気な仕業……いまは株券があって利札を切って――思うに、それが所有なのだ――、そして鶏も株券同様、卵を産むという利のために存在するのである。養鶏場は銀行だ。孵卵器、合理的飼料、濃厚飼料、利回り……肉づきの見積りはミリグラム単位まで計算され、もうだれも、冬になって小学一年生がズボンのポケットに手を突っ込んで小学校に通う道すがら、ひよこが彼らの格好を真似るのなんか見ないのである。

　いつぞや一人の老農婦が洗濯をしているのを見たことがある。老農婦は農家の中庭にひとりきりでいた。男衆は収穫で耕地に出払っており、その農婦がたったひとりだった――いや、完全にひとりきりじゃない。かたわらに年老いた鶏がいた――その呼び方のほうがお好みなら牝鶏《めんどり》がいて、老農婦はその牝鶏に話しかけ、牝鶏のほうはそれに返事をした。老農婦はたとえばこんなふうに言った。「なあや、おらいは左足がしょっちゅう痛くてな……」どうしたらよかろうかな？……応じて牝鶏はかしこげに頭をふってみせ、鶏語ですこぶる繊細に、ちょっと頭を横にかしげて「コケッコケ」を変奏したような調子で返事をした。――「ほんとにおまえさまの言う通りじゃなあ！」おらいには薬をすり込んでやらねばと言うのだ。樟脳エキスをかね？　牝鶏が「コケッ」とうなずいた。だから夜になるとヨッギに樟脳エキスがすり込まれたのだった。その牝鶏にはこんな噂があった。それは甲羅を経た牝鶏で、何世代ものひよこを育てたので、この牝鶏の言うことにまちがいはない――老農婦はこの話を知っていた。彼女は後になってぼくに言ったものだ。牝鶏の話を聞くほうが、お百姓衆の話を聞くよかずっとおもしろいでなあ。ぼくは即座に彼女の言う通りだろうと思った。

　ぼくらは日曜日の散歩の道すがら逃げたひよこを一羽ひろった。ひよこはものすごい叫び声を上げた。ものすごいという言い方は当たらない。ひよこはしょっちゅうピヨピヨさえずり、ピーピー、キーキー鳴き声を上げているのに、ちっとも声が涸れない……とまれ奇妙だ、人間の小さな子供たちだってこんなに長く泣き叫んで、声が涸れないなんてあり得ないことだ。けれど市電の車上で二人の紳士が口論しているのを聞いていてみ給え――たちまち一方の声が涸れて、口論をやめなければならないだろう。テノール歌手ならそうはならない――彼らは絶叫を昇華する。だから聞いているほうにも美しい音声と思われるのだ。が、閑話休題。要するに、ぼくらは逃げ出したひよこを持ち帰り、それを飼育した。ひよこはぼくの着ているグレーのプルオーヴァーが妙に気に入って、ひよこが寒がるとぼくはハンスをプルオーヴァーの縁《へり》に匿ってやる。

　さよう、ぼくは雌雄の別もわからないのにそのひよこにハンスという名前をつけたのだ。結局、それは最悪というわけではなかった。ハンスという名前をつけられたからといって牝鶏が四の五の言うわけはない。ぼくの知るかぎり、男の名前で呼ばれてよろこんで受け答えする女の子だっているんだから。

　その後ぼくらは一度に六羽ものひよこを手に入れた。ひよこたちはみんな茶色い毛並みの一羽の牝鶏から孵化されたもので、この牝鶏というのがフランス革命当時のジャコバン党の女たちに似ていて、態度までそっくりだった――これは編み物する女たち《トリコトゥーズ》と称されて、貴族たちの首を刎ねているあいだ、いつもギロチンの最前列に席を取って毛糸の靴下を編んでいる女たちなのだった……雌の鴉がほんとうに悪い母親なのかどうか、これまでにきちんと確かめたことがあるわけではないが、ぼく流に言えばこの茶色の鶏は薄情な鴉の母親《ラーベンムッター》なのだ。要するに、この茶色のやつめは自分の子供らを虐待した――たぶん悪意からではなくて、どうやら不器用なせいで。ちょうど人間の母親のなかにも粗暴さや悪意のせいではなく、ありきたりの愚鈍さゆえにわが子をいじめる人が間々あるようにだ。ぼくらはこの茶色いやつの首を刎ねて、それでスープ料理をこしらえた。スープはたっぷりリキがあった……

　しかしハンスは、今日にいたるまでやつが牝鶏なのか牡鶏なのかぼくにはわからないのだが――ハンスはやっと生後六週間、そしてぼくは鶏の専門家じゃない――孤児になったひよこたちの面倒を見た。ひよこたちといっしょに庭を散歩し、先頭に立って餌をついばむ……問題がややこしくなるのは、おチビさんたちがこの保護者の翼の下に身をかくまおうとするときだ。と、ハンスは、まるで丈が短すぎる服を着た婦人みたいに戸惑った表情をする。困ったことに翼の丈が届かないのだ。するとぼくが拾いあげてグレーのプルオーヴァーにかくまってやるまで蟋蟀《こおろぎ》みたいにじんじん鳴いたり、カナリヤみたいな囀り方でピヨピヨさえずっている。それからハンスは、彼の被保護者たちが小函のなかに納《しま》い込まれるまでじっと見守っている。それがうれしいのである。彼はそれに満足の意を表明する——請け合って、ハンスに人間の感情を押しつけているわけではない。彼は本式に満悦している。

しかし一旦おチビさんたちの防衛が大事となると、ハンスは歩哨に立つ。おチビさんたちには家鴨《あひる》の見分けがつくのだろうか？　わが家にはカーキ色のこの種のやつが四匹いる。雄《おす》家鴨は灰緑色の嘴をしていて、しょっ中、声がしゃがれている。があがあ鳴くのは、黒い嘴の使い方をよく心得ている三人の妻たちにまかせている。家鴨たちは神経医みたいにおだやかでブルジョア的で、悠揚として迫らぬ物腰だ。彼らは泥のなかをひっかき回し、飽くことを知らぬ好奇心に苛まれている。彼らは好んで関係なさそうな問題に首を突っ込む——駆け出すと、雨のなかを市電を追いかけて走る、そろそろ肥満しかけの結婚コンサルタントそっくりだ。

家鴨たちはひよこの教育にも口を出さずにはいられない。ハンスはしかし単純な性質の持ち主——プロレタリアだ。ちなみに家鴨たちのインテリめいたふるまいが頭にくる。ハンスは、茶色の家鴨たちが彼の被保護者たちに近づきすぎると相手を威嚇する。精神性は常に粗野な暴力の前にすごすご退散するもの。ハンスにくらべてすくなくとも三倍は図体の大きい家鴨たちが泡を食って逃げて行く。彼らはそれから庭の一隅で委員会を開く。会議の席上三匹は異口同音に——雄家鴨はささやき声を出すだけ——精神性の衰退と没倫理的教育原則を非難する。非難はするが、それ以上の行動に出ることは決してない……

鶏の運動場は人知の啓発に役立つ要件である。それは哲学と謙虚な心構えへと人を促す。哲学と言ったが、なにも純粋理性批判のことを指しているのでもなければ、範疇的定言命法のことを指しているのでもない。ぼくらは人間と動物、人間と動物や植物のあいだに柵を設けようとするが、そんなことをしても無駄だというささやかな認識のことを言っているだけなのだ……それは昔ながらの真理だ。しかしどうして昔ながらの真理を信じてはならないのだろう？　すべての生命には一つの原基底があるのだ、そのことをぼくらは忘れてしまっている……

夏の夜

日がだんだん短くなり、葡萄の樹の上下に揺れる枝に黄色い葉がざわめくこの頃ともなると、海もまた夏の輝きをうしなう。夕暮れ時、霧が細かい埃の膜のように水面にかぶさると、海の色に光沢が褪せて行く。すると夏の夜々が思い出される……

ポルニックの港は干潮時には水が引く。すると漁船たちは杭にすがったまま泥んこの底に尻を据え、小さな町の目抜き通りには異様な臭いが這いまわる。腐った魚の臭い、海藻の臭い――どこかで巨大なヨードチンキの瓶を開けたような感じだ……

漁船は小さい。ロールに巻いた大きな絨緞を吊るすように帆を吊っているマストだけがほそほそと高い。マストの細い横木と横木のあいだに網を張って天日干しをしている。そして日の時間の移ろうたびに色を変える。日光を浴びていれば灰色だが、家々の影が頭上にかかりはじめると青味がかる。夕暮れの薄明のなかではしかし――闇がその権利をめぐって戦う闘争はなまやさしいものではないので、薄明がえんえんと長引くのだ――、夜になると文字幕からゆらゆら降りてくる垂れ布のように、薄明のなかで魔法メルヘンの舞台がすみれ色に変わって行く……

夕暮れ……空には真っ白な雲が五つ浮かんでいる。ランプの灯りがカフェの鉄のテーブルの上で炎をあげ、方々の町からやってきた人びとに光を浴びせて、彼らの身体の皮膚を褐色に燃えあがらせる。ふとった紳士連、ふとったご婦人方は短いズボンを穿き――「ショーツ」と呼ばれているやつだ――素足にサンダルばき。子供たちはくたびれて不機嫌になり、グラスをひっくり返す。すると鉄のテーブルの上にシロップが流れ、それがママの注文した緑の毒々しい薄荷酒と混じりあう。ビアグラスをなんとか無事にしていられるのはパパだけだ。バシッと平手打ちが一発、泣き声が上がり、ヘッドライトの円錐光で荒くれた触手を伸ばすように街路を掃く自動車のクラクションが泣き声をかき消す――暗い、不愉快な連想ではあるけれども。

しかし雑音も騒音もおしゃべりもクラクションも、ひそやかながらもいまやしだいに声高になり、風のおさまった夜のなかでふくれあがってくる陶酔をカヴァーすることはできない。波止場の石壁の上にそそり立つマストが揺らぎはじめる。はじめはそおっと、それからだんだんに強く。どこかでモーターが始動し、がたがた音を立て、一度鳴りやんでから今度は落ち着いた足拍子でまたはじまる。その足拍子は水に音をなごめられて、皓々《こうこう》と光を浴びた露台《テラス》の前を走りすぎる車の色めき立つ騒音とは似もつかない。

港を外洋から隔てる水路を通って、最初の漁船が夜へ船出して行く……

ぼくらの船の名は「麗《ラ》わしの《・ベル》アデール・25号」だ。ポルニックにはこのほかにまだ二十四隻もの麗わしのアデール号があるのかしら。ぼくは知らないいし、またそれを「パトロン」に聞きただそうとも思わない。横六メートルに縦二メートル、緑、白、緑の三層色。竜骨を見たことがある。鉛を詰めた、ずっしり重い竜骨だ。網は船首に丸めて置いてある。乗組員は「パトロン」とその十四歳の息子とマドロス一名。マドロスの腕は手首から肘関節まですっかり刺青をしてある。手の甲に青みがかった赤色の星がきらめいている。モーターが低音域《バス》のソロを歌っているので、だれも口をきくものはいない。パトロンの身体は、上体、腕、頭、と半分方しか見えない。腕に杭を一本抱えており、杭はパトロンの背後の闇に消えて行く。それで船を操縦しているのだ。

水路はせまく――ちなみに満潮はまだ絶頂にならない。

竜骨が底でこすれる――ぼくらは舵を操っているパトロンを不安げに見守る。だが相手はこちらに目を上げない。両の掌をくぼめて一つにあわせる。くぼみのなかにマッチの焔がパッと燃え上がる。シガレットの吸いさしに火がつくまでかなりの間《ま》があり、そのあいだ男の顔はギラギラ焔に照らし出される。

男の顔は丸く、つるつるに髭を剃ってある。目はちいさい。その目で一風変わっているのは非常に白い角膜である。この角膜はたった一本の毛細血管も破れていない。だからとても清潔な、とても鮮明な感じがする――虹彩と瞳孔が同じ色、ということは空のように、海のように、かすかに青みがかった暗い灰色だ。陸からおだやかな風がやってくる。そして父親が操舵しているあいだに息子はマドロスが帆を巻き上げるのを手伝う。それからモーターがその歌曲の最後のいくつかの音を持ちこたえてから――延長記号《フェルマータ》二つ、あいだに長い間《ま》――止む。

網が水に滑り込み、錘が水底のほうへ網を引っ張る。と、巨大なレーキみたいに網が水中に引き込まれる。やがて少年が寝に行き――マドロスはごろりと横になると頭の下に手枕をして、夜空の星のほうに向かって目ばたきをする。パトロンが船を操る……

岸辺はまだ遠くない。港のアーク灯が一つ一つ数えられるほどだ。が、それもどんどん遠ざかって行く。行く手に二つ、三つの灯台。その一つの光は白く、パチパチ目をまばたかせる――五、六、七、八――で開き――五、六、七、八――で閉じるというふうに。二番目の灯台の光は緑色、三番目のは白。その白い光をパトロンが指して言う。

「サン・ジルダ岬の先端ですよ。何年か前にあそこで船が沈んで、二百人の人間が溺死しました……事故は乗客のせいだったんです、お客さん《ムッシュー》。だって船長は船を出したくなかったんですからね。あれは定員二百五十人用の観光船でした。ところが折からシーズンの最盛期で、船はノワールムーリエからサン・ナゼールまでの渡航船でした。この日は五百人の人間が渡航したがってました。ところがあいにくの荒れ模様でした。船長は出航を渋りました――と、何人かのチンピラが、あんたはよぼよぼのお婆さんだ、こんなちっぽけな嵐にびくついてやがる、と言って、船長を笑ったのです。男ならそんな話は聞きたくありません。船長は年配者でした。三十年来の勤務経験者でした。海のことなら手に取るように通じています――でも、だれだって卑怯者呼ばわりされたかありませんや。だから船を出したんです。サン・ジルダ岬の先端にくると船はローリングしはじめました。喫水の浅い、平べったい構造の船がローリングしはじめるというのがどういうことか、想像できますか？　五百人の人間を縛ってはおけませんや――五百人が一斉に風から、舷《ふなばた》を越えてくる波から、身を守るために一方の側に殺倒しました。そこで船は転覆。二百人が溺死しました……」

「たしかに、あれは悲しい出来事でした。ですが尻拭いをさせられるのはだれだったでしょう？　観光船会社じゃありません、とんでもない！　お偉方はいつだって責任逃れの手を心得てまさ。あっしらがさせられました、あっしら漁師どもが！　あっしらの魚を買おうと言う人間がもういなくなっちまいました。魚が溺死者の屍肉を餌にしてるっていうんでさ。人びとは愚かです。おしゃべりを本気にしました。おまけにお役所は、あっしらの船に渡航客を乗せることはまかりならぬときました。いつだってこうなんですよ、お客さん。大手が馬鹿をやらかし、零細がその償いをしなきゃならない……」

彼は口をつぐんだ。船首のほうから合いの手を入れることばがやってきた。マドロスが咳払いをして唾を吐いた。

「いつだって、あっしら零細がね！」とマドロスは言った。

「あっしは戦争に行きましたよ、お客さん、おっそろしく古いぼろ船に乗ってね。例のドイツの幽霊船――ゲーベネを追跡するってのが、どうもこいつのお役目だったらしいんでさ。あっしらはわかってました、そのうち木端微塵になるだろうって——あっしらは囮《おとり》にされたんだってね。実際、木端微塵になりやしたよ——魚雷攻撃を食らってね。あれはアドリア海でした。あっしは泳げねえ。でも最後の瞬間に救命帯をつかみやした——それで海の上に持ちこたえて、二日間です。それから一人のイギリス人に拾われました。イギリス人たちはここの海水浴客みたいにへんに神経質じゃありません。魚を食ってました——海には屍体がたくさん漂っているというのにね。戦争ですからね、お客さん！　いつだって零細はね！」なにやらギラつく、赤っぽい光が真っ黒な岸辺の線の上のほうでチラチラした——あれも灯台の一つですか、ぼくはすんでにそう訊こうとするところだった。というのも光は昇ってゆくように見えたのだ。子供たちの手で空中に放り投げ上げられるあのベンガル色の木片のように、ゆっくりとたえまなく昇っていった。しかしそれっきり落ちては来なくて、明るい光をわが身のほうに引き寄せた。と、干した海藻の壁みたいにもろい、暗い岸辺に二本の角《つの》が出現し、それがみるみる大きくなって、やがてもろい壁の上に着地した。巨大なメロンの実みたいに赤褐色の汁気たっぷりの感じ。月だ。最初に出て、いまや水平線上高く昇っている大きな星から、二本の見えない糸が三日月の二本の角のほうに走っているらしい——さよう、あたかもくだんの星がゆらめく半月を空中に引き寄せているようだった……

モーターがまたしても単調な歌を口ずさみはじめた。網をまとめているロープが解かれた。モーターの歌が止んだ。漁師たちの木靴が甲板の上でカタカタ音を立てる。漁師たちは網をたぐりにたぐる……

と、漁師たちは、ロープと細かい網の目が彩《あや》に染まって冷たい赤熱に光り出すまで液状の光に包み込まれた輝く宝物を海のなかから引き上げる。舌平目《したびらめ》は見なれない形の小さな銀板であり、ヒトデは舷《ふなばた》に投げ上げられるや泡の波のあいだでいま一度キラリとひらめいてそれから沈んで行くギザつきのコインだ。海から出る太陽は、月そっくりに——雲に包まれて赤い。冷たい風が海面を吹きさらして夜の魔法を追い払う。四度目の網を上げる頃にはヒトデは灰色でみすぼらしくなり、舌平目はぬるぬるして冷たい……

船は港に舞い戻った。午後は競売《セリ》だった。パトロンが漁の獲物《えもの》を持ってきた。平箱二箱だ。舌平目約三十四にベイ貝一籠。

競り場には競売《セリ》を仕切る男がいた。顔が赤くて、太鼓腹を突き出している。テーブルに平箱が重ねられていた。男が口を切った。

「三十八、三十八……三十九……もう一声ないか？……四十……四十二……」競売は黙《もだ》しがちに進捗し、例のデブ男は仲買人の顔色を見るだけ――眼をぴくりと動かす、それで充分だった……「四十二……四十五……四十五……もう一声ないか？……四十五でコルバイヨンさんに……」

コルバイヨンさんは競売人ご本人そっくりのふとっちょだ。彼は自分の場所を動かなかった。新しい平箱が二つテーブルの上におめみえした。「三十八……三十八……」

パトロンがぼくの袖を引いた。ぼくらはビールを飲みに行った。徹夜仕事をしてきた男はぼくと乾杯した。

「こんなもんさ、お客さん」と彼は言い、口のまわりの泡をぬぐった。「市場では舌平目の値がキロ三十フランです。今日は四キロ獲れた。見たよね、海から引き上げたときあの魚は銀色だったでしょ？　どこかにまだ銀の鱗が貼りついてやがるんじゃないか。畜生、魚がぬるぬるしやがるもんだから……」

そう言って彼はグラスをほした。そこから彼の船が見えた。甲板にマドロスがすわって網をつくろっている。

「しかし結局」とパトロンは言ってビールのお代わりを注文した。「船一艘は二万五千フラン――石造りの家の値と同じくらいします。あっしは木造の家のほうが好きですがね」と彼は言った、「木造ならすくなくとも水に浮くしね……」

インシュリン

素人があえて科学の問題をじっくり考察しようとする。すると専門家たちは笑い飛ばしたり怒ったりしながら、口を出さないほうがおためですよ、とこちらを説き諭す。大抵の場合それは当を得ている。今日の科学はいくつものある種の特殊分野に分岐している。だから当の特殊分野のどれ一つにも、何らかの展望を与えられそうな地図を描くことは不可能なのだ。

科学のたくさんある分野の大部分は、いたって込み入った分岐のさまを呈している。そこでそれらの分野がいつしかそこから生い育ってきた樹木の幹がもう久しい以前から鬱蒼と、樹皮も、またかつてはおそらく地上で気根だったような樹根も、どれがどちらともはや見分かち難いまでに鬱蒼と生い茂ってしまったことは認めるとしよう。

するとある日いきなり、たとえばポール・ド・クリュフのような人たちが出現して、目に一丁字なき輩《やから》にもこうした格調の高い財宝を理解させてくれようとする。ところがこうした人たちの言うことはまともに受け入れられず、雑文家として、非科学的な素人として片づけられてしまう。『死に対抗する男たち』の著者は自身が（彼自身の表現にしたがえば）「バクテリアの狩人」だった。だからといってこの事実は彼を黙殺から救ってはくれない。学者たちにとっては自分たちの仕事に審判を下そうとする人間はだれしも裏切り者なのである。

　ぼくは急に自分の主張が間違っているような気がする。なぜなら「科学」を天職《ベルーフ》として（天与の使命《ベルーフンク》としてではない、ということは、たんにことばの違いのみにとどまらない）取り上げた人たちの全部が全部、それほど排他的ではないからだ。だが、ある分野だけは特別である。そして以下の小文はこの分野の仕事を報告しようとするものなので、当然、特に当の分野の態度が考察の対象になる。

　精神医学者《プシヒアーター》、この周知の外国語の称号をドイツ語に翻訳しようとすれば精神医と申さなくてはなるまいが、さてその精神医学者たちは大抵、素人が僭越にも自分たちにある判断を下しはすまいか、すくなくともある見解を抱いていはすまいかという危惧に悩まされている。この不安、というか不満には、それなりに根拠がある。精神医学者たちの立場は厄介だ。どうかすると彼らの権力は裁判官の権力より大きいことがある。彼らの決定には上告の余地があり得ないからだ。一人の精神医学者の所見は一人の人間の市民権剥奪の宣告たり得るし、市民権を剥奪しないまでも後見の下に置くことができるし、何年ものあいだの、いや終生にわたる神経科病棟内や養護施設内への監禁、厚生施設内扶養を要求して自由を剥奪することができる。そればかりか、さらに進んで一人の人間に性愛生活を放棄させ、もはや人生とは言えない人生を送ることを強制しかねない。掛値なしに言おう。精神医学者は朝飯を平らげながら二人の判定を片づけ、あとの五人は昼食のために取っておければ満足この上なしなのだ、と。いや、そう言っては当たらない。しかし一つだけはっきりさせておきたいのは、（スイスの）州立精神病院の院長には絶大な権限があるということだ。責任を考えるとわが身に重くのしかからざるを得ない、ずしりと重い負担のかかる権限を与えられているということだ。

　しかし彼が担わなければならないのは、この権限だけではない。外科医を諷してこんな機知が行われたのはそれほど昔のことではない。曰く、「手術は成功したが、患者は死んだ。」だからといって頭にくる人は今時はいない。今日では手術に失敗する事態が起こっても、それを外科医の責任にしようとはだれも思うまい。死者は、それが当たり前の五パーセントに組み込まれる――彼の死を招来せしめたのは彼の運命であって、メスでもなければ、エーテルでも、クロロフォルムでもないのである。医学の部門ではまさしくことほどさようなのだ。そこでは注射器が大活躍をする――管状針を使って、皮下と言わず、筋肉と言わず、静脈といわず、手当たり次第に注射しまくりかねないのである。自然療法医たちがびっくり仰天のあまり頭の上でパチンとばかり手を打ち合わせて、肉体を毒してはいけない、辛抱やお茶や湿布やダイエットのような無害な手段で健康回復はできる、と主張するのも道理なのである。

ぼくはそれで思い出す。さる工業都市の病院で胸膜炎を治療しなければならなかったときのことを。最初の夜の八時から朝六時まで一晩中、ぼくは十五本以上の注射を打たれた。まず興奮を鎮めるために静脈内注射――ソムニフェンからはじまった。十分後に皮下注射――皮膚の下だ――コラミン。八時半にトランスプルミン。九時にまたコラミン。次いで交代に、トランスプルミン、コラミン、トランスプルミン、コラミン。眠るなんて考えられなかった――だからどうして鎮静剤を打たれたのか、こっちにはまるでわけがわからなかった。しかしそれがお定まりだったのだ……それから二日後、ぼくはほとんど歩けるか歩けないかなのに脱走してしまったが、それは言わずもがなの話ではあるまいか？

以上の話が雑駁な批判ではなく、たんなる確認であってほしい。ぼくが十五本の注射を体内吸収したあの夜、隣の病室で二十五歳の青年が死んだ。彼はもう夕方から末期の苦悶《アゴニー》（Agonie と第二音綴にアクセントを置いたほうがいい）の状態にあったが、それでも死ぬまで、いやだと言うのに、十五分置きに注射をされることの妨げにはならなかった。

おそらくここで一人の偉大な医者のあのすばらしい格言を思い出してしかるべきだろう。「肺炎は、医者がいなければ死ぬまでに二週間、名医にかかれば十四日、やぶ医者にかかれば四週間かかる。」

外科医、内科医が死亡《エクシトウス》――死にさえエスペランティスト風のマントをかけてやるなら――の責任を取らされることはすくないが、精神医学者が新しい治療法を試みて患者が死ねばそれだけにきびしい裁きを受ける。このようなきびしさを理解させる思慮は表面下の深いところにあるのに相違ない。そうでなければこのきびしさは大袈裟すぎる。たぶん一般に人びとは、医者は肉体の病の手当てをすると考えている。ぼくらはだれしも肉体が死ぬことを知っている。だから病人が死んでもそれは自然だ。精神医学者はしかし――その名がすでに物語るように――精神が相手だ。

精神の健康を取り戻すだけのために、どうして一人の人間を死なせていいわけがあろう？　精神は不滅であり、精神が病んでも肉体とは無関係にちがいない。精神のせいで人間が死ぬのであれば、それは医者の罪であり、犯罪である。この説明に同意してくれるのはおそらく最小限の人でしかないだろうが、ぼくにはこれ以外の説明が見つからない。古い信仰信条はある世代から次の世代に移ると忘れ去られるのでなく沈下するだけなのであって、表面下では生き続けているのである。

魔女とジプシー

アッペンツェル地方の「ド・ヒエジ」と呼ばれている丘の上、季節ごとに色を変える斑点のように丘の斜面を覆う森の際に家々が立ち並んでいる。こけら葺き屋根は銀灰色で火口のようにもろい。木製の壁はやわらかく、木食い虫が壁のなかをコツコツ叩く。この家々に住んでいる小さな女の子たちは朝は学校に駆けて行き、お昼時にはまた丘の斜面をよじ登る。森のなかは鬱蒼と茂った枝々が光をさえぎり、冬になると霧がいちめんに地を這って枝々にからみつく。こういうことが空中にうっすらと不安を漂わせ、そこで女の子たちは朝はいっしょに落ち合っておしゃべりし合ったり、お昼時には皆で下校したりするのである。

女の子たちはたんとおしゃべりをする。話題はとりわけ魔女の噂。魔女がいるのだ。魔女にしては頭がトロすぎると近所の人たちに言われるくらいだから、どうも魔女なんかではなかったのだけれど。皆は彼女を「レーゲリス・ベービィ」と呼んでいた。彼女は十歳の息子と老母といっしょに暮らしていた。この老母のほうはしかしまちがいなく魔女だった。皆はこの老母を「ゼッペントーニス・カートリ」と呼んでいた。

学校からの帰り道、女の子たちは木造のぼろ家の前を忍び足で抜け、垣根にかけるか二本の樹のあいだのロープに吊るすかして干してある洗濯物のほうを窺い見る。お下げ髪の女の子たちは洗濯物にこっそり近づき、長ズロースの両足の端と端とを結び合わせて中に石を詰めるのだった。悪さが終わると大抵はその家のちっぽけな窓が開いてふくらんだ顔が現れ、呪いのことばを吐き出すのだ。「ズーウアール！　ズーマートレ！　糞っ、悪魔にさらわれちまえ！」

すると小学生の女の子たちは心臓をドキドキさせながらその場に立ちすくみ、逃げないで、ふるえながら裏声で囃《はや》す。

「レーゲリス・ベービィやーい！　おつむてんてんやーい！」

それから五六人、そこに固まっていたのがキイキイ声をあげて逃げて行くのだった。鼠の尻尾みたいに先っぽのとんがったお下げ髪が背中でぴょんぴょん踊りはねて……

「レーゲリス・ベービィやーい！　おつむてんてんやーい！」

それから悪漢一味は森の灌木の木蔭に身をかくしてひそひそささやき合う。老魔女のほうに見つかりでもしたら！でも老魔女は窓際に出てこなかったわよ、怖がってるからよ。すると「マルティーちゃん」が「お話」をしはじめ、その子が話をしているあいだその子の隣に町の子が一人しゃがみ込んだ――「ハンニちゃん」と呼ばれている子だ。このおてんば娘は、甘ったれをやめさせるために両親にこの丘の貧しい子だくさんの一家に預けられたのだった。町の女の子は女友だちの隣にしゃがんで女友だちの服を探っていた。器用な子で、たちまち茶色いちっぽけな丸っこいものをみつけた。その丸っこいものはどうかするとぴょんぴょん跳ねる、血を吸う虫で、刺されるととてもかゆくて気持わるいのである。この丘の上の界隈ではもっとも清潔な家々にも虱《しらみ》がいた。虱は朽ちてもろくなった木の壁が大好きだからだ。掃き出そうがパテで塗り込もうが、虱はおそろしくちっぽけなのでまたどこかに極微の穴を見つけて、そこからもぞもぞうごめきだしかねなかった。

わが身に「虱」を飼っている「マルティーちゃん」こと――「マートリ」――、そのマートリの言うには、農夫のツュストがいつぞやレーゲリス・ベービィの母親の老魔女にあやうく捕まりそうになったのだそうだ。というのも、あの「ゼッペントーニス・カートリ」は、魔女なら皆そうだけど、ときどき黒猫に変身して厩の牝牛のところに忍び込んできて牝牛の背中の瘤の上にとび乗る。すると牝牛は体毛がなくなって赤いミルクを出すようになるのだった。ところがいつのことだったか農夫のツュストがもう夜も晩く、へんな物音が聞こえたので厩に入った。ツュストは扉を開け、厩のランプでなかを照らすと牝牛の背中に黒い猫がうずくまっているのが見えた。そこでツュストは堆肥《こえだご》用のフォークを手に取り、あわや厩の扉の外に飛び出そうとするところへ投げつけた。フォークはけだものの右後脚に命中したが——次の日になると医者が「ゼッペントーニス・カートリ」の家に呼ばれた。彼女は足を折ってベッドに寝ていたのだ。彼女は——自分から話したところによると——前の晩台所で足を踏みすべらせ、倒れたときに脚を折ったとのこと。——これこそ、と話し手のマルティーちゃんの言うには、「ゼッペントーニス・カートリ」が黒猫に変身できる証《あかし》じゃないかしら？

町からきた子のハンニはこくんこくんと相槌を打った。大きくなったらあたし、とハンニは言った、魔女の本を書くわ。そうすると皆、それを夢中になって読むの。それで政府がきっとこの禍《わざわい》を退治してくれるわ……

けれどもハンニはやがて大人になると、本なんか書く気はしなくなった。その代わり赤いリボンつきの黒い麦藁帽子を買い、それに兵隊のユニフォームを着て、ベルトでギターを肩に担いだ。それで彼女と同じ服装をした相棒といっしょに旅籠屋《はたごや》できれいな歌をうたい、歌い終わるとビールを飲んでいるお客に「戦いの声」を売った。そうしてこの数年が過ぎ去ってくれたので幸せだった。というのもここ数年というもの、彼女は子供の時分に知っていた例の魔女に追われているような気がしていたからだ。夜になってそろそろ寝ようとすると魔女がのろのろ街をうろついているのがよく目にとまった。ときには老婆が黒猫になって家の蛇腹窓《コーニス》の上にしゃがみ込み、窓がまだちゃんと閉まっているのに部屋のなかに飛び込んできて胸の上に乗っかると——少女は眠れなくなってしまい、だけど助けを叫びはしなくて、朝までの夜の半分が過ぎて行くのを待たなければならないのだ。

人びとは、自分が生涯を通じて歩くことができる道を見つけることが難しいと思う。ギターの弦に細工をしてそれで歌をうたおうが、宗旨のちがう思想のユニフォームを着て音楽と松明と行進と舞踏でこれに奉仕しようが——何をしてもその背後にはかならず、自分自身のことを考えるという孤独と不安への畏れが隠れている。

古き権力が新しい謝肉祭の衣裳を着込んではいるが、それでも夜の時刻《とき》と孤独の時刻《とき》が古き権力のものであること に変わりはない。何か見知らぬ異様なものが灰色の霧となって空に光り、町々と村々の上空から滴り落ちてきて――どんな雨傘も役に立たないとわかる、そんな異様なものを退治できる人間はわずかである。だが、なおも満足と微笑を武器として携えている人間はそれ以上にめったにあるものじゃない。

山を去る前に、町の子はもう一つある体験をした。例の女友だちのマルティーと一緒に森を通っていたときのことだ――晩夏の真昼時が木の枝々のなかでぶんぶんうなっていた。と、女の子たち二人の真向かいから知らない女の人がやってきた。背中を丸め杖を突いて、やや跛足《びっこ》を引き気味にしていた。すると農家の子マルティーちゃんが町の子に耳打ちした。このお婆さんはきっと魔女じゃなくてジプシーよ――そう言うとマルティーちゃんは一目散にお婆さんのところへ駆けて行った。けれども老婆は杖をふり上げ、それで道を塞いだ。それからほほえみを浮かべながら質問をはじめた。どこの者《もん》だい？　どこへ行くんだい？　家に帰る途中なのかい？　今日はもう学校は終わったのかい……？

女の子二人はお行儀よく、ちょっとびくつきながら応答し、そうして応《こた》えながら田舎の子は町の子の手にしっかりすがりついた。するとお婆さんはふところを探って二人にちっぽけなレモン・スライスの形にこしらえた黄色い砂糖菓子の「お砂糖玉」を一個ずつくれた。老婆はそれからまた地面に杖を突き、跛足を引きひき歩いて行った。

農家の子は、そんなもの食べちゃだめよと女友だちに警告した。危ないに決まってるもの。そんなもの嚥み込んでごらん、たちまち道端で眠り込んでしまうに決まってるんだから――するとあのお婆さんが仲間のジプシーと一緒にあんたを攫《さら》いにくるのよ。

暑い日だった。固いスライスのお菓子は小さな手のなかでやわらかくなってべとべとねばった。そこで町からきた子――ハンニちゃん――は思った。この丘の上で女友だちたちから聞いたこと教えてもらったことはみんな嘘っ八なんだ。魔女なんていやしないし、ジプシーだっていやしないんだ。それから女の子はやわらかくなった砂糖菓子を掌からぺろりと舐めとった。すると農家の子は怖くなり、やにわに女友だちの手をむずとばかりつかんで家まで一目散に飛んで帰らせた。それから女の子二人は家の裏手に腰をすえて待ちに待った――「マルティーちゃん」は何がなんでも自分の警告が徒《あだ》やおろそかではないことを証明したかったのだ。けれどもハンニに別段変わりはなかった。気分がちょっと悪い、とは思ったけど、晩ご飯を食べ終わるとそれも消えた。

　甘いお菓子のプレゼントを食べたことは、しかしやはり後遺症になって残った。後年ハンニちゃんは、こと食べ物に関してはまるで甘えがなくなった。出されたものは何でも食べた。

　農家の子のマルティーちゃんのほうはしかしあの夏の午後の出来事の思い出が残った。それは沈下して二度と意識に上りはしなかったが、影響は残存した。影響は水面下深くでなおもはたらき続けた。昼の意識にはしかし信念が一つだけは残った。正体不明のものは飲み込むな、下手をすると身体をこわすぞ——だって女友だちのハンニは気分が悪くなったではないか。農家の子は後の人生で落ち着いた主婦になったが、一つの恐怖がいつまでもつきまとった。病気になっても断じて丸薬を飲もうとしなかったのだ。

「だって何の役にも立たないもの……効かないもの……身体に有害なだけだもの……」風邪をひいて熱を出して寝込んでいても彼女はそう言った。奇妙なことに彼女は、耳ざわりのいい薬を飲まなくてもかならず健康を回復した。自分の子供たちの病気も湿布と熱い薬草茶で治し、おかげで子供たちは病気知らずだった。

　奇妙なことだが、すぐに忘れてしまったのもあれば、ずっと忘れないでいるのもある子供の頃の思い出が、ときとして人生行路を変えてしまうことがあるのだ。

旅行会社

外交官は、いまから即刻さる外地に赴いて同地開催の会議に出席せよとの命を受けるとあくびが出るだけだ。汽車に乗り、飛行機に乗り、汽船に乗って、その過労気味の脳味噌をゆっくり休ませるのに——、夜ともなれば枕だ布団だとお蚕《かいこ》ぐるみの世話をやいてもらう。翌日——でなければ翌々日——外地の土を踏む。しかし食事をしたり、寝たり、酒を飲んだり、頭痛の、あるいは鬱病の丸薬を嚥んだりするときも口を開く必要はない……外交官にはかならず、ふつう通訳とか——もっと適切には——私設秘書とか呼ばれる男っぽい子守娘がつき添っている……人差し指と中指のあいだに世界平和を高級シガレットみたいにはさんでいる、この紳士方がご宿泊あらせられるホテルでは（部屋係のメイドや部屋係のボーイ、あるいは「親方《メートル》」ではない実情に悩んでいる給仕長《メートル・ドテル》だけではなく）、エレヴェーターボーイでさえもが、英語、ドイツ語、イタリア語、フランス語という現代の四つの世界言語をあやつる……わたしたちが生きているのは二十世紀であって十八世紀ではない。フランスはもはや一等国にランクづけられてはおらず、やっと四番目だ。このように世界は変わる……

一方これに対して、数ある旅行代理店の一軒で十日ないし二十日ないし三十日（それは「社長」が当の旅行者に許可した休暇期間次第）の周遊旅行を申し込んで観光バスに押し込められる単純な旅行者たちは、うんざりすることしきりである。同行者たちとおつきあいをしなければならないからだ。会社専務は歯科技工士と、ファッション店の女主人は教授夫人と、さる会議出席をサボろうという魂胆の精神医は家具販売業者と、銀行員は、一度は（細君同伴でなしに）たとえばイタリアを「体験」してやろうという家畜仲買人と、それぞれおつきあいをしなくてはならない。

体験……体験することは今日では高価《たか》くつくし、また複雑である。外貨が相互に似通っていてその名がなお未来にまどろんでいた時代は、「大戦」によって木端微塵に打ち砕かれてしまった。国境で旅券を要求されることのなかった時代を一人の同行者が語る。するとこの語り手は嫉ましげな目で眺められるのだ。失踪してしまった時代を語って熱に浮かされたようになると、その人はたぶん……おそらく……十中八九……まず絶対に……並み居る人びとに不快感を与えかねない。むしろこんなおしゃべり屋の言うことは気にしないで、コートの襟に勲章こそつけていないとはいえ、見えているものよりはるかに重要な権票を身につけている、彼らとは別種の人たちの言うことに従ったがいい……名称がどうあろうと眉に唾し、相互の歩み寄りと体面を傷つけるような枚挙とを混同しないようにしよう。

故国の貨幣を旅行小切手——休暇旅行客をおびき寄せるために、いくつもの国がそれを創設した——に交換した旅行者たちは、いまや長蛇の列をなしている、近代化された恐竜たる「観光バス」の席《シート》にすわる。ときおりこの大洪水以前の生き物は、ルートを逸れて小川や河や湖で涼をとりたがる。それができないとなると退屈が生じてくる。絵入り雑誌を読み、新聞も読み、開けておきたい窓や閉めておきたい窓についてはもう議論をし尽くしたし、風景はもうたくさんだし、ピチピチ活動して目立ちたがる腿やふくらはぎどもがぐっすり眠り込んでいるのも腹が立つ。畑地でも、道路端でも、人びとが汗を流している。というのも穀物は実り、それを刈り取ったり束ねたり、段々に積み上げたりしなければならないからだし、あるいはまたずっと遠くにある厩舎では腹を空かせた牝牛たちが牧草地にどんどん伸びてまだ刈られずにいる草を待って、もうもうと啼いているからだ……

「観光バス」には客が腰を下ろして、あくびをしたり咳をしたり、くしゃみをしたりしている——言うまでもなくガスのせいだ。彼は、目に一丁字なき輩《やから》でさえ「観光バス」がベンジンで動くことくらいわきまえているのに、窓を開けようとしなかった。ベンジンは爆発してガスを排出し、それが鼻、喉、肺、の粘膜を刺激するのだ。

夕方になると、このペンキ塗りの前史時代の怪獣［恐竜］はホテル——奇妙なことにこの国ではただ「アルベルゴ（旅《はた》籠《ご》）」としか呼ばれていない——の前に止まり、旅行会社御一行様は下車する。乗客はやれやれと足をさすって「オフィス」も兼ねた控え室に入り、そこに旅券や旅行小切手を預けなくてはならない。そこでようやく、いやな匂いのする石鹸を思わせる愛想のよさにつつみ込まれる……部屋……ありがたや、水が出る！　温水も冷水も……ところががっかり、温水の蛇口からはお湯がやっとこさ滴るだけ、こんなんじゃ髭も剃れやしない！……ドアのノック。部屋係のメイドが知らせにくる、夕食のご用事ができました……

ホテルの食事《ターブル・ドート》はもうモダンではない。食事は小さなテーブルでサーヴィスする。こともあろうに歯科技工士との水入らず《ヴィ・ザ・ヴィ》にあまんじなくてはならない。で、食事は？　昨日の、一昨日の——明日の、明後日の食事と似たり寄ったり……どの食事も大した違いはない。固形スープでこしらえた、茶がかった黄色っぽいお粥にヌードルが二、三本浮かんでいる。魚料理は小骨を抜くのを忘れている――何だって魚が海を泳いでいる間に小骨を除《と》っておかなかったのだろう？　よそのテーブルを横目でそっと窺う。アーティチョーク（朝鮮薊）をどう「エレガント」に食べたらいいのかわからないからだ。やれやれ！　がこれで三度目。アーティチョークは手づかみで食べていいので、葉っぱはマヨネーズという名の未使用の潤滑油みたいな液体に浸してからむしゃむしゃ頬張ればよろしい。

このとき一人の女性の声が、部屋中にのしかかる沈黙を破砕しはじめる。くだんの声が語り、全員が耳を傾ける。

「一日中息詰まるような暑さだった日の後、月光の夜でいくぶん涼しゅうございました。そこでわたくしは雇い人といっしょに家の前をちょっとぶらつきました。雇い人はたいそう疲れておりました。それというのもペダンから――それはスマトラ島にあります――モーター自転車で山の上に駆け上り、そこの新しい金鉱の、内国人が壊してしまったディーゼル・モーターを修理しなければならなかったからです。雇い人はわたくしの後ろ四歩のところを歩いていました。わたくしは、鶏が一羽地面に死んでいたので鶏小屋の前で足を止めました。と、雇い人が叫びました。『レージ！　レージ！　動かないで！』おわかりですか？　この男はスイス・ドイツ語が話せて、動いてはいけない！　とわたくしに申したのです……わたくしには何が起こったのかわからず、家のなかに駆け込んで自分の銃を持って戻ってくる雇い人の後ろ姿をながめているだけでした――それはオーストリア製の最高級の三銃身の銃で、大枚四百グルデンも張り込んだものでした。雇い人の仲間は皆それを買い取りたがりましたが、彼はこれまでのところ絶対に手放そうとしません。鶏小屋のなかには死んだ鶏のほかわたくしには何も見えません。そこへ雇い人が戻ってきました。わたくしは彼が銃を組み立ててきたのでびっくりしました。銃は三つに折り畳んで小さなケースにきれいに仕舞っておけるのです。彼はわたくしの肩の上に銃身を載せ――と、わたくしは見たのです……」

話に聞き入る沈黙が部屋中を領した。家具販売業者は手にフォークを持ったまま、フォークの歯には魚の白身の切身がサラダの緑に縁取られて突き刺さっていた。窓ガラスがそのまま床まで届いている巨大な窓の前に、その異国の都市の大通りがあかあかと輝いていた。制服兵士たちが巡邏し、婦人たちは家内《いえうち》でかぶるみたいな、生まれた土地でかぶるみたいな珍しい帽子をかぶり、髪の毛はブロンド――それはもの珍しいとか奇妙とかいうのを通り越して、ほとんど信じられないくらい珍妙だ……一体、この国の婦人たちは黒髪、それも緑の黒髪だというのではなかったか！　それがブロンドだったとは。例の女性の声が話の先を続ける前に、声の主の隣席のふとった女がささやきかけた。「オキシフルで髪を脱色してるのよ。旦那が〈美わしのブロンド〉にかぎるっていうお好みだからよね？」

　もう一つの単調に語る声はしかし、またしても話をはじめた。

「……そう、巨大な蛇、錦蛇《ピュートーン》だったの。わたくしの立っている場所から二メートルの距離でした。大蛇の体は伸びきっていて、頭でこちらに向かって突撃し、わたくしの身体に絡みつこうとしているところでした。そうして、こちらの全身の骨を砕いてしまおうというのでしょう。でも雇い人が銃を発射して――三つの銃身から三度発射して――錦蛇の頭を木端微塵に打ち砕いてしまいました。それから長さを測ってみました。全長十メートルもありましたのよ……そうですとも！」

　ホール中がしーんと静まり返ったのはせいぜい十秒間だった。それからまたテーブルの上はフォークを使う音がかちゃかちゃ鳴り、ホール中を給仕長《メートル・ドテル》とその配下たちがワインを手に、滑るように右往左往した。ワインがグラスに満たされた。「乾杯！」――「ご健康を《ゲズントハイト》！」――「ご健康を《サンテ》！」同じく乾杯しようとして、例の二人は「サルーテ！」と言った。この国のことばができるのだ。

　一日中快適に恐竜を乗り回してきた連中のおしゃべりが部屋中ぺちゃくちゃ響き渡り、その連中の頭が一つ屋根の下に囲われているのだった。言説はいちいちごもっともだった。「外国人と結婚した女もよ。もちろんドイツ人女性だって！」――「大蛇の話、本気にします？　わたしは信じませんね！」――「作り話ね！　そりゃそうですよ！　スマトラ島には錦蛇なんぞいませんからね！」犢肉《こうし》ステーキを丹念に細かく切り分けていた一人の老紳士は眼鏡越しにじろりと目をむき、非難とも取られかねない、ことばにはならない反論が自分の声の立場を危うくしそうなので、慎重に言った。「ところがどっこい！　蘭印［かつてのオランダ領インドシナ］にはまだ大蛇がおりますぞ！」――ギャング映画の主人公みたいに口髭をたくわえている歯科技工士はしかし、あざけるように言った。「わたくしどもはモダンです！　バカ話は一切信じません！」

　話をした女性は、部屋でたった一人、小さなテーブルにすわっていた。彼女の顔の皮膚は小さな斑点にびっしり覆われていた。弱々しげな女性は恥じているような様子だった。それというのも老紳士一人しか自分を信じてくれなかったからで、自分の話し方が下手だったからで、民族が異なるからで、また自分の話の真実性を保証し孤独な彼女を庇護できるはずの夫がいないからで……

デザートの内訳は、それでもバナナ、未熟なオレンジ、殻付きアーモンド、ヘーゼルナットだった。

ネルヴィの六月

風が岸辺に向かって霧を追い立てる。その霧が立ち昇るので朝の海は灰色に近い。家々の空の上ではしかしスモッグが消える。モダン建築の家々は、凍りついた滝のようにゼラニウムにへばりつかれている石壁の上のほうの傾斜地に建っているからだ。炎暑に人気があるのは、北国で寒気が猛威を振るっているときにかぎる。だからシーズンはとうに終わっている。そこでその名もホテル・エデンという――巨大兵舎が開設されるのだが、これが気を滅入らせる。地上の楽園そっくりの代物と思われかねないからだ……五月も末になると、門のアーチのところでありとあらゆる自動車クラブのワッペンがおびきよせるこの建物は閉鎖される――封鎖されるのはだが門だけではなく窓もだ――緑色のシャッターで窓々が封鎖される。縁取り花壇のぐるりに草が伸び、暑さのためにそれが黄ばみ灰色になって花壇の花々は萎えしぼむ。

街道はおそろしく狭く、歩道の上を慎重に歩いていてさえ生命に危険がありそうだ。「ストラーダ（大通り）」とはいい条、それぞれに有名人なり無名人なりの名前がついているこれらのストラーダは、三メートルそこそこの幅しかない。トラックが路面電車を追い抜こうとしても不可能だ。だからといってどんな不都合があろう？　暑さは忍耐を教える。自動車は人目に立てるのでご機嫌で、クラクションを思いきりぶかぶか鳴らす。路面電車の運転手はハンドルの前に立つ必要がなく、乗車券を配っている同僚の車掌と同様、鋼鉄の背凭せがモダンな家具を思わせる椅子にすわったままでいられるので大満足である。

　自動車……自動車……フィアット……フィアット……ときにものすごい高級車が走り過ぎることもあるが、ナンバープレートを見れば外国からきた車とわかる。ZHのあとに四桁の数字、その後ろにCHと二つのマユスケル文字がわが物顔に陣取っている……ただしこれは真ん中にはさまれた不運な国のイニシャル――頭文字――ではなくて、四通りの言語が使われているのでラテン系のことばを使用せざるを得ないさる連邦国家《コンフェデラティオ》［スイスのこと］のイニシャルなのである。小さな車はしかし舗石の上をかたかた音を立てて走りながら、悲しみうちひしがれて吃るようにエンジンをノッキングさせる。

……オサナイ者タチガ道ヲ横切ルヨウニ

　しかし街道は平べったくて凹凸がないから、このことばは当たらなかった。ただ小さな自動車は小さな人に似ていないこともなくて――概して小さな自動車は神経質だ。何寸か寸足らずなので、自分が笑いものになっていると思い込んでいるのだ……で、神経質だと攻撃的になる。

　八百屋では果物がわが国の半値でしかなく、大きな籠を見ればわかるように、ここでは桜の木が冷害の影響を蒙らない――その八百屋と、ショーウィンドウに色つきのアラレ（サッカリンの甘みがする）を陳列してあるお菓子屋とのあいだに、地下に降りる五段の階段が通じている。庇《ひさし》の高い軍帽をかぶった王様の肖像の下に箪笥が置いてある。そのパネル板の上でちっぽけな椰子の樹が黄疸《おうだん》に罹っている。ふとった女が一人、左側の安楽椅子に腰かけ、右側の安楽椅子にはふとった男が一人。二人とも顔色が椰子の葉と同じく黄色く、髪の毛は石壁のように灰色だ。休息しなくてはならないので、腹の上で両手を重ねてじっと虚空を凝視している。お二人はツェルマットで三十年間というもの英国人たちに登山杖と絵葉書とエーデルワイスのお世話をしてきた。その後、南方に五部屋つきの家を一軒買うだけの金を貯めた。ダブルベッドで部屋中がふさがってしまう一番小さい一部屋にいたるまで、部屋はすべて賃貸している。彼らは明けても暮れても、村の大通りに面したこの地下の小部屋に腰を下ろして――だが彼らの家のほうは山際にへばりついている――待っている。やがてお札が降ってくる。仲介手数料を吊り上げるのは造作もない。ほんの数分間太陽光線にさらされ、汁をかいてちょっぴり脂肪をへらしさえすればいい。晩飯を食えばまた元に戻る。お二人の名はツッカ氏夫妻――すなわちカボチャ氏夫妻である。

太陽……太陽が強烈すぎて空は一日中ぶっ通しに灰青色だ。だから太陽のおかげで空は南国らしい色がほとんど許されない。それでも太陽の光線はオリーヴの樹の葉に――それは先が尖ってキラキラ光る、――無花果《いちじく》の樹の葉に――それは山の上空をもの憂げに這っている正午の風のなかでカタカタ木の音を立てる、――ポンカンの樹に、レモンの樹に、オレンジの樹に、たっぷり色彩を授けてくれる。蜥蜴《とかげ》たちが水滴よりすみやかな速度で石壁の上を滑る。なかにも一匹の蜥蜴は、地面の、鼠色のアスファルトに貼りついてじっと動かない。そこからこちらを永いこと試すようにまじまじと見つめ、それから左前足を上げ、黒髪のように細い指ごと小さな手をゆらゆらさせる。挨拶をしているのだ。蜥蜴たちのちっぽけな眼はこちとら人間どもの目よりもはるかに賢さを宿していて……

さる大食料品店のことを云々した文字が石壁にでかでかと描かれ、風変わりな結婚を布告している。ピカソがブランビラ王女と結婚したというのだ。この結びつきの効果は象徴的だ――キュビズムがロマン派と結婚したわけだから。店のショーウィンドウがこのことを証明している。幾何学的な形状の黄色いチーズがいくつも、赤いモルタデラ・ソーセージの群れのなかで汗をかいている。黒いオリーヴが先端の尖ったピラミッドになって四角い平皿の上に載せてあり、そのぐるりを白金色のマヨネーズと斑《ふ》入りのイタリアン・サラダが取り囲んでいる。

だが夕暮れが夜の力に屈服してからは、星座がやってきて海に浮かぶ。はじめのうちはそれと見分けがつかない。それは漁船団もさながら大船団をなして湾内から出港して行くからだ。それからそれぞれ分れ分れになり――と突然、大熊座、小熊座、オリオンが見えてくる。その輝きは空からの光に見られるよりもはるかに明るい。そして大きな風が真夜中のほうへ追いやって行くまで、その輝きは家の窓の前に静かに居残っている。これらの光が夜のうちに魚をどっさり漁《すなど》ったのにちがいない。朝になると市場では鰯、まぐろ、鯖が買えるからで、それは定めし暗い時刻のあいだに、蟹座、蠍座、双子座、水瓶座に漁られたものにちがいないのだ。

ダダ、アスコーナ、その他の思い出

自伝的ノート

一八九六年ウィーン生。母はオーストリア人、父はスイス人。父方の祖父はカリフォルニアの金鉱探し屋（冗談ぬきで）、母方の祖父は宮廷顧問官（どう、すてきな混血じゃない？）ウィーンで小学校とギムナジウム第三学級。それからグラリゼックの田園教育舎で三年。次いでジュネーヴのコレージュで三年。しかしギムナジウム卒業試験直前に放校処分になる。新聞に当地のコレージュの文学教師の詩集の書評記事を書いたため。チューリヒにて州によるギムナジウム卒業資格取得。チューリヒ大学にて化学専攻一学期。それからダダイズム。父はぼくを（精神病院に）監禁させ、当局の後見を受けさせようとする。ジュネーヴへ逃亡。その後の顚末は『モルヒネ』でお読みいただきたい。ミュンジンゲン精神病院に監禁一年間（一九一九年）。同院を脱走。アスコーナに一年。Mo.（モルヒネ）の一件で逮捕。返還移送。ブルクヘルツリ精神病院に三ケ月（ジュネーヴ当局がぼくを精神分裂病と診断したので、その対抗鑑定のため）。一九二一—一九二三年、外人部隊。それからパリで皿洗い。ベルギーの炭坑。後にシャルルロワの病院看護士。またしてもモルヒネ。ベルギーにて監禁。スイスへ返還移送。一年間行政管理の下でヴィッツヴィル刑務所。その後さる庭師の下働き一年。ミュンジンゲンでその後もある庭師の下働きをしながら精神分析を受ける（一年間）。庭師としてバーゼルへ、次いでまたヴィンタートゥールへ。この時期に外人部隊小説を書いた（一九二八／二九年）。一九三〇／三一年エッシュベルク造園学校にて講習。七月三十一日、予後の精神分析。一九三二年一月から三二年七月までパリで「自由文筆業」（とは何というきれいごとのいい方）。父に会いにマンハイムへ。同地で処方箋偽造の廉により逮捕、スイスに返還移送。一九三二年から三六年五月まで監禁。以上ノ通リ。ソウ悪カナイ……＊

フリードリヒ・グラウザー

＊この履歴書をフリードリヒ・グラウザーは、一九三六年に「ＡＢＣ」紙のために書いた。ジェノヴァ近傍ネルヴィにおける一九三八年十二月八日の死の二年半前のことである。

田園教育舎［学課のほか作業教育や共同生活などを重視するギムナジウム］で

青春から保存してきていまに残る唯一のものは光景だ。それは心のなかにまどろんでいる。どうかするとある匂い、ある歌、ある味覚がきっかけで当の光景がめざめさせられる。ぼくらは突然、ほとんど目もくらむばかりの鮮明さでそれらの光景を眼前にする。それはおそろしく鮮明で、するどい。そしてそれらの光景によってようやく、あの頃ぼくらをとらえていたさまざまな感情がよみがえってくる。と、一つの光景とつながりのある経験がふたたびおもむろに思い出される、ということになるのだろうか。年月の篩《ふる》いが掛かっているので、当時ほどの強度で想起されることはないにしても。もっともぼくらには、その当時漠然と感じていた、期待に満ちた不安の思い出も残っている。強いトルコ・コーヒーさながらに苦あまい思い出だった。「失われた時を求める」のはときにはすばらしいことのようだ。スイス田園教育舎――略称S.L.E.H.――は丘の上にあり、湖がすぐ近くだった。十八世紀末に一人の奇人がここに住んでいた。ゲーテがこの男に会いにいったが、あっさり門前払いを食わされた。そこでヴァイマール公国枢密顧問官は次のような詩を門前に書き記していった。

　神の猟犬としてきみはいつもくんくん鼻をきかせてきたけれど、
　神の足跡はいまや消え去り、きみに残ったのはただの犬だけ。

今日でも右の消息に変わりはない。神の足跡は消え去った。毎週、牧師がヴァイツェッカー訳新約聖書の自由主義的解釈を講義しにやってきた。牧師は学校の自由主義的方針に反対する異議申し立て《プロテスト》として、水泳パンツをはいて湖水浴するという、いたってささやかなデモンストレーションをやってのけた。一方、ぼくらは湖を泳ぎ回るのにそんなものをはきはしない（一九一一年のことだ。当時はだれもヌーディズムなど云々しなかった。ことほどさように、そんなことは自明の理《ことわり》だったのだ）。湖では四月末から十月まで水浴をした。必修授業として課せられた水浴は野良仕事の後の四時半、教師もぼくらと一緒に泳いだ。ちなみに例の牧師の無言の異議申し立てなど、こちらには痛くも痒くもなかった。かわりにぼくらは、教室の壁だの、黒板だの、ベンチだのに、「ジンプリツィスムス」［世紀転換期の若者向け雑誌］や

「ユーゲント」〔世紀転換期の雑誌〕から切り抜いた絵をベタベタ貼りつけた。牧師はカンカンになった。それでいて手が出せなかった。校長がとてもおもしろがったからだ。

　それから秋の霧が大地を覆い、燃やした薪の煙とまじりあう頃のことだ。お城の前の広場が目に浮かぶ。ぼくらは二列縦隊でジョギングをする。どんよりとした薄ぐもりの日だ。正午頃あざやかに黄ばむ小人《こびと》梨の木の葉は色あせ、ゆったりとねばるような動きの綿状の塊が湖面を覆っている。建物の角をドイツ語教師が曲がってくる。履き古しのスリッパみたいな顎をして、イギリス陸軍大佐のポケット版といった白髪《しらが》まじりの口髯を生やした小男（「ホット〔御者が馬をけしかけるかけ声〕」とぼくらは彼のことを呼んでいた。野良仕事の時間にいつも御者が着るようなブルーの上っぱりを着てくるからだ）だ。今日は彼が監督の番なのだ。二階のとある窓際に校長が現れる。髪の毛がまだもじゃもじゃに乱れ、赤い顎髭がななめにかしいでいる。寝起きなのだ。ぼくらはしかしジョギング中だ。ジョギングの指揮を取っているのは仲間の一人、彼のあだ名はカヴァルッツ。ずんぐりした、肩幅の広い男で、カヴァルッツというのは父親が陸軍少佐だからだ（シュピッテラー〔世紀転換期のノーベル賞詩人〕のバラード『陸軍少佐、カヴァルッツィ氏』にちなむ）。「整列！」と彼は言い、ぼくらがきちんと二列縦隊になっているかどうかチェックする。それから「出発！」と号令して、自分の父親そっくりの声を出そうとする。しかしいかにもかけ声らしい蛮声が出せなくて失敗。つまり音楽的で、芸術家のブロンドのたてがみがものを言って、作曲をしてしまうのだ。ジョギングの後はベッド・メイキングをする番だ。それから朝食はオートミールの粥《かゆ》、それと冷たいミルクにココアが出る。オートミールの粥、つまりポリッジ、その匂いはとうに鼻について我慢ならないのに、腹ペコなのでそれでも食べる。

　それから授業がはじまる。クラスはそれほどきちんと分かれてはいない。ぼくは二歳年上の気のいいノイエンブルク〔ヌーシャテル〕人のコルバス、それにシュタインやレーゼルといっしょに、最年長クラスの第七クラスに一応は籍がある。でもフランス語の時間だけだ。主専攻科目用では第五クラスを形成しており、一風変わった連中というわけだ。学校側はぼくらの扱いに手を焼いている。校長やホットに言わせれば、ぼくらは「ディレッタント」で、まじめさが足りないと言うのだ。しかしほんとうのところは、ぼくらが紋切り型がお歯に合わなくて全員が少々イカれてるから手が焼けるのである。ぼくらは自己弁明のために家庭環境を引き合いに出す。レーゼルに言わせれば、それも全部は真に受けられないと言う。レーゼルはずんぐりしていて、小太りで、髪が黒く、いやにしつこい法学者流の考え方に固執し、自分のイスラエル人出自を誇りに思い、のみならずそれを意識的に力説さえする。彼のおしゃべりも作文も外国語だらけで、好んでイーディッシュ語の表現を織りまぜたがる。自分の家族のことをしゃべるときには、「御一党」とか「一族」とか言う。ホットはレーゼルが気にさわってならない。作文にトーマス・マンの文体模写をやらかすからだ。そう、一九一一年のあの頃は田園教育舎の全盛時代だった。ライツとか何とかいう、さる有名な光学器械製造会社に似たような名前のドイツ出身の哲学博士がこの種の教育施設をドイツに設立した。新味は？　まあね。イギリスのコレッジを大陸のメンタリティーに合わせようという寸法だ。生活適性、教師と生徒たちとのあいだの仲間意識、身体トレーニング。ぼくらは夏も冬も膝小僧まる出しのブルーのズボンをはき、夏にはこれにシャツ一枚と素足にサンダルばき。野良仕事のときは上半身裸で作業をした。では、教師たちとの仲間意識関係のほうはどうか？　それがうまいこと育たなかったのはどうやらぼくらのせいだった。

一例が校長だった。ホードラー［世紀転換期のスイスの画家］風のふくらはぎをした頑丈な男、好人物で、どうかするとカッとなりやすい。大学では教育学を専攻し、先にも言った哲学博士の肩書きでドイツでは教師だったので、自分では教育学者を自任していた。ところがわがスイスでは、それが思い通りには通らなかったのだ。それというのも、このわたしに信頼を寄せるのがきみたちの義務だという妙な先入見のとりこになっていたからだ（まるで信頼がなにがなし義務と共犯関係にあるみたいで、信頼もまたなんとかモノにしなければならない何かなのだ！）。こちらだってもちろん、そんなふうにしようと、まあ一度くらいはやってみた。それでたくさんだった。ぼくらの精神分析は彼の神経にさわった。それがぼくらにピンときた。とどのつまり校長に距離を置くようになり、校長とは軽い日常会話の調子でつき合い、こちらはいろいろなもめごとをいやいや呑んだ。そのうちにはそんなもめごとから解放されるか、でなければ毒されるかだった。大抵は後者のほうだった。校長、ホット、理由はなぜか分からないがぼくらが「ピストル」と呼んでいた博物学の教師、フランス語とギリシア語とラテン語を教えるシャルリというメランコリックな口ひげとヒトラー張りにぱらりと前髪を垂らしたノイエンブルク人。それに物理と数学を教えるデブの小男のパパ。このパパはぼくらを即物的に、厳格に扱い、彼の時間にはあくせくしないわけにはいかなかったので、ぼくらは彼が大好きだった。以上五人が古株の精鋭で、家父長連合軍を組んでいた。これに対抗するのが反対派《フロンド》、独身者でそもそもは短期間の客員役を勤めている教師たちだった。

　ボルストレという教師がいた。純血種のブルドックの愛敬たっぷりの醜悪さが持ち味の男。頭が良く、歴史を教えていた。彼の授業は大学の講義並みだった。ボルストレは一時間の授業をするのに五時間の前準備をするという話だった。夜になると彼はよく小さな塔のなかにある自室にぼくらを招じ入れ、ぼくらフランス語の達者な少数の者相手にモーパッサンを読んでくれた。モーパッサンの作品にはなにもかもがあった。アポローンの神託所流儀ではない事柄でさえも。ぼくらは皇太子ではなかった。お上品ぶるのはお歯に合わなかった。ボルストレはさわりを読むのにちょっと息を詰めて、避けられない爆笑を何とか抑えようとするみたいなコツを心得ていた。ぼくらは笑った。釣られて彼もくすくす笑った。「この豚野郎の」と彼は言った、「この……モランの豚野郎の小説ときたら。」それからボルストレは冗談を話してくれた。昔々は大昔の産物、フランス十七世紀や十八世紀の逸話本ネタである――人びとはあの時代には、えらく無作法な話でもそれが曲芸師の巧みに操る多彩な球技のような趣で語るすべを心得ていた。ということは、ぼくらはボルストレからあることを学んだのだ。つまり、ある種の偏見のなさ、エロティックな事柄に対する、乾いた、センティメンタルではない態度を。ぼくの場合、ボルストレの教えはこんな命題に結晶化している。「エロティックな厄介事はいつも不毛である。」これが正しいかどうかは知らない。ところが事実はほとんどあらゆる小説家という小説家、ということはおしなべて凡庸な小説家が愛の問題となるとかならず大インチキをやらかすのだ。何かもっと、そんなインチキ臭くないやり方がないものだろうか？

　それからまた別の教師がいた。若返り療法をしてからゲルハルト・ハウプトマンそっくりの顔になったこの人に、ぼくらは「クレブ」というあだ名をつけた。クレブはぼくらのクラスの生徒の一人の、断食日みたいにひょろ長いのっぽのスモモと仲がよかった――スモモ《ツヴェチュゲ》というあだ名は、話をするとき鼻からぐしゃっとつぶす《クヴェッチェン》ように声を出す感じからきた。このスモモにクレブがジークムント・フロイトの『夢判断』（それは当時とてもモダンだった）を貸してくれたので、ぼくら全員がこの本を読み、それからというものぼくらの発言は暗号でしゃべるように晦渋《かいじゅう》になり、シンボルずくめになってしまった。

　ぼくはよく自問したものだ。あの頃は、本当はありもしない才能をさもありそうに捏造《ねつぞう》していたのではないか。ぼくにはしかし、大人たち、ということは教師たちが認めてくれたおかげで発達させた奇妙な本能がやはり実在したのだと思われてならない。実際、ぼくらは教師たちの性格の独特の重みをつかまえることができたようだ。ぼくらの耳はあの頃、ことばの音色《トーン》を聞き分けるのにいまよりはるかに敏感だったのに相違ない。そしてこの音色のなかにはしきりに、いやあまりにもしばしば、必要な下部構造が欠如しているためにうさんくさい感じの、ある種の思い上がりが共鳴していた。奇妙なことに、この隣人のうさんくささという思いは後年になると鈍磨してしまう。きっとそうでなければならないのだろう。でなければ人づきあいなんぞ土台できたものではないし、実際だれにしたってどうしようもないあわれな犬になって棒立ちになっているのがおもしろいわけがない。

ぼくらは大人たちの演じるお芝居を黙って我慢していた。ときどきそれがあんまりやり過ぎになると、ぼくらは笑った。その一例。イギリスの陸軍大佐みたいな押し出しの、例のドイツ語教師のホットはぼくらに英語も教えていた。あるときホットが旅に出ることになったが、その前にもう一時間授業をやる、とぼくらの一人に伝言してきた。ぼくらは教室で待った。十分、十五分——彼はこなかった。そこでぼくらは教室を出て、食堂の横にある小ホールにきておしゃべりをしていた。と、ホットが鉄砲玉みたいに飛び込んできてぬっくと立ちはだかり、大目玉を食らわせるのである。自分は約束をしておいてすっぽかしたためしはない。よくもこのおれさまをすっぽかすような真似をしてくれたな。おれのくるまで待っていなかったとは卑劣な。それから義務意識だの責任感だの（卓抜なことば遣いのおかげで、彼はこういうことばも申し分なく発声できた）と大仰なことばがぞろぞろ出てきて演説はどんどんエスカレートし、そんなに調子に乗ってはヤバいのではないかとぼくらは心配した（レーゼルはあくびをした）が、いやはやどうして！　ホットはひらりひらりと二歩跳んで小ホールの背面の小さな階段によじ登り（そこに廊下に通じるガラス扉があった）、さっとガラス扉を引き開けると肩越しにぼくらを唾棄するように言った。「きみたちを軽蔑する！」バーン。ガラス扉が叩きつけるように閉まった。「幕は下りた。」レーゼルがさりげなく言った。ぼくらはどっと笑った。

最近になってぼくはスモモに再会した。ひょろ長くガリガリにやせて、押しつぶすような鼻声で話をするのも相変わらずだったが、フランス語を英語のアクセントでしゃべるので、これはさほど耳ざわりではなかった。スモモはエンジニアで、いいポストにつき、とても趣味のいい造作の独身者用のアパルトマン《ギャルソニエール》も持っている。ぼくらは学校の思い出をむし返した。「そうさ」と彼は言った、「あのホットがかなりいい線行ってるぜ、教授だよ、ご立派。彼の授業は言うことなしだったよね、何もかも間違いなし。でもやっぱり喜劇役者《コメディアン》だったな、そうだよな、じつはいかがわしいキャラクターで！」ぼくはうなずき、おどろいた。レーゼルやシュタインやぼくが小さな子供にむしられる雛菊みたいだったのに、スモモはホットと事を構えるようなことは一度もなかったし、彼の作文はグラーセキッドの手袋でさわるように丁寧に扱われた。だのにそのスモモが言うのだ……あの頃ぼくらは適確な判断をしていたのだな、とほんとうに思う。そう、ぼくらはホットの授業でドイツ語を学んだ。でもそれはホットの評価していたものとはちょっと違っているのだ。

ところでぼくらは、スモモとぼくは、もう一人の教師のことも話題にした。数学教師の、ぼくらのいわゆるパパだ。二人ともニヤリとした。まるで応用二次方程式がほんとうにめっぽう愉快なものだったかのように。どうしてニヤリとしたのか？　彼はぼくらのごたごたに頭を突っ込んでこなかった。罰は下さなかったが厳格だった。ときたま味も素っ気もないユーモアがあって、ぼくらはそれが好きだった。彼と同道で長い修学旅行を歩くのはおもしろかった。パパは口をきかなかった。しかし彼の沈黙には内容があった。だって人が沈黙できるのは内容あればこそではないか？　しかし無内容な沈黙もある。パパのは内容があった。そこには押しつけがましくない理解があった。内密な安らぎ、けれども生きている安らぎがあった。他の人たちはみんなえらく声高で、中世の絵の帯飾り式の吹き出しみたいに、自分の見解をこれ見よがしに口もとにぶら下げていた。この小男のデブは美辞麗句を用いなかった。それが救いだった。彼は元気を出せとばかりにぼくらの肩をぽんぽん叩くこともしなかった。そうでなくてもどんな肉体的接触も避けた。ぼくらといっしょに水浴さえしなかった。それはそうと彼は手職人上りだった。時計職人だったのだ。パパのことはこれでもうたくさん。では、スポーツは？　そうだ、ぼくらはテニスをした。フットボールのチームをつくった。レーゼルが左のフォワードの名手。ぼくはそのほうが楽だったのでゴールに陣取った。そもそもぼくらのクラスはスポーツ好きじゃない。どちらかと言えばイプセンやドストエフスキーだの、ストリンドベルクやヴェーデキントだのと、込み入ったものばかり読んでいた。全員ではないが、レーゼル、テッド、それにスモモといった、核になる連中はそうだ。そういえば例の四十雀《しじゅうから》もいた。鳥みたいな頭をした神経質なやつで、「s」の音が発音できないのだった。四十雀はドイツ人だった。世界大戦に参加する義務があった。それでウィーンでピストル自殺を遂げた。彼は歴史学者になるつもりだった。

ぼくらは世界のあらゆる地方から集まってきていた。レーゼルはロシアからきた。シュタインはベルリンの、四十雀はダルムシュタットの出で、スモモだけがスイス出身だった。それにぼくらはみんな当時のいわゆる上流ブルジョアジーの出だった。この上流ブルジョアジーなるものの雰囲気をご存じだろうか？ たぶんほんのすこしは。大戦前に網をめぐらしていた、あのいまや歴史になった時代の「上流サークル」にかぶさっていた空気は、気が抜けてかび臭かった。ぼくらの享受していた家庭生活は、控え目に言って、なにやら奇妙なものだった。ぼくらがみんな、少々神経症じみていたところでなんのふしぎがあろう？ ぼくらはみんな、なんらかの理由で国立の学校から放校処分にされていた——国立の学校はもうだめになっていたから、両親の不和のとばっちりを食わされたから、ぼくらはくたびれ切っていてかろうじて自己増長で救われていたから、だ。家《うち》ではしょちゅう嘘八百がまかり通っていたので、ぼくらはどんなにうまく包み隠されていても嘘を見分ける訓練は受けていた。だからぼくらを扱うのは楽ではなかった。教師たちがそうだ。彼らも結局はぼくらの両親の世代の一人だということがエクスキューズとしては役に立ったかもしれない。当時は当たり前と思われていたあの愚鈍さはたぶんぼくらの骨の髄まで宿っていたのだ。ぼくらは何事にも好意的だった。それはよろこんで認めたい。

ぼくらがたとえば下級生に対して取る態度はひどいものだった（ぼくら、というのは、ぼくらのクラスの大部分や、チューリヒではそれを受験するのが義務のギムナジウム卒業試験《マトゥーール》を目前に控えた上級生たちのことだ）。彼ら、つまり下級生たちは、ぼくらにとってまるで生きていないも同然か、そうでなければ心理学の学習対象だった。次の日彼らを見捨てるためにある日興味本位に彼らに会って、相手がどういう態度に出るかを観察するのはおもしろかった。心理学的に操作するスコットランドのシャワーのようなもので、温水かと思うとすぐその後は凍るような冷水だ。下級生たちはぼくらに自分たちの夢を語らなければならないのだった。そして彼らのその夢について話し合うことは、実験室で行う化学実験みたいにまさに興味津々だった。そう言うといやにスノッブに聞こえるけれど、だからといってどうしようもない。歌の文句じゃないが、はるかに遠い、遠いむかしに消えてしまった黄金の青春時代、それはちっとも黄金なんかじゃなかった。洗いざらい白状しておくと、どうかするとえらく通俗的だった。ぼくらも家ではもっとましな扱いを受けたが、家でだってやっぱりスコットランドのシャワーが切り札だったのではないか？ 両親がときどき訪ねてくる、あの面会時間のことを思い出す！　自分の手前が恥ずかしく、他の人の手前が恥ずかしくて、ほとんど自分のなかにもぐり込んでしまう。たしかに例外もあった。ご立派な例外もあった。しかし自分のこととなるとその記憶はない。父が面会にきたときぼくは田園教育舎でただ吠えまくっていただけだった。しかしそれはたぶんぼくのせいだ。ぼくのせい？　こういうとき責任問題を云々するやつがいるだろうか？　ダニエルのことを思い出す。彼はケーニヒスベルクの出で、優秀な数学者、チェスの達人だった。と同時に不器用だった。ぼくらは、彼が不器用だったのでいじめた。ダニエルがあるとき父親と継母から受けた面会のことを思い出す！　父親というのはしょっちゅう手に汗をかいている、面皰《あばた》だらけの太っちょ巨人、継母はけばけばしく着飾った駝鳥。ちょうどこの日の午後は、それは日曜日だったが、ホットが『織工』〔ハウプトマンの戯曲〕を読み上げた。ホットはみごとに、ごてごてと装飾的なパトスもなく朗読し、ぼくらはとても神妙に静聴した。やがて朗読は終わり、ぼくらはみんな無言でじっとすわっていた。そのときだ、ダニエルの父親が立ち上がって（何のつもりだったのか？　そんなことをしたって何にもならないのに、それなのに……）、ホットのほうに向かってよたよた歩きながら、「いや、最高です、ドクター」と喜劇役者がユダヤ・ジョークを言おうとするときに遣うような声で言った、「感謝いたします、ドクター、あなたがわたくしと妻に下さった消しがたいよろこびに感謝いたします。わたくしは、ここに集まった若者全員の名において語っていると信じておりますが……」、この調子で秋の長雨のようにぺちゃくちゃえんえんと続き、ホットの顔はおもむろに紅潮してきた。状況を見かねて校長が助け舟を出した。がたがたやかましい音を立てて椅子を後ろへずらし、大声でどうでもよさそうなコメントを口にした。ぼくらはホッと一安心した。ダニエルはその場にすわって指の爪を食いちぎっていた。ぼくらは彼を静かにすわらせておいた。あとでぼくらは彼の部屋の空気を入れ換えなければならなかった。ダニエルが叔母さんと呼ばなければならなかった、その継母の香水のおかげで部屋中が毒ガスまみれになっていたのだ。ダニエルは？　彼はどうなったのだろう？　大戦中に戦死したとぼくは思っている。

失われた時の本にはいろんな光景があって、押しあいへしあいしている。たとえば「礼拝」があった。宗教的な礼拝と思われかねないけれども、そういうものではまったくない。それは、夕方七時半から八時まで三十分間の朗読だった。それも夏の湖畔でやる。ふつうはホットが読み上げた。彼はすばらしい読み手だった。朗読するものも入念にえらびぬかれていた。ラーベ〔十九世紀ドイツの作家〕とC・F・マイヤーとケラー〔いずれもスイスの作家〕、それにシュピッテラーの『オリュンポスの春』。クレブが言った、「十年もすればもうだれもこんな作家のことなんか口にしないさ。」ぼくらは彼の言うことを本気にしなかった。でもクレブの言う通りになったではないか。いまどきまだシュピッテラーのハリボテ製の巨大な神々に関心のある人間がいるだろうか？　そう、ゲルマニストたち。この種の手合いの帽子には、一人の作家がすこぶるおだやかな眠りを眠っている。

　しかしケラーは当時ぼくにはとても慰めになった。『緑のハインリヒ』のなかの、まだ小さい主人公が母親から小銭をくすねる箇所なんかがそうだ。ぼくも家にいたときはよく小銭をくすねた。おまえは将来監獄行きだぞと父が予言したものだ。むろん父の言う通りだと思った。しかしケラーも青春時代の回想にそれを書いているので、ぼくは納得した。孤独がくつろいだのである。

　そんな夏の午後がやってきた、日曜日だ。一冊の本を手にしてどこかの丘の上に寝ころがり、交替でアイヒェンドルフなんかを読む。キリギリスが赤い羽根をこすってジイジイ鳴き、蜜蜂が空中を低空飛行する。森と乾いた牧草地のにおいがして、そよ風が湖のにおいを運んでくる。そこで肘をついて半身を起こすと、ボートがちっぽけな不規則な模様になってちらばっている細長いブルーの絹の帯が眼下に見える。夕闇がやってくると下に降りる。それまでが湖畔の礼拝だ。梨の木の下で、ぼくらはみんな輪になって横になっている。雲が色を塗ったいろんな動物みたいに見える。現実とは思えない赤い色の、鼻面の口を開けたフォックステリアだの、紫のフラミンゴだのだ。ウィーンのギムナジウムにくらべりゃ段ちがいに平和だな、とぼくは思う。ついこの間も父親からきた手紙に、ぼくのもといた（ウィーンの）クラスでは七人の生徒が自殺したと書いてあった。しかしそんな過去に対する恐怖も雲散霧消している。いましもホットが読んでいるところだ。「このわたしにあれこれ尋ねないで下さい！」

　ぼくらは演劇をやり、ホットが演出をした。ホットはみごとにやってのけた。彼のすることなすことみんなそうだったが。ぼくらはどうしていつも疑い深かったのだろう？　ぼくらはグリルパルツァーの『夢が人生』を演《や》り、シェイクスピアは『お気に召すまま』〔『十二夜』が正しい〕を演った。「ホーム」（校長は彼の所有地をそう呼んでいた）の向い側の湖の対岸に女子教育の施設があり、そこの女の子たちが女性役に扮した。そんなわけで、レーゼルとテッドとのあいだにライヴァル関係が生じることになった。レーゼルもテッドも、戯曲のなかでヴァイオラに入れ揚げている公爵の役を演りたがったからだ。もめごとは解決した。ぼくらは戯曲を四回上演し、二人のライヴァルは「悲劇の趣向」のほかに喜劇的な好みもあったので、それぞれ二人ともマルヴォーリオと公爵の二つの役の稽古をしたのである。ホットとはむろんほかにも衝突があった。どうしてだかもう覚えていないが、ホットは案内人じみた雄弁さでぼくらにがみがみ小言を言い、おまえたちとはもう関わりたくないとのたもうた。ぼくらは落ち着いてぼくらだけでことを進めた。上演の日の晩、ホットは第一幕の後でぼくらにおめでとうを言いに楽屋にきた。ところで、この日のヴァイオラときたら、おそれ入った大根足だった。ちなみに二人のライヴァルのお熱い入れ揚げようは長くは続かなかった。それよりもっと難しい問題が浮上してきた。ぼくらは政治を発見したのだ。というのも、ぼくらには六十人一組単位の人数からなる自治会があった。教師といえどもこれには参加できなかった。ぼくらは審理し、批判し、ときには少々荒れ模様気味になることもあったからだ。ところでこれは、先にも申し上げた食堂の脇のあの小ホールで開催された。

光景がまた一つ。目の前の長いテーブルに五人の自治会委員が陣取っている。真ん中に委員長のカヴァルッツ、道化歌を作曲した作曲家だ。その右手にはスモモ、テーブルの幅の狭い側にレーゼル、これはごつい頭を亀の子みたいに引っ込めている。その反対側にパウル、バーゼル人で、顔の皮膚が春でなくても面皰《あばた》が花盛りの、あんまり無意味なやつなのであだ名さえついていない。委員のうち四人まででがぼくらのクラスの人間で、なかでカヴァルッツだけはギムナジウム卒業試験目前の身。

ぼくらはパウルを、レーゼルが彼の隠語《ジャルゴン》でいうところの「当て馬《ブラックボウル》」にして、かわりにテッドを選ぶつもりだった。ある秘密会議でそう決議した。それは、ある夜の十時以後のこと（ご存じのように消灯は十時きっかり。しかしそれから窓に毛布の目隠しをかけて、禁煙だというのに煙草を吸うのだった）。この秘密会議ではぼくが主役だった。というのもぼくは校長と一戦交えて凱歌を挙げたばかりだったからだ。校長はぼくにビンタをくれた。夕食の席だった。それは校長が（それが頂きますの儀式だった）「祝福された宴を」と言い、それで自動的に腰を下ろす段取りになるように後ろへ反らした椅子を膝窩《ひかがみ》にぶつけようとしたときのことである。まさにこの瞬間、野次の口笛が鳴った。委員会の多数決の結果の連帯の表明。パウルだけが反対票を投じていた。レーゼルの見るところでは、パウルはこれでもうおしまいだった。校長は後でぼくに詫びを入れにきた（実際、それはもう近代教育学の神聖な諸原則に対するひどい違反だった——鞭打ちは厳禁！）——ちなみにこの男はぼくにひどくすまながった。いや、心底反省している。でもどうしようもなかった、つい手が出てしまったのだ。それにしてもおまえはほんとうにビンタを食わしてやりたくなるような面だな——要するに、このビンタを食わしてやりたいような面《つら》が必然的にぼくに通俗的人気をもたらしたのだ。ぼくは、無能の廉によりパウルを委員会から追放せよとアジる、レーゼル腹案になる請願書を下級生たちに回して署名を集める役をやらされた。同時にシュタインのためのプロパガンダを作らされた。このシュタインはしかし、チビの、搭状頭蓋体の、冗談ばかり言っているやつで、何をやらせてもできる万能選手で、数学者で、そのうえ詩まで作った。ハイネばりの諷刺詩だ。スモモとプフンプフはこの計画を知らされていなかった。彼らは敵側の党派に通じている嫌疑があった。

さて、ぼくは造作なく署名を集めた。さなきだにぼくはクラスの最年少者だったし、下級生にはけっこう信奉者がいた。きっとスコットランド・シャワーを使う気がなかったからだろう。「きみは俳優の才能があるな」といつかレーゼルがぼくの肩を叩きながら言ったことがある、「そのうち自治会でその才能をもっと使えるとも！」

自治会の前にレーゼルは知っているかぎりのことを教えてくれた。敵側は対抗措置を講じてくるだろう。自分に言えることはそうたくさんはない。きみはそれでアタックしなきゃならない。「でもなんとかこなせるよ」（マネージェン《マナーゲン》、と彼は言った）自分が合図をするから、きみは調子を合わせるだけでいい。そこでぼくは窓の横手に陣取った。ほぼ集会の真ん中に相当する。レーゼルの手はよく見えた。とても白かったからだ。しかし顔は暗がりに隠れていた。委員長の目の前のスタンドランプには、テーブルの面だけに光が当たるように暗いシェードがかぶせてあった。

「聞くところによれば」とカヴァルッツは中性じみた声で言った、「レーゼルは過半数多数が署名した請願書を読み上げるんだそうだ。ぼくとしてはたった一点、形式上の欠陥に文句があるだけだ。なにしろこの請願書とやら、今日の自治会の直前になって手渡されたんだからね……」ここでスモモが割って入った。「ぼくははじめに発言を要求するぜ！　きみが許可してくれればだけれど？」最後のことばはレーゼルに向けられていた。当のレーゼルはといえば、いまからもうテーブルの上に両手をつっぱって仁王立ちになっていたが、どうでもよさそうにふむふむとうなずきながらまた着席した。

「請願書が自治会に提出されたと言うけど、そんなの卑劣もいいとこじゃないか！」それはことばだったのだろうか、それともスモモのおかしなドイツ語の発音だったのだろうか。要するに、集会中にめえめえ不満を鳴らす声。なかにもとびきり大々的なのが、ふかぶかと低声《バス》で笑うコルバスのばか笑いだった。コルバスはぼくらのクラスの最年長者で、いけぞんざいな遊び人風の物腰をした、いい男で、ぼくらの一味徒党に与《くみ》していた。「お願いだ、笑わないでくれ。きみたちが署名したこの請願書は、汚《けが》らわしいぞ、政治的陰謀だ……」レーゼルがちょっと手を挙げ、ぼくがぶち上げた。「そんな言い方は御免だな。署名を集めたのはぼくだ。ぼくらは全員一致した、その……」ぼくはちらとレーゼルのほうを見た。やつが軽く頭を横に振った。するとぼくは言い方を間違えていたわけだ。ぼくはすこし落ち着いて続けた。「委員長にお願いします。こういう下司《げす》の勘ぐりに対して自己弁護します。発言をお許し願いたい。」カヴァルッツは首を横に振った。「発言を続けて」と彼はスモモに向かって言った。

スモモは一枚の書類をひろげて読み上げた。ぼくらのドイツ語教師の朗読の授業は彼にはあんまり身になっていなかった。突っかえつっかえ、いかにも退屈そうに読み上げた。レーゼルは控えめながらあくびをした。しかしこれは芝居だった。みんなそれは気がついていた。けれども一種のサインがあったと思われる。というのも——コルバスの野次がとんだからだ。「新パナマ事件かい？　調査委員会はどうだ？」スモモは挑発に乗らなかった。彼はユダヤ的陰謀について、道徳的責任について読み上げた。笑い声がふくれ上がり、それが前列から後ろのほうまでのたくっていき、波はまた戻ってくると委員会のテーブル際でワッとあふれた。スモモは微動だにしない。プフンプフは恥ずかしげもなくニヤリとし、それからまのびしたバーゼル・ドイツ語で言った。ここはいつもアメリカ式の多数決ってやつでやるんですか？　で、豚みたいな細い眼でウインクをした。そこでわかった。敵の一味もいたずらに手を拱《こまぬ》いてはいなかったのだ。自治会の直前に信奉者を獲得していた。いうまでもなく下級生のなかのごく厚かましい連中だ。ぼくは発言したかった。カヴァルッツが発言を許可した。しかしブーイングが起こり、おまえユダヤ人に買収されたな、と喚《わめ》く声がし、奇妙に無意味としか言えない賤民の憎悪が吹き上げてきた。テッドがぼくの席から遠からぬあたりに腰かけており、あざけるような笑いを浮かべた。するとレーゼルが立ち上がった。相手がばかな失点でもしないかぎり勝てっこない勝負を投げ出す、チェス・プレイヤーのかろやかな身ごなしで立ち上がった。彼は静かに突然訪れた沈黙に向かって言った。「さあ」。それから請願書を手に取るとまっぷたつに引き裂き、もう一度ずたずたに引きちぎり、くしゃくしゃに丸めて、上着の脇ポケットに押し込んだ。そうしてから封印した一通の封筒を取り出し、それをカヴァルッツの手に渡した。「辞職届だ。」レーゼルは軽く一礼し、平土間に下りて空いている椅子にすわった。

「では新しい委員を選出することにします」と封筒を開けてからカヴァルッツが言った。「推薦されました候補者は……」カヴァルッツは何人かの第四学級の生徒の名前を挙げた。賛成三十五対棄権二十五で退屈なやつが選ばれた。委員会も賛成には回っていなかった。

この事件には後日談がある。ぼくらは校長に審問された。レーゼル、テッド、それにぼく、の三人である。どうやら下級生がチクったものらしく（校長は最下級クラスの授業だけは受け持っていた）、校長は事件を調査の義務ありと感じたのだった。若返ったゲルハルト・ハウプトマンのクレブが記録係として立ち会った。当時のぼくはまともな誠実狂だったので、ぼくが事件のいきさつを語る役になった。だって、無能だと判断した学友に対して行動を起こすのは、ぼくらの権利じゃありませんか。ぼくは興奮していた。ビンタの一件のおかげで、どうやらかならずしも心穏やかではなかった校長は、ぼくを腫れ物のようにあつかった。レーゼルは黙っており、テッドはあつかましく構えていた。しまいに校長は、請願書を起草したのがだれかを知りたがった。「腹案を立てたのはぼくです。」レーゼルが静かに言った。ことばが彼の黒人《ニグロ》の唇からさげすみの滴《しずく》のようにしたたった。それが汚らわしい政治だと承知していなかったのかね？　校長は知りたがった。「失礼ですが」レーゼルは言った、「ぼくらはここで人生の前支度をすべきなのでしょうか、それとも幼稚園に入る用意を？」彼は空中に疑問符をつるしたまま悠然とドアのほうに歩を進めて消えた。審問の後、おまえは誠実なやつだとクレブはぼくにお世辞を言った。でもお世辞によろこんでいられるのも永いことではなかった。レーゼルが後で言ったからだ。「おまえはおしゃべり屋だな。これからもずっとおしゃべり屋でいるんだな！」レーゼルが言ったことはまるで見当ちがいというのではない。そういうわけでぼくは二三日分裂に堪えなければならなかった。なにしろいままでぼくのほうなんか見向きもしなかったクレブが、たびたびぼくと話を交わすようになったからだ。ぼくは誇らしかった。というのも彼は詩人だった。彼の戯曲はシラー財団からシラー賞を受賞していた。しかし事の反面があった。レーゼルはもうぼくに見向きもしなくなった。それがぼくを悩ませた。

レーゼルはまもなく舎を出た。ホットとすごい衝突をしたからだった。そのときレーゼルはあくまでも冷静に、優位にあるようにふるまった（そのために厚顔のそしりを受けたのは言うまでもない）。レーゼルはそれから新聞社に入った。おわかりのように、あの当時自治会で使ったトリック、一見負けているように見える勝負を優雅に放棄するしぐさ、本来がいわゆる道徳的利点を獲得するためだけのものにすぎない放棄、このトリックを彼は後に自分の職業において熟成させた。しかもほとんど尻を割らずにまんまとやり遂げた。アフォリズムを作るのも好きだったクレブがいつだったか反論の余地のない格言《アポディクシス》をものしたことがある。林檎の木には林檎が生《な》り、梨の木には梨が生る。果物売りにはそれが両方とも生る。テッドは果物売りになったのだと思う。彼は詩作をやめてラーテナウ氏の轍《てつ》を踏んだ。すでにして商務顧問官という大物である。これからどんな怪物がとびだしてくるか、だれにも予測がつかない！　しかし、ぼくには信じられない話だが、彼は現政府の人員整理の憂き目にあったらしい。

いつだったか外人部隊でのこと、なまぬるい川の水を水筒に詰めたことがあった。それからその水を飲んだとき、突然あの湖畔の水浴場の光景がよみがえってきた。湖水のなかへずっと伸びている、長いスプリング・ボード。その端にぼくは立っている。校長が一息にぼくを湖に飛び込ませる。ぼくは沈没する。なまぬるい水の味がとてもいやだ。後で吐かなければならなかった。それは水泳を覚えさせる方法には向いていない。ぼくは泳げるようになるまで一年かかり、それからもちっともうまくならなかった。どうして何度も何度もこのシーンが浮かんでくるのだろう？　このシーンにはしかしどことなく象徴内容がそなわっている。転義のほうの意味よりも実際の意味で、「教育舎」では泳ぎ方がうまく習えなかった。ホームは一種の温室だった。すくなからぬ学友に聞いてわかったところでは、順応するのに一年かかったという。ぼくらが住んでいたのは仮象の世界だったのだろう。そこからまた外に出てまともにやって行くのはとても難しかった。ムージルの『幼年学校生徒テルレスの混乱』をご存じだろうか？　寄宿舎生活の解説をお望みなら、この本をお読みになることをお薦めしたい。

最近（ということは二年前）「教育舎」を再訪したことがある。湖はいつもそうだったように美しく、夏もその深みをすこしも失ってはいない。ぼくらの世代の人ではないが一人の元ホーム生が講演をしていた。「兵役、橋梁建設」について。集会は、熱狂的な傾聴というものがあるとすれば、その極限まで熱狂的な傾聴ぶりだった。そこで考えざるを得なかった。ぼくらだったらどうふるまっただろうか。ぼくのクラスだったら議事妨害の挙に出ただろう。そもそもこんなことはさせなかっただろう。青春の記憶を偽造しているわけではない。ぼくらの時代にも同じようなことがあったのだ。博物学教師の「ピストル」が、あるとき慎重の上にも慎重に、ちょうどこのとき社会民主主義者の勝利を生んだばかりの、ドイツ帝国議会選挙の結果について報告した。ぼくらは傾聴した、丁重に、しかし無関心に。教師もこれには気がついた。というのも確信的な社会主義者であるにもかかわらず、彼は社会民主主義への賛辞《パネギュリコス》で講演を締めくくることをあえてしなかったからだ。彼は禁欲を賛美した。すなわち、その草分けは目的意識を持った労働者階級である、と。ああそうですか、それならぼくらは儀礼上はおことばにしたがえます。ぼくらは皆、彼にしたがってある禁欲的な青年同盟に入会した。たっぷりの精神的な留保つきだったが、彼にしたがいはしたのである。

あなたはお訊ねになるだろう、今日の世代とぼくらの世代との間にほんとうにそんなに大きな相違があるのかと。たしかに相違はあった。田園教育舎は、当時どういう人間のために設立されたのか？

富裕な中産階級の（今日ではどう呼ぶのか）教育しにくい子弟のために設立されたのだ。ところがそれとともに誤った推論がまかり通ってしまった。たしかに、値打ちのある人間は往々にして若いときひどく強情で、いたって指導しにくいものだ。だからといってかならずしも、その逆もまた真、ということにはならない。教育しにくい子供はどれも天才か、優秀な才能の持ち主とかぎったわけではない。温室に雑草を入れてみたまえ。雑草は生えて、勢いよく育つ——けれども雑草は蘭になるわけではなく、猫じゃらしはやはり猫じゃらしにすぎない。人間が育つ環境はその人の性格に一定の影響を及ぼすという環境理論は、ぼくには昔からまゆつばだ。田園教育舎は個人教育をやり、やり損ないは一つもあるはずがない、といった式の感奮ぶりでそれをやっていた。なぜなら結局のところ人間は群居動物であり、また群居動物であり続けていて、そういうものとして群れに適応せざるを得ないからだ。一匹狼は、象の場合も人間の場合もまったく同じように、群れから追放され迫害される。ところがぼくらはそもそもが一匹狼になるように教育された。ぼくらはそれぞれ一人ずつ、ある者は化学、お次は文学、三番目の者はフットボール、と固有のディレッタント的奇癖があった。仲間同士の友愛関係——そう、それだ。関係者各位は仲間同士の友愛関係が形成されるようにぼくらを教育するつもりだった。しかしこの仲間同士の友愛関係というやつが、二頭立馬車の上に育ったためしはなかった。元「ホーム」卒業生の同窓会設立も、この事実の乗り越えにはなんら寄与しなかった。

精神分析はご立派なことばを発見したし、またよくそれを使用もしている。たとえば、現実適応だ。さて、ぼくらはこの現実適応とやらをほんのちょっぴりしか習わなかった。イギリスのコレッジのことは冒頭にも言ったし、田園教育舎はその大陸版だったのだが、あちらのほうがぼくらの学校よりすこしばかり先を行っていた。ジェントルマン教育、フェアネスのための教育。これは（ごく大ざっぱにいえば）私的《プライヴェート》なヒステリーの抑制であり、ある種の礼儀作法《マナー》の修得である。つまり自分一個の私的意見、自分の個人性をあくまでも保持していて、それは自分用にしまっておいて、それでもって猫も杓子も幸福にしてやろうとはしない、社会的文化の修得なのである。イギリス人は、どうか異論はご自由になさってほしいが、この点で決定的にぼくらの一枚上を行っている。それは彼らの政治を見さえすればわかる！　ぼくらは皆、自分たちの個人主義的世代に適応すべくしてなかなか適応できなかった。ある者はそれに何年もかかった。要領のいいやつはもっと早めに修得した。困難な時代がやってきたのを認めないわけにはいかない。ぼくらの力には及ばない時代がやってきたのだ。そして個々人の個人性を顧慮するというこの脈絡において、学校社会の雰囲気《アトモスフェア》を人間社会の雰囲気と同一視するかのごとき前者の雰囲気の過大評価という脈絡において、当時そのようにあった田園教育舎は教育学上の誤謬だったとぼくは思う。

　今日の若い世代と当時のぼくらの世代とのあいだにはもう一つ大きな相違がある。ぼくらはそもそも大仰なスローガンの魔法には決して屈服しなかった。ぼくらはそいつを娯しんだが、それにひそんでいる嘘は嗅ぎつけた。今日ではどうか？　人民戦線《フロン》や小戦線、青年同盟や青年サークルを考えてみていただきたい。そのどこにも確たる信念がひそんでいると、本気でお思いになるだろうか？　いや、たぶん確たる信念があるのだろう。やっている人を疑いたくはない。団結、お互いに力を合わせているという感じ、それはおそらくすばらしいことだ。すばらしいことではないにしても、たぶん快適なことではある。たしかに今日の文明は一途に集団効果をめがけて殺到している。大衆が発言権を持つだろう——しかし大衆が何かを言うだろうか？　大衆が言うのは指導者が望むことだ。ぼくらのなかから指導者は一人も出なかった。いや、一人出た。とてもおもしろい話なので、最後にその話をしたいと思う。

　バルト人が一人いた。大きな眼鏡をかけた小さな近視眼の男で、ぼくらは彼をフェオと呼んでいた。彼はぼくらより二学年下だったが、かなりしつこい抜け目のなさがあって、ぼくらは彼を大目に見ていた。何かのスキャンダルがあって彼は「舎」を追われた。彼はリガ近傍の出身だった。最近、ある知人がぼくにこんな話を聞かせてくれた。ツァーの体制崩壊後、バルト人男爵の近衛軍中尉ウンゲルン・

シュテルンベルク男爵が蒙古に逃亡した。彼はそこでいくつかの部族を支配下におくことに成功し、最高の戦神になった。そう、戦神である（バルト人でなければこんな奇抜なアイデアは思いつくまい）。彼はふつう神が支配するのよりよくも悪くもない程度に支配した。彼の主たるよろこびは、ハンマーと鎌の旦那方をちょっぴりうんざりさせることだった。ところがやがてこの旦那方の堪忍袋の緒は切れ、いたって散文的に蒙古の戦神を射殺してしまった。さて、このウンゲルン・シュテルンベルクの随員のなかに、フェオドシェフとかいう名の小男がいて、これが大司祭長のお役目を受け持っていたという。それがぼくらのフェオドシェフだったのだろうか？　そうだとすれば彼は一匹狼の絵に描いたような見本を見せたことになる。たかだか二人で結んだ友愛関係にもせよ仲間同士の友愛関係には到達した一匹狼だ。以上が、田園教育舎の個人教育が実りを上げたことの証明になる。その実りとやらがまことにもって奇妙に風変わりなものであるにしても。

偶然のおかげで

　チューリヒ大学の裏手に大きな庭園がある。その庭園のなかに領主の邸宅があり、それに古い、小さなパビリオンが一つある。画家のモップはこのパビリオン一階の三つの部屋を住まいにしていた。小さめの二部屋のあいだに大きなアトリエ。小さめの部屋のなかの一つの部屋が黄色いキルティングのかけ布団をかけた、古いアンピール様式のベッド備えつけの寝室として使われ、もう一つのほうの部屋は最小限《ミニマム》の本を置いた図書庫と考えられていた。そもそもが画家のモップは「必要最小限《ミニマム》」の法則に従っているようだった。「マックス・オッペンハイマー」という長い名前を必要最小限の文字数に減らし、仕事時間は毎日一時間、睡眠時間も六時間に限られていた。夜中の三時から朝九時まで。

　モップと知り合ったのは偶然のおかげだ。大戦二年目の年の暮れのことだった。当時はまだカフェ・デ・バンクが競馬レース路の起点際にあって、質のいい楽団《バンド》が毎晩クラシック音楽を演奏していた。ぼくはよくひとりでそこに行った。あるとき、ぼくのすわっていたテーブルにへんてこな二人組が同席した。一人は乗馬服を着て拍車付きの長靴をはき、おまけに乗馬鞭で身を固め、その鞭でテーブルをピシリと叩くとぼくのほうにちょっとまばたきをして、大声ではっきり「ブルジョアをぶっ倒せ！」と言った。もう一人のほうはデカダンなゲルマン種のアポローンといった感じだった。しわのない真っ白な額にブロンドの捲き毛の前髪が渦を巻き、大柄の、しなやかな身体はブルーのやわらかな生地のスーツに包まれていて、こちらは「とんでもない!」とわざと作った声で連れに言った。それから彼はクッションのきいたベンチにするりとすべり込み、ハインリヒ・マンの長編小説『フォン・アッシィ公爵夫人』第三巻の頁を待ちきれないとった風情でせかせかとめくった。

拍車を鳴らしているほうは「ベルリーナー・ワイセ」〔白ビール〕、ブロンドのアポローンはキルシュヴァッサー〔サクランボウを蒸溜したブランディー〕入り木苺シロップを注文した。ぼくらは二言三言ことばを交わし、それから乗馬服男が「モップです」と自己紹介した。もう一人のほうは何やらわけのわからないことばをうなった。後で聞いた話では、彼はオーストリア皇帝（当時この皇帝は非常な高齢に達しており、フランツ・ヨーゼフ二世という名だった）の自称非嫡出子ということだった。ブロンドはほどなくして辞去し、ぼくをモップと二人きりにさせた。彼の名前はいまでもよくおぼえている。よく画商の店先でブゾーニの肖像の銅版画の下に署名を見かけたものだ。

モップはぼくをテラスに引っぱって行き、ぼくの手に「アクツィオーン」〔「行動」。二十世紀初頭の表現主義的雑誌〕誌最近号を押しつけると、彼との約束を守ればまた引っぱり出しにきてやると約束した。こちらはいたって自尊心が高く、不愉快だったがなんとか我慢した。なにしろ「有名人」が自分と係わり合いになったのははじめてだった。あの久しく衰弱し切った時代では、それは二十歳台の人間にとってちょっとした意味がなくもなかった。

真夜中頃になって画家が迎えにきた。彼は自分の家でお茶を飲まないかと申し出た。アーク灯の白い光のなかではじめて彼の顔がはっきり見えた。病身めいた、チーズみたいな顔色、皮膚はふくらませたようで、それにかなり無表情に空《くう》に視線を凝らした、奇怪な裂けめを刻んだような眼がはめ込んである。形のない顎の上には肉欲的な唇。しゃべり方はことばが鼻にかかって、意識的にぞんざい、明らかにウィーン訛りの気《け》があった。家まで行く道々、それにお茶を沸かすアルコール・ランプの炎の上でお湯がおもむろにシューシューたぎりはじめるあいだも、切れめなく逸話の流れが続いて、それを同じ声の調子でしゃべっていた。落ち《ポアンテ》が終わるとちょっと一息間を置く。これは、ここで笑えというほどの意味だった。あるいは、どうですいっしょに笑いましょうや。逸話のサカナになる人物はハインリヒとトーマスのマン兄弟、それにヴェーデキント。ヴェーデキントはあまり教養とは縁のない女と結婚した。彼女がそばにいるところで友人たちと話していてゲーテの名前が出た。するとヴェーデキントのいわく、「この人はね、ねえきみ、ドイツの大詩人だった人でね。」ここでちょっと一息。

よくできた蓄音機で再生した、録音のできばえのすばらしいレコードを聴いてるような気がした。そんな感じが的はずれでもなかった。逸話も、判断も、主張も、ハイネ礼賛、ドイツぎらい、フランス贔屓《びいき》も、そのつどちっとも変わらなかった。人とはじめて知り合うと、その度にモップが同じ話をくり返すのを聞いた。一語も変えず、声の調子も同じなら身ぶりまでそっくり同じだった。そう、あたかも内的に死んでいるのをそんなふうにしてはぐらかさなければならない、とでもいうように。

アール・ヌーヴォー

まずモップの仕事がぼくにはとても風変わりに見える。それから何日も経たないうちに彼の家に遊びに行くとたまたま仕事時間中にぶつかったので、よろこんで自分の技法を説明してくれる。モップはブゾーニのポートレートを油絵で描いているところだ。音楽家は、手からも髪の毛からも光線を発しており、モップはそのうすく塗りかさねた色にポケットナイフで裂けめを入れる。これを彼は「リズムをつける」と称している。それからある日言うには、「今日、新しい芸術を思いついたよ。どう、霊感にお目にかかりたいと思う？」これは何かがへんだと彼は気がつく。で、またしても鼻からプスッと短い息を出すのである。

額が抜け上がり、押しつぶしたような顔の下半分に鼻眼鏡を掛け、鼻の両脇に嗅ぎ皺のできた一人の小男を、ぼくは紹介される。「詩人のトリスタン・ツァラ」。黒髪の、非常に均整のとれた顔だちの、大柄の美青年が一人、ツァラにつき添っている。「画家のマルセル・ヤンコ」。二人ともドイツ語がうまく話せないので、ぼくら三人はフランス語で会話を続ける。ぼくは三十分間にぼくのまったく知らない有名人たちの名前に一ダースも引き合わされ、自分の無知にぎゃふんと押しつぶされんばかりだ。あの当時だれがブレーズ・サンドラールを、ヤーコプ［ヴァン・ホッディス］を、税関吏ルッソーを、ピカソを、ドラン、フランツ・マルク、カンディンスキーを知っていただろう？

トリスタン・ツァラはとても手入れの行き届いた、小さな、子供みたいな手をしている。いっしょに彼についてきたマルセル・ヤンコは極端に口数がすくなく、ときどきチラとかなり的外れの卑猥な冗談を口走ったが、それが会話にちっともそぐわないギャグときているのだ。モップは見た目には無関心のようだが、ときどきフランス語をちょっとはさんで会話についていきたがっているのをわからせようとする。それからぼくにフランス語を通訳してくれないかと申し出る。ぼくはよろこんで承知する。

その日の午後はカンカン照りで暑い。背の高い老木の並木の枝々では、どうかすると鳥がさえずりながら居眠りをしている。ぼくはすこしばかり胸が痛んだ。というのは本来なら『ローランの歌』〔ローランを主人公とするフランス最古の英雄叙事詩〕の講義に出ていなければならないところだからだ。でも会話はブロークンでもここのほうが文句なしにおもしろい。

ツァラはキャバレー・ヴォルテールとその創設者であるフーゴー・バルの話をしている。ツァラ自身はおそらく気がついていないが、この人の名を言うときのツァラの声には、何か痙攣的な、いやいやながらの敬意のようなものがにじみ出ている。このフーゴー・バルという人はいつもへんな服を着てうろついている。ドイツからやってきたばかりの頃はニーレンドルフでひどい窮乏生活をしていて、女友だちといっしょに彼がピアノを弾き、彼女が歌い手《シャンソネット》で寄席《ヴァリエテ》に出ていた。

客が帰ってしまうとモップはすぐに彼一流の例の語り口で解説をしはじめた。あのツァラというのはローゼンシュトックという名のルーマニアのユダヤ人でね、偽造パスポートでルーマニアの国境を越えてきた。これまでのところ、ローゼンシュトックとツァラのどちらの名前でチューリヒ当局に名のり出ているのか、だれも探りだせないでいるんだ。そして目下人気沸騰中ってのがあのフーゴー・バルってやつでね。彼、モップとしてはすくなくとももう、そうそうこの種のボヘミアンに血道を上げてはいられない。じだらくにうろついては、陰気くさい事件を口実に警察《サツ》とトラブルを起こさなければ気がすまないんだろ？　そう、こちらとしてはできればああいう連中とのおつき合いは御免こうむりたい。連中とカフェでばったり顔を合わせる、そう、そういうことはいまもあるけど、だからってどうってことはないさ。でもふだんは、三歩下がって影を踏まずさ。小銭をせびられるのがせいぜいだし、ほかにはまあ大した見込みはない。たしかに、思想的立場は革命的になるかもしれないさ。けど、何事にも限界ってものはある。そうだ、フランス革命、あれはそんなものじゃなかったぞ。「ダントン！」と彼は熱狂的に叫び、わめきながら鋭角的な手ぶりをしてみせた（モップは彼の描くポートレートのどれにもモデルとして使うほど、自分の手を自慢していた）。「ロベスピエール！」そう、フランス人だけはある種のエレガンスをもって革命をやるすべを心得ている。そこへいくとドイツ人はどうだ！　ああ神様！　最後に陛下が「いともうやうやしく断頭台の露と消え」させ遊ばされ給う、ハイネの例の詩をきみ知ってるだろう？　云々。と、滔々たる演説はきりもない。

たまたまツァラのお役に立つのにぼくがぴったり、という事態が発生した。ルーマニアは徴兵が必要だった。ツァラは出頭命令を受けていた。ところが……チューリヒのさる精神病医が彼に精神鑑定を下していた。デメンティア・プラエコックス、すなわち早発性痴呆症。この精神鑑定で武装して、ツァラはベルンで行われる医師鑑定会議に出頭しなければならなかった。そこでぼくが付添人として選ばれたのだ。途々、ぼくらは精神病医の鑑定書を読みながら行った。とてもおもしろかった。その精神病医は、彼の患者の狂気の証拠として患者の詩を引用していた。この詩を見れば一目瞭然、これこそは痴呆化の極端な事例にほかならない、というわけである。

始めにことばありき

ツァラは自分の役をみごとに演じた。うつむけに顎をだらんとさせ、ゆがんだ結び方をしたネクタイにやわらかい糸を引いて涎《よだれ》を垂らし、ぼくがそれをその度に拭きとってやるのだ。インゼル病院の講堂に集まったルーマニアの医師たちの質問にはぼくが答えなければならなかった。ツァラは、「ハ」とか「ホ」とか、無意味なことばをもごもご口ごもってさえいればよかった。ぼくは患者にあんまり質問を浴びせかけていたずらに刺激しないようにと、並みいる出席者たちに切にお願いした。さもないと患者は興奮して、興奮のあまり理性を取り戻すのが難しくなります。ツァラはこの日、明らかに、難なくちょっとばかり緊張病性《カタトニー》昏迷のふりをしてみせた。当時はラッツコが「新チューリヒ新聞」に彼の最初の戦争小説を載せたばかりのことで、国境を越えておもむろに恐怖の大風が吹きはじめていた。ふだんは芸術から現実性《レアリテ》も感情も心理学も排除しようとするツァラも、さすがに自分のこととなると不安の感情を覚えるらしく、別段他人とちがう反応を見せるわけではなかった。最終的に戦闘能力なしと確定されると(この件を確認する証明書がぼくの手の上に押しつけられた)、ツァラはやっと我に返ってはじめて冗談を言った。ぼくは足をもつれさせてひょこひょこ歩くツァラを慎重にドアのところまでエスコートした。ところがツァラはドアの際でくるりとふり返り、大声ではっきり「糞ったれ」と言い、景気をつけるように「ダダ」とつけ加えた。

「ダダ」。この語は子供がどもる(構音障害)のを象徴しているだけではない。のみならずすくなくともスラヴ諸語では「そうだ、そうだ」という二重肯定でもあって、ルーマニア語でもたぶんそうなのだと思う。

こんなふうに無意識のうちに唇にすべり込んだダダということばに、ツァラはそれからの日々、かなり深みにはまって行くことになった。それから二三日経った日のことだと思う、真夜中の十二時に人けのない停車場駅通りを散歩していたときのことを思い出す。ツァラは新しい芸術の方向を、彼のことばで言えば「でっちあげる」のが自分の野心だとぼくに打ち明けた。イタリアの未来主義《フトゥリズモ》の指導者マリネッティの名声に彼は夜の目も眠られなかった。ブカレストの（未来主義者たちの）審美的セクトを訪ねたときのことをツァラは熱狂的に話してくれた。全員が同じ服装だった。グレーの服、グレーの帽子、グレーのバックスキンの靴を身につけていた。難しいのは初めだけさ、とツァラはため息まじりに確認した。しかし彼はパリにもイタリアにもたっぷりコネがあった。キャバレー・ヴォルテールのパンフレットはその頃ちょうど出たばかりで、フーゴー・バル、エミー・ヘニングス、ヒュルゼンベック、アルプが寄稿していた。パンフレットはむやみに送りつけられた。反戦主義的意図があるわけではなかったので、難なく国境をパスした。しかし継続が必要であり、原動力が眠り込んでしまってはならなかった。ツァラは名声を夢見ていた。「ダダイズムのほうが」と彼は言った、「未来主義《フトゥリズモ》よりよっぽどましな感じだな。なにしろ大衆は阿呆だからね。」当時はツァラもまだ冗談半分だったのだ。

ぼくは画家のアルプと知り合った。ドイツ中世の神秘家たちと同じ息づかいでちょっぴりだけ消化器障害のある話し方をする、親しみやすい顔をした愛すべきアルザス人だった。画家たちのなかでは、二三のゴート人以外にはライプルとキュビストたちしか評価しなかった。ぼくは彼と話をするのにいつもとても苦労した。人びとはみんな思いがけないほど陽気だった。それでいて戦争の圧迫は日に日に増していたのである。みんなはそれを感じていなかったのだろうか？

指導者

ある晩、ぼくはツァラとオデオンで落ち合う手筈になっていた。フーゴー・バルを紹介してくれるというのだった。ドアに近い壁龕《ニッチュ》のなかのテーブルに歩み寄っていくと、そこで大柄な人がひとり立ち上がって黙ってほほえみを浮かべながら握手をしてくれた。この大きな、いくらか荒れた手の圧力がすでに新しかった。それは慣習的な、丁重なジェスチュアであるだけでなく、素朴ではあるが、とことん約束を守らせる重みのある誓いだった。容貌は一風変わった感じだった。大きな、幅広い額は眉のアーチの上に一本の細長い、真っ白な帯だけをのこした髪の毛になかば隠されている。幅のせまい鼻（前の部分がやや肥厚している）、幅のせまい蒼白な唇、といった輪郭線の硬さにもかかわらず非常にやわらかそうに見える、やせこけているなんてものじゃない痩顔、それに顔全体を包んでいる深い皺が、謎の解きにくい聖なる標徴——秘文字《ヒエログリフ》——でもあるかのようだった。バルは多くを語らない。彼のことばはとても静かだ。彼はニーレンドルフの自分の暮らしのことを語り、はじめの頃、どうしてなのかもうさっぱりわからなくなってしまったが、当局に監禁されていた話をする。パスポートのどこかに不備があったのである。独房のにぶい臭気、ブリキの食器のことを彼が語ると、そんなつまらない汚らしいものがことごとく奇妙に夢幻的な雰囲気《アトモスフェア》を帯びてくる。

またドアが開く。緑青色のセーターでさえ優美さは奪えない、といった風情の、小柄な、ブロンドの女性がひとり、外の霧のすさまじい冷気を引きずりながら濛々と煙のたちこめているお店に入ってくる。蒼白い顔は子供っぽい道化師の顔みたいにしたたかに白粉《おしろい》を塗り込んでいる。「こちらがエミー・ヘニングス。」彼女ははじめぼくのことをうさん臭げな目で見た。爪の嚙み跡だらけの小さな手は熱病患者みたいに熱にほてり、その熱が白い顔とまるでそぐわなかった。この小柄な女性はひどく興奮しており、扇風機の色とりどりの紙蛇そっくりに、たえずこまかく震えている。目下のところは、前の晩に出遭ったあるおぞましい体験の話に没入している。そのとき彼女は湖のほとりで濃霧のなかを散歩している。樹々は綿の繊維にすっぽりくるまれており、街灯はわずかな光を投げているだけ。彼女は悪いことはちっとも考えていなかった（ほんとうに神かけて、悪いことはちっとも考えていなかったの、と彼女は二三度念を押す。というのはもしもそうなら、それがこのおそろしい体験をいくぶんか説明してくれるだろうから）。いやそれどころか、ごく単純なことを考えていただけだ。寒い、それなのにこんなに密度が濃くてすっぽり包み込むようなのに、霧はどうして温めてくれなかったのだろう。そんなことを考えていた。と突然、街灯の光を浴びた一本の樹の上に彼女のお祖母《ばあ》さんがいるのが目にとまった。ほんとうに神かけて、ずっと前に死んでしまったあのなつかしいお祖母さんが、その樹の葉の落ちた枝の上に腰かけてあたしを、小さなエミー・ヘニングスちゃんを見下ろしているの（小さなエミー・ヘニングスちゃんというのは、彼女が言った通りの表現）。これはどういう意味なのだろう？ と彼女は考える。お祖母さんは怒っているみたいに見える。何かに腹を立てているらしいのだ、なつかしのお祖母さんは。

ずっと前から歯をすっかりなくしてしまったので、お祖母さんの唇は内側にめくれ込んでいる。「わたしは大声で《お祖母さん》て言うの、でも、お祖母さんはこちらをじっと見てるだけで黙っているのよ。とてもぞーっとしたわ。これはどういう意味なんだろう？　何かの警告なのかしら？　それともあべこべに大きなよろこびの前ぶれなんだろうか？」

「女占い師のところに行って、これはどういう意味なのか訊いてみなくては。でも、そうは行かないし、」――声が泣きそうになって――「わたしはでも死んだお祖母さんをただ樹の上にすわらせとくだなんて、そんなことはできないわ。ねえ、どう思う、フーゴー、どうしたらいいのかしら？」

彼女がまわりの人たちに対していわゆるエクセントリックな態度を取るのを見ていると、バルのまわりの人たちの性格のほうがもっと説明を要するのかもしれないと思う。ツァラはいびつに戸惑って笑う。

「エミー、きみは酔っていたんだよ。」モップは断定調で言う。

ぼくは黙って、バルを見つめる。同席者たちのばかなふるまいに対する怒りのようなものがバルの面上にひろがるようだ。しかし女友だちの目はバルの上にひたと向けられている。そこで彼は怒りにブレーキをかけ、とても美しいほほえみが唇に浮かぶ。それは、思いやりのあるといった類《たぐい》のほほえみではなくて、いわば兄弟的な友愛のほほえみと言えよう。「そうだねえ」とバルは、聞いていて非常に落ち着きのある自明な感じのする、深い声で言う、「お祖母さんは孫が心配で、どうしてるか見にきたんだよ。小さな孫はきっと霧の冷気のなかで寄る辺もなく凍えているのだろう。だからお祖母さんは、どうなっているか見にこないわけにはいかなかったんだね。」

バルはその大きな手を女友だちの手の上に重ねる。この保護する身ぶりは、空虚な会話の喧騒にも、目を皿にして最新の戦況報告をあさっている肥えふとった顔の周囲にも、まるでそぐわないものだ。

バルは虚栄心やポーズに完全に無縁という、あのめったにいない類《たぐい》の人間の一人だった。彼は見てくれではなく、存在していた。

他の人たちはぼくによそよそしいままなのに（ぼくは、こちらが何か芸術的文学的判断を下そうとするとやめさせられてしまうのをいつも不愉快に感じていた。というのもぼくの気に入っているものは何でもセンチメンタルなキッチュとして、肩をすくめたり、ふんと鼻であしらわれたりで一蹴されてしまうからなのだ）、バルは落ち着いた、兄貴のような態度で接してくれた唯一の人だ。バルはすでに有名人だった。ミュンヘンの劇作家だったし、最後にはさる絵入り新聞の編集長だった。けれども彼自身が言っている。

　ぼくはしゃれこうべの軽騎兵は嫌いだった
　それに女の子の名前をつけた迫撃砲も。
　そして最後に大いなる日々がきたら
　ぼくは人目に立たずにおさらばしている。

人目に立たずに。当時の彼がそうだった。人目に立たずに、それはずっと後になってからも変わらなかった。自己宣伝をするのがじつにへたくそだった。フットボールや競馬とはあんまり縁のない事柄について何冊も本を書いた。身を落として恋愛小説なんかに手を出すことはできなかった。

ダダ、ダダ

一九一七年三月にダダ画廊創設が決まった。パレード広場と停車場駅通りの角、シュプリュングリ・チョコレート工場経営者の家にコレーが住まいを借りた。大きな住まいだ……待てよ、ええと……二つ、三つ、四つも大きな部屋があって、それに奥の小部屋がついている。たしか台所もあったと思う。その住まいでコレーは利益を上げたわけではない。油絵の画廊を開設してはいたけれど大した関心を喚び起こす力はなかったのだから。画廊をバルに貸すことができたので彼はおおよろこびだった。油絵入りの木箱が次々に搬入された。当時はどこの国もそうだったが、ドイツが芸術的プロパガンダをやろうとしていた。「シュトルム」誌が絵を用立ててくれた。ここではココシュカを見ることができた。ドイツのキュビストたち、ファイニンガー、カンディンスキー、クレーも見ることができた。
　しかし展覧会は引き立て役にすぎなかった。目玉は週に二回か三回開催される芸術家の夕べ《ソワレ》だった。この芸術家の夕べはろくすっぽ宣伝もしなかったのに、毎度いくつもの部屋が観客で超満員になった。

そしてここでも、彼の生涯のほかの機会におけると同様、何もかもお膳立てしてやり、押しかけてくる他の連中にいわば栄誉を獲得させてやるのがバルなのである。いまでも彼の姿がありありと目に浮かぶ。ピアノの前にすわって黒人ダンスの「伴奏をして」いる姿が。どこで見つけてきたのか知らないが、その古いアラビアの歌をぼくは後にアルジェリアの外人部隊で夜な夜な聞くことになった。

トラ　パチアモ　グェラ

トラ　パチアモ　ゴノオオオーイ

ぼくは彼の脇にしゃがみこんでがむしゃらにタンバリンを奏《や》りまくる。他のダダイストたちは黒いトリコットを着込み、縦に長い、無表情な仮面《マスク》をかぶり、拍子《タクト》に合わせてぴょんぴょん跳ねたり足を震わせたりしながら、どうやらことばもぶうぶうなっている。その効果はショッキングだ。観客は拍手をし、休憩時間に買ったオープンサンドを食べる。それからバルがまたピアノの前にすわり、エミー・ヘニングスが「死者の舞踏《トーテンタンツ》」を歌う。これは歌詞はバル作、「こうしておいらは生きている、こうしておいらは生きている、おいらはこうして毎日生きている」のメロディーで歌うのである。はじめはこうだ。

こうしておいらは死んじまう、こうしておいらはおっ死ぬよ

おいらはこうして毎日死ぬんだ

なぜって死ぬのはとっても気持ちがいいもの

朝方はもう酔生夢死で

お昼はさっさとあちらへおっさらばい

晩にはとっくにお墓の下さ

エミー・ヘニングスが、観客がちっともダダイスト的ではないおののきにわしづかみされるような、小さな、しゃがれた声で歌う最後のフレーズはこんな文句だった。

おいらは感謝、あんたに感謝

おいらを選んで死なせてくれた

あんたのお慈悲に　皇帝さまよ

お眠り、お眠り、枕を高くして

そのうち芝生に覆われたおいらの肉体《からだ》が

いつかあんたの目をさまさせるその日まで。

エミーの後にはトリスタン・ツァラが登場したのだと思う。黒のモーニングコート、エナメル靴の上には白の革脚絆、といういでたちで自作のヴァースを朗読した。ヴァース……ツァラはそう呼んでいた。それはちょっと見にはフランス語で書いてあった、ということはフランス語が次々

に並んでいた。真ん中辺までくると、ある展覧会カタログの絵のタイトルがいくつも、接続詞つきまたは接続詞なしでずらずら並んだ（偶然のおかげでこれを発見したのはぼくだ）。それからラーバン学校［舞踏家ラーバンがアスコーナに開設した舞踏学校］からきた若い娘がバルの音声詩に合わせて踊った。こちらのほうがよくわかった。母音と子音をずらずら並べると美しい響きとリズムが生まれるというのは実際にあり得るのだ。ぼくはそんなことがあろうとは思ってもいなかったのに。もっとも、この手のものがこれまでにもなかったわけではない。クリスティアン・モルゲンシュテルンがすでに似たようなことを試みていた。ぼくのが特別製なのは、ことばのサラダを調製している点だった。ぼくの詩はドイツ語とフランス語の混成だった。いまは一つしか思い出せない。

　歯車をかみ合わさせ、荒廃（verheert）させ
　スベテ本デアル sont tous les bouquins

ぼくがこの詩を読み上げた晩、たまたまJ・C・ヘールがきていた。彼は自分の名前を当てこすられたのがご機嫌で、次の日の晩ぼくを「林檎小屋亭」の食事に招待してくれた。ぼくは蛙の脚をふるまわれた。のみならずヘール氏はすてきなワイン通だった。

猫のピアノ

以下に、こうした夕べ《ソワレ》の一つのプログラムを紹介しておくのも一興と思う。これはバルの本『時代からの逃走』からの引用である。

第三回夕べのプログラム（28・IV・1917）

I

S・ペロテ：シェーンベルク、ラーバン、ペロテによる作曲（ピアノとヴァイオリン）。
グラウザー：「父」、「事物」（詩）。
レオン・ブロワ：紋切り型の解釈
（翻訳ならびに朗読はF・G［フリードリヒ・グラウザーの頭文字］による）。
バル：「グランドホテル・メタフィジック」、コスチュームの散文。

II

ヤンコ：キュビズムと自作の絵について。
S・ペロテ：シェーンベルク、ラーバン、ペロテによる作曲（ピアノ）。

エミー・ヘニングス：「屍体批判」、「ノート」。
ツァラ：「冷たい光」、七人の登場人物による同時詩。

これについてバルは書いている。「観客のなかにサハロフ、マリー・ヴィクマン、クロチルド・フォン・デルプ、フォン・ヴェレフキン夫人、ヤウレンスキー、ケスラー伯爵、エリーザベト・ベルクナー。夕べ《ソワレ》は、ニキシュとクリングラー四重奏団の演奏にもかかわらず、ともかく毎回面目をほどこした。」

「同時詩」はおそらく混声コーラスの改革として考え出されたものだった。七人の登場人物はめいめい自分の読むパートを受け持っており、それは口内騒音（「プルルルル、スススス、アイ　アヤー、ウウウウー」）から成り立っていたが、そのうち突然ことばが割り込んだ。合間になつかしの流行歌（「パリの橋の下で《スー・レ・ポン・ド・パリ》」）がからみ、やがて口内騒音はかすかに伴奏音となり、典礼の単調なメロディーのうちにコーラスの一部がでたらめに並べ立てたことばを朗唱する統辞法《シンタックス》は、すでにランボオも増殖させていたが、これまたブルジョア的起源のゆえに殺戮され破砕されなくてはならなかった。音楽は言語ほどうまくは行かなかった。ある作曲家は彼の弾くピアノに対して直角にオルガンを据えさせた。そしてじゃんじゃんピアノを弾きまくる一方で、右下腕をオルガンの手の届くすべての鍵盤にのせ、足は力一杯片方の送風器を踏んだ。それは、ド・コスターが彼の「ティル・オイレンシュピーゲル」のなかで述べている、スペインのフェリペ二世の猫のピアノ［「猫ふんじゃった」の原曲］のおだやかな追想だった。

若い作曲家が音楽的実験を最高の調子でやってのけたとき、たまたま会場にブゾーニが来ていた。曲が終わると、ブゾーニは連れのほうに身を屈めた。「そうだな」とブゾーニは連れにささやいた、「この作曲家がこのスタイルで続けるには、本当は『ダ・カーポ（初めからくり返す）』って語のシラブルを二倍にしなけりゃなるまいね。」これを聞かされた人がすぐには意味がわからないでいると、ブゾーニはことばを続けた。「そう、ダダ……とか何とか、そんなものだよ、だろ？」

時代からの逃走

すでに述べたように、バルにとってダダイズムとは防衛的な保護措置であり逃走であった。ヨーロッパ中がそれと化してしまったあの屠殺場の影響に対して、論理は、哲学や倫理は、どんな役に立っただろう？　それは精神の破産だった。日に日に新しい例を読むことができた。ことばの力によって殺人を正当化することもできるという数々の例を。そしてことばの力によって、文章によって、こうした殺人と戦おうとする試みは、のっけからナイーヴであり不可能だと思えたのにちがいない。それは、唯物論が身につけていた救助手段を破壊しながら自らの世界を擁護しようとする試みだった。破壊されたものに代わる代替物がおいそれとは探せないのに、古なじみのものを破壊してしまうことなど人間にできはしない。それだけではない。知性を否定し、また知性に関わる一切を否定すれば、人間は知性の代わりに何か別のものを持ってこないわけには行かない。別のものとは、幼児性、プリミティヴィズム、黒人彫刻、黒人舞踏、子供の素描などだ。人びとは突然、自分たちが事物を事実あるがままに見ているのではなく（だから事実は現実にどのようにあるのか？　という問題が、未解決の問いとして公開されもする）、自分たちの眼も、思想も、耳も、「アカデミックな伝統」に飼いならされているのだと気がついた。そこで人びとは、異なった眼で、つまり自分たち以前に生きていた死者たちの眼で、事物を見、認識するようになる。ぼくらの世代とぼくらの父の世代とのあいだに開いた、両者のあいだに開いた深淵が、かつてこれほど架橋し難いものだったことはなかった。それを思えば、ダダイズムのような運動をすくなくともその端緒において理解する手がかりは多少とも与えられたと思えよう。

奇妙なことに、彼らは伝統を憎悪しながらしかも伝統なしで生きることはできなかった。この「アカデミックな」視覚に対する闘争はすでに久しい以前からはじまっていた。それも絵画の領域で。ゴーギャン、セザンヌのような画家たちからピカソ、レジェのようなキュビストたちにいたるまで、明らかに通じている一本の道がある。これまたキュビズムに結びついているドランは、イタリアのプリミティヴ絵画と取り組んでいる。たまたまド・ロートレアモン伯爵（実際にはイジドール・デュカスという名で、どうやらベルギーの精神病院で死んだらしい）の『マルドロールの歌』を読んだことのある人ならヒュルゼンベックの次の詩句などもはやいささかもおどろくに値しないと思える。

家々の塊がおもむろにその愛の中心を開いた、
すると教会の脹れ上がった頸が頭上の深みに向かって
　絶叫した、
すべてのかつて見られた地上の色彩はここで犬どもの
　ように追いかけ合った。

新しい戦争に席を明け渡すために前の戦争がいともすみやかに忘れ去られてしまう今日、あの過ぎ去った時期の気分を再構築するのは難しい。しかし当時ダダイズムが何らかの内的必然性を持っていたことに異論の余地はあり得ない。あれらの夕べ《ソワレ》が見いだした関心を、ほかにどう説明のしようがあろうか？　高価な入場料にもかかわらず（あるいはおそらくまさにそれゆえにこそ）あれらの夕べ《ソワレ》は毎度満員売りつくしだった。これには反対する人もあるだろう。観客はただ新しいもの好きのスノッブだったのだと。その通り、しかし新しいものの見方の展開を最初に可能にするのは、おおむね、そんなふうに誹謗されるスノッブなのではなかろうか？

テッシンへの逃走

六月だった。ぼくがどんな仲間うちを「うろつき回っている」かは父の耳に届いていた。父の反応はわかりやすかった。ぼくを精神病院に監禁させるつもりだった。それを聞いて、ぼくはバルに悩みを訴えた。バルは助けてくれると約束した。先にツァラを助けてくれた精神病医がぼくに関心を持ってくれた。ぼくはバルといっしょにこの人を訪ねた。ぼくはとても好意的に迎えられた。心配することはない。父が脅迫を実行する段になったら、そのときはこっちで保護してやろう。悲しい身近な出来事がもう一つこれに加わり、ぼくはもう二進《にっち》も三進《さっち》も行かなくなっていた。ちょうど同じ頃にダダ画廊も危機に瀕したので（バルは何もかもを自分一人でやってのけ、そのうえツァラに悪口を言われるのにうんざりしていた）、バルはテッシンに引っ込む決意を固め、いっしょにこないかとぼくを誘った。彼は自作の長篇小説《ロマン》の前金を手に入れ、「チューリヒ日報」がぼくの短篇小説を一つ取り上げて稿料を支払ってくれた。

こうしてある晩、二人連れだってマガディーノに出発した。ヘニングス夫人がそこで小さな娘のアンネマリーといっしょにぼくらを待っていてくれた。アンネマリーは九歳で、素描を描いていた。ぼくは一軒の古家の大きな部屋を手に入れた。四壁はやわらかい薔薇色、窓の前の湖は静かなブルーだった。ぼくら三人は大抵黙りこくっていた。チューリヒのてんやわんやの後ではそれが必要だった。炊事は交替でした。しかしだんだん持ち金が尽きてきた。

そこでぼくらは、マッギアの谷のずっと奥の山の放牧地に移ることに決めた。ぼくは四時間かかって背負籠《セルロ》（木製の背負籠で、紐の代わりに柳の枝を使っているので、それが肩肉に痛く食い込む）でタイプライターとトランクを運んだ。エミー・ヘニングスは、山の放牧地の持ち主がぼくらにくれた山羊をいっしょに連れてきた。夕方になってバルがはあはあ息を切らせながら到着した。やはり背負籠《セルロ》に食料品を詰めて運んできたのだった。片方の手ではアンネマリーの手を引いていた。

ぼくらの住まいは物置小屋だった。ぼくらは山地の干草を寝床にして寝た。近くで夜も昼も滝がざあざあ落ちていた。ぼくらの家はぐるりを山々の尖った峰に縁取られていて、氷河の万年雪がすぐ近くにあった。ぼくらは一日のうちタイプライターの使用時間を三人で分け合った。エミー・ヘニングスは彼女の風変わりな半生の物語を書き、バルはバクーニンの入門書を書いた。ぼくはいちばんなまけ者で、一頁だってめったに書かなかった。空気はとても熱く、かぶと虫のぶんぶんうなる音とかすかな山地の草いきれに満たされていた。週に一度だけぼくらはマッギアに降りて食料品を買い、郵便物を取ってきた。主食はポレンタとブラック・コーヒーだった。山羊の乳しぼりはどうして生易《なまやさ》しいものではなかった。お金が底をつくとぼくらは別れ別れになった。

　バルにとってダダイズムは済んだことだった。それは一時期は彼の「哄笑」の表現形式だったが（哄笑も絶望の徴候たり得る）、いまはもうバルにはうんざりだった。ぼくはツァラともう一度チューリヒでばったり遭った。ツァラは雑誌「ダダ」を発行していた。その初号でぼくは、「ダダ運動」とは縁もゆかりもない、センチメンタルな詩人と攻撃されていた。ところがこちらがものの三十分もツァラのモノローグを聞かされたあげく、この判断は次号では植字工のせいということにされ、ぼくのダダイストとしての名誉は回復された。しかしぼくにとっても「運動《ムーヴマン》」はもうとうに関心の的ではなくなっていたので、名誉回復はまあどうでもいいことだった。ぼくは自分の生活と格闘しなければならなかったし、それはそれほど簡単な話ではなかった。

　ダダイズムはのちに証人たちのなかでのある記憶すべき夕べ《ソワレ》の後、ドイツのダダイズムとフランスのダダイズムに分裂した。ヒュルゼンベックは戦後ドイツ共和国における預言者となり、ツァラはパリでアンドレ・ジッドとコクトーにさえ真に受けられた。聞くところによると、ツァラは一年前にさる富裕な婦人と結婚し、百万長者の暮らしにえびす顔だという。ヒュルゼンベックは世界漫遊者たらんとし、ときどき「ベルリン絵入り新聞《ベルリーナー・イリュストリールテ》」に寄稿している。ダダイズムにいまも忠実なのは画家のアルプだけだ。つい最近、彼は一冊の小冊子を出版した。タイトルは『知ってるかい《ヴァイスト》、知らないかい《シュヴァルツト》』［白してるかい、黒してるかい、の意］という。ぼくはメランコリーにお悩みの人にはどなたにもこの本をお薦めする。ぼく自身たのしませてもらっている。その詩句は、秋になると空気のなかを行く、あの白い糸みたいに軽くて浮遊的だからだ。

アスコーナ——精神の市場

「すみません、ギュンツェル館はどう行けばいいのでしょう？（Perpiacere, dove e la Casa Gunzel ?）」ぼくは五分に一人の割合で道を通る人にたずねてみたが、成功率はじつにまちまちだった。「知らないね。（Non lo so）」老婆は肩をすくめて跛足《びっこ》を引きひき行ってしまう。六月の朝、空の色は酷暑のブルーだ。ギュンツェル館にはわが友ビンスヴァンガーが住んでいて、おれたちの家に逃げてこいよ、と招待してくれたのである。逃げてこいよ。ぼくは治療＝保護施設（精神病院を指す婉曲語句《ユーフェミズム》）をずらかってきたのだ。ちょっとばかりロマンティックなやり方で。外出は自由だった。だから汽車に乗りさえすればよかった。ルツェルンで乗り換えると夕方にはベリンツォーナに来ていた。翌朝ロカルノに向けて発った。ロカルノからは徒歩でアスコーナまで来た。一九一九年のことだった。

最後は一人の若い青年がせまい険しい道を上まで案内してくれた。うねうねとどこまでも紆余曲折したあげくに、グリシンを塗った家の前に出た。ひろびろとしたヴェランダが湖の上に突き出ている。ビンスヴァンガーさんなら裏の庭よ、とディルンドル衣装を着た若い娘が言った。友人とのあいさつはとても心のこもったものだった。ぼくは家の裏手の、庭に出られる小さな部屋をもらった。それから話をしなければならなかった。精神病院の脱走はここでは汚点を意味しなかった。たかだか、ちょっぴりロマンティシズムがかった色合いの出来事にすぎなかった。もともとぼくは精神異常でなんぞなかった。入院はモルヒネ依存症禁断治療のためだった。しかし一年は長い。まったく自由にしていていいというのが奇妙に思えた。でもぼくはある脅迫的な不安から脱けられなかった。警官たちが現れるのが見えた。彼らはぼくを逮捕して、どこでもいいから強制的に施設に連れ戻そうとするのだ。その話をすると、そんなことは許さない、一件は新聞沙汰にしてやる、なんといってもスイスは自由の国なのだ、と雨あられとばかりの断言が浴びせかけられた。そのことばでぼくはすっかりいい気持ちになってしまった。突然、もはやひとりではなく、大きな共同体に受け入れられたように感じた。この人たちはどうしてこうも好意的にしてくれるのだろう？　ぼくが彼らを知ったのはほんの数時間前からのことだだし、彼らのほうはもっとぼくを知らなかった。しかし彼らはぼくの詩を何篇か、それに短篇小説を二つ三つ読んでいた。それなのにぼくを彼らの仲間のように感じていた。

ディルンドル衣装の若い娘はふっくらと丸みたっぷりだった。本名はパウラ・クプカというのに、みんなはピーツと呼んでいた。ウィーンの生まれで、女だてらに社会主義者だった。彼女は恐怖と混乱にみちた悪夢のようなペン画を描いていたが、居合わせているただ一人の未婚女性として経済的な事柄にはいたって有能だった。ビンスヴァンガーの夫人も、とても明るい、色彩のよろこびにあふれる油彩画を描いていた。おそらくその色彩のよろこびのせいだろう、ときどきとてももの悲しそうだった。彼女の兄のブルーノ・ゲッツは、つい最近さる出版社に長篇小説を送りつけたばかりだった。真っ黒な、たてがみのような髪の毛が上着のカラーの上にざっと流れ落ちていた。頭をきりっとまっすぐに立て、歩くのに足を引きずるようでいて、そのくせ速足だった。長々と引っぱるような爆発性の笑い方をした。ほかにビンスヴァンガーご一党《クラン》には画家のアメデ・バルトがいた。アメデ・バルトは独特の技法で小さな絵を制作し、それがチューリヒでよく売れた。

ぼくらは買い出しをするのに五人で村に下りていった。ブルーノ・ゲッツはぼくにアスコーナを紹介しようとしたものだ。「あの奥だ、あのカステロ（カステロ＝館の話は後ですることになろう）の近くに（精神）分析屋たちが住んでいる。連中の指導者の名はノール〔ノールは無政府主義者。ここでは精神分析家のオットー・グロースと混同されている〕、彼は友人を二三人とその妻たちを身のまわりに集めている。毎朝コーヒーとバタパンのあいだに前夜の夢を検討し、抑圧を確認し、リビドーの方向をコントロールするんだね。連中はひっそり暮らしているよ。遠くからあいさつするだけで、なるたけじゃまが入らないようにしている。無意識とつき合うのはまったく危険がないとも思えないけどね。去年は二人の娘が自殺した。あれはアスコーナの生活の一つの極《ポール》だ。しかしどちらかといえば隠れた面で活動している、ということは、いうなればその光線放射のおかげで活動している一つの極なのだね。」

「一方、あっちの山には」と彼はぎっしりひしめきあう村の家々の上に険しく立ち上がった山を指さして、「アスコーナのもう一つの極がある。こちらは見落すべくもないね。堂々と光を放射していて、そのうえそれを隠し立てもしていない。あそこが人智学者のルードルフ・シュタイナーの牙城だ。知ってるね、モンテ・ヴェリタだ、真理の山。」

――こんな有名な土地に住めるだなんて、とぼくは鼻高々だった。ぼくの鼻はゲッツの話を聞くうちにもっと高くなった。アスコーナは大昔からの芸術家の聖所で、つとにルネサンス以前からここには画家の共同体がいくつもあり、レオナルド・ダ・ヴィンチがマジョーレ湖改修計画の構想を立てたこともあるというのだった。湖のほとりを家並みに沿って歩いているあいだに、ゲッツはそこまで話してくれた。と、そのとき奇妙な生きものがこちらをさしてやってきた。チビで老いぼれ、曲がった鉤鼻をして長い登山杖を突いている。肩のまわりにウールのショールをまとい、足にはフェルトのスリッパというでたち。肩の上に一匹の大きな白鼠をのせ、脇の下には絵の描いてあるキャンバスを抱えていた。「やあ、チビっこヴォルフじゃないか！」その生きものはそんなふうにあいさつをされた。すると向こうは、痩せこけた、しめった手をぼくら一人ひとりに差し出した。「やあ、お歴々がおそろいか」と彼はがらがら声で言った。「新入りも一人いるね。やあ、当地へようこそ！」

声が急に甲高くなった。「いやね、ちょっと仕事をしようと思ってね。」

チビっこヴォルフは脇の下に抱えた絵を見せながら言った。画面にはさまざまな色のプリズム、ピラミッド、正八面体、正十二面体が交差し合い、切断し合っていた。

「大したもんじゃないさ。きみたち、今夜ヴェレフキンの家へ行かないか？　ヴェレフキンは、きみたちを招待しろってぼくに言うんだ。新入りさんはものを書くんだろ？　なあ？　だったら何かもってきて朗読してもらったらどうかな。それはそうと彼氏、名前は何ていうの？　グラウザー？　ぼくには長すぎるな。クラウスって呼ぼうよ、おあつらえ向きみたいにぴったりだ。」

結局ぼくはそういう名前になってしまった。ただし正式な命名式はようやく次の日の晩、ビンスヴァンガー家の庭園でのこと、ランブルスコ・ワインがふるまわれ、木々のあいだには紙提灯がずらりと吊るされた。

しばらくのあいだバルトはぼくと並んで歩いた。彼は頭一つぶんぼくより背が高く、顔は細長く、ご自慢のきれいな手をしていた。バルトは二三年前にまだ若くして死んだ。ちょうど有名になりかけているときのことだった。チューリヒ美術館は彼の絵を何点か買い上げていると思う。あの頃、彼はすこしでも劣悪な財政状態の足しになればと、つつましやかな売り絵で何とか凌ごうとしていたのである。

偉大な女流画家、偉大な女流舞踏家

人びとにみにくいと思われ、また彼女を憎悪している向きもすくなくはなかったけれども、フォン・ヴェレフキン夫人は世間がふつう悪女と呼んでいるものとはあべこべである。彼女は自分の身の上話を話すのが好きだ。さるロシア貴族一門の出で、宮廷とつき合いがあり、若いときにはレンブラント風の絵を描いていたそうだ。ほかに彼女は、一生涯ずっと処女でいると母親に約束しなければならなかったという。それはしかし、どうやら他人には関係のない彼女の私事《わたくしごと》らしい。ミュンヘンでは「青騎士」や、これといっしょにいわゆる表現主義が創設されたとき、その現場にいた。しかしそんな「イズム」の数々はもうとっくに放棄している。ぼくにはいまも彼女の姿がありありと目に浮かぶ。頭のぐるりに真っ赤なハンケチを巻き、単純なリネンの服、靴下は穿かず、足支度は木のサンダル（ツォッコーリ）だ。フランス語を話すのが好きで、またそれが上手だった。彼女の褐色の眼は大きくて聡明そうだった。彼女が南方の森のなかを歩けば、きっと彼女のためだけに眠りから目を覚まされた大いなるパーンにエスコートされることだろう。するとそんなとき彼女の指には見たこともない宝石のようにかぶと虫がとまるだろう。

　ヴェレフキーナ［ヴェレフキンの女性形愛称］の話し方は独特だった。話をしながら大ぶりの黄色い歯をむきだしにするのだった。その歯は、口を閉じているときには、繊細な線で描かれた幅のせまい唇にまるで似合おうとしなかった。彼女は陽気に相手をなごめ、とことん友愛あふれる笑い方をした。年齢《とし》はいくつぐらいだったのだろう？　はっきり言うのは難しい。彼女には時間も性もないように見えた。漁師や葡萄園労働者の女房たちのあいだでは「奥方《ラ・シニョーラ》」と呼ばれ、女房たちは好んで彼女に悩みごとの相談を持ちかけた。するとかならず素朴ななぐさめをしてくれるのだった。この女流画家が子供たちの頭を撫でてやると貧しい女たちはふかぶかと最敬礼をした。そして極彩色のネッカチーフを頭に巻き、自分の故郷はテッシンであって遠いスキタイ人の国でないとでも言うようにご当地のお国衣装を着てお国ことばを話す、この大柄な女性の褐色の手にキスをするのだった。

　その日の午後、ぼくはディルンドル衣装のウィーン娘と二人きりでギュンツェル館の留守番をしていた。ぼくらは静かに、ちょっと深刻に重要な物事についておしゃべりをしていた。と、そこへ電報配達人が現れた。良心にやましいところがあると、いつも電報にはギクリとする。電報はビンスヴァンガー宛だったが、ぼくが封を切った。しかし来訪を告げてきたのは警官でもなければ精神病院の監視人でもなかった。女流舞踏家のマリー・ヴィクマンが翌日到着するというのだった。

　もしかするとこの強大な黒衣の女性を、ぼくは前に一度ダダ画廊で見かけたことがあったかもしれない。どうだったか、もうおぼえていなかった。でも、彼女に会うかもしれないという期待がぼくには怖かった。

しかしその栄光と単純さの全容においてヴィクマンを登場させる前に、とりあえず、その重みに舞台もしなうばかりのチョイ役の人物をもう一人、ぼくの小劇場に登場させないではいられない。この男はいつだって第一等の役を演じたいと熱烈に望んでおり、ために乃公出《だいこうい》でずんばとしゃしゃり出てくるのだ。その意地の悪いささやき声はもっとも深い沈黙をも木端微塵に爆砕し、その脂ののりきったかけ声は繊細きわまる会話のじゃま立てをする。哲学博士ヴェルナー・フォン・Sch伯爵は、いわば多用途記録計《ポリグラフ》である。美術史家であり、また知られざるダンテ像について「専門家仲間で非常に注目を浴びた論文」を書いたことがある。彼はまた「ドイツ的深遠がフランス的エスプリと番《つがい》になった」長篇小説《ロマン》を何作か書いた。早くも戦前からハルデンの「未来」誌に寄稿しており、この一件のせいで、彼に言わせれば、一族の皇帝派グループのなかで彼をやっていけなくさせたという。戦争に従軍し、重傷を負い、その後は文化使節《アタッシェ》や外国の皇太子の個人教師《チューター》をやったりした。満身これ逸話ずくめといった御仁であり、前代未聞の活動家であって、しかもかたわら、幾人《いくたり》かの思想家たちが認めたがっているように、ドン・ジュアンが本当に悲劇性につきまとわれているかどうかを試してみようという余裕もあった。しかし現代人としても即物主義の信奉者としても、伯爵はこうしたテーマ処理に、カード索引、手紙の整理、新聞雑誌、元帳といった近代科学的諸規則を援用している。性愛の能動と受動がきっちりリアルタイムでおこなわれた。記帳されたことばを聞き取り、返答をコピーするのは、お気に入りの愛人たる女《ひと》の義務だった。後世のことを慮《おもんぱか》っているのである。

開け放した扉を通して夕日が板張りの床の上に流れている。部屋の隅に一台の古いグランド・ピアノ。マリー・ヴィクマンは踊る。短い緑の服が彼女の手足につれて変容する。尼僧の硬直した黒い衣装がその身体を囲んでいるように見える。救済者に向かって請いもとめる。自分の腕のなかに降りてきてくれと祈る。そのあこがれを力一杯こちらへ引き下ろそうとする。それから身を沈めると、我とわが孤独な肉体に向かって呪文をかける。天上の愛する存在《もの》をここに引き下ろそうとする両手のもの言わぬ嘆願は無力だ。無益な祈りの声はしだいに消えて行き、僧院のアーチが蒼白な額に重くのしかかる。

ピアノが沈黙する。演じ終わった小柄な婦人が角縁メガネをはずす。ぼくらは壁に背をもたせて黙っている。窮屈そうに籐椅子に押し込まれてフォン・Sch伯爵がしきりに息をはずませている。童顔が紅潮しふくれ上がっている。突然、決定が下る。「ものすごい女だ。」静かなホールのなかに声がほえたける。赤みがかった黄昏の光はゆっくり灰色に移って行く。

魔術師

人智学とルードルフ・シュタイナーについてはさまざまの暗い噂が横行している。アスコーナとロンコとのあいだの山の上に住んでいるハインリヒ・ゲッシュという名の男がいる。シュタイナー派のリーダーをしていたが、シュタイナーが黒魔術をやっているというので袂《たもと》を分かった。シュタイナー周辺の「出家者」のサークルとつき合いのあったゲッシュがこのサークルに絶縁宣言をした日、いくつかの奇怪な出来事が起こった。ゲッシュは頭に堪え難い圧迫を感じ、その日のうちに当時シュタイナーが住んでいたバーゼルから旅に立った。アスコーナまでたどり着くと、ゲッシュは丸三日間意識を失って寝たきりになった。彼の申し立てるところでは、これはシュタイナー派の遠隔操作のせいだというのだ。警告である……。ゲッシュには四歳になる女の子がいた。すこし知恵遅れだが、ことばはもうちゃんと話せた。強硬症《カタレプシー》の発作があってから数週間後、ゲッシュはその娘をつれてチューリヒの町中の道を横断する。と、シュタイナーに出遭う。師は立ち止まり、ゲッシュの神智学に対する攻撃を非難する。話をしているあいだ、シュタイナーは片手を女の子の頭の上にのせている。子供は落ち着かなくなり、小さな手が父親の手のなかで痙攣する。ゲッシュはシュタイナーと別れる。彼の小さな娘は言語能力をうしない、唖になり、たどたどしくラリる声音しか出せなくなる。「あれはシュタイナーの報復だったんだ。」ゲッシュはそう語る。無髯のカエサル風の顔立ちで、とてつもなく生きいきとした、新しいアイデアがいっぱいの、いたって印象の強い男である。「最近になってシュタイナーがまたしてもこっちに近づこうとしてきた。先週のことだ、ねえ、あれは木曜日だったと思うけど、夜になって重苦しい雷雲が降りてきたよね。夕方、ぼくは落ち着かなくなってきた。何かが近くにきていた。ぼくはまざまざとある影響力を感じた。悪の力の使者がこちらをさしてやってきつつあった。ぼくはエジプト人が彼らの王の彫像に与えたようなポーズを取った。手を平らにして腿の上にのせ、肘を身体にぴったり押しつける。要するに、自分を魔鏡に仕立てるんだ。と、はっきり大ロッジが送ってきた使者の姿が見えた。ぼくの家を探している。むろんぼくは精神集中をして相手を迷わせた。これは簡単だった。ぼくの家はそれでなくてもみつかりにくいからね。一時頃、ぼくは就眠した。翌朝、ほんとうにスコットランド秘密ロッジの使者が現れて、夜通しこの界隈をぐるぐる迷い歩いたというじゃないか、仲間にはっきり道を教えてもらったというのにね。彼の顔はあれに似ていた……でも、ぼくが無害にしてやった。彼の魔力は打ち砕かれた。そうだ、魔鏡がぼくらの唯一の救いだったんだ。ともかく、先刻《さっき》お話したあの強硬症の発作の後、ぼくは自分の自由意志で精神病院に診《み》てもらいに行った。分裂病の、つまり緊張病性昏迷《カタトニー》だね、その可能性があり得ることは自分でわかってる。精神病医は何も異状を認めなかった、ユングの連想実験も完全に正常だった。だから……結論を言おう。ともかくきみは、クラウス、きみの気休めになると思うから言えるけど、きみはこの(黒魔)術に対しては不死身だ。モルヒネがどういうふうにかして精神的毒性を中和するはたらきをしているのさ。」そう、ぼくはまたしてもモルヒネに捕まっていた。この捕まるということばは決して常套句ではない。薬局のガラス壜のなかだと見かけは歯磨き粉と変わらないこの白い粉は、一度それを味わった者にはいたってものやわらかに、しかも狡猾に、目に見えない腕を伸ばしてくる。最後の言い方はかならずしも当たっていない。一度味わったことのある者がだれしもその手に落ちるわけではない。少量の注射で痛み止めをしたり、健康な睡眠をしたりする人もすくなくない。不眠解消で使用した人たちには別に危険はない。彼らはその後二度と毒物に手を出すことはないだろう。しかしそうではない人たちがいて、彼らは注射の後意識がさえざえと冴えてくる。思考は明晰になりすっきりし、いままでわからなかった諸関連が突然明晰に見えてきて、その明晰さが大きな幸福感を生じさせる。それが初回だ。しかしあの幸福感をあらためて喚び起こそうとして、幸福誘発剤の服用量はつりあがって行くしかない。とどのつまり幸福感は色あせ、いやな強制だけが後にのこる。習慣化した注射なしには半人前の人間だ。半人前の人間と言ったが、そもそも人間ではない。椅子の上に放置してある襤褸《ぼろ》のほうがまだしもモルヒネなきモルヒネ依存症者よりは抵抗力がある。

しかしこうしたことは、あらためて立ち入って論ずるには値しないほどたびたび述べられている。ただし一般に流布しているある考え方に対しては、機会あるごとにできるだけ抗議しておかなくてはならない。飲酒が悪徳ではないのと同様に、モルヒネ依存症は悪徳ではない。むしろ一つの病気だ。民衆信仰があまねく主張しているように、モルヒネをやるのは「美しい夢を見るため」ではない。モルヒネをやるのは生活をより快適に形成するためにではなく

（だってこの陶酔薬を手に入れるのが今日いかに難しいかは、周知の事実ではないか）、身体がこの毒物に説明しがたい欲求を持つからモルヒネをやるのだ。病院のすぐれた医師たちは、自分のセクションでは絶対にお目にかかることのない、この目に見えない身体のおまけのことなどには知らぬ顔の半兵衛を決め込みたいとしても、モルヒネは身体だけではなくて心もそれを必要としているのだ。

ぼくが自分のこの依存症のことにちょっと触れたのは、もっぱら、アスコーナにおけるそうでもしなければ不可解なぼくのふるまいをすこしでも説明しておきたかったがためだ。一つの友人のサークルが、これ以上は望めないほど心のこもった迎えようでぼくを拾ってくれた。でもそれは二ケ月も続かなかった。ぼくがまたもや孤独を欲しがったからだ。ぼくはある女友だちといっしょにロンコからアスコーナへ向かう道の途中にある古い水車小屋を借りた。一階にばかでかいキッチンがあり、二階には必要最低限の家具を備えた部屋が二部屋あった。薪はいやというほどあった。キッチンには大きなオープン・ストーブが作りつけてあった。水車小屋には久しいあいだだれも住んでいなかった。そういったわけで、小屋にはじつにさまざまな動物たちが下宿していた。料理をしているとときどきストーブの下からまるまると肥えたヤマカガシが這い出してきて、不機嫌そうに部屋のなかを見回して安眠妨害の抗議をしようとするみたいに思え、それが終わるとすっと壁の割れ目に消えた。夜中にキッチンに降りてくるともじゃもじゃした尻尾の山鼠が何匹も、板間の上にすわり込んでマカロニをむしゃむしゃ食っている。その褐色の眼が蠟燭の灯りにキラリと光った。

日々は静かに過ぎた。週に二三度ぼくは村に降りていって、二人の小さな女の子に学校教育をしなければならなかった。女の子たちは九歳と十一歳で、生まれはドイツだった。どうやらドイツもいささか住みにくくなっているようだった。というのは彼女たちの父親もまもなくドイツからこちらにきて、スイス紙幣に財産を換金したからだ。しかし時代は芸術にはお恵み深いようだった。当初チューリヒでしか知られていなかったマリー・ヴィクマンがめきめき株を上げてきた。マンハイム、ドレースデン、ライプツィヒのような大きめの都市ではどこでも、彼女の舞踏の夕べが催された。ドイツの新聞は一斉に彼女の名声に喝采を送り、エコーはアスコーナにまで押し寄せてきた。

そもそも舞踏は花形であり、およそなお注目に値する唯一の芸術分野だった。胸中ひそかに花咲いている感情を舞踏を手立てにして表明するのが天職と感じている小さな女の子たちはすくなくなかったし、老嬢たちは老嬢たちで聖なる信仰に鼓吹されて、そのやせこけた太腿と細腕をふりまわしてはテルプシコールにいけにえを捧げたのである。

アストラル女たち

モンテ・ヴェリタ山上の嵌め木を敷きつめたそのホールは、招待客でほぼ満員だった。ルードルフ・シュタイナーの女弟子の二人の人智学信奉者が、アスコーナの精神貴族たちにオイリュトミー概念の何たるかを伝授して差し上げようというのだった。裾長の、波打つように垂れ下がった衣裳に身を包み、観客が空けた正方形の土間舞台の上を彼女たちはぎくしゃくした身ごなしで往ったり来たりした。登場人物の一人はのっぽで痩身、もう一人は小柄で筋肉質だった。彼女たちは平手で舟を漕ぐように拍子を取って空気を切り、それに合わせて声は単調な暗誦調でゲーテの詩を唱えた。

　壮麗にもよろこばしく
　忠誠に歌う合唱の
　貢物《くもつ》をもちきたれ！
　手を打ち合わせる響きのように
　歌の衝動はすみやかに音となり
　祝祭歌は昇りゆく
　天なるそなたのほうへ。

並みいる観客のほとんど全員が両手に顔を埋めていた、背中はわなわなとふるえ……敬虔な観客もなかにはいると見えた。しかし残りの面々は、たまにハンケチをそっと取り出して咳き込もうとするのを鎮めるだけだった。舞踏実演の後、演者たちは好意的にも、アストラル体という人間的人格の関連についてなおも二三深遠な思想を開陳してくれた。高次元にあるアストラル体、すなわち聖数七。二人の老婦人の言うことは、かならずしもすべての点では一致しなかった。ときどき言うことが食いちがい、ことばの行きちがいで言い合いになった。この夕べ《ソワレ》が不協和音で終わったことは言っておかなければならない。白鼠と一緒に見参した小人の画家のヴォルフちゃんが、帰り道で（遠くで雷鳴が聞こえたが、稲妻は見えなかった）こんなふうに言ったのが、どうやら正鵠を射ていたと思う。「あの山じゃきっとあわれなアストラル体どもが、実際にはそんなことは何もできない無垢な星たちのあいだで、今日はじまった試合の決着を明日はつけようとしてパンチングボールのトレーニングをしているのさ。」

ヴィリー

自分がよく知っている人を、その人を知らない人の目の前に生きいきと描き出そうとしてみると、とたんにそうしたもくろみがどれほど難しいかを思い知らされる。長篇小説《ロマン》や短篇小説でなら、作家が作中人物を読者の目の前で生かし行動させるためにあれこれ述べ立てることもあろう。しかし作家は概してそれらの人物たちを虚構として創作し、彼らに当の作品を構築するのに必要とされる諸特性やジェスチュアや行為を付与してやるのである。作家は、よく言われるように登場人物たちの上に立って、大方は作家その人のものである思想やことばを彼らの口から語らせることができる。だが、ぼくらの生にある役割を演じた人間をありのまま忠実に記述しようとすると、この「ありのまま忠実」とやらは、もはやイリュージョンでしかないことを思い知る。てっきり時間に解体されてしまったとばかり思っていた共感や反感がまたよみがえってきて、はじめての日と同じようにピカピカの、あざやかな色彩で人びとのイメージを彩るのだ。そのために記述は客観性をことごとく失うが、そのこと自体はまだすこしも欠陥ではない。しかしこうした客観性の欠如のほかに、記述にさらにある種の裁判官ごっこが忍び込む。この裁判官ごっこは一面的であり、それゆえにまちがっている。実際、風変わりな昆虫をピンで留めるようにぼくがとがったことばで紙の上に突き刺す人たちは、こうした扱いに対して身を守ることができない。ぼくのおそらくはまちがっている判決に孤立無援のまま引き渡され、彼らのイメージはぼくが見ているように不完全のまま、彼らを知らない人びとの目の前にさらされ、おそらくはそこに固定されてしまうのだ。

あの時代からもっとも鮮明にのこっている印象がぼくに見せてくれるのは、いくつもの異なる世代の並存である。これらの各世代は自分たちの生きている時代をそれぞれ別様に、個人的＝人格的にというよりは、むしろ彼らの誕生年が指定する通りに生き抜いてきた。まず大戦を大人として経験した例の世代があった。つまり、フォン・Sch伯爵、ブルーノ・ゲッツ、ぼくの女友だち、白鼠連れの小人のヴォルフ、画家のケンプターとフリック、それにハインリヒ・ゲッシュの世代だ。マリー・ヴィクマンやヴェレフキーナもこの世代の人だった。おもしろいことにこの世代では、多少の差はあれ十年や二十年は何の役割も演じなかった。決定的なのは、当の人間が戦争の始まったときに二十代後半を越えていたかどうかだけだった。

次に来るのがぼくらの世代だ。おそらくそのこともぼくの孤独を説明してくれるだろう。ぼくの同年配といえば、小さなきれいな静物を愛情をこめてキャンバスに描いていた画家のアメデ・バルトたった一人しかいなかったからだ。ぼくらにはどっさり共通点があった。とりわけ時代のなかで行くべき道がみつからないというのが共通点だった。ときおりうんと本気な時間になると、ぼくは自分が、方向感受能力の座があるべきはずの脳の部分を実験室で切除された犬みたいな気がすることがある。犬にはもう道がみつからない。骨に飛びかかろうとしながら螺旋状またはギザギザの道を取って進み——結局お目当ての骨にたどり着かない。その後、ぼくは外人部隊で多くの同年齢の朋輩に出会った。ぼくらはみんな前世紀の末頃に生まれた。そしてその全員に方向感覚が欠如していた。前世代の面々たちは、その点どんなにましだったことだろう。彼らにはでき上がった方向線、きちんとした判断、確固不動の目的があった。たしかに彼らにだって、時代の残酷さにひどくこたえる気弱な瞬間がないではなかった。しかし結局のところ行くべき道はいつもわきまえていた。ぼくらより後にきた人たち、世紀初頭の何年かに生まれた人たち、したがって戦争を十一歳ないし十二歳で経験した人たちは、これまたまったくちがっていた。あの時代からこちら、ぼくは占星術に極度に厳密な科学を見たと思ったほど、この差異には説得力があるのだ。ときおり一人の若い男がぼくらを訪ねてきた。彼はチューリヒに住んでいて、ギムナジウム卒業試験の直前にさしかかっていた。エレガントでスマート、背が高くて、下唇がいかにも侮蔑的だった。彼はトーマス・マンの『ヴェニスに死す』について論文を書いた。これがどの文学新聞も輝かしいエッセイと書き立てるような論文だったので、ドイツ文学の教師をぎゃふんと言わせた。詩を書いた。短くて美しいのがあるので、以下にその一篇を挙げておこう。

あいさつのことばを
ようやく近づいてくる眠りにささやく、
それは何時間もためらっていて——老魔術師の忠誠は
　王子を
だからといって見捨てはしなかった、
魔術師は、香具師《やし》僧侶か、ヨーロッパ中をへめぐり、
チューバを鳴らして王子にこんな子守歌を吹いてやる、
　星々が空に上り、
　望遠鏡でたっぷり
　賢い巨匠たちが
　夜を覗くと——

この若者をかりにヴィリーと呼んでおこう。ぼくが長々と上記の弁明を書き連ねてきたのはじつは彼のためなのだ。

ぼくの思い出のなかに生きているままに彼のことを書こうとすると彼を裁くことになるのではないかと、それを怖れるのだ。

ヴィリーは自然な人間とは思えなかった。彼はいつも何かある役を演じていた。神経症《ノイローゼ》患者の役、詩人の役、絶望した人間の役、そして――友だちの役を。彼はトリックを使わなければ仕事ができないといった類《たぐい》の連中の一人だった。他の人がそれにどう反応するかを見るだけのために彼が「友だち」と称している一人の人間に、侮辱を浴びせかけかねない男だった。「愛するC.のために」ということばで一篇の詩を捧げ、最後のことばの後に感嘆符を三つつけたうえで、「愛する」さえなければ、当の相手をたくみにひねりの利いた誹謗でずたずたに引き裂いてしまうようなことをしかねなかった。そのほかにもいろんなことができた。ぼくらの仲間のメンバー一人一人に手紙を書き、それだけで仲間うちをすっかり滅茶苦茶に混乱させてしまったこともある。仲間うちの一人を別の一人にけしかけて漁夫の利を得るようなこともした。それはまるでトランプの絵札の像をあやつっているみたいで、人間を相手にしているようではなかった。

ヴィリーの生家は金持ちだった。いろいろ欠点はあっても仲間うちのだれよりも先に名声を獲得するのはヴィリーだろうと、ぼくらは思い込んでいた。幻滅だった。奇妙な言い方になるが、彼の才能もまた一つの役にすぎなかったのだ。人から聞いた話ではやがて完全に沈黙し、何も書かなくなったということだ。銀行に入り、カトリックに改宗した。ぼくは後にとても奇妙なシチュエーションで彼に再会したので、その話をしておかなくてはならない。ぼくはベルギーからスイスへ移送され、モルヒネ依存症は身持ちの悪さのためとみなされて、スイスはぼくの故国ベルン州の行政監督下にヴィッツヴィル精神病院に一年間監禁されていた。外人部隊に入隊したのもたぶんこの決定が一役演じていたかもしれない。ヴィッツヴィルでは司書のポストにありついた。ある日ぼくは図書の整理をしていた。老所長が二人のエレガントな紳士を本棚の並んでいる礼拝堂に案内してきた。訪問客の一人のほうが何者かぼくはすぐに気がついた。前を通りかかったときすかさず、できるだけ静かな声であいさつした。

「ヴィリー、元気かい?」

「クラウスじゃないか!」彼は叫び、抱きしめ、キスをした。その瞬間にはこの出遭いがとてもうれしくて、ジェスチュアが芝居がかっているのもさして気にならなかった。

ヴィリーは彼の知人と所長の昼食のテーブルにのこった。ぼくにはキッチンの奥からメニュの一部が盛りきりの皿で与えられた。それからぼくは許されて、紳士たちをヴィッツヴィルの敷地内の散歩に案内した。ぼくらが何を話したか、ぼくはもうあんまりはっきりはおぼえていない。ぼくはたくさんの質問に答えなければならなかった。囚人の扱いについて、ぼくらの生活について、野外労働について。ぼくはヴィリーに、まだ書いているのかい、と訊ねた。

「わかってくれるよね」と彼は説明し、下唇がまたしても侮蔑的にめくれた、「ぼくはもう民衆のためにしか書かない、靴職人新聞にね、職業雑誌さ。民衆のなかにしか真実はない。文士どものがらくたなんざ全部たわけにすぎん。けど民衆は……」

かみ殺していた笑いがほとんど喉もちぎれんばかりに爆発した。ヴィリーが民衆の何をわかっていただろう？　彼は申し分のないブルーのスーツを着こなし、黒いエナメル靴をはき、絹のソックスにバックスキンの手袋といういでたちだった。ぼくが着ているのは縞入りの囚人服、もっと前は外人部隊の制服、その後はベルギーの炭坑労働者のリンネルの黒ズボン。しかしぼくは、民衆のために書かねばならないとわかっている、などと思い上がったことは絶対になかった。ぼくは、いわゆる民衆文学なるものは見えすいたぺてんだと思っている。ぼくはアナトール・フランスを読む単純な外人部隊兵士たちを知っているし、ぼくがリルケの詩集を読めといって貸してやったら二日後にはなかの詩のいくつかが暗誦できて、それによろこびをおぼえた園丁助手を知っている。

崩壊

丸一年間、ぼくはアスコーナで暮らした。いまもふしぎに思うのだが、それほどあっさり破局にはいたらなかったのだ。みんながぼくを助けようとしてくれ、ロカルノの病院に二週間押し込めて、ぼくにモルヒネをやめさせようとしたこともある。これはあんまり役に立たなかった。その後、服用量はひたすら増えるばかりだった。はじめのうちはある薬剤師が処方なしで薬物を渡してくれた。しかしやがて拒否するようになった。そこで医師たちのところを巡礼せざるを得なくなり、彼らが薬物を処方してくれた。だが、ブツには金が要る。ぼくの稼ぐ金など知れていた。家庭教師の授業料など微々たるものだったし、それまでにぼくの短篇小説を取り上げてくれたのは「シュヴァイツァーランド」紙だけだった。最後の時期にはコカインもやっていて、事態は悪化していた。ぼくは追跡されているような感じがした。夜は友だちのところやホテルを転々として眠った。人殺しをしたいという願望につきまとわれ、それからというもの水車小屋が怖くなりはじめた。いささか誇張に過ぎると思われるだろうが、ほんとうにそうなのだ。フォン・Sch伯爵がタイプライターを貸してくれ、それをぼくは自分のものではないのに売り払ってしまった。女友だちがぼくをこわがりだした。ドイツに行ったほうがいい、と助言してくれた。姿をくらますならあそこのカオスのほうがやりやすいわ、と彼女は言った。警察が早晩ぼくを捜査するのは確実、と彼女は思っていたのだ。ロカルノの薬局主が告発をした。そこでぼくは旅に出た。ただしベリンツォーナまでしか行けなかった。この時期にぼくがやったことを、ぼくはいまでもおそろしく鮮明におぼえている。おそろしく、だ。なにしろぼくはほとんど根拠なしにでたらめな行動をしていたからだ。ベリンツォーナでは自転車を借り、それを売り払おうとした。ディーラーがあやしいと思い、警察に通報した。ぼくは自転車を持って逃げ(ディーラーは逃げるがままにさせておいた)、またロカルノに舞い戻った。その晩ベリンツォーナにまた舞い戻ると、ぼくは駅頭で逮捕された。

それからの日々は不愉快がいっぱいだった。警官たちを扱うには、将軍なみの敬意を払わないとえらく残忍になりかねない。ときにはモルヒネの禁断症状が堪え難かった。ベルンの州警察署で夜中に叫び声を上げたときには、裸にされて廊下を引きずられ、暗い独房に閉じ込められた。独房はものすごく凍えた。それからぼくは故国の郷土共同体に引き渡され、そこが病院を世話してくれた。

こんな出来事を述べ立てているのは、ぼくのなかにある何かが、一も二もなくこうした破局《カタストロフ》を引き寄せたがっていたのを示さんがためだ。この豚箱入りはつらかったのに、どこかしらぼくをほっとさせるところがあった。幸福、心の幸福、と言っては言い過ぎになる。しかしそれだけしかぼくの破滅嗜好を説明できそうなことばはない。ぼくは苦悩をもとめていた。たぶん無意識のうちに。が、ぼく自身の一部が苦悩を必要としていたのだった。苦悩を通じてはじめて、ぼくが切実に必要としているらしい生に、運命に、ふたたび密接に触れた。

ある夏の午後、ぼくはベルン市の精神病棟、シュタイガーフーベルの独房にいた。独房の鉄格子をはめた大きな窓は庭に面していた。まだ衰弱していたので、ぼくはベッドに寝転がっていた。病院はぼくをぜひとも引き留めておく気はなかった。そこへ中庭の上をぼくの女友だちが歩いているのが見えたのである。ぼくらは窓越しに手と手を交わしあった。彼女はぼくに会いにアスコーナからやって来たのだった。もう一人きりではない、それがとても慰めだった。それから二度三度と女友だちはぼくを訪ねてきてくれた。そのうち脱走することにぼくらの話は一致した。ぼくはもう起きていていいとされた。ときには庭の園芸の手伝いもした。その晩、夕食の後、ぼくはいつものように見張られてはいなかった。その時間に彼女が近くに停めたタクシーで待っている手筈だった。で、脱走は成功した。

　これでぼくのアスコーナ時代は終わった。ぼくはそこで多くを学んだ。人びともぼくに影響を残さないではなかったけれども、人間についてはほとんど学ばなかった。ぼくがアスコーナで学んだもっとも重要なことは、人は精神の産物を過大評価してはいけないということだった。特に自分自身をこの精神の産物の創造者と見なしてはならない。というのは、ぼくらがそれで弱体ながらも活動しようとすることばにせよイメージにせよ、ぼくらに発言能力を与えてくれるものは、ぼくらの意志の賜物ではないからだ。それらはぼくらに贈与されるのだ。ぼくらはそれを贈物と見なさなくてはならない。ぼくらは自分の能力にむやみに思い上がる権利はない。ところが残念なことに、虚栄が横行することあまりにもしきりなのである。

アフリカの岩石の谷間にて

片や過度の嫌悪、片や過度の賛美。この二つの感情が外人部隊に向けられている。生か死かの運命を賭すことに決めた、この種のあらゆる機関がそんな目で見られているようにだ。個人が運命を相手どってする賭け、という右の点で、外人部隊は救世軍といくらか接点がある。いや、故意に逆説的に見せようとしているのではない。外人部隊は、この聖なるもののテイラー主義化の兄弟分どころではない。たしかに救世軍は平和的だ。それはぼくにもわかっている。ぼくらは大抵そう思っている。ところが救世軍は彼らのバナー［旗印の幟］に「血と火」と大書しているのだ。もちろん転義した意味においてである。それでも彼らは血と火によって悪魔の国を征圧し、それを神聖な存在に奉仕させようとする。しかもこの征圧した精神の属領から、彼らは新たな野戦のための資金を引き出してくるのである。

　で、その手口は？　救世軍は希望を失った者を募集し、絶望した人間、地面にたたきつけられた者をふたたび立ち上がらせ、ふたたび価値を、それも救済の軍隊にふたたびお役に立つ純粋に物質的な価値を、創出するように仕向ける。救世軍は深く根づいた希望の喪失を棄てさせて、絶望した人間にあべこべにひっくり返せるくらい強力なのにちがいない対抗衝動を与え、目的を、おかげでうちひしがれた者がふたたび立ち直ってなんとか生きられるようになる新たな目的を、贈与してやろうとするのである。救世軍が永遠から永遠へと、死後になってはじめて完全に開花する一つの新たな生への確信を贈与してくれるのであれば、外人部隊の活動もこれと同じことだ。外人部隊はこの地上での新たな生を約束する。それは多くの人が望んでむなしかったもの、すなわち新たな姓名、したがって新たな人格を贈与してくれる。その土地は、絶望した人間、いら立った人間、不満な人間が希望喪失を知ることになった場所と遠く離れている。外人部隊は、そのような人間自身に対しても彼の生き方に対しても、責任をことごとく肩代わりしてやる。外人部隊は彼に衣服、食事、給料を供与する。外人部隊は彼がよろこんで与えたがっているもの、すなわち自分自身についての自由な決定の引き渡ししか要求しない。外人部隊がぼくらの時代のたえず醒めている需要に応じていることは、そのいよいよ増大する成長ぶりがもっとも雄弁に物語っている。世界大戦前、それは一連隊で構成されていた。一九二一年にはすでに四個歩兵連隊を数え（アルジェリア、モロッコ、シリアに分割配置されている）、それに一個騎兵連隊がチュニジアにある。

ぼくは、この団体のプロパガンダをしているという嫌疑をかけられたくない。ただ最近このテーマに関して出ている何冊もの傾向的な本に腹が立つのである。外人部隊での兵士虐待はほとんどなくなっている。それだけに現実にはそれほどロマンティックではないのに、現場に行った多くのお伽話作家は、ぞっとするような話に出会ったと思いたがりもすれば、自分の気休めにそういう話を見つけたと思い込んだりもした。現実はほんとうはそんなにロマンティックではない。しかし精神的にははるかに恐ろしい。たしかにぼくらの国でも人は退屈を知るようになる。しかしどこの国であろうが、彼《か》の国の外人部隊でほどそれは恐ろしくはないと思う。しかしこの「デーモン」が存在することを国のせいだけにすることなど、まずはできない相談だろう。

ストラスブールのシャンツで

一九二一年の春、ぼくはストラスブールで外人部隊の兵士募集に応募した。何故か、それを説明しはじめると話が長くなりすぎる。たしかに、ぼくはいわゆる外的事情に駆り立てられてはいた。しかしおそらくそれ以上にこの切り替えを必然的なものにしたのは世上一般の空気だった。大戦後のあの時期は、一切のものが死にたえたかのようだった。くる日もくる日も灰色の壁にぶつかっていくような感じだった。今日ではこういう事態に慣れっこになってしまったが、当時はそれがまだかなり新奇なものに思えた。それに、それとは別の何かが相乗りしたと思う。ぼくは戦争を体験してきた他の人びとに自分を恥じていた。「軍国《ミリタ》主義《リズム》」を自分の身体で体験したかった。ぼくは戦争中は良くも悪くも、当時としてはそれができるかぎりの反戦主義者だった。何も経験しないでいて、年上の人たちの口から漏れる文句のあとにつけてお経を唱えていたのである。

　ストラスブールの兵営はえらく居心地がよかった。フランスの兵士たちはみんな大戦には参加しなかった若い連中で、ぼくらにいささか感服していた。ぼくらというのは、命からがら越境亡命してきた四人のドイツ・スパルタクス団員、それにオーストリア人の通信兵レールヒのことで、レールヒは最後の一文までなくなって絶体絶命となり、外人部隊でできるだけ早く出世したいと望んでいた。実際、それが叶えられもした。レールヒは一年後にはもうシリアで軍曹になっていた。

　ぼくらは一週間この兵営にいた。いやな野郎は一人もいなかった。代わりにワインがしこたまと仕事がちょっぴり。それからメッツに連れて行かれた。そこの四月の耐爆掩護設備は寒くて満員だった。もう空いているベッドがなかった。ぼくらのために石の床にマットレスを敷いた。副官が一人、それに外人部隊の二人の老伍長がぼくらの見張りに立った。フランス軍が新応募兵（ほとんど全員がドイツ人だった）を虐待したことがあったので、彼らはベル－アベッスから派遣されてきていた。ぼくらは軍服を着せられ、六人の護衛付きで（今度は装塡したピストルを持ったフランス人の要塞砲兵）マルセーユに移送された。そこでぼくらストラスブール兵はまたしても八日間、兵営で毛布の埃を払わなければならなかった。それからようやく「シディ・ブラヒム」号に乗り組む許可をもらった。

女を捜せ《シェルシェ・ラ・ファム》

「シディ・ブラヒム号」の船上でぼくははじめて最初の友だちと知り合った。クレマンと名のり、ドイツ語でもフランス語でも同じ発音ができるので意識的にこの名前をえらんだのだと説明してくれた。わが友は痩せていて、長い筋肉質の頸の上にするどい顔をのせていた。ぼくらはマルセーユを五時きっかりに出航した。夜ははじめは明るくおだやかで、やがていくぶん荒れもよいになった。信じられないような白い月が暗い水の上に明るいエナメルの層を敷いた。ぼくらは寝椅子を二台占領し、クレマンが話をした。戦争前は将校だった。借金だよ、そう、定石通りさ。それから離隊。その後ちょっとスパイをやった。トゥーロンではサボタージュを煽動したが、一度もさとられなかった。ちなみに彼は申し分のないフランス語を話した。大戦のあいだにまた軍隊に入った。今度は情報将校。最高認可で過労にはモルヒネで立ち向かうほど、むやみに重宝された。革命の後はレトフ将軍麾下《きか》の義勇兵団に中尉として参加した。彼はポケットから一枚の写真を取り出した。ファンタスティックな制服を着たクレマンが、銀梅花の冠を戴いた白衣の花嫁を横にして写っていた。いや、この女房とは別れたんだ。彼がヴィースバーデンのさるユダヤ人商務顧問官の娘に首ったけになってしまったからだ。そこで軍務からも離脱せざるを得なくなった。ユダヤ娘は彼と結婚するつもりだった。「ばかな女さ。」しかし女の金で暮らすってのはねえ、ま、真っ平御免だったね。最後の持ち金はヴィースバーデンのバカラ賭博ですってんてんにした。しかしご婦人のほうは彼が忘れられなかった。「ほら、読んでみろよ！」彼は薔薇色の手紙の束を投げてよこした。月光に照らされて文字はとても読みやすかった。「わたしの大好きな人！」と書いてあった。書体はやたらに気取っていて、正書法上のまちがいもずいぶんあった。ぼくはそれを指摘した。彼は肩をすくめた。

朝は二人で船のキッチンのフライパンをみがく手伝いをした。その代わり他の連中よりいくらかましな食べ物をせしめた。二日目の夜、ぼくらは二人とも例の寝椅子の上で寝た。ぼくは夜中に一度目がさめた。クレマンはぼくの隣に口を開けて寝ていた。ときどきささやくようにするどい号令を口にした。でも、夜空の星たちはそんなものはどこ吹く風だった。星々の見知らぬ道を沈着にたどり続けるだけだった。

通信兵のレールヒは、ぼくがクレマンにかまけて自分をないがしろにするので嫉妬した。ぼくにはどうすることもできなかった。ベル - アベッスでレールヒはやがて別の中隊に編入され、野戦勤務の教育を受けた。クレマンとぼくは機関銃部隊の下士官学校に入れられた。

勤務はばかみたいに楽だった。朝六時半から九時まで市壁前において教練をすること。ホッチキス機関銃の理論、分解、組立て。「ホッチキス機関銃はガス排気によるオートマティック機能の武器である。」この文句［原文フランス語］はきっと、臨終の床で絶望的に祈りをもとめるときにもぼくの頭に浮かんでくるだろう。ぼくらの戦友の一部は、ヴランゲル軍やデニキン軍［いずれも白色義勇軍］からきたロシア人兵だった。彼らはコンスタンチノープルに追いつめられ、そこで餓死よりはましとばかり外人部隊入隊の契約をえらんだのだった。医者、弁護士、文士、それに農民もいた。それ以外はドイツ人、大抵はスパルタクス団員、そうでなければ「反乱軍将校」。

　ぼくの直属上官の伍長はアッカーマンという名だった。彼はなんとかきびしい目つきをしようと力んでいるブルーの眼と、明るい号令の声が遠くまで届く、十九歳のブロンドの若者だった。義眼のコルシカ人中尉の、でっぷり肥えたカスターニ中尉にいたく愛されていた。アッカーマンは野戦に出たこともなければ、たったの一度も市街戦に参加した経験さえなかった。兵営の庭の焼けつくような空気に土埃が赤みがかった色に浮かんでいるある晩のこと、アッカーマンはぼくに身の上話を聞かせてくれた。彼はフランクフルトの出身で、さる娼家にいる娘にぞっこんになった。娘は、小説《ロマン》のお得意の言い回しで言えば、どうやら彼を「魔女の魔法にかけた」のだった。商人のアッカーマンの父は商売がうまく行かなくてすでに胃をこわしていたが、父親としての説得術のあらゆる手だてを出しつくした。しかし息子はもはや救いようがなかった。彼はその娘と手に手をとってフランクフルトの繁華街を散歩した。ドイツ帝国の転覆にもかかわらず、人びとにはまだ無駄口をたたいている暇があった。アッカーマン・ジュニアは父親に勘当され、外人部隊に入った。彼は外人部隊でもきれい好きと育ちの良さを守り、朝はきっかり四時にはもう目をさまし、酒はほどほど、安手のおたのしみを提供する「黒人村《ヴィラージュ・ネーグル》」に足を踏み込んだためしは一度たりとなかった。

夜の幽霊

週に一度、ぼくらの部隊が哨兵に立つ番が回ってきた。ぼくが最初に立たされたのは軍事監獄の哨兵だった。軍事監獄は、兵営の塀の真ん中にある真四角の背の低い建物だった。独房の窓は中庭に面していて、中庭では囚人たちが一日中コルシカ人の軍曹の監視下に、二十キロもある重い砂袋をかついで徒手体操をしたり行進したりにもっぱらだった。この訓練は非常に残酷だった。見た目のほうが現実にそうであるより残酷に思えた。というのは体験者の多くが語るように、まもなく何も感じなくなって半分眠ってしまうからだ。この訓練は数ケ月後に新しい将校がきて廃止された。

ベル-アベッスの「プリズン」は、ぼくがいわゆる人間虐待を目撃した外人部隊での唯一の場所だった。独房の扉の前にせまい通路があり、そこを往ったりきたりのパトロールをするのだった。軍帽《カポート》の上に装着していなければならないフランネルの三角巾を胃のまわりに巻きつけた。暑さは夜でさえ重く圧迫するようだった。せまい通路の熱を飛ばしてくれそうな風はそよとも吹かない。コルシカ人の軍曹は、万一囚人どもに何かが起こった場合には貴様たちを軍法会議にかけるぞ、と言って哨兵を脅した。ぼくたちはそんなことはどうでもよかった。通路のとっつきの独房に殺人犯が入っていた。下の黒人村《ヴィラージュ・ネーグル》で同僚の兵隊から二百三十フランの志願手当《プリーム》を奪って殺したのだ。殺人犯は虐待されており、近々オランの軍法会議法廷に出廷するはずだった。消灯直後の十時きっかり、彼はぼくに呼びかけた。煙草をくれと言うのだ。ぼくは戸口の小さな覗き穴ごしに煙草の火をつけてやった。彼は何やらわけのわからないことをくだくだしゃべった。独房のなかにうんと幅の広い河が流れているのに、彼にはその水が飲めない。いつもそこに哨兵がいて銃剣で追い返すと言うのだ。彼はブルガリア人だった。それを話すのにもつっかえつっかえ吃音で話した。「嘘じゃねえって、なあ戦友」と彼は言った、「あのチビをぶっ殺したとき、おらぁへべれけだったよ。」今度は何か自分のおふくろの話をした。おふくろはいつも赤い水玉模様の頭巾を巻いていて、ヨーグルトを作らしたら名人だった。砂糖入りさ、ああ！　ぼくは通路を往ったりきたりする。独房は全部はふさがっていない。いたるところでしきりに煙草をくれとささやく声がする。空は、壜ガラスのように緑色に兵営の上にかかっていた。それからぼくの交替時間がきた。

外人部隊での会話

哨兵詰所に戻ると門の際に信じられないほどみにくい容姿の男がいた。真っ赤などんぐり鼻が肉厚の唇の上に突き出し、O脚が細長くていくぶん佝僂《せむし》ぎみの上体を支えていた。ヴァナガス軍曹は市内を巡察するのにだれか部下をさがしていた。ぼくは眠くなかったので、自分がやりますと申し出た。兵営から五十メートルも離れないうちにぼくらはもうドストエフスキーのラスコーリニコフの結末について議論していた。あの殺人者の改心は作家の読者に向けた告白ではないのか、そもそもあれが弁護の余地があるのか。この夜はぼくの外人部隊時代のもっとも美しい夜だった。ぼくらは市の周りをぐるりと四時間も散歩して（巡察を延長して）、およそあらゆることを話し込んだ。ヴァナガス（彼の本名は一度も聞いたことがない）はオデッサではは弁護士だった。ある朝、彼は何気なくパジャマの上にマントを引っかけただけのなりで、剃刀を当ててもらいに最寄りの街角の床屋に行った。戻ろうとすると家はもうボルシェヴィストたちに占拠されていた。ほとんど一文なし。お笑いもいいとこの服装で途方に暮れた。と、だれかが耳打ちしてくれた。フランスの派遣隊が外人部隊の志願者たちと船に乗り込むためにまだ港で待機していると言うのだ。彼は行ってみた。派遣隊はいましも船出しようとしていた。指物師として登録されていたヴァナガスという名の男が一人、きていなかった。弁護士が指物師の肩代わりをした。ベル＝アベッスでヴァナガスは初手はまるきりツイていなかった。下士官学校に押し込められたが、もののみごとに役立たずだった。おりしも大佐の事務所で書記を探していた。ヴァナガスは書記のポストにありついた。そのうちしだいに彼が弁護士だったといううわさがひろがった。そこでオランの軍法会議の起訴状作成の仕事をあてがわれ、ときには軍法会議の通訳の役割も果たした。ヴァナガスは自分を不幸とは感じていなかった。ぼくらはその後よくいっしょに本を読んだ。ぼくは彼にマラルメの手ほどきをし、リルケやトラークルを翻訳してやり、彼は彼でベルモントやレオニード・アンドレーエフをぼくに教えてくれた。ぼくらは市の郊外で落ち合ったり彼の部屋で会ったりした。一介の兵士が階級が上級の兵とつきあうのはいい目で見られなかったからだ。ぼくらのことはいろいろ下らぬうわさの種になったが、そんなものはどうでもよかった。

四時にまたもや独房の扉前の哨兵を引き継ぐとぼくはうれしかった。ぼくは通路を往ったり来たりし、扉の背後の息遣いは奇妙なリズムを奏でた。ぼくは例の殺人犯の独房の扉をそっとノックした。彼のことはヴァナガスと話題にしていた。ヴァナガスの言うには、彼の事件はそんなに悪質ではないとのことだった。ふつうは「強制労働《トラヴォー・フォルセ》」が好まれるが、彼は確実に銃殺されるだろう。審理はまあ一週間以内くらいには行われるだろう。この最後のニュースを、ぼくは囚人に知らせてなぐさめようとした。独房のなかはいやに静かだった。ためしに耳を澄ましてみても息遣いが聞き取れなかった。ぼくはもう一度扉をノックした。

任務交代になったので、ぼくは哨兵勤務の伍長に異様な静けさのことを報告した。六時きっかりに独房が開けられた。男はシャツを紐状に引き裂き、それをまた撚り合わせると鉄格子の桟に掛けて首を吊っていた。上層部はえらく腹を立てた。しかし責任を取れる人間はおらず、二三戒告をしてお茶を濁した。

夏の終わり頃、ぼくはクレマンといっしょに（二人とも伍長になって）中部アルジェリアのある小さな村に行った。セブドゥーという村だった。一個大隊がそっくりこの小さな村に舎営していたのである。中隊長の伝令の口を通じてぼくはある日、クレマンとぼくが「ブラック・リスト」に載っていることを知った。ドイツ人外人部隊兵のあいだに反乱を起こさせようという陰謀のために、ドイツ側から送り込まれたスパイという嫌疑を被っていたのだ。ぼくらはそれに苦情を呈しに行った。ペクー中尉は黒い口髯を蓄えて日焼けした肌の、いわゆる「美男」だったが、この男に話を持っていった。ぼくは身元照会先の名を挙げてもよかった。父がプファルツのフランス占領軍将校の何人かと懇意だったし、クレマンの身元保証ならぼくが保証人になってもよかった。それからまもなくぼくらは中隊長に呼び出された。中隊長はぼくらにいわゆる「秘密諜報機関《シークレット・サーヴィス》」に入らないかと提案した。給与はもっと高くする。重要な情報には賞与《エクストラ》を出そう。そういう約束だった。戦友たちを観察して、脱走や陰謀の気配があれば何であれただちに報告するのだという。ぼくらは二人とも拒絶した。えらい惜しいことをしたな、というわけで、この拒絶のことが知られてしまった。おかげさまで以後、ぼくらに危害が及ぶ心配はなくなった。

退屈からの逃走

ちょうどこの頃、大隊では脱走病が疫病のようにはじまった。勤務はとても退屈だった。ひまな時間には何をしたらいいのかわからず、給料さえ支払われれば一度にまるまる二週間、ひたすら酒を飲み続けることもできた。「志願手当」はとっくの昔に使いはたしていた。晩方になるとあわれな脱走兵たちは出発した。ときには二人連れ、ときにはまた五人で。一度など七人のロシア人がアコーディオンを持って門から出て行ったことがある。二度と戻らないつもりで。アルジェリアの憲兵に全員が連れ戻された。二頭の馬のあいだにはさまれ、長い鎖につながれてぞろぞろ戻ってきた。どこで逮捕されたかが問題だった。アルジェリア国内であれば一件の廉《かど》により入牢三十日。特にまだ四ケ月の勤務も終えていない場合には。逮捕された場所がモロッコだと法的には外国に相当し、脱走兵たちは軍法会議にかけられた。

ぼくらの中隊長は悪い人間ではなかった。聞くところによると戦前は近習《きんじゅう》をしていて、中尉の階級は戦争でもらったのだという。将校にしてはめずらしい「戦功章《メダイユ・ミリテール》」〔ふつうは下士官、兵に与えられる章〕もつけていた。脱走兵はふつう半飢餓状態でたどり着いた。すると中隊長は彼らにささやかな父親的教訓スピーチをした。脱走兵たちのほうが隊の人間より多い食事をもらった。彼は強制しないで彼らの心を獲得しようとした。ベル‐アベッスにおけるような砂袋運びはさせなかった。

脱走がますます増えたので、大隊は左遷された。ジェリヴィーユ、海抜千五百メートルの高原のど真ん中の駐屯地。兵営の中庭ではだれも人目を隠れようがなかった。ぼくはそのあいだに事務所勤務に転属された。しなびた小男の主計伍長コラーニが直属上司だった。コラーニはみごとな官庁書体の字を書いた。コラーニは神学校を出て副助祭の叙階式を受け、それからさる男子寄宿寮の監督になったが、まちがいがあって教会破門処分にされた。もしくは単純に解雇された。

ぼくらの機関銃部隊はクリスマス期の二日目にジェリヴィーユに着営した。ぼくらは三兵站分、つまりオラン—コロン‐ベシャール線で最寄りにある鉄道駅ブクトゥブの村から離れること百三十キロを後にしてきた。クリスマス・イヴには、将校たちが古ぼけた蓄音機のあえぐ声音に合わせてホットワインを飲んでいる孤独な農場の隣接地に吹雪のなかでテントを張らなければならなかった。野外の、ぼくらのびしょ濡れのテントのなかではロシア人が悲しい歌をうたった。と、何人かのドイツ人が「浄しこの夜」を合唱しはじめた。ところが舌打ちをされるわ、口笛の野次が飛ぶわで、さんざんのていたらく。大概の連中にはある種のセンティメンタリズムがやりきれないのだ。ぼくらは気が立ってもいた。給料は移動中にベル‐アベッスでもらい、ベル‐アベッスですっからかんに使いはたしていた。だから煙草が稀少品になっていた。五人で一本のシガレットを吸うほかはなかった。深刻な表情は厳禁だった。

ジェリヴィーユでまたしても駐屯地生活の退屈がはじまった。友だちのクレマンは下士官学校の命令権を下され、まもなく軍曹になれそうだと希望していた。とうとう三月のことだ、志願兵のモロッコ勤務要請があった。ぼくは申し出た。中隊長はぼくを手放せるのでよろこんだ。このころぼくはありとあらゆる受身の抵抗をやらかしていたのだ。医者がぼくを好いてくれて、事務所勤務がほとほといやになると二日か三日の絶対安静の診断書を書いてくれた。ぼくの心臓はちょっと不規則なはたらきをするのだった。そこでベッドに横になり、コラーニが白人神父たちの本をごまんと持ってきてくれた。しかし怠慢もいつまでもやっていれば退屈になる。安静が必要だというのに医者はモロッコ行き適格の診断書を書いてくれた。

軍曹三人、伍長四人、兵隊が五人、ある晴れた日の朝ぼくらは元気いっぱいで出発した。はじめは高原を横断する道を鉄道線路にぶつかるまでバックしなければならなかった。別動隊の指揮者はハザという名のチェコスロヴァキア人（以前はボヘミア人と呼ばれていた）で、ハザは行軍の規律をきちんと守らせようとした。だがたちまち口笛で野次られた。ハザ以外の二人の軍曹、二人いっしょだとまるでドン・キホーテとサンチョ・パンサみたいな、のっぽのヴェールとデブのシュッツェンドルフはぼくらの味方についた。こうしてぼくらの一団は規律のある軍隊より原始の集団《ホルド》そっくりに見えた。背嚢も武器も担いでいない。頭巾付きマントのいわゆるバルダだけをテント用帆布にくるみ込み、長いゴムホースのように肩と胸の上に突き出して持ち歩いていた。バルダには、ほかにぼくらの下着も包まれていた。ほかのものは新しい部隊で支給される約束だった。

古きよき時代

　列車は荒涼たる山岳地帯を走って行く。荒涼とした周囲のなかでは大きな緑の庭のようなどこかの小さな駅で、新たな別動隊がぼくらと合流した。古顔の知己と顔をあわせ、新しい情報が交換される。「……知ってるかい、ベル－アベッスの監獄の指揮官だったカプローニ軍曹が紅海で溺死したって。古参兵たちが船べりごしにおっぽり出したんだ。」

　一人の古参の外人部隊兵がかしこいことを言う。兵は赤ら顔で、手の甲にすばらしい線画が描いてある。「きみらに言っとくがね、外人部隊はもう昔の外人部隊じゃない。若いやつらはみんな」と彼はペッと唾を吐いて、「もうまるで腰ぬけさ。行軍もできやしねえ。上官にどなられるとズボンにおしっこを漏らしちまう。おれは」と自分の胸を指して、「おれは代々の大植民者たちといっしょにやってきた。ブゥ－デニブ占領のときには現場にいたし、タツァではノックアウトされた。その気ならとっくに年金生活をしてられるご身分だ。ところがどっこい、いつも何かしらじゃまが入るのさ。上官の軍曹に鞭をお見舞いするとか、《借金《つけ》》で流連《いつづけ》をして三日も帰らないとか。おれはもう二度も伍長になった。ところがその度に免官さ。《公共労働》で三年《兵役延長》をしなきゃならなかったし。間尺にあわねえ話よ、なあ。だけど一つだけ余録がある、おれたち刺青をしていいのよ、なあおい！　ちょっくらこいつを見ておくんな！」

　太腿は女の絵に覆われ、背中には青と赤の二色で描いた激動の戦闘場面を背負っていた。どうやら自分の身体の芸術的装飾が鼻高々のようだった。何人もの若者がぽかんと口をあけて話に聞き入っていた。刺青をご披露できるやつはまず一人もいなかった。いても、ハートに不器用に女の名前か「おまえにいつまでも」を縫い込んでいるのが関の山。その外人部隊古参兵は、歯のない口であざけるようにニヤついただけだった。

硬直的に内部《うち》に閉じこもったカーストはどれも同じだが、外人部隊にも昔はそれなりの「ダイナミズム」があったにちがいない。ということは、それが外人部隊のある種の慣習において男伊達《エレガンス》としてまかり通ったということである。特に近年この軍がにわかに膨張する前には、外人部隊はスタイルに気を遣った。見てくれが伊達でなくてはならなかった。このところ制服を変えたので（兵卒の服装にはフランスではとっくになおざりにされていたアメリカ式のストックが起用された）男伊達《エレガンス》がうしなわれ、この軍の膨張につれて伝統が新しい要素によってかなり淘汰された。フランスからきた若い将校たちはこの伝統の最後の残滓をぶち壊し、外人部隊をふつうの軍隊に模様替えせんものと躍起になっている。国民的祭日や外人部隊の祝日、それに七月十四日にだけは、この埃まみれのロマンティシズムが紋切り型のがらくた部屋からちょっぴり引っ張り出される。が、もう現実には機能しない。外人部隊はしだいに「即物的」になって行く。これも時代の一つの徴候だ。

ぼくら別動隊は全員、第三外人連隊の騎馬部隊に配属されることに決まった。コロン－ベシャールからは大型のおんぼろトラックで（運転手はほとんど決まってスイス人だった）ブゥ－デニブに移送された。こうした場所はみんな、いわゆる「サハラ軍団《レジョン・サアリエンヌ》」のものだった。でも、風は乾いて熱く、喉の渇きと疲労がいちじるしかった。ぼくらは旅をしているのがうれしかった。

カインツじいさん

ブゥ－デニブから先は徒歩で行くしかなかった。夕方、ぽつんと孤立した哨所のあるアッチャナに着くと、新しい配属先の部隊の一セクションがもうぼくらを待っていた。ぼくらはめいめいがすぐに自分の「守護聖人《ティテュレール》」をみつけられるように、おたがいに向かい合わせになった。騾馬が二人につき一頭しかない、ということはその一頭が二人分の荷駄を運ばなくてはならないのだ。「守護聖人」が騾馬の世話を受け持ち、一方「落ちこぼれ」は野営テント作りに動員される。二人ともそれぞれ一時間は騾馬に乗り、一時間は徒歩行軍する。各セクションの前を歩行隊が一緒に行軍してくれる。一人の軍曹が歩行のテンポをとる。時速六七キロとかなり速い。各人はそれぞれの銃と実包百二十発しか持っていない。

　ぼくが握手した相手はごま塩頭のウィーン人だった。カインツじいさんはもうモロッコに二年もいた。それでいて新しい土地のことよりウィーンの話をした。彼はパン屋をしていて大戦に持っていかれた。復員してみると、女房は彼以外の男と連れ立って雲を霞とトンズラしていた。それからウィーンの飢餓だ。ウィーンのフランス軍が外人部隊の要員を募集していると聞いて彼も名のりを上げた。採用されないのではないかと懼《おそ》れた。もう若くなかったし、それに歯もなくしていたからだ。しかしその頃はフランス人もまだ大まかだった。彼は初手から感激していた。食事は「二重帝国歩兵連隊」のそれよりはるかにましだったし、と彼の曰く、扱いも「こんなふうに礼儀正し」かったしね。彼に悪口雑言を投げつける人間はだれもいなかったし、いつだって弾丸の飛んでこない持ち場をみつける術《すべ》は心得ていた。そういう持ち場といえばキッチンだし、パン焼き場だ。一時期彼は肉屋だったこともあり、また肉屋にさせられるだろう。それから新しい部隊の話をした。中隊長はいいやつだ。これ以上の隊長はちょっと見つからないだろう。ほかに将校たちも非常に礼儀正しい。ただ副官だけは豚野郎だ。その副官のカッターネオにぼくはまもなくお目にかかれた。カッターネオはぼくらを迎えにきたセクションの指揮をとっていたのだ。肩幅のひろい、ふとった男で、首がなく、お盛んな鼻の下にごま塩の口髭を蓄えていた。カッターネオはイタリア人で前は荷馬車の御者をしており、読み書きができなかった。昇進は彼のたいへんな勇敢さのおかげだった。一九一八年のタフィラレート大植民［巻末解説参照］の際、彼は軍曹一人と六人の兵隊だけで血路を開いた。部隊全体のうち生きのこったのは彼らだけだった。

　副官はむやみに喚《わめ》いたが、喚く以外には無害だった。たっぷり酒が入ると、すっかり人間的になった。彼が堪え難いのは、一日に必要なアルコール分を工面できないときだけだった。

　翌日ぼくらが通過した土地は非常に変化に富んでいた。赤みがかった山々に縁取られたアフリカかねがやの大草原があり、それが次には小さな川筋に沿った村々と交替した。これらの村々は丈の高い、密集した塊《マッス》だった。家々は何層にも積み重なりごちゃごちゃに入り組んでいる。庭園は村のぐるりを囲んでいる小さな運河《セグイア》で灌漑された。早くも馬鈴薯の花が咲き、玉蜀黍《とうもろこし》は信じられないほどの緑に萌え、そのあいだにオリーヴの樹の銀灰色と無花果《いちじく》の樹の硬い緑が混じっていた。

　グーラマの哨所前にははるかな平原がひろがり、それが純白の家々によって区切られていた。哨所のある村自体は数軒のわずかな新築の家々で構成されていた。しかしはるか後方に見えるもともとの村のほうは、ぼくらが見てきた他の村々とそっくりに、山腹の高いところにごちゃごちゃに入り組んで育っていた。哨所そのものの隣にスパーヒ［北アフリカの現地人騎兵］の中隊長の司令部になっている「アラブ本部」があった。哨所に着営してからぼくらはこのマテルヌ中隊長を見た。するどい、褐色の顔をした、背が高くてほっそりした男である。モロッコ人で、さるシャイフの息子、サン・シール士官学校を出ていた。彼は飼いならされたガゼラ羚羊《かもしか》の角とたわむれており、羚羊は彼の脚の間でぶるぶるふるえながらあまえていた。「あれが衛戍《えいじゅ》司令官だよ」と、ぼくの隣を歩いているカインツじいさんが言った、「おいらご老体は彼に絶対服従だ。」マテルヌ中隊長は副官のあいさつにろくすっぽ目もくれなかった。

　二つの背の低いバラックに囲まれた中庭があり、ぼくら九人はその真ん中に立たされていて、副官がぼくらの前を気のなさそうな顔で往ったり来たりした。と、バラックの一軒の角を、しわくちゃのカーキ服に身をつつんだ、小柄な、ふとった人間が一人、ころころ転がってきた。同じカーキ地の軍帽には金筋もついていない。チビデブはぼくらの前に立ちはだかり、まわりをぼくらの輪で囲わせ、自分が本部隊の隊長だと自己紹介した。自分はこれからきみらとうまくやっていきたいと思う、全力を尽くしてきみらを父親的に指導していこうと思う。それというのも自分はきみらに責任を感じているからだ。それから一等軍曹の下士官長が軍装を点検しているあいだに、彼はぼくら一人ひとりの名前をたずねた。

　カインツじいさんの言ったことは本当だった。シャベール中隊長は根っからの好人物だった。彼は規律に重きを置かず、ぼくらの軍装もさほど気にならなかった。食料品の列車を守備しに（盗賊団のジッシュがときどきこの地域を不穏にした）部隊が出発するときなど、ぼくらの格好だって盗賊団よりましとは思えなかった。古ぼけたブルーの教練服を着こみ、頭には汗でべとべとのコルク帽、ぼくらはかなり無秩序な行軍ぶりだった。歩いている者は、そのほうが楽なので騾馬の鞍につかまっていた。中隊長がきびしく注意しているのは賄《まかな》いだけだった。料理はおいしくてたっぷりでなくてはならず、行軍中でも、ジャムの形ではあれデザートさえある間食が出た。中隊長は懲罰には無縁だった。一度酔っぱらいが大暴れをしたとき、酔っぱらいは一夜監視詰め所に閉じ込められた。翌朝、酔っぱらいは父親的な戒告を受けてセクションに送り返された。教練はほとんどしなかった。代わりにしきりに射撃をやらされた。中隊長は名射撃手がお好きだったのである。

羨望の的の部署

医者の最初の身体検査でぼくは行軍に不適格と診断された。そこで行政機関に配属されることになった。行政機関は、哨所のど真ん中の食料品も置いてある数棟の物置小屋だった。フランスの行政制度は複雑に入り組んでいる。応じてこの宿舎は中隊長の管轄下にあるのではなく、だれも顔さえ見たことのない、ブゥ－デニブのだれかある行政将校の管轄下に置かれていた。ワイン、コーヒー、その他の食料品のほかに、ぼくには家畜群の監督責任があった。家畜群は羊約二百頭と十頭の牛からなり、いずれもあわれな痩せた動物たちで、毎朝一人の老羊飼いの手でアフリカかねがやの草原に追い立てられ、哨所の五人の兵隊が見張りをした。家畜群は朝頭数を数えられ、夕方にも数えられた。ぼくは仔羊の係だった。会計係は部隊の中尉がやった。この行政機関ではしきりに盗みが横行した。中尉が率先して範を垂れた。現地人が馬鈴薯を買いつけ、それからそれをブゥ－デニブに送るのだが、買いつけのときぼくが目方を量り、本当の目方をドイツ語で中尉に向かって叫ぶのである。アラブ人はいつも最低五キロ分は差し引かれた。パン焼き用に使う薪はそのための別動隊が拾いにやらされて部隊で調達した。ところがブゥ－デニブ向けには、薪はさるモロッコ人が納品したように勘定をつけた。中尉はその金をくすねるか、部隊のために遣うかしたが、どのみちぼくには関係のないことだった。

ぼくも家畜群の買い替えで一儲けした。あるユダヤ人が家畜を買い集めて哨所に納入した。ぼくらは彼といっしょに家畜たちの目方を量った。ぼくの部署で肉屋になっていたカインツじいさんがこの仕事を手伝ってくれた。足の爪先で秤を「軽くして」やるすべにかけてカインツじいさんは抜群だった。そのユダヤ人とぼくは取り決めをした。彼が代金を支払ってもらえるブゥ－デニブに持って行く勘定書に、羊一頭につき生体重量二ないし三キロの目方を水増しして記入すること。差額は山分けしようじゃないか。その通りになった。

こうしたことはみんな、哨所では公然の秘密だった。だれも悪事を働いているとは見ていなかった。せいぜい、みんなはぼくをうらやましがるか、それとも片棒をかつごうとするかだった。ぼくはこの行政機関の部署をロシア人のシトニコフ軍曹から引き継いだのだが、彼はもう緊張に堪えられなくなって（ごくささやかな過失でも軍法会議にかけられる懼れがあった）逃げ出すしかなかった。ぼくは事前に何もサインする必要はなかったし、あいもかわらぬその場しのぎをチンタラ続けた。久しい以前から数百リットルのワインがなくなっていることも、小麦粉もなくなっていることも、周知の事実だった。行政機関の部署を引き継いだ人間はだれしも、不足した分量を埋めようとするのが当然だった。ところがそうはならなかった。友だちにはワインの世話をしてやらなければならない。戦友は石鹸を欲しがり、一等軍曹はカカオ豆やコーヒーを欲しがる。有力者を困らせることはできない。

　ぼくはいつだって困らないだけの金はあったのに、この行政機関の部署の時代はいちばんつらい時期だった。いつかは到来するにちがいない監査の不安に四六時中おびえて、不安はただもう麻痺させておくしかなかった。ぼくは酒を飲みはじめ、もう素面《しらふ》でいるということがなかった。ぼくはだんだんカッターネオ副官に似てきた。鼻が赤くなり、眼が血走ってきた。ぼくには数人ながらいい友だちがいた。しかし彼らは大抵行軍で出払っていた。こうしてぼくは哨所に数人の行軍不適格者たちや中尉、それにカインツじいさんとポツンと取りのこされ、頭のなかではもう真近に迫った何年間もの強制労働《トラヴォー・フォルセ》をまざまざと思い描いていた。

　破局は突然やってきた。部隊は出払っていて、一セクションだけがぼくの上司のチビの中尉とともに哨所の留守を預かっていた。ある日中尉はご機嫌ななめで、ぼくを軽い禁固処分にした。ぼくは行政機関の部署を離れるのを禁じられた。それでもぼくは部署を離れようとし、営門の哨兵に外に出してくれたら水筒一本のワインをやると約束した。ところがこの男、哨所中に聞こえる警報のわめき声をあげた。ぼくは連れ戻され、折から出かけていた中尉が帰るまで自室に閉じ込められた。それから夜の十時きっかり、二人の伍長がぼくをおごそかに独房に連れていった。カインツじいさんがまだ何本かのシガレットを持ってきてくれた。次の日部隊が着営した。中隊長は激怒し、ぼくを罵り、ぼくの独房から毛布やクッションを投げ出した。それからカッターネオ副官がやってきて、同じ手順をくり返した。軍法裁判と地下牢のことばかりが頭に浮かんできた。熱もあったのにちがいない。独房のなかに古いシガレットの箱のブリキの蓋がみつかった。時間はたっぷりあった。午後いっぱい、ぼくの寝台の台座の役をしているセメントのブロックでこすってそれを尖らした。そして夜になると、肘関節の血管を切開しようとした。これを卑怯と見る人もすくなくないだろう。卑怯なのは言うまでもない。しかしぼくはいつものことながら監獄生活を送るくらいなら死んだほうがましだった。翌朝、ぼくは独房から運び出された。ぼくはたっぷり血をうしなった。血の大部分はぼくの犬がなめてしまっていた。犬の名はターキー［トルコ人］といって老犬だった。やつは副官の背後に隠れてこっそり独房に忍び込み、そこにずっと隠れていたのだ。

その後ぼくはリッチの癩病棟に移送された。腕の負傷が治ると、ぼくはもう一度部隊に戻らなければならなかった。ぼくはまたもや独房に押し込められた。でも毎日一時間は日光浴を許可された。それからある日、中隊長の事務所に呼び出された。一等軍曹がぼくの弁護を引き受けてくれた。軍法会議の審理でもいざとなれば、上司の命令で余儀なくしなければならなかったいかさまの一件をバラさなければならないのだなと、ぼくは気がついた。中隊長のご機嫌はなんとかおさまった。ぼくは自分のセクションに戻ってもよろしいということになった。

非ロマンティックな終わり

それからまもなく、ぼくらの中隊長は植民地勤務の年期を終えてフランスに帰国するはずだった。離隊する前に、彼はもう一度ぼくを癩病棟に送った。そこの医者は、ぼくがこれ以上勤務するのは無理だと説明し、ぼくの兵役免除を提案した。

こうしてぼくはある日、道路工事でブゥ-デニブの近くに野営しているところを設営担当下士官に呼び戻されるという事態になった。ぼくは一切を引き渡し、次の日トラックでコロン-ベシャールに向かい、そこからさらにオランに行かなければならなかった。

オランのサント・テレーズ要塞でぼくはたまたまヴァナガスに再会した。ヴァナガスはいくぶん人が変わっていた。奇妙なことに、おたがいに話すことが何もなかった。うろたえ、またいささかはいぶかしく思いながら、ぼくらは別れた。灰色の服、縁なし帽、ずたずたに破れた行軍靴一足、それにシャツ一枚でぼくはマルセーユに渡った。そこで除隊になった。旅行費五フラン、それにベルギー国境までの列車乗車券。

ぼくの体験ははじめにいったことを確認していると思う。つまり外人部隊は、それ自体として良いものでもなければ悪いものでもなく、そこにいる連中が受ける苦悩は何もかも外人部隊のせいだという人はすくなくないけれども、それは間違いだということだ。外人部隊は、おそらくある未知の目的に通じている道にぼくらのなかのある者を連れて行くために運命が起用する、多くの形式のなかの一つなのである。ぼくらはしかし勇気をふるって認めようではないか。この道をぼくらは自分の自由意志で（自由意志などということが言えるかぎりでは）通ったのであり、その道の上で遭遇した数々の苦悩もぼくらのなかにあらかじめ描かれていたものなのだ、と。

階級と階級の間で

シャルルロワで面会を申し出た鉱山技師は、ぼくがパスポートの職業欄に「ジャーナリスト」と名乗っているのを見ていささか面食らう。一体、炭坑に何のご用かな、と彼はたずね、めっきり薄くなった眉毛をぴくりと額にひそめる。ぼくは技師に説明する。五フランしか持ち合わせがないのです。それに、ぼくだって飯は食わなきゃならない。するとと彼はぼくの身体を値踏みするみたいにじろじろながめる。馬を安く買い叩こうとする馬の仲買人の目つきでためつすがめつする。それから炭坑専属医のところにぼくをまわす。医者はぼくの筋肉の発達ぶりに満足し、合格証明書を書いてくれる。外人部隊の道路工事も多少のお役には立ったわけだ。

医者の証明書を見て技師は前よりずっと親切になる。夜間勤務にしてやってもいいけどな、と彼は持ちかける。これは日中勤務ほどつらくない。夜間は石炭は採掘しない。

坑道をひろげるだけだ。賃金は昼間並みというわけにはいかないけど、しかし……あとは今夜にも自分で経験してみることだな。寝泊まりする場所はあるのかい？　ない？　炭坑の出口の真向かいに労働者下宿がある。建物はかならずみつかるよ。そのなかにささやかな下宿屋がある。ヴァンデヴェルデ夫人が下宿人の世話をしてくれる。お値段はべらぼうに高くはない、二十フラン（当時で約六・五〇スイス・フラン）。あんたの日給……いや夜給、は二十七フラン（約九スイス・フラン）にはなるだろう。技師はにやりと笑い、厚ぼったい顔の口のへりに小さなえくぼができる。

　ヴァンデヴェルデ夫人は結婚理論家のあのヴァン・デ・ヴェルデとは縁もゆかりもない。それはあらかじめお断りしておく。それでいて彼女は夫との共同生活をうまく案配するすべを心得ている。夫婦生活の指揮は彼女が取っている。彼女のほうが大柄で肩幅もひろく、でっぷりふくらんでいるからだ。一方、亭主のほうは小柄で細っこく、穴熊の毛製の髭剃りブラシみたいな髭を顎《おとがい》にたくわえ、頭全体がそいつの重みで前へ引っ張られるんじゃないかと思えるほどの重量級の鼻の持ち主。交渉係はヴァンデヴェルデ夫人のほう。その臆面のなさは感動的だ。彼女は部屋代と食事付き宿泊料金で二十フランを要求する……よろしい。亭主は交渉のあいだ彼女の横にすわってコルン［安焼酎］のグラスをちびちびすすり、念を押すようにこくんとうなずく。しかし……ぼくに寝ろという部屋にはベッドが三つあり、六人の下宿人が暮らしている。シーツは灰色だ。炭塵がしつこく浸透してくるからだ。あんたは夜間勤務帯だから一人で一台のベッドで寝ていいよ。日曜日の夜だけは仕事がないから、お仲間と寝場所を分け合わなきゃね。「一晩だけさ」、マダムは言って、ぼくが手にしている、全財産が入っている小さなポシェットに目をやる。しかしこうして目でほのめかすだけでは彼女には足りない。あくまでも食い下がり長広舌をふるう。大体からしてあんたなんか泊めたくないのさ、ただ技師さんに薦められたもんだからね、云々とのたまうのだ……それにあんたは前払いができないし……たしかにぼくは前払いできなくて申し訳なく思っている。何とかこの状況を切り抜けようと、ぼくはピアノが弾けますよ、と話のついでに言ってみる。というのもどこか階下の部屋で、だれかがたどたどしく鍵盤をいじくり回しているのが聞こえたからだ。そうね、と彼女は説明する、あれはドジったわね（彼女は疑い深さをかくすのにちっとも苦労しない）、娘はとってもピアノが上手なの。もう一年間レッスンをしてもらってるわ。いっぺん階下《した》に行って楽器を試してみたら。

ベルギーではどの家でもそうだが（世界中そうなのかもしれない）、サロンにはかならず赤いフラシ天の家具があり、それに緑色のソファがある。写真の焼き付けを請け負ったセールスマンはここでたっぷり手数料をポッポに入れたものにちがいない。壁にポートレートが掛かっている人たちは、まるで心霊主義者《スピリチュアリスト》の降霊会《セアンス》に出てくる心霊《ファントム》写真そっくりに見える。ピアノの前にべとべとに汚れた蝶結びリボンをつけた、蒼白い顔の小さな女の子がすわっている。ヴァンデヴェルデ令嬢である。何か一曲演《や》ってみて、とママにせっつかれる。イヴォンヌはふくれっ面をし、ぼくのほうにさげすむような目をくれ、目の前の譜面台の「乙女の祈り」を払いのけ、足の爪先でペダルを固定して弾きはじめる。マダムはすっかり気を許してぼくにささやく。「これは沈没して行く『ルジタニア号』で死んで行く人たちが歌った歌よ。」ぼくはあえておずおずと反論する。「あれはたしか、『神よ、いまし御許へ』じゃなかったかしら？」マダムは傷つけられたような目でぼくを見つめ、玄関の呼び鈴が鳴ったので姿を消す。

外の天気は灰色で、はずみ車がやかましくぶんぶんうなり、ときどきサイレンが訴えるような泣き声を上げ、汽車がどこか知らない遠くのほうでのんびり汽笛を鳴らす。

令嬢はもう十三歳、けれども十一歳ぐらいにしか見えない。イヴォンヌはぼくの呼び名を知りたがり、教えてやるとそれからぼくを「フレデリック」［フリードリヒのフランス語読み］と呼ぶ。ぼくに何か弾いてみろというご所望だ。さあ、楽譜なしで弾けるかな？　イヴォンヌはちょっと厚かましいけれどもとても人なつこい。そこでぼくはピアノの前にすわり、「パリの橋の下で《スー・レ・ポン・ド・パリ》」を力まかせに弾きおろす。ヴァンデヴェルデ夫人はショックのあまりドアのところに立ちつくしている。横目で盗み見るところ彼女の反応は悪くない。夫人の後ろではご亭主がシュナップス［コルンのこと］のグラスに替えて今度は木製のパイプをしゃぶっている。この才能試験以後、ぼくはヴァンデヴェルデ一家に決定的に受け入れられる。マダムは絶好のチャンスとばかり、この機会を利用してぼくにいろんな品物を押しつける。黒い労務ズボン、黒のフランケル・シャツ二枚、エスパドリーユ一足、煙草。（「下宿人がうちで買ってくれるととてもうれしいのよ。」）何でもツケでいいのよ、と彼女は約束する。外出して、たとえば映画が見たくなったら（「だってビールもワインもシュナップスも、みんなうちにありますからね」）、そう言って下さればいいんですわ、よろこんで五フラン援助させていただきますから。

フランス語圏では「スープ売り《マルシャン・ド・スープ》」ということばは侮辱になる。スープ売り、つまり労働者下宿の経営者である。

彼らはその客たちの間に、罵詈讒謗の的たる資本家としてこん畜生とばかりのいまいましい憎悪の念をめざめさせる。労働者を搾取し、膏血《こうけつ》をしぼり取る吸血鬼たるこのスープ売りは、新聞の社説でたたかれる、そうでなければストライキによって戦われる、どちらかといえば一つの神話的表象であり、抽象である。スープ売りの術中にはまるのは、いずれにせよ失業中の危機の時期だけである。そうでなければ相手は替えられるし、仕事もどこかで別のをみつければいい。「被雇用者」と「雇用者」のあいだの葛藤の調停機関としてしばしば国家が介入することもある。しかしスープ売りはこちらが場所を変えてもかならずその先にいるし、ときには出て行かせないからこちらも場所を変えようがない。スープ売りはせこく稼いだ金をためて、代わりに当人が贅沢と考えていることをやる。つまり、いくら子供たちがバカでもとにかく教養を身につけさせ、しまいには彼らを実入りのいい国家有為のポストにおさまらせること。

計算は簡単である。早めに辞められてしまうのを防ぐために、当の労働者が働いている企業は週給の全額支払いを留保する。二週間経ってから六日分の労働賃金を支払うのである。ところが下宿代はもうとっくに二週間分を超過したことになっている。たとえば百五十九フラン（約五十スイス・フラン）が二百八十フラン（約九十スイス・フラン）の貸方についている貸借対照表に決着《けり》をつけるために、この単純な数字にゼロを六つつけて公社債を「起債する」のは、まず大企業にしかできない（それもかならずできるというものではない）芸当である。一介の労働者に公社債を「起債」できるはずがない。銀行はそんな零細な財政再建計画に興味を示さない。労働者は「一括償還」という美辞麗句に陶酔していないで、分割払いをしなくてはならない。当の労働者は「スープ売り」の汚《けが》らわしい網にがんじがらめにされ、定石通りに膏血を絞られるのである。といってぼくはこんな比喩を使って、あの吸血蜘蛛を中傷するつもりは毛頭ない。というのも彼らが血を吸うお相手は異国種の蠅どもなのだが、「スープ売り」はこの蠅どもを仲間扱いしてくれるからだ。

夜の九時がぼくの入坑時間だった。来る夜も来る夜も七時半に夕食を食べた。来る日も来る日も煮込み《ラグー》と「カナダ」（ワロン人［ベルギー東南部の人］はじゃがいもをそう呼ぶ）が出た。同宿の渡り坑夫たちと顔見知りになった。ブロンドの口髭をたくわえた、おだやかで小柄なオランダ人が一人。彼はハーレムでは商人だったことがあり、みじめに破産をしてからハーレムに女房子供をのこしてここにきた。柄の大きなイタリア人が一人。彼はうたう歌が同国人たちに気に入られなかったので、喉を良くする療法として当時あまねく流行したひまし油を同国人たちに飲まされていた。ワロン人の独身者《ひとりもの》が二人。二人とも歯の抜けた老人で、もうすぐシャルルロワ市の老人ホームに入れるのをたのしみにしている。最後に、若き日のヘルダーリンを没理想化した肖像にそっくりの、うぶ毛の生えた童顔のポーランド人。このポーランド人ウラジミールはヴァンデヴェルデ夫人を洗練された手口でだますすべに長《た》けており、そのためマダムの話題はここ何年か心配事ばかりになっていた。つまりポーランド人ウラジミールはじつにあっさり気が狂ってしまったのだ。

炭坑を正確に描写せよと言われても、ぼくにはお手上げというものだ。映画や書物のおかげで、この人間対文明の到達点たる代物はもういやというほど通俗化され尽くしている。坑夫の仕事にはある種のロマンティックな悲劇がつきまとわないこともない。しかしこの種の悲劇ということになれば、それを遂行するのにまず避けて通れない自然の暴力に日々脅かされる危険がおのずと伴うような職業全般と、特にちがっている点は何もない。若いときから入坑している人たちや、地下数百メートルの重労働に慣れている人たちにとって、この職業は他の職業にくらべてさほどつらいものではない。日々の脅威である危険はあっさり無視され、抑圧され、知らんぷりをされる。人間の肉体は悪い空気のなかの重労働にも慣れてしまえるようにできている。八時間労働制の導入以来、中年以上の労働者たちは満足しており、十二時間や十四時間も働かなくてはならなかった時代のことを思い出すにつけても慄然とする。上院議員がストライキの指導者になっていきまいたり（ストライキ指導者になったグラルヌの各州議会議員を思い浮かべて頂きたい！）、まるでメルヘンのなかでのように、事故に遭った坑夫たちの病院のベッドに女王陛下じきじきの何千フランもの見舞金が拠出されたりするベルギーのような国ではとりわけ、熟練した炭坑労働者はそんなに悪質な扱いを受けてはいない。しかしポーランド人やイタリア人やチェコスロヴァキア人のような出稼ぎの外国人労働者たちとなると良い扱いはされない（ぼくが言っているのは一九二四年頃のことで、いわゆる危機は当時はまだ嬰児の年齢にあった）。階級闘争というのは奇妙なものだ。階級闘争の信仰告白には、資本主義こそは労働者の最悪の敵、不愉快な状況を利用している存在、と謳われている。ぼくは社会経済学者でもなければマルクス主義者でもない。階級闘争の本質は多数決やお粗末な文体で申し立てられるパンフレットの類とは異なる何かにあるのだろうが、かりに現実に階級闘争がおっぱじまることになれば、イエズス会流の「魂の留保」はあるにしても、それでもやはりぼくはプロレタリアートの側に立って共闘するだろう（といってそのチャンスはまあ無きに等しいだろう。きっと最初の日に、もういかがわしい「インテリゲンチャ」として排除されてしまうに決まっているからだ）。だが白状しておかなくてはならない。炭坑の下働きとしてであれ、園芸の下働きとしてであれ、労働者としてパンを稼がなければならない段になると、ぼくにはすこぶるつきの反動思想が頭に浮かんでくる。そういうことになるのはぼくだけではない。それがせめてもの慰めだ。人びとは一般に、かならずしも常に無謬ではない政党政治のみにあまりにも容易に自己限定しようとしがちなある種の階級感情と、（この種の政治のどれにもかならずつきまとう、まったき非寛容とともに）労働者階級のごく一部の非組織労働者や未熟練労働者につきまとう事実上の悲惨とを混同している。「すばらしいプロレタリア社会」（そんな言い方が許されるとして）の一員ではないこれらの人にズバリ当てはまるのは、トラーヴェンという名の、この問題にいささか通じた男のひねり出した名文句なのである。すなわち、「きみの最悪の敵は、プロレタリアートよ、きみのプロレタリアート仲間だとも！」地表から七百二十メートル下でぼくが下働き役の相棒を割りふられた件《くだん》の熟練労働者は、右の名文句の真実をいやというほど味わせてくれた。早くも地上で入坑するときにぼくはそれを経験したらしい。「現場監督《ポリウー》」と熟練労働者たちが七階分あるエレヴェーターのいちばん下の場所を占領してしまう。一階ごとに三人ずつ、それ以上は入れない。いちばん下の場所が最上等なのだ。そこならエレヴェーターシフトの永遠にじめついている四壁から水が滴り落ちてくることもない。そこは風も吹き込まない（地下坑道に空気を押し込む扇風機から出る、あのたまらなく不愉快な、ときには過熱した、ときにはまた氷のように冷たい気流がそこにはやってこない）。坑内に入るとこの原則はさらに強化される。入坑する前にぼくは石油ランプを手に押しつけられるようにしてもらった。ところが、いまぼくの横手を歩いて道案内をしている男が手にしているのは電灯ランプだ。後になってようやく、ぼくはこの一見どうということのない違いにひそむ嫌がらせに気がつく。つまり石油ランプは、まるで生卵を持ち歩くように持ち歩いていないと消えてしまうのだ。それは、そもそもが生卵より慎重に扱うべきものなのだ。どちらか一方の側にほんのすこしでも傾けば（ひっくり返しでもしたら万事休すだ）消えてしまうからだ。そうなったらエレヴェーターシフトの着地点まで、やってきた道をすっかり後戻りしなくてはならない。坑道内ではマッチの使用は厳禁されているからだ。

二十分かけてぼくらはめいめい持ち場にたどり着いた。

夜間は石炭は一切採掘されない。しかし目の前にはこなごなに爆砕した石の巨大な堆積があり、「ファイユ」（中身が空になった炭層）が山に押しつぶされてカタストロフを惹き起さないように、その石をファイユにせっせとぶち込んで埋めなくてはならないのである。中身の石炭を空にしたファイユは高さにして六十センチ以上はない。だからファイユのなかに寝そべって、ひろげた坑道に直立している例の労働者が投げてよこす石屑を柄の短いスコップで下のほうにかき降ろすしかやりようはない。労働者のほうは足場があるので、うまく手早く仕事ができる。ぼくはしかし仰向けに寝そべって何とか身体を動かそうとあがきまわる。こちらがついて行けなくて、頭の前にできた石の山が不釣合にふくれ上がってくる。すると外人部隊では聞いたこともないような、怒号と罵倒のことばが聞こえてくる。外人部隊ではぼくは兵士だった。兵士としての一定の権利があった。上官が不当に粗暴なら告訴してもよかった。しかしここではぼくは奴隷だった。それ以上でも以下でもなかった。どうかすると奴隷より悪かった。奴隷ならご主人様に養ってもらえるし、面倒な経済的問題にかかわり合う必要もないからだ。

　朝五時きっかりに交替制勤務が終わって出坑する。小さなランプの灯がいくつも、薄明の中庭に鬼火のようにちらちら踊っている。大きな、白いペンキを塗ったホールに温湯シャワーがあり、壁一つで更衣室から隔てられている。汚れた服を脱ぎ、温湯が身体中に注ぎかけられるのを覚えるとまた上機嫌になり、すべては悪夢だったように思えてくる。そして夜の第二部はかなり温情的に過ごされるのである。周到なヴァンデヴェルデ夫人が持たせてくれたお弁当をぼくは真夜中十二時に食べた。弁当は、指物職人の膠《にかわ》の薄板みたいに薄い（で、味も膠みたい）、白いミルクチョコレートの板チョコ一枚、パン一切れにブラックコーヒーが一瓶である。それからハッパをかけて、おかげで運よくあらためて暇ができた。それから「現場監督」が何かぼくにいちゃもんをつけてきたので、ぼくは敢然とやつに「糞ったれ」と言ってやった。それが例の労働者にもぼくに対して多少は敬意の念をかきたてた。はじめのうちほどがみがみ言わなくなったからだ。しかし導坑を通っての帰り道でやつがチクっているのが耳に入った。「現場監督」にぼくのことをボヤいているのだった。二人ともぼくの厚顔無恥には頭《かぶり》をふった。

　シャワーは小さな金属製の絞首台みたいに思え、水はいとも親しげに流れる。しかし外のしとしと雨の降る秋の朝は冷たい。こまかい雨滴が皮膚に点々と黒い汚点《しみ》をのこしていった。近くの小さな町の空には明るい日光が顔を見せている。マダム・ヴァンデヴェルデのお店のなかだけがまだ暗くて、裏手の、キッチンのあるあたりだけに弱々しい光が一つポツリと点っている。そこであの風采の上がらないヴァンデヴェルデ氏が、髭剃り用のブラシからシュナップスの起きがけ一杯でこしらえたしずくをぬぐい取っている最中なのは、こっちも先刻承知である。ぼくが入っていくと、彼は長いこと同情の色を浮かべながら、キッチンの炉から立ち上ぼる煙のためにまだ涙をためているふくれ上がった眼でじっとぼくを見つめる。仕事がつらかったかどうかが知りたいのだ。ぼくはうなずく。だって疲れすぎていて、とても話をする気になんかならないのだ。と、ヴァンデヴェルデ氏はぼくにシュナップスを一杯プレゼントしてくれ、そしてお次は、屈託なさそうに、階上《うえ》を指して口をきかないように勧めるしぐさをしてみせる。階上で床板がギシギシきしる。あくびの呻きがこちらへ降りてくる。ヴァンデヴェルデ夫人のご大層なおめざめだ。交替勤務の昼間組も起床中。ヴァンデヴェルデ嬢は若い家鴨《あひる》みたいにキイキイ声を上げてがなっている。学校へ行くのがいやなのだ。

ベッドにはまだ前に寝ていた男のぬくもりがあり、そこに入ると、ぼくのまわりで快い輪舞もさながらに部屋がぐるぐる回る。胃袋ではシュナップスが燃える。それから疲労にお慈悲の一撃を食らわされ、ぼくは重い夢のなかに沈み、夢のなかではワンワンうなるサイレンが現場監督の声でぼくにがなり立てる。つまりぼくだけが彼とのスコップの受け渡しを仕損じたので、この石屑の山に何とか道をつけろと言っているのだ。

日曜日にはみんなが話をしにくる。週日には話をしにくる暇がないのか？　毎度毎度きまって塩じゃがいもと煮込みの献立の夕食の席に姿を見せはしても、すっかりくたびれ果てていて口をきく気もしないのだ。階下には、ドアをいくつも通って行かなければならない長い廊下。そのドアというドアが鋼鉄製戸棚のドアよりもしっかり気圧によって閉ざされており、ドアに穴を開けて穴ごしに空気が矢とばかり飛んでくるようになるのでないかぎり、永遠に開かずのドアではないのか？　さあ、どうだろう！　日曜日にはしかしご機嫌ななめでないならば、マダムは十フラン紙幣をぼくらの手に押しつけて耳打ちする。たのしんでらっしゃいな。けばけばしい映画館の看板が誘惑する。看板は朝の九時半から夜中も晩くまで誘惑し続けている。そのあいだにも都市《まち》のぐるりには、不毛な丘のように真っ黒なボタ山が成長してゆく。みんな、吐き出そうにも吐き出す場所がないので、坑道から外に吐き出された石屑だ。映画館はせまくてかび臭い。内部《なか》は濡れた犬の臭いがする。その黒い都市にはほとんどしょっちゅう雨が降っているからだ。映画というのは結局、覚めていて夢が見られて、ぼくらが夢のメカニズムを自立的に動かす労を機械仕掛けが省いてくれる長所のある、そんな夢以外の何ものでもないのではあるまいか？　深淵の暗黒に目をくらませられた人はだれでもここでチラチラまたたく映像で目を洗い、自分の願望が実現されるのを見ることができる。なぜなら自分のぼんやりした魂のうちに巣くっている自分だけの夢を実現することは、だれにでもざらにある能力ではないからだ。

映画を観た後、脳みそを空っぽにして一杯のギュウーズを前に腰を据える。ギュウーズは、はじめて飲むと馬の小便の臭いを想い出させられる、例のベルギーの辛口ビールだ。イタリア人、チェコ人、ポーランド人、といった他の異国の奴隷たちとも相席である。むやみに口をきく必要はない。みんな組織に入っていない。賃金闘争はいつも熟練労働者が音頭を取って戦い抜く。彼らは、下働きどもが忘れられるように気を配る。彼ら熟練労働者たちは着こなしもりゅうとしており、ぼくらのほうはきまっていくぶん浮浪者みたいにうろちょろしている。新しい服を買うにも、一体、金はどこでひねり出せというのだろう？

それからまた新たに週日がはじまる。スコップでさらう、仰向けに寝そべる、たえずランプのバランスを取りながら低い通路のなかを何十キロもの敷板を引きずって歩く。肺にこびりつく炭塵（若いときからそこで働いている人たちにはもうどうということはないが、ぼくらのような外国人はこれに悩まされる）。そして千篇一律の灰色の日々。そこから脱出するにはぼろぼろに廃人化して故国に送還されるしか道はない。

ぼくは何とか三ケ月持ち堪えた。それから高熱の発作に襲われ、数日間床に就かなければならなかった。それが終わると、ぼくのことを気に入ってくれた例の技師が地上勤務のささやかなポストをくれた。そこでぼくがしなければならないのは、坑内で生きている馬どもの飼料の世話をする仕事だった。収入は前より減ったが、ほかの連中からはうらやましがられた。昼日中、地下《した》では地獄が釜開きするのである。先山《さきやま》鉱員は出来高《できだか》給だ。ということは、採掘した石炭のトロッコの数で出来高を支払われるので、下働きたちはそれについて行くのに脈拍がドキドキするテンポであたふたしなくてはならないのだ。それから、二ケ月後にかなり強度のマラリア発作がきて、入院するはめになった。その後は病院に看護士として居残り、うまい具合に過ごした。一度、ぼくが仕事をしていた坑内で炭塵爆発が起こった。もはや健康な皮膚の一片すらない、焼けただれた二十体の人体が引き渡された。なかの三人は死んだ。残りの者たちは女王陛下のお見舞いにあずかり、一人千フラン（約三百三十スイス・フラン）ずつの見舞金がベッドの枕元へ。お伽話のなかみたいに……

デュアメルは、現代文明を支えているのは、炭坑、鋳物業、製紙工場、化学産業、の四本柱だと言う。天まで届くほど巨大規模の、象徴的な四本柱だ。この列柱には美が不在だとケチをつけるのは、つまりは過去の美学で事を処理するつもり、ということにほかなるまい。一部の労働者新聞が今日どんな紋切り型のプロテストで縷々申し述べたてようと、また最悪の意味で文学的に、民衆に幸福を、とのき叫びをどう絶叫しようと、そういう声を耳にするだに、ぼくはともすればそれに反対する連中のほうが正しいとする誘惑に駆られる。労働者といっしょにあくせく働いてみれば、そんなことは不可能だとわかる。たしかにいわゆるブルジョア的環境から出てきたぼくらに比べれば、労働者たちにはある長所がある。ぼくらには慣れがない。労働者たちを支配している不正がぼくらには彼ら自身が思っているよりはるかに恐ろしいもののように思える。マルクスからラッサールを経てレーニンにまでいたる偉大な革命的指導者たち（百万長者のヴァンデヴェルデやカシャンのこともお忘れなく、二人とも別荘持ちですぞ！）が、手に胼胝《たこ》は一度も作らなくて、そのぶんだけ脳みそに胼胝を作りまくったのは偶然にすぎないとお思いですかな？「純粋な理念」に熱狂できるのは、おそらくいつの時代でも一握りの層の人間にすぎない。しかし単純な、具体的な「生活水準」の改善のためなら、つまり四時間労働、多少ましな食事、休暇、旅行、家庭菜園のためなら、特にこうした単純な理念を熱狂的な人びとが具申すればそれだけ、大多数の大衆の心をいともあっさり奪い取ってしまうだろう。そうすることによって中身のない幸福と福祉の黄金時代が地上に到来するかどうか、それは別問題である。人間はいずれにせよ、幸福が手近かにつかめるすぐそばにあって、他人の悪意だけが最終的な実現を妨げている、といった観念を持たなければやって行けないのである。ぼくらが黄金時代と誉め称えたがる昔の諸世紀にしたところで、そこで賢者たちがくり返し申し立てたのはこんなことばだった。運命は人間の幸福に嫉妬して、決して満足を許したりするものではない、と。

付録

（一九三七年初頭、作家シュテファン・ブロックホッフは「チューリヒ絵入り新聞」紙上に「探偵小説のための十戒」という題名の下に自作の新刊探偵小説『湖畔の三つの亭《あずまや》』のための「自家広告」を発表した。グラウザーの公開状は右の新聞に掲載した文章に関わっている。）

フリードリヒ・グラウザー
「探偵小説のための十戒」に関する公開状
　ラ・ベルヌリー（フランス）　三七年三月二十五日

敬愛する同業者ブロックホッフ殿へ、

しばらく前に貴兄は「チューリヒ絵入り新聞」なるシナイ山上から、探偵小説のための、また貴兄が提起される要請に関する十戒を公布せられ、そこで小生、願わくは貴兄と議論をいたしたいと存じます。主張されるいくつかの論点は小生の異議と批判を喚起し――ただし小生のコメント、できれば口頭にて貴兄にお伝え申したいのです。貴兄が小生についてのモノローグをえんえんと垂れ流し、うっかりしてこちらが思い違いをしたり、貴兄のお考えを誤解したりする事態が生じても、それを立ち入って修正も訂正もせずにやり過ごしてしまわざるを得ないのは、小生、よろしくないと存じます。われわれはしかし――ちょうど王様の二人の子供そっくりに――顔合わせができないのですから、われわれの対決、たのしく友愛的な話し合いは、「チューリヒ絵入り新聞」の隙間で演じるほかありません。この対決は小さな歌合戦の形式を帯び、そこでは観衆がエリーザベト（だってヴァーグナーが、その人のために歌手たちの入場曲を作曲した貴婦人は、エリーザベトという名ですものね）の役を引き受けることになるでしょう。ただし音楽の伴奏つきではありません。そのほうがいいのです。

かねがね小生の思うところ、旧約聖書は十戒を定立することで――ついでに言わせてもらえば、十戒の違反罪が相も変わらずわれわれの小説《ロマン》の材料を提供しているのです――まことに残念な前例を創出しました。以来、苦しめられているご同類を指図してやろうという暗い衝動を感じている人はみんな、五戒でも四戒でも三戒でも充分間に合うというのに、自分のテーマを十に分割しなければならないと感じております。そこでわれわれは、主婦のための十戒やら独身者のための十戒やらで苦しめられましたが――あまつさえ電気掃除機の持ち主やラジオの聴取者までもが十という数で苦しめられてしかるべきだと目されました。

十戒！……それでよろしい、ということにいたしましょう。そこで小生用には、探偵小説のための十戒、というわけです。人間の作り物であり、生命なきものである小説は、律法を相手にしても途方に暮れるだけと申し上げても、貴兄ならおそらくお許しいただけるでしょう。律法はそもそもが作家の味方とされています。けれども小生はよろこんで認めたく思います、「探偵小説のための十戒」なる決まり文句はあんまり耳ざわりよくは聞こえまい……

その代わり貴兄は、貴兄のあのいくつかの要請の一部からして自明であるように、それとはすこしちがうことを認めておられます。問題にしているジャンルの何人かの作家――アガサ・クリスティー、ドロシー・セイヤーズ、クロフツ、カニンガム――を集めているロンドンの探偵クラブは定款のなかでメンバーにこんなことを指図しています。それは、敬愛するご同業たる貴兄が書かでもがなに書いておいでの通りです。すなわち、ストーリーの本当らしさ、一味徒党とその親分というのは使わないフェア・プレイ、不必要なセンセーショナリズムを避けるきちんとしたことば。

きちんとしたことば。われわれの場合であれば、きちんとしたドイツ語です。この絶対必要な要請《ポストウラト》が、貴兄の十戒には見つかりませんでした。まあ当然でしょう。そんなことは貴兄にはあまりにも自明にすぎて、わざわざ述べ立てるには及ばないと思われたのです。

今日アングロサクソン諸国に花咲き、育成栽培され、春爛漫たるありさまの探偵小説は、貴兄がいみじくもおっしゃる通り一つの遊戯であります。ある種の規則にしたがって遊ばれるところの、一つの遊戯。この規則を守るのが、ふつうは自明の理《ことわり》です――ただ往々にして、この規則を守ることが難しいのです。その点、貴兄も小生の言うことを佳《よ》しとされるでしょう。

己れのうちにひそんでいるこの遊戯性を通じて探偵小説、無造作に「小説《ロマン》」と名のって芸術作品に数えられることを期待しているサロン向きのその兄弟分と親密な関係にあります。小説《ロマン》というこの芸術作品のほうはよく読まれていて、ついに芸術品、つまりは凝りに凝った作り物にまで成り上がりました。ある種の一味徒党、ひとにぎりのスノッブどもの問題です。こちらのほうではもっぱら心のほぐしほつればかりに熱中したり、あるいは著者が哲学や心理学や形而上学に深入りしたりして、小説の主たる要請が忘れられてしまいました。しかしそれは頑として存在しています。作り話をこねあげること、物語ること、人間を表現すること、人びとの運命、彼らがそのなかで活動した空気。それは、探偵小説のなかで支配している緊張とは種類がちがいますが、それでもある緊張はかならず現存しておりました。

小説が緊張を非芸術的な代物と非難したおかげで、そのさげすまれた兄弟分の探偵小説が、ある種の人びとの目には探偵小説に成り上がりの刻印を押すことになるあの成功を閲《けみ》したのです。

しかしそんなことはみんな、もとより貴兄は小生などよりよくご存じで、小生、貴兄に小説の発達史の講義をするためにこれを書いているのではありません。しかしこの前説は必要なものでした。なぜなら、探偵小説は、小説を作り上げている特性すべてのうち、唯一緊張だけを保持しているからです。それもある特殊な緊張を。探偵小説もすこしは作り話をこねあげます。といって安全な道を踏みはずすことはありません。それに自分からその気で最重要のことはあきらめています。すなわち人間を表現することと、人間の運命との戦いを表現することを。

人間とその運命！　探偵小説はこの芸術的特性を意識的に放棄しました。探偵小説は、その今日的形式において、徹底して形式的に論理的であり抽象的であります。そしてこれこそが、小生、何よりも貴兄の「十戒」に対して貴兄にお応《こた》えしたい点なのであります。一篇の小説は、この処方箋にしたがって書くならば、没運命的なものになります。冒頭の、途中の、おそらくはまた結末近くの殺人、最初の、第二の、第三の殺人は、ひたすら思考機械に論理的演繹のための材料を提供するためだけに起こるのです。小生、それがすこぶる刺激的なものであり得ることを認めるのに悋《やぶさ》かではございません。この方法が目新しかったときには――『モルグ街の殺人』を、そしてあのあらゆるシャーロック・ホームズ、エルキュール・ポアロ、フィロ・ヴァンス、エラリー・クィーンの父にして、あらゆる警視、スコットランド－ヤードの警部たちの祖父、つまりはE・A・ポオのシュヴァリエ・デュパンを思い出していただきたいのですが――この方法が目新しかったときには、たぶん詩人がそれを扱ったためでしょうが、これが結構芸術的ですらあったものです。いまやしかしそれはおもしろくもおかしくもなくなった、とまでは申しませんが――使い古されてしまいました。

いわゆる上質の探偵小説は――謎解きをするその主人公が宮仕えの役人であると私立探偵であるとを問わず――次のように構成されているのがおそらく定石でしょう。冒頭に作者が人名一覧表を作成して、読者の頭脳活動の労を省くためにそれを表紙裏に載せます。第一章で殺人事件が起こります。それからは例のシュラウマイヤーご登場まで、どの頁もどの頁も退屈で空疎。シュラウマイヤーというのは（貴兄もお書きの通り）「器用な、目端の利く人間」で、心理学者の眼をそなえています。この眼を秘密の謎を解くのに援用するのです。人名一覧表の人物たちはそれぞれがそうした秘密を胸に抱き——細心の注意を払ってそれを保持しています。しかしそんなことをしても大して役には立ちません。シュラウマイヤーが立ち現れ、目には見えないくだんの人物のもくろみに心理学者の眼を投じ、じりじり輪をせばめ、必要な物証ごと自白を手に入れます。手を差し出しさえすればそれで充分。他の人物にもこれと同じことがくり返され——シュラウマイヤーが全員にひとわたりその心理学者の眼を投げかけると、入場券を手に入れ、幼稚なお買い得割引券ご持参とでもいった風情で驀進して犯人を買い取ります。事件解決は、彼には道端の野の花のように咲いているのです。この事件解決という野の花をかのシュラウマイヤーは帽子の上にピンで留めるか、あるいはこれをボタン穴に飾るかしてまたしても他の犯行のもとへとあゆみ続けるのです。犯人は——貴兄がお書きになっておられるように——「（ふつうは）まちがいなく悪い奴である」ところの犯人は、しかし自殺をする気がなければ——電気椅子の上かギロチンの下か、それとも絞首台上で前非を悔います。よろしい。何もかもうまく行きました！しかし犯人はどうして「まちがいなく悪い奴」なのでしょう？　ふつうはまちがいなく悪い奴がいて、特別にあやふやに良い人間がいる、のでしょうか？　人間はただ単に人間であって——野獣でもなければ聖人でもなく——平均的な人間なのではありますまいか？　つまり英雄でもシュラウマイヤーでも、器用で目端の利く人間でもなく、まちがいなく悪いやつでもなくて、その名がグラウザーであろうが、ブロックホッフであろうが、ヒトラーであろうが、リーデルであろうが、それともエンマ・キュンツリやグァラであろうが、ただ単に人間なのではありますまいか？　われわれ物書きは——たとえサスペンスを仕掛けようが、理想化をしようが——「（ふつうは）まちがいなく悪い奴」と「計画通りに熟考する、器用な、目端の利く男」との間には、ごくわずかな、ほとんど目には見えない相違しかないことを、たえずせっせと（いうまでもなくお説教は抜きで）指摘する義務があるのではありますまいか？

ご覧の通り、問題は七月の虻《あぶ》もさながらうるさく小生を苦しめます。しかし、がんどう返しだの、悪だくみをめぐらす一味だの、殺人光線を放射する、なにやら神秘的に得体の知れない装置だのといった、その手の「ロマンティックな魔法」を追放して二度と使えぬようになさるおつもりなら、悪人と善人の区分も廃止しないわけにはまいりません。なぜならこの区分は、あのみじめながんどう返しとまったく同様、ぐずなロマンティックな魔法であり、われわれの時代よりナイーヴだった一時代の小道具だからです。

探偵小説は、ストーリーだけ語れば一頁半もあれば充分です。残りは――残りのタイプ原稿にして百九十八頁は――埋め草です。さて問題は、この埋め草で何をするかです。大方の探偵小説はうまくいってせいぜいが逸話集です――と申しますのも何事につけ混沌としている現代では文学的等級はもはや内容によるのではなく、もっぱら長さによって区別されるからなのです。三頁なら、ショート・ストーリー。十五頁から二十頁なら短篇小説《ノヴェル》。百頁だと短いロマン。さよう、こんなのもあり、なのです！ どうか、お笑いにならないで下さい。短いロマンというのは、英語ができないために単に物語のことにほかならないショート・ノヴェルを短いロマンと翻訳してしまった人たちのでっちあげです。ロマンは、つまり探偵小説は、百頁以上からはじまります。このクロスワードパズルとチェスの問題のあいのこ的な存在……

どうして探偵小説は、それ以上のものではないのでしょう？ どうしてもっと高いところをめがけないのでしょう？ 探偵小説に登場する人物は（ふつうは。例外はあります）、赤、青、緑、黄のペンキを塗った駅の自動販売機みたいなものです。その目には見えないコイン投入口に、シュラウマイヤーが二十ラッペン・コイン［スイスの補助貨幣、一ラッペン＝約一円］の代わりに心理学的なまなざしを投入する自動販売機。人間ではないのです。彼らは、つまりこの自動販売機（小生同様、貴兄もよくご存じの連中です。たとえば、億万長者夫人や億万長者令嬢、ふつうバトラーと称される執事、医者――これはいかにも悪党っぽいのと、そうでないのとを問わない――、小間使、秘書、その他何という名称の連中であれ）は真空空間に存在しています。というのもわれわれにお膳立てされるどんな田舎家も、どんなビル建築も、どんな億万長者の豪邸も、石炭の煙のにおいがし、革と煙草のにおいのたちこめる小荷物室があって信号機の単調な音楽が聞こえる……（本来なら自動販売機が置かれているはずの場所である）駅の吹きっさらしのプラットホームほどにも具体的なリアリティーがないからなのです。

サスペンスはきわめてすぐれたエレメントです。それは読者の生の緊張を軽減させてくれます。それは精神を、心労に苦しめられている精神を、生きていることの不満から脇にそらしてくれます。忘れる助けになってくれます。ちょうど一杯のシュナップスのように、ちょうど一杯のワインのように。しかし生粋のキルシュ〔桜桃のブランデー〕もあればソレ風のまがいものもあるといったように、本物のサスペンスもあればフーゼル油性サスペンス――新造語をお許し下さい――もある、といったようなわけです。解決、本の終わり、ひたすらそれだけを目的にしているサスペンスであれば、どれも小生の謂うところのフーゼル油性サスペンスであります。フーゼル油性サスペンスは、本の一頁一頁を読者が分単位または秒単位で生きている現在としてながめる、あの代理サスペンスの余裕を許しません。この数分とか数秒とかという短い時間間隔が、読者には夢のなかでのように、数時間、数日、数ケ月にまでひろがることがあり得るのです。こうした感情がめざめさせられてはじめて、小生には、それが金無垢のサスペンスであることの証拠であるように思えます。サスペンスが現在を否定しているかぎり、ツケは未来が支払わざるを得ません。ある本を読んでいるあいだはまだどうということはなく進行しています。ただ口のなかには索漠とした味、頭のなかにはうつろな感情、それが、当のサスペンスが贋物であることを明らかにします。そのサスペンスはひたすら謎解きを目指すだけであって、よき夢像の数々をめざめさせることをなおざりにし、われわれのなかに何ひとつ共鳴するものがもたらされなかったので、後味として残るものが皆無なのです。現在を犠牲にして未来をもとめるこの急ぎ、これこそはわれわれの時代の呪いではありますまいか？　いずれにせよわれわれは、生きられたがっている現在が存在することをすっかり忘れてしまいました。この現在を生きること、食卓の最後の出番ににんまりと待ち構えているクッキーのことばかり念頭にして、スープも、肉も、野菜もがつがつ呑み込んでしまう大食漢みたいに、現在をただもう棒呑みにしてしまわないようにすることを忘れてしまったのです。あるいは、今日の人間は自転車レースの選手みたいなふるまいをしているのです。彼は、それを着れば多少は見栄えがするように見える――どころかあべこべにますますはっきり病気の猿そっくりに見えるだけの、極彩色のプルオーヴァーの賞品がお目当てで、世にも美しい土地のなかをぜいぜい息を切らしてペダルを漕いでいるのです。

　読んでいるうちに分別と瞑想をめざめさせること、力も手段も及ばぬながら、それがわれわれにとっての義務であるはずです。嘘は申しません、やり甲斐のある仕事ですとも。犯人は誰か、一刻も早くそれを知ろうがためだけに、本の最初の十頁を読むとたちまち結末の頁をめくるような連中の鼻をあかすことになるのですから……

　貴兄は、犯人とその犯行に興味を持てるように、犯人が充分大きな役割を演じなければならない、と書いておいでです。小生、大賛成であります。しかし、読者にとって犯人が誰かなどほとんどうでもいいほど、くだんの本のサスペンス造形ができたとしたらどうでしょうか？　巧妙にたっぷり策をめぐらして読者をわれわれの夢の網の目に誘い込むことができたら、読者がこれまでに見たこともないいくつもの小部屋でわれわれとともに夢を見ることになったら、突然このうえなく親しい知人たちよりリアルに思える人間たちとことばを交わせたら、あまりにもなれっこになりすぎたためにもう注目を惹かなくなった日常生活の事物たちが突然新たな照明のなかで見えてきたら、われわれが読者のためにこしらえてやったサーチライトの光のなかで見ることになったとしたらどうでしょうか？　われわれの物語の一章一章に、読者をむやみにけしかけるだけのプリミティヴなサスペンスとは別種のサスペンスを装塡することができたとしたらいかがなものでしょうか？　そう、別種の！　です。読者のなかに、われわれの創造した人間たちに対する、彼らが住む家々に対する、彼らが遊ぶ遊戯に対する、彼らの身の上に織りなされて彼らを脅かしたりほほえませたりする運命に対する、共感と反感をめざめさせることができたとしたらどんなものでしょうか？

　そういうことはみんな、昔なら「ロマン」そのものがやっていたことなのです。「ロマン」の蔑《なみ》された兄弟分である探偵小説を通じてふたたびそれを読者に引き合わせるのは、やり甲斐のある課題ではありますまいか？　われわれは、探偵小説に対して趣味人たちが、目利きの力のある人たちが、抱いている軽蔑感を払拭してやることがたぶんできると思います。それをうまくやってのけられれば、あの異色の「犯罪のサスペンス」が色褪せないように案配できれば、たぶんわれわれは、ジョン・クリングやニック・カーターしか読まない例の読者たちさえまんまと獲得してしまえるのです……そうなれば犯罪文学を制作するのを恥じる必要もなく、また恥じるべきでもないでしょう。われわれなんぞよりはるかに偉大な人びとですら、犯罪とそれを解明する話を書いてはいないでしょうか？　シラーは『ピタヴァル判例集』を翻訳し、コンラッドは『密偵』を書かなかったでしょうか？　そしてスティーヴンソンは『自殺クラブ』を書かなかったでしょうか？

　しかしリゾットをちゃんと調理するには良い料理書が一冊あれば充分、とは行かないように、上質の探偵小説を一冊書くのに「十戒」では足りません。そこで小生、貴兄の要請にいくつか番外の要請を加えさせて頂ければ大変かたじけなく存じます。小生の要請は目新しいものではありません――それに、そういうことが実際に適用されているのにお目にかからなかったら、おそらくこうして公式化することもできなかったでしょう。

それを実現した人たちの一人について手みじかに語るまえに、小生の要請を以下次のように要約することをお許し願わなければなりません。

非人間化！　駅の自動販売機を人間にしてしまうこと。とりわけ思考機械化すること、ボタン穴の愛らしい花で抜け目のないシュラウマイヤーを理想化するのを止めにすること。これを要請する点、小生、貴兄にまったく同意見であります。貴兄も、それが人間でなければならないとはお書きになっておられますまい？　小生、これに竿頭一歩を進めたいのです。彼は機転が利く必要もなければ、器用である必要もない。感情移入の能力と健康な人間悟性を行使さえしていれば、それで充分。なかでも肝腎なのは彼をわれわれの身近に連れてこなければならないということ。もはやあの、雨に降られてもまるで濡れなかったり、安全かみそりがみんな申し分なくスパスパ切れたりといった、遠い天国に浮遊していられては困るということです。彼を、このシュラウマイヤー探偵を、偶像の台座から引きずり降ろさなければなりません！　リアクションを身につけさせてやりましょう、家族を、女房子供を授けてやりましょう――何だって探偵はいつも独身者でなければならないのでしょう？　それでも彼が所帯を持たずに、ひたすら犯罪の謎解決しか余念なく人生の旅路をさまようべきだと言うなら、せめて彼に人生の悲哀を味わせてくれる愛人を一人持たせてやっては……何だって彼はいつも寸分隙のない服装をしているのでしょう？　何だっていつも金に困らないのでしょう？　何だって虫に咬まれたら痒いところを掻かないのでしょう？　何だって彼は訳がわからなくなると――小生のように――少々愚鈍な目つきにならないのでしょう？　何だって彼は隣人たちとコンタクトを取ろうとはせず、自分が相手をしている人びとの生活している場の雰囲気を体験しようとしないのでしょう？　どうして彼はそういう人たちといっしょに昼飯を食い、こげ臭いスープを内心ひそかに呪ったり――こげ臭いスープにどんなにどっさりサスペンスが隠されていることでしょう！――あるいはみんなといっしょにさる有名教授の結婚に関する講演をラジオで傾聴したりはしないのでしょう？　こんな番組を聞いているときにこそ人間は本性をあらわにするものです――、つまり、あくびをします。ところで、このあくびがどれだけ謎の解明に役立つことか……

そしてシュラウマイヤー探偵のシャツのカラーが汗ばんでいたら――これはまた何という啓示！　靴下に穴があいていたら、とは言わぬまでも……

小生、駄馬を痛めつけようというのでも、議論をサボろうというのでもありません。運命について、運命の無分別について語っているのです。運命は同時に悲劇的でもあれば滑稽でもある形態をとるということを申し上げてはならないでしょうか？　いやしくも運命について語る以上は、仕立屋の仕事場からたったいま届いたばかりのズボンのように、ピカピカにアイロンをかけたみたいに見えるか、それとも染めたての喪服みたいに真っ黒な色をしているか、そんな局面でしか許されないのでありましょうか？

以上犯罪文学の全体をひっくるめて惜しいかなそれがないと思ってきたものが、ことごとく一人の作家の作品に打って一丸となっているのを、小生、発見致しました。当の作家はシムノンと申します。この作家は、二三の先行者がないではないとはいえ、こうした情熱を持っているのがはじめて見られる、ある探偵タイプを創出しました。メグレ警部です。平凡な警察官、分別があり、いくらか夢想家。主なテーマは犯罪事件それ自体でもなければ、犯人の正体を暴くことや謎の解決でもなくて、あくまでも人間であり、とりわけそれらの人びとが動き回っている場の雰囲気なのです。『黄色い犬』でなら――小さな港町とそのエレガントなカフェ。『メグレと運河の殺人』なら――内陸運河の水門。『メグレを射った男』なら――南方の小さな地方都市。『影絵のように』では――さるパリの賃貸下宿。それにしても何だってこうもリストを長々と挙げるのでしょう？　これらのロマン――実際はやや長めの短篇小説《ノヴェル》ですが――に特徴的なのは次の点です。ストーリーは大概もう実証済の処方箋で調製してあるのですから、じつのところ謎解きはどうでもよろしい。けれども黒い活字の行間にあの夢想の風が通っています。もっともつつましい、もっともささやかな事物たちをさえ生に――それもそれまでは幽霊じみていた生にめざめさせる、あの光が光っています。犯人は？――それだって日常生活でよく見かけるような、そこらにざらにいる人間です。犯人の正体を暴くのが肝腎、と言うのではちっともありません。大団円にほっと一息もなければ、どんでん返しもない。もともと物語に終わりはなく、停止するだけなのです――つまりは人生の一部分ですが、しかし人生のほうはまだ流れ続けます、不条理に、不意の襲撃もさながら悲しく、しかも同時にグロテスクに。

小生、ジョルジュ・シムノンに心から感謝したいのです。当方にできることは彼から習得したものです。シムノンは小生の師です――われわれはみんな、だれかの弟子ではないでしょうか？……

話が横道にそれました。おそらく貴兄は、ここで小生がうそぶいていることなど、一切、小生よりはるかによくご存じです。残念ながら、小生、貴兄のロマンの一作を読む機会にも、その幸福にもまだお目見えしておりません。しかしこれだけは安心しております。小生がここで「犯罪小説」というジャンルに対して、その主人公たちに対して、かのシュラウマイヤー探偵に対して、縷々述べ立てた非難の数々は、断じて御作に該当しはしないことを。御作『湖畔の三つの亭《あずまや》』はさぞかし大成功なさったことと確信しております。もしも小生の手紙がこれまで教訓色っぽい印象を喚起したとするならば、それは小生の本意ではございませんのでどうかご容赦下さるよう。小生にとって重要なのは、むしろ考えをいくつか公式にまとめることができればというものでした。こうした考えをことばで表してみようとするでなければ、どうしてこんなことをいたしますでしょうか?

貴兄の篤い友情の許にて、敬具。

フリードリヒ・グラウザー

四歳で生母と死別した。ウィーンで高等学校《ギムナジウム》第三級まで履修してからスイスの田園教育舎、さらにジュネーヴのコレージュに学び、そこで教師と悶着を起こす。次いでチューリヒ・ダダに最年少のメンバーとして加わる。やがてモルヒネ依存症になり、それが原因でウィーン商科大学フランス語教授だった父親により精神病院に強制隔離される。以後は精神病院、外人部隊、炭坑夫、庭師、のような二十世紀初頭の独身者集団のあいだを転々と流浪する。以上の消息は本書三九二頁、死の二年半前に週刊新聞ＡＢＣのために書いた自筆履歴書「自伝的ノート」に報告されている。

生前はもっぱら特異なミステリー作家として知られていた。だが死後出版された一連の作品によって、狂気作家ローベルト・ヴァルザーと戦後の不条理劇作家フリードリヒ・デュレンマットを結ぶ二十世紀スイスの先駆的アウトサイダー作家として評価される。これがフリードリヒ・グラウザーの簡略なポートレートである。

訳出したのは『外人部隊』、ほかに自伝『ダダ、アスコーナ、その他の思い出』、短篇小説集『モルヒネ、および自伝的テクスト』（以下『モルヒネ』）。いずれも自伝的要素の色濃い作品である。ちなみにグラウザーの小説はミステリーでも自伝的色彩が濃厚だ。すでに翻訳紹介済み（いずれも作品社刊）の、モルヒネ依存症で強制入院させられた精神病院が舞台の小説『狂気の王国』も、後半がモロッコの外人部隊が舞台の長篇ミステリー『砂漠の千里眼』も、かなり忠実に実体験をふまえている。『外人部隊』については言わずもがなであろう。グラウザーは実際に一九二一年から一九二三年までの二年間外人部隊兵士としてチュニジア、モロッコに勤務した。

精神病院や外人部隊、炭坑などへの度重なる隔離生活は、もとより本意ではなかった。隔離生活から抜け出して自由な作家として生きるためにグラウザーはとりあえずミステリー作家としてデビューする。シュトゥーダー刑事シリーズで売り出し、「スイスのジョルジュ・シムノン」と称され、『シュルンプ・エルヴィン殺人事件』、『シナ人』、『砂漠の千里眼』等を書きまくった。とはいえ本来はミステリー以外の小説を安定した作家環境のなかで書きたかったのは言うまでもない。

『外人部隊』の原題は『グーラマ。ある外人部隊の小説《ロマン》』(Friedrich Glauser : *Gourrama. Ein Roman aus dem Fremdenlegion.* Zürich. Limmat Verlag. 1999.)。

ダダイスト時代に二三の習作を発表してはいたが、小説家としてのグラウザーはまだ無名だ。この小説を処女作にしてヨーロッパ文壇に登場するつもりだった。モロッコ、グーラマの外人部隊前哨基地勤務の体験を基にして、執筆時はそれから数年後の一九二八年。当時の恋人ベアトリクス・グーテクンストとともにボーデン湖で過ごした休暇中に書きはじめた(三十二歳)。原稿は完成後、ミュンジンゲン精神病院のかつての担当医マックス・ミュラーをはじめとする知己のツテを頼って、出版を引き受けてくれそうな出版社をたらい回しにされるが思い通りには行かない。そのあいだグラウザーは無名作家のまま各種の職業を渡り歩きながら社会の底辺を転々とする。

書きはじめてから約十年後の一九三六年、グラウザーはようやく新設の週刊新聞ＡＢＣの副編集長ヨーゼフ・ハルパーリンと出会う。ハルパーリンの協力を得て『外人部隊』初稿は三七年に徹底的に改稿され、三八年、週刊新聞ＡＢＣにかなり短縮削除された形で連載された。しかし完全な形での単行本出版を望むグラウザーとＡＢＣ編集部との意向は折り合わず、テクストの全容が日の目を見るのはようやく作家の死後二年半を経た一九四〇年(チューリヒ、スイス印刷‐出版の家刊)のこと。この単行本版も、戦後一九五九年の新版も不備があり、アルヒェ社発行一九七四年の全集版によってはじめて厳密な校訂を経たテクストが完成する。本訳書はここから起こしたリマト社版「グラウザー長篇集Ｉ」(一九九九年、チューリヒ)『グーラマ』(以下は『外人部隊』)を底本にしている。

ハルパーリンに見出されるまでのグラウザーは異色の新人ミステリー作家でしかなかった。それがとまれハルパーリンのような敏腕編集者の目に留まったのには、それなりの理由があった。ほかならぬ外人部隊というテーマがそれだ。

耕地の少ないアルプス山岳地帯に位置するスイスでは、外人部隊はたいそう重要な職場職業である。現代の外人部隊兵士のみならず、傭兵と言えばローマ時代からスイス人と相場が決まっている。げんに二十一世紀の今日にいたるまで、ヴァティカン市国教皇護衛兵は五百年の永きにわたって伝統的にスイス傭兵のみを登用してきた。

近代にいたって傭兵事情は変わった。フランスでは一八三〇年の七月革命の結果、大多数がスイス人で構成されていたルイ十八世の「王直属の外人近衛兵《レジオン・ロワイヤル・エトランジェール》」は解体され、解雇されたスイス傭兵たちは新たに市民王ルイ・フィリップの創設した「フランス外人部隊」に再雇用された。これが近代外人部隊のはじまりである。同時に外人部隊はヨーロッパ内部の傭兵軍であることから転じて、植民地軍（特にアフリカ植民地軍）の色彩をいちじるしく強める。応じてルイ・フィリップの外人部隊はスイス傭兵のみから構成されていたのが、スイス人以外の傭兵も採用するようになる。ちなみに混成傭兵部隊となった外人部隊が植民地に進出するのは一八七〇年以後のことである。

二十世紀初頭北アフリカは、ヨーロッパ列強にとって最後に残された地下資源の草刈り場だった。モロッコは北部のスペイン保護領と中央・南部のフランス領に分割され、政情も比較的安定していたが、フェズのサルタンの権力喪失にともないモロッコ内陸部は部族間闘争の頻発する内戦多発地帯の相を呈しはじめた。フランス植民地総督リヨーティは「分割し統治する」、巧妙な懐柔策によって鎮撫していたが、世界大戦の終結とともにようやく反植民地運動はフランス当局の手を焼くにいたった。リフやアトラスのような山岳地帯、タラやタフィラレートのような地方のパルチザン組織がフランス植民政策に強力に抵抗し、一九一八年のタフィラレートでは現地人パルチザンの大攻勢によってフランス外人部隊がほぼ全滅した。本書ではファーニー軍曹の生還の挿話がタフイラレート戦の凄惨さを如実に物語っている。外人部隊はいずれにせよこのあたりで拡大再編成を迫られていたのである。

もはやスイス傭兵だけで事足りる時代ではなかった。かわりにロシアの白色義勇兵、ドイツ・スパルタクス団の残党、戦後ヨーロッパ各国のあまねき飢餓・貧窮情況が、二〇年代の外人部隊志願兵を大量に用意していた。一九二〇年／二一年には新たに（外人部隊）第三連隊が編成されて臨戦態勢に入り、次いで第四連隊が編成される。これに対して相手側の反撃も熾烈をきわめ、リフ＝カビール人（ベルベル族）の指導者アブド・エル・クリムは聖戦《ジハード》を宣言してたちまち十万人のパルチザンを動員した。フランス外人部隊の消耗は大きく、一九三五年の戦闘終結までに数千人に及ぶ傭兵が戦死した。

グラウザーが小説『外人部隊』を書きはじめた一九二八年前後のモロッコ情勢は、ことほどさようだったのである。想像に難くないが、外人部隊に取材したキワモノが花盛りの季節を迎えていた。外人部隊をめぐって、恐怖と魅惑、嫌悪とロマンティックな異国趣味がこもごも交叉する。ゲイリー・クーパー／マレーネ・ディートリヒの『モロッコ』（一九三〇年）をはじめとする外人部隊映画が相次いで制作され、映画の原作の小説やルポルタージュが次々に出版された。

いくつかの出版社に門前払いを食わされたグラウザーが、かなりの成算を抱いて、一九三一年にエルンスト・フリードリヒ・レーンドルフなる作家の『アフリカは泣く。ある外人部隊兵の日記』を出版したばかりのグレートライン社に原稿を持ちこんだのも、そうした世情の背景があればこそだった。果たせるかな編集部の感触は悪くなかった。ところが肝心のグレートライン社が直後に他の出版社に買い取られて消滅してしまった。

もっとも、出版社が色よい返事をよこしたからといって、それが作家の願望に叶うとはかぎらない。出版社としてはキワモノの外人部隊小説が欲しい。グラウザーのほうはこの際外人部隊物ブームに乗じて、だれかが言ったように、「ランボーのほのめく光を盾に、プルーストの主題をコンラッドの文体で書く」、本格的な文学的処女作を世に問いたかったまでのことだった。

砂漠の只中でマルセル・プルーストの訃報から始まるこの小説には、いくぶん文学青年の若書きのにおいがなくもない。とはいえそれは一九二八年の初稿段階（初稿のタイトルは『ある小さな前線哨所から。外人部隊の小説《ロマン》』）の残存物で、十年後の完成稿ではその種の文学臭はすっかりぬぐい去られている。早い話がプルーストの死も完全に小説内部の事件である。訃報は八ケ月かかってパリからモロッコ奥地にとどく。七月十四日のフランス革命記念日に間に合うようにだ。プルーストの死は一九二二年十一月十八日。小説『外人部隊』全体に経過する時間は一九二三年七月十四日から一九二四年五月にかけてである。

しかしそれから先は歴史的事実としてつじつまが合わない。最終章にパリの本屋の店頭に出ている「ふたたび見出された時」の刊行年は、プルースト死後も五年後の一九二七年。一九二四年の外人部隊帰還兵が入手するのはむろんのこと、読むこともできるはずがない。一九三八年に徹底的に改稿したればこそ、神のごとき高み（あるいは遅れ）から操作してはじめて書くことのできる純粋に小説的な虚構だったのである。

一方、プルーストの文学的影響はまぎれもない。どなたもご存じのように、『失われた時を求めて』に、マドレーヌ菓子をお茶に浸した香りから幼年時のコンブレーの情景がまざまざと現前してくるくだりがある。においが視覚を、色彩が音を喚び起こす。「においと音と色、かたみに交感し合う」（ボードレール）、サンボリストの詩における共感覚《ジンエステジー》の詩法だ。ある感覚が別の知覚を喚び起こすのである。

こうした詩的共感覚作用が『外人部隊』にも随所に顔をのぞかせている。たとえばレースがワイン小屋から酢のにおってくるのを嗅ぐくだり。酢のにおいはレースに子供の頃の記憶をよみがえらせる。「昼食の時間にサラダを自分で作っている父の姿が浮かんできた。オリーブ油二匙、それから木匙の底にナイフの先で辛子をつけ、木匙のくぼみに酢を満たして、木のフォークでかきまわす。茶色の液体が大皿にはね散って、温かい部屋のなかに酢のにおいがひろがる。《おれを外人部隊に入れたのは父親だ。》レースは自分がそう言うのを耳にした。」

思いもかけない瞬間に「ふたたび見出された時」が立ち戻ってくる。プルーストの『失われた時を求めて』でなら、お招きに与ったゲルマント家の中庭で対面からやってきた自動車を避《さ》けそこなった語り手が舗道の敷石で足を踏みちがえる。と、その瞬間、かつてヴェネツィアのサン・マルコ寺院の洗礼堂の不揃いな敷石に足を踏み外した記憶が忽然とよみがえり、互いに隔たった二つの時のアンサンブルが彼に至福感をもたらすのである。『外人部隊』でもシェフたちと一緒に入ったスパニオーレの居酒屋でレースが立ち上がろうとして椅子の角にひかがみをぶつける。と突然、まなざしの届くかぎりの周囲が明るく澄みわたり、事物が小さくなって双眼鏡をさかさまに覗いたように遠のいて行く。そして店内の人間たちがちっぽけな人形が動き回っているように見えてくる。

「《現在だ》とレースは考えた。《これが現在だ》。《人》が永遠にそこで生きていたいと思う、美しい、痛みのある現在。いや、《人が》、ではない、わたしがそこで生きていたいのだ。」

共感覚のなかでのにおい、音、色の自由連想は、マドレーヌや酢の記憶がそうであるようにしばしば幼少年時代の記憶を喚び戻す。『外人部隊』には削除されたおびただしい断片が残されているが、「尼僧院」の章の大きめの断片にはかなり露骨に父による去勢恐怖と死母との共生‐相愛願望が夢の形で述べられており、それがやがて宗教的マゾヒズムに傾斜して行くくだりがある。

宗教的マゾヒズムと言えば、グラウザーにおけるレオン・ブロワの影響が思い起こされる。ダダイスト時代のグラウザーが「ダダの夕べ《ソワレ》」でレオン・ブロワの朗読をしたことは、ダダの総帥フーゴー・バル（『外人部隊』のベルジュレ軍医がバルの面影を伝えているという）の『時代からの逃走』にも記録されている。レオン・ブロワはシャルル・ペギーらの世紀末カトリック改革運動周辺の、いうところの「貧の神秘主義者」。「苦悩するキリストとしての芸術家」像を書くカトリック異端作家として知られている。

苦悩するキリストとしての芸術家。十字架に磔にされた芸術家。かりにそれが女性の表象となれば、とりも直さず「聖女としての淫売婦」であり、『外人部隊』でなら尼僧院と淫売窟の同一視の神聖冒瀆に通じる。レースは事実、第九章「尼僧院」の部屋で聖女が淫売婦に変容するヴィジョンを見る。「女の面持ちが一変したのが解放の役を果たした。レースはほっとし、なだめられて、ふかく息を吸った。あの深々と思いに沈む秘密と呪われた愛と畏怖を要求していた木製の聖女像が一人の淫売婦に変容したのだった……」

初稿で削除された「尼僧院」の夢の断片のなかには、レースが父に奇妙な処罰を受けるくだりがある。父がスープに砕いたパンを入れなさいと命じる。しかしレースはその命に従わない。その処罰が兵士になった今、夢のなかで執行されるのである。「レースはぞっとし、背筋に寒気を覚えた。真四角の氷塊の上に――素裸で――横にならなければならず、父が竹の鞭でその彼を叩くのである。鞭はひと打ちするたびにいよいよ大きくなる。」

去勢象徴を思わせる父の鞭打ちとならんで、バハオーフェン『母権論』を彷彿とさせる母性像が立ち現れる。かねてからレースにつきまとっている謎めいた「黄色い神」なる存在がある。レースは自分の死母に会わせてくれると約束したこの神の名誉のために兵士のなかから屈強の者どもを選りすぐり、「わが黄色近衛兵団」と名づけて「新たな母の王国」の伝道に打って出る。「なぜならわれわれは、母こそが父以前に支配していたのだ、というおぼろげな告知を受けたからだ。そしてふたたび彼女が、死母が、五月に生命を得てよみがえり、踊り子となって世を支配するであろう。」

すると夢のなかでベルジュレ軍医が茶々を入れる。それは読み漁った本（バハオーフェン『母権論』、フロイト『夢判断』）から盗んだもの、消化不良の神話学、キッチュにすぎないではないか。もとよりレース、というよりは書き手のグラウザーも、それは百も承知だった。だから「消化不良」を削除した完成稿にこの断片は採録されていない。それにしても明らかに、父の抑圧と死母のよみがえりによる愛の王国の再生というモティーフは通奏低音のように小説全編を貫いている。

生きとし生けるもののことごとく死に絶えた砂漠、そしてそこによみがえる失われた母。卓抜なグラウザー論『母と砂漠』を書いたマーリオ・ハルデマンが着目した主題はこれだ。レースは、延《し》いてはグラウザーは、不毛の砂漠を約束の王国に変容させようとしてことごとに挫折する。しかしそこから「尼僧院」の淫売婦たちの逆説的行動も、レースのレオン・ブロワ風のパッシオン（受苦=情熱）も、シャベール中隊長の母親めいたふるまいも、自ずと謎が解けてくるのである。ちなみにレース Lös の名は Erlöser（救済者）の略称という。

この不毛な砂漠巡礼行にはどこかでお目に掛かったことがあるような気がする。早々とドロップアウトしたグラウザーは父から逃亡し、精神病院、外人部隊、庭師、炭坑夫といった（前）世紀初頭の砂漠のような「独身者の世界」にたえず行き着きながらそこで失われた母にめぐりあう。下の方に制服の独身者の墓場、中程にチョコレート粉砕器、そして粉砕器にこなごなに粉砕された独身者たちが上方の謎めいた太母=処女の傍らに蝟集して行く、同時代のダダイスト、マルセル・デュシャンの「大ガラス作品」を彷彿とさせるコンセプトではあるまいか。

戦争小説として見るなら、『外人部隊』にはいくつかの特徴がある。まず『イリアス』や『オデュッセイア』以来の英雄叙事詩におけるように、英雄たちの武勲が顕彰されることがほとんどない。武勲が讃えられるどころか、ファーニーのそれのように狂気の沙汰として嫌悪される。だいいち主人公または語り手のレースは戦闘に参加していない。外人部隊の政治的意味に良かれ悪しかれそっぽを向いているのである。

英雄たちの勲《いさお》しは、ジッシュの襲撃への反撃を別にすれば、今ここでの現場のはたらきではなく、過ぎにし世界大戦の、あるいは大戦後革命の市街戦の、あやしげな自称の勲しとしてもっぱら過去形で語られるのである。麻薬売人として栄華のかぎりを尽くしたスミス、男爵の血を引きながら殺人犯として外人部隊に逃げ込んできたピエラール、少年たちを漁《あさ》ったシラスキー、オスカー・ワイルドに愛されたと自称するパチョウリ。だれも真偽のほどを証言してくれる人はいないのだからすべてが口から出まかせの、次から次へと語り出される二十世紀版『千夜一夜物語』なのである。

それればかりではない。この小説では百人余に及ぶ人物がヨーロッパ、スラヴ、アフリカの各国から集まってきているので、それぞれの母国語が通じ合わない。それでいてなんとか意思が疎通する「バベル（言語）以前的状況」が支配している。

グラウザーのつもりでは、けだしそれこそが失われた母権制王国のアナロジーなのである。バベル以前的状況が崩壊すればバベル状況が、分裂した言語とそれをしゃべる各国人が対立抗争し、大は世界大戦、モロッコ植民地戦争、小は外人部隊内部の「反乱」の章の内紛まであらゆる紛争が発生し、やがては「バベル以後的状況」として収束するかに見えるが、パリでのラルティーグ少尉との再会に見られるように「ふたたび見出された時」は軽妙にはぐらかされ、失われた時を求める旅はたえず振り出しに戻るのである。

グラウザーは『外人部隊』を完成稿として書き終え、懸賞小説『シナ人』やミステリーのデビュー作『シュルンプ・エルヴィン殺人事件』を書き、とまれプロ小説家のライセンスたるスイス作家同盟会員の肩書きを得た。短篇集『モルヒネ』の後半にはスイス各地の地方色の濃いスケッチが何編か収録されている。グラウザーにはおびただしい人物の登場する長大な「スイス小説」を書く計画があった。おそらくこれらの断片は「スイス小説」をモザイク状に構成する長篇の一部になるはずだったのだろう。しかしもう時間がなかった。生き永らえてそこそこ小市民的な作家生活に安住するつもりもなかった。「文学三昧の生活なんかぞっとする」と、筋金入りの放浪詩人はうそぶき、結婚後は新たな伴侶ベルタ・ベンデルとともにチュニジアに渡って病院看護士として生きる計画を抱いていたという。

おれたちは断じて角縁眼鏡なんぞ掛けやしない、
おれたちは虫けら、そこらのだれか、いやまったく。
おれたちは子供たちが、犬が、海が、大好き。
人類の目的なんて知ったことかよ。

動物と子供たちと老婦人が大好き。「シャツを着ていない人がいたら、自分のシャツを脱いでその人に上げてしまうだろう」、と身近の友人はグラウザーの人となりを評した。「彼はやさしすぎて生きて行くことができなかった」とも。

どのみち念願の作家生活は永くなかった。一九三八年十二月八日、イタリア、ジェノヴァ郊外ネルヴィの寓居で、ミュンジンゲン精神病院の看護婦として知り合ったベルタ・ベンデルとの「永い春」のあげくの結婚式を明日に控えながら、夕食の席で突然意識を失って帰らぬ人となった。享年四十二歳。

なお、『外人部隊』以外の底本テクストは以下の通り。

『モルヒネ』*Morphium und autobiographische Texte*. Zürich. Verlag Arche. 1980.

『ダダ、アスコーナ、その他の思い出』*Dada, Ascona und andere Erinnerungen.* Zürich. Verlag Arche. 1976.

＊

編集に際しては国書刊行会編集部の礒崎純一氏に訳注作成などを含めて多大の協力を得た。勝本みつるさんにはすばらしい装画を頂いた。記して感謝したい。

種村季弘

〇四年六月二日

種村季弘（たねむら　すえひろ）
昭和八年、東京生まれ。
東京大学独文科卒業。独文学者・評論家。
主な著書に、『種村季弘のネオ・ラビリントス』（全8巻、河出書房新社）、『偽書作家列伝』（学研M文庫）、『江戸東京《奇想》徘徊記』（朝日新聞社）、『畸形の神』（青土社）、訳書に、ホッケ『マグナ・グラエキア』（平凡社）、クライスト『チリの地震』（王国社）、『パニッツァ全集』（全3巻、筑摩書房）ほか。

外人部隊
Gourrama
2004年7月20日初版第1刷発行

著者　フリードリヒ・グラウザー
訳者　種村季弘

装幀・造本　前田英造（株式会社バーソウ）
装画　勝本みつる

発行者　佐藤今朝夫
発行所　株式会社 国書刊行会
東京都板橋区志村1-13-15　郵便番号＝174-0056
電話＝03-5970-7421　ファクシミリ＝03-5970-7427
http://www. kokusho.co.jp.

印刷所　明和印刷株式会社
製本所　株式会社石毛製本所
ISBN4-336-04638-7　落丁本・乱丁本はお取替いたします。

文学の冒険シリーズ

完全な真空

スタニスワフ・レム（ポーランド）▶沼野充義/工藤幸雄/長谷見一雄訳
誇大妄想的宇宙論からヌーヴォーロマンのパロディ評まで、16冊の架空の書物をペダンティックな仕掛けで論じた書評集。「ポスト・ボルヘス的」として絶讃を浴びた異色の作品集。　2100円

そうはいっても飛ぶのはやさしい

ヴィスコチル（チェコ）▶千野栄一訳/カリンティ（ハンガリー）▶岩崎悦子訳
奇抜なアイデアと絶妙な語り口、チャペク以降の代表的ファンタジー作家と、人生の不条理を見つめるハンガリーの〈エンサイクロペディスト〉の傑作短篇を集成。　1937円

不滅の物語

I・ディーネセン（デンマーク）▶工藤政司訳
「カーネーションを持った若い男」「真珠」他、優雅で知的な文体で現代では稀有な豊かな物語世界を織りあげ、〈今世紀最高の物語作家〉と絶賛された閨秀作家の珠玉の短篇集。　2234円

虚数

スタニスワフ・レム（ポーランド）▶長谷見一雄/沼野充義/西成彦訳
ビット文学の歴史、未来言語による百科事典、細菌の未来学など、〈実在しない書物〉の序文と、コンピュータGOLEMの講義録を収録。「完全な真空」の著者が到達した文学の極北。　2520円

僕の陽気な朝

イヴァン・クリーマ（チェコ）▶田才益夫訳
色仕掛けの金髪娘、乱痴気パーティ、不倫……様々な出来事が主人公に降りかかる。クンデラと並ぶチェコ文学界の巨匠が描く、滑稽で破廉恥、少し奇妙で不条理な自伝的短篇集。　2310円

透明な対象

ウラジーミル・ナボコフ（ロシア）▶若島正/中田晶子訳
さえない編集者ヒュー・パースンは作家Rを訪ねる列車の中で美女アルマンドに出会い、やがて奇妙な恋路を辿っていく。仕掛けが二重三重に張り巡らされ、読者を迷宮へと誘い込む。　2310円

税込価格、やむを得ず改訂する場合もあります。